Matthew Pearl

O Clube DANTE

Tradução
Maria José Silveira

CIP-BRASIL. CATALOGAÇÃO-NA-FONTE
SINDICATO NACIONAL DOS EDITORES DE LIVROS, RJ

P374c   Pearl, Matthew
        O Clube Dante / Matthew Pearl; tradução de Maria José
        Silveira. – Rio de Janeiro: Record, 2012.

        Tradução de: *The Dante club*
        ISBN 978-85-01-08985-4

        1. Dante Alighieri, 1265-1321 – Ficção. 2. Holmes, Oliver
        Wendell, 1809-1894 – Ficção. 2. Emerson, Ralph Waldo, 1803-
        1882 – Ficção. 3. Escritores – Ficção. 4. Ficção Histórica.
        5. Ficção americana. I. Silveira, Maria José. II. Título.

11-4335.   CDD: 813
                                            CDU: 821.111(73)-3

TÍTULO ORIGINAL EM INGLÊS:
The Dante Club

Copyright © 2003 by Matthew Pearl

Texto revisado segundo o novo Acordo Ortográfico da Língua Portuguesa.

Todos os direitos reservados. Proibida a reprodução, no todo ou em parte, através de quaisquer meios. Os direitos morais do autor foram assegurados.

Editoração eletrônica: Abreu's System

Direitos exclusivos de publicação em língua portuguesa somente para o Brasil adquiridos pela
EDITORA RECORD LTDA.
Rua Argentina, 171 – Rio de Janeiro, RJ – 20921-380 – Tel.: 2585-2000, que se reserva a propriedade literária desta tradução.

Impresso no Brasil

ISBN 978-85-01-08985-4

Seja um leitor preferencial Record.
Cadastre-se e receba informações sobre nossos lançamentos e nossas promoções.
Atendimento e venda direta ao leitor:
mdireto@record.com.br ou (21) 2585-2002.

EDITORA AFILIADA

Para Lino, meu professor, e para Ian, meu mestre.

Os trechos traduzidos de *A divina comédia*, de Dante Alighieri, foram extraídos da tradução feita por Cristiano Martins, edição ilustrada com desenhos de Gustavo Doré e publicada pela Editora Itatiaia: Alighieri, Dante. *A divina comédia*. Belo Horizonte: Itatiaia, 1989, 2v. Tradução, Introdução e notas de Cristiano Martins.

A Editora Record agradece à Editora Itatiaia a autorização para publicação.

ADVERTÊNCIA AO LEITOR

UM PREFÁCIO DE C. LEWIS WATKINS

PROFESSOR DA CÁTEDRA BAKER-VALERIO
DE CIVILIZAÇÃO E LITERATURA DA ITÁLIA
E DISCURSO RETÓRICO

Pittsfield Daily Reporter, "Community Notebook", *15 de setembro de 1989*.

SUSTO DE GAROTO DE LEXINGTON COM INSETOS PROVOCA "RECUPERAÇÃO"

Equipes de busca resgataram Kenneth Stanton, 10 anos, de Lexington, em um recanto remoto das montanhas Catamount, na tarde de terça-feira. O estudante do quinto ano foi levado ao Centro Médico de Berkshire devido a inchaços e desconfortos decorrentes de depósitos de larvas de insetos, inicialmente desconhecidos, que estavam aninhadas em seus ferimentos.

O Dr. K. L. Landsman, entomologista do Harve-Bay Institute Museum, de Boston, informou que as amostras de moscas recuperadas no local aparentemente representam espécies desconhecidas na história de Massachusetts. Ainda mais digno de atenção, diz Landsman, é que os insetos e suas larvas parecem representar uma espécie que os entomologistas consideravam extinta há mais de cinquenta anos. A *Cochliomyia hominivorax*, uma espécie de mosca-varejeira, foi classificada em 1859 por um médico francês em uma ilha da América do Sul. No final do século XIX, a presença dessa perigosa espécie atingiu níveis epidêmicos, provocando a morte de centenas de milhares de cabeças de gado em todo o hemisfério ocidental, chegando a haver relatos de mortes de seres humanos. Durante a década de 1950, um gigantesco programa desenvolvido pelos Estados Unidos teve sucesso na erradicação da espécie, por meio da introdução de machos esterilizados por raios gama na população, o que extinguia a possibilidade de reprodução das fêmeas.

O susto de Kenneth Stanton pode ter contribuído para o que é conhecido como uma "recuperação" dos insetos pelos laboratórios, para fins de pesquisa. "Ainda que a erradicação tenha sido uma iniciativa correta de saúde pública", diz Landsman, "há muito o que aprender em um ambiente controlado, com novas técnicas de observação." Ao ser questionado sobre sua sorte taxonômica, Stanton respondeu: "Meu professor de ciências acha que eu sou o máximo!"

Você pode se perguntar, referindo-se ao título deste livro, como o artigo acima pode ter alguma relação com Dante, mas logo verá que a ligação é alarmante. Como autoridade reconhecida no assunto de como *A divina comédia*, de Dante, foi recebida nos Estados Unidos, fui contratado pela Random House, em troca da habitual remuneração mesquinha, para escrever algumas observações prefaciais para este livro.

O texto do Sr. Pearl parte das verdadeiras origens da presença de Dante em nossa cultura. Em 1867, o poeta H. W. Longfellow completou a primeira tradução norte-americana de *A divina comédia*, o poema revolucionário de Dante sobre o além-mundo. Atualmente, existem mais traduções da poesia de Dante para o inglês do que para qualquer outro idioma, e os Estados Unidos produzem mais traduções de Dante que qualquer outro país. A Dante Society of America, de Cambridge, Massachusetts, orgulha-se de ser a organização mais antiga do mundo dedicada ao estudo e à divulgação da obra de Dante. Como assinalou T. S. Eliot, Dante e Shakespeare dividem entre si o mundo moderno; e a metade de Dante aumenta a cada ano. Antes da obra de Longfellow, entretanto, Dante era pouco mais que uma entidade desconhecida aqui. Não falávamos o idioma italiano, nem o ensinávamos com frequência; não viajávamos para o exterior, e não havia mais que um punhado de italianos vivendo nos Estados Unidos.

Com o empenho total de meu tino crítico, considero que, além desses fatos essenciais, os acontecimentos extraordinários narrados pelo *Clube Dante* referem-se mais à fábula do que à história. Entretanto, ao usar os bancos de dados de Lexis-Nexis para confirmar a minha apreciação, descobri essa surpreendente notícia de jornal, inserida acima, publicada no *Pittsfield Daily Reporter*. Imediatamente contatei o Dr. Landsman, do Harve-Bay Institute, e consegui recompor o quadro completo do incidente ocorrido há quase 14 anos.

Kenneth Stanton tinha se desgarrado da família em uma viagem de pescaria a Berkshire e deparou com um estranho rastro de animais mortos em uma trilha abandonada: primeiro, um guaxinim com a barriga estufada de sangue; depois, uma raposa; adiante, um urso-negro. Mais tarde, o garoto contou a seus pais que se sentiu como hipnotizado ao ver aquelas cenas grotescas. Perdeu o equilíbrio e caiu pesadamente numa área com rochas afiadas. Inconsciente e com o tornozelo quebra-do, foi atacado pelas varejeiras. Cinco dias depois, Kenneth Stanton, de 10 anos, sucumbiu, com convulsões súbitas, quando se recuperava em sua cama. A autópsia descobriu 12 larvas da *Cochliomyia hominivorax*, uma das espécies de inseto mais mortífera do mundo, que se acredita-va extinta há mais de cinquenta anos.

Essa espécie renascida de mosca, que exibe uma capacidade nunca antes relatada de sobrevivência em vários climas, foi desde então intro-duzida no Oriente Médio, aparentemente por meio de carregamentos marítimos, e neste momento dizima o gado e a economia do norte do Irã. Mais tarde, a partir de descobertas científicas publicadas no *Abstracts of Entomology* do ano passado, teorizou-se que a evolução divergente exibida por essas moscas havia começado no nordeste dos Estados Unidos, por volta de 1865.

Não havia resposta aparente para os questionamentos sobre como isso começara — exceto, como agora acredito pesarosamente, se forem levados em consideração os detalhes mostrados no *Clube Dante*. Há mais de cinco semanas, determinei que 8 dos 14 professores que trabalham sob minha responsabilidade realizassem neste semestre análises adicionais do manuscrito de Pearl. Eles examinaram e catalogaram os preceitos filológicos e historiográficos, linha por linha, observando com interesse passageiro os pequenos erros devidos exclusivamente ao ego do autor. A cada dia que passa, testemunhamos provas adicionais da notável melancolia e glória vividas por Longfellow e seus protetores no ano do sexto centenário do nascimento de Dante. Já renunciei a to-das as compensações, pois este não é mais um prefácio que escrevo, e sim um aviso. A morte de Kenneth Stanton escancara o portal, até en-tão cerrado, da chegada de Dante em nosso mundo e de segredos ainda adormecidos em nossa própria época. Acerca deles, só quero preveni-lo, leitor. Por favor, se continuar, lembre-se de que palavras podem sangrar.

Professor C. LEWIS WATKINS
Cambridge, Massachusetts

CANTO UM

I

JOHN KURTZ, chefe da polícia de Boston, teve de se encolher um pouco para acomodar-se melhor entre as duas camareiras. De um lado, a irlandesa que descobrira o corpo debulhava-se em lágrimas e gemia preces estranhas (porque eram católicas) e ininteligíveis (por causa da choradeira) que eriçavam os pelos das orelhas de Kurtz; do outro, estava a muda e abatida sobrinha da primeira. Havia um variado sortimento de cadeiras e poltronas na sala de visitas, mas as mulheres tinham se espremido perto do visitante, enquanto esperavam. Ele tinha de se concentrar para não derramar seu chá, pois o divã forrado de pano negro balançava muito com o movimento das duas.

Como chefe de polícia, Kurtz já enfrentara outros assassinatos. Entretanto, não o suficiente para que se tornassem rotina — geralmente um por ano, ou dois; muitas vezes, Boston passava um período de 12 meses sem nenhum homicídio notável. Os poucos assassinados eram das camadas baixas da sociedade, então apresentar condolências não fazia necessariamente parte do trabalho de Kurtz. Era um homem por demais impaciente com as emoções para ser bom nesse papel. O subchefe de polícia Edward Savage, que às vezes escrevia poesia, poderia desempenhá-lo melhor.

Aquilo — "*aquilo*" era a única palavra que o chefe Kurtz suportava ligar àquela terrível situação que estava prestes a mudar a vida da cidade — não era apenas um assassinato. Aquilo era o assassinato de um brâmane de Boston,* um membro da casta aristocrática da Nova Inglaterra. Mais que isso: era o mais alto oficial das cortes de Massachusetts. *Aquilo* não apenas matara um homem, como às vezes os assassinos fazem quase com piedade, mas o deixara completamente destruído.

A mulher que eles esperavam na melhor sala de visitas de Wide Oaks havia embarcado em Providence no primeiro trem que pôde, logo que recebeu o telegrama. O vagão de primeira classe do trem arrastara-se pesadamente, com uma calma irresponsável, mas agora a viagem, como tudo antes dela, parecia fazer parte de algo esquecido e irreconhecível. Ela fizera uma aposta consigo mesma e com Deus de que, se o pastor da família ainda não estivesse em sua casa quando ela lá chegasse, a mensagem do telegrama teria sido um engano. Essa aposta semiarticulada que fizera não fazia muito sentido, mas tinha de inventar algo em que acreditar, algo capaz de impedir que ela desmaiasse de vez. Ednah Healey, equilibrando-se no limiar do terror e da perda, olhava para o nada. Ao entrar em sua sala de visitas, diante da ausência do pastor, vibrou com a absurda vitória.

Kurtz, um homem robusto, com uma coloração mostarda abaixo dos bigodes fartos, percebeu que também estava tremendo. Tinha ensaiado o diálogo enquanto vinha de carruagem para Wide Oaks. "Madame, sentimos muitíssimo ter de chamá-la de volta para isto. Compreenda que o juiz Healey..." Não, precisava fazer um preâmbulo antes. "Imaginamos que seria melhor", continuou, "explicar as circunstâncias infelizes aqui, veja bem, em sua própria casa, onde a senhora ficaria mais confortável." Ele achava que essa era uma ideia generosa.

— Chefe Kurtz, o senhor não poderia ter encontrado o juiz Healey — disse ela, e mandou que ele se sentasse. — Sinto muito que tenha desperdiçado este chamado, mas deve haver algum mal-entendido. O juiz estava... está em Beverly, para aproveitar alguns dias calmos de

---

* São consideradas "Brahmins" (brâmanes) as famílias fundadoras da cidade de Boston, no estado de Massachusetts. O termo vem do sistema indiano de castas, no qual a dos brâmanes é considerada a mais elevada. A expressão é creditada ao escritor Oliver Wendell Holmes, que a cunhou em um artigo em 1860. Entre outras peculiaridades, essas famílias casavam-se entre si para manter o "sangue azul". (*N. da T.*)

trabalho, enquanto eu visitava Providence com nossos dois filhos. Seu retorno está previsto para amanhã.

Kurtz não assumiu a responsabilidade de refutá-la.

— Sua camareira — disse ele, indicando a maior das duas criadas — encontrou o corpo dele, madame. Lá fora, perto do rio.

Nell Ranney, a camareira, revolvia-se de culpa pela descoberta. Nem notara que ainda havia restos de larvas sanguinolentas no bolso de seu avental.

— Parece ter acontecido há vários dias. Receio que seu marido sequer tenha chegado a viajar para o interior — disse Kurtz, preocupado em soar demasiadamente indelicado.

Ednah Healey começou a chorar brandamente, como talvez uma mulher chorasse pela morte de um bichinho doméstico — reflexiva e controlada, mas sem raiva. A pluma marrom-esverdeada que se projetava de seu chapéu balançava com digna resistência.

Nell olhou ansiosa para a Sra. Healey, e depois disse, compassiva:

— Acho que deveria voltar mais tarde, chefe Kurtz.

John Kurtz ficou grato pela oportunidade de escapar de Wide Oaks. Caminhou com solenidade adequada na direção de seu novo condutor, um policial jovem e bonito que estava abaixando a escadinha da carruagem da polícia. Não havia razão para se apressar, não com a Delegacia Central fervendo com o assunto, como já deveria estar, com os vereadores histéricos e o prefeito Lincoln, que já lhe enchera os ouvidos por não ter dado batidas suficientes nos "infernos" de jogatina e nas casas de prostituição para deixar os jornais felizes.

Um terrível grito fendeu o ar antes que ele tivesse caminhado até a porta. O eco saiu, débil, pelas 12 chaminés da casa. Kurtz virou-se e observou, com aparvalhada indiferença, enquanto Ednah Healey, chapéu de pluma voando para longe e cabelos desgrenhados em montes selvagens, correu para os degraus da frente e atirou uma substância branca direto em sua cabeça.

Mais tarde, Kurtz se lembraria de ter piscado — parecia ser tudo o que fora capaz de fazer para evitar a catástrofe, piscar. Curvou-se à própria impotência: o assassinato de Artemus Prescott Healey já o tinha liquidado. Não era a morte por si só. Na Boston de 1865, a morte era uma visitante tão comum como sempre fora: doenças infantis, tuberculose e febres inominadas e impiedosas, incontáveis incêndios, tumultos violentos, jovens morrendo no parto em número tão grande que parecia que sequer tinham sido feitas para este mundo e — havia apenas seis meses — a guerra, que reduzira milhares e milhares dos rapazes de Boston a nomes escritos em telegramas tarjados de negro e enviados para suas famílias. Mas a meticulosa e disparatada — *a elaborada e desprovida de sentido* — destruição de um único ser humano nas mãos de um desconhecido...

Kurtz foi puxado violentamente pelo casaco e desabou no gramado macio banhado pelo sol. O vaso atirado pela Sra. Healey despedaçou-se em mil cacos de azul com marfim no tronco de um carvalho (uma das árvores às quais atribuíam o nome da propriedade). Talvez, pensou Kurtz, ele devesse ter mandado o subchefe Savage cuidar daquilo, afinal.

O policial Nicholas Rey, condutor de Kurtz, soltou seu braço e a ajudou a se colocar de pé. Os cavalos bufavam e recuavam no final da alameda.

— Ele fez tudo o que sabia! Todos nós fizemos! Não merecemos isso, seja lá o que lhe digam, senhor! Não merecíamos nada disso! Agora estou sozinha!

Ednah Healey levantou os punhos cerrados, e então disse algo que surpreendeu Kurtz:

— Eu sei, senhor! Eu sei quem fez isso! Eu sei!

Nell Ranney jogou seus braços corpulentos ao redor da mulher histérica, acalmando-a e acariciando-a, abraçando-a como tinha abraçado um dos filhos dela muitos anos antes. Ednah Healey reagia arranhando e empurrando e cuspindo, fazendo com que o atraente e jovem policial Rey interviesse.

Mas a raiva da recém-viúva se extinguiu, perdendo-se pela ampla blusa negra da criada, onde nada havia a não ser o abundante seio.

A velha mansão nunca soara tão vazia.

Ednah Healey tinha partido para uma de suas frequentes visitas à casa de sua família, os industriosos Sullivan, em Providence, e seu marido ficara para trabalhar numa disputa de propriedade entre as duas maiores instituições bancárias de Boston. O juiz despediu-se da família da sua habitual maneira balbuciante e afetuosa, e foi generoso o suficiente para dispensar a criadagem logo que a Sra. Healey sumiu de vista. Apesar de a esposa não poder viver sem as criadas, ele estimava os breves momentos de autonomia. Além disso, gostava de ocasionalmente tomar um pouco de xerez, e a criadagem certamente relataria qualquer violação da abstinência para a senhora, pois, se gostavam dele, a ela temiam profundamente.

No dia seguinte, ele partiria para um fim de semana de estudos tranquilos em Beverly. A próxima ação judicial que exigiria a presença de Healey só aconteceria na quarta-feira, quando ele voltaria de trem à cidade para comparecer ao tribunal.

O juiz Healey não reparava, mas Nell Ranney, que era criada havia vinte anos, desde que fora expulsa pela fome e pela doença da sua Irlanda natal, sabia que um ambiente limpo era essencial para um homem da importância do juiz. Assim, Nell voltou na segunda-feira, quando encontrou o primeiro salpico vermelho seco perto da despensa e outra trilha ao pé das escadas. Supôs que algum animal ferido tinha encontrado um jeito de entrar na casa e saíra pelo mesmo caminho.

Então, ela viu a mosca nas cortinas da sala de estar. Espantou-a pela janela aberta com um estalo agudo de sua língua, reforçado pelo agitar do espanador. Mas a mosca reapareceu enquanto ela polia a longa mesa de jantar de mogno. Nell pensou que as novas ajudantes de cor da cozinha, por negligência, haviam deixado algumas migalhas. As de contrabando — como ela ainda considerava as mulheres libertas, e continuaria considerando — não apreciavam a verdadeira limpeza, somente a aparência.

O inseto, pensou Nell, zumbia tão alto quanto uma locomotiva. Ela matou a mosca com um número enrolado da *North American Review*. O espécime esmagado tinha quase o dobro do tamanho de uma mosca comum e três listras negras atravessando o tronco verde-azulado. *E que fuça!*, pensou Nell Ranney. A cabeça da criatura era algo que faria o juiz Healey murmurar admirado antes de jogar a mosca na lixeira. Os olhos protuberantes, de um laranja vibrante, ocupavam quase a metade do

torso. Havia uma estranha tonalidade brilhante, alaranjada, ou vermelha. Algo entre os dois, com tons amarelos e negros, também. *Cobre*: o
bruxulear do fogo.

Ela voltou à casa na manhã seguinte para limpar o andar de cima.
Logo que cruzou a porta, outra mosca voou como uma flecha, passando pela ponta de seu nariz. Indignada, pegou outra das pesadas revistas do patrão e perseguiu a mosca pela escada principal acima. Nell
sempre usava a escada dos criados, mesmo quando estava sozinha na
casa. Mas a situação exigia uma reorganização das prioridades. Tirou
os sapatos e seus pés largos pousaram suavemente sobre os degraus
quentes, atapetados, seguindo a mosca até o quarto de dormir dos
Healey.

Os olhos de fogo fixaram-se nela, perturbadores, o corpo arqueado
como o de um cavalo pronto para o galope, e a face do inseto por um
instante pareceu o rosto de um homem. Escutando o zumbir monóto-
no, este foi, por muitos anos, o último momento em que Nell Ranney
conheceu algum tipo de paz.

Ela avançou estrondosamente e esmagou a revista contra a janela e
a mosca. Mas tinha tropeçado em algo durante o ataque, e, agora, girando sobre os pés descalços, olhou para baixo para ver o obstáculo.
Levantou o estranho objeto, um jogo completo de dentes humanos per-
tencentes à parte superior de uma boca.

Imediatamente soltou a coisa, mas ficou imóvel e atenta, como se
aquilo fosse censurá-la por sua incivilidade.

Eram dentes postiços, elaborados com cuidados de artista por um
proeminente dentista de Nova York, para atender ao desejo do juiz
Healey de ter uma aparência mais respeitável quando no tribunal. Ele
tinha tanto orgulho deles — contava sua origem para quem quisesse
ouvir, sem compreender que a vaidade que levava a tais apêndices deveria evitar qualquer discussão sobre eles. Os dentes eram demasiado
brilhantes e novos, eram como ver o sol de verão por entre os lábios de
um homem.

Com o canto dos olhos, ela notou uma grossa poça de sangue coa-
lhado e seco sobre o tapete. E, próxima a ela, uma pequena pilha de
roupas cuidadosamente dobradas. Essas roupas eram tão familiares

quanto seus próprios avental branco, blusa negra e saia franzida. Ela mesma fizera vários remendos em seus bolsos e mangas: o juiz jamais encomendava novos ternos ao Sr. Randridge, o excepcional alfaiate da School Street, salvo quando absolutamente essencial.

Foi só quando desceu para se calçar, que a camareira notou as manchas de sangue no corrimão e camufladas pelo suntuoso carpete vermelho que cobria as escadas. Pelas janelas ovais da sala de visitas, além do jardim imaculado, onde o quintal se inclinava na direção de prados, bosques, campos e, finalmente, do próprio rio Charles, ela viu um fervilhar de moscas. Nell saiu da casa para inspecionar.

As moscas esvoaçavam por cima de uma pilha de lixo. Ao se aproximar, o fedor extraordinário provocou lágrimas em seus olhos. Ela pegou um carrinho de mão e, enquanto o fazia, lembrou-se do bezerro que os Healey tinham permitido que o rapaz do estábulo criasse na propriedade. Mas isso havia sido anos antes. Tanto o rapaz do estábulo quanto o bezerro haviam crescido e abandonado Wide Oaks a sua eterna monotonia.

As moscas eram daquela nova variedade com olhos de fogo. Havia vespas amarelas também, que tiveram sua mórbida atenção atraída seja lá por que carne pútrida que estivesse sob elas. Porém, ainda mais numerosas que as criaturas aladas eram as massas cilíndricas brancas e brilhantes que se mexiam e estalavam — larvas de dorso protuberante se retorcendo obstinadamente sobre algo, não, não simplesmente retorcendo-se, brotando, furando, mergulhando, *comendo* uns entre os outros, comendo... mas *em que* se apoiava aquela montanha horrenda de muco viscoso e vivo? Uma ponta do monte parecia ser um embolado de fios castanhos e brancos de...

Acima do monte havia um bastão curto com uma bandeira esfarrapada, branca dos dois lados, tremulando com a brisa indecisa.

Ela não podia deixar de saber a verdade sobre o que estava debaixo daquele monte, mas, em seu terror, rezava para achar o bezerro do rapaz do estábulo. Seus olhos não conseguiram evitar discernir a nudez, as amplas costas, ligeiramente corcundas, que desciam até a fenda das nádegas enormes e brancas, transbordantes de larvas rastejantes, pálidas, em formato de feijões, acima das pernas desproporcionalmente curtas, esparramadas em direções opostas. Um sólido bloco de moscas, centenas delas, circulava, protetoramente. A parte de trás da cabeça estava completamente coberta de larvas brancas, que deviam ser milhares, não centenas.

Nell chutou para longe os ninhos de vespas e enfiou o juiz no carrinho de mão. Ela meio que carregou e meio que arrastou o corpo desnudo pelos prados, passando pelo jardim, pelos salões, até o escritório. Jogando o cadáver em cima de um monte de processos, Nell puxou a cabeça do juiz Healey para seu colo. Punhados de larvas saíam pelo nariz, pelas orelhas e pela boca aberta. Ela começou a arrancar as larvas luminescentes da parte de trás da cabeça. Eram úmidas e quentes. Ela apanhou também algumas das moscas de olhos de fogo que a haviam atraído para o interior da casa, esmagando-as com as palmas das mãos, arrancando suas asas, atirando-as no chão, uma depois da outra, numa vingança vazia. O que foi ouvido e visto em seguida fez com que ela produzisse um urro alto o suficiente para ressoar por toda a Nova Inglaterra.

Dois cavalariços do estábulo vizinho encontraram Nell se arrastando de quatro para fora do estúdio, aos prantos.

— O que houve, Nellie, o que houve? Meu Deus, você se machucou?

Foi mais tarde, quando Nell Ranney contou a Ednah Healey que o juiz Healey tinha gemido antes de morrer em seus braços, que a viúva correu e jogou o vaso no chefe de polícia. Que seu marido pudesse estar consciente durante aqueles quatro dias, mesmo que remotamente... era pedir demais que ela aceitasse isso.

A declaração de que a Sra. Healey tinha conhecimento do assassino de seu marido se revelou extremamente imprecisa.

— Foi Boston que o matou — revelou ela ao chefe Kurtz, mais tarde naquele mesmo dia, depois de parar de tremer. — Toda esta cidade asquerosa... o comeu vivo.

Ela insistiu que Kurtz a levasse até o corpo. Os auxiliares do legista tinham passado três horas tirando as larvas de meio centímetro dos lugares que haviam ocupado dentro do cadáver: as minúsculas bocas dentadas tiveram de ser arrancadas. Os bolsões de carne devorada que deixavam em seu rastro estendiam-se por todas as áreas abertas: o terrível inchaço atrás da cabeça parecia ainda pulsar com as larvas, mesmo depois de terem sido removidas. As narinas mal se dividiam e as axilas tinham sido devoradas. Sem os dentes postiços, o rosto afundara-se e a pele parecia um acordeão estático. O mais humilhante, mais lamentável, não era essa destruição, nem mesmo o fato de o corpo ter sido tão infestado de larvas e coberto de moscas e vespas, e sim a simples nudez. Às vezes, um cadáver, dizem, para todo mundo que o vê, parece um rabanete partido com a cabeça fantasticamente esculpida na parte de cima. O juiz Healey tinha um desses corpos, feitos para jamais serem vistos nus por ninguém exceto sua esposa.

No frio viciado das salas do necrotério, Ednah Healey assimilou essa cena e soube instantaneamente o que significava ser viúva, a enorme aflição que isso provocava. Com um repentino movimento do braço, pegou da prateleira a tesoura afiada do legista. Kurtz, lembrando-se do vaso, cambaleou para trás, esbarrando no legista confuso, que soltou uma praga.

Ednah ajoelhou-se e carinhosamente cortou um chumaço dos cabelos desalinhados do juiz. Desabando sobre os joelhos, com suas volumosas saias espalhando-se por todos os cantos da pequena sala, a minúscula mulher estendeu-se por cima do corpo frio e púrpura, com uma mão enluvada agarrando a tesoura e a outra acariciando o tufo arrancado, grosso e seco como crina de cavalo.

— Bem, nunca vi um homem tão destruído por vermes — disse Kurtz com uma voz débil, ainda no necrotério, depois que dois de seus homens escoltaram Ednah Healey de volta para casa.

Barnicoat, o legista, tinha uma cabeça pequena e disforme, cruelmente perfurada por dois olhos de lagosta. Suas narinas estavam inchadas até o dobro da capacidade devido às bolas de algodão.

— Larvas — disse Barnicoat, sorrindo. Pegou um dos feijões brancos contorcidos que tinham caído no chão. A coisa contorceu-se em sua mão antes que ele a jogasse no incinerador, onde ela chiou e espocou em fumaça. — Habitualmente, os cadáveres não são deixados ao léu para apodrecer. Ainda assim, a verdade é que o bando alado que o juiz Healey atraiu é mais comum em carcaças de ovelhas e bodes que ficam ao ar livre.

O fato era que o número de larvas, que tinha crescido dentro de Healey nos quatro dias em que ele esteve jogado no quintal, era espantoso, mas Barnicoat não tinha conhecimentos suficientes para reconhecer isso. O legista era uma nomeação política, e a posição não exigia qualquer especialização médica ou científica, somente tolerância diante de cadáveres.

— A camareira que levou o corpo para dentro da casa — começou Kurtz — estava tentando limpar o ferimento dos insetos e pensou ter visto, não sei mesmo como...

Barnicoat tossiu para fazer Kurtz prosseguir.

— Ela ouviu o juiz Healey gemer antes de morrer — disse Kurtz. — Isso é o que ela diz, Sr. Barnicoat.

— Oh, muito bem! — Barnicoat riu despreocupadamente. — Larvas de moscas-varejeiras só vivem em tecido morto, chefe. É por isso — explicou — que as moscas fêmeas procuram ferimentos no gado para fazer ninhos, ou carne estragada. Se por acaso se achassem no ferimento de um ser vivo que estivesse inconsciente ou incapaz de limpar a área, as larvas só ingeririam as partes de tecido mortas, o que causaria pouco dano. Esse ferimento na cabeça deve ter dobrado ou triplicado sua circunferência original, o que significa que todo o tecido estava morto, ficando evidente que o juiz já estava bem liquidado quando os insetos fizeram sua festa.

— Então, o golpe na cabeça que provocou o ferimento original foi o que o matou? — perguntou Kurtz.

— Ah, é bem provável, chefe — disse Barnicoat. — E foi forte o suficiente para jogar seus dentes longe. O senhor disse que ele foi descoberto no quintal?

Kurtz aquiesceu. Barnicoat especulou que o assassinato não tinha sido intencional. Um ataque com o objetivo de assassinar teria incluído algo mais, como uma pistola ou uma machadinha, para garantir o resultado, além do golpe.

— Ou mesmo uma adaga. Não. Isso parece mais um arrombamento. O assaltante golpeia o juiz na cabeça no quarto de dormir, vê que ele está desmaiado e o arrasta para fora para tirá-lo do caminho, enquanto saqueia a casa em busca de valores, provavelmente sem pensar que Healey ficara tão machucado — disse, quase com simpatia pelo ladrão azarado.

Kurtz olhou direta e ameaçadoramente para Barnicoat.

— Só que nada foi retirado da casa. E não é apenas isso. As roupas do juiz foram removidas e estavam bem dobradas, até as cuecas — ele percebeu que sua voz se quebrava, como se estivesse sendo pisada —, sua carteira, seu relógio de ouro com corrente; tudo empilhado ao lado das roupas.

Um dos olhos de lagosta de Barnicoat se arregalou na direção de Kurtz.

— Ele foi despido? E absolutamente nada foi levado?

— Isso foi pura loucura — disse Kurtz, o fato atingindo-o novamente, pela terceira ou quarta vez.

— Imaginem só! — exclamou Barnicoat, olhando ao redor como se procurasse mais pessoas para quem contar.

— Você e seus auxiliares devem manter o assunto estritamente confidencial, por ordem do prefeito. Sabe disso, não é, Sr. Barnicoat? Nem uma palavra fora destas paredes.

— Ora, muito bem, chefe Kurtz. — E então Barnicoat soltou uma risada breve, irresponsável, como uma criança. — Bem, o velho Healey era bem gordo para se arrastar. Pelo menos podemos ter certeza de que não foi a viúva enlutada.

Kurtz fez todos os apelos à lógica e à emoção quando explicou, em Wide Oaks, por que precisava de tempo para examinar o assunto antes que o público soubesse o que tinha acontecido. Mas Ednah Healey não deu resposta alguma enquanto sua criada de quarto arranjava as cobertas ao seu redor.

— Veja... Bem, se fizerem um circo com o assunto, se a imprensa atacar nossos métodos como sempre faz, o que poderá ser descoberto?

Os olhos dela, geralmente desafiadores e julgadores, estavam tristemente imobilizados. Mesmo suas criadas, que temiam sua feroz expressão de reprovação, choravam por sua situação atual tanto quanto pela morte do juiz Healey.

Kurtz encolheu-se, quase pronto a se render. Notou que a Sra. Healey fechara os olhos com força no momento em que Nell Ranney entrou no quarto com chá.

— O Sr. Barnicoat, o legista, diz que a crença de sua camareira em que o juiz estava vivo quando ela o encontrou é cientificamente impossível... uma alucinação. Pelo número de vermes, Barnicoat pode afirmar que o juiz já tinha falecido.

Ednah Healey voltou-se para Kurtz, o olhar atento e duvidoso.

— Na verdade, Sra. Healey — continuou Kurtz, mais autoconfiante —, as larvas das moscas, por sua natureza, só comem *tecido morto*, sabe.

— Então ele não poderia ter sofrido enquanto estava lá fora? — implorou a Sra. Healey, com voz alquebrada.

Kurtz concordou com a cabeça. Antes de ele sair de Wide Oaks, Ednah chamou Nell Ranney e a proibiu de repetir novamente aquela horrenda história.

— Mas, Sra. Healey, eu estou certa de que... — Nell hesitou, sacudindo a cabeça.

— Nell Ranney! Atente às minhas palavras!

Então, para recompensar o chefe, a viúva concordou em ocultar as circunstâncias da morte de seu marido.

— Mas o senhor tem que fazer isso — disse, agarrando a manga do casaco dele. — Tem que jurar descobrir o assassino.

Kurtz assentiu.

— Sra. Healey, o departamento está começando a aplicar tudo o que nossos recursos e a situação presente...

— Não. — Sua mão pálida se agarrara, imóvel, ao casaco, como se este fosse permanecer ali, caso ele deixasse a sala. — Não, Sr. Kurtz. Não começar. Terminar. Descobrir. Jure para mim.

Ela o deixara pouca escolha.

— Juro que sim, Sra. Healey. — Ele não pretendia acrescentar mais nada, porém a dúvida que martelava seu peito o obrigou a se expressar também. — De alguma maneira.

J. T. Fields, editor de livros de poesia, estava espremido na cadeira da janela de seu escritório, na New Corner, estudando os cantos que Longfellow selecionara para aquela noite, quando um auxiliar de escritório o interrompeu com um visitante. A figura magra de Augustus Manning materializou-se no saguão, aprisionado numa sobrecasaca engomada. Ele deslizou para o escritório como se não tivesse nenhuma ideia de como tinha vindo parar no segundo andar da mansão recém-reformada da Tremont Street, que agora abrigava a Ticknor, Fields & Co.

— O local me parece magnífico, Sr. Fields, magnífico. Apesar de que para mim o senhor sempre será o sócio minoritário, aninhado atrás de sua cortina verde, na Old Corner, pregando para sua pequena congregação de autores.

Fields, agora sócio majoritário e o editor de maior sucesso nos Estados Unidos, sorriu e se dirigiu a sua mesa, estendendo agilmente o pé para o terceiro de quatro pedais — A, B, C e D —, colocados em fila embaixo de sua cadeira. Numa sala distante do escritório, o sininho marcado com C tiniu levemente, assustando um jovem contínuo. O sino C significava que o editor deveria ser interrompido em 25 minutos; o sino B, 10 minutos; e o sino A, 5. A editora Ticknor & Fields detinha a exclusividade dos textos, panfletos, memórias e histórias oficiais da Universidade de Harvard. Assim, o Dr. Augustus Manning, que puxava os cordões financeiros de toda a instituição, recebeu naquele dia um generoso C.

Manning tirou o chapéu e passou a mão sobre a ravina nua entre as ondas de cabelos encaracolados dos dois lados de sua cabeça.

— Como tesoureiro da Corporação de Harvard — prosseguiu ele —, devo comunicar-lhe a respeito de um problema potencial que recentemente chegou a nossa atenção, Sr. Fields. O senhor compreende que uma editora contratada pela Universidade de Harvard deve apresentar nada menos que uma reputação impecável.

— Dr. Manning, ouso dizer que não existe casa com reputação tão impecável quanto a nossa.

Manning entrelaçou os dedos tortos, formando um campanário, e emitiu um longo e roufenho suspiro, ou tosse. Fields não sabia dizer qual dos dois.

— Ouvimos falar de uma nova tradução literária que pretende publicar, Sr. Fields, feita pelo Sr. Longfellow. É claro que estimamos os anos que o Sr. Longfellow contribuiu para a universidade, e seus próprios poemas são de primeira classe, realmente. No entanto, ouvimos falar algo desse projeto, do tema sobre o qual trata, e temos algumas preocupações de que esse tipo de bobagens...

Fields compôs um olhar frio, diante do qual os dedos cruzados de Manning se separaram. Com seu calcanhar, o editor abaixou o quarto, e mais urgente, botão de aviso.

— O senhor sabe, meu caro Dr. Manning, como a sociedade valoriza o trabalho dos meus poetas. Longfellow. Lowell. Holmes.

O triunvirato de nomes reforçou sua posição de força.

— Sr. Fields, é em nome da *sociedade* que falamos. Seus autores vivem pendurados na barra de seu casaco. Aconselhe-os com propriedade. Não mencione este encontro se não quiser; eu não o farei. Sei que deseja que sua casa continue estimada, e não tenho dúvida de que irá considerar todas as repercussões de sua publicação.

— Obrigado pela confiança, Dr. Manning. — Fields respirou sobre sua longa barba, lutando para manter sua famosa diplomacia. — Considerei amplamente as repercussões e espero ansiosamente por elas. Se o senhor não quiser prosseguir com as publicações da universidade que estão pendentes, devolverei as matrizes com prazer, imediatamente e sem custos. Saberá, espero, que me ofenderá se disser algo depreciativo ao público acerca de meus autores. Ah, Sr. Osgood.

O chefe do escritório de Fields, J. R. Osgood, entrou na sala e Fields pediu-lhe que acompanhasse o Dr. Manning em uma visita aos novos escritórios.

— Desnecessário. — A palavra filtrou-se por entre as barbas patriarcais de Manning, duradouras como o século, enquanto este se levantava. — Suponho que o senhor espere desfrutar de muitos dias prazerosos neste escritório, Sr. Fields — disse ele, lançando um olhar frio aos lustrosos painéis de nogueira. — Haverá momentos, lembre-se, em que nem mesmo o senhor será capaz de proteger seus autores de suas ambições.

Inclinou-se de maneira exageradamente educada e dirigiu-se para as escadas.

— Osgood — disse Fields, e fechou a porta. — Quero que coloque uma nota no *New York Tribune* sobre a tradução.

— Ah, o Sr. Longfellow já terminou? — perguntou Osgood alegremente.

Fields franziu os lábios grossos e autoritários.

— Sabia, Sr. Osgood, que uma vez Napoleão atirou em um vendedor de livros por ser agressivo demais?

Osgood considerou o assunto.

— Não, não sabia disso, Sr. Fields.

— A feliz vantagem da democracia é que somos livres para vender nossos livros da maneira mais agressiva que pudermos e ainda permanecer perfeitamente a salvo de qualquer violência. Não quero que nenhuma família respeitável durma desprevenida quando estivermos na encadernação. — E qualquer um ao alcance de sua voz poderosa acreditaria que ele faria isso. — Para o Sr. Greeley. Nova York. Para inclusão imediata na página "Literary Boston".

Os dedos de Fields tamborilavam e dedilhavam o ar, um músico tocando um piano imaginário. Tinha cãibras no pulso quando escrevia, e assim Osgood era a mão substituta para a maioria dos escritos dele, inclusive suas tentativas de poesia.

O texto surgiu em sua mente quase pronto.

— "O QUE OS LITERATOS DE BOSTON ESTÃO FAZENDO: Existem boatos de que uma nova tradução está para ser impressa pela Ticknor, Fields & Co., a qual irá atrair considerável atenção em várias áreas. Comenta-se que o tradutor é um cavalheiro de nossa cidade, cuja poesia, há muitos anos, inspira a adoração do público em ambos os lados do Atlântico. Sabemos também que esse cavalheiro recrutou a ajuda das mais finas mentes literárias de Boston..." Pare aí, Osgood. Troque para "da Nova Inglaterra". Não queremos o sorrisinho afetado do velho Greene, não é?

— Claro que não, senhor — Osgood conseguiu responder enquanto escrevia.

— "... das mais finas mentes da Nova Inglaterra para ajudá-lo na tarefa de revisar e completar sua nova e elaborada tradução poética. O conteúdo do trabalho por enquanto ainda é desconhecido, mas sabe-se que jamais foi lido em nosso país e deverá transformar a paisagem literária." *Et cetera*. Faça com que Greeley o atribua a uma "Fonte Anônima". Escreveu tudo?

— Enviarei pelo primeiro correio de amanhã — disse Osgood.

— Telegrafe para Nova York.

— Para publicar na próxima semana? — Osgood pensou ter ouvido errado.

— Sim, sim! — Fields levantou as mãos. O editor raramente se alvoroçava. — E vou lhe dizer, teremos outra pronta para a semana seguinte!

Osgood virou-se cautelosamente quando alcançou a porta.

— Se me permite perguntar, qual era o assunto do Dr. Manning aqui esta tarde, Sr. Fields.

— Nada importante. — Fields soltou um longo suspiro por entre a barba que contradizia isso. Voltou para a gorda pilha de manuscritos em seu assento perto da janela.

Abaixo deles, via-se o parque Boston Common, no qual os pedestres ainda usavam seus linhos de verão, e até mesmo alguns chapéus de palha. Quando Osgood começou novamente a se retirar, Fields sentiu o desejo de explicar.

— Se prosseguirmos com o Dante de Longfellow, Augustus Manning tomará providências para que todos os contratos de edição entre Harvard e a Ticknor & Fields sejam cancelados.

— Ora, valem milhares de dólares, e valerão dezenas de vezes mais nos próximos anos! — disse Osgood, alarmado.

Fields aquiesceu pacientemente.

— Hmmm. Sabe, Osgood, por que não publicamos Whitman quando ele nos trouxe *Folhas de Relva*? — Não esperou pela resposta. — Porque Bill Ticknor não queria atrair confusão para a casa, por causa das passagens carnais.

— Posso perguntar se lamenta isso, Sr. Fields?

Ele estava feliz com a pergunta. Seu tom de voz passou do de empregador para o de mentor.

— Não, não lamento, meu caro Osgood. Whitman pertence a Nova York, tal como Poe. — Este último nome foi dito com mais amargura, por razões que ainda ardiam. — E vou deixar que mantenham o pouco que têm. Jamais, porém, devemos nos curvar diante de ameaças à verdadeira literatura. E não faremos isso agora.

Ele queria dizer "agora que Ticknor se foi". Não que o falecido William D. Ticknor não tivesse o tino literário. De fato, podia-se dizer que os Ticknor tinham a literatura correndo em seu sangue, ou pelo menos em algum órgão importante, já que seu primo George Ticknor fora a autoridade literária de Boston, precedendo Longfellow e Lowell, como o primeiro professor da Cátedra Smith em Harvard. Mas William D. Ticknor tinha começado em Boston no campo complexo das finanças, e trouxera para o mundo editorial, que naquela época era pouco mais que a venda de livros, a mente de um ótimo banqueiro. Era Fields quem reconhecia o gênio em manuscritos inacabados e monografias, quem alimentava a amizade com os grandes autores da Nova Inglaterra enquanto outros editores fechavam suas portas por falta de lucros ou passavam demasiado tempo no varejo.

Fields, quando jovem balconista, já tinha a fama de ter habilidades sobrenaturais (ou "muito estranhas", como os outros balconistas diziam): podia prever, pelo porte e pela aparência de um cliente, qual livro este desejava. No começo, guardou isso para si, mas quando os outros balconistas descobriram seu dom, tornou-se objeto de apostas frequentes, e os que apostavam contra Fields sempre terminavam o dia infelizes. Fields logo transformaria a indústria ao convencer William Ticknor a recompensar os autores, em vez de enganá-los, e ao compreender que a publicidade podia transformar poetas em personalidades. Como sócio, Fields comprou *The Atlantic Monthly* e *The North American Review* como veículos para seus autores.

Osgood jamais seria um homem de letras como Fields, um literato, e, portanto, hesitava em contrapor ideias sobre a Verdadeira Literatura.

— Por que Augustus Manning ameaçaria tais medidas? É extorsão, eis do que se trata — disse, indignado.

Fields sorriu consigo mesmo diante disso, pensando no quanto ainda era preciso ensinar a Osgood.

— Nós extorquimos todos os que conhecemos, Osgood, do contrário nada seria feito. A poesia de Dante é estrangeira e desconhecida. A Corporação domina a reputação de Harvard, controlando todas as palavras que passam pelos portões da universidade, Osgood, e qualquer coisa desconhecida, ou irreconhecível, assusta-os acima de qualquer medida. — Fields pegou a edição de bolso da *Divina Commedia* de Dante que comprara em Roma. — Aqui entre a capa e a quarta capa há revolta suficiente para deslanchar tudo isso. A mente de nosso país movimenta-se com a velocidade do telégrafo, Osgood, e nossas grandes instituições arrastam-se atrás da diligência.

— Mas por que razão isso afetaria o bom nome deles? Eles nunca sancionaram a tradução de Longfellow.

O editor fingiu indignação.

— Prefiro pensar que não. Mas ainda assim existe associação entre eles, mais temível, pois é algo que dificilmente pode ser apagado.

A conexão de Fields com Harvard era a de ser o editor da universidade. Os outros eruditos tinham laços mais fortes: Longfellow fora o professor mais ilustre da academia até se aposentar, havia dez anos, para dedicar-se inteiramente a sua poesia; Oliver Wendell Holmes, James Russell Lowell e George Washington Greene foram alunos; e Holmes e Lowell eram professores celebrados — Holmes era o professor da Cátedra Parkman de Anatomia na Faculdade de Medicina e Lowell, o diretor de Línguas Modernas e Literatura em Harvard, posto que anteriormente fora ocupado por Longfellow.

— Esta será vista como a obra-prima que surge do coração de Boston e da alma de Harvard, meu caro Osgood. E nem mesmo Augustus Manning é cego a ponto de ignorar isso.

O Dr. Oliver Wendell Holmes, professor de medicina e poeta, apressava-se pelas trilhas bem-cuidadas do Boston Common em direção ao escritório de seu editor, como se estivesse sendo perseguido (parando duas vezes, entretanto, para dar autógrafos). Quem passasse perto do

Dr. Holmes, ou fosse um dos que lhe estendiam uma caneta para preencher seu caderno de autógrafos, poderia quase senti-lo vibrar de determinação. No bolso de seu colete de seda achamalotada, queimava o retângulo de papel dobrado que impelia o pequeno doutor em direção a Corner (ou seja, ao escritório do seu editor) e que provocava seu medo.

Quando encontrava seus admiradores, exultava ao ouvi-los nomear seus favoritos.

— Ah, *esse* — comentava. — Dizem que o presidente Lincoln recitava de memória esse poema. Bem, na verdade, ele mesmo me disse...

O formato do rosto juvenil de Holmes, a pequena boca que empurrava o queixo solto, fazia com que lhe parecesse um enorme esforço mantê-la fechada por qualquer período significativo de tempo.

Depois dos caçadores de autógrafos, ele parou apenas uma vez, hesitante, na livraria Dutton & Company, onde contou três romances e quatro volumes de poesia de autores novos e (provavelmente) jovens de Nova York. A cada semana as páginas literárias anunciavam que o livro mais extraordinário da época acabara de ser publicado. "Profunda originalidade" tinha se tornado tão abundante que, se o termo fosse levado a sério, podia ser tomado como o produto nacional mais comum. Apenas alguns anos antes da guerra, parecia que o único livro sobre a terra era o seu *The Autocrat of the Breakfast-Table*, o ensaio em série com o qual Holmes tinha superado todas as expectativas ao inventar uma nova atitude para a literatura, a de observação pessoal.

Holmes irrompeu no vasto salão da Ticknor & Fields. Como os judeus de antigamente no Segundo Templo, lembrando as glórias que aquele substituíra, ele não pôde evitar contrapor ao brilho requintado e azeitado sua lembrança sensória da mofada sede da velha Old Corner Bookstore, entre a Washington Street e School Street, dentro da qual a editora e seus autores se acotovelaram durante décadas. Os autores de Fields chamavam o novo palácio, na esquina da Tremont Street com a Hamilton Place, de Corner, ou New Corner — em parte por hábito, mas também como nostalgia de seus começos.

— Boa tarde, Dr. Holmes. Veio ver o Sr. Fields?

A Srta. Cecilia Emory, a agradável moça de boina azul no balcão da frente, recebeu o Dr. Holmes envolta numa nuvem de perfume e com um cálido sorriso. Quando a Corner abrira, um mês antes, Fields contratara várias mulheres como secretárias, apesar do coro de críticas que condenavam essa prática em um edifício frequentado sobretudo por homens. Quase com certeza a ideia tinha vindo da esposa de Fields, Annie, teimosa e bela (qualidades geralmente aliadas).

— Sim, minha cara — cumprimentou Holmes. — Ele está?

— Ah, será que o grande Autocrata da Mesa do Café da Manhã desceu até nós?

Samuel Ticknor, um dos funcionários, despediu-se longamente de Cecilia Emory, enquanto colocava suas luvas. Não sendo um funcionário comum de editora, Ticknor era esperado em casa pela esposa e pelos criados, em um dos recantos mais valorizados de Back Bay.

Holmes cumprimentou-o.

— Belo lugarzinho, esta New Corner, não é, meu caro Sr. Ticknor? — E riu. — Estou quase surpreso de o Sr. Fields ainda não ter se perdido aqui.

— Será que não? — murmurou com seriedade Samuel Ticknor, em seguida dando uma risadinha, ou resmungo.

J. R. Osgood chegou para conduzir Holmes até o andar de cima.

— Não dê atenção a ele, Dr. Holmes — resmungou Osgood, observando o "ele" em questão caminhar para a Tremont Street e jogar uma moeda ao vendedor de amendoins da esquina, tal como faria a um mendigo. — Ouso dizer que o jovem Ticknor acredita que deveria desfrutar da mesma deferência que seu pai teria se fosse vivo, somente devido a seu nome. E quer que todos saibam disso.

Holmes não tinha paciência para fofocas — pelo menos não naquele dia.

Osgood disse que Fields estava em reunião, portanto Holmes teve de passar pelo purgatório da Sala dos Autores, uma luxuosa câmara preparada para o conforto e o prazer dos autores da casa. Em um dia comum, Holmes poderia muito bem passar algum tempo ali admirando as recordações literárias e os autógrafos pendurados na parede que incluíam o seu nome. Em vez disso, sua atenção voltou-se para o cheque que tirou hesitantemente do bolso. Na quantia ridícula escrita com mão descuidada, Holmes observou seus fracassos. Viu nas manchas de tinta espalhadas sua vida como poeta, maltratada pelos acontecimentos dos últimos anos, incapaz de se alçar à altura dos sucessos anteriores. Sentou-se em silêncio e alisou o cheque entre o indicador e o polegar, tal como Aladim faria com sua velha lâmpada. Holmes imaginou todos os autores destemidos e jovens que Fields estaria cortejando, convencendo, moldando. Saiu duas vezes da Sala dos Autores, duas vezes encontrando fechada a porta de Fields. Mas, antes que regressasse essa segunda vez, a voz de James Russell Lowell, poeta e editor, fez-se ouvir do lado de fora. Lowell falava enfaticamente (como sempre), até mesmo de modo dramático, e o Dr. Holmes, em vez de bater na porta ou voltar, tentou decifrar a conversa, pois acreditava que quase certamente teria algo a ver com ele.

Estreitando os olhos, como se pudesse transferir os poderes destes para os ouvidos, Holmes estava justamente decifrando uma palavra intrigante quando bateu em algo e tropeçou.

O jovem, que teve de parar repentinamente diante do bisbilhoteiro, sacudiu as mãos num estúpido pedido de desculpas.

— A culpa foi toda minha, caro rapaz — disse o poeta, rindo. — Dr. Holmes, e você é...

— Teal, doutor, senhor — disse, tremendo, o rapaz, apresentando-se e logo depois ficando amarelo e sumindo de vista.

— Vejo que conheceu Daniel Teal. — Osgood, o chefe do escritório, veio do saguão. — Não conseguiu administrar um hotel, mas é o trabalhador mais dedicado que temos.

Holmes e Osgood riram: pobre rapaz, ainda verde de anos e novo na firma, e por pouco não batendo com a cabeça em Oliver Wendell Holmes! Essa renovação de sua importância fez o poeta sentir-se melhor.

— Gostaria que verificasse se o Sr. Fields está liberado? — perguntou Osgood.

A porta abriu por dentro. James Russell Lowell, majestaticamente desalinhado, seus penetrantes olhos acinzentados desviando a atenção da lanugem de sua cabeleira e da barba, que ele alisou com dois dedos, olhou através da soleira. Estava sozinho no escritório de Fields, com o jornal do dia.

Holmes imaginou o que diria Lowell, se tentasse compartilhar com ele sua ansiedade: *Neste momento é importante concentrar todas as energias em Longfellow, em Dante, Holmes, e não em nossas pequenas vaidades...*

— Entre, *entre*, Wendell! — E Lowell começou a lhe preparar uma bebida.

Holmes disse:

— Ora, Lowell, pensei ter escutado vozes há pouco. Fantasmas?

— Quando perguntaram a Coleridge se acreditava em fantasmas, ele respondeu com uma negativa, explicando que já tinha visto muitos deles. — Riu alegremente e torceu para fora a ponta acesa de seu charuto. — Ah, o Clube Dante irá celebrar esta noite. Acabei de ler isto alto, para ver como soava.

Lowell apontou para o jornal na mesinha. Fields, ele explicou, descera até o café.

— Diga-me, Lowell, você sabe se o *Atlantic* mudou sua política de pagamento? Quero dizer, não sei se você lhes enviou alguns versos para o último número. Certamente você anda por demais ocupado com a *Review.* — Os dedos de Holmes remexiam o cheque em seu bolso.

Lowell não escutava.

— Holmes, você precisa dar uma boa olhada nisto! Fields superou a si mesmo. Aqui, veja, dê uma olhada.

O poeta assentiu conspiratoriamente e observou com cuidado. O jornal estava dobrado na página literária e cheirava ao charuto de Lowell.

— Mas o que eu queria perguntar, meu caro Lowell — disse Holmes, com insistência, afastando o jornal do caminho —, é se recentemente... Ah, muito obrigado. — Ele aceitou um conhaque e água.

Fields regressou com um amplo sorriso, alisando sua barba. Estava tão inexplicavelmente alegre e complacente quanto Lowell.

— Holmes! Não esperava ter este prazer hoje! Já ia mandar chamá-lo na Faculdade de Medicina para ver o Sr. Clark. Houve um terrível erro em alguns dos cheques do último número do *Atlantic*. Você deve ter recebido um de 75 dólares em vez de um de 100 dólares, pelo seu poema.

Diante da rápida inflação por causa da guerra, os poetas maiores recebiam 100 dólares por poema, com exceção de Longfellow, que recebia 150. Nomes menos conhecidos recebiam entre 25 e 50 dólares.

— Verdade? — perguntou Holmes, com um suspiro de alívio que instantaneamente lhe pareceu constrangedor. — Bem, sempre fico feliz por mais.

— Essa nova turma de escriturários, vocês nunca viram nada igual. — Fields balançou a cabeça. — Estou no leme de um enorme navio, meus amigos, que acabará se chocando contra as pedras se eu não estiver atento o tempo todo.

Holmes recostou-se contente e finalmente olhou o *New York Tribune* em suas mãos. Em silêncio estupefato, afundou-se na poltrona, permitindo que as amplas almofadas de couro o engolissem.

James Russell Lowell tinha vindo de Cambridge para a Corner para cumprir obrigações há muito negligenciadas para com a *North American Review*. Lowell deixava a maior parte do trabalho da *Review*, uma das duas principais revistas de Fields, para uma equipe de editores assistentes, cujos nomes confundia, até que sua presença era exigida para a leitura final. Fields sabia que Lowell apreciaria a publicidade antecipada mais que qualquer um, mais que o próprio Longfellow.

— Magnífico! Você ainda tem um quê de judeu dentro de si, meu caro Fields! — disse Lowell, arrancando o jornal de volta das mãos de Holmes. Os amigos não prestaram atenção à estranha tirada de Lowell, pois estavam acostumados com sua tendência a teorizar que qualquer um que fosse hábil, inclusive ele mesmo, seria de alguma forma, ainda que desconhecida, judeu, ou pelo menos de ascendência judia.

— Meus livreiros vão adorar a notícia — gabou-se Fields. — Vamos construir uma bela e brilhante carruagem só com os lucros de Boston!

— Meu caro Fields — disse Lowell, rindo animadamente e dando palmadinhas no jornal como se este contivesse um prêmio secreto. — Se você tivesse sido o editor de Dante, ouso dizer que ele teria sido recebido de volta a Florença com uma parada nas ruas!

Oliver Wendell Holmes riu e acrescentou um tom de apelo, ao dizer:

— Se Fields fosse o editor de Dante, Lowell, ele jamais teria sido exilado.

Quando o Dr. Holmes pediu licença para ir falar com o Sr. Clark, o tesoureiro, antes de se dirigirem para a casa de Longfellow, Fields percebeu que Lowell estava perturbado. O poeta não era do tipo que escondia seu desprazer, em circunstância alguma.

— Você não acha que Holmes deveria estar mais entusiasmado? — perguntou Lowell. — Ele parecia estar lendo um obituário — cortou, conhecendo a sensibilidade de Fields para com a recepção de seus truques publicitários. — O dele mesmo.

Mas Fields riu para desviar essa preocupação.

— Ele está preocupado com o seu romance, só isso, e se os críticos o tratarão bem desta vez. Bem, ele sempre tem centenas de coisas na cabeça. Você sabe disso, Lowell.

— Mas esse é o problema! Se Harvard tentar nos atemorizar ainda mais... — começou Lowell, e depois mudou de tom. — Não quero que ninguém tenha a ideia de que não estamos apoiando isto até o fim, Fields. Às vezes, você não acha que isso pode ser simplesmente mais um clube para Wendell?

Lowell e Holmes gostavam de trocar farpas um com o outro, e Fields fazia o possível para desencorajá-los. Competiam, sobretudo, por atenção. Depois de um recente banquete, a Sra. Fields contou que escutara Lowell demonstrar para Harriet Beecher Stowe por que *Tom Jones* era o melhor romance já escrito, enquanto Holmes provava para o marido de Stowe, professor de teologia, que a religião era a responsável por todos os palavrões ditos no mundo. O editor temia algo mais do que um mero retorno das sérias tensões entre dois de seus melhores poetas; temia que Lowell teimosamente tentasse provar que suas dúvidas sobre Holmes estavam certas. Fields não podia admitir isso, assim como não podia admitir as hesitações de Holmes.

Fields fez questão de demonstrar seu orgulho de Holmes, parando diante de um daguerreótipo do pequeno doutor pendurado na parede. Colocou a mão no ombro forte de Lowell e disse com sinceridade:

— Nosso Clube Dante seria um espírito perdido sem ele, meu caro Lowell. É certo que às vezes é distraído, mas é isso que mantém seu brilho. Ora, ele é o que o Dr. Johnson chamaria de sujeito *sociável*. Mas sempre esteve do nosso lado, não é? E do lado de Longfellow.

* * *

O Dr. Augustus Manning, tesoureiro da Corporação de Harvard, ficava na universidade até mais tarde, às vezes noite adentro com os outros membros. Com frequência levantava a cabeça sobre sua escrivaninha para olhar pela janela que escurecia e refletia a luz indistinta de sua luminária, e pensava nos perigos que se levantavam diariamente ameaçando abalar os alicerces da universidade. Naquela mesma tarde, enquanto fazia sua caminhada de dez minutos, registrou os nomes de vários ofensores. Três estudantes conversavam, perto de Grays Hall. Quando o viram se aproximar, era tarde demais; como um fantasma, ele não fazia ruído, mesmo ao caminhar sobre folhas secas. Eles seriam advertidos pelo conselho da universidade por "congregar-se" — isto é, ficar parados no pátio em grupos de dois ou mais.

Naquela manhã na capela, às seis da manhã, como era exigido pela universidade, Manning também tinha chamado a atenção do tutor Bradlee para um aluno que lia um livro por baixo de sua Bíblia. O culpado, um aluno do segundo ano, seria advertido em particular por ler durante o culto, assim como pela tendência agitadora do autor — um filósofo francês que defendia políticas imorais. Na próxima reunião do conselho da universidade, a sentença seria registrada na ficha do jovem, haveria a imposição de multa de vários dólares, e sua pontuação nos registros de classe sofreria uma dedução.

Manning pensava agora em como resolver o problema de Dante. Adepto leal e firme dos idiomas e dos estudos clássicos, Manning uma vez passara um ano inteiro, diziam, cuidando de seus assuntos pessoais e de negócios em latim. Alguns duvidavam disso, assinalando que sua esposa não conhecia o idioma, enquanto outros conhecidos apontavam que esse fato confirmava a veracidade da história. As línguas vivas, como eram chamadas pelos catedráticos de Harvard, eram pouco mais que imitações baratas, distorções baixas. O italiano, assim como o espanhol e o alemão, particularmente, representavam paixões políticas liberais, apetites corporais e a ausência de moral da decadente Europa. O Dr. Manning não tinha a menor intenção de permitir que venenos estrangeiros se espalhassem sob o disfarce de literatura.

Quando sentou-se, Manning escutou um surpreendente estalido vindo de sua antessala. Qualquer ruído seria inesperado àquela hora, uma vez que sua secretária tinha ido para casa. Manning foi até a porta e girou a maçaneta. Mas a porta estava presa. Olhou para cima e viu uma ponta de metal enfiada no batente, e outra vários centímetros à direita. Manning empurrou fortemente a porta, uma e outra vez, com cada vez mais força, até que seu braço doeu e a porta se abriu, com dificuldade. Do outro lado, um estudante, armado com uma tábua de madeira e alguns parafusos, equilibrava-se rindo em cima de um banco, enquanto tentava bloquear a porta de Manning.

Os comparsas do delinquente fugiram ao avistar o professor.

Manning agarrou o estudante do banco.

— Tutor! Tutor! Era só uma brincadeira, estou lhe dizendo! Solte-me!

— O rapaz de 16 anos instantaneamente parecia ter cinco a menos e, sob o olhar fixo de Manning, estava em pânico.

Golpeou Manning várias vezes e por fim cravou os dentes na mão dele, que afrouxou o aperto. Mas um tutor residente chegou e agarrou o estudante pelo colarinho, quando este tentava passar pela porta.

Manning aproximou-se com passadas decididas e olhar frio. O estudante ficou tanto tempo com os olhos arregalados, parecendo cada vez menor e mais frágil, que até o tutor pareceu desconfortável e perguntou alto o que deveria fazer. Manning abaixou os olhos para sua mão, onde dois pontos brilhantes de sangue escorriam pelas marcas dos dentes entre os ossos.

As palavras de Manning pareciam sair diretamente de sua barba espetada, e não da boca.

— Faça com que diga o nome de seus cúmplices neste ato, tutor Pearce. E descubra onde ele andou bebendo álcool. Depois o entregue à polícia.

Pearce hesitou.

— Polícia, senhor?

O estudante protestou.

— Ora se não é um jogo sujo, chamar a polícia para assuntos da universidade!

— Imediatamente, tutor Pearce!

Augustus Manning trancou a porta atrás de si. Ignorou o fato de sua respiração estar pesada de raiva e voltou a seu lugar, onde se sentou ereto, com dignidade. Pegou novamente o *New York Tribune* para se lembrar de assuntos que exigiam desesperadamente a sua atenção. Enquanto lia a nota publicada por Fields na página "Literary Boston" e sua mão doía nos pontos onde a pele estava ferida, eram mais ou menos estes os pensamentos que passavam pela mente do tesoureiro: Fields se crê invencível em sua nova fortaleza... A mesma arrogância orgulhosamente exibida por Lowell como se fosse um casaco novo... Longfellow permanece intocável; o Sr. Greene, uma relíquia, há muito um paraplégico mental... *Mas o Dr. Holmes...* O Autocrata corteja a controvérsia apenas por temor, não por princípio... O pânico no rosto do doutorzinho quando viu o que acontecera ao professor Webster tantos anos atrás... Não tanto a condenação por assassinato ou o enforcamento, mas a perda de sua posição que ganhara na sociedade com seu bom nome, com cultura e a carreira como um homem de Harvard... *Sim, Holmes: o Dr. Holmes será nosso maior aliado.*

II

POR TODA BOSTON, e durante toda a noite, os policiais arrebanharam montes de "pessoas suspeitas", por ordem do chefe de polícia. Cada policial observava cautelosamente enquanto os suspeitos dos colegas eram registrados na Delegacia Central da Polícia, temendo que seus próprios rufiões fossem julgados inferiores. Detetives à paisana, evitando o uniforme, disparavam escadas acima vindo das Tumbas — as celas no subsolo —, falando em código em voz baixa com e acenos disfarçados.

O bureau de detetives, derivado de um modelo europeu, fora instituído em Boston com o objetivo de proporcionar conhecimento preciso da localização dos criminosos, de maneira que a maioria dos detetives escolhidos já tinham sido, eles mesmos, bandidos. Entretanto, sem métodos sofisticados de investigação a sua disposição, os detetives revertiam a velhos truques (os favoritos eram a extorsão, a intimidação e a invenção) para assegurar sua cota de prisões e garantir seus salários. O chefe Kurtz tinha feito tudo o que podia para assegurar que os detetives, junto com a imprensa, pensassem que a vítima do assassinato era um zé-ninguém. O último problema de que precisava agora era ver seus detetives tentando achar meios de extorquir dinheiro do luto dos ricos Healey.

Alguns dos indivíduos recolhidos entoavam canções obscenas ou cobriam o rosto com as mãos. Outros gritavam palavrões e ameaças aos policiais que os tinham detido. Alguns poucos se amontoavam em bancos de madeira num dos lados da sala. Todos os tipos de criminosos estavam ali, desde assaltantes de estradas — a categoria mais elegante de patifes — até arrombadores de janelas, punguistas e prostitutas embonecadas que atraíam os passantes para becos onde seus cúmplices completavam o serviço. Amendoins torrados eram atirados de cima por pálidos garotos irlandeses, ajoelhados na sacada aberta ao público, segurando sacos gordurosos de papel e fazendo pontaria através das grades. Complementaram esses projéteis com descargas de ovos podres.

— Você escutou alguém falar em apagar um sujeito? Está me entendendo?

— Onde é que você conseguiu essa corrente de relógio de ouro, rapaz? E esse lenço de seda?

— O que você planejava fazer com esse cassetete?

— Como é? Você já pensou em apagar um homem, meu chapa, só para ver como é?

Policiais de rosto avermelhado gritavam essas perguntas. Depois, o chefe Kurtz começou a detalhar o assassinato de Healey, evitando habilmente mencionar a identidade da vítima, mas em pouco tempo seria interrompido.

— Ei, chefe. — Um tratante negro tossiu de espanto, com os olhos saltados fixos em um canto da sala. — Ei, chefinho. Como é que esse cafetãozinho escuro está aí? Onde está o uniforme dele? Será que vão começar a recrutar detetives crioulos? Posso me candidatar também?

Nicholas Rey ficou mais ereto diante da risada que se seguiu. Subitamente, sentiu-se consciente de sua falta de participação no interrogatório e de estar à paisana.

— Olhe, cara, este aqui não é crioulo — disse um magrelo garboso, que se adiantou e inspecionou o policial Rey com olhar de perito. — Para mim, parece ser um *mestiço*, e um belo espécime. A mãe escrava e o pai feitor de plantação. Acertei, não foi, amigo?

Rey aproximou-se da fila.

— Que tal responder às perguntas do chefe, senhor? Vamos ajudar um ao outro, se isso for possível.

— Falou bonito, Lírio-Branco. — O magrelo passou o dedo apreciativamente em seu bigode fino, que se curvava para baixo como se enquadrasse a boca, parecendo indicar um começo de barba, mas desaparecendo de maneira abrupta antes do queixo.

O chefe Kurtz enfiou seu cassetete bem em cima do botão de diamante no peito de Langdon Peaslee.

— Não me aborreça, Peaslee!

— Cuidado aí, sim? — Peaslee, o maior arrombador de cofres de Boston, bateu o pó do paletó. — Esse brilho aí vale mais de 800 dólares, comandante, comprado legitimamente!

Risadas de todos os lados, inclusive de alguns detetives. Kurtz não podia se deixar provocar por Langdon Peaslee, não naquele dia.

— Tenho a sensação de que você teve alguma coisa a ver com a rodada de cofres estourados na Commercial Street, no domingo passado — disse Kurtz. — Meto você em cana de uma vez por quebrar as leis do sabá, e aí você poderá dormir lá nas Tumbas com os batedores de carteira de meia-tigela!

Willard Burndy, mais adiante na fila, gargalhou.

— Bem, posso lhe dizer algo sobre isso, meu caro chefe — disse Peaslee, levantando a voz teatralmente para o benefício de toda a plateia na sala (inclusive os embevecidos espectadores da galeria). — Com certeza nosso amigo, o Sr. Burndy, aqui presente, não seria capaz dessa façanha nas ruas do centro. Ou será que esses cofres pertenciam a uma sociedade de velhinhas?

Os olhos avermelhados de Burndy dobraram de tamanho ao empurrar homens para fora do caminho, arrastando-se na direção de Langdon Peaslee e quase iniciando um tumulto entre os mais arruaceiros ao avançar, enquanto os moleques esfarrapados da sacada gritaram e torciam. Entretenimento assim fazia frente até mesmo às rixas de ratos clandestinos, que funcionavam em porões do North End e cobravam 25 centavos por pessoa.

Enquanto os policiais agarravam Burndy, um sujeito confuso foi empurrado para fora da fila. Tropeçou diversas vezes. Nicholas Rey agarrou-o antes que caísse.

Tinha uma constituição frágil e belos olhos escuros, mas exauridos, com expressão vazia. O estranho exibia um tabuleiro de xadrez de dentes podres ou falhos e emitiu algo parecido com um sibilo, soltando um fedor de rum. Não notou ou não se importava que seu casaco estivesse recoberto de ovos podres.

Kurtz marchou pela galeria reordenada de vigaristas e explicou mais uma vez. Falou sobre um homem encontrado nu em um campo perto do rio, o corpo infestado de moscas, vespas, vermes que devoravam a sua pele, encharcado de sangue. Um dos presentes, Kurtz informou-os, assassinara-o com um golpe de porrete e o deixara ao azar da natureza. Mencionou também outro detalhe estranho: uma bandeira, branca e esfarrapada, plantada sobre o corpo.

Rey colocou o preso desorientado de pé. A boca e o nariz do sujeito eram vermelhos e irregulares, encobrindo o bigode ralo e a barba. Uma de suas pernas coxeava, resultado de algum acidente ou luta havia muito esquecidos. Suas grandes mãos se agitavam com gestos selvagens. O tremor do estranho aumentava a cada detalhe apresentado pelo chefe de polícia.

O subchefe Savage disse:

— Oh, esse sujeito! Quem foi que o trouxe, você sabe, Rey? Ele não deu nenhum nome antes, quando estávamos fotografando os novatos para a nossa galeria de vigaristas. Silencioso como uma esfinge egípcia!

O pescoço ossudo da esfinge estava quase todo escondido por seu cachecol desmazelado, frouxamente amarrado de um lado. Ele olhava para o vazio e agitava as mãos enormes no ar em círculos irregulares e concêntricos.

— Está tentando desenhar alguma coisa? — perguntou Savage, em tom jocoso.

As mãos estavam realmente desenhando — uma espécie de mapa, que teria ajudado muitíssimo a polícia nas semanas seguintes se soubessem o que procurar. Aquele estranho havia muito conhecia o local do assassinato de Healey, mas não os salões ricamente revestidos de Beacon Hill. Não, a imagem que o homem desenhava no ar não era de nenhum local terreno, e sim de uma tenebrosa antecâmara que levava a um outro mundo. Pois fora *ali* — ali, compreendeu o homem, enquanto a imagem da morte de Artemus Healey se infiltrava em sua mente e crescia a cada detalhe —, sim, fora ali que a punição fora aplicada.

— Acho que é surdo e mudo — sussurrou o subchefe Savage para Rey, depois de vários gestos de mão incompreendidos. — E está alto, pelo cheiro. Vou levá-lo para comer um pouco de pão e queijo. Fique de olho naquele tal de Burndy, Rey.

Savage acenou na direção do atual criador de caso entre os detidos, que agora esfregava os olhos avermelhados com as mãos algemadas, encantado com as grotescas descrições de Kurtz.

O subchefe gentilmente retirou o enorme sujeito de sob a guarda do policial Rey e caminhou com ele pela sala. Mas o homem tremeu, chorando muito, e então, com o que parecia ser um esforço acidental, empurrou o subchefe de polícia, fazendo-o cair, batendo a cabeça em um banco.

O homem em seguida pulou para trás de Rey, seu braço se enroscando no pescoço do policial, com os dedos enganchados por baixo de sua axila, e a outra mão derrubou-lhe o chapéu e se fechou sobre seus olhos, virando a cabeça de Rey em sua direção, de modo que o ouvido do policial recebeu direto o chuvisco úmido de seus lábios. O sussurro do homem foi tão baixo, tão desesperado e rouco, tão confessional, que apenas Rey pôde perceber que palavras haviam sido ditas.

Um caos feliz irrompeu entre os detidos.

O estranho de repente soltou Rey e se agarrou a uma coluna acanelada. Girou em volta dessa circunferência, ganhando impulso para se catapultar para a frente. As obscuras palavras sibiladas enlaçaram a mente de Rey, um código de sons sem sentido, tão aflitos e poderosos que sugeriam mais significado do que Rey poderia imaginar. *Dinanzi.* Rey esforçou-se para se lembrar, ouvir novamente o sussurro, ao mesmo tempo em que lutava (*etterne etterno, etterne etterno*) para não perder o equilíbrio enquanto mergulhava atrás do fugitivo. Mas o estranho tinha se lançado com tamanho impulso que, nem se quisesse, poderia ter parado naquele seu último momento de vida.

Bateu contra o vidro grosso da janela da sacada. Um caco de vidro solto, perfeitamente moldado como uma foice, girou em uma dança quase graciosa alcançando o cachecol negro e cortando com perfeição sua garganta, jogando a cabeça flácida para a frente quando ele alcançou o vazio. Ele caiu com força através da massa de estilhaços no pátio abaixo.

Todos ficaram em silêncio. Lascas de vidro, delicadas como flocos de neve, espocaram sob os pesados sapatos de Rey enquanto ele se aproximava da janela e olhava para baixo. O corpo estendia-se sobre um grosso tapete de folhas de outono, e os cacos da vidraça despedaçada cortavam o corpo e seu leito num caleidoscópio de amarelo, negro e vermelho-sangue. Os garotos esfarrapados, os primeiros a chegar ao pátio, apontavam e berravam, dançando ao redor do corpo esparramado. Rey, ao descer, não conseguia fugir das palavras abafadas que o homem, sabe-se lá por que razão, tinha escolhido legar a ele como seu último ato em vida: *Voi Ch'intrate. Voi Ch'intrate.* Vós que entrais. Vós que entrais.

Ao entrar, galopando, pelo portal de ferro do Pátio de Harvard, James Russell Lowell sentia-se como sir Launfal, o grande herói da busca do Graal em seu poema mais popular. Realmente, o poeta poderia encaixar-se no papel do galante cavaleiro em sua entrada naquele dia, ereto em seu corcel branco e delineado brilhantemente pelas cores do outono, não fosse por suas preferências peculiares de arrumação: sua barba estava aparada num formato quadrado uns cinco ou seis centímetros abaixo do queixo, mas seu bigode era muito mais longo, e parecia estar pendurado. Alguns de seus detratores, e muitos de seus amigos, comentavam em particular que esta talvez não fosse a escolha mais elegante para seu rosto um tanto atrevido. A opinião de Lowell era de que as barbas deveriam ser usadas, caso contrário Deus não as teria dado, ainda que não especificasse se aquele estilo em particular era também uma exigência teológica.

Essa postura de cavaleiro era sentida mais apaixonadamente naqueles tempos, em que o Pátio se tornava uma cidade cada vez mais hostil. Algumas semanas antes, a Corporação tentara persuadir o professor Lowell a adotar uma proposta de reforma que teria eliminado muitos dos obstáculos enfrentados por seu departamento (por exemplo, ao se matricularem em línguas estrangeiras modernas, os alunos receberiam metade dos créditos que receberiam se matriculados em línguas clássicas), mas em troca garantiriam à Corporação a aprovação final sobre todos os cursos por ele ministrados. Lowell rejeitara ruidosamente a oferta. Se quisessem aprovar a proposta, teriam de passar pelo demorado processo de discussão no Conselho de Supervisores de Harvard, uma hidra de vinte cabeças.

Então, certa tarde, Lowell recebeu um conselho do reitor que o fez compreender que a exigência do Conselho para supervisionar todos os cursos havia sido um artifício.

— Lowell, pelo menos cancele esse seu seminário sobre Dante, e Manning poderá melhorar muito as coisas para você — disse ele, levando Lowell pelo cotovelo, de maneira confidencial.

Lowell franziu os olhos.

— Então é isso? É isso que eles querem! — Virou-se ultrajado: — Eu não serei enganado para concordar com eles! Eles puseram Ticknor para fora. Por Deus, fizeram com que *Longfellow* se ressentisse deles. Acho que qualquer pessoa que se sinta um cavalheiro deveria ficar contra eles, não, qualquer pessoa que não tenha mestrado em *patifaria*.

— O senhor me considera um grande vilão, professor Lowell. Meu controle sobre a corporação não é maior que o de que o senhor próprio dispõe, sabe disso, e falar com eles na maioria das vezes é como falar com um poste. Infelizmente, sou apenas o *reitor* desta universidade — riu alegremente. De fato, Thomas Hill era apenas o reitor de Harvard, e além disso, era um novato —, o terceiro reitor em uma década, um padrão que resultava no acúmulo de poder pelos membros da Corporação muito maior do que o dele.

— Mas eles consideram Dante impróprio para o desenvolvimento do seu departamento, isso é evidente. E farão disso um exemplo, Lowell. Manning *fará* disso um exemplo! — alertou ele, e agarrou novamente o cotovelo de Lowell, como se a qualquer momento o poeta tivesse de ser desviado de algum perigo.

Lowell disse que não admitiria que os membros da Corporação julgassem uma literatura da qual nada conheciam. E Hill nem tentou argumentar contra isso. Era uma questão de princípio para os catedráticos de Harvard nada saber sobre as línguas vivas.

No encontro seguinte de Lowell com Hill, o reitor estava armado com uma folha de papel azul onde copiara à mão uma citação de um poeta inglês recém-falecido com algum conhecimento sobre a poesia de Dante. "Quanto ódio contra toda a raça humana! Que exaltação e alegria com sofrimentos eternos e imitigáveis! Tampamos o nariz enquanto lemos; cobrimos as orelhas. Será que alguém já viu reunidos tantos odores surpreendentes, sujeira, excremento, sangue, corpos mutilados, gritos agonizantes, monstros míticos de punição? Vendo isso, não posso deixar de considerá-lo o livro mais *imoral* e *ímpio* escrito até agora." Hill sorriu de satisfação, como se ele mesmo tivesse escrito aquilo.

Lowell riu.

— Devemos deixar que a Inglaterra comande nossas estantes de livros? Por que simplesmente não entregamos Lexington para os casacas vermelhas* e poupamos ao general Washington o trabalho da guerra? — Lowell percebeu algo no olhar de Hill, algo que às vezes ele via na expressão destreinada de um estudante, que o fez acreditar que o reitor o compreendia. — Até que a América aprenda a amar a literatura, não como um divertimento, não como pés-quebrados que são decorados em salas de aula, mas como uma energia humanizadora e enobrecedora, não terá sucesso, meu caro e venerável reitor, naquele sentido mais alto que por si só transforma um povo em uma nação. A que o levanta de um nome morto para torná-lo um poder vivo.

Hill tentou não se desviar de seu propósito.

— Essa ideia de viagem pelo além, de registrar as punições do Inferno, isso é simplesmente asqueroso, Lowell. E uma obra como essa, intitulada tão inadequadamente de "Comédia"! É medieval, é escolástica, e...

— Católica. — Isso fez Hill se calar. — É isso que o senhor quer dizer, venerável reitor. Que é italiana demais, católica demais para a Universidade de Harvard?

---

* Os *red coats* eram os soldados do Exército britânico nos Estados Unidos durante a Guerra da Independência. Eram identificados pela casaca vermelha de seu uniforme. (*N. da T.*)

Hill levantou uma sobrancelha branca furtiva.

— Deve reconhecer que essas noções assustadoras de Deus não podem ser suportadas por nossos ouvidos protestantes.

A verdade era que Lowell, tanto quanto os acadêmicos de Harvard, detestava aquela multidão de papistas irlandeses que se aglomerava nos cais e nos subúrbios espalhados por Boston. Mas a ideia de que o poema fosse uma espécie de édito do Vaticano...

— Sim, nós preferimos condenar as pessoas pela eternidade sem a cortesia de informá-las. E Dante chama a isso *commedia*, meu caro senhor, porque está escrita em seu rústico idioma italiano em vez do latim, e porque tem um final feliz, com o poeta subindo ao Paraíso, opondo-se assim à *tragedia*. Em vez de tentar manufaturar um grande poema a partir do que era estrangeiro e artificial, ele deixa o poema se fazer a partir dele próprio.

Lowell ficou satisfeito em ver que o reitor estava exasperado.

— Por piedade, professor, o senhor não acha que existe algo de rancoroso, malevolente, da parte de alguém que inflige torturas sem misericórdia a todos que praticam uma lista de pecados particulares? Imagine algum homem da vida pública de hoje declarando o lugar de seus inimigos no Inferno! — argumentou.

— Meu caro magnífico reitor, imagino isso mesmo enquanto falamos. E não me interprete mal. Dante também mandou seus amigos para lá. Pode dizer *isso* para Augustus Manning. Piedade sem rigor seria um egoísmo covarde, mero sentimentalismo.

Os membros da Corporação de Harvard, o reitor e seis empresários pios escolhidos de fora da universidade, mantinham-se firmes na defesa do antigo currículo que lhes tinha servido bem — Grego, Latim, Hebraico, História Antiga, Matemática e Ciências — e na asserção que lhes servia como corolário: que as línguas e literaturas modernas inferiores permaneceriam sendo supérfluas, algo destinado simplesmente a engordar seu catálogo. Longfellow fizera alguns avanços depois da partida do professor Ticknor, inclusive iniciando um seminário sobre Dante e contratando um brilhante exilado italiano, chamado Pietro Bachi, como instrutor de italiano. No entanto, o seminário de Longfellow sobre Dante, diante da falta de interesse pelo assunto e pelo idioma, continuara sendo consistentemente o menos popular. Ainda assim, o poeta desfrutara do zelo de algumas mentes que passavam pelo curso. Um desses zelosos era James Russell Lowell.

Agora, depois de dez anos de contenda com a administração, Lowell estava diante de um acontecimento pelo qual tinha esperado, para o qual o tempo estava maduro como o destino: a descoberta de Dante pelos Estados Unidos. Mas não apenas Harvard fora rápida e incisiva em desencorajar isso, como o Clube Dante também enfrentava um obstáculo interno: Holmes e sua hesitação.

Lowell às vezes caminhava por Cambridge na companhia do filho mais velho de Holmes, Oliver Wendell Holmes Junior. Duas vezes por semana, o estudante de Direito emergia do edifício da Dane Law School na hora em que Lowell terminava sua aula no prédio universitário. Holmes não podia apreciar sua boa sorte por ter Junior, pois tinha feito com que o filho o odiasse — se pelo menos Holmes *escutasse* em vez de tentar fazer Junior *falar*. Lowell uma vez perguntara ao jovem se o Dr. Holmes costumava falar do Clube Dante.

— Ah, certamente, Sr. Lowell — disse Junior, bonito e alto, com um sorriso —, e também do Atlantic Club, do Union Club, do Saturday Club e do Scientific Club, além da Associação Histórica e da Sociedade de Medicina...

Phineas Jennison, um dos novos e mais ricos negociantes de Boston, estava sentado ao lado de Lowell numa recente ceia do Saturday Club, na Parker House, quando tudo isso embotou a mente de Lowell.

— Harvard está perturbando você novamente — disse Jennison. Lowell espantou-se por seu rosto poder ser lido com tanta facilidade como se fosse um cartaz. — Não se assuste assim, meu caro amigo — disse Jennison, rindo e aprofundando a já profunda covinha de seu queixo. Os parentes próximos de Jennison diziam que seus cabelos dourados e sua "covinha real" tinham pressagiado sua grande fortuna desde que ele era criança, ainda que, mais precisamente, talvez fosse uma covinha *regicida*, herdada, supunha-se, de um ancestral que decapitara Charles I. — É só que tive a oportunidade de falar outro dia com alguns membros da Corporação. Você sabe que nada acontece em Boston ou Cambridge sem acabar debaixo do meu nariz.

— Está construindo outra biblioteca para nós, é? — perguntou Lowell.

— Enfim, os sujeitos pareciam agitados ao falar do seu departamento. Pareciam tremendamente determinados. Não quero me meter em seus assuntos, é claro, só...

— Aqui entre nós, meu caro Jennison, eles querem que eu me livre de meu curso sobre Dante — interrompeu Lowell. — Às vezes, temo que tenham se colocado tão firmemente contra Dante quanto eu a favor. Até ofereceram aumentar o número de alunos em minhas aulas se eu permitisse que eles aprovassem os temas de meus seminários.

A expressão de Jennison demonstrava sua preocupação.

— E eu recusei, é claro — disse Lowell.

Jennison exibiu seu amplo sorriso.

— Foi mesmo?

Os dois foram interrompidos por alguns brindes, inclusive a rima improvisada mais aplaudida da noite, que os festeiros tinham exigido do Dr. Holmes. Holmes, rápido como sempre, conseguiu inclusive atrair atenção para o estilo rústico da forma.

"Ao verso demasiado polido, pouco se pode amar:
Não se coçam as costas com uma bola de bilhar."

— Esses versinhos de final de jantar matariam qualquer poeta que não fosse Holmes — disse Lowell, com um sorriso de admiração. Seu olhar estava meio perdido. — Às vezes sinto que não sou feito para ser professor, Jennison. Melhor em alguns aspectos, pior em outros. Sensível demais e convencido de menos; fisicamente convencido, devo dizer. Tudo isso está me desgastando. — Fez uma pausa. — E por que estar sentado numa cadeira de professor todos estes anos não deveria me tornar insensível às coisas do mundo? O que alguém como você, príncipe da indústria, pensaria de uma existência tão mesquinha?

— Conversa de crianças, meu caro Lowell! — Jennison parecia cansado do assunto, mas, depois de pensar um pouco, voltou a se interessar: — Você tem um dever maior para com o mundo e para consigo mesmo que o de um simples espectador! Nem quero ouvir falar de suas hesitações! Nem para salvar a minha alma, eu poderia dizer quem é Dante. Mas um gênio como você, meu caro amigo, assume a *responsabilidade* divina de lutar por todos os exilados do mundo.

Lowell murmurou algo inaudível, mas sem dúvida despretensioso.

— Ora, ora, Lowell — disse Jennison. — Não foi você quem convenceu o Saturday Club de que simples comerciantes eram suficientemente bons para jantar com imortais como os seus amigos?

— E poderiam eles recusar depois que você se ofereceu para comprar a Parker House? — Lowell riu.

— Eles poderiam ter recusado se eu desistisse da luta para fazer parte de grupos de grandes homens. Posso citar meu poeta favorito: "E o que ousam sonhar, ousem fazer". Ah, como isso é bom!

Lowell riu ainda mais com a ideia de se inspirar em sua própria poesia, mas, na verdade, era o que acontecia. E por que não? Na mente de Lowell, a prova da poesia era reduzir a uma única linha a vaga filosofia que flutuava na mente de todos os homens, de modo a torná-la portátil e útil, sempre à mão.

Agora, a caminho de outra aula, o simples pensamento de entrar em uma sala cheia de estudantes que ainda acreditavam ser possível aprender absolutamente tudo sobre o que quer que fosse o fazia bocejar.

Lowell levou seu cavalo até a velha bomba d'água, ao lado do Hollis Hall.

— Pode escoiceá-los até o inferno se vierem, meu velho — disse ele, acendendo um charuto. Cavalos e charutos estavam no catálogo de coisas proibidas no Pátio de Harvard.

Um homem estava preguiçosamente apoiado em um olmo. Vestia um colete xadrez amarelo vivo e tinha uma fisionomia macilenta, ou talvez um tanto cansada. O sujeito, mais alto que o poeta mesmo naquela posição inclinada, velho demais para ser estudante e cansado demais para ser professor, olhou-o com o brilho insaciável nos olhos que os admiradores literários têm.

A fama não significava muito para Lowell, que gostava apenas de pensar que seus amigos achavam algo de bom no que escrevia e que Mabel Lowell ficaria orgulhosa de ser sua filha depois que ele partisse. Não fosse isso, ele se veria como *teres atque rotundus*: um microcosmo em si mesmo, seu próprio autor, público, crítico e posteridade. Ainda assim, os elogios de homens e mulheres nas ruas não deixavam de o alegrar. Às vezes, ia dar um passeio em Cambridge com o coração tão carente que um olhar indiferente, mesmo de alguém completamente estranho, provocava lágrimas em seus olhos. No entanto, havia algo igualmente doloroso em encontrar o olhar opaco e aturdido do reconhecimento. Isso o fazia sentir-se completamente transparente e distante: poeta Lowell, aparição.

Aquele observador vestido de amarelo, encostado na árvore, tocou a aba do chapéu-coco preto quando Lowell passou. O poeta acenou com a cabeça, confuso, com as bochechas quentes. Ao se apressar pelo campus para cumprir com suas obrigações diárias, Lowell não notou o quão inquietantemente resoluto permanecia o observador.

O Dr. Holmes entrou no anfiteatro íngreme. Um estrondo de bater de botas contra o chão empregado por aqueles cujas mãos ocupadas com lápis e cadernos as tornava inutilizáveis, ecoou à sua entrada. A isso se seguiram vários urras dos arruaceiros (Holmes os chamava de seus jovens bárbaros), reunidos na área mais elevada da sala, conhecida como a Montanha (como se aquilo fosse uma assembleia da Revolução Francesa). Ali Holmes reconstruía o corpo humano de dentro para fora a cada período letivo. Ali, quatro vezes por semana, havia cinquenta filhos que o adoravam aguardando cada palavra de sua boca. Parado diante de sua classe, no fundo do anfiteatro, ele se sentia como se tivesse mais de 3 metros de altura em vez de seu 1,65 metro (e isso com aquelas botas feitas especialmente para ele pelo melhor sapateiro de Boston).

Oliver Wendell Holmes era o único membro da Congregação capaz de lidar com o horário de 13 horas, quando a fome e o cansaço combinavam-se com a atmosfera narcotizada da caixa de tijolos de dois andares situada na North Grove. Alguns colegas invejosos diziam que a sua fama literária conquistava os estudantes. Na verdade, a maioria dos que escolhiam Medicina em vez de Direito ou Teologia era rústica e, se conhecesse qualquer literatura antes de chegar a Boston, seria algum poema de Longfellow. Ainda assim, as notícias da reputação literária de Holmes se espalhavam como uma fofoca sensacional; alguém conseguia um exemplar de *The Autocrat of the Breakfast-Table* e o fazia circular, indagando a um colega, com olhar incrédulo, se este ainda não o tinha lido. Sua reputação literária entre os estudantes, no entanto, era mais a reputação de uma reputação.

— Hoje — disse Holmes — iniciaremos um tópico com o qual acredito que vocês, rapazes, não tenham familiaridade *alguma*.

A seguir, puxou um lençol branco e limpo que cobria um cadáver de mulher e depois levantou as mãos diante do bater de pés e gritos que se seguiu.

— Respeito, cavalheiros! Respeito pela humanidade e pela obra mais divina de Deus!

O Dr. Holmes estava por demais envolvido pelo oceano de atenção para notar o intruso entre seus alunos.

— Sim, o corpo feminino começará o tema de hoje — continuou Holmes.

Um jovem tímido, Alvah Smith, um dentre a meia dúzia de rostos brilhantes que existem em qualquer classe e aos quais o professor naturalmente dirige sua aula para que façam a ponte com os demais, corou violentamente sentado na primeira fila, onde seus vizinhos alegremente troçavam de seu constrangimento.

Holmes percebeu.

— E aqui, no próprio Alvah Smith, podemos ver uma exibição da ação inibidora dos nervos vasomotores nas arteríolas subitamente se relaxando e preenchendo os capilares da superfície com sangue; o mesmo fenômeno agradável que *alguns* de vocês poderão testemunhar na face daquela jovem que esperam visitar esta noite.

Smith riu com os demais. Mas Holmes também escutou uma gargalhada involuntária que ressoou com a lentidão da idade. Deu uma olhada para o alto corredor e viu o ilustre Dr. Putnam, um dos poderes menores da Corporação de Harvard. Os membros da Corporação, embora compusessem o nível mais alto de supervisão, na verdade jamais assistiam às aulas da universidade. Percorrer a distância de Cambridge até a Faculdade de Medicina, que ficava do outro lado do rio, em Boston, devido à proximidade dos hospitais, seria uma ideia inaceitável para a maioria dos administradores.

— Agora — disse Holmes, distraído, para a sua classe, arrumando os instrumentos sobre o cadáver, ao lado do qual estavam também seus dois demonstradores —, vamos mergulhar nas profundezas de nossa disciplina.

Depois que a aula terminou e que os bárbaros abriram o caminho a cotoveladas pelos corredores, Holmes levou o reverendo Dr. Putnam até seu escritório.

— Você, meu caríssimo Dr. Holmes, representa o padrão-ouro dos homens de letras. Ninguém jamais trabalhou tão duro para se distinguir em tantos campos. Seu nome tornou-se símbolo de erudição e autoria. Ora, ontem mesmo eu conversava com um cavalheiro inglês que me contava o quanto você é reverenciado na pátria-mãe.

Holmes sorriu, distraído.

— O que ele disse? O que ele disse, ilustre Putnam? Sabe que eu gosto dessas coisas bem claras.

Putnam fechou a cara com a interrupção.

— A despeito disso, Augustus Manning desenvolveu certa preocupação com algumas de suas atividades literárias, Dr. Holmes.

Holmes ficou surpreso.

— Quer dizer quanto ao trabalho do Sr. Longfellow sobre Dante? Longfellow é o tradutor. Não sou mais que um de seus ajudantes, por assim dizer. Sugiro que espere e leia a obra; certamente gostará dela.

— James Russell Lowell, J. T. Fields, George Greene, Dr. Oliver Wendell Holmes. É mesmo uma grande seleção de "ajudantes", não é?

Holmes estava aborrecido. Não considerava seu Clube assunto de interesse geral e não gostava de falar sobre ele com alguém de fora. O Clube Dante era uma de suas poucas atividades que não faziam parte do mundo público.

— Ora, basta jogar uma pedra em Cambridge para acertar um autor, meu caro Putnam.

Putnam cruzou os braços e esperou.

Holmes acenou para uma direção qualquer.

— O Sr. Fields é quem lida com esses assuntos.

— Rogo que se afaste dessa associação perigosa — declarou Putnam com enorme gravidade. — Leve um pouco de bom-senso a seus amigos. O professor Lowell, por exemplo, acaba de agravar...

— Se procura alguém a quem Lowell escute, meu caro reverendo — Holmes interrompeu-o com uma risada —, pegou o caminho errado vindo até a Faculdade de Medicina.

— Holmes — disse Putnam com amabilidade —, vim aqui principalmente para avisar *você*, porque o tenho por amigo. Se o Dr. Manning soubesse que estou falando assim, ele iria... — Putnam fez uma pausa e abaixou o tom de voz, respeitosamente. — Caro Holmes, seu futuro ficará atado a Dante. Em sua situação atual, temo pelo que acontecerá com sua poesia, seu nome, quando Manning liquidar este assunto.

— Manning não tem razão para me atacar pessoalmente, mesmo se discordar do assunto escolhido por nosso pequeno Clube.

— Estamos falando de Augustus Manning. Pense nisso — respondeu Putnam.

Quando o Dr. Holmes se retirou, parecia estar engolindo um globo. Putnam frequentemente se perguntava por que nem todos os homens usavam barba. Estava alegre, mesmo na estrada esburacada de volta a Cambridge, pois sabia que o Dr. Manning ficaria altamente satisfeito com seu relatório.

Artemus Prescott Healey (1804-1865) foi enterrado no grande mausoléu da família, um dos primeiros comprados na parte principal do cemitério Mount Auburn, anos antes.

Ainda havia muitos brâmanes que se ressentiam das decisões covardes que Healey tomara antes da guerra. Mas havia um acordo geral de que apenas o mais extremista dos antigos radicais ofenderia a memória do presidente do tribunal com sua ausência nas cerimônias finais do juiz.

O Dr. Holmes inclinou-se sobre sua esposa.

— Só quatro anos de diferença, Melia.

Ela exigiu uma explicação com um curto sussurro.

— O juiz Healey tem 60 anos — prosseguiu Holmes, sussurrando. — Ou teria. Apenas quatro anos mais velho que eu, minha cara, e nascemos quase no mesmo dia!

Na verdade, nasceram no mesmo mês. No entanto, Dr. Holmes realmente apreciava a proximidade da sua idade com a de pessoas mortas. Amelia Holmes, com um olhar de esguelha, disse-lhe que ficasse em silêncio durante o panegírico. Holmes fechou a boca e olhou adiante, para os calmos campos.

Holmes não podia alegar ter sido íntimo do falecido; poucos podiam, mesmo entre os brâmanes. O presidente Healey da Suprema Corte tinha servido no Comitê de Supervisores de Harvard e, portanto, o Dr. Holmes tivera alguns momentos rotineiros de interação com o juiz em seu papel de administrador. Holmes também conhecera Healey por ser membro da Phi Beta Kappa, pois Healey presidira por algum tempo aquela orgulhosa sociedade. O Dr. Holmes mantinha sua chave ΦBK na corrente do seu relógio, objeto que seus dedos remexiam enquanto o corpo de Healey descia ao novo leito. Pelo menos, pensou Holmes com a simpatia especial que sentem os médicos pelos moribundos, o pobre Healey não tinha sofrido.

O contato mais prolongado do Dr. Holmes com o juiz acontecera no tribunal, em um momento que chocou Holmes e que o fez desejar retirar-se completamente para o reino da poesia. A defesa no julgamento de Webster — presidido, como todo crime capital, por um grupo de três juízes cujo superintendente era o juiz presidente — tinha solicitado o testemunho do Dr. Holmes sobre o caráter de John W. Webster. Foi durante o calor do julgamento acontecido havia tantos anos que Wendell Holmes conheceu o tedioso e extenuante estilo oratório com que Artemus Healey proferia seus pareces legais.

— Professores de Harvard *não* cometem assassinatos. — Foi assim que o então reitor de Harvard, subindo no banco de testemunhas, depôs em favor de Webster.

O assassinato do Dr. Parkman tinha acontecido no laboratório abaixo da sala de aula de Holmes, no momento em que este lecionava. Já era suficientemente difícil o fato de Holmes ter sido amigo tanto do assassino quanto de sua vítima — sem saber por quem lamentar mais.

Ao menos o costumeiro ruído de risadas dos seus alunos tinha abafado o barulho feito pelo professor Webster ao retalhar a vítima em pedaços.

— Homem devoto, e que temia a Deus com todo o seu lar...

As estrídulas promessas que o pastor fazia do paraíso, com sua cara de enlutado-mor, soaram mal a Holmes. Por princípio, poucos eram os ornamentos das cerimônias religiosas que soavam bem ao Dr. Holmes, filho de um daqueles pastores intransigentes cujo calvinismo permanecera inflexível e presente diante do crescimento do unitarismo. Oliver Wendell Holmes e seu tímido irmão mais novo, John, foram criados com aquele ridículo disparate que ainda zunia nos ouvidos do doutor: "Com a queda de Adão, todos pecamos". Felizmente, os dois eram abrigados pela perspicácia da mãe, que sussurrava observações espirituosas enquanto o reverendo Holmes e seus ministros convidados pregavam antecipadamente a danação e o pecado original. Ela garantia aos dois que outras ideias surgiriam, particularmente para Wendell, quando este se perturbava com alguma história a respeito do controle do demônio sobre suas almas. E realmente, novas ideias surgiram, para Boston e para Oliver Wendell Holmes. Só os unitaristas poderiam ter erigido o cemitério Mount Auburn, um local de sepultamento que era também jardim.

Enquanto Holmes, para se manter ocupado, observava os vários notáveis presentes, muitos outros viravam a cabeça em sua direção, pois ele fazia parte de um grupo de celebridades conhecido por vários nomes — os Santos da Nova Inglaterra ou os Poetas da Lareira. Seja qual fosse o nome, eram o topo do contingente literário do país. Perto do casal Holmes estava James Russell Lowell, de pé. Poeta, professor e editor, ele preguiçosamente retorcia a comprida ponta de seu bigode até que Fanny Lowell o puxou pela manga; do outro lado, J. T. Fields, editor dos grandes poetas da Nova Inglaterra, cabeça e barba apontadas para baixo em um perfeito triângulo de séria contemplação, figura admirável justaposta às angélicas bochechas rosadas e à perfeita postura de sua jovem esposa. Lowell e Fields não eram mais íntimos do juiz presidente Healey que Holmes, mas assistiam ao serviço em respeito à posição e à família de Healey (de quem Lowell, ademais, era primo de alguma forma).

Os espectadores que observavam o trio de literatos procuravam em vão pelo mais ilustre deles. Henry Wadsworth Longfellow tinha, de fato, se preparado para acompanhar seus amigos até Mount Auburn, que era perto de sua casa, mas, como sempre, acabara ficando ao pé de sua lareira. Havia poucas coisas no mundo fora da Craigie House que podiam atrair Longfellow. Depois de tantos anos dedicados a seu projeto, a realidade da publicação seguinte captava sua profunda concentração. Ademais, Longfellow temia (e com razão) que, se fosse a Mont Auburn, sua fama atrairia a atenção dos presentes ao enterro mais do que a família Healey. Sempre que Longfellow caminhava pelas ruas de Cambridge, as pessoas murmuravam, crianças se atiravam em seus braços, chapéus se levantavam em tal número que parecia que todo o condado de Middlesex de repente adentrara uma capela.

Holmes lembrava-se de uma vez em que estava se sacudindo ao lado de Lowell, numa caleça de aluguel, havia vários anos, antes da guerra. Passaram pela janela da Craigie House, que emoldurava Fanny e Henry Longfellow ao pé de sua lareira, rodeados por seus cinco belos filhos ao piano. Naquela época, o rosto de Longfellow ainda estava à mostra para que o mundo o visse.

— Tremo ao ver a casa de Longfellow — dissera Holmes.

Lowell, que se queixava dos defeitos de um ensaio de Thoreau que estava editando, respondeu com uma risada leve que a distinguiu do tom de Holmes.

— A felicidade deles é tão perfeita — continuara Holmes — que nenhuma mudança, das mudanças que certamente sofrerão, deixará de ser para pior.

Quando a oração do reverendo Young chegou ao final e sussurros solenes se espalharam pelos calmos terrenos do cemitério, Holmes, que limpava folhinhas amarelas de seu colarinho de veludo, notou que o reverendo Elisha Talbot, o mais proeminente pastor de Cambridge, parecia abertamente irritado com a recepção calorosa que a oração de Young havia recebido; sem dúvida estava ensaiando o que diria se tivesse sido ele a proferi-la. Holmes admirava a expressão contida da viúva Healey. Viúvas chorosas sempre conseguiam novos maridos com mais rapidez. Holmes também se deteve na visão do Sr. Kurtz, pois o chefe de polícia se colocara propositadamente ao lado da viúva Healey e a puxara para o lado, aparentemente tentando persuadi-la de algo — mas de maneira tão abreviada que a conversa parecia ser a recapitulação de algo acontecido antes; o chefe Kurtz não estava argumentando, e sim fazendo um lembrete à viúva Healey. A viúva acenou com deferência. Oh, mas tão *concisamente*, pensou Holmes. O chefe Kurtz terminou com um suspiro de alívio que Éolo teria invejado.

A ceia daquela noite no número 21 da Charles Street foi mais calma que o usual, embora não tenha chegado a ser *calma*. Os convidados da casa sempre se retiravam estupefatos pela velocidade, sem falar no volume, da conversa dos Holmes, perguntando-se se algum dos membros daquela família alguma vez escutava os demais. Havia uma tradição iniciada pelo doutor de premiar com uma porção extra de doce o melhor conversador da noite. Naquele dia, a filha do Dr. Holmes, a "pequena" Amelia, tagarelava mais que o normal, contando sobre o último noivado, da Srta. B____ com o coronel F____, e o que seu círculo de costura estava preparando como presentes de casamento.

— Ora, papai — disse Oliver Wendell Holmes Junior, herói, com um pequeno sorriso. — Acho que esta noite você vai ficar sem doce.

Junior estava deslocado na mesa dos Holmes: não apenas tinha 1,80 metro num lar de pessoas agitadas e pequenas, como também sua fala e movimentos eram estoicamente deliberados ao falar e ao se movimentar.

Holmes sorriu de maneira pensativa por cima do seu assado.

— Mas, Wendy, também não ouvi você falar muito esta noite.

Junior odiava quando seu pai o chamava assim.

— Ah, não vou ganhar a sobremesa. E o senhor também não, papai. — E voltou-se para seu irmão mais novo, Edward, que só ocasionalmente estava em casa, agora que morava na universidade — Dizem que estão levantando doações para nomear uma cátedra em homenagem ao coitado do Healey na Faculdade de Direito. Você acredita, Neddie? Depois de ele ter se esquivado da Lei do Escravo Fugitivo durante todos esses anos. Morrer é o único jeito de obter o perdão de Boston pelo seu passado, pelo que sei.

Em sua caminhada após a ceia, o Dr. Holmes parou para dar moedas a algumas crianças que jogavam bolinhas de gude, para que escrevessem uma palavra na calçada. Escolheu *laço* e, quando formaram as letras em cobre corretamente, deixou que ficassem com as moedas. Estava satisfeito pelo verão de Boston estar terminando, e com isso também o calor estonteante que inflamava sua asma.

Holmes sentou-se embaixo das árvores altas atrás de sua casa, pensando nas "melhores mentes literárias da Nova Inglaterra" da nota que Fields publicara no *New York Tribune*. Aquele Clube Dante era importante para a missão de Lowell de introduzir a poesia de Dante na América, e para os planos editoriais de Fields. Sim, havia interesses acadêmicos e comerciais. Mas, para Holmes, o triunfo do Clube era a união de interesses daquele grupo de amigos do qual tinha a sorte de participar. Amava mais que tudo a conversa livre e a brilhante inspiração que surgiam quando eles estavam desvendando a poesia. O Clube Dante era uma associação de cura — pois os últimos anos tinham de repente envelhecido todos eles —, unindo Holmes e Lowell depois de suas disputas sobre a guerra, unindo Fields a seus melhores autores no primeiro ano sem o sócio William Ticknor para lhe garantir segurança, unindo Longfellow ao mundo exterior, ou pelo menos a alguns de seus embaixadores mais inclinados para a literatura.

O talento de Holmes para a tradução não era extraordinário. Ele tinha a imaginação necessária, mas não tinha aquela qualidade de Longfellow, que permitia a um poeta desvendar completamente a voz de outro. Ainda assim, em uma nação com tão pouco intercâmbio de ideias com países estrangeiros, Oliver Wendell Holmes considerava-se feliz por conhecer bem Dante: mais um admirador que um erudito. Quando Holmes estava na universidade, o professor George Ticknor, o literato aristocrático, estava chegando ao limite de sua tolerância para com a constante obstrução da Corporação de Harvard a seu posto como primeiro professor do Smith College. Wendell Holmes, enquanto isso, tendo dominado grego e latim aos 12 anos de idade, asfixiava-se de tédio nas horas obrigatórias de recitação, memorização e repetição rotineira dos versos da *Hécuba* de Eurípides, que havia muito perderam seu significado.

Quando se encontraram na sala de visitas da família Holmes, os olhos negros do professor Ticknor observaram o universitário, que se remexia de um lado para o outro.

— Nunca fica quieto um momento — suspirou o pai de Oliver Wendell Holmes, o reverendo Holmes.

Ticknor sugeriu que a língua italiana poderia discipliná-lo. Na época, os recursos do departamento eram por demais escassos para oferecerem formalmente o idioma. Mas Holmes logo recebeu um empréstimo de instruções de gramática e vocabulário preparados por Ticknor, junto com uma edição da *Divina Commedia* de Dante, um poema dividido em "cantos" denominados *Inferno*, *Purgatorio* e *Paradiso*.

Holmes agora temia que os figurões de Harvard tivessem encontrado algo em relação a Dante, do alto da sabedoria de sua ignorância. Na Faculdade de Medicina, as ciências tinham permitido que Oliver Wendell Holmes descobrisse como a natureza operava ao se libertar da superstição e do medo. Ele acreditava que, tal como a astronomia substituíra a astrologia, um dia a "teonomia" se imporia sobre sua gêmea pouco dotada. Com essa fé, Holmes prosperou como poeta e professor.

Então, a guerra emboscou o Dr. Holmes, assim como Dante Alighieri.

Tudo começou no inverno de 1861. Holmes estava sentado em Elmwood, a mansão de Lowell, irrequieto com as notícias da partida de Lowell Junior com o 25º Regimento de Massachusetts. Lowell era o antídoto perfeito para seus nervos: impetuoso e ruidosamente confiante de que o mundo era sempre como ele dizia que era. Desdenhoso, se necessário, se as preocupações de alguém fossem demasiado dominantes.

Desde aquele verão, a sociedade tinha tristemente sentido a falta da presença apaziguadora de Henry Wadsworth Longfellow. Longfellow escrevera mensagens a seus amigos, declinando de todos os convites que o compelissem a sair da Craigie House, explicando que estava ocupado. Tinha começado a traduzir Dante, disse, e não pretendia parar: *Faço este trabalho quando não posso fazer nada mais.*

Vindo do reticente Longfellow, essas notas eram gritos de lamento. Por fora, ele aparentava calma, mas internamente, sangrava até a morte.

Portanto, Lowell, plantado na soleira de Longfellow, insistiu em ajudar. Havia muito Lowell lamentava o fato de que os americanos, mal preparados nas línguas modernas, não tinham acesso nem mesmo às lamentáveis traduções britânicas existentes.

— Preciso do nome de um *poeta* para vender um livro assim para esse público asinino! — replicava Fields aos avisos apocalípticos de Lowell sobre a cegueira dos Estados Unidos para Dante. Sempre que Fields queria desencorajar seus autores diante de um projeto arriscado, mencionava a estupidez do público leitor.

Muitas vezes, ao longo dos anos, Lowell tinha importunado Longfellow para que traduzisse o poema dividido em três partes, até ameaçando fazer isso ele mesmo — algo para o qual não tinha força interior. Agora, *não* podia deixar de ajudar. Afinal de contas, Lowell era um dos poucos acadêmicos americanos que sabia alguma coisa sobre Dante; na verdade, ele parecia saber tudo.

Lowell detalhava para Holmes a maneira notável como Longfellow estava captando Dante, a partir dos cantos que tinha lhe mostrado.

— Ele nasceu para essa tarefa, é o que penso, Wendell.

Longfellow tinha começado pelo *Paradiso* e depois se dedicaria ao *Purgatorio* e finalmente ao *Inferno*.

— De trás para a frente? — perguntou Holmes, intrigado.

Lowell assentiu e riu.

— Ouso dizer que nosso caro Longfellow quer assegurar-se do Paraíso antes de se dedicar ao Inferno.

— Jamais consegui seguir todo o caminho até Lúcifer — disse Holmes, comentando sobre o *Inferno*. — Purgatório e paraíso são música e esperança, e você se sente flutuando até Deus. Mas a hediondez, a selvageria daquele pesadelo medieval! Alexandre, o Grande, deve ter dormido com aquilo embaixo do travesseiro.

— O Inferno de Dante é tão parte do nosso quanto parte do outro mundo, e não deve ser evitado — disse Lowell —, mas enfrentado. Com frequência experimentamos as profundidades do inferno ainda nesta vida.

A força da poesia de Dante ressoava mais naqueles que não confessavam a fé católica, pois os crentes inevitavelmente sofismariam diante da teologia de Dante. Porém, para os teologicamente mais distantes, a fé de Dante era tão perfeita, tão inflexível, que o leitor se via compelido pela poesia a aceitá-la no fundo do coração. Era por isso que Holmes temia o Clube Dante: temia que introduzisse um novo inferno, um inferno proporcionado pelo puro gênio literário. E, pior ainda, temia que ele, depois de uma vida fugindo do demônio pregado por seu pai, tivesse uma parte dessa culpa.

No escritório de Elmwood, naquela noite de 1861, um mensageiro interrompeu o chá do poeta. O Dr. Holmes teve certeza de que seria um telegrama elaboradamente redirecionado de sua própria casa, informando-o de que o pobre Wendell Junior tinha morrido em algum campo de batalha congelado, provavelmente por exaustão — de todas as explicações nas listas de baixas, Holmes considerava "morto por exaustão" a mais assustadora e vívida. Mas, em vez disso, era um criado enviado por Henry Longfellow, cuja propriedade, a Craigie House, ficava na esquina: uma simples mensagem, pedindo a ajuda de Lowell com mais alguns cantos traduzidos. Lowell persuadiu Holmes a acompanhá-lo.

— Já tenho tantos ferros no fogo que temo uma nova tentação — disse Holmes, rindo a princípio. — Temo me contagiar com essa mania de Dante.

Lowell também convenceu Fields a assumir Dante. Apesar de não ser italianista, o editor dispunha de uma boa bagagem da língua por conta de suas viagens de negócios (essa história de viagem de negócios era realmente mais para seu prazer e o de Annie, uma vez que havia muito pouco comércio de livros entre Roma e Boston), e agora mergulhava em dicionários e comentários. O interesse de Fields, gostava de dizer sua mulher, era o que interessava aos outros. E o velho George Washington Greene, que presenteara Longfellow com seu primeiro exemplar de Dante quando viajaram juntos pelo interior da Itália, trinta anos antes, começou a passar por lá sempre que vinha de Rhode Island, oferecendo espantadas apreciações sobre o trabalho feito. Foi Fields, quem mais precisava se organizar, que sugeriu as noites de quarta-feira para as reuniões de Dante no escritório da Craigie House, e foi o Dr. Holmes, consumado inventor de apelidos, quem batizou a empresa de

63

Clube Dante, apesar de o próprio Holmes se referir geralmente aos encontros como "sessões" — insistindo que, caso olhassem com suficiente fervor, seria possível ver Dante ao pé da lareira de Longfellow.

O novo romance de Holmes colocaria de novo seu nome em destaque junto ao público. Seria a "história americana" que os leitores aguardavam em todas as livrarias e bibliotecas — aquela que Hawthorne tinha falhado em descobrir antes de morrer; aquela que espíritos promissores, como Herman Melville, confundiram, devido às suas peculiaridades, a caminho do anonimato e do isolamento. Dante ousou fazer de si mesmo um herói quase divino, transformando sua própria personalidade defeituosa com a bravata da poesia. Mas para isso o florentino sacrificara seu lar, sua vida com mulher e filhos, seu lugar na cidade tortuosa que amava. Em sua solidão empobrecida, ele definiu sua nação; somente na imaginação podia experimentar a paz. O Dr. Holmes, à sua maneira habitual, conseguiria tudo isso de uma vez.

E depois que seu romance conquistasse a lealdade da nação, o Dr. Manning e todos os abutres do mundo podiam tentar atingir sua reputação! Na crista da redobrada adoração, Oliver Wendell Holmes poderia sozinho proteger Dante dos seus atacantes e assegurar o triunfo de Longfellow. Mas se a tradução de Dante apressadamente abrisse uma batalha que aprofundasse as cicatrizes que já cortavam seu nome, então sua história americana poderia chegar e passar sem ser notada, ou coisa pior.

Holmes viu com a clareza de um veredicto do tribunal o que tinha de ser feito. Tinha de retardá-los o suficiente para que pudesse terminar seu romance antes de a tradução terminar. O assunto não dizia respeito somente a Dante: era um assunto de Oliver Wendell Holmes, seu destino literário. Além disso, Dante tinha aguardado seu momento por várias centenas de anos antes de aparecer no Novo Mundo. Que diferença fariam algumas semanas a mais?

No saguão da delegacia de polícia de Court Square, Nicholas Rey levantou os olhos de seu bloco de notas, franzindo-os diante da luz do lampião a gás, depois de algum tempo lidando com uma folha de papel. Um homem pesado como um urso, de uniforme azul e balançando um pequeno saco de papel como uma criança, esperava diante de sua escrivaninha.

— É o policial Rey, certo? Sargento Stoneweather. Não quero interromper. — O sujeito avançou e estendeu sua imponente mão. — Acho que é preciso ser um homem de coragem para ser o primeiro policial negro, não importa o que digam. O que está escrevendo aí, Rey?

— Posso ajudá-lo em alguma coisa, sargento? — perguntou Rey.

— Sim, talvez possa. Foi você quem andou perguntando aí pelas delegacias sobre aquele diabo de mendigo que pulou da janela, não é? Fui eu quem o trouxe para a inspeção.

Rey certificou-se de que a porta de Kurtz continuava fechada. O sargento Stoneweather tirou uma torta de mirtilo do pacote, alimentando-se dela nos intervalos da conversa.

— Você se lembra onde estava quando o pegou?

— Lembro, saí por aí procurando todo mundo que parecesse suspeito, como nos instruíram. Nos botequins e nos bares. Na estação de bondes de South Boston, era lá que eu estava naquela hora, pois conhecia alguns bandidos que andavam pescando bolsos por ali. Esse seu mendigo estava jogado num dos bancos, meio dormindo, mas tremendo também, assim, *tremulous demendous* ou *delirious tremendous* ou coisa desse tipo.

— Você sabe quem ele era? — perguntou Rey.

Stoneweather falou entre as mastigadas:

— Um bando de malandros e bebuns está sempre indo e vindo pelos bondes. Não me pareceu familiar, não mesmo. Nem estava pensando em recolher o sujeito. Parecia bem inofensivo.

Rey surpreendeu-se com isso.

— E o que fez você mudar de ideia?

— Aquele maldito mendigo, ele mesmo! — Stoneweather soltou abruptamente, deixando cair migalhas de torta na barba. — Ele me viu arrebanhando alguns canalhas, certo, e correu para cima de mim, com punhos levantados para a frente, como se quisesse ser algemado e acusado no ato por assassinato! Então, pensei comigo mesmo, os céus me mandaram esse aqui para essa rodada, acho. Um maldito doido. Tudo acontece por algum plano divino, acredito. Você não, policial?

Rey tinha dificuldade em imaginar o saltador suicida em outra situação que não a de fuga.

— Ele disse alguma coisa para você no caminho? Estava fazendo alguma coisa? Falando com outra pessoa? Talvez lendo um jornal? Um livro?

Stoneweather deu ombros.

— Não notei nada.

Enquanto Stoneweather enfiava a mão no bolso procurando um lenço para limpar as mãos, Rey distraidamente notou o revólver pendurado no cinto de couro. No dia em que foi nomeado para a polícia pelo governador Andrew, o Conselho dos Vereadores emitiu uma resolução impondo restrições. Rey não podia usar uniforme, não podia usar arma mais poderosa que um cassetete e não podia prender um branco sem a presença de outro policial.

Naquele primeiro mês, a municipalidade lotou Rey na delegacia do segundo distrito. Ali, o capitão decidiu que Rey só podia ser eficaz patrulhando o bairro dos "crioulos". Muitos negros, porém, ficaram ressentidos e desconfiados de um policial mulato, e o outro policial da área receou um motim. A situação dentro da delegacia não era muito melhor. Apenas dois ou três policiais dirigiam a palavra a Rey, e os demais fizeram um abaixo-assinado para o chefe Kurtz, recomendando o término da experiência com o policial negro.

— Você quer mesmo saber o que o levou a fazer aquilo, policial? — perguntou Stoneweather. — Às vezes, um homem não aguenta como as coisas são, na minha experiência.

— Ele morreu nesta delegacia, sargento Stoneweather — disse Rey. — Mas, na sua mente, estava em outro lugar, longe daqui, longe de estar seguro.

Isso era mais do que Stoneweather conseguia entender.

— Queria saber mais sobre o pobre sujeito. Queria mesmo.

Naquela tarde, o chefe Kurtz e o subchefe Savage visitaram Beacon Hill. Rey, no banco do condutor, estava ainda mais quieto que o normal. Quando desceram, Kurtz disse:

— Ainda pensando naquele maldito vagabundo, policial?

— Posso descobrir quem ele era, chefe — disse Rey.

Kurtz franziu a testa e sua voz se amaciou.

— Bem, o que você sabe dele?

— O sargento Stoneweather o pegou numa estação de bondes. Ele pode ser daquela área.

— Uma estação de bondes! Ele pode ter vindo de qualquer lugar.

Rey não discordou nem discutiu. O subchefe Savage, que estava escutando, foi meio evasivo:

— Também temos a descrição dele, chefe, de logo antes da inspeção.

— Escutem bem — disse Kurtz. — Vocês dois: a viúva do velho Healey vai puxar minhas orelhas se não ficar feliz. E ela não vai ficar feliz até darmos a ela um dia de carrasco. Rey, não quero você metendo o nariz por aí por conta daquele saltador, ouviu? Já temos problemas bastantes sem chamar mais atenção para nossas cabeças por conta de um sujeito que morreu aos nossos pés.

As janelas da mansão de Wide Oaks estavam cobertas com pesadas cortinas negras, permitindo apenas a entrada de riscas de luz pelos lados. A viúva Healey levantou a cabeça de um monte de travesseiros de folhas de lótus.

— Vocês encontraram o assassino, comandante Kurtz — ela declarou, mais do que perguntou, quando Kurtz entrou.

— Minha cara senhora — Kurtz tirou o chapéu e o colocou na mesa ao pé da cama —, nossos homens estão seguindo todas as pistas. O inquérito ainda está nas etapas preliminares... — E pôs-se a explicar as possibilidades: dois homens que deviam dinheiro a Healey e um criminoso notório, cuja sentença tinha sido mantida cinco anos antes pelo juiz presidente.

A viúva sustentava a cabeça firme o suficiente para manter uma compressa quente equilibrada nos picos grisalhos de suas sobrancelhas. Desde o funeral e as várias celebrações em memória do juiz, Ednah Healey tinha se recusado a deixar seu quarto e barrara todos os visitantes, exceto os de sua família próxima. De seu pescoço pendia um camafeu de cristal aprisionando um cacho dos cabelos do juiz, um ornamento que a viúva mandara Nell Rannsey pendurar em uma corrente.

Seus dois filhos, com cabeças e ombros tão grandes quanto os do juiz presidente Healey, mas longe de serem tão corpulentos, estavam escarrapachados em poltronas ao lado da porta, como dois buldogues de granito.

Roland Healey interrompeu Kurtz:

— Não compreendo por que está avançando tão devagar, comandante Kurtz.

— Se pelo menos oferecêssemos uma recompensa! — acrescentou o filho mais velho, Richard, à reclamação do irmão. — Com certeza agarraremos alguém se dispusermos dinheiro suficiente! Cobiça demoníaca, é só isso que faz o público ajudar.

Kurtz escutou com sua paciência profissional.

— Meu caro Sr. Healey, se revelarmos as verdadeiras circunstâncias do falecimento de seu pai, vocês ficarão inundados com relatórios falsos vindos de pessoas interessadas em nada além de ganhar dinheiro. Temos que manter o público no escuro sobre todo esse assunto e continuar trabalhando. Acreditem quando digo, meus amigos — acrescentou ele —, que não gostarão do que se seguiria à abertura do caso a público.

A viúva decidiu manifestar-se:

— E o homem que morreu na inspeção que fizeram? Descobriu algo sobre sua identidade?

Kurtz levantou as mãos.

— Inúmeros de nossos cidadãos pertencem a duas únicas famílias quando são levados à polícia — disse ele, e sorriu torto. — Smith ou Jones.

— E esse — começou a Sra. Healey —, de que família era?

— Ele não nos deu nenhum nome, senhora — disse Kurtz, penitentemente escondendo o sorriso por baixo do bigode despenteado. — Mas não temos qualquer razão para acreditar que ele tivesse alguma informação sobre o assassinato do juiz Healey. Era simplesmente um louco, e um tanto ou quanto bêbado.

— Potencialmente surdo-mudo — acrescentou Savage.

—. E por que ele estaria tão desesperado para fugir, Sr. Kurtz? — perguntou Richard Healey.

Era uma pergunta excelente, ainda que Kurtz não quisesse demonstrar que achava isso.

— Nem adianta contar a vocês quantas das pessoas que achamos pelas ruas se acreditam perseguidas por demônios e nos descrevem a aparência de seus perseguidores, com chifres incluídos.

A Sra. Healey inclinou-se e apertou os olhos.

— Chefe Kurtz, seu subordinado?

Kurtz chamou Rey do saguão.

— Senhora, permita-me apresentar-lhe o policial Nicholas Rey. A senhora solicitou que o trouxéssemos aqui hoje, a respeito do homem que faleceu na inspeção.

— Um policial negro? — perguntou ela, com visível desconforto.

— Mulato, na verdade, senhora — anunciou Savage, orgulhosamente. — O policial Rey é o primeiro de nossa comunidade. Dizem que é o primeiro de toda a Nova Inglaterra. — Ele estendeu a mão e fez com que Rey a apertasse.

A Sra. Healey conseguiu girar e esticar o pescoço o suficiente para ver o mulato com clareza.

— É você o policial que estava encarregado do mendigo, daquele que morreu?

Rey assentiu.

— Então me diga, policial. O que *você* acha que o fez agir dessa maneira?

O chefe Kurtz tossiu nervosamente na direção de Rey.

— Não posso afirmar com certeza, senhora — respondeu Rey, honestamente. — Não posso dizer que ele acreditava estar correndo algum perigo físico, naquele momento.

— Ele falou com você? — perguntou Roland.

— Sim, Sr. Healey. Pelo menos, tentou. Mas receio que não foi possível compreender nada do que ele sussurrou — disse Rey.

— Ha! Vocês não conseguem nem descobrir a identidade do desocupado que morreu em seu próprio pátio! Acho que vocês consideram que meu marido mereceu o fim que teve, chefe Kurtz!

— Eu? — Kurtz olhou, impotente, para seu subchefe. — Senhora!

— Sou uma mulher enferma, diante de Deus, mas não vou ser enganada! Vocês nos consideram idiotas desprezíveis e querem que sejamos todos levados pelo demônio!

— Senhora! — Savage fez eco a seu chefe.

— Não vou lhes dar o prazer de me verem morta neste mundo, chefe Kurtz! Você e esse seu ingrato policial crioulo! Ele fez tudo o que sabia fazer e não temos vergonha de nada!

A compressa desabou no chão enquanto ela arranhava o pescoço com as unhas. Era uma nova compulsão, demonstrada pelas cicatrizes frescas e marcas vermelhas que cobriam sua pele. Ela raspou o pescoço, afundando as unhas na carne, revelando um enxame de insetos invisíveis que estavam ali esperando nas fissuras de sua mente.

Seus filhos pularam da cadeira, mas só podiam recuar em direção à porta, para onde Kurtz e Savage também haviam recuado impotentes, como se a viúva pudesse irromper em chamas a qualquer momento.

Rey esperou mais um instante, depois, calmamente, deu um passo na direção da sua cama.

— Sra. Healey. — O arranhar de suas unhas tinha desatado os laços da camisola. Rey alcançou-a e diminuiu a chama da lâmpada até que só pudesse ver seu vulto. — Senhora, quero que saiba que uma vez seu marido me ajudou.

Ela aquietou-se.

Kurtz e Savage, no vão da porta, trocaram olhares surpresos. Rey falava baixo demais para que pudessem ouvir da outra ponta do quarto e os dois temiam provocar de novo a ira da viúva, caso se aproximassem. Mas podiam sentir, mesmo no escuro, como ela ficara tranquila, como estava quieta e silenciosa, salvo pela respiração agitada.

— Conte-me, por favor — disse ela.

— Quando era criança fui trazido para Boston, por uma senhora da Virgínia que tinha vindo passar as férias. Alguns abolicionistas me tiraram dela e me levaram até o juiz presidente. Ele decretou que um escravo estava emancipado legalmente quando cruzava a fronteira de um estado livre. E me colocou sob os cuidados de um ferreiro negro, Rey, e sua família.

— Isso foi antes que aquela maldita Lei do Escravo Fugitivo nos enquadrasse. — As sobrancelhas da Sra. Healey se fecharam e ela suspirou, sua boca curvando-se de forma estranha. — Eu sei o que os amigos de sua raça pensam, por causa daquele garoto, o Sims. O juiz não queria que eu fosse ao tribunal, mas eu fui; havia tanto falatório naquela época. Sims era como você, um belo negro, mas escuro como a noite na cabeça de algumas pessoas. O juiz jamais o teria mandado de volta se não tivesse sido obrigado. No entanto, ele não tinha escolha, precisa compreender isso. Mas a você, ele deu uma família. Uma família que fez você feliz?

Ele assentiu.

— Por que os erros só podem ser remediados depois? Será que, às vezes, não podem ser perdoados por algo que tenha acontecido antes? É tão cansativo. Tão cansativo.

Algum juízo voltou à Sra. Healey, e ela agora sabia o que tinha de fazer quando os policiais se fossem. No entanto, precisava de mais uma coisa de Rey.

— Por favor, ele conversou com você quando você era um garoto? O juiz Healey sempre gostou de falar com crianças mais do que com qualquer um.

Ela se lembrava de Healey com seus próprios filhos.

— Ele me perguntou se eu gostaria de ficar aqui, Sra. Healey, antes de dispensar suas ordens. Disse que eu sempre estaria a salvo em Boston, mas que tinha de ser minha escolha ser um homem de Boston, um homem que defendia a si mesmo e a sua cidade ao mesmo tempo, senão seria sempre um forasteiro. Ele me disse que quando um homem de Boston chega aos portões do paraíso, um anjo vem avisá-lo: "Você não vai gostar daqui, pois aqui não é Boston."

Ele ouvia o sussurro enquanto escutava a viúva Healey adormecer; escutava-o também no vazio friorento da pensão onde vivia. Acordava todas as manhãs com as palavras na ponta da língua. Podia sentir o gosto delas, podia sentir o odor potente que as revestia, podia sentir os bigodes emaranhados que as pronunciaram, mas, quando ele mesmo tentava repetir as palavras do sussurro, às vezes enquanto estava conduzindo a carruagem, às vezes diante de um espelho, não fazia sentido. Ele se sentava com sua pena por horas, consumindo tinteiros, escrevendo-as, e a falta de sentido ficava ainda pior no papel. Podia ver o sujeito murmurando, fedendo a podridão, olhos chocados olhando-o fixamente antes que o corpo atravessasse o vidro. O homem sem nome tinha caído dos céus vindo de algum lugar distante, Rey não conseguia deixar de pensar, direto para seus braços, de onde ele tinha deixado que caísse novamente. Esforçou-se por tirar isso do pensamento. Mas podia ver claramente a queda no pátio, onde o homem se tornou uma massa de sangue e folhas, repetidas vezes, tão uniformes e constantes quanto os desenhos que deslizavam por uma lanterna mágica. Ele tinha de interromper aquela queda, e danem-se as ordens do comandante Kurtz. Tinha de descobrir algum significado para aquelas palavras que ficaram soltas no ar morto.

— Eu não o deixaria sair com nenhuma outra pessoa — disse Amelia Holmes, com o pequeno rosto enrugado, ao levantar o colarinho do esposo para cobrir o cachecol. — Sr. Fields, ele não deveria sair esta noite. Estou preocupada com o que vai resultar disso. Ouça só como ele chia com a asma. Agora, Wendell, *a que horas* você volta para casa?

A carruagem bem-aparelhada de J. T. Fields fora conduzida até o número 21 da Charles Street. Apesar de ficar apenas a dois quarteirões de sua casa, Fields jamais fazia Holmes caminhar. O doutor respirava com dificuldade na soleira, praguejando o tempo que esfriava, como sempre fazia também com o calor.

— Ora, não sei — disse o Dr. Holmes, levemente aborrecido. — Fico nas mãos do Sr. Fields.

Ela respondeu, sombria:

— Então, Sr. Fields, o senhor o trará de volta cedo?

Fields considerou o assunto com a maior gravidade. O conforto de uma esposa era tão importante para ele quanto o de um autor, e ultimamente Amelia Holmes andava apreensiva.

— Gostaria que Wendell não publicasse mais, Sr. Fields — dissera Amelia num café da manhã na casa dele um mês antes, naquela bela sala com vista para o rio através de folhas e flores. — Ele só faz provocar as críticas dos jornais, e de que adianta isso?

Fields abrira a boca para apaziguá-la, mas Holmes foi mais ágil — quando estava agitado ou em pânico, ninguém conseguia falar mais rápido do que ele, especialmente sobre si mesmo:

— O que é isso, Melia? Estou escrevendo algo novo de que os críticos não terão como se queixar. É essa "história americana" que o Sr. Fields há tempo pressiona para que eu escreva. Você verá, querida, vai ser melhor que tudo que escrevi.

— Ah, isso é o que você sempre diz, Wendell. — Ela balançou tristemente a cabeça. — Mas eu gostaria que você abandonasse essa ideia.

Fields sabia que Amelia tinha sofrido com o desapontamento de Holmes quando sua sequência a *The Autocrat* — *The Professor at the Breakfast-Table* — fora desprezada como repetitiva, a despeito das promessas de sucesso feitas por Fields. Ainda assim, Holmes planejava um terceiro volume da série, que intitularia *The Poet at the Breakfast-Table*. Havia também sua desolação com os ataques dos críticos e o apenas modesto sucesso de *Elsie Veneer*, seu primeiro romance, que escrevera num fôlego só e publicara pouco antes da guerra.

O novo bando de críticos boêmios de Nova York gostava de atacar a sociedade de Boston, e Holmes, mais que ninguém, representava a orgulhosa cidade — ele, afinal, tinha apelidado Boston de Eixo do Universo e batizado sua própria classe de Brâmanes de Boston, como os das terras mais exóticas. Agora os rufiões que chamavam a si mesmos de Jovem América e moravam nas tavernas subterrâneas de Manhattan, ao longo da Broadway, tinham declarado que os Poetas da Lareira de Fields, por longo tempo dominantes, seriam irrelevantes para a próxima era. O que as belas rimas da turma de Longfellow tinham feito para prevenir a catástrofe da guerra civil? — era o que exigiam saber. Holmes, anos antes da guerra, tinha se manifestado a favor de concessões e até assinara, junto com Artemus Healey, uma resolução de apoio à Lei do Escravo Fugitivo, que mandava de volta a seus amos os escravos que fugiam, como uma medida de esperança para evitar conflitos.

— Você não vê, Amelia — continuara Holmes, à mesa de café —, que vou ganhar dinheiro com isso, o que não será inoportuno. — De repente, voltou-se para Fields. — Se alguma coisa acontecer comigo antes de eu terminar a história, você não virá atrás da viúva para recuperar o dinheiro, não é?

Todos riram.

Agora, parado ao lado de sua carruagem, Fields olhava o céu multicolorido como se este pudesse lhe dar a resposta que Amelia esperava.

— Lá pela meia-noite — disse ele. — O que acha, minha cara Sra. Holmes? — Olhava-a com seus gentis olhos castanhos, apesar de saber que não voltariam antes das 2.

O poeta pegou seu editor pelo braço.

— Está muito bom para uma noite com Dante. Melia, o Sr. Fields vai tomar conta de mim. Ora, é um dos maiores cumprimentos que um homem pode fazer a outro, ir até Longfellow esta noite, com tudo que ando fazendo ultimamente, entre minhas aulas e meu romance e os ótimos jantares. Ora, eu nem deveria sair esta noite.

Fields decidiu não escutar este último comentário, por mais alegre e despreocupado que fosse.

Por volta de 1865, era uma lenda popular em Cambridge que Henry Wadsworth Longfellow adivinhava exatamente quando deveria aparecer na porta de sua mansão colonial amarelo-solar para receber visitas, fossem hóspedes havia muito anunciados ou passantes totalmente imprevistos. É claro que muitas vezes as lendas decepcionam, e o mais comum era um dos criados do poeta abrir a maciça porta da Craigie House, assim chamada devido a seus proprietários anteriores. Nos anos mais recentes havia momentos em que Henry Longfellow simplesmente não tinha vontade de receber ninguém.

Mas naquela noite, fiel à lenda da aldeia, Longfellow estava na porta quando os cavalos de Fields trouxeram sua carga pela entrada da Craigie House. Holmes, inclinado na janela da carruagem, percebeu a figura ereta antes que os arbustos salpicados de neve lhes dessem passagem. Aquela visão agradável de Longfellow, de pé e sereno sob o lampião na neve macia, contrabalançada por sua flutuante barba leonina e a sobrecasaca impecavelmente ajustada, correspondia à representação do poeta gravada na mente do público. Essa imagem tinha se cristalizado no luto da perda insondável de Fanny Longfellow, quando o mundo parecia determinado a imortalizar o poeta (como se fosse ele, e não sua esposa, quem tivesse morrido) como uma aparição divina enviada para responder pela raça humana, e seus admiradores procuravam esculpir sua personalidade numa alegoria permanente de genialidade e sofrimento.

As três filhas de Longfellow correram para dentro depois de brincarem naquela neve inesperada, fazendo uma parada no pórtico apenas para chutar as galochas antes de escalar a escada armada em ângulos muito agudos.

Desde meu estúdio, vejo sob o lampião
Descendo pela larga escada do saguão,
A grave Alice e a risonha Allegra
E Edith dos cabelos d'ouro.

Holmes tinha acabado de passar por aquela larga escada e agora estava com Longfellow no estúdio, onde o lampião iluminava a mesa de trabalho do poeta. Enquanto isso, as três garotas sumiam da vista. *Ainda caminha ele através de um poema vivo,* sorriu Holmes consigo mesmo, e pegou na pata do cachorrinho de Longfellow, que arreganhava os dentes e sacudia seu corpo parecido com o de um porquinho.

Então Holmes saudou o frágil acadêmico de cavanhaque que se sentava curvado perto da lareira, parecendo perdido num fólio enorme.

— Como anda o mais vivo George Washington da coleção de Longfellow, meu caro Greene?

— Melhor, melhor, obrigado, Dr. Holmes. Receio, entretanto, que não estava bem o suficiente para comparecer ao funeral do juiz Healey.

George Washington Greene era geralmente referido por eles como "velho", mas na verdade tinha 60 anos — apenas quatro anos mais velho que Holmes e dois a mais que Longfellow. Enfermidades crônicas tinham envelhecido o aposentado pastor unitarista e historiador décadas além de sua idade. Mas ele vinha de trem todas as semanas, de East Greenwich, em Rhode Island, com tanto entusiasmo pelas noites de quarta-feira na Craigie House quanto pelos sermões que pronunciava como convidado sempre que chamado — ou pelas histórias da Guerra Revolucionária que seu nome destinara-o a compilar.

— Longfellow, você compareceu?

— Lamentavelmente, não, meu caro Sr. Greene — disse Longfellow, que não fora ao cemitério Mount Auburn desde antes do funeral de Fanny Longfellow, uma cerimônia durante a qual esteve confinado ao leito. — Mas acredito que teve um bom comparecimento, não?

— Ah, realmente, Longfellow. — Holmes cruzou os dedos em cima do peito, pensativo. — Uma cerimônia bonita e adequada.

— Talvez com gente até demais — disse Lowell, saindo da biblioteca com um monte de livros e ignorando o fato de Holmes já ter respondido à pergunta.

— O velho Healey se conhecia muito bem — comentou Holmes, gentilmente. — Sabia que seu lugar era o tribunal e não a bárbara arena da política.

— Wendell! Você não pode estar falando sério — disse Lowell com autoridade.

— Lowell! — Fields olhou-o fixamente.

— Pensar que nos tornamos caçadores de escravos. — Lowell recuou para longe de Holmes apenas por um segundo. Lowell era primo em sexto ou sétimo grau dos Healey, como os Lowell eram primos em sexto ou sétimo grau "pelo menos" de todas as melhores famílias de brâmanes, e isso só aumentava sua resistência. — Será que você alguma vez seria um juiz tão covarde quanto Healey, Wendell? Se eu dissesse que a escolha era sua, será que você teria mandado aquele rapaz, Sims, acorrentado de volta para sua plantação? Diga-me. Simplesmente diga-me, Holmes.

— Devemos respeitar a dor da família — disse Holmes calmamente, dirigindo seu comentário principalmente para o semissurdo Sr. Greene, que assentiu educadamente.

Longfellow pediu licença quando uma sineta tocou, no segundo piso. Podia haver professores ou reverendos, senadores ou reis entre seus convidados, mas, ao sinal, Longfellow subia para acompanhar as orações ao pé da cama de Alice, Edith e Annie Allegra.

Quando voltou, Fields já havia habilmente redirecionado a conversa para assuntos mais amenos, de modo que o poeta chegou em meio às risadas provocadas por uma história, contada em conjunto por Holmes e Lowell. O anfitrião conferiu a hora em seu relógio de parede, um Aaron Willard de mogno, antiga peça da qual gostava muito não pela aparência ou precisão, mas porque parecia tiquetaquear mais vagarosamente do que outras.

— Hora da lição — disse suavemente.

A sala caiu em silêncio. Longfellow fechou as cortinas verdes da janela. Holmes reduziu as chamas das lâmpadas maiores, enquanto os demais ajudavam a acender uma fileira de velas. Essa série de halos sobrepostos comungava com o brilho tremeluzente da lareira. Os cinco acadêmicos e Trap — o gordo terrier escocês de Longfellow — assumiram seus lugares predeterminados ao longo da circunferência da pequena sala.

Longfellow pegou um maço de papéis da gaveta e passou algumas páginas de Dante em italiano para seus convidados, junto com um conjunto de provas impressas que continham suas correspondentes traduções verso a verso. Na delicada tessitura do claro-escuro da lareira, lâmpada e pavio, a tinta parecia subir das provas de Longfellow, como se uma página de Dante de repente estivesse viva diante de seus olhos. Dante tinha composto seus versos em *terza rima*, cada três versos constituindo um conjunto poético, o primeiro e o terceiro rimando e o do meio projetando a rima para o primeiro verso do conjunto seguinte, de forma que todos os versos se inclinavam, avançando adiante.

Holmes sempre gostou da maneira como Longfellow abria essas reuniões de Dante, recitando os primeiros versos da *Commedia* num italiano perfeito e despretensioso.

"A meio do caminho desta vida achei-me a errar por uma selva escura, longe da boa via, então perdida."

III

COMO PRIMEIRO PONTO DA ORDEM do dia na reunião do Clube Dante, o anfitrião revisava as provas da sessão da semana anterior.

— Bom trabalho, meu caro Longfellow — disse o Dr. Holmes. Ele ficava satisfeito sempre que alguma das emendas que sugerira era aprovada, e *duas* que fizera na última quarta-feira tinham encontrado abrigo nas provas finais de Longfellow. Holmes voltou sua atenção para os cantos daquela noite. Havia se preparado com cuidado extra, porque tinha de convencê-los de que sua intenção era proteger Dante.

— No sétimo círculo — disse Longfellow —, Dante nos conta como ele e Virgílio chegaram a uma selva escura.

Em cada região do Inferno, Dante seguia seu adorado guia, o poeta romano Virgílio. Pelo caminho, ia conhecendo o destino de cada grupo de pecadores, destacando um ou dois para se dirigirem ao mundo dos vivos.

— A selva perdida ocupou os pesadelos particulares de todos os leitores de Dante, em um ou outro momento — disse Lowell. — Dante escreve como Rembrandt, com o pincel mergulhado na escuridão e tendo um raio do fogo do inferno como sua luz.

Lowell, como sempre, tinha cada palavra de Dante na ponta da língua; ele vivia a poesia de Dante com o corpo e a alma. Holmes, numa rara ocorrência de sua vida, sentia inveja do talento de outra pessoa.

Longfellow leu a sua tradução. Sua voz soava profunda e verdadeira na leitura, sem asperezas, como o som da água correndo sob uma cobertura de neve fresca. George Washington Greene parecia estar particularmente embalado, pois em sua ampla poltrona verde a um canto o acadêmico deslizou para o sono no meio das suaves entonações do poeta e o brando calor da lareira. O pequeno terrier Trap, que tinha rolado sobre a barriguinha redonda para baixo da poltrona de Greene, também cochilava, e os roncos de ambos se completavam, como o ribombar do contrabaixo em uma sinfonia de Beethoven.

No canto em questão, Dante encontrava-se na Selva dos Suicidas, onde as "sombras" dos pecadores tinham se transformado em árvores, de onde escorria sangue em vez de seiva. Então, seguia-se mais uma punição: harpias bestiais, com rostos e pescoços de mulheres e corpo de pássaros, patas com garras e barrigas inchadas, colidiam pelas moitas cerradas, comendo e despedaçando todas as árvores do caminho. Mas junto com a enorme dor, as lascas e as lágrimas das árvores proporcionavam a única maneira pela qual as sombras podiam expressá-la, e contar suas histórias a Dante.

— O sangue e as palavras devem vir juntos — foi o que disse Longfellow.

Depois de dois cantos com as punições testemunhadas por Dante, os livros foram marcados e guardados, os papéis arrumados e a admiração compartilhada. Longfellow disse:

— A aula terminou, cavalheiros. São apenas 21h30 e merecemos algum refresco pelo nosso labor.

— Sabem — disse Holmes —, outro dia eu estava pensando na obra de Dante sob uma nova luz.

O criado de Longfellow, Peter, bateu na porta e passou um recado a Lowell com um sussurro hesitante.

— Alguém quer me ver? — protestou Lowell, interrompendo Holmes.
— Quem me descobriria aqui? — Quando Peter gaguejou uma resposta vaga, Lowell trovejou alto o suficiente para que a casa inteira escutasse.
— Quem é que viria na noite de nosso Clube, em nome dos céus?

Peter inclinou-se para Lowell.

— Sr. Lowell, ele diz que é policial.

No saguão de entrada, o policial Nicholas Rey batia os pés no chão para tirar a neve fresca de suas botas e parou de repente ao ver o exército de esculturas e pinturas de George Washington que Longfellow colecionava. A casa tinha sido o quartel de Washington nos primeiros dias da Revolução Americana.

Peter, o criado negro, inclinara a cabeça em dúvida quando Rey mostrou-lhe seu distintivo. Rey foi informado de que a reunião das quartas-feiras do Sr. Longfellow não podia ser perturbada, e de que, policial ou não, teria de esperar na sala de visitas. A sala à qual foi levado tinha uma decoração intangivelmente leve — papel de parede florido e cortinas suspensas por ornamentos góticos. O busto em mármore cor de creme de uma mulher estava guardado sob um arco, sobre o consolo da lareira, os cachos de cabelo de pedra caindo gentilmente sobre o rosto esculpido com traços suaves.

Rey levantou-se quando dois homens entraram na sala. Um deles tinha longa barba e uma dignidade que o fazia parecer bem alto, apesar de ele ter na verdade estatura média. Seu companheiro era um homem robusto e confiante, com bigodes de morsa que balançaram como se quisessem se apresentar primeiro. Este era James Russell Lowell, que parou pasmado por um momento, e depois avançou rapidamente.

Ele sorriu com a presunção do conhecimento prévio.

— Longfellow, você não sabe que já li tudo sobre este sujeito no jornal dos homens livres! Ele foi um herói do regimento negro, o 54°, e Andrew o nomeou para o departamento de polícia na semana da morte do presidente Lincoln! Que honra conhecê-lo, meu caro!

— Quinquagésimo quinto, professor Lowell, o regimento irmão. Obrigado — disse Rey. — Professor Longfellow, peço perdão por afastá-lo de seus companheiros.

— Já terminamos a parte séria, policial — disse Longfellow —, e sua companhia é bem-vinda. — Seu cabelo prateado e a barba livre emprestavam-lhe modos patriarcais que seriam mais adequados para alguém mais velho do que 58. Os olhos eram azuis e atemporais. Longfellow vestia uma sobrecasaca preta impecável com botões dourados, e um colete de couro feito sob medida. — Deixei minha cátedra de professor anos atrás, e o professor Lowell a assumiu no meu lugar.

— Mas ainda não me acostumo com esse bendito título! — resmungou Lowell.

Rey voltou-se para ele.

— Uma jovem senhorita em sua casa gentilmente me deu o endereço daqui. Ela disse que nem sob a mira de um revólver o senhor estaria em outro lugar na noite de quarta-feira.

— Ah, deve ter sido minha filha, Mabel! — Lowell deu uma risada. — Ela não o expulsou de lá, não é?

Rey sorriu.

— Ela é uma jovem encantadora, senhor. Fui enviado até o senhor, professor.

Lowell ficou perplexo:

— O quê? — sussurrou. Depois explodiu. Suas bochechas e orelhas arderam vermelhas como vinho quente e sua voz subiu queimando por sua garganta. — Eles enviaram um *policial*? Com que raios de justificativa? Não são homens para falar por si mesmos sem puxar os cordões de alguma marionete do prefeito? Explique-se, senhor!

Rey ficou bastante quieto como a estátua de mármore da esposa de Longfellow, perto da lareira.

Longfellow puxou a manga do casaco do amigo.

— Entenda, policial. O professor Lowell faz a gentileza de me ajudar, junto com outros colegas nossos, em um tipo de empreitada literária que no momento não conta com o aval dos membros do Conselho da universidade. Mas será esse o motivo pelo qual...

— Minhas desculpas — disse o policial, permitindo que seu olhar se dirigisse para o homem que primeiro falara, cuja vermelhidão tinha desaparecido de seu rosto tão abruptamente como aparecera. — Eu é que procurei a universidade, não o contrário. Ocorre, senhores, que estou em busca de um especialista em línguas, e alguns alunos de lá me indicaram seu nome.

— Se é assim, policial, *eu* é que devo apresentar minhas desculpas — disse Lowell. — Mas o senhor tem sorte de me encontrar. Falo seis línguas como um nativo... de Cambridge. — O poeta riu e colocou o papel que Rey lhe dera sobre a escrivaninha de marchetaria de jacarandá de Longfellow. Passou o dedo pelas letras inclinadas e escritas às pressas.

Rey viu a testa de Lowell formar algumas rugas.

— Um cavalheiro me disse algumas palavras. O que quer que desejasse comunicar, as palavras foram ditas em voz baixa e muito repentinamente. Só posso deduzir que pertencem a alguma língua estrangeira, pouco conhecida.

— Quando? — perguntou Lowell.

— Algumas semanas atrás. Foi um encontro estranho e inesperado. — Rey deixou que seus olhos se fechassem. Dentro de sua cabeça, pareceu escutar de novo a voz que sussurrava as palavras. Escutava-as de modo bem nítido, mas não tinha o poder de repetir nenhuma delas. — Temo que minha transcrição seja muito grosseira, professor.

— Parecem bem engasgadas, de fato! — disse Lowell, enquanto passava o papel para Longfellow. — Receio que pouco se possa deduzir deste hieróglifo. O senhor não poderia perguntar à pessoa o que ela queria dizer? Ou pelo menos descobrir que língua pretendia falar?

Rey hesitou em responder.

Longfellow disse:

— Policial, temos um grupo de estudiosos famintos nos esperando, cuja sabedoria pode ser subornada com ostras e macarrão. O senhor poderia, por gentileza, nos deixar uma cópia deste papel?

— Eu lhes agradeceria muito, Sr. Longfellow — disse Rey. Examinou os poetas antes de acrescentar: — Devo lhes pedir que não mencionem a mais ninguém esta minha visita. Isto é assunto de grande importância investigativa.

Lowell levantou as suas sobrancelhas, cético.

— Certamente — disse Longfellow, inclinando a cabeça ao assentir, como se confiança fosse algo implícito dentro de sua casa.

— Ora, Longfellow, mande este seu afilhado de Cérbero para longe da mesa esta noite! — Fields estava enfiando um guardanapo no colarinho. Eles estavam sentados em seus lugares ao redor da mesa de jantar. Trap protestava com um ganido baixo.

— Oh, ele gosta muito dos poetas, Fields — disse Longfellow.

— Ah! Você deveria tê-lo visto na semana passada, Sr. Greene — disse Fields. — Enquanto o senhor estava debaixo das cobertas em sua cama, esse companheiro amigável se serviu do pudim direto na mesa da ceia durante o tempo em que estávamos no escritório mergulhados no décimo primeiro canto!

— Era apenas sua visão da *Divina comédia* — disse Longfellow, sorrindo.

— Um estranho encontro — disse Holmes, vagamente interessado.

— Foi disso que o policial chama? — Ele estava examinando o papel que Rey deixara, segurando-o sob as luzes quentes do candelabro e virando-o, antes de passá-lo adiante.

Lowell assentiu.

— Como Nimrod, seja o que for que o nosso policial Rey escutou, é como toda a gigantesca ignorância do mundo.

— Eu tenderia parcialmente a dizer que o escrito é um arremedo do italiano. — George Washington Greene deu de ombros, desculpando-se, e passou o papel para Fields, com um suspiro carregado.

O historiador voltou a se concentrar na refeição. Ele ficava muito acanhado quando, depois que o Clube Dante trocava os livros das estantes pela conversa animada da mesa de jantar, tinha de competir com as estrelas brilhantes que faziam parte da constelação social de Longfellow. A vida de Greene fora cimentada com pequenas promessas e grandes contratempos. Suas palestras públicas nunca foram suficientemente fortes para lhe garantir uma cátedra, e seu trabalho como ministro nunca suficientemente definido para lhe permitir ganhar sua própria paróquia (os detratores diziam que suas palestras pareciam sermões e que seus sermões pareciam palestras históricas). Longfellow era lealmente atento a seu velho amigo e, por sobre a mesa, enviava porções escolhidas que achava que agradariam a Greene.

— Policial Rey — disse Lowell, com admiração. — A própria figura de um homem, não é, Longfellow? Um soldado em nossa grande guerra e agora o primeiro policial de cor. Ai de mim! Nós, intelectuais, ficamos apenas parados no passadiço, observando os poucos que fazem a viagem no vapor!

— Oh, mas certamente viveremos muito mais tempo através de nossas ocupações intelectuais — disse Holmes —, segundo um artigo do último número do *Atlantic* que considera os efeitos salutares do aprendizado na longevidade. Meus cumprimentos por outra bela edição, meu caro Fields!

— Sim, eu li! Um artigo excelente! Aproveite mais esse jovem autor, Fields — disse Lowell.

— Humm. — Fields sorriu para ele. — Aparentemente, eu deveria consultá-lo antes de deixar qualquer escritor tocar o papel com sua pena. O *Review* seguramente deu pouco espaço para o nosso *Life of Percival*. Um estranho perguntaria por que você não me tem um pouquinho mais em consideração!

— Fields, eu não faço elogios só por amizade — disse Lowell. — Você não deveria publicar um livro que não apenas é fraco em si mesmo como atrapalhará o caminho de um trabalho melhor sobre o assunto.

— Deixe-me lançar à mesa a pergunta: é certo Lowell publicar em um de meus periódicos, *The North American Review*, um ataque contra um dos livros de *minha* editora?

— Bem, por minha vez pergunto — disse Lowell — se alguém aqui leu o livro e discorda do que eu disse.

— Eu arriscaria um sonoro "não" de toda a mesa — retrucou Fields —, pois lhes asseguro que, desde que o artigo de Lowell foi publicado, não vendemos nem mais um único exemplar do livro!

Holmes bateu o garfo contra o copo.

— Acuso Lowell de assassinato, por ter matado completamente a *Life*.

Todos riram.

— Ah, ela morreu no parto, juiz Holmes — replicou o réu —, e eu só fiz martelar os pregos do caixão.

— Digam — Greene tentou parecer casual ao voltar a seu tópico preferido —, alguém notou uma característica "dantesca" nos dias e datas deste ano?

— Eles correspondem exatamente aos de 1300 — disse Longfellow, concordando. — Assim, em ambos os anos, a Sexta-Feira Santa é no dia 25 de março.

— Glória! — disse Lowell. — Há 565 anos, Dante desceu à sua *città dolente*, a cidade dolorosa. Este será o ano de Dante! É um bom ou mau augúrio para a tradução? — perguntou Lowell, com um sorriso travesso. Esse comentário, no entanto, fez com que se recordasse da insistência da Corporação de Harvard, e seu grande sorriso murchou.

Longfellow disse:

— Amanhã, com nossos cantos mais recentes do *Inferno* na mão, descerei até os demônios da gráfica, os *Malebranche* da Gráfica Riverside, e nos aproximaremos da conclusão. Prometi enviar uma edição reservada do *Inferno* para o Comitê Florentino até o final do ano, para participar, ainda que humildemente, das comemorações do sexto centenário de nascimento de Dante.

— Sabem, caros amigos — disse Lowell, franzindo a testa. — Aqueles malditos idiotas de Harvard ainda estão atiçados, tentando fechar meu curso de Dante.

— E depois Augustus Manning veio me alertar sobre as consequências de se publicar a tradução — acrescentou Fields, tamborilando na mesa em frustração.

— Por que eles chegariam a esse ponto? — perguntou Greene, apreensivo.

— Procuram, de qualquer maneira, ficar o mais longe possível de Dante — explicou Longfellow, com serenidade. — Temem sua influência, o fato de ser estrangeiro, de ser católico, meu caro Greene.

Holmes, projetando sua imediata simpatia, disse:

— Suponho que parcialmente seja possível entender isso, por alguns aspectos de Dante. Quantos pais foram ao Cemitério Mount Auburn visitar os filhos em junho passado, em vez de irem para a reunião de início das aulas? Para muitos, não precisamos de outro inferno além daquele do qual acabamos de sair.

Lowell se servia de uma terceira ou quarta taça de Falerno tinto. Do outro lado da mesa, Fields tentara, sem sucesso, acalmá-lo com um olhar apaziguador, mas Lowell disse:

— Quando começarem a lançar livros à fogueira, meu caro Holmes, eles nos colocarão em um inferno do qual não escaparemos facilmente!

— Ah, meu caro Lowell, não pense que gosto da ideia de tentar impermeabilizar a mente americana contra questões que o céu faz chover sobre ela. Mas talvez... — Holmes hesitou. Aqui estava sua oportunidade. Virou-se para Longfellow. — Talvez devamos considerar um calendário de publicação menos ambicioso, meu caro Longfellow: uma edição reservada de algumas dezenas de livros, primeiro, para que nossos amigos e colegas da universidade possam apreciá-lo, conhecer sua força, antes de espalhá-lo entre as massas.

Lowell quase pulou da sua cadeira.

— O Dr. Manning falou com você? Manning mandou alguém para assustá-lo e fazê-lo dizer isso, Holmes?

— Lowell, por favor. — Fields sorriu diplomaticamente. — Manning não abordaria Holmes com esse assunto.

— O quê? — O Dr. Holmes fingiu não registrar esse comentário. Lowell ainda estava esperando uma resposta. — É claro que não, Lowell. Manning é só um daqueles fungos que sempre crescem nas velhas universidades. Mas me parece que não queremos cortejar conflitos desnecessários. Isso só perturbaria o que mais prezamos em Dante. Tornar-se-ia uma questão de briga, e não de poesia. Demasiados médicos usam os remédios enfiando a maior quantidade possível goela abaixo do paciente. Nós devemos ser sensatos em nossas curas bem-intencionadas e cautelosos em nossos avanços literários.

— Quanto mais aliados, melhor — disse Fields para todos.

— Não podemos pisar em ovos frente a tiranos! — disse Lowell.

— Nem queremos ser um exército de cinco contra o mundo — acrescentou Holmes. Ele estava entusiasmado por Fields ter se interessado por sua ideia de protelar: poderia terminar seu romance antes de a nação sequer ter ouvido falar de Dante.

— Eu preferiria ir para a forca! — exclamou Lowell. — Não, eu aceitaria ficar fechado por toda uma hora com a Corporação de Harvard inteira antes de aceitar adiar a publicação da tradução.

— Certamente não precisaríamos, de maneira alguma, mudar os planos de publicação. — O vento deixou de soprar as velas de Holmes.

— Mas Holmes está certo sobre o fato de estarmos levando isto sozinhos — continuou Fields. — Sem dúvida, podemos tentar recrutar apoio. Eu poderia convocar o velho professor Ticknor a usar toda a influência que ainda tiver. E talvez o Sr. Emerson, que leu Dante anos atrás. Quando se publica um livro, ninguém na terra sabe se venderá 5 mil exemplares ou não. Mas se vendermos 5 mil exemplares, é certo que poderemos vender 25 mil.

— Eles poderiam tentar afastá-lo de seu posto como professor, Sr. Lowell? — interrompeu Greene, ainda preocupado com a Corporação de Harvard.

— Jamey é um poeta famoso demais para que tentem isso — insistiu Fields.

— Não me importo um pepino com o que façam comigo, em qualquer aspecto! Eu não entregarei Dante aos filisteus!

— Nenhum dentre nós! — Holmes apressou-se a dizer.

Para sua própria surpresa, não se sentia derrotado. Ao contrário, estava ainda mais determinado; não apenas por estar certo, mas por saber que poderia salvar seus amigos de Dante e salvar Dante do ardor de seus amigos. O tom encorajador de sua exclamação estimulou a mesa. "Sim! Sim!" e "Exatamente! Exatamente!" foram gritados; a voz de Lowell era a mais forte.

Greene, vendo um pedaço de tomate assado espetado em seu garfo, curvou-se para dividir a riqueza com Trap. Sob a mesa, viu Longfellow pôr-se de pé.

Embora fossem apenas cinco amigos sentados à mesa da sala de jantar de Longfellow, na infinita privacidade da Craigie House, a absoluta raridade de Longfellow se levantar para fazer um brinde produziu um completo silêncio.

— À saúde da mesa.

Foi tudo o que ele disse. Mas eles gritaram vivas como se fosse uma outra Proclamação de Emancipação. Então, foram servidos xerez e sorvete, e conhaque com cubos flamejantes de açúcar, e charutos desembrulhados foram acesos nas velas do centro da mesa.

Antes que a noite chegasse ao fim, Longfellow foi persuadido por Fields a contar à mesa a história dos charutos. Para conseguir que Longfellow falasse de si mesmo, sob qualquer aspecto, era preciso disfarçar o interesse com um tópico neutro, como o dos charutos.

— Fui à Corner, para assuntos de trabalho — começou Longfellow, enquanto Fields ria em antecipação —, e o Sr. Fields convenceu-me a acompanhá-lo a uma tabacaria próxima, à procura de um presente. O dono da tabacaria nos trouxe uma caixa com uma certa marca de charuto de que jurei nunca ter ouvido falar antes. E ele disse, com toda a seriedade do mundo: "Estes, senhor, são da marca favorita de Longfellow."

— E o que você respondeu? — perguntou Greene, sob o alarido das gargalhadas.

— Olhei para o homem, olhei para os charutos e disse: "Bom, então acho que preciso experimentá-los." E lhe paguei pedindo que me enviasse uma caixa.

— E, agora, o que você acha deles, meu caro Longfellow? — perguntou Lowell, meio engasgado com sua sobremesa.

Longfellow soltou a fumaça.

— Oh, acho que o homem estava com a razão. Eu *realmente* gosto deles.

— "Portanto, seria bom se eu pudesse me armar com uma previsão, pois, se for afastado do lugar que me é mais caro, eu..." — O estudante estava muito frustrado, passando o dedo de um lado para o outro sob o texto em italiano.

Havia vários anos, o escritório de Lowell, em Elmwood, desdobrava-se em sala de aula para seu curso sobre Dante. Em seu primeiro ano como professor, ele requisitara uma sala e recebera um espaço desagradável no porão do University Hall, com compridos bancos de madeira em vez de carteiras e um púlpito, na certa herança dos puritanos. Disseram a Lowell que o curso não tinha frequência suficiente para merecer uma das salas mais cobiçadas. Não importava. Dar as aulas em Elmwood lhe permitia o conforto de fumar seu cachimbo e proporcionava o calor da lareira, e era mais uma razão para não ter de sair de casa.

As aulas aconteciam duas vezes por semana, em dias escolhidos por Lowell — às vezes, no domingo, pois gostava da ideia de dar aulas no mesmo dia da semana em que Boccaccio, séculos antes dele, fizera a primeira palestra sobre Dante em Florença. Mabel Lowell muitas vezes sentava-se e escutava as aulas do pai na sala contígua, ligada ao escritório por duas arcadas abertas.

— Lembre-se, Mead — disse o professor Lowell quando o aluno parou, frustrado —, lembre-se: na quinta esfera do Céu, a esfera dos Mártires, Cacciaguida profetizou a Dante que ele seria exilado de Florença logo que voltasse ao mundo dos vivos, com sentença de morte no fogo se alguma vez reentrasse pelos portões da cidade. Agora, Mead, com isso em mente, traduza a frase seguinte: *"io non perdessi li altri per i miei carmi."*

O italiano de Lowell era fluente e sempre tecnicamente correto. Mas Mead, um terceiranista de Harvard, gostava de pensar que a americanidade de Lowell aparecia na pronúncia escrupulosa de cada sílaba, como se nenhuma tivesse ligação com a seguinte.

— Eu não perderei outros lugares em razão de meus poemas.

— Fique no texto, Mead! *Carmi* são canções; não apenas seus poemas, mas a própria música de sua voz. Na época dos menestréis, você pagava e escolhia se queria que lhe contassem suas histórias em canções ou sermões. Um sermão que canta e uma canção que prega: *assim* é a *Comédia* de Dante. "Para que, devido a minhas *canções*, eu não perca outros lugares." Uma boa leitura, Mead — disse Lowell com um gesto estendido, como se se espreguiçasse, que transmitia sua aprovação geral.

— Dante se repete — disse Pliny Mead, categoricamente. Edward Sheldon, o aluno a seu lado, encolheu-se diante da afirmação.

— Como o senhor disse — continuou Mead —, um profeta divino já tinha previsto que Dante encontraria santuário e proteção sob Can Grande. Portanto, de que "outros" lugares Dante necessitaria? Um artifício em benefício da poesia.

Lowell disse:

— Quando Dante fala de um novo lar no futuro, em virtude de seu trabalho, quando ele fala dos *outros* lugares que procura, não está falando de sua vida em 1302, a data de seu exílio, mas de sua *segunda* vida, a que continuará vivendo através de seu poema por centenas de anos.

Mead persistiu:

— Mas "o lugar mais caro" nunca chega a ser de fato tirado de Dante; é *ele próprio* quem se afasta. Florença lhe ofereceu uma chance para voltar para casa, para sua esposa e família, e ele recusou!

Pliny Mead nunca tinha sido de impressionar seus instrutores ou colegas pela afabilidade, mas desde a manhã em que recebera as notas dos trabalhos do último semestre — e ficara profundamente decepcionado —, tratava Lowell com azedume. Mead atribuía sua nota baixa — e sua consequente queda do 12º lugar para o 15º na classificação da turma de 1867 — ao fato de ter discordado de Lowell em várias ocasiões durante discussões sobre literatura francesa e de o professor não tolerar que considerassem sua opinião equivocada. Mead teria abandonado completamente o curso de línguas vivas. No entanto, pelas regras da Corporação, uma vez inscrito em um curso de línguas, o aluno deveria seguir pelo menos três semestres no departamento — uma das artimanhas planejadas com o objetivo de dissuadir os rapazes de sequer se aproximarem. Portanto, Mead estava preso ao grande convencido que era James Russell Lowell. E a Dante Alighieri.

— Que bela oferta eles fizeram! — Lowell riu. — Clemência completa para Dante e restauração de seu lugar de direito em Florença, em troca de seu pedido de absolvição e de um vultoso pagamento em dinheiro! Nós tratamos Johnny Reb com menos degradação. Longe está de um homem que clama alto por justiça aceitar uma concessão tão pútrida a seus perseguidores!

— Bom, Dante ainda é um florentino, não importa o que dissermos! — afirmou Mead, tentando recrutar o apoio de Sheldon com um olhar de conluio. — Sheldon, você não vê? Dante escreve incessantemente sobre Florença e sobre os florentinos que encontra e com quem fala em sua viagem à vida após a morte, e escreve tudo isso enquanto estava no exílio! É bastante claro para mim, amigos, que tudo o que ele deseja é retornar. Sua morte no exílio e na pobreza é seu grande fracasso final.

Com irritação, Edward Sheldon notou que Mead estava sorrindo por ter silenciado Lowell, que se levantara e enfiara as mãos em seu paletó de ficar em casa um tanto surrado. Mas Sheldon podia ver em Lowell, no modo como fumava seu cachimbo, uma elevada disposição de espírito. Ao caminhar de um lado para o outro no tapete com suas botas bem-amarradas, parecia estar em outro plano de conhecimento mental, muito acima do escritório de Elmwood. Como padrão, Lowell não permitia a entrada de calouros em um curso avançado de literatura, mas o jovem Sheldon fora persistente e Lowell lhe dissera que aceitaria ver como ele se adaptaria. Sheldon continuava grato pela oportunidade, e esperava pela chance de defender Lowell e Dante contra Mead, um tipo que com certeza distribuía dinheiro para abrir seu caminho. Sheldon abriu a boca, mas Mead lançou-lhe um olhar que o fez engolir seus pensamentos.

Lowell deixou escapar um olhar de decepção para Sheldon, e então se voltou para Mead.

— Onde está o judeu em você, meu jovem? — perguntou.

— Quê? — exclamou Mead, ofendido.

— Não, não importa, achava mesmo que não. O tema de Dante é o homem, Mead, não *um* homem — disse Lowell, finalmente, com a paciência gentil que reservava só para seus alunos. — Os italianos sempre puxaram as mangas de Dante tentando fazer com que pertencesse à política deles e à sua maneira de pensar. A maneira deles, francamente! Confiná-lo a Florença ou à Itália é negar-lhe a afinidade com a humanidade inteira. Nós lemos o *Paraíso perdido* como um poema, mas lemos a *Comédia* de Dante como uma crônica de nossa vida interior. Vocês, rapazes, conhecem, Isaías 38:10?

Sheldon esforçou-se para lembrar; Mead sentou-se com uma cara fechada de teimosia, propositadamente não querendo lembrar se conhecia ou não.

— *"Ego dixi: In dimidio dierum meorum vadam ad portas inferi"*! — exultou Lowell, e depois se apressou até suas estantes apinhadas, onde, de alguma forma, encontrou instantaneamente os citados capítulo e versículo em uma Bíblia em latim.

— Estão vendo? — perguntou, abrindo a Bíblia no tapete aos pés de seus alunos, deliciado em mostrar que se lembrara da citação exata.

— Devo traduzir? — perguntou Lowell. — "Eu digo: no meio de meus dias irei até os portões do inferno." Existe alguma coisa em que os antigos autores de nossas Escrituras não pensaram? Em algum momento no meio de nossas vidas, nós todos, cada um de nós, fazemos uma viagem para enfrentar nosso próprio inferno. Qual é a primeira linha do poema de Dante?

— "A meio do caminho desta vida" — declarou Edward Sheldon alegremente, já tendo lido o verso de abertura do *Inferno* várias e várias vezes em seu quarto em Stoughton Hall, nunca antes tendo se sentido tão atraído por nenhum outro verso de poesia, nem tão incentivado pelo clamor de um outro — "achei-me a errar por uma selva escura, longe da boa via, então perdida."

— *"Nel mezzo del cammin di nostra vita."* No meio do caminho de *nossa* vida — repetiu Lowell, com um olhar tão deslumbrado em direção à lareira que Sheldon olhou por sobre o ombro, pensando que a linda Mabel Lowell talvez tivesse entrado na sala, às suas costas, mas sua sombra mostrava que ela ainda estava sentada na sala contígua. — *"Nossa* vida." Desde o primeiro verso do poema de Dante, estamos envolvidos na jornada, estamos fazendo a peregrinação tanto quanto ele, e devemos enfrentar nosso inferno tão honestamente quanto ele o faz. Compreendam que o grande e duradouro valor do poema é ser como uma autobiografia da alma humana. Sua e minha, tanto quanto a de Dante.

Lowell pensou consigo mesmo, enquanto escutava Sheldon ler as 15 linhas seguintes do original italiano, como era bom ensinar algo real. Que tolice de Sócrates pensar em banir os poetas de Atenas! Como Lowell sentir-se-ia completamente deliciado ao ver o fracasso de Augustus Manning quando a tradução de Longfellow se provasse um imenso sucesso.

No dia seguinte, ao sair do Prédio Universitário depois de fazer uma palestra sobre Goethe, não ficou pouco surpreso quando se viu frente a um italiano baixinho, passando apressadamente por ele, vestindo um terno surrado mas desesperadoramente engomado.

— Bachi? — disse Lowell.

Pietro Bachi fora contratado como professor de italiano por Longfellow, anos antes. A Corporação jamais gostara da ideia de funcionários estrangeiros, sobretudo um papista italiano — o fato de Bachi ter sido banido pelo Vaticano não mudara tal opinião. Quando Lowell assumiu o controle do departamento, a Corporação já tinha encontrado motivos razoáveis para despachar Pietro Bachi: sua intemperança e insolvência. No dia em que foi demitido, o italiano tinha resmungado para o professor Lowell: "Jamais porei os pés aqui novamente, nem mesmo morto." Por alguma extravagância, Lowell tinha levado as palavras de Bachi a sério.

— Meu caro professor. — Bachi agora oferecia a mão ao antigo chefe de seu departamento, que a sacudiu vigorosamente, a sua maneira habitual.

— Bem — começou Lowell, sem muita certeza se deveria perguntar o que Bachi, perfeitamente vivo e respirando, viera fazer em Harvard.

— Dando um passeio, professor — explicou Bachi.

No entanto, parecia estar olhando ansiosamente para os lados, de maneira que o professor logo se despediu. Mas Lowell notou, ao se virar brevemente, ainda surpreso pela presença de Bachi, que o ex-instrutor seguia na direção de uma figura vagamente familiar. Era o sujeito com aquele chapéu-coco preto e colete xadrez, o admirador de poesia a quem Lowell vira encostado de forma preguiçosa em um olmo algumas semanas antes. Que tipo de negócio teria ele com Bachi? Lowell parou para ver se Bachi cumprimentaria o desconhecido, que certamente parecia estar esperando por *alguém*. Mas então um mar de estudantes, gratos por se livrarem das récitas de grego, apareceu em volta deles, e o curioso par — se é que estavam mesmo juntos — perdeu-se da vista de Lowell.

Esquecendo por completo a cena, Lowell dirigiu-se para a Faculdade de Direito, onde Oliver Wendell Junior estava cercado por seus colegas, explicando-lhes seus equívocos em relação a algum ponto da lei. A aparência geral não era muito diferente da do Dr. Holmes — mas era como se alguém tivesse esticado o pequeno doutor até o dobro de sua altura.

O Dr. Holmes estava parado ao pé da escada dos empregados de sua casa. Olhava-se em um espelho baixo e, com um pente, tentava arrumar o denso topete de cabelo castanho para um lado. Achava que seu rosto não lhe dava um aspecto muito lisonjeiro. "Mais uma conveniência do que um ornamento", gostava de dizer às pessoas. Se a pele fosse um pouquinho mais escura, o nariz tivesse uma forma mais bonita na inclinação, o pescoço fosse mais pronunciado, ele poderia estar olhando para um reflexo de Wendell Junior. Neddie, o filho mais novo, tivera a infelicidade de se parecer mais com Dr. Holmes, herdando inclusive seus problemas respiratórios. Dr. Holmes e Neddie eram Wendells, o reverendo Holmes teria dito; Wendell Junior, um puro Holmes. Com aquele sangue, Junior iria sem dúvida elevar-se mais alto que o nome de seu pai, não apenas como Ilustre Advogado Holmes, mas Sua Excelência Holmes, ou Presidente Holmes. O Dr. Holmes escutou o som de botas pesadas e rapidamente escapou para um cômodo contíguo. Depois, caminhou de volta às escadas com passos casuais, o olhar voltado para baixo, para um livro antigo. Oliver Wendell Holmes Junior irrompeu na casa e pareceu dar um grande salto até o segundo piso.

— Ora, Wendy — chamou Holmes, com um sorriso rápido. — É você?

Junior diminuiu o passo no meio da escada.

— Olá, pai.

— Sua mãe acabou de perguntar se eu o tinha visto hoje, e percebi que não. De onde está vindo tão tarde, meu rapaz?

— De uma caminhada.

— É mesmo? Sozinho?

Junior parou no meio do caminho, de má vontade. Sob suas sobrancelhas escuras, lançou um olhar para o pai, pressionando o balaústre de madeira aos pés da escada.

— Eu estava conversando com James Lowell, aliás.

Holmes fingiu surpresa.

— Lowell? Vocês têm se encontrado ultimamente? Você e o professor Lowell?

Um ombro largo levantou-se ligeiramente.

— Bem, e o que você conversa com nosso caro amigo em comum, posso perguntar? — continuou o Dr. Holmes com sorriso amável.

— Política, meu tempo servindo na guerra, meu curso de Direito. Nos damos muito bem, eu diria.

— Bem, você anda passando tempo demais desocupado. Eu lhe ordeno que interrompa esses passeios frívolos com o Sr. Lowell! —

Nenhuma resposta. — Isso rouba seu tempo dos estudos, você sabe. Não podemos arcar com isso, podemos?

Junior riu.

— Toda manhã é "Qual o sentido disso, Wendy? Um advogado nunca poderá ser um grande homem, Wendy". — Isso foi dito em voz baixa, rouca. — Agora o senhor quer que eu me esforce mais para estudar a legislação?

— Correto, Junior. Custa suor, custa trabalho, custa fósforo fazer qualquer coisa que valha a pena. E eu terei uma conversa com o Sr. Lowell sobre seus hábitos, em nossa próxima reunião do Clube Dante. Tenho certeza de que ele concordará comigo. Ele também foi advogado antes, e sabe o que isso exige. — Holmes começou a se dirigir para o saguão, bastante satisfeito com sua posição firme.

Junior resmungou.

O Dr. Holmes voltou-se.

— Alguma coisa mais, meu jovem?

— Só estava pensando — disse Junior. — Gostaria de saber mais sobre seu Clube Dante, pai.

Wendell Junior nunca mostrara qualquer interesse por suas atividades literárias ou profissionais. Nunca lera os poemas do doutor ou seu primeiro romance, nem assistia a suas palestras sobre progressos na medicina ou história da poesia. Isso tinha acontecido de forma mais marcante depois que Holmes publicara "Minha caçada atrás do capitão" no *Atlantic Monthly*, recontando sua viagem ao Sul depois de receber um telegrama que informava equivocadamente a morte de Junior no campo de batalha.

Junior, na verdade, folheara brevemente as provas tipográficas, sentindo suas feridas latejarem enquanto lia. Não podia acreditar que seu pai tivesse concebido resumir a guerra em alguns milhares de palavras, a maioria com anedotas de rebeldes morrendo em camas de hospital e funcionários de hotéis em pequenas cidades se perguntando se não era ele o Autocrata da Mesa do Café da Manhã.

— O que eu queria era saber — continuou Junior com um sorriso malicioso — se o senhor realmente se dá o trabalho de se considerar um membro.

— O que disse, Wendy? O que quer dizer com isso? O que sabe do Clube?

— Só o que o Sr. Lowell diz: que sua voz é mais escutada na mesa do jantar, não no escritório. Para o Sr. Longfellow, esse trabalho é a própria vida; para Lowell, sua vocação. Bem entendido, ele *age* de acordo com suas crenças, não apenas fala sobre elas, justamente como fez quando defendeu os escravos como advogado. Para o senhor, é apenas mais um lugar para levantar os copos.

— Lowell disse... — começou o Dr. Holmes. — Agora venha aqui, Junior!

Junior já estava no último piso, onde se trancou em seu quarto.

— Como você pode saber alguma coisa de nosso Clube Dante? — gritou o Dr. Holmes.

Holmes vagou pela casa, impotente, antes de voltar para o escritório. Sua voz era mais escutada na mesa do jantar? Quanto mais repetia a alegação para si mesmo, mais ofensiva ela ficava: Lowell estava tentando preservar seu lugar à direita de Longfellow, defendendo sua superioridade à custa de Holmes.

Com as palavras de Junior no barítono altissonante de Lowell ecoando sobre ele, Holmes escreveu de maneira atormentada nas semanas seguintes, com um progresso contínuo que não lhe era natural. O momento em que qualquer novo pensamento ocorria a Holmes era seu instante de Sibila, mas o ato da composição usualmente era acompanhado por um sensação embotada e desagradável na região da testa — interrompida só de tempos em tempos pelo aparecimento simultâneo de algum grupo de palavras ou de uma imagem inesperada, que lhe produzia uma explosão do mais insano entusiasmo e autocongratulação, e durante o qual, às vezes, ele cometia excessos pueris de linguagem e ação.

De qualquer maneira, não conseguia trabalhar muitas horas consecutivas sem desordenar todo o seu sistema. Seus pés começavam a ficar frios; a cabeça, quente; os músculos, inquietos; e ele sentia como se *precisasse* se levantar. À noite, interrompia qualquer trabalho maior antes das 11 horas e pegava um livro de leitura leve para retirar de sua mente o conteúdo anterior. Demasiado trabalho cerebral dava-lhe uma sensação desconfortável, como se tivesse comido demais. Brown-Séquard, um colega médico de Paris, tinha dito que os animais nos EUA não *sangram* tanto como os da Europa. Não era chocante pensar isso? Apesar dessa insuficiência biológica, Holmes agora se via escrevendo como um maníaco.

— Você sabe que deveria ser eu a falar com o professor Ticknor sobre a possibilidade de contribuir para a nossa campanha a favor de Dante — disse Holmes a Fields. Ele estava fazendo uma visita ao escritório de Fields na Corner.

— O que foi? — Fields estava lendo três coisas ao mesmo tempo: um manuscrito, um contrato e uma carta. — Onde estão os acordos de direitos autorais?

J. R. Osgood entregou-lhe outra pilha de papéis.

— Seu tempo é muito tomado, Fields, e você ainda tem o próximo número do *Atlantic* com que se preocupar; precisa descansar seu cérebro fatigado, de qualquer maneira — argumentou Holmes. — Ticknor, afinal, foi meu professor. Posso ter alguma influência sobre o velho, pelo bem de Longfellow.

Holmes ainda se lembrava de uma época em que Boston era conhecida como Ticknorville pela elite literária: se você não fosse convidado para as rodas da biblioteca de Ticknor, não era ninguém. Era uma sala conhecida na época como a Sala do Trono de Ticknor; agora, mais frequentemente, como o Iceberg de Ticknor. O antigo professor caíra em desgraça com grande parte da sociedade, que o considerava um ocioso refinado e antiabolicionista, mas sua posição como um dos primeiros mestres literários da cidade permaneceria eternamente. Eles poderiam fazer reviver sua influência para o próprio benefício.

— Minha vida é gasta por mais criaturas do que consigo suportar, meu caro Holmes — disse Fields, com um suspiro. — Atualmente, a visão de um manuscrito é como um peixe-espada: me corta em dois. — Olhou por um longo momento para Holmes, depois concordou em deixá-lo ir, em seu lugar, à Park Street. — Mas dê-lhe minhas lembranças cordiais, por favor, Wendell.

Holmes sabia que Fields estava aliviado por poder passar adiante a tarefa de falar com George Ticknor. O professor Ticknor — esse título ainda era usado, embora ele já não desse aulas desde sua aposentadoria, trinta anos antes — nunca teve muita consideração por seu primo mais jovem, William D. Ticknor, e seu pouco-caso se estendia ao sócio de William, J. T. Fields, como ele deixou claro para Holmes depois que o doutor foi conduzido pela escada em espiral do número 9 da Park Street.

— O movimento arrastado e barulhento dos lucros, considerando livros como vendas e perdas — disse, fazendo um bico de repugnância com seus lábios secos, o professor Ticknor. — Meu primo William sofria dessa enfermidade, Dr. Holmes, e temo que tenha contagiado também meus sobrinhos. Aqueles que suam com o trabalho não devem controlar as artes literárias. O senhor não acha, Dr. Holmes?

— Mas o Sr. Fields tem um olho arguto, não tem? Ele soube que sua *História* floresceria, professor. Ele acredita que haverá público para o Dante de Longfellow. — Na verdade, a *História da literatura espanhola*, de Ticknor, encontrara poucos leitores fora dos colaboradores das revistas, mas o professor considerara isso uma medida rigorosa de seu sucesso.

Ticknor ignorou a lealdade de Holmes e delicadamente tirou suas mãos de uma máquina maciça. Ele mandara fazer aquela máquina de escrever — que era como uma miniatura de impressora, como a descrevia — quando suas mãos começaram a ficar por demais trêmulas para escrever. Como resultado, havia vários anos que não via a própria letra. Estava trabalhando em uma carta quando Holmes chegou.

Sentado, com seu solidéu de veludo roxo e chinelos, Ticknor deixou que seus olhos críticos avaliassem, pela segunda vez, o corte das roupas de Holmes e a qualidade de sua gravata e lenço.

— Receio, doutor, que embora o Sr. Fields saiba *o que* as pessoas leem, ele nunca compreenderá exatamente o porquê. Ele se deixa levar pelo entusiasmo dos amigos mais próximos. Um traço perigoso.

— O senhor sempre disse que era importante espalhar o conhecimento das culturas estrangeiras às classes educadas — Holmes o lembrou. Com as cortinas abaixadas, a luz fraca da lareira da biblioteca era misericordiosa com as rugas do velho professor. Holmes passou o lenço pela testa. O Iceberg de Ticknor, na verdade, estava fervendo em razão da lareira bem-alimentada.

— Devemos nos esforçar para compreender nossos estrangeiros, Dr. Holmes. Se não amoldarmos os recém-chegados a nosso caráter nacional e não fizermos com que se sujeitem de boa vontade a nossas instituições, as multidões de estrangeiros terminarão amoldando-nos a *nós*.

Holmes persistiu:

— Cá entre nós, professor, o que o senhor acha das chances da tradução do Sr. Longfellow ser abraçada pelo público?

Holmes tinha um olhar de tão resoluta concentração que Ticknor fez uma pausa para refletir genuinamente. Sua idade avançada trouxera, como uma defesa para a tristeza, a tendência a oferecer a mesma dúzia, ou quase, de respostas automáticas a todas as questões referentes a sua saúde ou à situação mundial.

— Não pode haver dúvidas, eu acho, de que o Sr. Longfellow fará algo assombroso. Não foi por isso que o escolhi para me suceder em Harvard? Mas lembre-se: eu também uma vez conjecturei introduzir Dante aqui, até que a Corporação fez de meu posto uma farsa... — Uma sombra atravessou os olhos negros de Ticknor. — Não pensei que seria possível viver para ver uma tradução norte-americana de Dante, e não consigo compreender como ele realizará essa tarefa. Se as massas o aceitarão ou não é uma outra questão, que deve ser resolvida pela voz popular, diferente da voz dos amantes eruditos de Dante. A mim jamais competirá fazer parte desse banco de juízes — disse Ticknor, com um orgulho incontido que o iluminou. — Mas comecei a acreditar que, quando temos a esperança de que Dante seja lido amplamente, tornamo-nos presa da insensatez pedante. Não me compreenda mal, Dr. Holmes. Dediquei a Dante muitos anos de minha vida, como faz Longfellow. Não pergunte o que leva Dante aos homens, e sim o que leva os homens a Dante; o que os leva a entrar pessoalmente em sua esfera, embora ela seja cruel e implacável.

IV

NAQUELE DOMINGO, nos subterrâneos, entre os mortos, o reverendo Elisha Talbot, ministro da Segunda Igreja Unitarista de Cambridge, segurava uma lanterna no alto ao avançar pela passagem tortuosa, desviando-se dos caixões e pilhas de ossos quebrados. Àquela altura, duvidava que ainda precisasse da luz de sua lanterna de querosene, pois já se habituara completamente à escuridão das passagens subterrâneas cheias de curvas, suas contrações nasais eram vencidas pelo cheiro desagradável de decomposição. Um dia — ele mesmo se desafiava, atravessaria até a outra saída sem lâmpada, apenas com sua confiança em Deus a guiá-lo.

Por um momento achou que escutara um ruído. Girou e olhou para trás, mas as tumbas e as colunas de ardósia não se mexeram.

— Há alguém vivo por aqui esta noite?

Sua famosa voz melancólica golpeou o ar escuro. Talvez fosse um comentário inadequado vindo de um sacerdote, mas a verdade é que, de repente, sentiu medo. Talbot, como todo homem que vive sozinho a maior parte da vida, sofria de muitos medos reprimidos. A morte sempre o aterrorizara além da medida normal; essa era sua grande vergonha. Isso poderia ser um dos motivos que o faziam caminhar pelas tumbas subterrâneas de sua igreja: superar seu medo não religioso da mortalidade do corpo. Talvez também ajudasse a explicar, se alguém fosse escrever sua biografia, a maneira angustiada com que Talbot defendia os preceitos racionalistas do Unitarismo contra os demônios calvinistas das gerações anteriores. Talbot assobiou nervosamente sobre sua lanterna e logo se aproximou do vão da escada no final da câmara, que prometia a volta à luz aconchegante dos lampiões de gás e uma rota mais rápida até sua casa do que pelas ruas.

— Quem está aí? — perguntou ele, girando a lanterna à sua volta, na certeza de ter escutado um movimento dessa vez.

Mas, de novo, nada. O movimento era demasiado pesado para roedores e demasiado abafado para vir dos moleques da rua. "Por Moisés", pensou ele. O reverendo Talbot firmou a lanterna, que zumbia, ao nível dos olhos. Ouvira falar que bandos de vândalos, deslocados pelo desenvolvimento e pela guerra, recentemente tinham começado a se reunir nas câmaras mortuárias abandonadas. Decidiu que na manhã seguinte mandaria um policial investigar o assunto. Embora isso de nada tivesse adiantado um dia antes, quando fora dar queixa do roubo de mil dólares do cofre de sua casa. Tinha certeza de que a polícia de Cambridge nada fizera a respeito. Ainda bem que os ladrões de Cambridge pareciam igualmente incompetentes e haviam deixado para trás outros itens valiosos do cofre.

O reverendo Talbot era virtuoso, sempre fazendo o bem, segundo diziam seus vizinhos e membros da congregação. Exceto por alguns momentos em que, talvez, fosse demasiado zeloso. Trinta anos antes, no começo de sua administração da Segunda Igreja, tinha concordado em recrutar homens na Alemanha e na Holanda para virem a Boston com a promessa de ter um lugar para fazer suas orações na congregação e um emprego bem-pago. Se os católicos podiam vir em bandos da Irlanda, por que não trazer alguns protestantes? Só que o emprego era a construção de linhas férreas, e vários de seus recrutados morreram de exaustão e doença, deixando órfãos e viúvas abandonados. Talbot, de maneira discreta, desistira do arranjo e depois passara anos apagando qualquer traço de seu envolvimento. Mas, por sua "consultoria", aceitara pagamentos dos construtores das ferrovias e, embora tivesse dito a si mesmo que devolveria o dinheiro, não o fez. Em vez disso, afastou o assunto de sua mente, e tomou todas as decisões de sua vida com um olho firmemente posto no exame dos erros alheios.

Quando o reverendo Talbot deu alguns passos atrás, cético, bateu contra algo duro. Pensou, por um momento, enquanto ficava paralisado, que tinha perdido a noção de direção e batido numa parede. Havia muitos anos que Elisha Talbot não era segurado, nem mesmo tocado por outra pessoa — exceto em apertos de mãos. Mas agora não havia dúvida, nem mesmo para ele, de que o calor dos braços que o envolviam na altura do peito e lhe tomavam a lanterna pertencia a outro ser. O aperto era cheio de cólera, ofensivo.

Quanto Talbot retomou a consciência, compreendeu, em um breve momento da eternidade, que uma escuridão diferente, impenetrável, o rodeava. O cheiro pungente da câmara persistia em seus pulmões, mas agora uma fria e pesada umidade roçava suas bochechas e um gosto salgado que ele reconheceu como de seu suor escorria para sua boca, e ele sentiu lágrimas correndo dos cantos de seus olhos para a testa. Estava frio, frio como em uma câmara de gelo. Seu corpo, desprovido de todas as vestimentas, tremia. Ainda assim, calor entrava em sua carne entorpecida e fornecia uma sensação insuportável, que ele jamais experimentara antes. Seria algum pesadelo medonho? Sim, claro! Era aquele maldito lixo que ultimamente vinha lendo antes de ir para cama, sobre demônios e bestas *et cetera*. No entanto, não conseguia se lembrar de ter subido as escadas da câmara para sair, não conseguia se lembrar de ter chegado a sua modesta casa de madeira cor de pêssego nem de pegar a água para o lavatório. Jamais emergira do mundo subterrâneo para as calçadas de Cambridge. De algum modo, compreendeu que as batidas de seu coração estavam acima. Estavam suspensas sobre ele, batendo desesperadamente, enviando o sangue de seu corpo *para baixo*, onde estava sua cabeça. Ele respirava em fracas interjeições.

O pastor sentiu que batia seus pés no ar loucamente, e soube pelo calor que aquilo não era um sonho: ele estava prestes a morrer. Era estranho. A emoção que lhe era mais distante naquele momento era o medo. Talvez tivesse gastado todo seu medo durante a vida. Em vez disso, sentia-se cheio de uma profunda e ardente raiva por aquilo estar acontecendo — que nossa condição fosse tal que uma criatura de Deus pudesse morrer enquanto todas as outras continuavam sem perturbações e inalteradas.

Em seu último momento, tentou rezar com uma voz lacrimosa: "Deus, perdoa-me se errei", mas em vez disso um grito agudo explodiu de seus lábios, abafado pelas batidas implacáveis de seu coração.

V

No dia 22 de outubro de 1865, um domingo, a edição vespertina do *Boston Transcript* trazia na primeira página um anúncio oferecendo uma recompensa de 10 mil dólares. Tal atordoamento, tais tinidos de paradas de carruagens diante dos vendedores ambulantes de jornais não eram vistos fazia décadas, desde que o Fort Sumter fora atacado, quando ficara certo que a campanha de noventa dias poderia dar fim à rebelião sangrenta do Sul.

A viúva Healey tinha enviado ao chefe de polícia Kurtz um telegrama simples, revelando seus planos. A utilização do telegrama deixou claro o que ela pretendia, pois era sabido que muitos olhos na base policial o leriam antes do chefe. Ela escreveria para cinco jornais de Boston, informava a Kurtz, descrevendo a verdadeira natureza da morte de seu marido e anunciando uma recompensa por informações que levassem à captura do assassino. Devido à antiga corrupção no bureau da polícia, os vereadores tinham aprovado regulamentações que proibiam os policiais de aceitar recompensas, mas aos membros do público certamente era permitido enriquecer. Isso talvez não deixasse Kurt feliz, admitia ela, mas ele não cumprira a promessa que lhe fizera. A edição vespertina do *Transcript* foi a primeira a publicar a notícia.

Ednah Healey agora imaginava maquinações específicas que fariam o vilão sofrer e se arrepender. Sua favorita era ter o assassino preso em Gallows Hill, mas, em vez de enforcado, ele seria desnudado e queimado, e então permitiriam que ele tentasse (sem sucesso, é claro) apagar as chamas. Ela ficava emocionada e aterrorizada com esses pensamentos. Eles tinham o propósito adicional de evitar que pensasse no marido e no crescente ódio que sentia por ele tê-la deixado.

Luvas foram amarradas a seus pulsos para evitar que coçasse mais a própria pele. Sua mania havia se tornado constante, e as roupas já não conseguiam cobrir as cicatrizes da automutilação. Uma noite, no impulso de um pesadelo, ela se precipitara para fora do quarto e, em desespero, escondera o camafeu com o cacho do cabelo do marido. Na manhã seguinte, os empregados e os filhos procuraram o camafeu por toda a Wide Oaks, debaixo da madeira do assoalho e até nas vigas mestras do telhado, mas não conseguiram achar. Foi melhor assim. Com aquele camafeu pendurado em seu pescoço, a viúva Healey talvez nunca mais conseguisse dormir.

Misericordiosamente, ela não ficou sabendo que naqueles dias de cataclismo, durante uma onda de calor de outono, o juiz Healey tinha murmurado lentamente "Senhores do júri..." várias e várias vezes, enquanto as larvas famintas nasciam às centenas na ferida da esponja palpitante de seu cérebro, as férteis moscas reproduzindo, cada uma, centenas de larvas devoradoras de carne. Primeiro, o juiz Artemus Prescott Healey não conseguiu mover o braço. Então, mexeu os dedos quando pensou que estava mexendo a perna. Depois de um tempo, suas palavras não saíam direito. "Júrios sob nossos senhores..." Ele ouvia que não fazia sentido, mas nada podia fazer a respeito. A parte de seu cérebro que arrumava a sintaxe estava sendo devorada por criaturas que nem mesmo gostavam de sua comida, mas que apesar disso precisavam dela. Naqueles quatro dias, quando recobrava brevemente os sentidos, a angústia de Healey o fazia acreditar que estava morto, e ele rezava para morrer de novo. "Borboletas e a última cama..." Ele olhou para a bandeira surrada acima dele e, com a pouca consciência que ainda restava em sua mente, espantou-se.

O sacristão da Segunda Igreja Unitarista de Cambridge estava registrando os eventos semanais no diário da igreja, no final da tarde, depois que o reverendo Talbot fora embora. Naquela manhã, Talbot tinha feito um sermão arrebatador. Depois, passou um tempo na igreja desfrutando dos elogios entusiasmados dos diáconos. Mas o sacristão Gregg tinha estranhado quando Talbot lhe pedira para destrancar a pesada porta de pedra no final da ala onde ficavam os escritórios.

Era como se apenas poucos minutos tivessem se passado depois disso quando o sacristão escutou um grito alto. O barulho parecia não vir de lugar algum, mas, ao mesmo tempo, estar claramente enraizado em algum ponto da igreja. Então, quase por capricho, pensando naqueles havia muito tempo enterrados, o sacristão Gregg encostou seu ouvido na porta de ardósia que levava para os subterrâneos da câmara mortuária, as frias catacumbas da igreja. Notavelmente, embora já não se escutasse mais, o barulho parecia ter se originado, por suas reverberações, do vazio atrás da porta! O sacristão, tirando do cinto a argola com as chaves, destrancou a porta como fizera antes para Talbot. Prendeu a respiração e desceu.

O sacristão Gregg trabalhava ali havia 12 anos. A primeira vez que tinha escutado o reverendo Talbot falar fora em uma série de debates públicos com o bispo Fenwick sobre os perigos do crescimento da Igreja Católica em Boston.

Talbot tinha defendido com vigor três pontos principais em seus discursos:

1. que os ritos supersticiosos e as catedrais luxuosas da fé católica constituíam blasfêmia e idolatria;

2. que a tendência dos irlandeses de se agruparem nas vizinhanças ao redor de suas catedrais e conventos ensejaria conspirações contra os Estados Unidos da América e indicava uma resistência à americanização;

3. que o papado, a grande ameaça estrangeira que controlava todos os aspectos da operação católica, punha em risco a independência de todas as religiões americanas com seu proselitismo e seu objetivos de dominar o país.

Certamente, nenhum dos ministros unitaristas anticatólicos condenou os atos de trabalhadores de Boston encolerizados que queimaram um convento católico depois que testemunhas disseram que moças protestantes tinham sido sequestradas e aprisionadas em celas para serem transformadas em freiras. Nos destroços, os amotinados escreveram INFERNO PARA O PAPA! Isso foi menos um protesto contra o Vaticano e mais um alerta para os irlandeses que, cada vez mais, tomavam seus empregos.

Pelo seu entusiasmo nos debates e seus sermões e escritos anticatólicos, o reverendo Talbot fora estimulado por alguns para suceder o professor Norton na Harvard Divinity School. Ele recusara. Talbot apreciava enormemente a sensação de entrar em uma igreja apinhada nas manhãs de domingo, vindo da tranquilidade do dia de descanso em Cambridge, e escutar o toque solene do órgão enquanto, nobremente vestido com sua simples beca, subia até o púlpito. Embora tivesse um horrível estrabismo e uma entonação profunda e melancólica, com aquele tom de perpetuidade que a voz de uma pessoa assume quando um morto está estendido em algum lugar da casa, a presença de Talbot no púlpito era segura e sua congregação, leal. Era ali que seu poder fazia diferença. Desde que sua esposa morrera em trabalho de parto, em 1825, Talbot nunca mais tivera família e nunca desejara uma, devido à satisfação que sua congregação lhe dava.

A lâmpada a óleo do sacristão Gregg timidamente perdia a força enquanto ele perdia a coragem. Quando tinha de respirar, o ar envolvia seu rosto e formigava em seu bigode. Em Cambridge ainda era outono, mas nos subterrâneos da Segunda Igreja reinava um implacável inverno.

— Tem alguém aqui? Ninguém deveria estar...

A voz do sacristão parecia não ter suporte físico na escuridão da câmara, e ele logo fechou a boca. Espalhadas pelos cantos da câmara, notou pequenas manchas brancas. Quando o número delas aumentou, ele se agachou para inspecionar melhor, mas sua atenção foi redirecionada por um estalido estridente mais à frente. Um odor horrível o bastante para dominar até o ar da câmara mortuária o alcançou.

Segurando seu gorro contra o nariz, o sacristão continuou em frente entre os caixões alinhados no piso de terra, passando pelos tristes arcos de pedra. Ratos gigantescos corriam pelas paredes. Um brilho tremeluzente, mas não de sua própria lâmpada, iluminou o caminho à frente, onde o estalido era um chiado contínuo.

— Há alguém aí? — O sacristão continuou, com cuidado, segurando nas pedras sujas das paredes ao virar num canto. — Por Deus eterno! — gritou.

Da boca de um buraco irregularmente cavado no chão à sua frente, os pés de um homem se projetavam, as pernas visíveis até a panturrilha, com o restante do corpo enfiado no buraco. As solas de ambos os pés estavam em chamas. As articulações tremiam tão violentamente que os pés pareciam estar chutando para a frente e para trás de dor. A carne dos pés do homem derretia, enquanto o fogo em fúria começava a se espalhar pelos tornozelos.

O sacristão Gregg caiu para trás. No chão frio ao seu lado estava uma pilha de roupas. Ele agarrou a que estava em cima e com ela bateu contra os pés em chamas até o fogo se extinguir.

— Quem é você? — gritou ele, mas o homem, que era apenas um par de pés para o sacristão, estava morto.

O sacristão levou um tempo para entender que a roupa que ele usara para extinguir o fogo era a beca do pastor. Rastejando por uma trilha de ossos humanos que haviam saído da terra, ele retornou à pilha compacta de roupas e a remexeu: roupas de baixo, uma capa familiar e a gravata branca, o cachecol e os sapatos bem-engraxados do amado reverendo Elisha Talbot.

Ao fechar a porta de seu escritório, no segundo andar da Faculdade de Medicina, Oliver Wendell Holmes quase colidiu com um policial da municipalidade no corredor. Holmes tinha demorado mais tempo do que o planejado para terminar sua agenda de trabalho do dia seguinte, pois esperava começá-la mais cedo para ter tempo de estar com Wendell Junior antes que seu grupo de amigos chegasse. O policial estava procurando alguém com autoridade e explicou a Holmes que o chefe de polícia tinha requisitado a utilização da sala de exames da faculdade e que o professor Haywood fora procurado para auxiliar na autópsia do cadáver recém-descoberto de um desafortunado cavalheiro. O médico-legista, Dr. Barnicoat, não fora localizado — ele não disse que Barnicoat era famoso por frequentar as tabernas nos fins de

107

semana nem que, com certeza, não estaria em condições de conduzir uma investigação criminal. Como a sala do reitor estava vazia, Holmes raciocinou que, tendo sido o reitor precedente (Sim, sim, cinco anos na popa do navio foram suficientes para mim, e aos 56, quem precisa de tanta responsabilidade? — Holmes conduzia ambas as frentes da conversa), certamente tinha a prerrogativa de conceder o que o policial requisitava.

Uma carruagem da polícia, trazendo o chefe Kurtz e o subchefe Savage, chegou, e uma padiola coberta com uma manta foi conduzida às pressas para dentro, acompanhada pelo professor Haywood e seu aluno assistente. Haywood ensinava prática cirúrgica e tinha desenvolvido um grande interesse por autópsias. Apesar das objeções de Barnicoat, a polícia ocasionalmente chamava o professor até o necrotério para pedir sua opinião, como quando encontravam uma criança encerrada numa das paredes de um porão, ou um homem enforcado em um armário.

Holmes observou com interesse o chefe Kurtz ordenar que dois guardas vigiassem a porta. Quem se incomodaria em invadir a Faculdade de Medicina a essa hora da noite? Kurtz levantou a manta revelando até os joelhos do morto. Isso foi suficiente. Holmes teve de controlar-se para não arquejar ao ver os pés desnudos do homem, se é que essa palavra ainda poderia ser aplicada.

Os pés — só os pés — haviam sido lambidos pelo fogo depois de encharcados com o que cheirava a querosene. Queimados até tostar, pensou Holmes, aterrorizado. As duas massas restantes projetavam-se, de maneira esquisita, dos tornozelos, deslocadas das articulações. A pele, que mal podia ser reconhecida como tal, estava inchada, rachada pelo fogo. Um tecido cor-de-rosa espremia-se para fora. O professor Haywood curvou-se para ver melhor.

Embora já tivesse aberto milhares de cadáveres, o Dr. Holmes não possuía o estômago de ferro de seus colegas médicos para procedimentos como aquele, e teve de se afastar da mesa de exames. Como professor, mais de uma vez Holmes tinha saído da sala de aula quando um coelho vivo era cloroformizado, implorando ao demonstrador que não o deixasse guinchar.

A cabeça de Holmes começou a girar e, de repente, pareceu-lhe que havia pouquíssimo ar na sala e que a insignificante quantidade restante estava envolvida em éter e clorofórmio. Não sabia quanto tempo a autópsia duraria, mas tinha certeza de que, se permanecesse muito tempo ali, cairia desacordado no chão. Haywood tirou a manta do restante do corpo — deixando à mostra o rosto vermelho do homem, marcado pela dor — e limpou a terra de seus olhos e bochechas. Holmes permitiu que seus olhos observassem todo o corpo desnudo.

Ele mal se deu conta de que o rosto era familiar, enquanto Haywood inclinava-se sobre o corpo e o chefe Kurtz lhe fazia perguntas atrás de perguntas. Ninguém pedira a Holmes que ficasse calado, e como professor da Cátedra Parkman de Anatomia e Fisiologia de Harvard, ele poderia ter contribuído para a discussão. Mas Holmes só conseguia pensar em afrouxar sua gravata de seda. Piscava convulsivamente, sem saber se devia segurar a respiração para economizar o oxigênio que já havia respirado ou respirar rapidamente para estocar os últimos resquícios de ar disponível antes dos outros, cuja aparente indiferença ao ar denso fez Holmes ter certeza de que todos tombariam por terra a qualquer momento.

Um dos homens presentes perguntou a Dr. Holmes se ele estava se sentindo mal. Tinha um rosto surpreendentemente gentil e olhos brilhantes, e parecia mulato. Falou com um toque de familiaridade, e, em sua tontura, Holmes lembrou-se: era o policial que tinha procurado Lowell na reunião do Clube Dante.

— Professor Holmes? O senhor concorda com a avaliação do Dr. Haywood? — perguntou então o chefe Kurtz, talvez na tentativa educada de incluí-lo nos procedimentos, pois Holmes não chegara sequer a uma distância suficiente do corpo que lhe permitisse fazer senão a mais atrevida das avaliações médicas.

Holmes tentou pensar se escutara o diálogo de Haywood com o chefe Kurtz e pareceu recordar Haywood afirmando que o homem ainda estava vivo no momento em que o fogo foi ateado em seus pés, que ele deveria estar numa posição de impotência para parar a tortura e que, pelo estado de seu rosto e pela ausência de outros ferimentos, não era improvável que tivesse morrido de um ataque cardíaco.

— Ah, com certeza — disse Holmes. — Sim, com certeza, policial. — Holmes deu alguns passos para trás em direção à porta, como se tentasse escapar de um perigo mortal. — Será que os senhores poderiam continuar sem mim por um momento?

O chefe Kurtz continuou seu interrogatório ao professor Haywood, enquanto Holmes alcançava a porta, o saguão, e logo o pátio, inspirando o máximo de ar possível em cada arfada breve e desesperada.

* * *

Enquanto o crepúsculo envolvia Boston, o médico, vagando pelas filas de carrocinhas, passando sem rumo por bolos de especiarias, jarras com cerveja de gengibre, vendedores de frutos do mar exibindo suas monstruosidades, não tolerava recordar seu comportamento diante do cadáver do reverendo Talbot. Por causa de seu constrangimento, ainda não tirara de si o peso de saber que o reverendo Talbot fora assassinado; ainda não se apressara em dividir aquela notícia extraordinária com Fields ou Lowell. Como podia ele, Dr. Oliver Wendell Holmes, médico e professor da ciência médica, prestigiado conferencista e reformador médico, tremer assim diante de um cadáver como se estivesse frente a um fantasma de algum romance sentimental? Wendell Junior, particularmente, ficaria aturdido com os tropeços covardes do pai. O jovem Holmes não fazia segredo de sua opinião de que seria um médico melhor que o pai, assim como melhor professor, marido e pai.

Embora ainda não tivesse 25 anos, Junior estivera nos campos de batalha e vira corpos estraçalhados, enormes lacunas nas fileiras ceifadas pelo fogo do canhão, membros caindo como folhas, e amputações realizadas por meio de serras por cirurgiões amadores, enquanto os pacientes, aos berros, eram segurados sobre portas que faziam as vezes de mesas de operação por enfermeiras voluntárias cobertas de sangue. Quando um primo perguntara por que Wendell Junior conseguira cultivar um bigode enquanto suas próprias tentativas não passavam dos primeiros estágios, Junior respondera, secamente: "O meu foi cultivado com sangue."

Agora, Dr. Holmes tentava se lembrar de tudo o que sabia sobre o processo de assar o pão da melhor qualidade. Recordou-se de todas as dicas conhecidas para encontrar os melhores vendedores do mercado de Boston pela roupa ou gestos ou lugar de nascimento. Ele agarrava e apertava as mercadorias dos vendedores com ar carrancudo, ausente, mas com o toque conhecedor da mão de médico. O lenço que passava pela testa estava ensopado. Na barraca adiante, algumas velhas horrorosas enfiavam os dedos na carne salgada. Os pretextos para distrações não poderiam durar.

Ao chegar ao quiosque de uma matrona irlandesa, o médico compreendeu que os tremores que tivera na Faculdade de Medicina tinham sido mais profundos do que pareceram no começo. Não foram causados apenas por seu desgosto pelo corpo retorcido e sua silenciosa história de horror. E nem apenas porque Elisha Talbot, parte integrante de Cambridge tanto quanto o Washington Elm, tinha sido assassinado, e de maneira tão brutal. Não, alguma coisa no assassinato lhe era *familiar*, deveras familiar.

Holmes comprou um pão de centeio ainda quente e voltou para casa. Perguntou-se se não poderia ter sonhado com a morte de Talbot em uma estranha incursão pela presciência. Mas Holmes não acreditava nessas tolices. Devia ter lido em algum momento uma descrição desse ato horripilante, cujos detalhes então inundaram-no outra vez sem aviso, quando ele viu o corpo de Talbot. Mas que texto conteria tal horror? Nenhuma revista médica. Não no *Boston Transcript*, com certeza, pois o assassinato acabara de acontecer. Holmes parou no meio da rua e teve uma visão do ministro debatendo seus pés flamejantes no ar, enquanto as chamas se moviam...

"Dai calcagni a le punte", murmurou Holmes em voz alta: dos calcanhares aos dedos — era assim que os clérigos corruptos, os simoníacos, queimavam eternamente em seus fossos rústicos. Seu coração afundou. "Dante! É Dante!"

Amelia Holmes colocou a fria torta de carne de caça na mesa da sala de jantar, perfeitamente arrumada. Deu algumas orientações para os empregados, alisou o vestido e inclinou-se sobre a escada da frente para ver se seu marido estava chegando. Estava certa de ter visto Wendell virar na Charles Street menos de cinco minutos mais cedo, pela janela do piso superior, presumivelmente com o pão que ela lhe pedira para comprar para a ceia com vários amigos convidados, inclusive Annie Fields. (E como uma anfitriã poderia estar à altura do salão de Annie Fields a menos que tudo estivesse perfeito?) Mas a Charles Street estava vazia a não ser pelas sombras das árvores que se esmaeciam. Talvez fosse outro homem baixo de casaco longo, aquele que vira pela janela.

Henry Wadsworsth Longfellow examinou o papel deixado por Rey. Testou a confusão de letras, copiou o texto várias vezes em folhas separadas, fazendo anagramas com as palavras de diferentes maneiras para formar novas combinações, esforçando-se para evitar pensamentos a respeito do passado. As filhas estavam visitando a família de sua irmã em Portland e seus dois filhos estavam viajando para o estrangeiro, separadamente, portanto havia dias de solidão, que ele apreciava mais na teoria do que na prática.

Naquela manhã, o mesmo dia em que o reverendo Talbot fora morto, o poeta sentara-se na cama um pouco antes do amanhecer, sem a mais leve consciência de ter dormido em algum momento. Era sua rotina. A insônia de Longfellow não era causada por sonhos assustadores nem traumatizada por movimentos inquietos. Na verdade, ele descrevia o atordoamento em que entrava durante a noite como bastante tranquilizador, como uma coisa análoga ao sono. Sentia-se grato porque, mesmo depois das longas vigílias noturnas insones, podia se sentir descansado ao nascer do dia por ter permanecido deitado por tantas horas. Mas às vezes, no pálido nimbo da lamparina da noite, Longfellow imaginava que podia ver o rosto gentil dela olhando para ele do canto daquele quarto, o quarto onde ela morrera. Nesses momentos, dava um pulo na cama. A decepção que vinha depois de sua meia alegria era um terror pior do que qualquer pesadelo que pudesse recordar ou inventar, pois qualquer que fosse a imagem-fantasma que visse durante a noite, na manhã seguinte ainda despertaria só. Ao vestir seu roupão de brocado, os cachos prateados de sua barba lhe pareciam mais pesados do que no momento em que se deitara.

Quando Longfellow desceu pela escada dos fundos, estava usando uma casaca com uma rosa na lapela. Não apreciava, de maneira alguma, ficar desarrumado, mesmo em casa. No pavimento inferior, havia uma reprodução do retrato que Giotto fizera do jovem Dante, com um olho substituído por um buraco vazio. O afresco de Giotto fora pintado no Bargello, em Florença, mas, ao longo dos séculos, tinha sido deixado de lado e esquecido. Agora, tudo o que restara era uma litografia do afresco danificado. Dante posara para Giotto antes que as dores do exílio — sua guerra com o destino — se apoderassem dele; ainda era o silencioso pretendente à mão de Beatriz, um jovem de média estatura, de rosto moreno, melancólico, pensativo. Seus olhos eram grandes; o nariz, aquilino; o lábio inferior projetava-se, com uma suavidade quase feminina nas linhas do rosto.

O jovem Dante quase não falava, a menos que solicitado, é o que diz a lenda. Uma contemplação particularmente agradável excluía de sua atenção qualquer coisa fora de seus próprios pensamentos. Dante uma vez encontrou um volume raro em um boticário em Siena e passou o dia inteiro lendo em um banco do lado de fora, sem sequer notar o festival de rua que acontecia diretamente a sua frente, inconsciente dos músicos e das mulheres dançando.

Quando Longfellow acomodou-se no escritório com uma tigela de aveia e leite, uma refeição que ficaria satisfeito em repetir na maioria dos dias, não pôde evitar pensar no bilhete do policial Rey. Tinha imaginado um milhão de possibilidades diferentes e uma dúzia de línguas para as letras rabiscadas, antes de devolver os hieróglifos — como Lowell os batizara — a seu lugar no fundo da gaveta. Da mesma gaveta, retirou as provas tipográficas dos cantos XVI e XVII do *Inferno*, com as anotações precisas com as sugestões da última reunião do Clube Dante. Havia algum tempo que sua escrivaninha mantinha-se desprovida de poemas novos. Fields tinha publicado uma nova "Edição da Casa" com os mais famosos poemas de Longfellow e o convencera a terminar *Tales of a Wayside Inn*, esperando estimular novos poemas. Mas Longfellow achava que nunca escreveria nada de original outra vez, nem se importava em tentar. Traduzir Dante fora, outrora, um interlúdio para sua própria poesia, suas Minnehahas, suas Priscillas, suas Evangelines. A prática começara 25 anos antes. Agora, nos últimos quatro anos, Dante tornara-se sua oração matutina e seu trabalho cotidiano.

Ao encher sua segunda e última xícara de café, pensou no relato que, segundo os boatos, Francis Child teria feito a seus amigos na Inglaterra: "Longfellow e seu círculo estão tão infectados pela enfermidade Toscana que ousam classificar Milton como um gênio de segunda categoria em comparação com Dante." Para os acadêmicos ingleses e americanos, Milton era o padrão-ouro dos poetas religiosos. Mas Milton escrevera sobre o inferno e o céu estando acima e abaixo, respectivamente, não dentro: pontos de vista mais seguros. Fields, diplomático desde que ninguém saísse ferido, rira quando Arthur Hugh Clough contara sobre o comentário de Child na Sala de Autores da Corner, mas Longfellow sentira-se bastante incomodado ao saber da conversa.

Longfellow molhou sua longa caneta de pena. De seus três tinteiros finamente decorados, era daquele que mais gostava, tendo uma vez pertencido a Samuel Taylor Coleridge e depois a Lord Tennyson, que o enviou a Longfellow como um presente, desejando-lhe sucesso na tradução de Dante. O recluso Tennyson era parte do contingente demasiado pequeno que verdadeiramente entendia Dante naquele país, o tinha em alta estima e conhecia mais da *Commedia* do que alguns episódios do *Inferno*. O apreço inicial que a Espanha tinha mostrado por Dante fora estrangulado pelos dogmas oficiais e ameaçado pelo reinado da Inquisição. Voltaire dera início à animosidade francesa contra a "barbaridade" dantesca, que ainda prosseguia. Mesmo na Itália, onde Dante era mais amplamente conhecido, o poeta era utilizado como objeto de disputa por várias facções que competiam por seu controle. Longfellow com frequência pensava nas duas coisas que Dante deveria ter desejado mais do que tudo ao escrever *A divina comédia* quando exilado de sua amada Florença: a primeira era conquistar a volta a sua terra natal, o que nunca conseguiu; a segunda era ver de novo sua Beatriz, que o poeta também não conseguiria.

Dante vagou sem lar enquanto compunha, tendo quase de pedir emprestada a tinta que usava. Quando se aproximava dos portões de uma cidade estranha, com certeza não podia evitar pensar que nunca entraria outra vez pelos portões de Florença. Quando observava as torres dos castelos feudais no topo dos morros distantes, sentia como os fortes eram arrogantes, como eram maltratados os pobres. Cada córrego e cada rio o faziam recordar o Arno; cada voz que ouvia o lembrava, pelo estranho sotaque, que ele era um exilado. O poema de Dante foi nada menos que a busca por sua terra.

Longfellow era metódico no controle de seu tempo e reservava as primeiras horas para escrever e o final da manhã para seus assuntos pessoais, recusando qualquer visita antes das 12 horas — exceto, claro, a de seus filhos.

O poeta mergulhou na pilha de suas cartas não respondidas, puxando para perto sua caixa de autógrafos escritos em pequenos quadrados de papel. Desde a publicação de *Evangeline*, anos antes, sua popularidade tinha aumentado. Regularmente, recebia cartas de desconhecidos, a maioria pedindo seu autógrafo. Uma jovem da Virgínia incluiu seu próprio retrato como cartão de visita, no verso do qual escreveu: "Que falha pode ser encontrada aqui?", com seu endereço embaixo. Longfellow ergueu uma sobrancelha e lhe enviou um autógrafo-padrão sem comentário. "A falha da juventude excessiva", pensou em responder. Depois de selar umas duas dezenas de envelopes, Longfellow escreveu uma graciosa recusa a outra senhora. Não gostava de ser descortês, mas esta, em particular, pedia cinquenta autógrafos, explicando que gostaria de oferecê-los como lembrança em uma de suas festas. Por outro lado, ficou deliciado com uma mulher que lhe contou a história de como sua filha, após encontrar um fio da barba do pai em seu travesseiro, entrou correndo na sala de visitas e anunciou: "O Sr. Longfellow está em meu quarto!"

Longfellow ficou contente por encontrar em sua pilha uma nova carta de Mary Frere, uma jovem de Auburn, Nova York, que conhecera recentemente quando passara o verão em Nahant, onde caminharam juntos várias noites, depois que as meninas iam dormir, pelas praias cheias de pedras, conversando sobre a nova poesia ou sobre música. Longfellow escreveu-lhe uma longa carta, contando como as três meninas sempre perguntavam o que ela andaria fazendo; as meninas também lhe pediram que descobrisse onde a Srta. Frere passaria o verão seguinte.

Ele foi distraído de suas cartas pela permanente tentação da janela em frente a sua escrivaninha. Com o início do outono, o poeta sempre esperava um renascimento do poder criativo. Na grelha de sua lareira sem fogo havia pilhas de folhas outonais imitando uma chama. Reparou que os dias quentes, brilhantes, tinham desaparecido mais rapidamente do que parecia, vistos do interior das paredes marrons de seu escritório. A janela dava para amplos prados, vários hectares que Longfellow comprara recentemente e que se estendiam até o espelho d'água do rio Charles. Achava divertido pensar na crença popular de que fizera a compra com um olho na valorização da propriedade quando, na verdade, tudo o que ele queria era garantir aquela vista.

Nas árvores já não havia apenas folhas, mas frutos marrons e, nas moitas, não só flores, mas cachos de frutas vermelhas. E o vento tinha uma virilidade áspera em sua voz — o tom não de um namorado, e sim de um esposo.

O dia de Longfellow transcorreu no ritmo certo. Depois da ceia, dispensou a ajudante e resolveu pôr em dia sua leitura dos jornais. Mas, depois de acender a lâmpada do escritório, passou apenas alguns minutos com o jornal. A edição vespertina do *Transcript* trazia o surpreendente anúncio de Ednah Healey. O artigo continha detalhes do assassinato de Artemus Healey que até então tinham sido suprimidos pela viúva, "seguindo o conselho da chefia da polícia e outros oficiais da polícia". Longfellow não conseguiu terminar de ler, embora alguns detalhes do artigo, ele compreenderia nas memoráveis horas seguintes, tivessem se abrigado em sua mente sem ser convidados; não foi a dor do presidente da Suprema Corte que tornou a história tão intolerável para Longfellow naquele momento, mas a da viúva.

Julho de 1861. Os Longfellow deveriam estar em Nahant. Havia uma suave brisa marinha afagando Nahant, mas, por razões das quais ninguém se lembra, os Longfellow ainda não haviam deixado para trás o brilho do sol escaldante e o calor de Cambridge.

Um grito atormentado penetrou no escritório vindo da biblioteca ao lado. Duas meninas berravam aterrorizadas. Fanny Longfellow estava sentada com a pequena Edith, que tinha então 8 anos, e Alice, de 11, selando envelopes com os cachos recém-cortados das meninas como lembranças; a pequena Annie Allegra dormia profundamente no andar de cima. Fanny abriu a janela na esperança improvável de um sopro de ar. Nos dias seguintes, a melhor conjectura — pois ninguém vira precisamente o que acontecera, ninguém na verdade poderia ter visto algo tão breve e tão arbitrário — era de que uma lasca da cera quente para selar caíra em seu vestido de verão. Em um instante, ela estava em chamas.

Longfellow estava na escrivaninha de seu escritório, jogando um pouco de areia preta na tinta de um poema recém-escrito para secá-la. Fanny entrou correndo e gritando, vinda da sala contígua. Seu vestido agora estava todo em chamas, envolvendo seu corpo como um corte de seda oriental. Longfellow enrolou-a em um tapete e deitou-a no chão.

Quando o fogo se apagou, ele carregou o corpo trêmulo para o quarto no andar de cima. Mais tarde, naquela noite, o médico a colocou para dormir com éter. De manhã, assegurando a Longfellow que só sentia um pouco de dor, ela tomou um pouco de café e depois entrou em coma. O velório na biblioteca da Craigie House foi no dia do 18º aniversário de seu casamento. A cabeça dela foi a única parte de seu corpo que o fogo poupou, e uma coroa de flores laranja foi colocada em seu belo cabelo.

Naquele dia, o poeta ficou confinado em sua cama por conta de suas próprias queimaduras, mas podia escutar o choro desenfreado dos amigos, mulheres e homens, no saguão, chorando por ele, bem sabia, assim como por Fanny. Ele descobriu, no estado delirante mas alerta de sua mente, que poderia reconhecer os indivíduos pelo modo de chorar. As queimaduras de seu rosto o obrigaram a cultivar uma barba cheia e pesada — não só para ocultar as cicatrizes mas também porque não podia mais se barbear. O descolorido alaranjado das palmas de suas mãos enrugadas duraria um tempo longo e doloroso, fazendo-o recordar seu fracasso, antes de começarem a desbotar.

Longfellow, recuperando-se em seu quarto, erguia para o alto suas mãos envoltas em bandagem. Por quase uma semana, ao passarem pelo corredor, as crianças podiam escutar suas palavras delirantes. Annie, felizmente, era pequena demais para entender.

— Por que não consegui salvá-la? Por que não consegui?

Depois que a morte de Fanny se tornou uma realidade para ele, depois que pôde olhar para suas filhas outra vez sem sucumbir, Longfellow abriu a gaveta onde antes guardara os fragmentos das traduções de Dante. A maior parte do que havia feito como exercícios de aula em tempos mais amenos não teria utilidade. Era alimento para o fogo. Não era a poesia de Dante Alighieri; era a poesia de Henry Longfellow — a linguagem, o estilo, o ritmo —, a poesia de alguém contente com a própria vida. Ao começar de novo, a partir de *Paradiso*, não estava mais procurando um estilo adequado para transmitir as palavras de Dante. Estava procurando Dante. Longfellow aninhou-se na escrivaninha, vigiado pelas três jovens filhas, a babá, seus filhos pacientes — agora homens inquietos —, os empregados, e Dante. Longfellow percebeu que mal podia escrever uma palavra de sua própria poesia, mas não podia parar de trabalhar em Dante. A caneta era como um martelo de forja em sua mão. Difícil de manejar com leveza, mas de poder volátil.

Logo ele encontrou reforços em torno de sua mesa: primeiro Lowell, depois Holmes, Fields e Greene. Com frequência, Longfellow dizia que eles tinham formado o Clube Dante para se divertir nos tristes invernos da Nova Inglaterra. Esse era seu jeito tímido de expressar a importância que o Clube tinha para ele. A atenção aos defeitos e deficiências não era, às vezes, uma interação das mais agradáveis para Longfellow, mas quando as críticas eram ásperas, a ceia feita posteriormente as contrabalançava.

Retomando seu trabalho nos últimos cantos do *Inferno*, Longfellow escutou um baque surdo que vinha do lado de fora da Craigie House. Trap soltou um latido agudo.

— Mestre Trap? O que foi, velho amigo?

Mas Trap, não encontrando a fonte da perturbação, bocejou e se aconchegou outra vez no revestimento de palha aquecida de sua cesta. Longfellow espiou o lado de fora da sala de jantar escura, porém não viu nada. Então, um par de olhos pulou da escuridão, seguido pelo que pareceu um forte lampejo de luz. O coração de Longfellow deu um salto, não tanto pelo surgimento do rosto, mas pela visão do rosto, se era mesmo isso, desaparecendo repentinamente depois que seus olhos se encontraram, o vidro embaçando-se com o grito sufocado de Longfellow.

Ele cambaleou para trás, batendo em um armário e mandando para o chão um conjunto completo de aparelho de jantar Appleton (um presente de casamento — como fora a própria Craigie House — do pai de Fanny). O despedaçar cumulativo que se seguiu ecoou estrondosamente, fazendo Longfellow proferir um grito irracional de angústia.

Trap pulou e latiu, com seu poder absolutamente diminuto. Longfellow foi da sala de jantar para a sala de visitas e depois para o preguiçoso fogo de lenha da biblioteca, onde examinou as janelas procurando mais algum sinal dos olhos. Estava esperando que James Lowell ou Wendell Holmes aparecessem na porta e se desculpassem pelo susto involuntário e pela hora tardia. Mas, enquanto sua mão direita tremia, tudo o que conseguia discernir pela janela era a escuridão.

Quando o grito de Longfellow soou pela Brattle Street, os ouvidos de James Russell Lowell estavam meio submersos na água da banheira. Ele estava escutando o barulho surdo da água, deixando as pálpebras se fecharem, perguntando-se para onde caminhava sua vida. A pequena janela sobre sua cabeça estava aberta e a noite fria. Se Fanny entrasse, sem dúvida ordenaria que ele fosse imediatamente para a cama quente.

Lowell alcançara a fama quando a maioria dos poetas famosos era significativamente mais velha do que ele, incluindo Longfellow e Holmes, ambos cerca de dez anos mais velhos. Crescera tão contente com o título de Jovem Poeta que, aos 48, parecia que fizera algo errado para perdê-lo.

Deu uma tragada indiferente em seu quarto charuto do dia, não se incomodando em impedir que as cinzas sujassem a água. Podia recordar um tempo, poucos anos antes, quando a banheira parecia muito mais espaçosa para seu corpo. Perguntava-se pelas lâminas de barbear sobressalentes, que já não estavam mais onde as escondera na prateleira acima. Será que Fanny ou Mabel, mais perspicazes do que ele queria acreditar, conjecturavam sobre os pensamentos sombrios que muitas vezes formigavam enquanto estava mergulhado na banheira?Na juventude, antes de conhecer sua primeira esposa, Lowell levava estricnina no bolso do colete. Dizia que herdara essa tendência de sua pobre mãe. Por essa mesma época, Lowell apontara uma pistola engatilhada para a própria testa, mas tivera medo de puxar o gatilho, um fato do qual ainda se envergonhava com ardor. Estava apenas querendo se enaltecer, achando-se capaz de realizar um ato tão definitivo.

Quando Maria White Lowell faleceu, seu esposo por nove anos sentiu-se velho pela primeira vez; sentiu que, de repente, tinha um passado, algo estranho a sua vida de então, da qual estava agora exilado. Lowell consultou o Dr. Holmes, em sua posição de profissional, sobre suas emoções obscuras. Holmes recomendou um retiro pontual às 10h30 da noite e água fria em vez de café da manhã. Foi melhor, pensava Lowell, que Wendell tenha trocado o estetoscópio pelo púlpito de professor; não tinha paciência para acompanhar o sofrimento até o fim.

Fanny Dunlap tinha sido a babá da pequena Mabel depois da morte de Maria, e talvez alguém de fora de sua vida tivesse visto que seria inevitável ela assumir a posição de substituta de Maria aos olhos de Lowell. A transição para uma nova esposa mais simples não foi tão difícil quanto Lowell temia, e muitos amigos o culparam por isso. Mas ele não levaria o luto consigo. Do fundo de sua alma, Lowell abominava o sentimentalismo. Além disso, a verdade é que Maria não lhe parecia real na maior parte do tempo. Ela era uma visão, uma ideia, um brilho tênue no céu, como as estrelas se apagando antes do nascer do sol. "Minha Beatriz", Lowell escrevera em seu diário. Mesmo essa doutrina, no entanto, para ser crível, exigiria toda a energia da sua alma, e não passou muito tempo até que só o mais vago espectro de Maria ocupasse seus pensamentos.

Além de Mabel, Lowell teve três filhos com Maria, dos quais o mais saudável viveu dois anos. A morte de seu último filho, Walter, antecedeu a de Maria em um ano. Fanny também teve um aborto logo depois do casamento deles e, a partir de então, não pôde mais ter filhos. Assim, dos filhos de James Russell Lowell apenas um sobreviveu: uma filha, criada pela segunda esposa estéril.

Quando ela era criança, Lowell pensou que seria suficiente esperar que Mabel fosse uma garotinha bagunceira, forte, aventureira — subindo em árvores e fazendo bolinhos de lama. Ensinou-a a nadar, a patinar e a caminhar 30 quilômetros por dia, como ele.

Mas desde tempos imemoriais os Lowell tinham tido filhos homens. O próprio Jamey Lowell tivera três sobrinhos que haviam servido e morrido no exército da União. Esse era o destino. O avô de Lowell fora o autor da lei antiescravidão original de Massachusetts. Mas J. R. Lowell não tinha filhos, nenhum James Lowell Junior para contribuir com as grandes causas de sua época. Walt fora um menino muito forte por vários meses: com certeza teria sido alto e corajoso como o capitão Oliver Wendell Holmes Junior.

Lowell deixou suas mãos se entregarem à delícia de puxar os cantos de seus bigodes que lembravam presas de morsa, suas pontas molhadas curvavam-se como as de um sultão. Pensou na *The North American Review* e no quanto de seu tempo a revista engolia. Organizar manuscritos e assinaturas estava além do âmbito de seus talentos, e ele tinha anteriormente deixado essas tarefas para seu coeditor mais meticuloso, Charles Eliot Norton, antes que este embarcasse para a Europa em uma viagem que visava à recuperação da saúde da Sra. Norton. Questões de estilo, gramática e pontuação nos artigos de outras pessoas — e a pressão dos apelos pessoais tanto dos amigos qualificados como dos não qualificados querendo ser publicados —, tudo isso roubava a cabeça de Lowell de seus escritos. E a rotina do ensino, também, desmontava ainda mais seus impulsos poéticos. Mais do que nunca, ele sentia que a Corporação de Harvard estava sempre espiando por cima de seu ombro, sacudindo e esquadrinhando e cavando e capinando e revolvendo e dragando e arranhando (e, ele temia, também danificando) seu cérebro como inúmeros imigrantes californianos. Tudo que ele precisava para recuperar sua imaginação era se deitar sob uma árvore por um ano, sem nenhuma outra incumbência a não ser observar as manchas de sol na grama. Tinha invejado Hawthorne em sua última visita ao amigo em Concord, pois no sótão da torre que ele construíra para si só se podia entrar por um alçapão secreto, sobre o qual o romancista colocava uma cadeira pesada.

Lowell não escutou os passos leves subindo a escada e não notou quando a porta do banheiro foi aberta. Fanny fechou-a atrás de si.

Lowell sentou-se, culpado:

— Não há sequer uma brisa aqui, querida.

Fanny tinha um brilho inquieto nos olhos quase orientais, agora arregalados.

— Jamey, o filho do jardineiro está aqui. Perguntei qual era o problema, mas ele disse que desejava falar com você. Eu o acomodei na sala de música. O pobrezinho está ofegante.

Lowell enfiou-se no roupão e desceu as escadas de dois em dois degraus. O jovem aparvalhado, com grandes dentes de cavalo projetando-se sob o lábio superior, apoiava-se no piano como se preparando-se nervosamente para um concerto.

— Senhor, perdoe o incômodo... Eu estava passando pela Brattle e acho que escutei um barulho alto vindo da velha Craigie House... pensei em chamar o professor Longfellow para ver se tudo estava bem, pois todo mundo diz que ele é tão gentil, mas nunca fui apresentado a ele, então...

O coração de Lowell acelerou em pânico. Ele segurou o jovem pelos ombros.

— Que som você escutou, rapaz?

— Um grande impacto. Como de coisas se quebrando. — O jovem tentou sem sucesso demonstrar o som com um gesto. — O pequeno vira-lata... é Trap, não é?... estava latindo o bastante para acordar qualquer um. E um berro, eu creio, senhor. Nunca me assustei com gritos e barulhos antes, senhor.

Lowell pediu ao rapaz que esperasse e correu até seu armário, pegando os chinelos e as calças xadrez que, sob circunstâncias comuns, provocariam as objeções estéticas de Fanny.

— Jamey, você não deve sair a essa hora da noite! — insistiu Fanny Lowell. — Há uma onda de roubos e estrangulamentos!

— É Longfellow — disse ele. — O rapaz acredita que pode ter acontecido alguma coisa.

Ela ficou em silêncio.

Lowell prometeu-lhe que levaria o rifle de caça e, com a arma atravessada nos ombros, ele e o filho do jardineiro dirigiram-se para Brattle Street.

Longfellow ainda estava perturbado quando os dois chegaram a sua porta, e mais perturbado ficou ao ver a arma de Lowell. Pediu desculpas pela comoção e descreveu o incidente sem exagerá-lo, insistindo que foi mero fruto de sua imaginação momentaneamente agitada.

— Karl — disse Lowell, segurando o filho do jardineiro pelos ombros outra vez —, corra até a delegacia de polícia e peça a um policial para vir até aqui.

— Ah, isso não é necessário — disse Longfellow.

— Houve uma onda de roubos, Longfellow. A polícia checará toda a vizinhança e verá se está tudo seguro. Não seja egoísta.

Lowell esperou que Longfellow continuasse reagindo, mas ele não o fez. Lowell acenou para Karl, que disparou para a delegacia de Cambridge com o entusiasmo dos jovens pelas emergências. Entrando no estúdio da Craigie House, Lowell afundou-se numa poltrona próxima a Longfellow e ajustou seu roupão sobre as calças. Longfellow desculpou-se por ter tirado Lowell de casa por uma questão tão insignificante e insistiu para que ele retornasse a Elmwood. Mas também insistiu em fazer um pouco de chá.

James Russell Lowell percebeu que não havia nada de insignificante no medo de Longfellow.

— Fanny provavelmente está agradecida — disse ele, sorrindo. — Ela chama meu hábito de abrir a janela do banheiro enquanto estou na banheira de "morte no banho".

Mesmo agora, Lowell sentia-se desconfortável ao dizer o nome de Fanny para Longfellow e tentou inconscientemente alterar sua inflexão. O nome roubava alguma coisa de Longfellow: suas feridas ainda estavam abertas. Ele nunca falava de sua própria Fanny. Não escrevia sobre ela, nem mesmo um soneto ou um poema elegíaco em sua memória. Seu diário não continha uma única menção à morte de Fanny Longfellow; na primeira entrada depois de sua morte, ele copiou algumas linhas de um poema de Tennyson: "Durma docemente, meigo coração, em paz". Lowell acreditava que entendia perfeitamente bem o motivo pelo qual Longfellow tinha escrito tão pouco de sua poesia original nos últimos anos, em seu retiro junto a Dante. Se Longfellow estivesse escrevendo suas próprias palavras, a tentação de escrever o nome dela seria forte demais, e então ela seria apenas uma palavra.

— Talvez fosse apenas um turista querendo ver a casa de Washington.
— Longfellow sorriu, gentilmente. — Eu lhe contei que um veio aqui, na semana passada, para ver "o quartel do general Washington, por favor"? Ao sair, suponho que planejando sua próxima parada, ele perguntou se Shakespeare não vivia na vizinhança.

Os dois riram.

— Filhas de Eva! O que você lhe disse?

— Eu lhe disse que se Shakespeare tinha se mudado para as redondezas, eu ainda não o encontrara.

Lowell inclinou-se para trás na espreguiçadeira.

— Boa resposta, como sempre. Acho que a lua nunca se põe em Cambridge, o que explica a quantidade de lunáticos por aqui. Trabalhando com Dante a esta hora? — As provas tipográficas que Longfellow estivera lendo estavam sobre sua mesa verde. — Meu caro amigo. Sua pena está sempre molhada. Você vai acabar se fatigando.

— Não me fatigo de jeito algum. Com certeza há momentos em que me arrasto, como uma roda na areia funda. Mas alguma coisa me insta a trabalho, Lowell, e não me deixará descansar.

Lowell examinou as páginas da prova.

— Canto XVI — disse Longfellow. — Já devia estar na impressão, mas reluto em me separar dele. Quando Dante encontra os três florentinos, ele diz, "*S'i' fossi stato dal foco coperto...*".

— "Se do incêndio estivesse eu ao abrigo,/ ter-me-ia por certo a eles juntado/ e creio o tolerasse o Mestre Amigo." — Lowell lia a tradução de Longfellow, que recitava em italiano. Sim, não devemos nos esquecer de que Dante não é apenas um observador do Inferno; ele também está em perigo físico e metafísico durante todo o percurso.

— Não consigo achar a versão correta no inglês. Alguns diriam, suponho, que, ao traduzir, a voz do autor estrangeiro deve ser modificada para o verso ficar mais suave. Ao contrário, como tradutor eu queria, da mesma maneira que uma testemunha no tribunal, levantar minha mão direita e jurar dizer a verdade, toda a verdade e nada mais que a verdade.

Trap começou a latir para Longfellow e a arranhar uma das pernas de suas calças.

Longfellow sorriu.

— Trap já foi tantas vezes às oficinas da gráfica que pensa que também traduziu Dante.

Mas Trap não estava latindo pela filosofia da tradução de Longfellow. O terrier correu para o saguão de entrada. Uma batida forte soou na porta de Longfellow.

— Ah, a polícia — disse Lowell, impressionado com a rapidez da chegada. Torceu seu bigode molhado.

Longfellow abriu a porta da frente.

— Bem, esta é uma surpresa — disse, com a voz mais hospitaleira que pôde encontrar naquele momento.

— Como assim? — J. T. Fields, de pé na entrada, uniu as sobrancelhas e tirou o chapéu. — Recebi uma mensagem no meio de meu jogo de uíste, em uma mão com a qual iria ganhar de Bartlett! — Sorriu brevemente enquanto pendurava o chapéu. — Dizia para que eu viesse aqui imediatamente. Está tudo bem, meu caro Longfellow?

— Eu não enviei essa mensagem, Fields — desculpou-se Longfellow. — Holmes não estava com você?

— Não, e esperamos meia hora por ele antes de começar.

Um farfalhar de folhas secas avançou em sua direção. Em um momento, a pequena figura de Oliver Wendell Holmes, com suas botas elevadas esmagando dúzias de folhas sob os saltos, trilhou o caminho le tijolos até a porta de Longfellow em marcha rápida. Fields deu um passo para o lado e Holmes passou correndo por ele, entrando no saguão, chiando com dificuldade.

— Holmes? — disse Longfellow.

O frenético doutor viu com horror que Longfellow estava segurando um feixe de cantos de Dante.

— Por *Deus*, Longfellow — exclamou Dr. Holmes —, guarde isso!

VI

DEPOIS DE SE CERTIFICAR DE QUE a porta estava bem fechada, Holmes explicou, em um rápido discurso, como lhe ocorrera um lampejo ao voltar do mercado para casa, e como tinha corrido de volta à Faculdade de Medicina, onde ficara sabendo — graças aos céus! — que o policial tinha seguido para a delegacia de Cambridge. Holmes enviara uma mensagem para a mesa de jogos de uíste do irmão para que Fields fosse imediatamente à Craigie House.

O médico agarrou a mão de Lowell e a sacudiu com urgência, mais agradecido por ele estar ali do que gostaria de admitir.

— Estava prestes a enviar alguém a Elmwood atrás de você, meu caro Lowell — disse.

— Holmes, você disse algo sobre polícia? — perguntou Longfellow.

— Longfellow, vocês todos, por favor, vamos para o escritório. Vocês devem prometer não revelar nada do que vou lhes contar na mais estrita confidência.

Ninguém objetou. Era pouco usual ver o pequeno doutor tão sério; seu papel de bufão aristocrático havia muito já se cristalizara, para alegria de Boston e pesar de Amelia Holmes.

— Descobriram um assassinato hoje — anunciou Holmes em um sussurro fraco, como se para testar os bisbilhoteiros da casa ou para ocultar a horrorosa história das estantes atulhadas de fólios. Afastou-se da lareira, com receio de que a conversa pudesse subir pela chaminé.

— Eu estava na Faculdade de Medicina — começou finalmente —, adiantando o trabalho, quando a polícia chegou para requisitar uma de nossas salas para uma investigação criminal. O corpo que trouxeram estava todo coberto de sujeira, compreendem?

Holmes fez uma pausa, não para efeito retórico, mas para respirar um pouco. Na comoção, tinha se esquecido dos sinais ruidosos de sua asma.

— Holmes, o que isso tem a ver conosco? Por que você me fez vir às pressas do jogo de John? — perguntou Fields.

— Espere — disse Holmes, com um gesto abrupto da mão. Pôs de lado o pão de Amelia e pegou seu lenço. — O corpo, o homem morto, seus pés... Deus nos ajude!

Os olhos azuis brilhantes de Longfellow acenderam-se. Ele não tinha dito muita coisa, mas prestara a maior atenção à conduta de Holmes.

— Um drinque, Holmes? — perguntou, gentil.

— Sim, obrigado — aceitou Holmes, limpando sua testa úmida. — Minhas desculpas. Eu me apressei até aqui com a rapidez de uma flecha, demasiado ansioso para chamar uma carruagem, demasiado impaciente e temeroso de encontrar alguém nos bondes a cavalo!

Longfellow caminhou com tranquilidade até a cozinha. Holmes aguardava seu drinque. Os outros dois aguardavam Holmes. Lowell balançava a cabeça com circunspecta piedade pelos sobressaltos do amigo. O anfitrião reapareceu com uma taça de brandy batido com gelo, o preferido de Holmes, que o agarrou. A bebida fez bem a sua garganta.

— Embora a mulher tente o homem a comer, meu caro Longfellow — disse Holmes —, nunca escutamos falar de Eva oferecendo drinques, pois disso ele mesmo se encarrega.

— Prossiga, Wendell — apressou Lowell.

— Muito bem. Eu o vi. Vocês compreendem? Eu vi o cadáver de perto, tão perto como estou de Jamey agora. — O Dr. Holmes aproximou-se da cadeira de Lowell. — Aquele corpo foi enterrado vivo, de cabeça para baixo, com os pés para cima. E as solas de ambos os pés, cavalheiros, foram horrivelmente queimadas. Estavam torradas de uma maneira que nunca... bem, vou me lembrar disso até que a natureza tenha me aconchegado bem abaixo das violetas!

— Meu caro Holmes — tentou Longfellow, mas Holmes ainda não interromperia seu discurso, nem mesmo diante de Longfellow.

— Ele estava sem roupas. Não sei se foi a polícia que tirou suas roupas; não, acredito que ele tenha sido encontrado daquele jeito, por algumas coisas que disseram. Eu vi o rosto dele, vocês compreendem?

— Holmes tentou tomar outro gole de seu drinque, mas só encontrou vestígios dele. Segurou um pedaço de gelo com os dentes.

— Ele era um pastor — disse Longfellow.

Holmes voltou-se com um olhar incrédulo e quebrou o gelo com seus dentes de trás.

— Sim, exatamente.

— Longfellow, como você sabia disso? — Fields virou-se, subitamente muito confuso com a história que ainda não achava que tinha a ver com eles. — Isso ainda não deve ter aparecido em nenhum jornal, e se Wendell acabou de presenciar... — Mas então Fields entendeu como Longfellow sabia. Lowell também entendeu.

Lowell voltou-se de maneira violenta para Holmes, como se fosse espancá-lo.

— Como você soube que o corpo estava de cabeça para baixo, Holmes? A polícia lhe contou?

— Bem, não exatamente.

— Você tem procurado uma razão para pararmos a tradução, assim não precisaria se preocupar com os problemas que Harvard pode criar. É tudo conjectura.

— Ninguém precisa me dizer o que vi — respondeu o Dr. Holmes bruscamente. — A medicina é um tema que nenhum de vocês estudou. Devotei a melhor parte de minha vida na Europa e na América ao estudo de minha profissão. Agora, se você ou Longfellow começassem a falar de Cervantes, eu reconheceria minha ignorância. Bem, não, sou razoavelmente informado sobre Cervantes, mas eu lhes escutaria porque vocês dedicaram seu tempo a estudá-lo!

Fields viu que Holmes estava realmente nervoso.

– Nós entendemos, Wendell. Por favor.

Se Holmes não tivesse parado para respirar, teria desmaiado.

— Aquele cadáver *foi* colocado de cabeça para baixo, Lowell. Eu vi as marcas das lágrimas e do suor que desceram por sua testa, me escutem bem: *desceram* por sua testa. O sangue estava aglutinado em seu rosto. Foi quando vi o horror fixado naquele rosto que reconheci o reverendo Elisha Talbot.

O nome surpreendeu a todos eles. O velho tirano de Cambridge de ponta-cabeça, preso, cego pela terra, completamente incapaz de se mover exceto talvez chutando em desespero seus pés em chamas, exatamente como um dos simoníacos de Dante, os clérigos que aceitaram dinheiro para empregar seus títulos de maneira desonesta...

— Há mais, se precisarem. — Holmes agora mastigava seu gelo com grande celeridade. — Um policial envolvido na investigação disse que ele foi encontrado na câmara mortuária da Segunda Igreja Unitarista, a igreja de Talbot! O corpo estava coberto de terra, da cintura para cima. *Mas não havia sequer um grão da cintura até os pés.* Ele foi enterrado nu, de cabeça para baixo, com os pés para cima!

— Quando o encontraram? Quem estava lá? — perguntou Lowell.

— Pelo amor de Deus! — exclamou Holmes. — Como eu poderia saber tais detalhes?

Longfellow observou o grosso ponteiro do tranquilo tique-taque de seu relógio caminhar para as 11 horas.

— A viúva Healey anunciou uma recompensa no jornal da tarde. O juiz Healey não morreu de morte natural. Ela acredita que também foi um assassinato.

— Mas o de Talbot não é apenas um *assassinato*, Longfellow! Será que tenho que soletrar o que está claro como o dia? É Dante! Alguém usou Dante para matar Talbot! — exclamou Holmes, a frustração pintando suas bochechas de vermelho.

— Você leu a última edição, meu caro Holmes? — perguntou Longfellow, pacientemente.

— Claro! Acho que sim. — Na verdade, ele dera apenas uma olhada nos jornais no saguão de entrada da Faculdade de Medicina quando fora preparar desenhos anatômicos para sua aula de segunda-feira. — O que dizia?

Longfellow encontrou o jornal. Fields tomou-o e leu em voz alta.

— Novas revelações relacionadas à morte misteriosa do presidente do Supremo Tribunal Artemus S. Healey — leu Fields depois de abrir um par de óculos quadrados que tirou do bolso do colete.

— Típico erro de redação. O primeiro sobrenome de Healey era Prescott.

Longfellow disse:

— Fields, por favor, esqueça a primeira coluna. Leia como o corpo foi encontrado, no prado atrás da casa de Healey, não distante do rio.

— Coberto de sangue... o terno e as roupas de baixo completamente retirados... encontrado exageradamente enxameado de...

— Continue, Fields.

— Insetos?

Moscas, vespas, larvas — esses eram os insetos específicos catalogados pelo jornal. E perto, no quintal de Wide Oaks, foi encontrada uma bandeira cuja existência os Healey não puderam explicar. Lowell queria negar os pensamentos que estavam passando pela sala junto com o jornal, mas, em vez disso, retornou à posição reclinada na espreguiçadeira, com o lábio superior tremendo como acontecia sempre que não conseguia pensar no que dizer.

Trocaram olhares indagadores, esperando que houvesse entre eles um mais esperto do que os outros capaz de explicar tudo aquilo como coincidência, com uma alusão adequada ou um gracejo inteligente, capaz de banir a conclusão de que o reverendo Talbot tinha sido assado como um simoníaco e o juiz Healey, jogado ao círculo dos indiferentes. Cada detalhe a mais confirmava o que eles não conseguiam negar.

— Tudo se encaixa — disse Holmes. — Tudo se encaixa no caso de Healey: o pecado da neutralidade, a punição. Por muito tempo ele se negou a decidir com base na Lei do Escravo Fugitivo. Mas e quanto a Talbot? Nunca escutei sequer um rumor sobre algum abuso seu em relação ao poder de seu púlpito... Por Febo! — Holmes deu um pulo quando notou o rifle encostado contra a parede. — Longfellow, por que motivo isso está aqui?

Lowell estremeceu à lembrança do motivo que o levara até a Craigie House.

— Veja, Wendell, Longfellow achou que podia ter visto um ladrão espreitando lá fora. Mandamos o filho do jardineiro chamar a polícia.

— Um ladrão? — perguntou Holmes.

— Um espectro. — Longfellow balançou a cabeça.

Fields bateu os pés no chão ao levantar-se de um pulo nada gracioso.

— Bem, na hora perfeita! — Virou-se para Holmes. — Meu caro Wendell, você será lembrado como um bom cidadão por isso. Quando o policial chegar, explicaremos que temos informações sobre esses crimes e o instruiremos a retornar trazendo o chefe de polícia. — Fields tinha convocado seu tom máximo de autoridade, no entanto, dirigiu seu olhar a Longfellow para endosso.

Longfellow não se mexeu. Seus olhos de pedra azul olhavam fixamente para a frente, para as lombadas cheias de ranhuras de seus livros. Não estava claro se continuava participando da conversa. Aquele olhar pouco frequente, remoto, quando Longfellow sentava-se silenciosamente passando a mão pelos cachos de sua barba, quando sua tranquilidade invencível tornava-se fria, quando sua pele de donzela parecia um pouco sombria — deixava todos os amigos desconfortáveis.

— Sim — disse Lowell, tentando projetar algo como um alívio coletivo diante da proposta de Fields. — Certamente informaremos nossas suposições à polícia. Isso sem dúvida será uma informação vital para decifrar essa confusão.

— Não! — ofegou Holmes. — Não, não devemos contar a *ninguém*, Longfellow — disse o médico, com desespero. — Isso deve ficar entre nós! Todos nesta sala devem manter o assunto encoberto, como prometeram, mesmo que os céus desmoronem!

— Ora, Wendell! — Lowell inclinou-se sobre o médico diminuto. — Esta não é a ocasião para colocarmos nossas mãos nos bolsos! Duas pessoas foram mortas, dois homens de nosso próprio meio!

— Sim, e quem somos nós para nos meter em um negócio tão horrendo? — suplicou Holmes. — A polícia está investigando, com certeza, e encontrará quem quer que seja o responsável sem nossa interferência!

— Quem somos nós para nos meter! — repetiu Lowell, fazendo troça. — Não há chance de a polícia chegar a pensar *nisso*, Wendell! Devem estar caçando o próprio rabo, enquanto estamos sentados aqui!

— Você prefere que eles cacem nossas extravagantes *invenções*, Lowell? O que sabemos de questões como assassinatos?

— Então por que você se deu o trabalho de nos procurar para contar isso, Wendell?

— Para que possamos nos proteger! Eu fiz um grande favor a todos nós — disse Holmes. — Isso pode nos colocar em um caminho perigoso!

— Jamey, Wendell, por favor... — Fields colocou-se entre os dois.

— Se você for à polícia, saiba que estarei fora disso — acrescentou Holmes, com uma voz aguda enquanto se sentava. — Será com minha objeção em princípio e minha recusa expressa.

— Observem, cavalheiros — disse Lowell com um gesto de mão indicando Holmes. — O Dr. Holmes em sua posição usual quando o mundo precisa dele... sentado em seu traseiro.

Holmes olhou em torno da sala, esperando que alguém falasse a seu favor; em seguida, mergulhou mais fundo na cadeira, pegando resignadamente sua corrente de ouro, com a chave Phi Beta Kappa, e conferindo seu relógio de pulso com o relógio de mogno de Longfellow, quase certo de que a qualquer momento todos os carrilhões do tempo de Cambridge repentinamente parariam.

Lowell foi o mais persuasivo que pôde quando falou com calma e segurança ao se voltar para Longfellow:

— Meu caro Longfellow, quando a polícia chegar, devemos ter um bilhete preparado, endereçado ao chefe da polícia, explicando o que acreditamos ter descoberto aqui esta noite. Depois, podemos colocar uma pedra em cima disso como o nosso caro Dr. Holmes quer fazer.

— Eu redigirei. — Fields dirigiu-se à gaveta de papéis de carta de Longfellow. Holmes e Lowell recomeçaram a discussão.

Longfellow soltou um pequeno suspiro.

Fields parou com sua mão sobre a gaveta. Holmes e Lowell calaram a boca.

— Rogo, não saltem no escuro. Primeiro, digam-me — pediu Longfellow. — Quem, em Boston e em Cambridge, sabe sobre esses assassinatos?

— Bem, essa é uma boa pergunta. — Lowell estava atemorizado o suficiente para ser indelicado até mesmo com o único homem, depois de seu falecido pai, a quem idolatrava. — Todos desta bendita cidade,

Longfellow! O do juiz está na primeira página de todos os jornais — ele agarrou a página com a manchete da morte de Healey —, e o de Talbot terá o mesmo destino antes de o galo cantar. Um juiz e um pastor! Será mais fácil fechar os açougues e os bares do que tentar impedir que o público saiba disso.

— Muito bem. E quem mais na cidade conhece Dante? Quem mais sabe como *le piante erano a tutti accese intrambe*? Quantos caminham pela Washington Street e pela School Street, olhando as lojas ou parando no Jordan, Marsh para ver a última moda de chapéu, pensando consigo mesmos que *rigavan lor di sangue il volto, che, mischiato di lagrime* e imaginando o pavor desses *fastidiosi vermi*, dos vermes repugnantes? Digam-me, quem em nossa cidade; não, quem hoje na *América* conhece as palavras de Dante em sua obra, em cada canto, em cada terceto? O suficiente para apenas começar a pensar em transformar as entranhas das punições de Dante no *Inferno* em modelos de assassinato?

O escritório de Longfellow, contendo os mais prestigiados conferencistas de Nova Inglaterra, caiu em um silêncio incomum. Ninguém na sala pensou em responder à pergunta, porque a sala era a resposta: Henry Wadsworth Longfellow, professor James Russell Lowell, professor Dr. Oliver Wendell Holmes, James Thomas Fields e um diminuto grupo de amigos e colegas.

— Ora, por Deus — disse Fields. — Existe apenas um punhado de pessoas que seria capaz de ler italiano, sem falar no italiano de Dante, e, mesmo aqueles que poderiam entender alguma coisa com a ajuda de uma montanha de gramáticas e dicionários... a maioria deles nunca sequer chegou perto de um exemplar das obras de Dante! — Fields sabia o que dizia. O editor adotou como tarefa analisar os hábitos de leitura de cada literato e acadêmico da Nova Inglaterra e todos que contavam fora dali. — Quer dizer — continuou —, nunca chegará perto de Dante até que uma tradução completa de sua obra seja publicada em todos os cantos da América...

— Como esta na qual estamos trabalhando? — Longfellow segurou as provas do Canto XVI. — Se revelarmos à polícia a precisão com a qual esses assassinatos foram extraídos de Dante e executados, a quem eles poderiam possivelmente destacar com conhecimento suficiente

133

para cometer esses crimes? Nós não apenas seremos os primeiros suspeitos; seremos os principais suspeitos.

— Ora, vamos, meu caro Longfellow — disse Fields, com uma risada desesperadamente séria. — Vamos tirar nossas cabeças dessa excitação, cavalheiros. Olhem em volta na sala: professores, cidadãos líderes da comunidade, poetas, anfitriões e convidados frequentes de senadores e dignitários, literatos... Quem realmente chegaria a pensar que estaríamos envolvidos em um *assassinato*? Não estarei inflacionando nosso status se lembrar aos senhores que somos homens de posição privilegiada em Boston, homens da sociedade!

— Como o era o professor Webster. A forca nos diz que não há lei contra a execução de um homem de Harvard — retrucou Longfellow.

Dr. Holmes ficou ainda mais pálido. Embora estivesse aliviado por Longfellow ter ficado do seu lado, esse último comentário o perturbou.

— Eu ocupava meu cargo na Faculdade de Medicina havia poucos anos — disse Holmes, fixando um olhar vidrado a sua frente. — No começo, todo professor e membro da equipe da faculdade era suspeito, mesmo um poeta como eu. — Holmes tentou rir, mas o riso veio seco. — Fui colocado na lista que eles fizeram de possíveis criminosos. Eles vieram a minha casa me interrogar. Wendell Junior e a pequena Amelia eram apenas crianças, Neddie pouco mais que um bebê. Foi o pior susto de minha vida.

Longfellow disse calmamente:

— Meus caros amigos, rogo que concordem, se puderem, com este ponto: mesmo se a polícia quiser confiar em nós, mesmo se realmente confiar e acreditar em nós, estaríamos sob suspeição até o assassino ser pego. E então, mesmo com o assassino preso, Dante estaria manchado de sangue antes de os americanos conhecerem suas palavras, e em um momento em que nosso país não pode aguentar outras mortes. O Dr. Manning e a Corporação já desejam enterrar Dante para preservar seu currículo, e este seria um caixão de aço. Dante cairia na mesma maldição de que foi vítima em Florença, durante mil anos. Holmes está certo: não contaremos a ninguém.

Fields virou-se para Longfellow, atônito.

— Nós juramos proteger Dante sob este mesmo teto — disse Lowell, calmamente, ao ver o rosto tenso do editor.

— Vamos nos assegurar de nos proteger primeiro, e à nossa cidade, ou não haverá ninguém para defender Dante! — disse Fields.

— Proteger a nós mesmos e a Dante é uma única e mesma coisa agora, meu caro Fields — declarou Holmes com naturalidade, levado pelo vago sentimento de que o tempo todo estivera certo de que haveria problemas. — Uma única e mesma coisa. E não seríamos nós os únicos a serem culpados se tudo isso fosse conhecido, mas os católicos também, os imigrantes...

Fields sabia que seus poetas estavam certos. Se eles fossem à polícia agora, a situação deles ficaria no limbo, se é que não estaria realmente ameaçada.

— Que os céus nos protejam. Estaríamos arruinados.

Ele deu um suspiro. Não era na lei que Fields estava pensando. Em Boston, a reputação e os boatos poderiam acabar com um cavalheiro de maneira muito mais eficiente do que o carrasco. Por mais amados que fossem seus poetas, o público sempre alimentava uma pitada de inveja das celebridades. Uma notícia, mesmo da mais leve associação com um assassinato escandaloso, se espalharia mais rápido que pelo telégrafo. Fields enojava-se ao ver reputações impolutas serem arrastadas avidamente pelo lamaçal das ruas com base em mera fofoca.

— Talvez eles estejam chegando perto — disse Longfellow. — Vocês se lembram disso? — Tirou um pedaço de papel da gaveta. — Devemos dar uma olhada agora? Acho que esses rabiscos agora se revelarão.

Com a palma da mão, Longfellow alisou o papel de Rey. Os estudiosos inclinaram-se para examinar a transcrição rabiscada. O brilho da luz da lareira deixava riscas de carmim sobre suas faces espantadas.

O *Dinan si amno atesennone turnay eeotur nodur lasheeato nay* de Rey olhava de volta para eles, sob a barba leonina de Longfellow.

— Está no meio de um terceto — murmurou Lowell. — Sim! Como não percebemos isso?

Fields pegou o papel. O editor não estava pronto para admitir que ainda não podia entender. Sua cabeça estava demasiado confusa com tudo o que tinha acontecido para lhe permitir recorrer a seu italiano. O papel tremia nas mãos de Fields. Delicadamente, ele o pousou outra vez na mesa e retirou seus dedos.

— *Dinanzi a me non fuor cose create se non etterne, e io etterno duro, lasciate ogne* — recitou Lowell para Fields. — Esse é só um fragmento da inscrição nos portões do Inferno! *Lasciate ogne speranza, voi ch'intrate.* Lowell semicerrou os olhos enquanto traduzia:

> *"Antes de mim não foi coisa jamais criada*
> *senão eterna, e eterna dura.*
> *Deixai toda esperança, ó vós que entrais."*

O suicida também vira este sinal aparecer a sua frente na Delegacia Central da Polícia. Ele vira os indiferentes: *Ignavi.* Impotentes, davam palmadas no ar e depois nos próprios corpos. Vespas e moscas voavam ao redor de suas formas brancas nuas. Larvas gordas rastejavam pelas aberturas podres de seus dentes, juntando-se aos montes abaixo, bebendo seu sangue misturado ao sal de suas lágrimas. As almas seguiam uma bandeira vazia que ia à frente como um símbolo de seus caminhos sem propósito. O suicida sentiu sua própria face infestada de moscas, adejando para cima e para baixo com minúsculos pedacinhos de carne roída, e tinha de fugir... ou pelo menos tentar.

Longfellow encontrou a prova tipográfica de sua tradução corrigida do Canto III e a colocou na mesa para comparação.

— Valha-me Deus! — chiou Holmes, pegando a manga de Longfellow. — Ora, aquele oficial mulato estava na investigação do reverendo Talbot. E ele veio *nos* procurar com isso, depois da morte do juiz Healey! Ele já deve suspeitar de alguma coisa!

Longfellow balançou a cabeça.

— Lembrem-se, Lowell é professor da universidade. O policial queria identificar uma língua desconhecida, e todos nós estávamos demasiado cegos no momento para decifrar. Alguns alunos lhe indicaram Elmwood, na noite de nossa reunião do Clube Dante, e Mabel o enviou para cá. Não há razão para acreditar que ele saiba alguma coisa sobre a natureza dantesca desses crimes ou que saiba de nosso projeto de tradução.

— Como não percebemos imediatamente o que era? — perguntou Holmes. — Greene achou que podia ser italiano, mas nós o ignoramos.

— Graças aos céus — exclamou Fields —, ou a polícia começaria a suspeitar de nós ali mesmo!

Holmes continuou, com pânico renovado:

— Mas quem poderia ter recitado a inscrição do portal para o policial? Isso não pode ser uma coincidência total de tempo. Certamente tem *alguma coisa* a ver com esses assassinatos!

— Suspeito que isso seja verdade — assentiu Longfellow, calmamente.

— Quem poderia ter dito isso? — perguntava Holmes, virando o pedaço de papel várias vezes em sua mão. — A inscrição. — Continuou: — Os portões do Inferno... está no Canto III, o mesmo canto em que Dante e Virgílio passam pelos indiferentes! O modelo para o assassinato de Healey, o presidente da Suprema Corte!

O som de passos ecoou pela entrada da Craigie House e Longfellow abriu a porta para o filho do jardineiro, que entrou apressadamente, com os dentes proeminentes batendo de frio. Olhando para a escada, Longfellow se viu diante de Nicholas Rey.

— Ele me fez trazê-lo, Sr. Longfellow — silvou Karl, vendo a surpresa de Longfellow, depois olhando para Rey com ar enfezado.

Rey disse:

— Eu estava na delegacia de Cambridge, tratando de outro assunto, quando o menino chegou para informar sobre seu problema. Um guarda local está investigando lá fora.

Rey quase pôde ouvir o pesado silêncio que se estabeleceu no escritório ao som de sua voz.

— Faça o favor de entrar, policial Rey. — Longfellow não sabia o que dizer. Ele explicou o que o atemorizara.

Nicholas Rey estava de volta ao regimento de George Washington, no saguão de entrada. Com a mão no bolso das calças, alisava os pedaços de papel que haviam sido espalhados na câmara subterrânea, ainda macios pela umidade da lama da tumba. Alguns desses pedaços tinham uma ou duas letras rabiscadas; outras estavam borradas além de qualquer reconhecimento.

Rey entrou no escritório e percorreu com os olhos os três cavalheiros: Lowell, com suas presas de morsa, o sobretudo sobre o roupão e calças xadrez; os outros dois com os colarinhos frouxos e os cachecóis emaranhados no pescoço. Um rifle de cano duplo estava inclinado contra a parede; um pão esperava na mesa.

Rey pousou os olhos no homem agitado com cara de menino, o único que não possuía por anteparo uma barba.

— O Dr. Holmes nos ajudou esta tarde com um exame na Faculdade de Medicina — explicou Rey a Longfellow. — De fato, esse foi o assunto que me trouxe outra vez a Cambridge. Obrigado outra vez, doutor, por sua ajuda nessa questão.

O médico pulou do sofá e fez uma mesura insegura.

— Não tem por quê, senhor. E se o senhor em qualquer momento precisar de mais ajuda, por favor, mande me chamar sem hesitação — disse abruptamente, com humildade, depois entregou a Rey seu cartão, esquecendo por um momento que na verdade não tinha sido de nenhuma ajuda. Holmes estava demasiado nervoso para falar de maneira sensata. — Talvez o que soa como um inútil prognóstico em latim possa ajudar de alguma forma a pegar esse assassino que ataca em nossa cidade.

Após um momento, Rey assentiu, afirmativamente.

O filho do jardineiro pegou o braço de Longfellow e o puxou para o lado.

— Lamento, Sr. Longfellow — disse o menino. — Não achei que ele fosse policial. Não está de uniforme nem nada, só com um casaco comum. Mas o outro policial lá me disse que os vereadores fazem ele usar roupas comuns para ninguém ficar zangado com ele porque é um policial crioulo e espanque ele!

Longfellow dispensou Karl com a promessa de doces em outro dia.

No escritório, Holmes, passando de um pé para outro como se estivesse pisando em brasas, bloqueava o centro da mesa da vista de Rey. Ali estava o jornal com a manchete do assassinato de Healey; ali estava a tradução para o inglês feita por Longfellow do Canto III, o modelo para aquele crime; no meio estava o pedaço de papel onde Rey anotara: *Dinan amno atesennone terney iotur nodur lashiato ney.*

Atrás de Rey, Longfellow adentrou pela porta do escritório. Rey podia sentir sua respiração rápida. Observou que Lowell e Fields olhavam de maneira estranha para a mesa atrás de Holmes.

Rapidamente, em um movimento quase imperceptível, o Dr. Holmes estendeu seu braço, tirando da mesa o papel com a anotação do oficial.

— Ah, policial — anunciou o doutor —, podemos lhe devolver sua anotação?

Rey sentiu uma súbita onda de esperança. Disse, baixinho:

— Vocês conseguiram...

— Sim, sim — disse Holmes. — Uma parte, pelo menos. Passamos pelos sons de todas as línguas nos livros, meu caro oficial, e receio que o inglês rudimentar pareça nossa conclusão mais provável. Uma parte pode ser lida. — Holmes respirou fundo e fixou os olhos, recitando: — *"See no one tour, nay. O turn no doorlatch out today"*. Sem dúvida shakespeariano, embora um tanto sem sentido, não acha?

Rey olhou para Longfellow, que parecia tão surpreso quanto ele.

— Bem, agradeço-lhe pelo esforço, Dr. Holmes — disse Rey. — Agora devo desejar-lhes boa-noite, cavalheiros.

Eles se juntaram no corredor ao fim da sala e viram Rey desaparecer no final da calçada.

— *Turn no doorlatch?* Não vire o trinco da porta? — perguntou Lowell.

— Isso não o deixará suspeitar de nada, Lowell! — exclamou Holmes. — Você poderia ter parecido mais convincente. É uma boa regra para o titereiro que maneja Punch e Judy não deixar que o público veja suas pernas!

— Foi muito bem pensado, Wendell. — Fields deu tapas cordiais no ombro de Holmes.

Longfellow começou a falar, mas não conseguiu. Entrou em seu escritório e fechou a porta, deixando seus amigos perplexos, parados no saguão da frente.

— Longfellow? Meu caro Longfellow? — Fields bateu gentilmente na porta.

Lowell pegou o editor pelo braço e balançou a cabeça. Holmes percebeu que ele estava segurando algo. Jogou-o no chão. O papel de Rey:

— O policial Rey esqueceu isso.

Eles já não viam mais o papel de Rey. Era a pedra fria, com a inscrição em ferro no cimo dos portais abertos do Inferno, onde Dante parou, relutante, e Virgílio o empurrou para diante.

Lowell pegou o papel, zangado, e atirou as palavras truncadas de Dante nas chamas da candeia que iluminava o saguão.

VII

OLIVER WENDELL HOLMES estava atrasado para a reunião seguinte do Clube Dante que, ele sabia, seria sua última. Não aceitou a carona na carruagem de Fields, embora o céu sobre a cidade estivesse negro. O poeta médico mal chegou a soltar um gemido quando a armação de seu guarda-chuva estalou sob o aguaceiro quando ele escorregou nas camadas de folhas, o último depósito do outono, em frente à casa de Longfellow. Eram demasiados os erros do mundo para que ele se preocupasse com pequenos aborrecimentos. Nos olhos acolhedores de Longfellow não havia conforto nem serenidade para comunicar, nenhuma resposta à pergunta que comprimia o estômago do médico: como vamos continuar com isso *agora*?

Na hora da ceia, ele lhes contaria que estava desistindo de sua parte na tradução de Dante. Talvez Lowell estivesse tão desorientado com os eventos recentes que não o acusasse de deserção. Holmes temia ser considerado um diletante. Mas, para ele, não havia maneira de continuar lendo Dante como faziam antes, com o aroma da carne queimada do reverendo Talbot no ar. Estava sufocado com a percepção indistinta de que, de algum modo, eles haviam sido responsáveis, que haviam ido longe demais, que suas leituras de Dante a cada semana tinham liberado as punições do *Inferno* no ar de Boston, em virtude da negligente fé de todos eles na poesia.

Meia hora mais cedo, um homem tinha irrompido ali como um verdadeiro exército.

James Russell Lowell. Estava ensopado, embora tivesse andado apenas um quarteirão. Abominava guarda-chuvas, engenhocas sem sentido. O fogo suave do carvão doméstico com lenha de nogueira amarga espalhava-se a partir da ampla lareira, o calor fazia a umidade na barba de Lowell brilhar como se tivesse uma luz interna.

Naquela semana, na Corner, Lowell tinha puxado Fields de lado para explicar que não podia viver assim. O silêncio deles em relação à polícia era necessário — muito bem. A boa reputação deles tinha de ser protegida — muito bem. Dante tinha de ser protegido — também muito bem. Mas nada desse perfeito raciocínio apagava um fato básico: vidas estavam em jogo.

Fields dissera que tentaria pensar em alguma saída sensata. Longfellow tinha dito que não sabia o que Lowell imaginava que eles poderiam fazer. Holmes tinha conseguido, com sucesso, evitar seu amigo. Lowell tentou o possível para conseguir que os quatros se reunissem em alguma ocasião, mas até aquele momento eles tinham resistido a se reunir tão resolutamente quanto ímãs opostos.

Agora que estavam todos sentados em círculo, o mesmo círculo que vinham formando havia dois anos e meio, só existia um motivo que impedia Lowell de sacudi-los, um por um, pelos ombros. E essa razão estava delicadamente encolhida em sua poltrona verde favorita, examinando as provas tipográficas da tradução de Dante: todos eles tinham prometido não contar a George Washington Greene sobre sua descoberta.

Ali estava ele, os frágeis dedos abertos a sua frente, esquentando-se na lareira. Os outros sabiam que Greene, de saúde frágil, não aguentaria as notícias violentas que traziam. Assim, o velho historiador e pastor aposentado, que queixava-se serenamente por não ter tido tempo suficiente para preparar suas ideias por causa da mudança de último minuto de Longfellow quanto à escolha dos cantos, era o único membro animado naquela noite de quarta-feira.

Antes, naquela mesma semana, Longfellow mandara avisar a seus colegas que eles examinariam o Canto XXVI, em que Dante encontra a alma em chamas de Ulisses, o herói grego da Guerra de Troia. Este era um favorito entre o grupo, portanto havia a esperança de que pudesse servir para reanimá-los.

— Obrigado a todos por terem vindo — disse Longfellow.

Holmes recordava o funeral que, em retrospecto, tinha anunciado o começo da tradução de Dante. Quando as notícias da morte de Fanny se espalharam, alguns membros da elite tradicional de Boston sentiram um toque involuntário de prazer — algo que jamais reconheceriam ou admitiriam nem a si mesmos — ao acordar uma manhã e descobrir que o infortúnio visitara alguém tão insuportavelmente abençoado pela vida. Longfellow parecia ter chegado ao talento e ao luxo sem nenhum esforço. Se o Dr. Holmes sentira algo menos respeitável que angústia completa e absoluta pela perda de Fanny naquele terrível fogo, talvez tenha sido um sentimento que poderia ser chamado de assombro, ou excitação egoísta, por ousar ajudar Henry Wadsworth Longfellow em um momento em que ele precisou de cura.

O Clube Dante devolvera a vida a um amigo. E agora — agora dois assassinatos haviam sido cometidos tendo Dante como pretexto. E, presumivelmente, haveria um terceiro, ou um quarto, enquanto eles se sentavam ao lado do fogo, com as folhas das provas de prelo em mãos.

— Como podemos ignorar... — James Russell Lowell deixou escapar antes de engolir seu pensamento com um olhar amargo para o distraído Greene, que estava anotando alguma coisa à margem da folha de sua prova.

Longfellow leu e discutiu o Canto de Ulisses, sem dedicar um momento ao comentário abortado. Seu sorriso sempre presente parecia forçado e esmaecido, como se tivesse sido emprestado de uma reunião anterior.

Ulisses viu-se no Inferno entre os Maus Conselheiros como uma chama sem corpo, ondulando sua ponta para a frente e para trás como uma língua. No Inferno, alguns resistiam a contar a Dante suas histórias; outros ansiavam inconvenientemente por fazê-lo. Ulisses estava acima de ambas as vaidades.

Ulisses contou a Dante como, depois da Guerra de Troia, já um soldado envelhecido, ele não voltou a Ítaca, para sua esposa e família. Convenceu os poucos companheiros remanescentes de sua tripulação a continuar em frente e ultrapassar a linha que nenhum mortal deveria cruzar, para escarnecer do destino e ir em busca de conhecimento. Um redemoinho levantou-se e o mar os engoliu.

Greene foi o único a dizer algo sobre o tópico. Ele estava pensando no poema de Tennyson que se baseou nesse episódio de Ulisses. Sorriu tristemente e comentou:

143

— Acho que devemos considerar a inspiração que Dante oferece para a interpretação que Lord Tennyson tem da cena. "Como é tolo parar, chegar ao fim" — disse Greene, caprichosamente recitando o poema de Tennyson de memória. — "Enferrujar sem lustro, não brilhar em uso! Como se respirar fosse viver! Vida em cima de vida, é tudo muito pouco, e da vida para mim" — ele fez uma pausa, os olhos visivelmente marejados — "*pouco resta.*" Deixemo-nos guiar por Tennyson, caros amigos, pois em sua tristeza ele viveu um pouco de Ulisses, um pouco do desejo de triunfar na última jornada da vida.

Depois de respostas precipitadas de Longfellow e Fields, o comentário do velho Greene foi substituído por roncos altos. Tendo dado sua contribuição, ele ficou exausto. Lowell estava segurando suas provas com força, com os lábios retesados como os de um aluno inconformado. Sua frustração com a elegante charada crescia, seu mau humor evidente diante de todos.

Quando terminou por não achar mais ninguém para falar, Longfellow disse, na defensiva:

— Lowell, você tem algum comentário sobre este *terceto*?

Uma estatueta de Dante Alighieri em mármore branco ficava em frente a um dos espelhos do estúdio. Seus olhos vazios os encaravam, insensíveis. Lowell murmurou:

— O próprio Dante não escreveu uma vez que nenhuma poesia podia ser traduzida? Entretanto, nós nos reunimos todas as semanas e com júbilo assassinamos suas palavras.

— Lowell, paz! — arfou Fields, que depois, com os olhos, desculpou-se com Longfellow. — Estamos fazendo tudo o que devemos — o editor murmurou rouco, alto o suficiente para repreender Lowell mas não o suficiente para despertar Greene.

Lowell inclinou-se, ansioso:

— Precisamos fazer alguma coisa... precisamos decidir...

Holmes arregalou seus olhos rápidos para Lowell e apontou para Greene ou, mais precisamente, para o peludo canal auditivo de Greene. O velho poderia acordar a qualquer momento. Holmes então passou seu dedo pelo pescoço esticado para indicar que deveriam fazer silêncio sobre o assunto.

— O que você gostaria que fizéssemos, afinal? — perguntou Holmes. Sua intenção era de que isso soasse ridículo o bastante para anular os apartes em surdina. Mas a questão retórica arqueou sobre a sala com a enormidade de um teto de catedral. — Não há nada a *ser feito*, infelizmente. — Holmes agora murmurava, puxando o laço da gravata, tentando retirar sua pergunta. Sem sucesso.

Holmes tinha desencadeado alguma coisa. Esse era o desafio que esperava para ser colocado, o desafio que só poderia ser evitado até o momento em que fosse falado em voz alta, quando todos os quatro estivessem respirando o mesmo ar.

O rosto de Lowell ficou vermelho, com uma necessidade abrasadora. Ele observou para a respiração rítmica de George Washington Greene e de imediato sua mente encheu-se com todos os sons da reunião: Longfellow agradecendo-lhes reiteradamente por terem vindo, Greene grasnindo Tennyson, os suspiros chiados de Holmes, as palavras majestosas de Ulisses, faladas pela primeira vez no convés de seu condenado navio e depois repetidas no Inferno. Tudo isso retumbava ao mesmo tempo em seu cérebro e formava algo novo.

Dr. Holmes observou Lowell apertar a testa com seus dedos fortes. A princípio, Holmes não soube o que fizera Lowell dizê-lo. Ficou surpreso. Talvez estivesse esperando que Lowell gritasse e vociferasse para animá-los; talvez até esperasse isso como alguém espera por qualquer coisa de familiar. Mas Lowell tinha as sensibilidades requintadas de um grande poeta em tempos de crise. Começou com um murmúrio especulativo, cada traço tenso em seu rosto vermelho gradualmente relaxou.

— "Meus marujos, almas que labutaram, e se bateram, e pensaram junto a mim..."

Era um verso do poema de Tennyson. Ulisses instigando sua tripulação a desafiar a mortalidade.

Lowell inclinou-se e, sorrindo, continuou com uma convicção que vinha tanto de sua voz cortante como aço quanto de suas palavras:

"... vocês e eu velhos somos;
A velhice tem, no entanto, sua honra e seu instrumento.
A morte tudo termina; mas algo resta no final,
Uma obra de tom nobre pode ainda ser feita..."

Holmes estava atônito, embora não pelo poder das palavras, pois há tempos sabia de cor o poema de Tennyson. Estava dominado pelo significado imediato que tinham as palavras para ele. Sentiu um tremor interno. Aquilo não era uma declamação: Lowell estava falando com eles. Longfellow e Fields também escutavam com crescente enlevo e temor, porque eles também entenderam claramente que Lowell, sorrindo enquanto falava, estava desafiando-os a encontrar a verdade por trás de dois assassinatos.

As rajadas da forte chuva fria golpeavam as janelas, parecendo descarregar primeiro apenas em uma e depois mudar de alvo em sentido horário. Houve um relâmpago, o antigo estrondo do trovão e depois o estrépito das vidraças. Antes que Holmes percebesse, a voz de Lowell abafou-se por um momento, e ele já não recitava.

Então Longfellow falou, sem interrupção, continuando o poema de Tennyson com o mesmo murmúrio implorante:

> *"... profundos*
> *Gemidos rondam em muitas vozes. Venham, amigos*
> *meus, 'Inda não é demasiado tarde para buscar um*
> *mundo novo..."*

Depois, Longfellow virou-se para seu editor com um olhar de expectativa que dizia: é sua vez agora, Fields.

Fields abaixou a cabeça diante do convite, sua barba aninhando-se na sobrecasaca aberta e friccionando a corrente de seu colete. Holmes estava em pânico por Lowell e Longfellow terem se precipitado à causa impossível, mas ainda havia esperança. Fields era o anjo da guarda de seus poetas e não os conduziria na direção do perigo. Fields não tinha traumas em sua vida pessoal; nunca havia tentado ter filhos e assim se poupara das tristezas de crianças que não viviam além do primeiro ou do segundo aniversário, ou de mães transformadas em cadáveres nas camas de parto. Livre de obrigações domésticas, ele dedicava suas energias protetoras a seus autores. Uma vez, Fields passara toda uma tarde discutindo com Longfellow um poema que narrava o naufrágio do *Hesperus*. A discussão fez Longfellow perder uma excursão programada no navio de luxo de Cornelius Vanderbilt, que horas mais tarde pegou fogo e foi a pique. Holmes torcia em voz baixa para que aquele fosse um momento em que Fields os perturbaria até o perigo passar.

O editor tinha de saber que aqueles eram homens de letras, não de ação (e, além do mais, envelhecendo). Aquela era a loucura sobre a qual liam, sobre a qual escreviam versos para alimentar um público ávido, a rude humanidade, guerreiros entrando em batalhas que jamais poderiam vencer, o material da poesia.

A boca de Fields abriu-se, contudo ele hesitou, como alguém que tenta falar em um sonho perturbador mas não consegue. Subitamente, parecia mareado. Holmes suspirou em simpatia, telegrafando sua aprovação à objeção. Mas então Fields, olhando, com as sobrancelhas franzidas, primeiro para Longfellow e depois para Lowell, levantou-se de um pulo com um floreio e sussurrou a continuação do poema de Tennyson. Aceitando o que viria:

> *"... e embora*
> *Já não tenhamos a força que nos velhos tempos*
> *Moveu terra e céu, o que nós somos, somos..."*

Somos nós suficientemente fortes para solucionar um assassinato?, Dr. Holmes se perguntava. Quimera, isso é o que era! Dois assassinatos tinham acontecido, coisa horrenda, mas não se podia provar, pensou Holmes, recrutando sua mente científica, que outros se seguiriam. O envolvimento deles poderia ser inoportuno ou, pior, perigoso. Metade dele lamentava ter observado a autópsia na Faculdade de Medicina, a outra metade lamentava ter informado sua descoberta aos amigos. No entanto, não podia se impedir de imaginar: o que Junior faria? O capitão Holmes. O médico entendia a vida de tantos pontos de vista que podia se esquivar facilmente de variadas maneiras de uma determinada situação. Junior, no entanto, tinha o dom e o talento da determinação rigorosa. Só os rigorosos podiam ser verdadeiramente corajosos. Holmes fechou os olhos com força.

O que Junior faria? Ele pensou em quando foi se despedir de Wendell Junior, quando ele partiu com seu regimento de exército, todos com seus uniformes azuis e dourados brilhando ao deixarem o campo de treinamento.

— Boa sorte. Desejaria ser jovem o bastante para lutar. — E coisas assim. Mas não desejava. Tinha agradecido aos céus por não ser mais jovem.

Lowell inclinou-se para Holmes e repetiu as palavras de Fields com paciente suavidade e com uma rara e comovente voz de indulgência:

— *"O que nós somos, somos."*

O que nós somos, somos: o que escolhemos ser. Isso acalmou Holmes um pouco. Os três amigos que estavam à sua espera tinham concordado. No entanto, ele podia ir embora com as mãos nos bolsos. Inspirou uma respiração asmática profunda, do tipo que era seguida por uma exalação igualmente pronunciada de alívio. Mas, em vez de completar o movimento, Holmes fez uma escolha. Não reconheceu a própria voz, uma voz suficientemente composta para pertencer à nobre chama que falou com Dante. Quase não reconheceu sua razão para a decisão que suas palavras, as palavras de Tennyson, traziam à existência:

"... o que nós somos, somos.
Têmpera igual de corações heroicos,
Enfraquecida pelo tempo e pelo destino,
Mas forte no querer
Lutar, buscar, achar
E não se render."

— *"Lutar..."* — murmurou Lowell, como se meditasse, de maneira metódica, estudando o rosto de cada um de seus companheiros, um de cada vez, e parando em Holmes: — *"Buscar. Achar..."*.

O relógio anunciou as horas e Greene estremeceu, mas já não havia necessidade de mais comunicação: o Clube Dante renascera.

— Oh, mil desculpas, meu caro Longfellow. — Greene despertou resfolegando com os toques sem pressa do velho relógio. — Perdi muita coisa?

CANTO DOIS

VIII

No submundo de Boston, muitas coisas permaneceram iguais na semana em que o corpo do reverendo Talbot foi descoberto. Inalterado ficou o triângulo de ruas onde cortiços e bares e prostíbulos e hotéis baratos tinham afastado aqueles moradores que tinham dinheiro o suficiente para se afastar, onde vapores esbranquiçados jorravam de canos que se curvavam para fora das vidraças e grades de ferro, onde as calçadas cobriam-se de cascas de laranja e se enchiam de danças e músicas alegres em horas estranhas. Hordas de pessoas negras iam e vinham nos bondes públicos puxados a cavalo; jovens lavadeiras e empregadas domésticas, com os cabelos presos em lenços de colorido berrante, e cujas bijuterias tilintantes compunham uma música atrevida; um soldado ou marinheiro negro de uniforme podia ser visto, o que ainda provocava irritação. Assim como certo mulato caminhando pelas ruas com aprumo notável, ignorado por alguns, ridicularizado por outros, encarado pelos negros mais antigos que, em sua sabedoria, adivinhavam que Rey era um policial e, portanto, diferente deles, como também em relação a sua raça mestiça. Os negros estavam seguros em Boston, onde lhes era até permitido ir à escola e andar em transportes públicos ao lado dos brancos e, assim, ficavam quietos. Rey, no entanto, atiçaria ódio se fizesse um movimento inadequado ou cruzasse com a pessoa errada em seu trabalho. Os negros o exilaram do mundo deles por essas razões, e porque essas razões eram corretas, a ele nunca era dada qualquer explicação ou queixa.

Várias moças que conversavam e levavam as cestas na cabeça pararam para olhar de viés para ele, sua bonita pele de bronze parecia absorver toda a luz da lâmpada ao passar e a levar embora. No outro lado da rua, Rey reconheceu um homem corpulento flanando na esquina, um judeu espanhol, um notório ladrão que, às vezes, era levado para interrogatório na Delegacia Central. Nicholas Rey subiu as estreitas escadas de sua pensão. Sua porta dava para o patamar da escada no segundo andar e, embora a lâmpada estivesse quebrada, ele podia ver nas sombras que alguém bloqueava o caminho para seu quarto.

Os acontecimentos da semana tinham sido implacáveis. Quando Rey levou o chefe Kurtz para ver o corpo do reverendo Talbot pela primeira vez, o sacristão indicara a Kurtz e a alguns sargentos os degraus que conduziam ao subterrâneo. Kurtz tinha parado e surpreendeu Rey ao se voltar para trás, dizendo: "Policial." E lhe fez um sinal para segui-los. Dentro da câmara mortuária, Rey precisou de um momento para observar o que estava exposto: um corpo enterrado de cabeça para baixo em um buraco irregular, antes que pudesse notar os pés projetando-se inflamados, empolados, deformados. O sacristão lhes contou o que tinha visto.

Os dedos estavam prontos para se quebrar e cair das extremidades rosadas, sem pele e sem forma, de forma que era difícil distinguir entre as extremidades dos pés que sustentavam os dedos e as extremidades que, anatomicamente, deveriam ser chamadas de calcanhares. Para o policial, esse detalhe dos pés queimados — revelador para os estudiosos de Dante a poucos quarteirões dali — era apenas insano.

— Só os pés foram queimados? — perguntou Rey, apertando os olhos, tocando delicadamente, apenas com a ponta do dedo, a carne carbonizada que se esfarelava. Assustou-se com o calor ardente que ainda cozinhava a carne, quase esperando que seu dedo saísse chamuscado. Perguntou a si mesmo quanto calor o corpo humano poderia conduzir antes de perder completamente sua forma física. Depois que dois sargentos levaram o corpo, o sacristão Gregg, em seu atordoamento lacrimoso, lembrou-se de algo.

— O papel — disse ele, segurando Rey, que era o único policial que ficara ali. — Tem pedaços de papel por toda a tumba. Eles não deveriam estar aqui. Ele não deveria estar aqui. Eu não deveria tê-lo deixado entrar! — Começou a chorar descontroladamente. Rey abaixou sua lanterna e viu o rastro de letras como um remorso não falado.

Os jornais mencionariam os dois crimes terríveis — o de Healey e o de Talbot — com tanta frequência que eles se tornariam parceiros na mente do público, muitas vezes citados nas conversas de esquina como os assassinatos Healey-Talbot. Teria síndrome do público se manifestado no estranho comentário do Dr. Oliver Wendell Holmes, na casa de Longfellow, na noite em que Talbot fora descoberto? Holmes tinha oferecido seu conhecimento a Rey tão nervosamente quanto um estudante de medicina. "Talvez o que soa como um inútil prognóstico em latim possa ajudar a pegar esse assassino que ataca em nossa cidade." A palavra intrigou Rey: *assassino*. Dr. Holmes estava presumindo que os assassinatos haviam sido cometidos por um único indivíduo. No entanto, nada havia de óbvio que pudesse uni-los um ao outro, além das respectivas selvagerias. Havia também a nudez dos corpos e as roupas que lhes haviam sido tiradas, cuidadosamente dobradas — mas isso ainda não fora informado aos jornais quando Rey ouviu Holmes falar. Talvez tenha sido um deslize da língua do vaidoso pequeno médico. Talvez.

Os jornais completaram as manchetes dos assassinatos com boa dose de outras violências sem sentido: estrangulamento, assaltos, explosões de cofres, uma prostituta encontrada semiestrangulada a poucos passos da Delegacia, a descoberta de uma criança que havia apanhado até ficar em carne viva em um pensionato de Fort Hill. E houve o estranho incidente de um andarilho levado para interrogatório na Delegacia Central, a quem um policial permitiu que se suicidasse se atirando pela janela, a plena vista do impotente chefe Kurtz. Os jornais clamavam: "Cabe à polícia se responsabilizar pela segurança dos cidadãos?"

Na escuridão da entrada de sua pensão, Rey parou no meio da escada e certificou-se de que não havia ninguém atrás de si. Com a mão no cassetete debaixo do casaco, prosseguiu.

— Sou só um pobre mendigo, bom senhor. — O homem que disse essas palavras no final da escada foi facilmente reconhecido depois que o ângulo de visão revelou um par de pernas enfiadas em calças que saíam de sapatos com saltos de ferro: Langdon Peaslee, arrombador de cofres, que lustrava com indiferença seu broche de diamante com o punho largo de sua camisa.

— Salve, Lírio-Branco. — Peaslee sorriu, mostrando um belo conjunto de dentes afiados como estalagmites. — Aperte aqui. — Ele pegou na mão de Rey. — Não vi mais essa sua figura premiada desde aquela inspeção. Diga, não é este o seu quarto? — Apontou para a porta atrás de si, com inocência.

— Olá, Sr. Peaslee. Soube que o senhor roubou o banco Lexington duas noites atrás. — Nicholas Rey disse isso para demonstrar que dispunha de tanta informação quanto o ladrão.

Peaslee não deixara provas que pudessem sobreviver a seus advogados no tribunal e tinha conscienciosamente selecionado e levado apenas os objetos de valor que não podiam ser rastreados.

— Ora, me diga, quem é louco o bastante hoje em dia para limpar um banco por conta própria?

— Você, com certeza. Veio se entregar? — disse Rey, com o rosto sério. Peaslee riu, zombeteiro.

— Não, não, meu caro jovem. Mas deixe-me dizer que realmente acho que essas restrições que eles colocam em você... Quais são? Sem uniforme, não poder prender homens brancos, coisas assim... bem, são injustas, injustas mesmo. No entanto existem alguns fatores compensatórios. Você e o chefe Kurtz se tornaram bons camaradas, e isso pode ser um bom caminho para levar alguém à Justiça. Como os assassinos do juiz Healey e do reverendo Talbot, que em paz descansem. Ouvi dizer que os diáconos da igreja de Talbot estão coletando·doações para uma recompensa agora mesmo.

Rey começou a caminhar em direção a seu quarto, com um gesto de desinteresse.

— Estou cansado — disse ele, calmamente. — A menos que você tenha alguém específico para levarmos à Justiça neste momento, vou pedir sua licença...

Peaslee agarrou e torceu o cachecol de Rey, fazendo-o parar.

— Policiais não podem aceitar recompensas, mas um simples cidadão como eu com certeza pode. E se alguém encontrar um caminho que leve a uma boa grana...

Não houve reação no rosto do mulato. Peaslee mostrou sua irritação, desistindo do charme. Puxou as pontas do cachecol como se fossem rédeas.

— Foi assim que aquele mendigo mudo encontrou a morte na inspeção, não foi? Escute bem. Há um idiota nesta cidade que bem pode ser feito culpado da morte de Talbot, meu caro senhor bonzinho. Posso armá-lo facilmente. Ajude-me com isso e metade do pacote será seu — disse ele abruptamente. — Grosso o bastante para fazer engasgar um porco, depois você pode seguir seu caminho como quiser. As comportas estão abertas: tudo vai mudar em Boston. A guerra encheu este lugar de grana. Os tempos estão muito complicados para se andar sozinho.

— O senhor poderia me dar licença, Sr. Peaslee... — repetiu Rey com estoica equanimidade.

Peaslee esperou um momento, depois soltou uma risadinha de derrota. Limpou rapidamente um fiapo imaginário do paletó de tweed de Rey.

— Como queira, Lírio-Branco. Deveria ter percebido, só de olhar, que você usa um casaco de santinho. É só que lamento por você, meu caro, lamento muito. Os negros o detestam por ser branco e todo o resto o detesta por ser negro. Quanto a mim, o que me interessa é se isto está em boa forma. — Ele apontou para sua cabeça. — Uma vez eu estava em uma cidade na Louisiana, Lírio-Branco, onde você podia ver sangue branco em metade das crianças negras. As ruas estavam cheias de híbridos. Imagino que você gostaria de viver num lugar assim, não é?

Rey o ignorou e tirou a chave no bolso. Peaslee disse que faria as honras da casa e abriu a porta do quarto de Rey com um simples movimento do dedo aracnídeo.

Rey olhou para ele, preocupado pela primeira vez naquele encontro.

— Fechaduras são minha especialidade, entende — disse Peaslee, levantando a aba do chapéu com orgulho. Depois, fingiu se entregar, mostrando os pulsos. — Pode me encanar por invasão de domicílio, policial. Ah, não, não, você não pode, né? — Sorriu, despedindo-se.

Nada estava faltando no apartamento. Aquele último gesto fora apenas uma mostra de poder do grande arrombador de cofres, caso alguma ideia tola viesse a passar pela cabeça de Nicholas Rey.

* * *

Era estranho para Oliver Wendell Holmes caminhar ao lado de Longfellow assim, vendo-o passar pelas pessoas e pelos sons comuns e cheiros maravilhosos e terríveis das ruas, como se fizesse parte do mesmo mundo que o homem que dirigia um par de cavalos puxando uma máquina de borrifar água para limpar a rua. Não que o poeta não tivesse saído da Craigie House nos últimos anos, mas suas atividades fora de casa eram concisas e limitadas. Deixar provas de prelo na Gráfica Riverside, jantar com Fields em algum horário impopular no Revere ou na Parker House. Holmes sentiu-se envergonhado por ter sido o primeiro a deparar com algo que pudesse, de maneira tão inconcebível, quebrar a rotina tranquila de Longfellow. Devia ter sido Lowell. Ele nunca pensaria em se sentir culpado por forçar Longfellow a entrar na desconcertante e confinada Babilônia do mundo. Holmes se perguntava se Longfellow se ressentiria com ele por isso — se é que era capaz de ressentimentos; talvez fosse imune, como o era em relação a muitas das emoções humanas desagradáveis.

Holmes pensou em Edgar Allan Poe, que escrevera um artigo intitulado "Longfellow e outros plagiários", acusando Longfellow e todos os poetas de Boston de copiar todo escritor, vivo ou morto, inclusive o próprio Poe. Isso foi na época em que Longfellow estava ajudando Poe a sobreviver por meio de empréstimos. Fields, furioso, banira para sempre qualquer dos escritos de Poe das publicações da Ticknor & Fields. Lowell inundou os jornais com cartas que demonstravam conclusivamente os erros ultrajantes daquele péssimo escritor. Holmes começou a ser consumido pela ideia de que toda palavra que escrevia era, na verdade, roubo de algum poeta melhor antes dele, e em seus sonhos não era raro que algum fantasma de um velho mestre morto aparecesse para reclamar de volta sua poesia. Longfellow, por sua vez, nada disse publicamente e, em particular, atribuiu os atos de Poe à irritação de uma natureza sensível, provocada por algum indefinível senso de justiça. E, Holmes lembrava-se bem, Longfellow sofrera genuinamente com a melancólica morte de Poe.

Os dois homens estavam levando buquês de flores sob os braços enquanto passavam pcr uma parte de Cambridge que era mais uma cidade do que um bairro. Passaram pela igreja de Elisha Talbot, procurando em cada passo o local da morte do ministro, curvando debaixo das árvores e sentindo o chão entre as lápides. Vários passantes pediam autógrafos em lenços ou no interior dos chapéus — com frequência do Dr. Holmes, sempre de Longfellow. Embora o período noturno pudesse garantir um bem-vindo anonimato, Longfellow achara melhor parecerem pessoas de luto visitando o cemitério da igreja e não ladrões de cadáveres, vestidos com exagero.

Holmes estava grato por Longfellow ter assumido a liderança nos dias que se seguiram à decisão deles de... O que *tinham decidido*, com as palavras de fogo de Ulisses ardendo em suas línguas? Lowell dissera *investigar* (sempre de peito estufado). Holmes preferia "fazer indagações", e deixou isso bem claro ao falar com Lowell.

Havia, claro, outros "Danteanos", além deles mesmos, que deveriam ser considerados. Vários estavam passando um tempo na Europa, temporária ou definitivamente, incluindo o vizinho de Longfellow, Charles Eliot Norton, outro antigo aluno do poeta, e William Dean Howells, um jovem acólito de Fields designado como emissário em Veneza. Depois, havia o professor Ticknor, 74 anos, enclausurado em sua biblioteca havia três décadas de solidão. E Pietro Bachi, que fora instrutor de italiano, sob a chefia de Longfellow e Lowell, antes de ser demitido de Harvard. E todos os alunos anteriores dos seminários de Longfellow e Lowell sobre Dante (e um punhado mais que remontava ao tempo de Ticknor). Fariam listas e programariam reuniões. Mas Holmes esperava que pudessem encontrar uma explicação antes de se passarem por tolos na frente de pessoas a quem respeitavam, as quais, pelo menos até o presente, respeitavam também.

Se houve alguma cena de crime nos terrenos da Segunda Igreja Unitarista de Cambridge, já não havia mais nada naquele dia. Portanto, se as especulações deles estivessem corretas, ao pensar que haveria um buraco no jardim onde Talbot fora enterrado, os diáconos da igreja já o teriam coberto de novo com grama. Um pastor morto de cabeça para baixo não era uma boa propaganda para uma congregação.

— Agora, vamos olhar lá dentro — sugeriu Longfellow, aparentemente em paz com a completa falta de progresso deles.

Holmes seguiu de perto os passos de Longfellow.

Na sacristia dos fundos, onde se localizavam os escritórios e os vestiários, havia uma enorme porta de ardósia em uma parede, mas não levava a outro cômodo, e não havia nenhuma outra ala na igreja.

Longfellow tirou suas luvas e passou a mão sobre a pedra fria. Sentiu que uma friagem úmida vinha de detrás.

— Sim! — sussurrou Holmes. A friagem invadiu-o quando abriu a boca para falar. — A câmara, Longfellow! A câmara lá embaixo...

Até três anos antes, muitas das igrejas mantinham cemitérios subterrâneos. Havia grandes câmaras particulares que poderiam ser compradas pelas famílias, assim como câmaras públicas inferiores que abrigavam qualquer membro da congregação por uma taxa mínima. Durante anos, essas câmaras mortuárias foram consideradas uma utilização prudente de espaço em cidades apinhadas, com cemitérios em expansão. Mas quando os bostonianos começaram a morrer às centenas de febre amarela, o Conselho de Saúde Pública declarou que a causa era a proximidade de carne putrefata, e foram estritamente proibidas novas câmaras subterrâneas na área das igrejas. As famílias com dinheiro suficiente mudaram os caixões de seus parentes para Mount Auburn e outros novos cemitérios bucólicos e elegantes. Mas, enfiadas bem mais embaixo sob o chão, as partes "públicas" — ou mais pobres — das câmaras estavam apinhadas. Fileiras de caixões sem nome, tumbas decrépitas, uma vala comum subterrânea.

— Dante encontra os simoníacos na *pietra lívida*, a "pedra álgida" — disse Longfellow.

Uma voz trêmula interrompeu.

— Posso ajudá-los, senhores?

O sacristão, o primeiro a encontrar Talbot incendiando, era um homem alto e magro, com uma túnica preta comprida, cabelos brancos ou, mais precisamente, cerdas, apontando em todas as direções como uma escova. Seus olhos arregalados o faziam parecer permanentemente com o retrato de um homem diante de um fantasma.

— Bom dia, senhor. — Holmes aproximou-se, virando o chapéu nas mãos para cima e para baixo. Holmes queria que Lowell estivesse ali, ou Fields, ambos naturalmente cheios de autoridade. — Senhor, meu amigo e eu queremos pedir licença para entrar na câmara subterrânea abaixo, se é que podemos lhe causar esse pequeno incômodo.

O sacristão não deu sinal de sequer considerar a ideia.

Holmes olhou para trás. Longfellow estava parado com as mãos dobradas sobre a bengala, plácido, como se fosse um observador que não tivesse sido convidado.

— Agora, como eu dizia, meu caro senhor, entenda que é muito importante que nós... Bem, sou o Dr. Oliver Wendell Holmes. Leciono a cadeira de Anatomia e Fisiologia na Faculdade de Medicina... Na verdade mais um sofá que uma cadeira, pela amplitude de seus temas... Provavelmente, o senhor conhece alguns de meus poemas e...

— Senhor! — O tom agudo da voz do sacristão parecia um grito de dor. — O senhor sabe, cavalheiro, que nosso pastor foi encontrado recentemente... — ele gaguejou de horror, e então recuou. — Eu tomava conta da propriedade, e nunca uma alma entrou nem saiu! Por Deus eterno, por que isso foi acontecer em meu plantão? Para mim, foi um espírito demoníaco que não tinha necessidade de uma entrada física, não um homem! — Ele parou por um momento. — Os pés — disse, com um olhar vidrado, e deu a impressão de que seria incapaz de continuar.

— Os pés, senhor — disse o Dr. Holmes, querendo escutar, embora soubesse precisamente que destino tiveram os pés de Talbot; em primeira mão. — O que houve com eles?

Os quatro membros do Clube Dante, fora o Sr. Greene, tinham reunido todos os relatos de jornais disponíveis sobre a morte de Talbot. Embora as verdadeiras circunstâncias da morte de Healey não tivessem sido reveladas durante várias semanas, nas colunas dos jornais Elisha Talbot fora assassinado de toda maneira concebível, com tanto desleixo que teria feito Dante, para quem toda punição era ordenada pelo amor divino, estremecer. O sacristão Gregg, por sua parte, não conhecia Dante. Tinha sido uma testemunha e um mensageiro da verdade. Nesse sentido, tinha a força e a simplicidade de um velho profeta.

— Os pés — continuou o sacristão, depois de uma longa pausa — estavam em chamas, cavalheiro, eram como carruagens de fogo na câmara escura. Por favor, senhores. — Sua cabeça pendeu em abatimento, e ele fez gestos para que se retirassem.

— Caro senhor — disse Longfellow, com suavidade. — É a morte do reverendo Talbot que nos traz aqui.

Os olhos do sacristão imediatamente relaxaram. Não ficou claro para Holmes se o homem reconhecera a feição com barba prateada do amado poeta ou se ele se acalmara como um animal com a voz de órgão de Longfellow, comovente e calma. Holmes percebeu que se o Clube Dante fizesse algum progresso em seu esforço, seria porque a presença de Longfellow tinha com as pessoas a mesma facilidade que sua caneta com relação à língua inglesa.

Longfellow continuou:

— Embora só tenhamos para lhe oferecer como prova nossas palavras com promessa, caro senhor, queremos pedir sua ajuda. Rogo-lhe que confie, ainda que sem outra evidência de nossa parte, pois receio que sejamos os únicos que podem de fato tentar compreender o que aconteceu. Mais do que isso, não podemos revelar.

A umidade no amplo e oco vazio era sufocante. O Dr. Holmes abanava para longe o ar fétido que ardia em seus olhos e ouvidos como pó de pimenta, enquanto eles desciam com passos pequenos e cuidadosos a escada estreita. Longfellow respirava mais ou menos livremente. Seu olfato estava comprometido, para seu benefício: permitia-lhe o prazer das flores primaveris e outros aromas agradáveis, mas encobria qualquer coisa nociva.

O sacristão Gregg explicara que a câmara pública se estendia por sob das ruas por vários quarteirões da cidade, em ambas as direções.

Longfellow iluminou as colunas de ardósia com a lanterna, depois abaixou a luz para examinar os caixões simples de pedra.

O sacristão começou a fazer um comentário sobre o reverendo Talbot, mas hesitou.

— Os senhores não devem pensar mal dele, cavalheiros, se eu lhes contar, mas nosso querido reverendo passava por essa passagem da câmara para, bem, não para os serviços da igreja, para ser honesto.

— Por que ele viria *aqui*? — perguntou Holmes.

— Era um atalho para sua casa. Eu mesmo não gostava muito, para dizer o mínimo.

Um dos pedaços de papel espalhados, com as letras A e H, que Rey não vira, estavam debaixo da bota de Holmes e se afundaram no chão grosso.

Longfellow perguntou se outra pessoa poderia ter entrado na câmara pelo lado da rua, do lugar onde o ministro teria saído.

— Não — disse o sacristão, com certeza. — Aquela porta só pode ser aberta por dentro. De qualquer maneira, a polícia checou tudo e não encontrou sinais de arrombamento. Não havia sinal de o reverendo ter sequer alcançado a porta que levava para as ruas, na última noite em que esteve aqui.

Holmes puxou Longfellow para trás, para que o sacristão não escutasse e sussurrou:

— Você não acha que é importante saber que Talbot usava isso como um atalho? Precisamos interrogar mais o sacristão. Ainda não sabemos qual foi a simonia de Talbot e isso pode ser uma indicação! — Eles não haviam encontrado nada que indicasse que Talbot era mais do que um bom pastor para seu rebanho.

Longfellow disse:

— Eu acho que é seguro dizer que caminhar por uma câmara mortuária não caracteriza um pecado, por mais desaconselhável que possa ser, não acha? Além disso, sabemos que simonia tem a ver com dinheiro: pegar ou pagar. Como sua congregação, o sacristão era encantado com Talbot, e exagerar nas perguntas sobre os hábitos do ministro pode apagar qualquer informação que ele possa querer nos dar espontaneamente. Lembre-se, o sacristão Gregg, como Boston inteira, acredita que a morte de Talbot foi exclusivamente causada pelo pecado de outra pessoa, e não pelo dele próprio.

— Então, como nosso Lúcifer conseguiu entrar aqui? Se a saída da câmara para a rua só se abre por dentro... E o sacristão diz que ele estava na igreja e não viu ninguém entrar no vestiário...

— Talvez nosso assassino tenha esperado Talbot subir as escadas e sair pela porta da rua, e então o arrastou de volta para baixo — especulou Longfellow.

— Mas cavar tão rapidamente um buraco fundo o suficiente para caber um homem? Parece mais provável que nosso vilão tenha emboscado Talbot: cavou o buraco, esperou, e então o agarrou, enfiou-o no buraco, derramou querosene em seus pés...

À frente deles, o sacristão fez uma parada abrupta. Metade de seus músculos ficou travada e a outra metade tremeu violentamente. Tentou falar, mas só um gemido seco e dolorido emergiu. Esticando o queixo, conseguiu indicar uma laje grossa deitada na terra úmida, cobrindo o piso da câmara. O sacristão correu de volta para o santuário da igreja.

O lugar estava bem próximo. Podia ser sentido e cheirado.

Longfellow e Holmes puxaram juntos, com toda força, para remover a laje. No piso, havia um buraco redondo, grande o suficiente para um corpo de compleição média. Protegido pela laje, e liberado por sua remoção, o cheiro de carne queimada atacou o ar como o fedor de carne podre e cebolas fritas. Holmes cobriu o rosto com seu cachecol.

Longfellow ajoelhou-se e, com a mão, pegou um punhado de terra perto do buraco.

— Sim, você tem razão, Holmes. Este buraco é fundo e bem-feito. Deve ter sido cavado com antecedência. O assassino devia estar esperando quando Talbot entrou. Ele consegue entrar, de algum modo evitando nosso nervoso amigo sacristão, e golpeia Talbot — teorizou Longfellow —, coloca-o de cabeça para baixo no buraco e então realiza seu ato horrendo.

— Imagine o completo tormento! Talbot devia estar consciente do que estava acontecendo antes de seu coração parar de bater. Sentir a própria carne ardendo em chamas... — Holmes quase engoliu a língua. — Não quero dizer, Longfellow... — Amaldiçoou sua boca por falar tanto e depois por seu erro em silêncio. — Você sabe, eu só quis dizer...

Longfellow não parecia escutar. Deixou a terra correr por seus dedos. Com cautela, abaixou o buquê de flores de cores vivas para um local perto do buraco.

— *"Com justiça aqui sofres, condenado"* — disse Longfellow, citando um verso do Canto XIX como se o lesse no ar a sua frente. — Foi isso que Dante gritou para Nicolau III, o simoníaco com o qual falou no Inferno, meu caro Holmes.

Dr. Holmes estava pronto para ir embora. O ar espesso estava dando início a uma revolta em seus pulmões, e as palavras que não deveria ter dito haviam partido do seu próprio coração.

Longfellow, no entanto, dirigiu a luz de sua lanterna para cima do buraco, que fora deixado como estava. Ele ainda não tinha terminado.

— Precisamos cavar mais fundo, abaixo do que podemos ver do buraco. A polícia nunca pensaria nisso.

Holmes olhou-o, com incredulidade.

— Nem eu! Talbot foi colocado no buraco, não *debaixo* dele, meu caro Longfellow!

— Lembre-se do que Dante diz a Nicolau enquanto o pecador se agita dentro do desgraçado buraco de sua punição — respondeu Longfellow.

Holmes murmurou alguns versos para si mesmo:

— *"Com justiça, aqui sofres, condenado; e a moeda escondes, triste e mal-havida"*. — Parou de repente. — ... a *moeda escondes*. Mas não é Dante apenas exibindo seu sarcasmo não incomum, escarnecendo do pobre pecador por suas ações em vida para se apoderar de dinheiro?

— Realmente, era assim que eu lia o verso — disse Longfellow. — Mas Dante pode ser lido como se estivesse literalmente dizendo isso. Pode ser argumentado que a frase de Dante realmente revela que uma parte do *contrapasso* dos simoníacos pode ser que eles sejam enterrados de cabeça para baixo com o dinheiro que acumularam na vida de maneira imoral debaixo de suas cabeças. Certamente, Dante poderia estar pensando nas palavras de Pedro para Simão, em Atos dos Apóstolos: "Que vosso dinheiro seja destruído convosco". Nesta interpretação, o buraco em que está o pecador torna-se sua bolsa eterna.

A resposta de Holmes à interpretação foi uma mistura de sons guturais.

— Se cavarmos — disse Longfellow com um ligeiro sorriso —, suas dúvidas podem se revelar desnecessárias. — Ele enfiou sua bengala para alcançar o fundo, mas o buraco era muito profundo. — Não caibo, suponho. — Longfellow calculou o tamanho do buraco. Depois, olhou para o pequeno doutor que arfava por causa da asma.

Holmes não se mexeu.

— Mas Longfellow... — Ele olhou para o fundo do buraco. — Por que a natureza não pediu minha opinião sobre minha condição? — Não havia sentido em discutir. Não se podia discutir com Longfellow para persuadi-lo; ele estava invencivelmente tranquilo. Se Lowell estivesse ali, estaria cavando o buraco como um coelho.— Dez a um que perderei uma unha no processo.

Longfellow assentiu agradecido. O doutor apertou os olhos e deslizou os pés para dentro do buraco.

— É muito estreito. Não posso me dobrar. Não acho que vou conseguir me ajoelhar aqui para cavar.

Longfellow ajudou Holmes a sair do buraco. O doutor entrou de novo pela abertura estreita, dessa vez pondo primeiro a cabeça, com Longfellow segurando seus tornozelos pelas calças cinza. O poeta tinha o pulso firme de um titereiro.

— Cuidado, Longfellow! Cuidado!

— Você está vendo suficientemente bem? — perguntou Longfellow.

Holmes quase não o ouvia. Revolvia a terra com as mãos, a sujeira úmida que entrava por baixo de suas unhas, era ao mesmo tempo doentiamente quente e fria e dura como gelo. O pior era o cheiro, o fedor inflamado de carne queimada que ficara preservado naquela profundidade estreita. Holmes tentou conter a respiração, mas essa tática, combinada com seu acesso, fazia sua cabeça ficar leve, como se fosse sair flutuando como um balão.

Ele estava onde o reverendo Talbot estivera; de cabeça para baixo, como ele. Mas, em vez do castigo do fogo em seus pés, sentia as mãos sem vacilações do Sr. Longfellow.

A voz abafada de Longfellow flutuava para baixo, uma pergunta de preocupação. O doutor, com uma vaga sensação de desfalecimento, não conseguia escutar e se perguntava inutilmente se uma perda de consciência faria Longfellow soltar seus tornozelos e se, nesse ínterim, o deixaria tombar até o fundo da terra. Subitamente, sentiu o perigo em que eles haviam se colocado tentando lutar contra um livro. O cortejo de pensamentos pareceu flutuar sem fim antes de as mãos do doutor baterem em alguma coisa.

Ao sentir o objeto, a lucidez retornou. Um pedaço de tecido de algum tipo. Não, uma sacola. Uma sacola de pano acetinado.

Holmes tremeu. Tentou falar, mas o fedor e a sujeira eram obstáculos terríveis. Por um momento, congelou de pânico, então sua sanidade retornou e ele balançou as pernas freneticamente.

Longfellow, percebendo que isso era um sinal, puxou o corpo do amigo para fora da cavidade. Holmes arfou em busca de ar, cuspindo e salivando, enquanto Longfellow o acalmava, solícito.

Holmes ajoelhou-se.

— Veja o que é isso, Longfellow, pelo amor de Deus!

Holmes puxou o cordão que amarrava a descoberta e abriu a sacola suja de terra.

Longfellow observou o Dr. Holmes espalhar mil dólares de notas de curso legal sobre o piso da câmara mortuária.

"E a moeda escondes, triste e mal-havida."

Na grande Wide Oaks, a propriedade da família Healey por três gerações, Nell Ranney conduzia os dois visitantes pelo comprido hall de entrada. Eram estranhamente recatados, com os corpos forçosamente tensos, mas com olhos rápidos e sempre em movimento. Aos olhos da governanta, o que os fazia ainda mais extraordinários eram suas roupas, pois dois estilos em tão notável conflito raramente eram vistos.

James Russell Lowell, de barba curta e bigode curvado, usava um jaquetão traspassado bastante surrado, chapéu de seda desalinhado que parecia um escárnio pela informalidade da roupa, e a gravata, com um nó de marinheiro, tinha um tipo de alfinete que saíra da moda em Boston. O outro homem, cuja barba castanho-avermelhada maciça caía em grossos tufos, retirou suas luvas, de cor vistosa, e as colocou no bolso de sua sobrecasaca de tweed escocês de corte perfeito, sob a qual uma brilhante corrente de relógio de ouro estava perfeitamente colocada em volta de sua barriga de colete verde como um ornamento de Natal.

Nell demorou para sair da sala mesmo depois que Richard Sullivan Healey, o filho mais velho do juiz presidente, cumprimentou seus visitantes literários.

— Perdoem o comportamento de minha governanta — disse Healey depois de ordenar que Nell Ranney saísse. — Foi ela quem encontrou o corpo de meu pai e o trouxe para dentro de casa, e desde então examina toda pessoa como se pudesse ser a responsável. Receamos que, estes dias, esteja imaginando quase tantas coisas demoníacas quanto minha mãe.

— Gostaríamos de ver a estimada Sra. Healey esta manhã, se possível, Richard — disse Lowell educadamente. — O Sr. Fields acredita que poderíamos conversar com ela sobre um livro em homenagem ao presidente da Suprema Corte, que poderia ser publicado pela Ticknor & Fields. — Era costume que parentes, mesmo primos distantes, fizessem visitas pessoais à família de um recém-falecido, mas o editor precisava de um pretexto para a visita.

Richard Healey juntou os lábios grossos em uma curva amigável.

— Receio que uma conversa com ela não seja possível, primo Lowell. Hoje é um de seus dias ruins. Ela está de cama.

— Ora, não me diga que ela está doente. — Lowell inclinou-se para a frente com um traço de curiosidade mórbida.

Richard Healey hesitou, com uma série de piscadelas.

— Fisicamente, não, ao menos de acordo com os médicos. Mas ela desenvolveu uma mania que receio ter se agravado nas últimas semanas, portanto pode perfeitamente ser um problema físico. Sente uma presença constante em seu corpo. Perdoem-me por falar de maneira vulgar, cavalheiros, mas sente um formigamento em sua carne que ela insiste em coçar, escavando a pele, apesar de vários diagnósticos indicarem sua imaginação como culpada.

— Há algo que possamos fazer para ajudá-la, meu caro Healey? — perguntou Fields.

— Encontrar o assassino de meu pai — disse Healey com tristeza. Observou com algum desconforto que os homens reagiram a isso com olhares graves.

Lowell gostaria de ver onde o corpo de Artemus Healey fora encontrado. Richard Healey estranhou esse pedido, mas, atribuindo as excentricidades de Lowell à sua sensibilidade poética, conduziu os visitantes para fora. Saíram pelas portas dos fundos da mansão, passando pelos canteiros de flores e pelos prados que levavam às margens do rio. Healey notou que James Russell Lowell caminhava com passadas surpreendentemente rápidas e atléticas para um poeta.

Um vento forte soprava partículas de finos grãos de areia na barba e na boca de Lowell. Com um gosto áspero na língua, um incômodo na garganta e a imagem da morte de Healey na cabeça, Lowell foi tomado por uma ideia vívida.

Os indiferentes no Canto III de Dante não escolhem nem o bem nem o mal, e por isso, são desprezados tanto pelo Céu como pelo Inferno. Assim, são colocados em uma antecâmara, não propriamente no Inferno, e lá essas sombras covardes pairam despidas, seguindo um estandarte vazio, pois recusaram-se a seguir um curso de ação na vida. São picadas incessantemente por moscardos e vespas, seu sangue mistura-se ao sal de suas lágrimas, e tudo isso é espalhado a seus pés por vermes repugnantes. Essa carne pútrida atrai mais moscas e vermes. Moscas, vespas e larvas foram os três tipos de insetos encontrados no corpo de Artemus Healey.

Para Lowell, isso revelava algo a respeito do assassino que o tornava real.

— Nosso Lúcifer sabia como transportar esses insetos — Lowell tinha dito.

Era uma reunião na Craigie House na primeira manhã da investigação deles, o pequeno escritório estava inundado com jornais e todos tinham dedos manchados de tinta e sangue por virarem demasiadas páginas. Fields, revisando as notas que Longfellow tinha compilado em um diário, queria saber por que Lúcifer, como Lowell tinha nomeado o adversário deles, teria escolhido Healey como Indiferente.

Lowell puxou pensativamente uma das pontas de seu bigode de morsa. Assumiu um tom completamente didático quando viu que seus amigos haviam se tornado sua plateia.

— Bem, Fields, a única sombra que Dante destaca nesse grupo dos indiferentes, ou tíbios, é o que faz a grande recusa, ele diz. Esse deve ser Pôncio Pilatos, pois foi quem fez a maior das recusas, o ato mais terrível de neutralidade da história cristã, quando nem autorizou nem impediu a crucifixão do Salvador. Ao juiz Healey, da mesma forma, foi pedido que desse um golpe firme na Lei do Escravo Fugitivo, mas, em vez disso, não fez absolutamente nada. Enviou o escravo fugido Thomas Sims, apenas um menino, de volta a Savannah, onde ele foi chicoteado até sangrar e depois teve de desfilar suas feridas pela cidade. E o velho Healey, todo esse tempo, resmungava que não era seu papel revogar uma lei do Congresso. Não! Em nome de Deus, era o papel de todos nós!

— Não há uma solução conhecida para o enigma desse *gran rifuto*, o grande recusador. Dante não dá um nome — comentou Longfellow, afastando com a mão a densa nuvem de fumaça do charuto de Lowell.

— Dante não pode dar um nome para o pecador — insistiu Lowell, com paixão. — Essas sombras que ignoraram a vida, "nunca estiveram vivas", como Virgílio diz, devem ser ignoradas na morte, incomodadas eternamente pelas mais insignificantes e vis criaturas. Esse é o *contrapasso* delas, sua punição eterna.

— Um estudioso holandês sugeriu que essa figura não seria Pôncio Pilatos, meu caro Lowell, mas o jovem a quem é oferecida a vida eterna e a recusa, em Mateus 19:22 — disse Longfellow. — O Sr. Greene e eu nos inclinamos a interpretar o grande recusador como o papa Celestino V, outro homem que tomou um caminho neutro ao renunciar ao trono papal, dando lugar à ascensão do corrupto papa Bonifácio, que acabou levando ao exílio de Dante.

— Isso é limitar demais o poema de Dante às fronteiras da Itália! — protestou Lowell. — Típico de nosso caro Greene. É Pilatos. Quase posso vê-lo a nossa frente, franzindo as sobrancelhas como viu Dante.

Fields e Holmes permaneceram calados durante essa conversa. Agora Fields dizia, gentil mas reprovadoramente, que o trabalho deles não deveria se transformar numa reunião do Clube. Eles tinham de encontrar uma maneira de entender aqueles assassinatos, e para isso não deveriam apenas ler os cantos que provocaram as mortes, mas entrar neles.

Nesse momento, Lowell pela primeira vez assustou-se com o que poderia advir de tudo isso.

— Bem, o que você sugere?

— Devemos ver em primeira mão os lugares onde as visões de Dante foram trazidas à vida — disse Fields.

Agora, caminhando pela propriedade de Healey, Lowell segurou o braço do editor.

— *"Come la rena quando turbo spira"* — murmurou.

Fields não entendeu:

— Diga novamente, Lowell.

Lowell disparou à frente e parou onde o chão de terra escura dava lugar a um círculo macio, de areia clara. Ajoelhou-se.

— Aqui! — disse, triunfante.

Richard Healey, vindo um pouco mais atrás, disse:

— Ora, sim. — Quando se deu conta, pareceu estupefato. — Como você sabia disso, primo? Como sabia que este foi o lugar onde encontraram o corpo de meu pai?

— Oh! — respondeu Lowell, dissimulando. — Foi uma pergunta. Você pareceu estar diminuindo o passo, então perguntei "Foi aqui?". Ele não estava diminuindo o passo? — Virou-se para que Fields o ajudasse.

— Acho que sim, Sr. Healey — assentiu imediatamente um ofegante Fields.

Richard Healey não achava que tinha diminuído a passada.

— Ah, bom, a resposta então é sim — disse, sem esconder o fato de que ficara impressionado, e desconfiado, com a intuição de Lowell. — Foi aqui precisamente que aconteceu, primo. Na parte mais diabolicamente feia de nosso quintal — concluiu, com amargura. Era o pedaço do prado onde nada crescia.

Lowell passou o dedo pela areia.

— Foi aqui — disse ele, como se em transe.

Pela primeira vez Lowell começou a sentir uma solidariedade real e crescente por Healey. Ali ele fora desnudado e deixado para ser devorado. A pior parte fora ele ter um fim que jamais compreenderia, nem mesmo depois, na eternidade, nem sua esposa nem seus filhos.

Richard Healey achou que Lowell estava à beira das lágrimas.

— Ele sempre manteve você num lugar terno em seu coração, primo — disse, e ajoelhou ao lado de Lowell.

— O quê? — perguntou Lowell, sua solidariedade rapidamente desviada.

Healey recuou com a resposta brusca.

— O juiz presidente. Você era um de seus parentes favoritos. Oh, ele lia sua poesia com grandes elogios e admiração. E sempre que saía um novo número de *The North American Review*, enchia seu cachimbo e o lia do começo ao fim. Dizia que achava que você tinha uma grande percepção para as coisas verdadeiras.

— Dizia? — perguntou Lowell com alguma perplexidade.

Lowell evitou os olhos risonhos de seu editor e murmurou um elogio forçado ao excelente critério do juiz.

Quando voltaram à casa, um empregado apareceu com um pacote vindo dos correios. Richard Healey pediu licença.

Fields rapidamente puxou Lowell de lado.

— Como diabos você sabia onde Healey foi morto, Lowell? Não discutimos isso em nossos encontros.

— Bem, qualquer estudioso razoável de Dante apreciaria a proximidade do rio Charles com o quintal dos Healey. Lembre-se, os indiferentes são encontrados bem perto do Aqueronte, o primeiro rio do Inferno.

— Sim. Mas as notícias nos jornais não especificavam *em que parte* do quintal ele foi encontrado.

— Os jornais não servem nem para acender um charuto — desdenhou Lowell, demorando em sua resposta para desfrutar da ansiedade de Fields. — Foi a *areia* que me indicou.

— A areia?

— Sim, sim. *"Come la rena quando turbo spira"*. Lembre de seu Dante — provocou. — Imagine-se entrando no círculo dos indiferentes. O que nós vemos quando olhamos sobre a massa de pecadores?

Fields era um leitor visual e tendia a se lembrar dos textos pelos números das páginas, o peso do papel, o layout do tipo, o cheiro do couro de bezerro. Podia sentir os cantos dourados de seu exemplar de

Dante roçar-lhe os dedos. "Irrupções de ira" — Fields murmurava a poesia com cuidado enquanto traduzia mentalmente — "palavras de mágoa, hórridas e roucos brados..." Não conseguia se lembrar. O que ele não daria para se lembrar do que vinha depois, para entender o que quer que Lowell agora sabia para tornar a situação menos incontrolável. Ele trouxera consigo uma edição de bolso de Dante em italiano e começou a folheá-la.

Lowell empurrou-a.

— Mais para a frente, Fields! *"Facevano un tumulto, il qual s'aggira sempre in quell' aura sanza tempo tinta, come la rena quando turbo spira":* "Produziam rumor que eu nunca ouvira, no nevoeiro sem fim se propagando, como a areia que um turbilhão expira."

— Então... — Fields digeria o verso.

Lowell explicou impacientemente:

— O prado atrás da casa está coberto principalmente de grama verde ou de terra e pedra. Porém, algo muito diferente, grãos finos de areia solta, estava soprando em nosso rosto, então eu os segui. A punição dos indiferentes acontece no Inferno de Dante acompanhado de um tumulto *"como a areia que um turbilhão expira"*. Essa metáfora de areia solta não é em vão, Fields! É o emblema das mentes instáveis e mutantes desses pecadores, que escolhem não fazer nada quando têm poder para agir e, assim, no Inferno perdem esse poder!

— Espere, Jamey! — disse Fields, um pouco alto demais. A governanta estava passando um espanador de penas em uma parede adjacente. Fields não notou. — Espere! Areia como um turbilhão! Os três tipos de insetos, a insígnia, o rio próximo, isso já é suficiente. Mas a areia? Se nosso vilão pode encenar até essa metáfora menor de Dante em seus atos...

Lowell assentiu, sombrio.

— Ele realmente é um estudioso de Dante — disse, com um toque de admiração.

— Cavalheiros? — Nell Ranney apareceu perto dos poetas e os dois deram um pulo para trás.

Lowell, furioso, perguntou se ela estivera escutando.

Ela balançou a cabeça em firme protesto.

— Não, bom senhor, eu juro. Mas eu imagino se... — Ela olhou por sobre um ombro, nervosa, depois sobre o outro. — Os cavalheiros são diferentes dos outros que vieram prestar seus respeitos. A maneira como os senhores olharam pela casa... E no quintal onde... Os senhores não poderiam voltar outra hora? Eu preciso...

Richard Healey retornou e, no meio da frase, a governanta atravessou para o outro lado do grande saguão de entrada, mestre na arte doméstica de desaparecer.

Ele suspirou alto, esvaziando metade do volume de seu grande tórax.

— Desde que divulgamos nossa recompensa, toda manhã sou tomado pelo renascimento tolo da esperança, mergulhando nas cartas, pensando realmente que em algum lugar a verdade espera para ser conhecida. — Dirigiu-se para a lareira e jogou dentro dela a pilha mais recente. — Não sei dizer se as pessoas são cruéis ou apenas loucas.

— Por favor, meu caro primo — disse Lowell —, a polícia não dispõe de nenhuma informação que possa lhe ajudar?

— A venerada polícia de Boston. Posso lhe dizer, primo Lowell. Eles prenderam todo diabólico criminoso que puderam encontrar, e sabe o que resultou disso?

Richard realmente esperou por uma resposta. Lowell retrucou, rouco com o suspense, que não sabia.

— Bem, vou lhe dizer, então. Um deles suicidou-se pulando pela janela. Pode imaginar? O oficial mulato que supostamente tentou salvá-lo disse que antes disso ele sussurrou palavras ininteligíveis.

Lowell saltou para a frente e agarrou Healey como se fosse sacudi-lo para fazê-lo falar mais. Fields puxou Lowell pelo casaco.

— Um oficial mulato, você disse?

— A venerada polícia de Boston — repetiu Richard, com amargura contida. — Nós queríamos contratar um detetive particular — continuou, franzindo o cenho —, mas eles são quase tão diabolicamente corruptos quanto os da polícia.

Gritos vieram do andar de cima, e Roland Healey desceu correndo até metade da escada. Disse a Richard que a mãe estava tendo outro ataque.

Richard saiu correndo. Nell Ranney caminhou em direção a Lowell e Fields, mas Richard Healey percebeu isso ao subir as escadas. Inclinou-se sobre o corrimão e lhe ordenou:

— Nell, vá terminar o trabalho no porão, sim?. — Esperou até que ela saísse para continuar a subir as escadas.

— Então o policial Rey estava investigando o assassinato de Healey quando ouviu os sussurros — disse Fields quando ele e Lowell estavam sozinhos.

— E agora sabemos quem foi que lhe sussurrou: a pessoa que morreu naquele dia na cadeia. — Lowell pensou por um momento. — Precisamos saber o que assustou tanto a governanta.

— Cuidado, Lowell. Você a colocará em apuros se o jovem Healey a vir com você. — A preocupação de Fields fez com que Lowell desistisse. — De qualquer modo, ele disse que ela anda imaginando coisas.

Naquele momento, veio um barulho alto da cozinha, que ficava perto daquele cômodo. Lowell certificou-se de que ainda estavam a sós e então se dirigiu para a porta da cozinha. Bateu levemente. Nenhuma resposta. Empurrou a porta e escutou um ruído que ecoava ao lado do fogão: a vibração de um elevador para transporte de alimentos. Ele tinha sido subido do porão. Lowell abriu a porta de madeira do elevador. Estava vazio a não ser por um pedaço de papel.

Ele passou correndo por Fields.

— O que foi? O que aconteceu? — perguntou Fields.

— Preciso achar o escritório. Você fica aqui e vigia; certifique-se de que o jovem Healey não volte logo — disse Lowell.

— Mas, Lowell! — disse Fields. — E o que faço se ele voltar?

Lowell não respondeu. Passou o papel para o editor.

O poeta passou correndo pelo corredor, espiando pelas portas abertas até encontrar uma bloqueada por um banco. Empurrando-o para fora do caminho, entrou sem fazer ruído. O cômodo fora limpo, mas de maneira superficial, como se no meio do processo tivesse se tornado demasiado doloroso para Nell Ranney, ou para qualquer das empregadas mais novas, permanecer ali. E não apenas porque fora o local onde Healey morrera, mas devido às lembranças do juiz Healey que persistiam, amparadas pela fragrância de couro dos velhos livros.

De cima, Lowell podia escutar os gemidos de Ednah Healey aumentarem em um terrível crescendo, e tentou ignorar que estavam em uma casa cheia de pavor.

Deixado de pé no hall, Fields leu a nota escrita por Nell Ranney: *Disseram que eu não devia contar isto para ninguém, mas não consigo, e não sei para quem contar. Quando levei o juiz Healey para seu escritório, ele gemeu em meus braços antes de morrer. Será que ninguém pode ajudar?*

— Oh, Deus! — Fields amassou o papel involuntariamente. — Ele ainda estava vivo!

No escritório, Lowell ajoelhou-se e aproximou a cabeça do chão.

— Você ainda estava vivo — sussurrou ele. — O grande recusador. Foi por isso que foi morto — dizia ele, gentilmente, para Artemus Healey. — O que Lúcifer lhe disse? Você estava tentando dizer alguma coisa para sua governanta quando ela o encontrou? Ou estava tentando perguntar alguma coisa? — Ele viu que no chão ainda havia manchas de sangue. Viu também outra coisa nas barras do tapete: larvas esmagadas parecidas com vermes, partes estranhas de insetos que Lowell não reconheceu, asas e troncos de alguns dos insetos de olhos de fogo que Nell Ranney tinha despedaçado sobre o corpo do juiz Healey. Lowell esquadrinhou a mesa apinhada de coisas do juiz até encontrar uma lente de bolso e a passou sobre os insetos. Eles também estavam riscados de sangue.

De repente, de sob as pilhas de papel atrás da escrivaninha, quatro ou cinco moscas de olhos protuberantes dispararam e passaram diante de Lowell.

Ele arfou, e tropeçou por sobre uma pesada poltrona, batendo com força sua perna contra um suporte de guarda-chuvas de ferro e caiu.

Lowell, com sede de vingança, bateu metodicamente com um pesado livro jurídico contra cada uma das moscas.

— Não pensem que podem assustar um Lowell. — Então, sentiu uma leve coceira no tornozelo. Uma mosca entrando por baixo de suas calças, e, quando Lowell levantou uma das pernas, ela, desorientada, girou e tentou escapar. Com prazer infantil, Lowell a esmagou no tapete com o salto de sua bota. Foi quando notou uma abrasão vermelha bem sobre o tornozelo onde tinha batido no suporte de guarda-chuvas.

— Malditas — disse ele para a infantaria morta de moscas. Então congelou, notando como as cabeças das moscas pareciam ter a expressão de homens mortos.

Fields murmurou do lado de fora para que ele se apressasse. Lowell, respirando em arfadas irregulares, ignorou os alertas até escutar passadas e vozes vindas de cima.

Lowell pegou seu lenço, bordado com as iniciais JRL por Fanny Lowell, e enrolou os insetos que acabara de matar, assim como as outras partes que tinha encontrado. Escondendo a carga no bolso do casaco, saiu rapidamente do escritório. Fields ajudou-o a empurrar o banco de volta ao lugar enquanto as vozes de seus primos se aproximavam.

O editor estava desesperado para saber o que acontecera.

— E então? E então, Lowell? Encontrou alguma coisa?

Lowell deu uma palmadinha no lenço enfiado em seu bolso.

— Testemunhas, meu caro Fields.

IX

NA SEMANA QUE SE SEGUIU ao funeral de Elisha Talbot, cada pastor da Nova Inglaterra tinha feito um panegírico apaixonado do colega falecido. No domingo seguinte, os sermões se centraram no mandamento "não matarás". Quando nem o assassinato de Talbot nem o de Healey pareciam sequer perto de solução, os clérigos de Boston pregaram sobre todos os pecados cometidos desde a guerra — culminando com a força do Julgamento Final, em invectivas contra o trabalho fútil do departamento de polícia, de maneira tão hipnótica que Talbot, o velho tirano do púlpito de Cambridge, ficaria cheio de orgulho.

Os jornalistas se perguntavam como os assassinatos de dois cidadãos proeminentes podiam passar sem consequências. Para onde fora o dinheiro pelo qual o Conselho de Vereadores tinha votado para melhorar a eficácia da polícia? Para os pomposos distintivos de prata dos uniformes dos policiais, respondera um jornal sardônico. Por que a municipalidade aprovara a petição de Kurtz para os policiais poderem andar com armas de fogo se eles não eram capazes de encontrar os criminosos para os quais apontá-las?

Em sua escrivaninha na Delegacia Central, Nicholas Rey lia, com interesse, essas e outras críticas. De fato, o departamento de polícia estava fazendo algumas melhorias reais. Campainhas como os de alarmes de incêndio foram instaladas de modo a alertar a força policial inteira, ou uma boa parte dela, a ir para qualquer ponto da cidade. O chefe Kurtz também ordenara que sentinelas e policiais fizessem relatórios constantes à Delegacia, com todos os policiais prontos para o dever ao menor sinal de um problema potencial.

Kurtz, em particular, pediu a Rey sua avaliação a respeito dos assassinatos. Rey pensou no que responder. Ele possuía um dom raro em um homem, o de se permitir ficar em silêncio antes de falar, de maneira a dizer apenas o que pretendia.

— No exército, quando um soldado era pego tentando desertar, ordenava-se a toda a divisão que fosse até um campo, onde haveria um túmulo aberto e um caixão ao lado. O desertor marchava à nossa frente com o capelão a seu lado e era obrigado a se sentar no caixão, onde seus olhos eram vendados e suas mãos e pés amarrados. Um pelotão de fuzilamento formado por seus próprios companheiros alinhava-se e esperava pela ordem. Carregar, apontar... *fogo*, e ele caía morto no caixão, era enterrado ali mesmo, e nenhuma marca era deixada no local. Com as armas nos ombros, voltávamos ao acampamento.

— Healey e Talbot foram mortos como algum tipo de exemplo? — Kurtz parecia cético.

— O desertor poderia perfeitamente ser fuzilado na tenda do general, ou num bosque, ou ser enviado para a corte marcial. A representação pública tinha o objetivo de nos mostrar que o desertor seria abandonado, assim como abandonara nossas fileiras. Senhores de escravos usavam táticas semelhantes para fazer dos escravos que tentavam fugir um exemplo. O fato de Healey e Talbot terem sido mortos pode ser secundário. Primeiro, e antes de tudo, estamos lidando com punições infligidas a esses homens. Supostamente, devemos nos alinhar e observar.

Kurtz estava fascinado, mas não convencido.

— Mesmo assim. Punidos por quem, policial? E por quais erros? Se alguém quisesse que aprendêssemos com esses atos, não seria melhor realizá-los de uma maneira que pudéssemos compreender? O corpo despido deixado sob um estandarte. Os pés queimados. Não há sentido em nada disso!

No entanto, deve fazer sentido para alguém, pensou Rey. Talvez não fossem ele e Kurtz as pessoas a quem as mensagens eram dirigidas.

— O que o senhor sabe sobre Oliver Wendell Holmes? — perguntou Rey a Kurtz em outra conversa, ao acompanhar o chefe de polícia pelas escadas do Palácio do Governo, em direção à carruagem que os esperava.

— Holmes. — Kurtz deu de ombros, indiferente. — Poeta e médico. Uma mosca. Era amigo do velho professor Webster antes de ele ser enforcado. Um dos últimos a aceitar a culpa de Webster. Não foi também de muita ajuda na autópsia de Talbot.

— Não, não foi — disse Rey, pensando no nervosismo de Holmes ao ver os pés de Talbot. — Acredito que ele não estivesse bem, creio que sofra de asma.

— Sim... asma mental — respondeu Kurtz.

Depois que o corpo de Talbot foi descoberto, Rey tinha mostrado a Kurtz as duas dúzias de pedaços de papel que pegara no chão perto do túmulo vertical de Talbot. Eram minúsculos quadrados, não maiores do que percevejos, e continham pelo menos uma letra impressa cada um, alguns deixando distinguir alguma débil marca de impressão no lado oposto. Algumas das letras estavam borradas para além da identificação, pela umidade permanente da câmara. Kurtz surpreendeu-se com o interesse de Rey pelo lixo. Causou uma indefinida fratura em sua confiança no policial mulato.

Mas Rey os colocara cuidadosamente sobre a mesa. Esses pedaços irradiavam importância, e ele estava seguro de que significavam alguma coisa, tão seguro como estivera a respeito do sussurro do suicida saltador. Ele podia identificar o conteúdo de 12 pedaços: *e, di, ca, t, I, vic, B, as, im, n, y,* e um segundo *e.* Um dos pedaços borrados continha a letra *g*, embora, a rigor, pudesse também ser um *q*.

Quando não estava acompanhando Kurtz para entrevistar conhecidos dos mortos ou a reuniões com os capitães da polícia, Rey roubava alguns dos seus minutos de liberdade para tirar os pedaços de papel do bolso das calças e espalhar as letras sobre uma mesa. Às vezes, conseguia formar palavras, e registrava em uma caderneta as frases que apareciam. Fechava com força seus olhos de matiz dourado, abrindo-os novamente com a expectativa inconsciente de que as letras se juntariam por conta própria para explicar o que tinha acontecido ou o que deveria ser feito, como os tabuleiros espiritualistas que, diziam, escreviam as palavras dos mortos quando em presença de um médium suficientemente talentoso. Uma tarde, Rey colocou as últimas palavras do saltador, pelo menos como o policial as transcrevera, entre a nova mistura das letras, esperando que as duas vozes, de alguma maneira, se comunicassem.

Ele tinha uma combinação favorita para os pedaços soltos de letras: *I cant die as im...* [Não posso morrer como im...] Rey sempre empacava nesse ponto, mas não havia alguma coisa aí? Tentava com outras letras: *Be vice as I...* [Ser vice como eu...] O que fazer com aquele pedaço rasgado como *g* ou *q*?

A Delegacia Central diariamente era inundada com cartas tão repletas de convicção que poderiam ser consideradas capazes de esclarecer todas as dúvidas, se mostrassem o mínimo traço de credibilidade. O chefe Kurtz encarregava Rey da tarefa de examinar essa correspondência, em parte para não precisar ficar às voltas com o "lixo".

Cinco pessoas afirmavam ter visto o presidente Healey, da Suprema Corte, no Music Hall, uma semana antes da descoberta de seu corpo arruinado. Pelo ingresso numerado da temporada, Rey rastreou o estupefato sujeito em questão: era um pintor de carruagens com uma massa de cachos indomáveis que o deixava, de certa maneira, parecido com o juiz. Uma carta anônima informava à polícia que o assassino do reverendo Talbot, um conhecido e parente distante do remetente da carta, tomara um navio para Liverpool vestido com um sobretudo que pegara emprestado sem permissão e que depois de causar uma confusão por lá, nunca mais tinha dado notícias (e o sobretudo, presumivelmente, nunca voltou às mãos de seu dono). Outra carta dizia que uma mulher, em uma alfaiataria, tinha espontaneamente confessado ter cometido o assassinato do juiz Healey em um ataque de ciúme e depois fugira de trem para Nova York, onde poderia ser encontrada em um dos quatro hotéis listados.

No entanto, quando Rey abriu uma carta anônima composta de duas sentenças, sentiu a crescente sensação de descoberta: tratava-se de um papel de carta sofisticado e a mensagem, escrita a caneta, era composta por letras de fôrma tremidas — um frágil disfarce para a caligrafia verdadeira do autor.

Cava mais fundo no buraco do reverendo. Deixaram passar algo debaixo da cabeça.

A carta estava assinada: "Respeitosamente, um cidadão de nossa cidade".

— Deixamos passar uma coisa? — reagiu Kurtz, zombeteiro.

— Aqui não tem nenhuma história a ser provada, nenhuma trama inventada — disse Rey com um entusiasmo pouco característico. — O autor da carta apenas tem algo para contar. E lembre-se: as reportagens dos jornais contaram diferentes versões sobre o que aconteceu com Talbot. Precisamos usar isso em nosso benefício. Essa pessoa sabe as circunstâncias verdadeiras ou, pelo menos, que Talbot foi enterrado em um buraco, e que estava de cabeça para baixo. Veja aqui, chefe. — Rey leu alto e enfaticamente: — "Debaixo da cabeça".

— Rey, a quantidade de problemas que já tenho! O *Transcript* encontrou alguém na prefeitura que confirmou que Talbot foi encontrado com as roupas empilhadas, assim como Healey. Vão divulgar isso amanhã e toda a maldita cidade vai saber que estamos lidando com um único criminoso. Aí as pessoas não gritarão "crimes"; elas vão querer o nome de alguém. — Kurtz voltou a sua carta. — Bem, por que a carta não diz que coisa vamos encontrar no buraco de Talbot, então? E por que esse seu cidadão não vem até aqui dizer na minha frente o que ele sabe?

Rey não respondeu.

— Por favor, chefe Kurtz, me dê permissão para procurar na câmara.

Kurtz balançou a cabeça.

— Você ouviu a bronca que estamos levando de todo maldito púlpito desta cidade, Rey. Não podemos sair cavando pela câmara da Segunda Igreja atrás de avisos imaginários!

— Deixamos o buraco intacto, para o caso de uma observação posterior ser necessária — argumentou Rey.

— Mesmo assim. Não quero escutar nenhuma outra palavra sobre isso, policial.

Rey assentiu, mas sua expressão de certeza não diminuiu. As teimosas objeções do chefe Kurtz não poderiam competir com a reprovação silenciosa e determinada de Rey. Mais tarde, Kurtz pegou seu casaco. Foi até a escrivaninha de Rey e ordenou:

— Policial: Segunda Igreja Unitarista, em Cambridge.

Um novo sacristão, um cavalheiro com aspecto de comerciante, de bigodes ruivos, os atendeu. Explicou que seu antecessor, o sacristão Gregg, ficara cada vez mais perturbado depois de descobrir o corpo de Talbot e pedira demissão para cuidar da saúde. O sacristão procurou, desajeitadamente, as chaves para a câmara subterrânea.

— É melhor que isso dê em alguma coisa — avisou Kurtz a Rey quando o fedor da câmara chegou até eles.

Deu.

Depois de apenas alguns movimentos com uma pá de cabo longo, Rey desenterrou a sacola de dinheiro exatamente onde Longfellow e Holmes a haviam reenterrado.

— Mil. Exatamente mil, chefe Kurtz. — Rey contou o dinheiro sob a luz da lanterna a gás. — Chefe — disse Rey, depois de compreender algo notável —, chefe Kurtz, na delegacia de Cambridge, na noite em que encontramos o corpo de Talbot. O senhor se recorda do que eles nos disseram? O reverendo tinha dado queixa de seu cofre ter sido roubado no dia anterior ao seu assassinato.

— Quanto eles tiraram do cofre?

Rey sacudiu o dinheiro.

— Mil. — A respiração de Kurtz estava entrecortada, em descrença. — Bem, não sei se isso nos ajuda ou confunde ainda mais a questão. Quero ser condenado se Langdon W. Peaslee ou Willard Burndy arrombariam o cofre de um pastor numa noite e o matariam na noite seguinte e, supondo que o fizessem, deixariam o dinheiro para Talbot desfrutá-lo na tumba!

Foi então que Rey quase pisou em um buquê de flores, a lembrança deixada ali por Longfellow. Ele o pegou e o mostrou a Kurtz.

— Não, não, não deixei mais ninguém entrar nos subterrâneos — assegurou-lhes o novo sacristão, no vestiário. — Tudo está fechado desde o... acontecido.

— Então talvez seu antecessor tenha deixado. Sabe onde poderemos encontrar o Sr. Gregg? — perguntou o chefe Kurtz.

— Aqui mesmo. Todo domingo, fiel como ninguém — respondeu o sacristão.

— Bem, da próxima vez que ele vier aqui, quero que lhe diga para nos contatar imediatamente. Aqui está meu cartão. Se ele permitiu que alguém entrasse aqui, temos que saber.

De volta à delegacia, havia muito a ser feito. O policial de Cambridge, a quem o reverendo Talbot informara sobre o roubo, tinha de ser entrevistado outra vez; eles precisavam rastrear as notas legais através dos bancos para confirmar se pertenciam ao cofre de Talbot; a vizinhança do pastor seria esquadrinhada em busca de alguma informação referente à noite em que o cofre fora arrombado, e um especialista em caligrafia analisaria a carta que trouxera a informação.

Rey podia perceber que Kurtz estava sentindo um otimismo real, provavelmente pela primeira vez desde que soubera da morte de Healey. Estava quase eufórico.

— É disso que se precisa para ser um bom policial, Rey, um toque de instinto. Muitas vezes, é tudo que temos. Receio que ele vá murchando a cada decepção da vida e da carreira. Eu teria jogado aquela carta fora junto com todas as outras bobagens, mas você, não. Então, me diga. O que devemos fazer que ainda não fizemos?

Rey sorriu, com gratidão.

— Deve haver alguma coisa. Vamos, vamos.

— O senhor não vai gostar, chefe — respondeu Rey.

Kurtz deu de ombros:

— Contanto que não seja mais dos seus malditos pedaços de papel.

Rey, em geral, recusava favores, mas tinha algo que havia muito ele desejava. Foi até a janela que emoldurava as árvores do lado de fora da delegacia e olhou para fora.

— Há um perigo por aí que não conseguimos ver, chefe, e alguém que foi trazido para a nossa cadeia sentiu e considerou maior que a própria vida. Quero saber quem era o homem que morreu em nosso pátio.

Oliver Wendell Holmes estava feliz por ter uma tarefa que lhe era adequada. Ele não era nem entomologista nem naturalista e estava interessado no estudo científico dos animais apenas enquanto isso revelava mais sobre o funcionamento dos homens, e mais especificamente sobre o dele próprio. Mas dois dias depois que Lowell trouxera a miscelânea de insetos e vermes esmagados, o Dr. Holmes já tinha reunido todos os livros sobre insetos que pôde encontrar nas melhores bibliotecas científicas de Boston e começara seus extensos estudos.

Enquanto isso, Lowell conseguiu marcar de encontrar-se com a governanta de Healey, Nell, na casa de sua irmã, nos arredores de Cambridge. Ela lhe contou como foi encontrar o presidente Healey do Supremo Tribunal, como ele parecia querer falar, mas só conseguira balbuciar antes de morrer. Ela caíra de joelhos ao som da voz de Healey, como se tocada por algum poder divino, e arrastou-se para fora do cômodo.

Quanto à descoberta na igreja de Talbot, o Clube Dante decidira que a polícia devia encontrar por si mesma o dinheiro enterrado na câmara. Holmes e Lowell estavam ambos contra isso: Holmes por medo e Lowell por possessividade. Longfellow instou seus amigos a não considerarem a polícia uma rival, ainda que fosse perigoso a polícia saber das atividades do grupo. Estavam todos trabalhando com um mesmo objetivo: parar os assassinatos. Só que o Clube Dante estava trabalhando com o que podia encontrar literariamente; a polícia, com o que podia encontrar materialmente. Portanto, depois de recolocar a sacola no lugar onde estava, com seus inestimáveis mil dólares, Longfellow compôs uma nota simples endereçada ao escritório do chefe Kurtz: *Cavem mais fundo...* Esperavam que alguém com um bom olho na polícia fosse vê-la e compreender o suficiente, e talvez descobrir alguma coisa a mais sobre o assassino.

Quando Holmes terminou seu estudo dos insetos, Longfellow, Fields e Lowell foram a sua casa. Embora Holmes pudesse ver da janela de seu escritório todas as visitas ao número 21 da Charles Street chegarem, ele gostava da formalidade de ter sua governanta irlandesa acomodando as visitas na pequena sala de recepção e em seguida levar o nome até ele. Holmes, então, descia apressadamente as escadas.

— Longfellow? Fields? Lowell? Chegaram? Subam, subam! Deixem-me mostrar-lhes no que estou trabalhando.

O estúdio refinado era mais bem-arrumado do que a maioria dos cômodos de autores, com os livros indo do solo até o teto, muitos —

considerando a altura de Holmes — acessíveis apenas pela escadinha corrediça que ele mandara fazer. Holmes mostrou a eles sua última engenhoca — uma estante baixa, em um canto de sua escrivaninha, de maneira que não precisava se levantar para pegar coisa alguma.

— Muito bom, Holmes — disse Lowell, olhando na direção do microscópio.

Holmes preparou uma lâmina.

— Até a geração atual, a natureza manteve sobre todas as suas obras internas a proibitiva inscrição NÃO É PERMITIDA ENTRADA. Se qualquer observador irrequieto se aventurasse a espionar os mistérios de suas glândulas e canais e fluidos, ela envolvia seu trabalho em neblinas cegas e nimbos desnorteantes, como as divindades dos antigos.

Ele explicou que as espécies eram larvas de varejeiras, como Barnicoat, o médico-legista, tinha afirmado no dia em que o corpo fora descoberto. Esse tipo de mosca deposita seus ovos em tecidos mortos. Os ovos então se transformam em larvas que comem a carne em decomposição, nutrindo-se até se tornarem moscas, recomeçando o ciclo outra vez.

Fields, balançando-se em uma das cadeiras de Holmes, disse:

— Mas Healey balbuciou antes de morrer, segundo a governanta. Isso significa que ainda estava vivo! Ainda que, suponho eu, mal se agarrando a um fio de vida. Quatro dias depois de atacado... e estava cheio de larvas em cada fissura do corpo.

Holmes teria se indignado com o pensamento de tamanho sofrimento se a ideia não fosse tão fantástica. Sacudiu a cabeça.

— Felizmente, para o juiz Healey e para a humanidade, isso não é possível. Ou só havia um punhado de larvas, quatro ou cinco talvez, na superfície da ferida da cabeça, onde haveria algum tecido morto, *ou* ele não estava vivo. Com as larvas comendo suas entranhas numa quantidade maciça, como foi informado, todos os tecidos teriam que estar mortos. *Ele* teria que estar morto.

— Talvez a governanta seja dada a fantasmas — sugeriu Longfellow, vendo a expressão de derrota de Lowell.

— Se você pudesse vê-la, Longfellow — disse Lowell. — Se pudesse ver o brilho nos olhos dela, Holmes. Fields, você estava lá!

Fields concordou, embora agora estivesse menos seguro.

— Ela viu alguma coisa terrível, ou pensou ter visto.

Lowell cruzou os braços, reprovadoramente.

— Ela é a única que sabe, pelo amor de Deus! Eu acredito nela. *Nós* temos de acreditar nela.

Holmes falou com autoridade. Suas descobertas pelo menos ofereciam alguma ordem — alguma razão — à atividade deles.

— Lamento, Lowell. Ela certamente viu *algo* horrível: a condição de Healey. Mas isto... *isto* é ciência.

Mais tarde, Lowell tomou o bonde puxado a cavalo até Cambridge. Depois, caminhava sob um dossel escarlate de bordos, frustrado com sua inabilidade para evitar a rejeição da história da governanta, quando Phineas Jennison, o grande príncipe dos comerciantes de Boston, passou por ele em sua suntuosa carruagem fechada. Lowell franziu o cenho. Não estava com disposição de espírito para companhia, embora parte dele ansiasse por distração.

— Olá! Dê-me sua mão! — Jennison estendeu para fora da janela uma das mangas de seu traje bem-talhado, enquanto seus cavalos baios bem-cuidados diminuíam o passo para um trote vagaroso.

— Meu caro Jennison — disse Lowell.

— Ah, que agradável! A mão de um velho amigo — disse Jennison com elaborada sinceridade. Embora seu aperto de mão não fosse tenaz como o de Lowell, Jennison cumprimentava da maneira deveras sôfrega dos homens de negócios de Boston, como se estivesse sacudindo uma garrafa. Ele desceu e bateu na porta verde da cabine com armação prateada de seu condutor, avisando-o para aguardar.

O vistoso casaco branco de Jennison estava livremente desabotoado, revelando uma sobrecasaca carmim-escura sobre um colete de veludo verde. Passou o braço sobre Lowell.

— A caminho de Elmwood?

— Culpado, meu senhor — retrucou Lowell.

— Diga-me, aquela amaldiçoada Corporação já lhe deixou em paz quanto àquele assunto do seu curso sobre Dante? — perguntou Jennison, com uma preocupação verdadeira curvando sua grossa sobrancelha.

— Suponho que eles tenham arrefecido um pouco, felizmente — disse Lowell, suspirando. — Só espero que não se enganem considerando o fato de eu ter suspendido meu curso como uma vitória para o lado deles.

Jennison parou no meio da rua, sua face empalidecendo. Falou com voz baixa, segurando seu queixo de covinha com a palma da mão.

— Lowell? Este é o Jemmy Lowell que foi banido para Concord por desobediência quando estava em Harvard? E quanto a enfrentar Manning e a Corporação, em favor dos futuros gênios da América? Você deve fazer isso, ou eles irão...

— Não tem nada a ver com os malditos sujeitos — assegurou-lhe Lowell. — Há uma coisa que preciso resolver no momento e que exige minha completa atenção, e não posso me preocupar com curso nem seminários. Só estou fazendo conferências.

— Um gato doméstico não é suficiente quando se quer um tigre-de-bengala! — Jennison levantou o punho. Estava satisfeito com a imagem um tanto poética.

— Não é meu campo, Jennison. Não sei como você consegue lidar com sujeitos como esses. Você lida com ociosos e ignorantes a cada passo.

— E existe outro tipo nos negócios? — O enorme sorriso de Jennison iluminou seu rosto. — Eis o segredo, Lowell. Você arma uma briga até conseguir o que quer, esse é o segredo. Você sabe o que é importante, o que é preciso ser feito, e tudo o mais pode ir para o inferno! — acrescentou com entusiasmo. — Agora, se eu puder ser de alguma ajuda em sua luta, qualquer ajuda...

Por um breve segundo, Lowell foi tentado a contar tudo a Jennison e pedir ajuda, embora não soubesse exatamente por quê. O poeta era terrível com finanças, sempre distribuindo seu dinheiro entre investimentos imprudentes, portanto, para ele, os homens de negócios de sucesso pareciam possuir poderes sobrenaturais.

— Não, não, já recrutei mais ajuda para minhas lutas do que a boa consciência permitiria, mas lhe agradeço de qualquer maneira. — Lowell deu palmadinhas na fina casimira londrina que recobria o ombro do milionário. — Além disso, o jovem Mead ficará agradecido por ter férias de Dante.

— Toda boa luta precisa de um aliado forte — disse Jennison, desapontado. Depois, pareceu querer revelar algo que não deveria. — Tenho observado o Dr. Manning. Ele não vai interromper sua campanha e, assim, você também não deve. Não confie no que eles lhe disserem. Lembre-se do que estou lhe dizendo.

Lowell sentiu uma nuvem negra de ironia depois de ter conversado sobre o curso que, durante muitos anos, lutara para preservar. Sentiu a mesma confusão constrangida mais tarde naquele dia, quando estava saindo pelos portões brancos de madeira de Elmwood a caminho da casa de Longfellow.

— Professor!

Lowell virou-se para ver um jovem, com a sobrecasaca preta padrão da universidade, correndo, punhos para cima, cotovelos para os lados e boca séria.

— Sr. Sheldon? O que está fazendo aqui?

— Preciso falar com o senhor imediatamente. — O calouro ofegava com o esforço.

Longfellow e Lowell tinham passado a última semana compilando listas de todos os seus antigos alunos de Dante. Não podiam usar os registros oficiais de Harvard, pois se arriscariam a chamar atenção. Essa era uma tarefa particularmente difícil para Lowell, que era negligente em matéria de registros e sempre só conseguia se lembrar de meia dúzia de nomes. Mesmo um aluno de poucos anos antes poderia receber, ao encontrar Lowell nas ruas, o cumprimento caloroso. "Meu caro rapaz!", e depois, "Como é mesmo seu nome?".

Felizmente, seus dois alunos atuais, Edward Sheldon e Pliny Mead, imediatamente ficaram de fora de qualquer possibilidade de suspeita, pois estavam no seminário de Lowell sobre Dante, em Elmwood, no exato momento (pelos seus melhores cálculos) do assassinato do reverendo.

— Professor Lowell. Recebi esta nota pelo correio! — Sheldon enfiou um pedaço de papel na mão de Lowell. — Um engano?

Lowell olhou-a com indiferença.

— Não é engano. Tenho algumas coisas a cuidar que me exigem mais tempo livre, só por uma semana, espero, ou um pouco mais. Tenho certeza de que você tem ocupações suficientes para tirar um descanso de Dante por um tempo.

Sheldon balançou a cabeça em desalento.

— Mas e o que o senhor sempre nos diz? E o novo círculo de admiradores finalmente se ampliando para mitigar as peregrinações de Dante? O senhor se rendeu à Corporação? O senhor se cansou de estudar Dante, professor? — pressionou o aluno.

Lowell sentiu um arrepio com a pergunta.

— Não conheço um ser pensante que possa se cansar de Dante, meu jovem Sheldon! Poucos homens têm o suficiente neles mesmos para penetrar em uma vida e em uma obra de tamanha profundidade. A cada dia eu o admiro mais como homem, poeta e mestre. Em nossa hora mais obscura, ele nos dá a esperança de uma segunda chance. E até que eu encontre Dante no primeiro pavimento do purgatório lá em cima, juro pela minha honra que não arredarei um passo diante dos malditos tiranos da Corporação!

Sheldon engoliu em seco.

— Então o senhor não esquecerá minha expectativa de continuar estudando a *Comédia*?

Lowell passou o braço pelos ombros de Sheldon e caminhou com ele.

— Você sabe, meu rapaz, tem uma história que Boccaccio conta de uma mulher que estava passando por uma porta em Verona, onde Dante morou durante seu exílio. Ela viu o poeta do outro lado da rua e o apontou para outra, dizendo: "Aquele é Alighieri, o homem que vai ao Inferno sempre que o deseja e traz notícias dos mortos". E a outra retrucou: "É bem provável. Não está vendo a barba encaracolada que ele tem, e o rosto tão queimado? Isso se deve, certamente, ao calor e à fumaça!".

O estudante riu alto.

— Dizem que esta conversa — continuou Lowell — fez Dante sorrir. Você sabe por que duvido da veracidade desta anedota, meu caro rapaz?

Sheldon considerou a pergunta com a mesma expressão séria que mantinha nas aulas sobre Dante.

— Talvez, professor, porque essa mulher de Verona, apesar da contemporaneidade, não saberia do conteúdo do poema de Dante — postulou ele —, já que apenas um grupo seleto de pessoas em sua época, seus protetores antes de todos, teria visto o manuscrito antes do final de sua vida, e mesmo então só em pequenos trechos.

— Eu não acredito, nem por um segundo, que Dante tenha sorrido — respondeu Lowell com satisfação.

Sheldon começou a responder, mas Lowell levantou seu chapéu e continuou a caminhada em direção à Craigie House.

— Lembre-se de minha expectativa, por favor! — gritou Sheldon atrás dele.

O Dr. Holmes, sentado na biblioteca de Longfellow, tinha visto uma notável imagem publicada no jornal a pedido de Nicholas Rey. O retrato mostrava o homem que tinha morrido no pátio da Delegacia Central. A notícia no jornal não se referia àquele acidente, porém mostrava o rosto encovado e sombrio do suicida, sua aparência logo antes da inspeção, e pedia que qualquer informação sobre a família do homem fosse levada ao conhecimento do escritório do chefe de polícia.

— Quando você espera encontrar a família do homem em vez do próprio homem? — perguntou Holmes aos outros. — Quando ele está morto — respondeu a si mesmo.

Lowell examinou a possibilidade.

— Acredito nunca ter visto um homem de aparência mais triste. E este assunto é importante o bastante para envolver o chefe de polícia. Wendel, acredito que você esteja certo. O jovem Healey disse que a polícia ainda não havia identificado o homem que sussurrou alguma coisa ao policial Rey antes de pular da janela. Faz total sentido eles divulgarem o rosto pelos jornais.

O editor do jornal devia um favor a Fields. Portanto, Fields passou por seu escritório na cidade. Contaram-lhe que um policial mulato lhes trouxera a nota.

— Nicholas Rey. — Fields achou isso estranho. — Com tudo que está acontecendo entre Healey e Talbot, parece um pouco desconcertante que um policial gaste sua energia com um joão-ninguém morto.

— Eles estavam ceando na casa de Longfellow. — Será que eles sabem que isso tem alguma conexão com os assassinatos? Será que o policial tem alguma ideia sobre o que o homem tentou falar?

— É duvidoso — disse Lowell. — Quando tiver, pode muito bem chegar até nós.

Holmes ficou nervoso com isso.

— Então precisamos encontrar a identidade desse homem antes de Rey!

— Bem, seis vivas a Richard Healey. Agora sabemos por que Rey nos procurou com aquele hieróglifo — disse Fields. — O suicida foi trazido para se apresentar à polícia com uma horda de outros mendigos e ladrões. Os policiais o interrogaram a respeito do assassinato de Healey. Podemos concluir que esse pobre sujeito reconheceu Dante, ficou aterrorizado, balbuciou no ouvido de Rey alguns versos em italiano do próprio canto que inspirou o assassino, e correu, culminando sua corrida com um pulo pela janela.

— Por que ele estaria tão aterrorizado? — perguntou Holmes.

— Podemos ter certeza de que ele mesmo não era o assassino, pois estava morto duas semanas antes do assassinato do reverendo Talbot — disse Fields.

Lowell acariciou o bigode, pensativo.

— Sim, mas ele podia conhecer o morto e temer que fizessem a conexão entre eles. Provavelmente o conhecia muito bem, se foi esse o caso.

— Estava aterrorizado com seu conhecimento, assim como nós. Portanto, como vamos descobrir quem ele era antes da polícia? — perguntou Holmes.

Longfellow permaneceu silencioso durante essa conversa. Em seguida comentou:

— Nós possuímos duas vantagens naturais em relação à polícia para descobrir a identidade do homem, meus amigos. Sabemos que o homem reconheceu a inspiração de Dante nos terríveis detalhes do assassinato e que, no momento em que se viu naquela crise, os versos de Dante vieram imediatamente à sua boca. Portanto, podemos supor que ele era, muito provavelmente, um mendigo italiano, que conhecia bem literatura. E católico.

Um homem com barba áspera de três dias no rosto e um chapéu puxado sobre os olhos e as orelhas estava sentado em frente à Santa Cruz, uma das igrejas católicas mais antigas de Boston, inerte como uma estátua sagrada. Estava estendido na postura mais relaxada que os ossos humanos permitem em uma calçada e comia seu jantar em uma vasilha de barro. Um pedestre que passava perguntou-lhe alguma coisa. Ele não mexeu a cabeça nem respondeu.

— Senhor. — Nicholas Rey ajoelhou-se ao lado dele, aproximando o jornal com a imagem do suicida. — Reconhece este homem, senhor?

O mendigo mexeu os olhos o suficiente para olhar.

Rey tirou o distintivo de dentro do casaco.

— Senhor, meu nome é Nicholas Rey. Sou um oficial da polícia municipal. É importante que eu saiba o nome deste homem. Ele faleceu. Não está metido em confusão. Por favor, o senhor o conhece ou sabe de alguém que talvez o conheça?

O homem enfiou os dedos na vasilha e pegou um bocado entre o polegar e o indicador, em seguida, colocou-o na boca. Depois, mexeu a cabeça em um pequeno e seguro giro de negação.

O policial Rey voltou a caminhar pela rua, em direção a uma fileira barulhenta de carroças de açougue e comestíveis.

Apenas dez minutos mais tarde, um bonde puxado a cavalo despejou passageiros em uma plataforma ali perto, e dois outros homens aproximaram-se do mendigo imóvel. Um deles segurava o mesmo jornal dobrado na página da mesma imagem.

— Meu caro, pode nos dizer se conhece este homem? — perguntou Oliver Wendell Holmes, com afabilidade.

A recorrência foi quase suficiente para quebrar o devaneio do mendigo, mas não completamente.

Lowell inclinou-se:

— Senhor?

Holmes empurrou o jornal para perto dele outra vez.

— Por favor, diga-nos se ele lhe parece de alguma forma familiar e nós iremos embora de uma vez, meu caro.

Nada.

Lowell gritou:

— Você precisa de uma trombeta de ouvido?

Isso não os levou muito longe. O homem pegou um pedaço irreconhecível de comida em sua vasilha e o empurrou goela abaixo, aparentemente sem se preocupar em fazer nenhum movimento para engolir.

— Não adianta — disse Lowell a Holmes, que estava de pé a seu lado. — Três dias disso e nada. Este homem não tinha muitos amigos.

— Já fomos para além da Coluna de Hércules, no quarteirão chique. Não vamos desistir aqui. — Holmes tinha visto alguma coisa nos olhos do mendigo quando lhe mostraram o jornal. Também tinha reparado em uma medalha que pendia do seu pescoço: San Paolino, o santo patrono de Lucca, Toscana. Lowell seguiu o olhar de Holmes.

— De onde é, *signore*? — perguntou Lowell em italiano.

O interrogado em questão ainda olhava implacavelmente à sua frente, mas sua boca se abriu:

— *Da Lucca, signore.*

Lowell elogiou as belezas de sua terra natal. O italiano não mostrou surpresa diante da língua. Aquele homem, como todos os italianos orgulhosos, nascera com a expectativa plena de que todos deveriam falar o seu idioma; quem não falasse era pouco merecedor de conversa. Lowell então voltou a perguntar sobre o homem da imagem no jornal. Era importante, explicou o poeta, saber seu nome para encontrar sua família e poder lhe dar um enterro adequado.

— Acreditamos que esse pobre homem também era de Lucca — disse ele, com tristeza, em italiano. — Ele merece um enterro em um cemitério católico, com sua gente.

O mendigo toscano levou algum tempo para refletir sobre isso antes de colocar seu cotovelo, com esforço, em uma posição diferente, de maneira a poder apontar o mesmo dedo que pegava os pedaços de comida para a porta maciça da igreja atrás de si.

O prelado católico que ouviu as perguntas dos dois era uma figura digna, embora corpulenta.

— Lonza — disse ele, devolvendo o jornal. — Sim, ele esteve aqui. Acredito que o nome era Lonza. Sim... Grifone Lonza.

— Então o senhor o conheceu pessoalmente? — perguntou Lowell, esperançoso.

— Ele conhecia a igreja, Sr. Lowell — respondeu o prelado, com ar benigno. — Temos um fundo para emigrantes que nos foi confiado pelo Vaticano. Providenciamos empréstimos e algum dinheiro para a passagem daqueles que precisam voltar à sua terra. Evidentemente, só podemos ajudar um pequeno número. — Ele tinha mais a dizer, porém se controlou. — Por que os senhores estão procurando por ele, cavalheiros? Por que seu retrato foi publicado no jornal?

— Receio que ele tenha falecido, padre. Acreditamos que a polícia esteja tentando identificá-lo — disse o Dr. Holmes.

— Ah, temo que entre os congregados da minha igreja ou os das vizinhanças os senhores não encontrarão ninguém com muita vontade de falar à polícia sobre qualquer questão. Foi a polícia, os senhores se lembrarão, que não se preocupou em fazer justiça quando o convento das Ursulinas foi devastado pelo fogo. E quando acontece um crime, é aos pobres, aos católicos irlandeses que perturbam — continuou, com a firme ira dos sermões de um homem da Igreja. — Os irlandeses foram enviados à guerra para morrer pelos negros que agora roubam seus empregos, enquanto os ricos ficaram em casa pagando uma pequena taxa.

Holmes quis dizer: "Não meu Wendell Junior, bom padre." Mas, de fato, Holmes tentara convencer Junior a fazer justamente o que o clérigo dissera.

— O Sr. Lonza desejava voltar à Itália? — perguntou Lowell.

— O que cada um *deseja* em seu coração, não posso dizer. Este homem veio em busca de comida, que oferecemos regularmente, e de um pequeno empréstimo para sobreviver, se me recordo corretamente. Se *eu* fosse italiano, eu certamente desejaria retornar para junto de meu povo. A maioria dos nossos membros é irlandesa. Receio que os italianos não se sintam bem-vindos entre eles. Em toda Boston e arredores, há menos de trezentos italianos, de acordo com nossos cálculos aproximados. Formam um grupo muito miserável, e exigem nossa simpatia e caridade. Entretanto, quanto mais imigrantes vierem de outros países, menos empregos terão os que já estão aqui... os senhores compreendem o problema potencial.

— Padre, sabe se o Sr. Lonza tinha família? — perguntou Holmes.

O prelado balançou a cabeça, refletindo, depois disse:

— Vejam, havia um cavalheiro que algumas vezes o acompanhava. Lonza vivia um tanto bêbado, receio, e precisava de vigilância. Sim, como era seu nome? Um nome peculiarmente italiano. — O prelado foi até sua escrivaninha. — Devemos ter alguns papéis sobre ele, pois também pegava empréstimos. Ah, aqui está... um professor de línguas. Recebeu cerca de 50 dólares de nós no último ano e meio. Lembro que afirmava já ter trabalhado na Universidade de Harvard, embora eu tenda a duvidar disso. Aqui. — Ele disse alto o nome escrito no papel: — "Pietro Bachi".

Nicholas Rey, interrogando umas crianças maltrapilhas que brincavam com a água de uma gamela, viu dois chapéus altos saírem animados da Catedral da Santa Cruz e desaparecerem na esquina. Mesmo à distância, eles pareciam fora do lugar na região apinhada e sombria. Rey foi até a igreja e pediu que chamassem o prelado. O prelado, ouvindo que Rey era um policial procurando um homem não identificado, analisou a imagem do jornal, olhando primeiro por cima e em seguida através dos pesados óculos de armação dourada, antes de se desculpar placidamente.

— Receio nunca ter visto este pobre sujeito em minha vida, oficial.

Rey, pensando nas duas figuras de chapéu alto, perguntou se alguma outra pessoa estivera na igreja para perguntar sobre o homem do jornal. O prelado, recolocando a ficha de Bachi em sua gaveta, sorriu suavemente e disse que não.

A seguir, o policial Rey foi a Cambridge. Um telegrama chegara à Delegacia Central detalhando uma tentativa de roubo dos restos mortais de Artemus Healey em seu caixão no meio da noite.

— Eu lhes alertei sobre o que resultaria do conhecimento público — disse Kurtz à família Healey, com um tom inconveniente de admoestação.

O Cemitério Mount Auburn agora tinha colocado o corpo em um caixão de aço e contratado outro vigia noturno, este armado com um revólver. Em uma encosta, não distante do túmulo de Healey, uma estátua do reverendo Talbot, encomendada por sua congregação, fora colocada sobre sua tumba. A estátua tinha um olhar de grande bondade, que melhorava o verdadeiro rosto do ministro. Em uma das mãos, o pregador de mármore segurava a Bíblia Sagrada e, na outra, um par de óculos; este era o tributo a um dos seus maneirismos de púlpito, o estranho hábito de retirar seus grandes óculos enquanto lia o texto no atril e recolocá-los ao pregar livremente, sugerindo que a pessoa precisa de uma visão mais aguda para ler as palavras do espírito de Deus.

Em seu caminho para o Cemitério Mount Auburn, a pedido de Kurtz, Rey foi detido por uma pequena agitação. Disseram-lhe que um velho, que alugava um quarto no segundo andar de um prédio da vizinhança, estava ausente há mais de uma semana, o que não era um período inesperado de tempo, pois ele às vezes viajava. Mas os moradores exigiam que alguma coisa fosse feita a respeito do cheiro ofensivo que saía de seu quarto. Rey bateu na porta trancada e considerou arrombá-la, depois pediu uma escada emprestada e a posicionou no lado de fora. Subiu e abriu a janela do quarto, mas o horrível cheiro vindo de dentro quase o fez vir abaixo.

Quando o ar alastrou-se suficiente para permitir sua entrada, Rey teve de se apoiar contra a parede. Levou alguns segundos para aceitar que não havia nada que pudesse fazer. Um homem pendia ereto, seus pés próximos ao chão, uma corda em volta do pescoço curvado, a cabeça descaída. Seu corpo estava retesado e deteriorado além do reconhecimento normal, mas Rey soube, por suas roupas, e pelos olhos ainda protuberantes e em pânico, que o homem era o antigo sacristão da Igreja Unitarista da vizinhança. Um cartão foi encontrado mais tarde na cadeira. Era o cartão que o chefe Kurtz deixara na igreja para ser entregue a Gregg. No verso, o sacristão escrevera uma mensagem para a polícia, insistindo que teria visto se qualquer homem tivesse entrado na câmara para matar o reverendo Talbot. Em algum lugar de Boston, alertava ele, uma alma demoníaca aparecera, e ele não era capaz de prosseguir, temendo que retornasse para buscar os que sobraram.

Pietro Bachi, cavalheiro italiano graduado pela Universidade de Pádua, buscava, de maneira rabugenta, todas as oportunidades abertas para ele em Boston como professor particular, embora elas fossem escassas e enfadonhas. Ele tentara obter uma colocação em outra universidade depois de ter sido demitido de Harvard. "Pode haver lugar para um professor comum de francês ou alemão", dissera o decano de uma nova faculdade na Filadélfia rindo, "mas italiano! Meu amigo, não esperamos que nossos rapazes se tornem cantores de ópera!" As faculdades acima e abaixo do Atlântico tampouco procuravam educar cantores de óperas. E as Diretorias Acadêmicas já estavam bastante ocupadas (Obrigado, Sr. "Báq") com o grego e o latim para levar em conta o ensino de uma língua viva desnecessária, imprópria, papista e vulgar.

Felizmente, uma demanda moderada materializou-se em alguns bairros de Boston, no final da guerra. Alguns comerciantes ianques estavam ansiosos para abrir portos fazendo uso de tantas habilidades linguísticas quantas pudessem comprar. Por outro lado, uma nova classe de famílias proeminentes, enriquecidas com os lucros e as especulações do tempo de guerra, desejava, acima de todas as coisas, que suas filhas tivessem cultura. Alguns achavam sensato que jovens senhoritas soubessem o italiano básico além do francês, caso valesse a pena enviá-las a Roma, quando chegasse sua vez de viajar (uma moda recente entre as emergentes donzelas de Boston). Assim, Pietro Bachi, depois de ter tido sua posição em Harvard arrancada sem cerimônia, permaneceu à espreita de comerciantes empreendedores e mocinhas mimadas. Estas últimas requeriam reposição frequente, pois os mestres de canto, dança e desenho tinham muito mais apelo e não permitiam a Bachi considerar permanente seu quinhão de uma-hora-e-um-quarto do tempo das jovens senhoritas.

Essa vida horrorizava Pietro Bachi.

Não eram as lições que o atormentavam tanto, mas sobretudo ter de cobrar seus honorários. Os *americani* de Boston haviam construído uma

Cartago para si mesmos, uma terra recheada de dinheiro mas vazia de cultura, destinada a desaparecer sem deixar rastros de sua existência. O que Platão dissera dos cidadãos de Agrigento? Eram pessoas que construíam como se fossem imortais e comiam como se fossem morrer naquele instante.

Cerca de 25 anos antes, na bela zona rural da Sicília, Pietro Batalo, como muitos italianos antes dele, apaixonara-se por uma mulher perigosa. A família dela estava, politicamente, na trincheira oposta à dos Batalo, que lutavam vigorosamente contra o controle papal do Estado. Quando a mulher achou que Pietro a enganava, a família com prazer conseguiu a excomunhão e o banimento dele. Depois de uma série de aventuras em diversos exércitos, Pietro e seu irmão, um comerciante, desejando livrar-se da destrutiva paisagem política e religiosa, mudaram o nome para Bachi e fugiram, atravessando o oceano. Em 1843, Pietro encontrara em Boston uma graciosa cidade de rostos amigáveis, diferente da que surgiria em 1865, quando os nativos viram ganhar vida seu medo da rápida multiplicação de estrangeiros, e as vitrines se encheram com os avisos de ESTRANGEIROS NÃO DEVEM SE APRESENTAR. Bachi tinha sido bem-recebido na Universidade de Harvard e, durante um tempo, assim como o jovem professor Henry Longfellow, chegou a morar em uma agradável região da Brattle Street. Depois, Pietro Bachi descobriu no amor de uma donzela irlandesa a paixão que nunca antes experimentara. E a desposou. Ela, porém, encontrou paixões suplementares logo depois de casar-se com o instrutor. Deixou-o, como diziam os alunos de Bachi, apenas com suas roupas de baixo no baú e a vigorosa avidez que ela possuía pela bebida passando pela garganta dele. Assim começou o escarpado e constante declínio no coração de Pietro Bachi...

— Compreendo que ela seja, bem, vamos dizer... — Seu interlocutor procurou uma palavra delicada enquanto se apressava atrás de Bachi — ... difícil.

— Ela é difícil? — Bachi não parou de descer as escadas. — Ah! Ela não acredita que eu seja italiano — disse ele. — Diz que não pareço italiano!

A jovenzinha apareceu no topo da escada e, de cara amarrada, observou seu pai oscilar atrás do pequeno instrutor.

— Ah, tenho certeza de que a criança não queria dizer o que disse — ia dizendo ele, tão sério quanto possível.

— Eu queria, sim, dizer o que eu disse — gritou a jovenzinha do mezanino, inclinando-se tanto no corrimão de nogueira que parecia prestes a cair no gorro tricotado de Pietro Bachi. — Ele não parece nem um pouco italiano, pai! É baixinho demais!

— Arabella! — gritou o homem, depois se virou com um grave sorriso manchado de amarelo, como se tivesse lavado sua boca com ouro, para o vestíbulo que tremeluzia sob a luz do candelabro de velas. — Digo, espere mais um momento, caro senhor! Vamos aproveitar esta ocasião para rever seus honorários, o que acha, *signor* Bachi? — sugeriu ele, as sobrancelhas erguidas tão firmemente como um arco esperando com sua flecha.

Bachi virou-se para ele por um momento, o rosto queimando, a mão apertando a sacola enquanto tentava dominar sua cólera. As rugas tinham se multiplicado em seu rosto nos últimos anos, e cada pequeno revés o fazia questionar se sua existência valia a pena. *"Amari Cani!"*, foi tudo o que Bachi disse. Arabella olhava para baixo, confusa. Ele não a ensinara o suficiente para entender que seu jogo de palavras com *americani* — a palavra italiana para "americanos" — tinha a tradução de "cães amargos".

Nesse horário, o bonde puxado a cavalo que ia em direção ao centro enchia-se de gente, como gado sendo levado para o matadouro. Para atender Boston e seus subúrbios, os bondes consistiam em uma cabine de duas toneladas com filas de bancos suficientes para cerca de 15 passageiros. Eles eram montados sobre rodas de ferro em trilhos chatos e puxados por um par de cavalos. Os que haviam conseguido um lugar observavam com desprendido interesse as três dúzias de passageiros em pé, Bachi entre eles, esforçando-se para se ajeitar, batendo e dando cotoveladas uns nos outros ao tentar alcançar as tiras de couro que pendiam do teto. À altura em que o condutor passava empurrando, para cobrar as passagens, a plataforma lá fora já estava cheia de pessoas esperando o próximo carro. Dois bêbados no meio da cabine superaquecida e sem ventilação exalavam o cheiro de um monte de cinzas e tentavam cantar em harmonia uma canção cujos versos não sabiam. Bachi colocou a mão em concha sobre a boca e, vendo que ninguém estava olhando, respirou dentro dela e momentaneamente alargou as narinas.

Depois de chegar a sua rua, ele saltou da calçada para um complexo sombrio no subsolo de uma casa de cômodos chamada Half Moon Place, feliz com a expectativa da solidão que o aguardava. Mas, sentados no último degrau, fora do lugar sem suas poltronas, estavam James Russell Lowell e o Dr. Oliver Wendell Holmes.

— Uma moeda por seus pensamentos, *signore.* — Lowell usou um sorriso charmoso ao apertar a mão de Bachi.

— Isso seria furtar uma moeda sua, *professore* — respondeu Bachi, a mão pendurada mole como um trapo molhado no aperto de Lowell. — Extraviou-se no caminho para Cambridge? — Olhou para Holmes com desconfiança, porém pareceu mais surpreso com a visita deles do que demonstrou.

— De jeito nenhum — disse Lowell, enquanto tirava o chapéu, revelando sua testa branca e alta. — O senhor ainda não conhece o Dr. Holmes? Ambos gostaríamos de trocar algumas palavrinhas com o senhor, se possível.

Bachi franziu a testa e abriu a porta de seu apartamento, fazendo com que tilintassem as panelas penduradas em cavilhas diretamente atrás da porta. Era um cômodo subterrâneo, com um quadrado de luz diurna que entrava por uma meia janela, que se abria acima da rua. Um odor de mofo vinha das roupas penduradas em todos os cantos, que nunca secavam completamente devido à umidade, imprimindo nos ternos de Bachi pregas desbotadas. Enquanto Lowell reorganizava as panelas na porta para pendurar seu chapéu, Bachi casualmente deslizou uma pilha de papéis de sua escrivaninha para a sacola. Holmes fez o possível para elogiar o cenário maluco.

Bachi então pôs uma chaleira com água na grelha da lareira.

— Que desejam, cavalheiros? — perguntou, breve.

— Viemos pedir a sua ajuda, *signor* Bachi — disse Lowell.

Um sorriso torto, divertido, atravessou o rosto de Bachi enquanto servia o chá, e ele pareceu mais contente.

— O que os senhores gostariam de tomar?

Ele indicou um aparador. Havia ali uma meia dúzia de copos sujos e três decantadeiras. Traziam os rótulos RUM, GIM e UÍSQUE.

— Chá puro, por favor — disse Holmes. Lowell concordou.

— Ah, vamos! — insistiu Bachi, trazendo até Holmes uma das decantadeiras. Para atender ao anfitrião, Holmes colocou um pouco de uísque na taça de chá, o mínimo possível, mas Bachi levantou o cotovelo do médico:

— Creio que o clima amargo da Nova Inglaterra pode causar a morte de todos nós, doutor, se não colocarmos um pouco de algo para dentro de vez em quando.

Bachi fez menção de servir chá para si mesmo, mas, em vez disso, optou por uma taça cheia só de rum. Os visitantes puxaram as cadeiras, percebendo simultaneamente que já haviam sentado nelas antes.

— São do Prédio Universitário! — disse Lowell.

— A universidade me devia ao menos isso, o senhor não acha? — retrucou Bachi com afabilidade. — Além disso, onde mais eu poderia achar cadeiras tão desconfortáveis, hein? Os homens de Harvard podem falar de unitarismo tanto quanto queiram, mas sempre serão calvinistas até o pescoço; desfrutam do sofrimento próprio e do alheio. Digam-me, como os senhores me acharam aqui em Half Moon Place? Acredito que eu seja o único não dublinense numa área de vários quilômetros quadrados.

Lowell desenrolou um exemplar do *Daily Courier* e o abriu em uma página com colunas de anúncios. Um estava marcado:

Cavalheiro italiano, graduado pela Universidade de Pádua, altamente qualificado por suas múltiplas realizações e por uma longa prática de ensino do espanhol e do italiano, aceita alunos particulares e aulas em escolas para meninos, meninas, academias de senhoras etc. Referências: Honoráveis John Andrew, Henry Wadsworth Longfellow e James Russell Lowell, Professor da Universidade de Harvard. Endereço: Half Moon Place 2, Broad Street.

Bachi riu consigo mesmo.

— Conosco, os italianos, o mérito gosta de esconder sua vela debaixo de um barril. Em casa, nosso provérbio é "Um bom vinho não precisa de circunlóquios". Mas na América deve ser "*In bocca chiusa non en-*

tran mosche"; em boca fechada não entra mosca. Como posso esperar que as pessoas venham comprar se sequer sabem que tenho algo para vender? Portanto, abro minha boca e toco minha trombeta.

Holmes encolheu-se com um gole do chá forte.

— John Andrew é uma de suas referências, *signore?* — perguntou ele.

— Diga-me, Dr. Holmes, que aluno procurando aulas de italiano irá chamar o governador para perguntar sobre mim? Suspeito que ninguém tampouco tenha ido perguntar nada ao professor Lowell.

Lowell concordou. Ele inclinou-se para mais perto da pilha superposta de textos de Dante e comentários que cobria a escrivaninha de Bachi, abertos promiscuamente em todos os ângulos. Sobre a escrivaninha estava pendurado um pequeno retrato da ex-esposa de Bachi, uma ternura atenciosa dada pelo pincel do pintor sombreara seus olhos duros.

— Agora, em que posso lhes ajudar, eu que uma vez necessitei de sua ajuda, *professore?* — perguntou Bachi.

Lowell tirou outro jornal do casaco, este aberto na página com a imagem de Lonza.

— O senhor conhece este homem, *signor* Bachi? Ou devo dizer, o senhor o *conheceu?*

Examinando a face cadavérica na página sem cor, Bachi afundou na tristeza. Mas, quando olhou para cima, estava zangado.

— O senhor supõe que eu deveria conhecer esse arremedo andrajoso de homem?

— O prelado da Catedral da Santa Cruz supõe que sim — disse Lowell, astuciosamente.

Bachi pareceu espantado e virou-se para Holmes como se estivesse cercado.

— Acredito que o senhor lhe tenha pedido emprestadas quantidades não muito insignificantes de dinheiro, *signore* — disse Lowell.

Isso fez Bachi corar e reconsiderar. Olhou para baixo com um meio sorriso humilde.

— Esses são os padres americanos, não são como os da Itália. Têm bolsas mais fundas que o próprio papa. Se os senhores estivessem em meu lugar, nem o dinheiro dos padres cheiraria mal para suas narinas.

— Ele secou seu rum, jogou a cabeça para trás e assobiou. Olhou de novo para o jornal. — Então, querem saber algo sobre Grifone Lonza.

Fez uma pausa e depois apontou para a pilha dos textos de Dante em sua escrivaninha.

— Como vocês, cavalheiros literários, sempre encontrei minhas companhias mais agradáveis entre os mortos e não entre os vivos. A vantagem é que, quando um autor fica chato ou obscuro, ou simplesmente para de trazer divertimento, podemos lhe ordenar: "Cale-se". — Ele acentuou essas últimas palavras.

Bachi levantou-se e se serviu de gim. Tomou um grande gole, meio que gargarejando suas palavras na bebida.

— É um negócio solitário na América. A maioria de meus compatriotas que foram forçados a vir para cá mal consegue ler um jornal, muito menos *La Commedia di Dante*, que penetra a própria alma do homem, igualmente com todo o seu desespero e com toda a sua alegria. Havia alguns de nós aqui em Boston, anos atrás, homens de letras, homens de pensamentos: Antonio Gallenga, Grifone Lonza, Pietro D'Alessandro. — Ele não pôde evitar um sorriso diante da reminiscência, como se seus visitantes atuais estivessem entre eles. — Sentávamos em nossas salas e líamos Dante juntos em voz alta, primeiro um e depois o outro, assim avançando pelo poema inteiro que registra todos os segredos. Lonza e eu fomos os últimos do grupo que não nos mudamos daqui nem morremos. Agora, só restei eu.

— Vamos, não despreze Boston — tentou Holmes.

— Poucos merecem passar toda a sua vida em Boston — disse Bachi, com sinceridade sardônica.

— Sabia, *signor* Bachi, que Lonza morreu na Delegacia Central da polícia? — perguntou Holmes, com gentileza.

— Escutei algo vago sobre isso.

Olhando para os livros de Dante na mesa, Lowell disse:

— *Signor* Bachi, como reagiria se eu lhe contasse que Lonza citou um verso do Canto III do *Inferno* para um policial antes de pular para sua morte?

Bachi não pareceu nada surpreso. Ao contrário, riu despreocupadamente. A maioria dos exilados políticos da Itália tornava-se mais virulenta em sua retidão e transformava até seus pecados em sinais de santidade; em suas cabeças, por outro lado, o papa era um cão deplorável. Mas Grifone Lonza convenceu-se a si mesmo de que, de alguma forma, traíra sua fé, e teve de encontrar uma maneira de se arrepender de seus pecados aos olhos de Deus. Depois de se estabelecer em Boston, Lonza ajudou uma missão católica relacionada com o convento das Ursulinas a se ampliar, seguro de que sua fé seria informada ao papa, que lhe permitiria retornar. Então desordeiros queimaram o convento, deixando-o em ruínas.

— Em vez de ficar indignado, Lonza, tipicamente, ficou arrasado, certo de ter feito algo profundamente errado em sua vida para merecer essas punições terríveis de Deus. Seu lugar na América, em exílio, tornou-se confuso. Ele não parou de falar inglês. Eu acredito que, na realidade, parte dele esqueceu como falar inglês e sabia apenas a verdadeira língua italiana.

— Mas por que o *signor* Lonza recitaria um verso de Dante antes de pular pela janela, *signore*? — perguntou Holmes.

— Eu tinha um amigo em minha terra, Dr. Holmes, um sujeito jovial que dirigia um restaurante e respondia a todas as perguntas sobre sua comida com versos de Dante. Bem, isso era divertido. Mas Lonza ficou louco. Para ele, Dante tornou-se uma maneira de sobreviver aos pecados que imaginava ter cometido. No final, sentia-se culpado por toda e qualquer coisa. Nos últimos anos, já não lia Dante, não precisava. Cada linha e cada palavra estavam permanentemente fixadas em sua mente, para seu terror. Ele nunca as memorizou intencionalmente, mas lhe vinham como as advertências de Deus aos profetas. A mais insignificante imagem ou palavra poderia fazê-lo deslizar para o poema de Dante; às vezes, era preciso dias para trazê-lo de volta, para que ele falasse de outra coisa.

— O senhor não parece surpreso por ele ter cometido suicídio — comentou Lowell.

— Não sei se foi isso que aconteceu, *professore* — respondeu Bachi, áspero. — Mas como o senhor o chama não importa. Sua vida foi um suicídio. Pouco a pouco, ele desistiu de sua alma por medo, até que nada mais existisse no mundo a não ser o inferno. Estava à beira do precipício do tormento eterno de sua mente. Não me surpreende que tenha caído. — Fez uma pausa. — É muito diferente do seu amigo Longfellow?

Lowell deu um pulo. Holmes, com calma, tentou fazê-lo sentar-se outra vez.

Bachi insistiu:

— Pelo que entendo, o professor Longfellow mergulhou seu sofrimento em Dante por quanto tempo agora? Três ou quatro anos.

— O que o senhor pode saber de um homem como Henry Longfellow, Bachi? — perguntou Lowell. — A julgar por sua escrivaninha, Dante também parece estar consumindo-o bastante, *signore*. O que exatamente o senhor está procurando aqui? Dante estava procurando paz em seus escritos. Aventuro-me a dizer que o senhor procura algo não tão nobre! — Ele deu uma folheada grosseira nas páginas.

Bachi tomou o livro das mãos de Lowell.

— Não toque no meu Dante! Posso morar em um quarto alugado, mas não preciso justificar minhas leituras a ninguém, *professore*!

Lowell corou, constrangido.

— Isso não é... se o senhor precisar de um empréstimo, *signor* Bachi...

Bachi estourou.

— Ah, vocês, *amari cani*! Acha mesmo que eu deveria aceitar caridade do senhor, um homem que cruzou os braços quando Harvard me atirou aos lobos?!

Lowell ficou horrorizado.

— Agora escute aqui, Bachi! Lutei corpo a corpo pelo seu emprego!

— O senhor enviou uma nota a Harvard solicitando que me fizessem o último pagamento. Onde estava o senhor quando eu não tinha para onde ir? Onde estava o grande Longfellow? O senhor nunca lutou por nada em sua vida. Escreve poemas e artigos sobre a escravidão e o assassinato de índios e espera que algo mude. Luta pelo que não chega perto da sua porta, *professore*. — Ele ampliou sua invectiva virando-se para o aturdido Dr. Holmes, como se a coisa polida a fazer fosse incluí-lo: — Em suas vidas, vocês herdaram tudo e não sabem o que é chorar por seu pão! Ora, com que outra expectativa eu vim para este país? Por que me queixo? O maior dos bardos não tinha lar, e sim exílio. Antes de deixar esta terra, chegará o dia, talvez, em que andarei pelas minhas próprias praias de novo, outra vez com amigos verdadeiros.

Nos trinta segundos seguintes, Bachi tomou dois copos de uísque e se afundou na cadeira da sua escrivaninha, tremendo intensamente.

— Foi a intervenção de um estrangeiro, Charles de Valois, que causou o exílio de Dante. Ele é nossa última propriedade, as últimas cinzas da alma da Itália. Não aplaudirei enquanto o senhor e seu adorado Sr. Longfellow tiram Dante do lugar onde deve estar e fazem dele um americano! Mas, lembrem-se, ele sempre retornará para nós! Dante é demasiado poderoso em seu espírito de sobrevivência para sucumbir a qualquer homem!

Holmes tentou perguntar sobre as aulas de Bachi. Lowell indagou sobre o homem de chapéu-coco e colete enxadrezado de quem ele o havia visto se aproximar, aflito, no Pátio de Harvard. Mas, a essa altura, eles já haviam extraído tudo o que podiam de Bachi. Quando saíram do apartamento do porão, o frio tinha aumentado violentamente. Eles se abrigaram debaixo da frouxa escada do lado de fora, conhecida pelos moradores como Escada de Jacó, porque levava a Humphrey Place, o prédio de aluguel um pouco melhor, acima.

Bachi, de rosto avermelhado, pôs sua cabeça fora de sua meia janela, de tal maneira que parecia estar saindo do chão. Conseguiu pôr para fora até o pescoço e gritou, bêbado:

— Querem falar de Dante, *professori*? Prestem atenção em seu curso sobre Dante!

Lowell gritou de volta, perguntando o que ele queria dizer.

Mas duas mãos trêmulas bateram a janela, fechando-a com um baque exagerado.

X

O SR. HENRY OSCAR HOUGHTON, um homem alto e piedoso com uma meia barba ao estilo quaker, revisou suas contas no ordenado amontoado da escrivaninha de sua sala de contabilidade, sob a luz obscurecida do lampião regulável. Por sua incansável devoção aos pequenos detalhes, sua empresa, a Gráfica Riverside, localizada na margem de Cambridge do rio Charles, tornou-se o principal estabelecimento de impressão para muitas proeminentes companhias editoriais, incluindo a principal delas, Ticknor & Fields. Um dos meninos de recado de Houghton deu uma batida na porta aberta.

Houghton não se mexeu até terminar de escrever à tinta e de secar com o mata-borrão um número em seu livro de contabilidade. Ele estava à altura de seus esforçados ancestrais puritanos.

— Entre, jovem — disse Houghton, finalmente levantando os olhos de seu trabalho.

O rapaz colocou um cartão na mão de Oscar Houghton. Mesmo antes de ler, o gráfico ficou impressionado com o papel pesado, encorpado. Ao ler o que estava escrito à mão sob a luz da lâmpada, Houghton retesou-se. Sua paz tão bem guardada estava agora completamente interrompida.

A carruagem do subchefe de polícia Savage parou, e dela saiu o chefe Kurtz. Rey encontrou-o nos degraus da Delegacia Central.

— E então? — perguntou Kurtz.

— Descobri que o primeiro nome do suicida era Grifone, segundo outro mendigo, que diz tê-lo visto algumas vezes perto da estrada de ferro — disse Rey.

— É um passo — disse Kurtz. — Sabe, estive pensando sobre o que você disse, Rey. Sobre esses assassinatos serem formas de *punição*. — Rey esperou que isso fosse seguido por alguma objeção, mas em vez disso Kurtz suspirou. — Estive pensando no presidente Healey, da Suprema Corte.

Rey assentiu.

— Bem, todos nós fazemos coisas das quais nos arrependemos a vida toda, Rey. Nossa própria força policial enfrentou a multidão com cassetetes durante os julgamentos de Sims nas escadarias do Tribunal. Nós perseguimos Tom Sims como um cachorro e, depois do julgamento, o levamos para o porto para ser mandado de volta para o seu senhor de escravos. Está me entendendo? Este foi um de nossos piores momentos, tudo por causa da decisão do juiz Healey, ou a falta de decisão, de não invalidar a lei do Congresso.

— Sim, chefe Kurtz.

Kurtz pareceu se entristecer com esses pensamentos.

— Encontre os homens mais respeitáveis da sociedade de Boston, policial, e eu lhe direi que há boa chance de nenhum deles ser santo, não em nossa época. Eles vacilaram, jogaram seu peso no baú da guerra errada, deixaram a cautela sobrepujar a coragem, e coisas piores.

Kurtz abriu a porta de seu escritório, pronto para continuar. Mas três homens com sobretudos pretos estavam de pé ao lado de sua escrivaninha.

— O que está acontecendo aqui? — perguntou-lhes Kurtz, e olhou em volta procurando sua secretária.

Os homens separaram-se, mostrando Frederick Walker Lincoln sentado atrás da escrivaninha de Kurtz.

Kurtz tirou o chapéu e se inclinou levemente para a frente:

— Vossa Excelência.

O prefeito Lincoln estava finalizando a última tragada preguiçosa em um charuto, atrás da escrivaninha de mogno de John Kurtz.

— Espero que não se incomode por termos usado sua sala enquanto esperávamos, chefe.

Uma tosse entrecortou as últimas palavras de Lincoln. Perto dele estava sentado o vereador Jonas Fitch. Um sorriso hipócrita parecia grudado em seu rosto há pelo menos algumas horas. O vereador dispensou dois dos homens de sobretudo, membros do bureau de detetives. Um permaneceu.

— Aguarde na antessala, por favor, policial Rey — disse Kurtz.

Com cautela, Kurtz sentou-se em frente a sua escrivaninha. Esperou que a porta se fechasse.

— Então, o que aconteceu? Por que os senhores reuniram esses patifes aqui?

O patife que havia permanecido, detetive Henshaw, não pareceu particularmente ofendido.

O prefeito Lincoln disse:

— Estou certo de que o senhor tem outros assuntos policiais que estão sendo negligenciados nesses últimos tempos, chefe Kurtz. Decidimos que esses assassinatos devem ser solucionados pelos nossos detetives.

— Não permitirei isso! — exclamou Kurtz.

— Dê boa acolhida aos detetives para que façam o trabalho deles, chefe. Eles estão gabaritados para solucionar esses assuntos com toda a rapidez e todo o vigor — disse Lincoln.

— Sobretudo com as recompensas na mesa — disse o vereador Fitch.

Lincoln franziu a testa para o vereador.

Kurtz espantou-se:

— Recompensas? Os detetives não podem aceitar recompensas, pelas próprias leis que os senhores aprovaram. Que recompensas, prefeito?

O prefeito apagou seu charuto, fingindo pensar sobre o comentário de Kurtz.

— O Conselho dos Vereadores de Boston, neste momento, está passando uma resolução assinada pelo vereador Fitch eliminando a restrição de receber recompensas para os membros do bureau de detetives. Haverá também um ligeiro aumento das recompensas.

— Um aumento de quanto? — perguntou Kurtz.

— Chefe Kurtz... — começou o prefeito.

— Quanto?

Kurtz pensou ter visto o vereador Fitch sorrir antes de responder:

— A recompensa agora será de 35 mil pela prisão do assassino.

— Por Deus! — exclamou Kurtz. — Homens cometeriam eles mesmos o assassinato para poder pôr as mãos nesse dinheiro! Sobretudo nosso maldito bureau de detetives!

— Fazemos o trabalho que precisa ser feito, chefe Kurtz — comentou o detetive Henshaw —, quando ninguém mais o faz.

O prefeito Lincoln deu um suspiro e todo o seu rosto pareceu murchar. Embora o prefeito não se parecesse muito com seu primo de segundo grau, o falecido presidente Lincoln, tinha a mesma aparência esquelética de fragilidade incansável.

— Desejo me aposentar depois de outro mandato, John — disse o prefeito, com suavidade. — E quero saber que minha cidade se lembrará de mim com honra. Precisamos agarrar esse assassino agora ou será um verdadeiro inferno, não percebe? Só Deus sabe como os jornais viveram com o gosto de sangue por quatro anos, entre a guerra e os assassinatos, e juro que estão mais sedentos do que nunca. Healey era da minha turma na faculdade, chefe. Acredito que esperam que eu mesmo vá para as ruas e encontre esse louco; caso contrário, me enforcarão em Boston Common! Eu lhe peço, deixe os detetives resolverem este caso e ponha o negro fora disso. Não podemos sofrer outro constrangimento.

— Acho que não compreendi bem, prefeito. — Kurtz endireitou sua posição na cadeira. — O que o policial Rey tem a ver com tudo isso?

— O quase tumulto na inspeção. — O vereador Fitch pareceu contente de poder explicar. — Aquele mendigo que se atirou pela janela de sua delegacia. Interrompa-me quando isto começar a lhe soar familiar, chefe.

— Rey não teve nada a ver com aquilo — disse Kurtz, contrariado.

Lincoln balançou a cabeça, com simpatia.

— Os vereadores nomearam uma comissão para investigar o papel dele. Para começar, recebemos queixas de vários policiais afirmando que foi a presença de seu motorista que provocou a comoção.

Informaram-nos de que o mulato tinha a custódia do mendigo quando aconteceu, chefe, e alguns pensam, bem, especulam que ele pode ter empurrado o mendigo pela janela. Provavelmente de maneira acidental...

— Mentiras absurdas! — Kurtz ficou vermelho. — Ele estava tentando acalmar as coisas, como todos nós! Aquele mendigo era apenas um maníaco! Os detetives estão tentando parar nossa investigação para pôr as mãos na recompensa. Henshaw, o que você diz sobre isso?

— Eu digo que o negro não pode salvar Boston do que está acontecendo, chefe.

— Talvez quando o governador ficar sabendo que esse premiado com sua nomeação dividiu todo o departamento de polícia, ele faça o que é certo e reconsidere seu gesto — disse o vereador.

— O policial Rey é um dos melhores que já conheci.

— O que nos traz outra questão a considerar enquanto estamos aqui. Também chegou aos nossos ouvidos que o senhor é visto por toda a cidade em companhia dele, chefe. — O prefeito franziu ainda mais o cenho. — Inclusive no local da morte de Talbot. Não apenas como seu condutor, mas como um parceiro igual em suas atividades.

— É certamente um milagre que aquele escurinho não tenha uma multidão de linchadores seguindo-o com pedras do calçamento toda vez que passa pelas ruas! — riu o vereador Fitch.

— Todas as restrições que o Conselho sugeriu foram colocadas em Nick Rey e... não posso entender o que a posição dele tem a ver com tudo isso!

— Temos um crime terrível sobre nós — disse o prefeito Lincoln, dirigindo um olhar severo a Kurtz. — E o departamento de polícia está se estilhaçando... é por *isso* que ele tem a ver. Não permitirei que Nicholas Rey continue envolvido nesse assunto de nenhuma maneira. Um erro a mais e ele enfrentará sua demissão. Alguns senadores do Estado vieram me procurar hoje, John. Eles estão nomeando outra comissão para propor a supressão de todos os departamentos de polícia da municipalidade, substituindo-os por uma força policial dirigida pelo Estado, se não resolvermos isso. Estão absolutamente determinados. Não hei de ver isso acontecer em meu mandato, entenda de uma vez por todas! Eu não deixarei o departamento de polícia da *minha* cidade se acabar.

O vereador Jonas Fitch podia ver que Kurtz estava demasiado atônito para falar. Então ele mesmo inclinou-se e levantou os olhos.

— Se tivesse cumprido nossas leis de moderação e combate aos vícios, chefe Kurtz, a esta altura talvez os ladrões e os patifes já tivessem fugido para a cidade de Nova York!

De manhã cedo, os escritórios da Ticknor & Fields pulsavam com balconistas anônimos — alguns apenas rapazinhos e outros de cabeças grisalhas — e com funcionários novatos. O Dr. Holmes foi o primeiro membro do Clube Dante a chegar. Andando pelo saguão para passar o tempo, Holmes decidiu esperar no escritório particular de J. T. Fields.

— Ah, lamento, meu caro senhor — disse ele, ao ver que havia alguém lá dentro, e começou a fechar a porta.

Um rosto angular, encoberto pela sombra, estava virado para a janela. Levou alguns segundos para Holmes reconhecê-lo.

— Ora, meu caro Emerson! — disse Holmes, com um sorriso largo.

Ralph Waldo Emerson, de perfil aquilino, o corpo alto envolvido pelo casaco azul e o cachecol preto, saiu do devaneio e cumprimentou Holmes. Era uma raridade encontrar Emerson, poeta e conferencista, fora de Concord — uma pequena cidade que por uns tempos rivalizou com Boston em sua coleção de talentos literários —, especialmente depois que Harvard o proibira de discursar no campus por ter declarado a morte da Igreja Unitarista em uma palestra na Faculdade de Teologia. Emerson era o único escritor na América cuja fama se aproximava da de Longfellow, e mesmo Holmes, um homem no centro de todos os acontecimentos literários, sentia-se animado quando estava na companhia do autor.

— Acabei de retornar do meu Lyceum Express anual, arranjado pelo nosso mecenas dos poetas modernos. — Emerson ergueu a mão por sobre a escrivaninha de Fields, como se a estivesse abençoando, um gesto remanescente de seus dias de padre. — O guardião e protetor de todos nós. Tenho alguns escritos para deixar para ele.

— Bem, já é mais que tempo de voltar a Boston. Sentimos sua falta no Clube de Sábado. Uma reunião indignada quase decidiu convocar de imediato sua companhia! — disse Holmes.

— Felizmente, nunca fui tão solicitado. — Emerson sorriu. — Você sabe, nunca temos tempo para escrever para os deuses ou para os amigos, só para os advogados, que desejam cobrar as dívidas, e para o homem que cimentará nossa casa. — Em seguida, Emerson perguntou como estava Holmes.

Ele respondeu contando casos longos e enrolados.

— E estou pensando em escrever outro romance. — Ele colocou seu empreendimento como possibilidade, pois ficava intimidado com a força e a velocidade das opiniões de Emerson que, com frequência, fazia todos os demais parecerem errados.

— Oh, desejaria que o fizesse, caro Holmes — disse Emerson, com sinceridade. — Sua voz sempre agrada. E me fale do vistoso capitão. Ainda um aspirante a advogado?

Holmes riu nervosamente com a menção a Junior, como se o tema de seu filho fosse inerentemente cômico; isso não era absolutamente verdadeiro, pois a Junior faltava qualquer senso de humor.

— Tentei, uma vez, me aproximar do Direito, mas o achei muito semelhante a comer serragem sem manteiga. Junior escreveu bons versos, também, não tão bons como os meus, mas bons. Agora que está vivendo em casa outra vez, é como um Otelo branco, sentado na cadeira de balanço de nossa biblioteca, impressionando as jovens Desdêmonas ao redor com as histórias de suas feridas. Às vezes, no entanto, penso que ele me despreza. Você alguma vez sentiu isso com relação a seu filho, Emerson?

Emerson fez uma pausa de alguns sólidos segundos.

— Não há paz para os filhos dos homens, Holmes.

Observar os gestos faciais de Emerson ao falar era como observar um homem adulto cruzar um riacho pisando em pedras, e o cauteloso egoísmo dessa imagem distraiu Holmes de suas ansiedades. Ele queria que a conversa continuasse, mas sabia que os encontros com Emerson podiam terminar sem aviso prévio.

— Meu caro Waldo, eu poderia lhe fazer uma pergunta? — Holmes realmente queria um conselho, mas Emerson nunca dava nenhum. —

O que você acha de nós, Fields e Lowell e eu, quero dizer, estarmos ajudando Longfellow em sua tradução de Dante?

Emerson levantou uma sobrancelha grisalha.

— Se Sócrates estivesse aqui, Holmes, poderíamos ir conversar com ele nas ruas. Mas com nosso caro Longfellow não basta buscá-lo para se conseguir conversar. Há um palácio e servos e uma fileira de garrafas de vinho de diferentes cores, taças de vinho e casacos finos. — Emerson curvou a cabeça, pensando. — Às vezes penso nos dias em que li Dante sob a direção do professor Ticknor, como você; mesmo assim, não posso evitar sentir que Dante é uma curiosidade, como um mastodonte, uma relíquia para ser colocada em um museu, não na sua casa.

— No entanto, uma vez você me disse que introduzir Dante na América seria uma das realizações mais significativas de nosso século! — insistiu Holmes.

— Sim. — Emerson refletiu a respeito. Sempre que possível, gostava de considerar todos os lados de uma questão. — E isso também é verdade. Apesar disso, você sabe, Wendell, prefiro a associação a uma única pessoa leal do que uma associação a conversadores rápidos que, mais do que qualquer outra coisa, procuram a admiração um do outro.

— Mas o que seria a literatura sem as associações? — Holmes sorriu. Ele era responsável pela integridade do Clube Dante. — Quem pode dizer o que devemos à sociedade de admiração mútua de Shakespeare e Ben Jonson com Beaumont e Fletcher? Ou àquela em que Johnson, Goldsmith, Burke, Reynolds, Beauclerc e Boswell, os mais admirados de todos os admiradores, reuniam-se diante da lareira de uma sala de estar?

Emerson arrumou os textos que trouxera para Fields, para indicar que o propósito de sua visita estava realizado.

— Lembre-se de que apenas quando o gênio do passado for transmitido a um poder do presente encontraremos o primeiro poeta verdadeiramente americano. E em algum lugar, nascido das ruas em vez de nos *athenaeum*, encontraremos o primeiro verdadeiro leitor. Suspeita-se de que o espírito americano seja tímido, imitador, domado... o estudioso honesto, indolente, complacente. A mente de nosso país, ensinada a ter objetivos baixos, come a si mesma. Sem ação, o estudioso ainda não é um homem. As ideias devem se realizar através dos ossos e dos braços dos homens de bem, ou não serão melhores do que sonhos. Quando leio Longfellow, sinto-me completamente à vontade; estou a salvo. Isto não nos concederá nosso futuro.

Quando Emerson saiu, Holmes sentiu que lhe fora confiado um enigma de esfinge para o qual somente ele poderia dar uma resposta. Sentiu-se inflexivelmente possessivo com relação à conversa; não queria compartilhá-la com os outros, quando chegassem.

— Isso é mesmo possível? — perguntou Fields a seus amigos depois que discutiram a respeito de Bachi. — Será que esse mendigo, o Lonza, estava tão possuído que via o poema emaranhado com toda a sua vida?

— Não seria nem a primeira nem a última vez que a literatura domina uma mente enfraquecida. Pense em John Wilkes Booth — disse Holmes. — Quando atirou em Lincoln, ele gritou em latim: "Isso sempre ocorre aos tiranos". Isso foi o que Brutus disse ao matar Júlio César. Lincoln *era* o imperador romano na mente de Booth. Lembrem-se: Booth era um shakespeariano. Assim como nosso Lúcifer é um mestre dantesco. A leitura, a compreensão, a análise que empreendemos todos os dias fizeram aquilo pelo que secretamente ansiávamos intimamente: realizou-se através dos ossos e dos músculos desse homem.

Diante desse discurso, Longfellow levantou uma sobrancelha.

— Só que isso parece ter acontecido de maneira involuntária com Booth e Lonza.

— Bachi deve estar escondendo alguma coisa que sabe sobre Lonza! — disse Lowell, com frustração. — Você viu como ele estava reluctante, Holmes. O que você diz?

— Era como passar a mão em um porco-espinho — admitiu Holmes. — Depois que um homem começa a atacar Boston, quando se torna amargo em relação ao Frog Pond ou ao Palácio do Governo, pode ter certeza de que não lhe resta muita coisa. O pobre Edgar Poe morreu em um hospital logo depois de começar a falar dessa maneira; com toda a certeza, se você encontrar um sujeito reduzido a isso, é melhor parar de lhe emprestar dinheiro, pois ele estará dando seus últimos passos.

— O homem dos versos repetidos — murmurou Lowell, à menção de Poe.

— Sempre houve um quê sombrio em Bachi — disse Longfellow.

— Pobre Bachi. A perda de seu emprego só o desgraçou ainda mais e, sem dúvida, ele não vê com bons olhos nossa parte em seu desespero.

Lowell não olhou para Longfellow. Deliberadamente, não relatara as invectivas específicas de Bachi contra ele.

— Acho que a gratidão é coisa mais escassa neste mundo que bons versos, Longfellow. Bachi não tem mais sentimento do que uma raiz-forte. Pode ser que Lonza tenha ficado com medo da polícia porque *sabia* quem tinha matado Healey. Sabia que Bachi era o culpado, ou talvez até tenha ajudado Bachi a matar Healey.

— A menção da tradução de Dante por Longfellow realmente o perturbou como se eu o tivesse queimado... — disse Holmes, apesar de cético. — O assassino deve ser um homem de grande força para ter carregado Healey do quarto até o quintal. Bachi mal pode se aguentar em pé com seu suprimento de bebidas. Além disso, não conseguimos encontrar nenhuma ligação entre Bachi e as vítimas.

— Não precisamos de nenhuma! — disse Lowell. — Lembrem-se: Dante coloca no Inferno inúmeras pessoas que jamais conheceu. O Sr. Bachi tem dois ingredientes mais fortes do que uma ligação pessoal com Healey ou Talbot. Primeiro: um conhecimento excelente sobre Dante. Ele é a única pessoa fora do nosso Clube, além, suponho, do velho Ticknor, com um nível de entendimento que rivaliza com o nosso.

— Certo — disse Holmes.

— Segundo, motivação — continuou Lowell. — Ele é pobre como um rato. Acha-se abandonado por nossa cidade e só encontra alívio na bebida. A única coisa que o faz sobreviver são os empregos ocasionais como professor particular. Tem ressentimentos contra nós porque acredita que Longfellow e eu cruzamos os braços quando ele foi demitido. E Bachi prefere ver Dante em destroços a resgatado por americanos traidores.

— Ora, meu caro Lowell, por que Bachi escolheria Healey e Talbot? — perguntou Fields.

— Ele podia escolher qualquer um, contanto que se enquadrasse nos pecados que ele decidiu punir, e que no final Dante pudesse ser exposto como sua inspiração. Assim, ele destroçaria o nome de Dante na América antes mesmo de sua poesia ser conhecida.

— Bachi poderia ser nosso Lúcifer? — perguntou Fields.

— Será ele nosso Lúcifer? — disse Lowell, fazendo uma careta e segurando seu tornozelo.

Longfellow disse:

— Lowell? — E olhou para baixo, para a perna de Lowell.

— Ah, não precisa se preocupar, obrigado. Acho que bati minha perna contra um suporte de ferro outro dia em Wide Oaks, agora que pensei a respeito.

O Dr. Holmes inclinou-se, fazendo um gesto para Lowell enrolar as calças.

— Isso cresceu em tamanho, Lowell? — A mancha vermelha tinha passado do tamanho de um centavo para o tamanho de uma moeda de 1 dólar.

— Como vou saber? — Ele nunca levava seus próprios ferimentos a sério.

— Talvez você devesse prestar tanta atenção a si mesmo como a Bachi — repreendeu Holmes. — Isso não parece estar em processo de cura. Bem ao contrário. Você simplesmente bateu a perna, foi o que disse? Não parece inflamada. Ela tem lhe incomodado, Lowell?

De repente, seu tornozelo parecia muito pior.

— De vez em quando. — Então, pensou em algo. — *Pode ser* que, enquanto eu estava na sala de Healey, uma daquelas moscas-varejeiras tenha me ferroado. Será isso?

Holmes disse:

— A meu ver não. Nunca ouvi falar de uma mosca-varejeira capaz de *ferroar*. Talvez fosse outro tipo de inseto?

— Não, eu teria reparado. Eu a esmaguei como se fosse uma ostra fora da estação. — Lowell sorriu. — Era uma daquelas que eu trouxe para você, Holmes.

Holmes pensou a respeito.

— Longfellow, o professor Agassiz já voltou do Brasil?

Longfellow respondeu:

— Justamente nesta semana, creio.

— Sugiro que enviemos as amostras dos insetos que você recuperou para o museu de Agassiz — disse Holmes a Lowell. — Não há nada que ele não saiba sobre as bestas naturais.

Lowell estava farto daquele tópico, sobre o próprio bem-estar.

— Se julgar necessário. Agora, proponho seguir Bachi por alguns dias, supondo que ele não tenha caído morto de tanto beber. Ver se ele nos leva a algum lugar revelador. Dois de nós ficariam esperando no lado de fora do apartamento dele, com uma carruagem, enquanto os outros esperariam aqui. Se não há objeções, quero ser do time a seguir Bachi. Quem vem comigo?

Ninguém se apresentou como voluntário. Fields remexeu casualmente na corrente do relógio.

— Oh, vamos! — disse Lowell. Deu um tapinha no ombro de seu editor: — Fields, você vem.

— Lamento, Lowell. Convidei Oscar Houghton para uma ceia comigo e Longfellow no fim da tarde de hoje. Ele recebeu uma nota de Augustus Manning na noite passada, avisando-o para desistir de imprimir a tradução de Longfellow ou se arriscará a deixar de trabalhar para Harvard. Devemos fazer alguma coisa rapidamente ou Houghton será dobrado.

— E eu tenho o compromisso para uma palestra no Odeon sobre as recentes evoluções da homeopatia e da alopatia, que não pode ser cancelada sem graves prejuízos financeiros para os organizadores — disse Holmes, antecipando-se. — Todos estão convidados, claro.

— Mas podemos estar prestes a encontrar algo novo! — disse Lowell.

— Lowell — disse Fields —, se deixarmos o Dr. Manning conseguir o que pretende enquanto nos ocupamos com isto, então todo o nosso trabalho de tradução, tudo o que desejamos, será em vão. Não deve ser preciso mais do que uma hora para abrandar Houghton, e depois poderemos fazer como você deseja.

* * *

Naquela tarde, o forte cheiro de bifes e um som de contentamento amortecido das refeições do meio-dia chegaram até Longfellow, parado em frente à fachada grega de pedra da Revere House. Uma refeição com Oscar Houghton seria agradavelmente uma hora, pelo menos, de distância de conversas sobre assassinatos e insetos. Fields, inclinando-se para a cabine do condutor de sua carruagem, o instruía a retornar à Charles Street — Annie Fields tinha de ir a seu Clube de Senhoras, em Cambridge. Fields era o único membro do círculo de Longfellow que possuía uma carruagem particular; não apenas porque o editor era o mais rico deles, mas também porque prezava o luxo acima das dores de cabeça causadas por condutores temperamentais e cavalos enfermos.

Longfellow observou uma senhora melancólica, de véu preto, cruzar a Bowdoin Square. Levava um livro nas mãos e caminhava devagar, de maneira cautelosa, olhando para baixo. Ele pensou nos dias em que se encontrava com Fanny Appleton na Beacon Street, em como ela acenava educadamente com a cabeça mas nunca parava para falar com ele. Ele a conhecera na Europa, enquanto submergia nas línguas estrangeiras preparando-se para seu exame como professor, e ela fora muito amável com o amigo professoral de seu irmão. Mas, de volta a Boston, era como se Virgílio estivesse sussurrando em seu ouvido o conselho que deu ao peregrino, na vala dos indiferentes: "Deles não cogitemos: olha, e passa". Sem poder conversar com a linda jovem, Longfellow viu-se esboçando o caráter de uma linda donzela em seu livro *Hyperion* tendo ela por modelo.

Porém, passaram-se meses antes que a jovem respondesse ao gesto do homem que ela chamava de professor ou "prof", embora, com certeza, se o tivesse lido, teria visto a si mesma na personagem. Quando ele finalmente encontrou Fanny novamente, ela deixou perfeitamente claro que não tinha gostado de ter sido escravizada no livro do professor para que todos a examinassem. Ele não pensou em pedir desculpas mas, nos meses seguintes, abriu suas emoções para ela de uma maneira que jamais havia feito, nem mesmo com Mary Potter, a jovem esposa que morrera durante um parto poucos anos depois que ela e Longfellow se casaram. A Srta. Appleton e o professor Longfellow começaram a se encontrar regularmente. Em maio de 1843, Longfellow escreveu-lhe, pedindo sua mão em casamento. No mesmo dia, ele recebeu seu "sim". *Oh, dia para sempre abençoado, aquele que o conduzira a esta* Vita Nuova, *esta Nova Vida de felicidade!* Ele repetia estas palavras incessantemente até que elas ganhassem forma, adquirissem peso, pudessem ser abraçadas e abrigadas como crianças.

— Onde pode estar Houghton? — perguntou Fields enquanto sua carruagem era levada. — É melhor ele não ter esquecido nosso jantar.

— Talvez tenha ficado retido na Riverside. Senhora.

Longfellow tirou seu chapéu para uma mulher corpulenta que passou por eles na calçada e sorriu timidamente em retribuição. Sempre que Longfellow se dirigia a uma mulher, mesmo que brevemente, era como se lhe estivesse oferecendo um buquê de flores.

— Quem é ela? — Fields arqueou as sobrancelhas.

— Ela — respondeu Longfellow — é a senhora que nos serviu a ceia em Copeland, dois invernos atrás.

— Ah, bem, sim. De qualquer maneira, se ele ficou retido na Riverside, é melhor estar trabalhando nos clichês tipográficos do *Inferno* que temos de enviar a Florença.

— Fields — disse Longfellow, os lábios franzidos.

— Lamento, Longfellow — respondeu Fields. — Da próxima vez que encontrá-la, prometo que vou tirar meu chapéu.

Longfellow balançou a cabeça.

— Não. Ali. — Fields seguiu a direção do olhar de Longfellow até um homem estranhamente curvado, com uma vistosa sacola de couro impermeável, andando um pouco rápido demais na calçada oposta.

— Aquele é Bachi.

— *Ele* já foi instrutor em Harvard? — retrucou o editor. — Está tão injetado quanto um entardecer de outono. — Eles observaram o andar do instrutor italiano em um crescendo, que passou para um trote e terminou com um salto brusco ao entrar em uma loja da esquina com um telhado baixo de ripas e uma tabuleta de qualidade inferior na vitrina onde se lia WADE & SONS & CIA.

— Você conhece essa loja? — perguntou Longfellow.

Fields não conhecia.

— Ele parece estar com muita pressa, não parece?

219

— O Sr. Houghton não se importará de esperar um pouco. — Longfellow pegou no braço de Fields. — Venha, podemos tirar mais alguma coisa dele se o pegarmos desprevenido.

Quando avançaram em direção à esquina para atravessar a rua, ambos viram George Washington Greene sair cautelosamente do Boticário de Metcalf com uma braçada de produtos: o homem de muitos males tratava-se a si mesmo com novos medicamentos como alguém que se servisse de sorvete. Os amigos de Longfellow frequentemente lamentavam que as poções de Metcalf contra neuralgia, disenteria e afins — vendidas com um rótulo que retratava a figura de um sábio de nariz exagerado —, contribuíam em grande medida para os constantes acesso de sono que Greene costumava ter no decorrer das sessões da tradução.

— Por Deus, é Greene — disse Longfellow a seu editor. — É imperativo, Fields, que não o deixemos falar com Bachi.

— Por quê? — perguntou Fields.

A aproximação de Greene impediu que a conversa fosse adiante.

— Meu caro Fields. E Longfellow! O que os traz às ruas hoje?

— Meu caro amigo — disse Longfellow, olhando ansiosamente, do outro lado da rua, a porta sombreada pelo toldo da Wade & Sons, esperando ver algum sinal de Bachi.

— Viemos apenas jantar no Revere. Mas você não deveria estar em East Greenwich a esta altura da semana?

Greene assentiu e suspirou ao mesmo tempo.

— Shelly quer que eu fique sob seus cuidados até minha saúde começar a melhorar. Mas não ficarei de cama o dia todo, apesar da insistência do doutor! A dor nunca matou ninguém, mas é uma companheira de cama muito desconfortável. — Ele começou a descrever detalhadamente seus mais recentes sintomas. Longfellow e Fields mantinham os olhos fixos no outro lado da rua enquanto Greene tagarelava. — Mas não hei de aborrecer ninguém com os desânimos de meus males. Nem todos juntos valem a frustração de não ter outra sessão de Dante, e há semanas não recebo notícias da próxima! Comecei a temer que o projeto tivesse sido abandonado. Rogo-lhe, caro Longfellow, que me diga que não é o caso.

— Estamos apenas fazendo uma breve pausa — respondeu Longfellow, esticando o pescoço para olhar do outro lado da rua, onde Bachi podia ser visto através da vitrine da loja. Estava gesticulando energicamente.

— Retomaremos em breve, sem dúvida — acrescentou Fields. Uma carruagem veio da esquina, bloqueando a visão da loja e de Bachi. — Receio que agora precisemos ir, Sr. Greene — continuou Fields, com urgência, apertando o cotovelo de Longfellow e empurrando-o para a frente.

— Mas vocês estão confusos, cavalheiros! Deixaram o Revere House para trás, estão seguindo na direção oposta! — Greene sorriu.

— Sim, bem... — Fields procurou uma desculpa aceitável, enquanto esperavam duas outras carruagens passarem pelo movimentado cruzamento.

— Greene — interrompeu Longfellow. — Precisaremos fazer uma breve parada, primeiro. Por favor, vá para o restaurante e jante conosco e com o Sr. Houghton?

— Receio que, se eu não voltar, minha filha ficará zangada como um terrier — disse Greene, preocupado. — Oh, vejam quem está vindo! — Greene deu um passo atrás e oscilou na calçada estreita. — Sr. Houghton!

— Minhas mais sinceras desculpas, cavalheiros. — Um homem de-selegante, todo de preto como um agente funerário, apareceu ao lado deles e estendeu o braço quase inverossímil de tão comprido para o primeiro à sua frente, que por acaso era George Washington Greene. — Já estava a caminho do Revere quando vi os três pelo canto do olho. Espero não ter demorado muito. Sr. Greene, meu caro, o senhor vai jantar conosco? Como tem passado, meu caro?

— Completamente subnutrido — respondeu Greene, agora já bastante patético — com uma vida sem nosso círculo das noites de quarta-feira com Dante, que era meu principal e único sustento.

Longfellow e Fields alternaram a vigilância em turnos de 15 segundos. A entrada da Wade & Sons ainda estava bloqueada pela carruagem intrusa, cujo condutor permanecia pacientemente sentado como se sua tarefa especial fosse obstruir a vista dos Srs. Longfellow e Fields.

— Você disse *era*? — disse Houghton a Greene, com surpresa. — Fields, isto tem alguma coisa a ver com o Dr. Manning? Mas e a comemoração de Florença que espera pela edição de luxo do primeiro volume? Tenho de saber se a data de publicação foi adiada. Não posso ficar no escuro!

— Claro que não, Houghton — respondeu Fields. — Apenas afrouxamos um pouco as rédeas.

— E o que um homem acostumado com os prazeres daquele pedaço semanal de paraíso deve fazer consigo mesmo enquanto isso? — lamentou Greene, dramaticamente.

— Eu não saberia dizer — retrucou Houghton. — Mas me preocupo com os preços inflacionados para se imprimir um livro como este... Deixe-me perguntar, o Dante dos senhores poderá superar seja o que quer que o Dr. Manning e Harvard planejem fazer para prejudicá-lo?

As mãos de Greene tremiam, quando ele as levantou no ar.

— Se fosse possível transmitir uma ideia acurada de Dante em uma única palavra, Sr. Houghton, essas palavra seria *poder*. A visão do mundo por ele criada toma seu lugar, para sempre, em nossa memória, ao lado de nosso mundo real. Mesmo os sons com os quais ele o descreveu permanecem em nossos ouvidos como modelos de aspereza, ou sonoridade, ou doçura, voltando instantaneamente sempre que escutamos o bramido do mar, ou o uivar do vento, ou o cântico dos pássaros.

Bachi saiu da loja, e eles agora podiam vê-lo examinando o conteudo de sua sacola com ar de grande excitação.

Greene interrompeu-se.

— Fields? Ora, qual é o problema? Você parece estar esperando que alguma coisa aconteça do outro lado da rua.

Com um movimento do pulso, Longfellow sinalizou a Fields para ocupar seu interlocutor. Como os parceiros em uma crise de alguma maneira conseguem comunicar estratégias complexas com gestos mínimos, Fields começou uma representação para distrair o velho amigo, passando os braços sobre seus ombros.

— Sabe, Greene, desde o final da guerra houve vários desenvolvimentos no campo da edição...

Longfellow puxou Houghton para o lado e lhe disse a meia-voz:

— Receio que teremos de adiar nosso jantar para outro momento. Um bonde vai sair para Bach Bay em dez minutos. Eu lhe peço para acompanhar o Sr. Greene até lá. Faça-o entrar, e não saia de lá até o bonde partir. Certifique-se de que ele não saia do carro. — Longfellow disse isso com um leve levantar de sobrancelhas que transmitia adequadamente sua urgência.

Houghton assentiu como um soldado, sem pedir mais explicações. Alguma vez Longfellow já tinha pedido algum favor pessoal, a ele ou a alguém que conhecesse? O proprietário da Gráfica Riverside passou seu braço pelo de Greene:

— Sr. Greene, posso acompanhá-lo até o bonde? Acredito que o próximo sairá em poucos minutos, e ninguém deveria ficar muito tempo neste friozinho de novembro.

Com despedidas apressadas, Longfellow e Fields esperaram enquanto dois grandes bondes trotaram pela rua, tocando os sinos como alerta. Os dois poetas começaram a cruzar a rua e notaram, simultaneamente, que o instrutor italiano já não estava na esquina. Olharam para o quarteirão à frente e para o outro atrás, mas ele não estava em nenhum lugar à vista.

— Onde, diabos...? — perguntou Fields.

Longfellow apontou e Fields olhou a tempo de ver Bachi confortavelmente sentado no banco traseiro da própria carruagem que estivera obstruindo a vigilância deles. As ferraduras dos cavalos soaram num trote vagaroso, parecendo não compartilhar da impaciência do passageiro.

— E nenhum tílburi de aluguel à vista! — lamentou Longfellow.

— Talvez ainda possamos alcançá-lo — disse Fields. — A cocheira de Pike para aluguel de carruagens está a poucos quarteirões daqui. O canalha pede um quarto de dólar por um lugar em sua carruagem, e meio dólar quando se sente especialmente extorsivo. Ninguém por aqui o suporta, exceto Holmes, e ele não suporta ninguém, exceto o doutor.

Fields e Longfellow, andando apressadamente, encontraram Pike não em sua cocheira, mas estacionado teimosamente em frente à mansão de tijolos vermelhos do número 21 da Charles Street. O *duo* pediu os serviços de Pike. Fields mostrou-lhe um punhado de moedas.

— Não posso ajudá-los, cavalheiros, nem por todo o dinheiro de nossa cidade — disse Pike com rispidez. — Tenho o compromisso de conduzir para o Dr. Holmes.

— Escute atentamente, Pike. — Fields exagerou a autoridade natural de sua voz. — Somos amigos muito íntimos do Dr. Holmes. Ele próprio lhe diria para nos levar.

— Os senhores são amigos do doutor? — perguntou Pike.

— Sim! — exclamou Fields com alívio.

— Então, como amigos, os senhores não gostarão de levar embora a carruagem dele. Tenho um compromisso com o Dr. Holmes — repetiu Pike afavelmente, e se recostou no assento para desbastar com os dentes os restos de um palito de marfim.

— Ora! — Oliver Wendell Holmes sorriu, descendo a escada da sua porta da frente, segurando uma maleta e vestindo um terno de lã escuro, com um cachecol de seda branca elegantemente amarrado como uma gravata, rematado com uma linda rosa branca na casa de um botão. — Fields. Longfellow. Então, vocês vieram escutar sobre alopatia, afinal!

Os cavalos de Pike rodopiaram pela Charles Street, avançando pelas ruas emaranhadas do centro, arranhando lâmpadas de postes e cortando os irados condutores das outras carruagens. A de Pike era uma carruagem leve de quatro rodas, com uma cabine suficientemente grande para quatro passageiros se sentarem sem um bater nos joelhos do outro. O Dr. Holmes tinha instruído seu condutor para chegar às 12h45 em ponto, com o objetivo de levá-lo até o Odeon, mas agora o destino tinha mudado, aparentemente contra a vontade do doutor, pela perspectiva do condutor, e o número de passageiros triplicara. Apesar de tudo, Pike mantinha-se firme na intenção de levá-los até o Odeon.

— E a minha conferência? — perguntou Holmes a Fields na parte de trás da carruagem. — Está com a lotação esgotada, sabe!

— Pike pode levá-lo até lá em um minuto assim que encontrarmos Bachi e lhe fizermos uma ou duas perguntas — respondeu Fields. — E me assegurarei de que os jornais não informem que você chegou atrasado. Se eu não tivesse enviado minha carruagem para Annie, não teríamos ficado para trás!

— Mas o que você imagina fazer se realmente *conseguirmos* encontrá-lo? — perguntou Holmes.

— Parece claro que Bachi está ansioso hoje. Se falarmos com ele longe de sua casa, e de sua bebida, ele pode ser menos resistente. Se Greene não tivesse surgido à nossa frente, provavelmente teríamos agarrado o Sr. Bachi, sem tanta afobação. Eu desejaria simplesmente contar ao pobre Greene tudo que está acontecendo, mas a verdade seria um choque para uma constituição tão frágil. Ele sofreu todo tipo de calamidades e acredita que o mundo está contra ele. Só o que lhe falta é ser atingido por um raio.

— Ali está! — exclamou Fields. Apontou para uma carruagem alguns metros à frente deles. — Longfellow, não é aquela?

Longfellow esticou o pescoço para fora, sentindo o vento em sua barba, e assentiu, concordando.

— Condutor, rápido, em frente! — gritou Fields.

Pike pressionou as rédeas, adernando pela rua a um ritmo muito além do limite de velocidade permitido, que o Comitê de Segurança de Boston recentemente tinha estabelecido como "trote moderado".

— Estamos indo muito para leste! — gritou Pike sobre o barulho dos cascos nas pedras do pavimento. — Para longe do Odeon, o senhor sabe, Dr. Holmes!

Fields perguntou a Longfellow:

— Por que tivemos de esconder Bachi de Greene? Não achei que eles se conhecessem!

— Tempos atrás — explicou Longfellow —, o Sr. Greene conheceu Bachi em Roma, antes que suas enfermidades piorassem. Temi que, se abordássemos Bachi com Greene presente, ele falaria demasiado sobre o nosso projeto de Dante, como tende a fazer com qualquer um que o suporte!... E isso interferiria na disponibilidade de Bachi para falar, fazendo-o sentir ainda mais miserável em sua situação.

Várias vezes, Pike perdeu seu alvo de vista, mas com giros rápidos e galopes notavelmente ritmados, além de pacientes reduções da marcha, voltou a ganhar vantagem. O outro condutor parecia também ter pressa, mas estava completamente inconsciente da perseguição. Perto das ruas estreitas da área do porto, sumiram de vista outra vez. Depois reapareceram, fazendo Pike amaldiçoar o nome de Deus, depois pedir perdão por isso, e então parar de repente, fazendo Holmes voar dentro da carruagem direto no colo de Longfellow à sua frente.

— Ali está ela! — gritou Pike enquanto a carruagem perseguida vinha na direção deles, afastando-se do porto. Mas o assento do passageiro estava vazio.

— Ele deve ter ido para o porto! — disse Fields.

Pike retomou o ritmo outra vez, e logo parou para que seus passageiros saíssem. O trio passou a contrapelo pelos que aplaudiam e acenavam, observando vários navios que desapareciam na neblina enquanto desejavam feliz viagem agitando os lenços.

— A esta hora do dia, a maioria dos navios segue em direção a Long Wharf — disse Longfellow.

Em anos anteriores, ele caminhava com frequência pelo cais para ver os grandes navios chegando da Alemanha ou da Espanha e para escutar os homens e as mulheres falarem sua língua nativa. Em Boston, não havia maior Babilônia de linguagens e tons de pele do que o cais.

Fields teve problemas para segui-los.

— Wendell?

— Aqui, Fields! — gritou Holmes no meio de uma pequena multidão.

Holmes encontrou Longfellow descrevendo Bachi para um estivador branco que carregava barris.

Fields decidiu perguntar a passageiros em outra direção, mas logo parou para descansar na extremidade de um embarcadouro.

— Você aí, de roupa elegante.

Um supervisor do embarcadouro, corpulento e com uma barba engordurada, agarrou com grosseria o braço de Fields e o empurrou dali.

— Fique fora dos lugares de embarque se não tem bilhete.

— Bom senhor — disse Fields —, preciso de ajuda imediata. Um homenzinho com uma sobrecasaca azul-escura amarrotada, com olhos injetados, o senhor o viu?

O supervisor do embarcadouro ignorou-o, ocupado em organizar a fila de passageiros por classes e compartimentos. Fields observou o homem tirar seu boné (demasiado pequeno para sua cabeça de mamute) e passar a mão ágil sobre os cabelos emaranhados.

Fields fechou os olhos como se em transe, escutando as ordens agitadas e estranhas do homem. Veio a sua mente um cômodo sombrio com uma pequena vela queimando sua energia inquieta em um consolo de lareira.

— *Hawthorne* — murmurou Fields, quase involuntariamente.

O supervisor do embarcadouro parou e virou-se para Fields.

— O quê?

— Hawthorne. — Fields sorriu, sabendo que estava certo. — O senhor é um admirador ávido dos romances do Sr. Hawthorne.

— Ora essa, eu... — O supervisor do embarcadouro bendisse ou praguejou a meia-voz. — Como o senhor soube disso? Diga-me de uma vez!

Os passageiros, que ele estava organizando por categorias, também pararam para escutar.

— Não importa. — Fields sentiu um surto de entusiasmo ao ver que conservava as habilidades de ler as pessoas, que tanto lhe haviam servido, muitos anos antes, quando era um jovem balconista de livraria. — Escreva seu endereço neste pedaço de papel que vou lhe enviar a nova coleção Azul & Ouro com todos os trabalhos de Hawthorne autorizados pela viúva. — Fields estendeu-lhe o papel, depois o retirou novamente do alcance do desconhecido. — Se o senhor me ajudar hoje, senhor.

O homem, subitamente supersticioso quanto aos poderes de Fields, concordou.

Fields ergueu-se nas pontas dos pés e viu Longfellow e Holmes vindo em sua direção. Gritou:

— Verifiquem aquele píer!

Holmes e Longfellow pararam o capitão do porto. Descreveram Bachi.

— E quem são os senhores?

— Somos bons amigos dele — exclamou Holmes. — Por favor, diga-nos para onde ele foi. — Fields agora os alcançara.

— Bem, eu o vi chegando ao porto — respondeu o homem com um frustrante ritmo entrecortado. — Acredito que ele correu para embarcar *ali*, tão rápido quanto podia. — E apontou para um pequeno barco no mar, que não podia levar mais que cinco passageiros.

— Ótimo, aquele barco não pode ir muito longe. Para onde está se dirigindo? — perguntou Fields.

— Aquilo ali? Serve apenas para transporte até o navio, senhor. O *Anonimo* é demasiado grande para entrar no píer. Então, fica ancorado lá fora. Veem?

Mal se distinguia seu contorno na neblina, desaparecendo e depois reaparecendo, mas era um navio tão gigantesco quanto os maiores que eles conheciam.

— Oh, seu amigo estava muito ansioso para embarcar, eu acho. Aquele pequeno barco que ele tomou está levando o último carregamento de passageiros que chegaram atrasados. Depois, o navio parte.

— Parte para onde? — perguntou Fields, seu coração quase parando.

— Ora, para atravessar o Atlântico, senhor. — O capitão do porto deu uma olhada em sua lousa. — Uma parada em Marselha, e, ah, aqui está, depois para a *Itália*!

Dr. Holmes chegou ao Odeon com tempo suficiente para fazer uma conferência muito bem-recebida, do princípio ao fim. Seu público julgou-o um orador ainda mais importante por ter sido retardatário. Longfellow e Fields sentaram-se, atentamente, na segunda fila, perto do filho mais novo do Dr. Holmes, Neddie, das duas Amelias, e de John, irmão de Holmes. Na segunda de uma série de três conferências organizadas por Fields e com lotação esgotada, Holmes examinou os métodos médicos em suas relações com a guerra.

"A cura é um processo vivo", dizia Holmes a seu público, "em grande parte sob a influência das condições mentais." Contou-lhes como era frequente descobrir que os mesmos ferimentos recebidos em uma batalha se curavam bem nos soldados que haviam vencido, mas eram fatais naqueles que haviam sido derrotados. "Assim, emerge aquela região intermediária entre a ciência e a poesia com a qual os homens sensatos, como se diz, têm muita cautela ao interferir."

Holmes olhou para a fila da família e dos amigos, e para o assento vazio reservado para o caso de Wendell Junior aparecer.

— Meu filho mais velho recebeu vários desses ferimentos durante a guerra e foi mandado de volta para casa, por tio Sam, com alguns novos furos em seu colete de simpatia. — Risos. — Também houve, nesta guerra, uma boa quantidade de corações perfurados que não têm as marcas de bala para mostrar.

Depois da conferência e da quantidade necessária de elogios derramados sobre o Dr. Holmes, Longfellow e Holmes acompanharam seu editor até a Sala dos Autores, na Corner, e aguardaram Lowell. Lá, ficou decidido que uma reunião do clube de tradução deveria se realizar na casa de Longfellow, na quarta-feira seguinte.

A sessão planejada serviria a dois propósitos. Primeiro, apaziguaria qualquer preocupação de Greene quanto ao estado da tradução e ao estranho comportamento que ele e Houghton haviam testemunhado e, portanto, minimizaria o risco de maiores interferências do tipo que lhes custara a informação que Bachi poderia possuir, fosse ela qual fosse. Segundo, e talvez mais importante, permitiria que Longfellow progredisse em sua tradução. Ele queria manter sua promessa de aprontar o *Inferno* para ser enviado ao Festival de Dante em Florença, no final do ano, em comemoração ao sexto centenário de nascimento do poeta em 1265.

Longfellow não queria admitir que era improvável terminar antes do final de 1865, a menos que as investigações deles conseguissem algum resultado milagroso. No entanto, começara a trabalhar em sua tradução à noite, a sós, suplicando em seu íntimo a Dante sabedoria para ver através das mortes emaranhadas de Healey e Talbot.

— O Sr. Lowell está? — perguntou uma voz retraída, acompanhada por uma batida na porta da Sala dos Autores.

Os poetas estavam exaustos.

— Infelizmente, não está — respondeu Fields em voz alta, com indisfarçada irritação, ao interrogador invisível.

— Excelente!

O príncipe dos comerciantes de Boston, Phineas Jennison, esmeradamente vestido, como sempre, com terno e chapéu brancos, deslizou para o interior da sala e fechou a porta atrás dele sem um ruído.

— Um de seus funcionários disse que o senhor estaria aqui, Sr. Fields. Desejo falar livremente sobre Lowell e o farei logo, já que nosso velho camarada não está presente. — Pendurou seu chapéu comprido no cabide de ferro de Fields, deixando seu cabelo brilhante cair para a esquerda em um volteio soberbo, como o de um corrimão bem trabalhado. — O Sr. Lowell está encrencado.

O visitante engoliu em seco ao ver os dois poetas. Quase se ajoelhou ao tomar as mãos de Holmes e Longfellow, segurando-as como garrafas da mais rara e sensível das safras.

Jennison sentia prazer em dispensar sua vasta fortuna em patrocínios a artistas e no refinamento de seu conhecimento das *belles lettres*; mas nunca cessou de sentir-se estupefato diante dos gênios que conhecia apenas devido a sua riqueza. Sentou-se.

— Sr. Fields, Sr. Longfellow, Dr. Holmes — disse, nomeando-os com cerimônia exagerada. — Todos os senhores são caros amigos de Lowell, mais caros do que meu próprio privilégio como seu conhecido, pois apenas um gênio pode verdadeiramente apreciar outros gênios.

Holmes interrompeu, nervoso:

— Sr. Jennison, algo aconteceu a Jamey?

— Eu *sei*, doutor. — Jennison suspirou pesadamente ao ter de explicar. — Eu sei sobre esses amaldiçoados episódios com Dante, e estou aqui porque quero ajudá-los no que for necessário para revertê-los.

— Episódios com Dante? — ecoou Fields, com voz tremida.

Jennison assentiu solenemente.

— A maldita Corporação e suas esperanças de se livrar do curso de Lowell sobre Dante. E as tentativas que planejam tomar para dar um fim à sua tradução, meus caros cavalheiros! Lowell me contou tudo sobre isso, embora seja orgulhoso demais para pedir ajuda.

Três suspiros abafados escaparam de seus respectivos coletes ao escutarem a exploração de Jennison.

— Agora, como seguramente os senhores sabem, Lowell cancelou temporariamente suas aulas — disse Jennison, mostrando frustração diante do aparente esquecimento dos autores quanto aos seus próprios problemas. — Bem, isso não pode ficar assim, em minha opinião. Não é decente para com um gênio do calibre de James Russell Lowell, e não pode ser permitido sem oposição. Temo que Lowell corra o risco iminente de se despedaçar se começar a trilhar os caminhos da conciliação! E, na universidade, ouvi dizer que Manning está em júbilo! — terminou, com soturna preocupação.

— O que deseja que façamos, meu caro Sr. Jennison? — perguntou Fields, fingindo considerar a questão.

— Incitem Lowell a não abrir mão de sua coragem. — Jennison reforçou esta opinião com o punho na palma. — Salvem-no de sua covardia, ou nossa cidade perderá um de seus corações mais fortes. Tive também uma outra ideia. Criar uma organização permanente de estudo de Dante; eu mesmo aprenderia italiano para ajudá-los! — O sorriso brilhante de Jennison irrompeu, juntamente com sua carteira de couro, de onde agora tirava notas grandes. — Algum tipo de associação dedicada a proteger esta literatura tão cara aos senhores. O que dizem, cavalheiros? Ninguém terá que saber do meu envolvimento, e os senhores terão como pôr para correr os membros da Corporação.

Antes que alguém pudesse responder, a porta para a Sala dos Autores se abriu e Lowell apareceu diante deles com um olhar frio no rosto.

— Ora, Lowell, o que houve? — perguntou Fields.

Lowell começou a falar, mas então o viu.

— Phinny? O que você está fazendo aqui?

Jennison olhou para Fields pedindo ajuda.

— O Sr. Jennison e eu temos alguns assuntos para acertar — disse Fields, enchendo as mãos do empresário com suas notas e empurrando-o para a porta. — Mas ele já está de saída.

— Espero que nada esteja errado, Lowell. Logo o visitarei, meu amigo!

Fields encontrou Teal, o balconista da noite, no saguão e lhe pediu para acompanhar Jennison até a saída. Depois, trancou a porta da Sala dos Autores.

Lowell serviu-se de um drinque no balcão.

— Ah, vocês não acreditarão na sorte, meus amigos. Quase torci meu pescoço procurando Bachi no Half Moon Place, e dá para acreditar que aqui estou do mesmo modo que comecei? Ele não estava em lugar nenhum que pudesse ser visto e ninguém por ali sabia onde encontrá-lo; não acredito que os dublinenses locais falariam com um italiano, mesmo se estivessem em uma balsa afundando ao lado de um italiano com um colete salva-vidas. Eu bem poderia ter descansado esta tarde, como todos vocês.

Fields, Holmes e Longfellow ficaram em silêncio.

— O quê? O que foi? — perguntou Lowell.

Longfellow sugeriu que fossem cear na Craigie House, e no caminho explicou a Lowell o que acontecera com Bachi. Depois, Fields lhe contou como tinham voltado até o capitão do porto e o convencido, com a ajuda de uma moeda de ouro, a verificar o registro de informações sobre a viagem de Bachi. O registro indicava que ele comprara um bilhete de ida e volta com um desconto, e que a passagem não permitiria retorno antes de janeiro de 1867.

Já na sala de estar de Longfellow, Lowell deixou-se afundar em um sofá, perplexo.

— Ele sabia que o havíamos encontrado. Bem, claro, deixamos que descobrisse que sabíamos sobre Lonza! Nosso Lúcifer escorregou por nossos dedos como um punhado de areia!

— Então devemos comemorar — disse Holmes, com uma risada.

— Vocês não percebem o que isso significa, se é que vocês *estavam* certos? Vamos, a ponta de sua luneta de ópera está apontando para tudo o que há de mais encorajador.

Fields inclinou-se.

— Jamey, se Bachi for o assassino...

Holmes completou o pensamento com um sorriso aberto:

— Então estamos salvos. E a cidade está salva. E Dante! Se o fizemos fugir com nosso conhecimento, então o *derrotamos*, Lowell.

Fields levantou-se, sorrindo.

— Ah, senhores, oferecerei um jantar a Dante que fará o Clube de Sábado se envergonhar. Que a carne de carneiro esteja tão suave quanto um verso de Longfellow! E que o Moët cintile como a sabedoria de

Holmes, e que as facas de trinchar sejam tão afiadas quanto a sátira de Lowell!

Três vivas ecoaram para Fields.

Tudo isso reconfortou Lowell, de alguma maneira, como também as notícias de uma sessão da tradução de Dante — começar a voltar aos tempos normais, retornar ao puro prazer de seus estudos. Ele esperava que não tivessem perdido o direito a este prazer por ter aplicado os conhecimentos que tinham de Dante a assuntos tão repugnantes.

Longfellow pareceu saber das preocupações de Lowell.

— Nos tempos de Washington — disse ele —, eles derretiam os tubos dos órgãos das igrejas para fazer balas a serem usadas nas armas de fogo, meu caro Lowell. Não tinham escolha. Agora, Lowell, Holmes, vocês me acompanham até a adega de vinho enquanto Fields vai ver como estão as coisas na cozinha? — pediu enquanto pegava uma das velas da mesa.

— Ah, a verdadeira fundação de uma casa! — Lowell pulou de seu sofá. — Você tem uma boa safra, Longfellow?

— Você conhece a regra que sigo, Sr. Lowell:

Quando para jantar convidar um amigo
Ofereça-lhe seu melhor vinho.
Quando forem dois os amigos convidados,
Sirva-lhes o segundo colocado.

Os companheiros deixaram escapar uma gargalhada coletiva, inflacionada pela consciência aliviada.

— Mas temos quatro gargantas a saciar! — objetou Holmes.

— Então, não tenhamos muitas expectativas, meu caro doutor — advertiu Longfellow.

Holmes e Lowell acompanharam-no até o porão sob a luz do brilho prateado da vela. Lowell aproveitou a risada e a conversa para se distrair das pontadas de dor que se irradiavam por sua perna, pulsando e subindo a partir do disco vermelho que cobria seu tornozelo.

* * *

Phineas Jennison, de capa branca, colete amarelo, e o insistente chapéu branco de bordas largas, desceu as escadas de sua mansão em Back Bay. Caminhava e assobiava. Girava seu cajado adornado a ouro. Ria com entusiasmo, como se tivesse acabado de escutar uma ótima piada em sua cabeça. Phineas Jennison muita vezes ria consigo mesmo durante a caminhada que fazia todo final de tarde por Boston, a cidade que conquistara. Havia ainda um outro mundo a conquistar, um mundo onde o dinheiro tinha limites severos, onde o sangue determinava muito do status de uma pessoa, e esta conquista ele estava prestes a fazer, apesar dos obstáculos recentes.

Do outro lado da rua, ele era observado passo a passo, desde o momento em que saíra de sua mansão. A próxima sombra precisando receber sua punição. Veja como ele anda e assobia e ri, como se não vivesse no erro e jamais houvesse vivido. Passo a passo. A vergonha de uma cidade que já não podia dirigir o curso do próprio futuro. Uma cidade que perdera sua alma. Aquele, que sacrificara o único capaz de reuni-los todos. O observador chamou.

Jennison parou, esfregando seu famoso queixo com covinha. Apertou os olhos para dentro da noite.

— Alguém disse meu nome?

Nenhuma resposta.

Jennison atravessou a rua e viu mais à frente, com um débil reconhecimento e certa tranquilidade, a pessoa parada ao lado da igreja.

— Ah, você. Eu me lembro de você. O que deseja?

Jennison sentiu o homem meter-se atrás dele, e então alguma coisa espetou as costas do príncipe dos comerciantes.

— Pegue o meu dinheiro, senhor, leve tudo! Por favor! O senhor pode ficar com ele e ir embora! Quanto deseja? Basta dizer! Que tal?

— Te guiarei quanto antes pelos desvãos do sítio eterno. Eu te guiarei.

A última coisa que J. T. Fields esperava encontrar quando desceu de sua carruagem na manhã seguinte era um corpo.

— Espere mais à frente — disse Fields a seu condutor. Fields e Lowell desceram e caminharam pela calçada, em direção à Wade & Sons.

— Foi aí que Bachi entrou antes de ir correndo para o porto — indicou Fields a Lowell.

Eles não haviam encontrado nenhuma referência à loja nos catálogos da cidade.

— Quero ser enforcado se Bachi não estava fazendo alguma coisa soturna aí — disse Lowell.

Bateram à porta com calma, sem obter resposta. Então, depois de um tempo, a porta se abriu com força e um homem com um casaco azul comprido e botões dourados passou como um raio. Estava carregando uma caixa sobrecarregada com vários materiais.

— Perdão — disse Fields.

Dois policiais aproximaram-se agora e abriram ainda mais as portas da Wade & Sons, empurrando Lowell e Fields para dentro. Dentro, havia um velho caído sobre o balcão, com uma caneta ainda na mão, como se tivesse parado no meio da frase. As paredes e as estantes estavam nuas. Lowell aproximou-se. Um fio de telégrafo ainda estava em volta do pescoço do homem morto. O poeta observou, fascinado, como o homem parecia vivo.

Fields apressou-se em direção a ele e puxou seu braço para a porta.

— Ele está morto, Lowell!

— Morto como uma das carcaças de Holmes na Faculdade de Medicina — concordou Lowell. — Um assassinato tão mundano não poderia ter sido cometido pelo nosso danteano, devo dizer.

— Lowell, venha! — Fields entrou em pânico ao ver o número crescente de policiais que se ocupavam em examinar o local, ainda sem reparar nos dois intrusos.

— Fields, tem uma mala ao lado dele. Ele estava se preparando para fugir, assim como Bachi. — Olhou outra vez para a caneta na mão do cadáver. — Estava tentando finalizar algum negócio não terminado, eu tenderia a pensar.

— Lowell, por favor! — exclamou Fields.

— Muito bem, Fields. — Mas Lowell girou em direção ao corpo e parou na bandeja de correspondência na escrivaninha, deslizando o envelope que estava no topo para dentro do bolso de seu casaco. — Vamos, então. — Lowell voltou-se em direção à porta. Fields apressou-se na frente, mas parou para olhar para trás quando não sentiu a presença de Lowell seguindo-o. Lowell tinha parado no meio da sala com uma expressão assustadora, dolorida no rosto.

— O que foi, Lowell?

— Meu maldito tornozelo.

Quando Fields voltou-se outra vez para a porta, um policial estava esperando com uma expressão curiosa.

— Estávamos apenas procurando um amigo, senhor policial, que vimos pela última vez entrando nesta loja ontem.

Depois de escutar a história dos dois, o policial decidiu escrevê-la em seu caderno de anotações.

— Qual é mesmo o nome do seu amigo, senhores? O italiano?

— Bachi, B-a-c-h-i.

Quando Lowell e Fields tiveram permissão para sair, o detetive Henshaw e dois outros homens do bureau de detetives chegaram com o médico-legista, Sr. Barnicoat, e dispensaram a maioria dos policiais.

— Enterrem-no no cemitério de indigentes, com o restante da sujeira — disse Henshaw quando viu o corpo. — Ichabod Ross. Desperdício do meu precioso tempo. Ainda podia estar tomando meu desjejum.

Fields deixou-se ficar até os olhos de Henshaw encontrarem os seus com atenção vigilante.

Os jornais da noite publicaram uma pequena notícia sobre o assassinato de Ichabod Ross, um comerciante menor, durante um roubo.

No envelope que Lowell surrupiara estava escrito RELÓGIOS VANE. Era uma casa de penhores numa das ruas menos desejáveis do leste de Boston.

Quando, na manhã seguinte, Lowell e Fields foram à loja sem vitrine, encontraram um homem enorme, com não menos que cento e tantos quilos, um rosto tão vermelho como o tomate da estação e uma barba esverdeada escondendo seu queixo. Um enorme conjunto de chaves estava pendurado em uma corda em volta de seu pescoço, e tilintava sempre que ele se mexia.

— Sr. Vane?

— Em carne e osso — respondeu ele, depois seu sorriso congelou ao examinar as roupas de seus visitantes. — Eu já falei para aqueles detetives de Nova York que não tenho nada a ver com as notas falsas!

— Não somos detetives — disse Lowell. — Acho que isto lhe pertence. — Ele colocou o envelope sobre o balcão. — É de Ichabod Ross.

Um sorriso enorme espalhou por seu rosto.

— Ora, ora, não é agradável? Ora bolas! Achei que o velhaco tinha esticado as canelas sem se acertar comigo.

— Sr. Vane, lamentamos a perda de seu amigo. O senhor sabe por que o Sr. Ross teve esse destino? — perguntou Fields.

— Oh, curiosos que gostam de novidades, é? Bem, os senhores trouxeram seus porcos para o mercado certo. O que podem pagar?

— Acabamos de lhe trazer o pagamento do Sr. Ross — lembrou Fields.

— Que é meu por direito! — disse Vane. — O senhor nega isso?

— Será que tudo tem que ser feito por dinheiro? — retrucou Lowell.

— Lowell, por favor — sussurrou Fields.

O sorriso de Vane congelou-se outra vez, e ele olhou para a frente. Seus olhos dobraram de tamanho.

— Lowell? Lowell, o poeta?

— Ora, sim... — confessou Lowell, um pouco desconcertado.

— E o que é tão raro como um dia de junho? — disse o homem, depois caiu numa gargalhada antes de continuar:

> — E o que é tão raro como um dia em junho?
> Quando, para sempre, os dias são perfeitos;
> Quando o céu tenta se harmonizar com a terra,
> E sobre ela gentilmente estende suas espigas;
> E quer olhemos, quer escutemos,
> Ouvimos o murmúrio da vida, ou a vemos brilhar.

— A palavra no quarto verso é *man-sa-men-te* — corrigiu Lowell com alguma indignação. — Assim, "*man-sa-men-te* estende suas espigas...".

— Nunca diga que não existe um grande poeta americano! Oh, Deus e o diabo, tenho a sua casa, também! — anunciou Vane, tirando de sob o balcão uma edição encadernada em couro de *Casas e assombrações de nossos poetas* e folheando para achar o capítulo sobre Elmwood. — Oh, tenho até seu autógrafo em meu catálogo. Perto dos de Longfellow,

Emerson e Whittier, o senhor está entre os que têm o preço mais alto. Aquele malandro do Oliver Holmes também está lá em cima, e estaria ainda mais alto se não pusesse seu nome em tantas coisas.

O homem, que adquirira uma nova coloração com a excitação, abriu uma gaveta com uma das chaves tilintantes e pegou um pedaço de papel no qual estava assinado o nome de James Russell Lowell.

— Ora, isso não é nem de perto a minha assinatura! — disse Lowell.

— Quem escreveu isso não sabe pôr nem a caneta no papel! Exijo que o senhor me entregue, imediatamente, todos os autógrafos falsificados de todos os autores que possui, senhor, ou será procurado por meu advogado, Sr. Hillard, antes do final do dia!

— *Lowell!* — Fields puxou-o do balcão.

— Como vou poder dormir esta noite sabendo que esse digno cidadão tem garatujas suficientes naquele caderno para cobrir minha casa? — exclamou Lowell.

— Precisamos da ajuda desse homem!

— Certo. — Lowell endireitou seu paletó. — Na igreja com os santos, na taverna com os pecadores.

— Por favor, Sr. Vane. — Fields voltou-se para o proprietário e abriu sua carteira. — Queremos saber sobre o Sr. Ross e depois o deixaremos em paz. Quanto o senhor desejaria para nos transmitir o que sabe?

— Não farei isso por dinheiro de forma alguma! — Vane riu com entusiasmo, seus olhos parecendo entrar completamente no seu crânio. — Será que tudo tem que ser feito por dinheiro?

Vane sugeriu quarenta autógrafos de Lowell como pagamento suficiente. Fields levantou uma sobrancelha consultando o poeta, que concordou, mal-humorado. Enquanto Lowell assinava seu nome em duas colunas de um bloco de anotações ("Uma mercadoria de qualidade superior", declarou Vane, aprovando a caligrafia de Lowell), Vane contou a Fields que Ross era um antigo tipógrafo de jornal que passara a imprimir dinheiro falso. O homem cometera o erro de passar o dinheiro para uma roda de jogatina que usava as notas falsas para enganar os jogadores locais, e tinha até mesmo usado algumas casas de penhores como receptores de má vontade para as mercadorias compradas com o dinheiro ganho nessa operação (a expressão *de má vontade* foi pronunciada com uma grande mexida da boca do cavalheiro, a língua indo para cima e passando pelos lábios, quase molhando seu nariz). Era apenas uma questão de tempo antes de o esquema acertar as contas com ele.

De volta à Corner, Fields e Lowell repetiram tudo isso para Longfellow e Holmes.

— Acho que podemos adivinhar o que estava na sacola de Bachi quando ele saiu da loja de Ross — disse Fields. — Uma sacola de notas falsas como algum tipo de acordo desesperado. Mas o que ele estaria fazendo ao se envolver com falsificação?

— Se você não consegue ganhar dinheiro, suponho que uma saída seja *fazê-lo* — disse Holmes.

— Seja lá o que o tiver levado a isso — disse Longfellow —, parece que o *signor* Bachi conseguiu sair bem em tempo.

Quando chegou a noite de quarta-feira, Longfellow deu as boas-vindas a seus convidados na escadaria da Craigie House à maneira antiga. Ao entrar, eles receberam uma segunda recepção na forma de uma lambida de Trap. George Washington Greene os fez saber como seu coração tinha melhorado depois que recebera a notícia da reunião e manifestou sua esperança de que agora eles retomassem o calendário regular. Ele tinha se preparado diligentemente, como sempre, para os cantos programados.

Longfellow anunciou o início da reunião e os estudiosos sentaram-se em seus lugares. O anfitrião passou o canto de Dante em italiano e as provas correspondentes da sua tradução para o inglês. Trap observava os procedimentos com profundo interesse. Satisfeito com a posição costumeira e ordenada dos assentos, e com o conforto de seu dono, a sentinela canina acomodou-se no vazio que havia embaixo da poltrona cavernosa de Greene. Trap sabia que o velho lhe tinha uma afeição especial que se manifestava em comida da mesa da ceia e, além disso, a poltrona de belbutina era a mais próxima do calor intenso que emanava da lareira do escritório.

— Um demônio, com a força dos gigantes, brande furioso sua larga espada sobre cada um de nós...

Depois de sair da Delegacia Central, Nicholas Rey tentou evitar cair no sono no bonde puxado a cavalo. Só agora ele sentia como vinha descansando pouco nas últimas noites, embora praticamente tivesse permanecido acorrentado à sua escrivaninha pelas ordens do prefeito Lincoln, com pouca coisa com que preencher seu dia. Kurtz agora tinha um novo condutor, um policial novato de Watertown. Na breve soneca a que os movimentos duros do carro induziram, um homem bestial aproximava-se dele e sussurrava: "Não posso morrer como estou aqui", e, mesmo dormindo, Rey sabia que o *aqui* não era uma parte do quebra-cabeça deixado no chão do local do assassinato de Elisha Talbot. *Não posso morrer como estou.* Foi acordado por dois homens, segurando nas correias do bonde, discutindo sobre os méritos do sufrágio feminino, e então lhe veio uma determinação sonolenta — e uma compreensão: a figura bestial de seu sonho tinha o rosto do suicida, embora ampliado três ou quatro vezes. Logo a campainha tocou e o condutor gritou: "Mount Auburn! Mount Auburn!"

Depois de esperar seu pai sair para a reunião do Clube Dante, Mabel Lowell, que recentemente completara 18 anos, aproximou-se da escrivaninha francesa de mogno rebaixada a depósito de papel por seu pai, que preferia escrever sobre um velho apoio de papelão, sentado em sua poltrona no canto.

Ela sentia falta do bom humor do pai. Mabel Lowell não se interessava em ir atrás dos rapazes de Harvard nem por participar do círculo de costura da pequena Amelia Holmes onde ficariam conversando sobre quem elas aceitariam ou rejeitariam (exceto quanto às garotas estrangeiras, cuja rejeição não exigia discussão), como se todo o mundo civilizado estivesse esperando para entrar no seu clube de costura. Mabel queria ler e viajar pelo mundo para ver ao vivo o que lera nos livros, os de seu pai e os de outros escritores visionários.

Os papéis do pai estavam na desordem costumeira; embora isso diminuísse o risco de uma descoberta futura, necessitavam de delicadeza especial, pois as pilhas desajeitadas poderiam cair de uma vez. Ela encontrou penas gastas até o cepo e muitos poemas pelo meio, com borrões frustrantes de tinta esmaecendo onde ela gostaria de ler mais. O pai havia lhe alertado para nunca escrever versos, pois a maioria se revelava ruim e os bons eram tão inacabáveis como uma pessoa bonita.

Havia um esboço estranho — um esboço feito a lápis em papel pautado. Fora desenhado com o cuidado milimétrico com que se desenha, ela imaginava, o diagrama de um mapa quando se está perdido em um bosque ou, ela imaginava também, ao traçar hieróglifos — feito solenemente na tentativa de decodificar algum sentido ou orientação. Quando ela era criança, e o pai viajava, ele sempre ilustrava as margens das cartas que enviava para casa com figuras toscas dos organizadores dos encontros ou dos dignitários estrangeiros com quem havia se encontrado. Agora, pensando em como aquelas ilustrações bem-humoradas a faziam rir, ela a princípio concluiu que o esboço mostrava as pernas de um homem, com patins de gelo gigantescos e um plano chato de algum tipo onde deveria começar sua cintura. Insatisfeita com a interpretação, Mabel virou o papel de lado e depois de cabeça para baixo. Observou que as linhas denteadas nos pés deveriam representar espirais de fogo, e não patins.

Longfellow leu sua tradução do Canto XXVIII, no qual tinham parado na última reunião. Ele gostaria de entregar logo as provas finais desse canto para Houghton e tirá-lo da lista de pendências da Gráfica Riverside. Era fisicamente a seção mais desagradável de todo o *Inferno*. Ali, Virgílio guiava Dante para o nono círculo de uma vasta seção do Inferno conhecida como Malebolge, na qual os Cismáticos, aqueles que causaram discórdia e separaram nações, religiões e famílias em vida e, agora, no Inferno, viam-se a si mesmos separados — corporalmente —, mutilados e cortados em pedaços.

— ... *Fenda maior não mostraria* — Longfellow leu sua versão das palavras de Dante — *qual vi de alguém as vísceras golpeadas.*

Ele respirou profundamente antes de continuar:

— *Às pernas o intestino lhe escorria;*
à mostra estavam, nele, o coração
e a bolsa que o alimento recebia.

Dante tinha se mostrado moderado antes disso. Este canto demonstrava a verdadeira crença de Dante em Deus. Só alguém com a mais forte fé na alma imortal poderia conceber um tormento tão grande para o corpo mortal.

— A obscenidade de algumas destas passagens — disse Fields — envergonharia o mais bêbado dos comerciantes de cavalo.

"Mas outro co' o pescoço perfurado,
o nariz decepado totalmente,
e a orelha conservando só de um lado,
que se quedara a olhar-me fixamente
como os demais a boca abriu, insana,
de sangue lambuzada externamente."

E esses eram homens que Dante havia conhecido! Essa sombra com o nariz e a orelha decepados, Pier da Medicina, na província de Bologna, não fizera nenhum mal pessoal a Dante, embora tenha alimentado a dissensão entre os cidadãos da Florença de Dante. Ao escrever sua jornada no mundo do além, Dante não conseguia tirar seus pensamentos daquela cidade. Precisava ver seus heróis redimidos no Purgatório e recompensados no Paraíso; ansiava por encontrar os maus nos círculos infernais mais baixos. O poeta não apenas imaginou o Inferno como uma possibilidade, ele sentiu sua realidade. Dante viu até um parente Alighieri ali, entre os cortados em pedaços, apontando para ele, pedindo vingança por sua morte.

Na cozinha do porão da Craigie House, a pequena Annie Allegra entrou vindo do saguão, esfregando os olhos na tentativa de afastar o sono.

Peter estava alimentando o forno da cozinha com um balde de carvão.

— Srta. Annie, o Sr. Longfellow já não a levou para cama?

Ela se esforçava para manter os olhos abertos.

— Quero beber um copo de leite, Peter.

— Agorinha mesmo lhe preparo um, Srta. Annie — disse uma das cozinheiras com sua voz cantante, enquanto dava uma olhadinha no pão que estava assando. — Com prazer, queridinha, com prazer.

Uma batida fraca chegou da porta da frente. Annie reclamou animadamente o privilégio de atendê-la, sempre pronta a tarefas em que servisse de ajuda, especialmente nas que se referiam a visitas. A menina correu até o saguão e puxou a porta maciça.

— Pssssiu! — sussurrou Annie Allegra Longfellow antes mesmo de ver o rosto simpático do recém-chegado. Ele se inclinou. — Hoje é quarta-feira — explicou ela, confidencialmente, colocando a mão na boca. — Se o senhor está aqui para ver o papai, deve esperar até ele terminar com o Sr. Lowell e os outros. Essas são as regras, o senhor sabe. O senhor pode esperar aqui fora ou na sala de estar, se desejar — acrescentou, apontando para suas opções.

— Peço desculpas pela intrusão, Srta. Longfellow — disse Nicholas Rey.

Annie Allegra assentiu graciosamente e, voltando a enfrentar o peso renovado de suas pálpebras, caminhou vagarosamente para as escadas angulosas, esquecendo por que havia descido.

Nicholas Rey ficou de pé no saguão da Craigie House, entre as imagens de Washington. Pegou os pedaços de papel do bolso. Ele viera de novo lhes pedir ajuda, desta vez para mostrar os pedaços que pegara no chão perto do local da morte de Talbot, na esperança de que pudessem ver alguma conexão que ele não podia perceber. Ele encontrara vários estrangeiros no porto que reconheceram a imagem do suicida; isso reforçou a convicção de Rey de que o saltador era estrangeiro, que fora outra língua que ele sussurrara em seu ouvido. E essa convicção não o deixava esquecer de que o Dr. Holmes e os outros sabiam algo mais que não podiam lhe contar.

Rey começou a caminhar em direção à sala de estar, mas parou antes de sair do saguão. Virou-se atônito. Alguma coisa lhe chamara a atenção. O que acabara de ouvir? Refez seus passos e depois aproximou-se da porta do estúdio.

— *Che le ferrite son richiuse prima ch'altri dinanzi li rivada...*

Rey estremeceu. Deu mais três meticulosos passos abafados até a porta do escritório. *"Dinanzi li rivada."* Ele pegou o bloco de anotações de seu colete e encontrou a palavra: *Dinansi.* A palavra vinha assombrando-o desde que o mendigo estraçalhou a janela da delegacia, soletrando-se a si mesma em seus sonhos e nas batidas de seu coração. Rey inclinou-se contra a porta do escritório e pressionou completamente a orelha contra a madeira branca fria.

— Aqui, Bertrand de Born, que cortou os laços de um filho com o pai ao instigar a guerra entre eles, segura no alto com a mão, como se fosse uma lanterna, sua própria cabeça separada do corpo, falando ao peregrino de Florença pela boca da cabeça destacada em seu *contrapasso,* a retribuição ao pecado cometido — disse a voz tranquila de Longfellow.

— Como o Cavaleiro sem Cabeça de Irving. — Ouviu-se a inconfundível risada em barítono de Lowell.

Rey tirou rapidamente o papel e escreveu o que escutara.

> — *Pois que desfiz essa profunda união,*
> *a mente levo agora separada,*
> *de seu princípio, que é o coração.*
> *E em mim se vê a ofensa compensada!*

Ofensa compensada? Um zumbido nasal suave. Como um ressonar. Rey aquietou a própria respiração. Escutou uma sinfonia de rabiscos provocada pelo deslizar das penas.

— A punição mais perfeita de Dante — disse Lowell.

— Talvez o próprio Dar te concordasse — comentou outro.

Os pensamentos de Rey estavam demasiado nublados para que continuasse a tentar distinguir quem falava, e o diálogo transformou-se em coro.

— ... é a única vez que Dante chama a atenção explícita para a ideia de *contrapasso,* uma palavra para a qual não temos uma tradução exata, nenhuma definição precisa em inglês, porque a palavra em si mesma é sua definição... Bem, meu caro Longfellow, eu diria *contrassofrimento*... a ofensa compensada, a noção de que todo pecador deve ser punido com a continuação do dano de seu próprio pecado voltado contra ele... exatamente como esses cismáticos cortados em pedaços...

Rey deu alguns passos para trás, até voltar para a porta de entrada.

— A aula terminou, cavalheiros...

Livros foram fechados com ruído, papéis farfalharam e Trap começou a latir, despercebido, para o lado de fora da janela.

— E agora merecemos uma ceia pelos nossos trabalhos...

— Que faisão verdadeiramente gordo, este! — disse James Russell Lowell, agitado, observando o estranho esqueleto de um corpo largo, com uma cabeça chata e de tamanho exagerado.

— Não existe animal cujo interior ele já não tenha separado e juntado novamente — comentou o Dr. Holmes sorridente e, Lowell pensou, um pouco depreciativo.

Era cedo na manhã seguinte à reunião do Clube Dante, e Lowell e Holmes estavam no laboratório do professor Louis Agassiz, no Museu de Zoologia Comparada de Harvard. Agassiz recebeu-os, lançando um olhar à ferida de Lowell antes de retornar a seu escritório particular para terminar algum assunto.

— O bilhete de Agassiz parecia, pelo menos, interessado nas amostras de insetos — dissera Lowell, tentando soar indiferente. Tinha certeza, agora, que o inseto do estúdio de Healey de fato o picara, e estava profundamente preocupado com o que Agassiz diria sobre seus terríveis efeitos: "Ah, não há esperanças, pobre Lowell, que pena." Lowell não confiava na opinião de Holmes de que esse tipo de inseto não podia ferroar. Que tipo de inseto que se preza que não ferroava? Lowell esperava um prognóstico fatal: seria quase um alívio ouvi-lo em alto e bom som. Ele não contou a Holmes como a ferida crescera em tamanho nos últimos dias, nem disse que várias vezes a sentia latejar violentamente dentro da perna, ou como, por horas seguidas, podia rastrear a dor difundindo-se por todos os seus nervos. Não seria tão fraco assim diante de Holmes.

— Ah, gostou disso, Lowell?

Louis Agassiz entrou com as amostras dos insetos em suas mãos carnudas que, mesmo depois de bastante lavadas, sempre cheiravam a óleo, peixe e álcool. Lowell havia esquecido que estava parado perto do balcão com o esqueleto que parecia ter pertencido a uma enorme galinha.

Agassiz disse, com orgulho:

— O cônsul de Maurício me trouxe dois esqueletos de dodô enquanto eu estava viajando! Não é um tesouro?

— Você acha que a carne era gostosa, Agassiz? — perguntou Holmes.

— Ah, sim. Pena que não possamos servir dodôs em nosso Clube de Sábado! Uma boa refeição sempre foi uma das maiores bênçãos da humanidade. Que pena!Muito bem, então, estamos prontos?

Lowell e Holmes seguiram-no até uma mesa em torno da qual se sentaram. Agassiz cuidadosamente retirou os insetos dos frascos com solução de álcool.

— Antes de mais nada, digam-me: onde encontraram esses espécimes especiais, Dr. Holmes?

— Foi Lowell quem os encontrou, na verdade — respondeu Holmes, com cautela. — Perto de Beacon Hill.

— Beacon Hill — ecoou Agassiz, embora as palavras soassem de maneira inteiramente diferente em seu pesado sotaque suíço-alemão. — Diga-me, Dr. Holmes, o que o *senhor* acha que são?

Holmes não gostava da prática de fazer perguntas com a intenção de provocar respostas erradas.

— Essa não é minha área. Mas elas são moscas-varejeiras, não são, Agassiz?

— Ah, sim. Gênero?

— *Cochliomyia* — disse Holmes.

— Espécie?

— *Macellaria.*

— Ah-há! — Agassis riu. — Elas realmente são parecidas se você acredita nos livros, não são, caro Holmes?

— Então, elas não são... isso? — perguntou Lowell. Parecia que todo o sangue tinha sumido de seu rosto. Se Holmes estava errado, então talvez as moscas não fossem inofensivas.

— As duas espécies são quase idênticas fisicamente — disse Agassiz, depois ofegou de uma maneira que cortava qualquer comentário. — Quase. — Agassiz foi até a estante de livros. Seu aspecto grande e sua figura cheia o faziam parecer mais um político de sucesso do que biólogo e botânico. O novo Museu de Zoologia Comparada era a culminação de toda a sua carreira, pois finalmente teria recursos para completar sua classificação das miríades de espécies não nomeadas de animais e plantas do mundo.

— Deixem-me mostrar-lhes uma coisa. Existem cerca de 2.500 espécies de moscas na América do Norte que sabemos como nomear. No entanto, por minhas estimativas, existem agora 10 mil espécies de moscas vivendo entre nós.

Ele mostrou alguns desenhos. Eram cruas representações quase grotescas de rostos humanos, os narizes substituídos por buracos bizarros, rabiscos escurecidos.

Agassiz explicou:

— Há alguns anos, um cirurgião na Marinha da França Imperial, Dr. Coquerel, foi chamado à colônia na ilha do Diabo, na Guiana Francesa, na América do Sul, ao norte do Brasil. Cinco colonos estavam no hospital com sintomas graves e não identificados. Um dos homens morreu logo depois que o Dr. Coquerel chegou. Quando ele lavou com jato de água os sínus do corpo, encontrou trezentas larvas de moscas lá dentro.

Holmes estava perplexo.

— As larvas estavam dentro de um homem, *um homem vivo*?

— Holmes, não interrompa! — exclamou Lowell.

Agassiz assentiu à questão de Holmes com um pesado silêncio.

— Mas a *Cochliomyia macellaria* só pode digerir tecidos mortos — protestou Holmes. — Não existem larvas capazes de parasitismo.

— Lembre-se das 8 mil moscas desconhecidas sobre as quais acabei de falar, Holmes! — contestou Agassiz. — Essa não era a *Cochliomyia macellaria*. Era uma espécie completamente diferente, meus amigos.

Uma que não conhecíamos antes, ou não queríamos admitir que existisse. Uma mosca fêmea dessa espécie tinha depositado ovos nas narinas do paciente, onde chocaram, e as larvas se desenvolveram, comendo direto da cabeça dele. Dois outros homens da ilha do Diabo morreram com a mesma infestação. Para salvar os outros, o médico simplesmente tirou as larvas por suas narinas. As moscas-varejeiras *macellaria* só podem se alimentar de tecidos mortos; preferem os cadáveres. Mas as larvas *dessa* outra espécie de mosca, Holmes, sobrevivem apenas de tecidos *vivos*.

Agassiz esperou as reações se estamparem no rosto dos dois. Depois continuou:

— A mosca fêmea acasala-se uma única vez, mas pode botar um número maciço de ovos durante três dias, dez ou 11 vezes no seu ciclo de vida de um mês. Uma única mosca fêmea pode botar até *quatrocentos ovos* de uma só vez. Elas procuram feridas quentes em animais ou humanos nas quais fazem seus ninhos. Os ovos produzem larvas que infestam as feridas, abrindo caminho pela carne. Quanto mais infestada estiver a carne, mais moscas adultas são atraídas. As larvas alimentam-se dos tecidos vivos até conseguirem abrir seu caminho para fora e, alguns dias depois, tornam-se moscas. Meu amigo Coquerel nomeou esta espécie de *Cochliomyia hominivorax*.

— *Homini... vorax* — repetiu Lowell. Ele traduziu grosseiramente e olhou para Holmes: "devoradoras de homem".

— Exatamente — disse Agassiz, com o entusiasmo relutante de um cientista prestes a anunciar uma terrível descoberta. — Coquerel registrou isso em revistas científicas, embora poucos acreditassem em seus indícios.

— Mas o senhor acreditou? — perguntou Holmes.

— Certamente — disse Agassiz, sério. — Desde que Coquerel me enviou seus desenhos, tenho analisado histórias médicas e registros dos últimos trinta anos procurando referências a experiências semelhantes, feitas por pessoas que desconheciam esses detalhes. Isidore Saint-Hilaire registrou um caso de larva encontrada dentro da pele de uma criança. O Dr. Livingston, segundo Cobbold, encontrou várias larvas de *diptera* no ombro de um negro ferido. No Brasil, em minhas viagens, descobri que essas moscas são chamadas de varejeiras, conhecidas como uma peste tanto para os homens como para os animais. E na guerra do México, foi registrado que as pessoas chamavam de "moscas da carne" as que deixavam seus ovos nas feridas de soldados abandonados no campo à noite. Algumas vezes, as larvas não causam danos, alimentando-se apenas de tecidos mortos. Essas são as moscas-varejeiras comuns, as *macellaria* como as que você conhece, Dr. Holmes. Mas outras vezes o corpo fica cheio de inchaços e não há como salvar o que sobra das vidas dos soldados. Eles são esvaziados de dentro para fora. Compreendem? Essas são as *hominivorax*. Essas moscas precisam pôr seus ovos em pessoas ou animais impotentes: este é o único meio de sua cria sobreviver. A vida delas exige a ingestão do que está vivo. A pesquisa está apenas começando, meus amigos, e é muito instigante. Ora, juntei meus primeiros espécimes de *hominivorax* em minha viagem ao Brasil. Superficialmente, os dois tipos de moscas-varejeiras são muito parecidos. É preciso examinar a intensidade da coloração; é preciso medir com instrumentos mais sensíveis. Foi assim que pude reconhecer suas amostras ontem.

Agassiz puxou outro banco.

— Agora, Lowell, vamos ver sua pobre perna outra vez, sim?

Lowell tentou falar, mas seus lábios tremiam violentamente.

— Oh, não se preocupe, Lowell! — Agassiz estalou numa risada. — Então, Lowell, você sentiu o inseto na sua perna e então o afugentou?

— E o matei! — lembrou-lhe Lowell.

Agassiz retirou um bisturi de uma gaveta.

— Bom! Dr. Holmes, quero que você enfie isso no centro da ferida e depois o retire.

— Tem certeza, Agassiz? — perguntou Lowell, nervoso.

Holmes engoliu em seco e ajoelhou-se. Posicionou o bisturi no tornozelo de Lowell, depois levantou os olhos para o rosto do amigo. Lowell estava com o olhar fixo, a boca aberta.

— Você não vai nem sentir, Jamey — prometeu Holmes baixinho, um conforto entre colegas. Agassiz, embora a apenas alguns centímetros de distância, gentilmente fingiu não escutar.

Lowell assentiu e apertou as laterais de seu banco. Holmes fez como Agassiz dissera, inserindo a ponta do bisturi no centro do inchaço no tornozelo de Lowell. Quando retirou o bisturi, ali estava uma larva dura e branca, com 4 milímetros no máximo, revolvendo-se na ponta da lâmina: viva.

— Isso, aí está ela! A bela *hominivorax*! — Agassiz sorriu triunfalmente. Examinou a ferida de Lowell procurando outras, e depois envolveu seu tornozelo. Pegou a larva amorosamente com a mão. — Você vê, Lowell, a pobre mosca-varejeira que você viu teve apenas alguns segundos antes que você a matasse, portanto só teve tempo de deixar um ovo. Sua ferida não é profunda e vai sarar completamente, você ficará perfeitamente bem. Mas veja como sua lesão na perna cresceu com apenas uma larva rastejando dentro de você, como doía quando ela rasgava algum tecido. Imagine centenas. Depois imagine centenas de milhares desenvolvendo-se dentro de você a cada poucos minutos.

Lowell deu um sorriso largo o suficiente para enviar as pontas de seu bigode aos cantos opostos de seu rosto.

— Escutou isso, Holmes? Ficarei bem! — Ele riu e abraçou Agassiz e em seguida Holmes. Depois, começou a pensar no que tudo aquilo significava... para Artemus Healey, para o Clube Dante.

Agassiz também ficou sério, enquanto enxugava as mãos na toalha.

— Ainda tem uma coisa, caros amigos. A coisa mais estranha, na verdade. Essas pequenas criaturas não pertencem a esse meio, não pertencem à Nova Inglaterra nem a estes arredores. São nativas deste hemisfério, isso parece certo. Mas são encontradas apenas em lugares mais quentes, mais pantanosos. Vi enxames delas no Brasil, mas nunca as vi em Boston. Nunca foram registradas, pelo nome correto ou por nenhum outro. Como chegaram aqui, não posso especular. Talvez acidentalmente em um carregamento de gado ou... — Agassiz passou a encarar a situação com um humor mais desapegado. — Não importa. É sorte nossa que essas criaturas *não possam* viver em um clima setentrional como o nosso, não nesta temperatura e neste ambiente. Elas não são boas vizinhas, essas varejeiras. Felizmente, as que realmente chegaram até aqui provavelmente já morreram de frio.

Da maneira como o medo prontamente passa, Lowell tinha esquecido completamente a certeza de sua perdição, e sua experiência penosa era agora uma fonte de prazer, por ter sobrevivido. Mas só podia pensar em uma coisa enquanto se afastava do museu, caminhando silencioso ao lado de Holmes.

Holmes foi o primeiro a falar.

— Eu estava cego para aceitar as conclusões de Barnicoat, publicadas pelos jornais. Healey não morreu de um golpe na cabeça! Os insetos não eram apenas um *tableau vivant* dantesco, um show decorativo, para que a punição de Dante fosse reconhecida por nós. Eles foram soltos com o objetivo de causar dor — disse Holmes, de uma só vez. — Os insetos não foram ornamentos, mas sim a arma que ele usou!

"Nosso Lúcifer não quer simplesmente que suas vítimas morram, mas que sofram, como as sombras no *Inferno*. Um estado entre a vida e a morte que contém ambas e não é nenhuma."

Lowell virou-se para Holmes e pegou seu braço.

— Para testemunhar seu próprio sofrimento. Wendell, eu *senti* aquela criatura me devorando por dentro. Ingerindo-me. Ainda que ela tenha comido apenas uma pequena quantidade de tecido, senti como se algo estivesse correndo direto pelo sangue até minha alma. A empregada estava dizendo a verdade.

— Por Deus, estava! — disse Holmes, aterrorizado. — O que significa que Healey...

Nenhum deles pôde falar do sofrimento que, agora sabiam, Healey padecera. O presidente da Suprema Corte deveria ter ido para sua casa de campo na manhã de sábado e seu corpo só fora encontrado na terça-feira. Ficara vivo durante quatro dias sob os cuidados de dezenas de milhares de *hominivorax* devorando seu interior... seu cérebro... milímetro após milímetro, hora após hora.

Holmes olhou para o vidro com amostras de insetos que Agassiz lhes devolvera.

— Lowell, tem uma coisa que devo dizer, mas não quero provocar uma briga com você.

— Pietro Bachi.

Holmes assentiu cautelosamente.

— Isso não parece se enquadrar no que sabemos dele, não é? — perguntou Lowell. — Isso joga por terra todas as nossas teorias!

— Pense nisso: Bachi era amargo; Bachi era esquentado; Bachi era bêbado. Mas essa crueldade metódica, profunda. Você consegue ver isso nele? Honestamente? Bachi pode ter tentado encenar alguma coisa para mostrar o erro de trazê-lo à América. Mas recriar as punições de Dante de maneira completa e meticulosa? Nossos equívocos devem ter se emaranhado uns nos outros desde o começo, Lowell, como salamandras depois da chuva. E um novo equívoco nos espreita debaixo de cada folha que viramos. — Holmes agitou os braços, frenético.

— O que você está fazendo? — perguntou Lowell. A casa de Longfellow estava perto dali e o retorno deles era esperado.

— Estou vendo ali um tílburi de aluguel. Quero dar uma olhada nessas amostras outra vez, no meu microscópio. Gostaria que Agassiz não tivesse matado essa larva; a natureza conta melhor a verdade quando não está morta. Não acredito em sua conclusão de que esses insetos já devem estar mortos. Podemos descobrir algo mais sobre o assassino com essas criaturas. Agassiz não concorda com a teoria darwiniana, o que prejudica seu ponto de vista.

— Wendell, esta é a vocação do homem.

Holmes ignorou a falta de confiança de Lowell.

— Grandes cientistas podem às vezes ser um obstáculo no caminho da ciência, Lowell. As revoluções não são feitas por homens de óculos, e os primeiros murmúrios de uma nova verdade não são captados pelos que necessitam de trombetas de ouvido. Justo no mês passado, li em um livro sobre as ilhas Sandwich do Sul que um velho fijiano foi levado para viver entre estrangeiros, mas rezava para voltar para casa para que seu filho pudesse bater em seus miolos até ele morrer, como era o costume de sua terra. O filho de Dante, Pietro, depois da morte do pai, não disse a todos que o poeta *não quisera dizer* que realmente fora ao Inferno e ao Céu? Nossos filhos batem na cabeça dos pais com grande regularidade.

De alguns pais mais do que de outros, disse Lowell a si mesmo, pensando em Oliver Wendell Holmes Junior, enquanto via Holmes subir no tílburi de aluguel.

Lowell apressou-se na direção da Craigie House, desejando ter seu cavalo à sua disposição. Atravessando a rua, deu um passo para trás em súbito alerta diante do que via.

O homem alto, com rosto cansado, chapéu-coco e colete xadrez — o mesmo homem que Lowell tinha visto observá-lo intensamente, encostado contra um olmo no Pátio de Harvard, o mesmo homem que vira se aproximar de Bachi no campus —, estava parado em frente ao agitado mercado. Isso talvez não fosse suficiente para tirar os pensamentos de Lowell das consequências das revelações de Agassiz, mas o homem estava conversando com Edward Sheldon, aluno de Lowell. Na verdade, Sheldon estava não apenas falando, mas vociferava com o homem, como se estivesse ordenando um empregado recalcitrante a realizar uma tarefa negligenciada.

Sheldon então foi embora bufando, envolvendo-se em sua capa preta. Lowell, a princípio, não soube decidir a quem seguir. Sheldon? Sempre poderia encontrá-lo na universidade. Resolveu que deveria seguir o homem desconhecido, que abria caminho por entre o tráfego emaranhado de pedestres e carruagens na rotatória.

Lowell correu por entre alguns quiosques do mercado. Um vendedor empurrou uma lagosta na frente de seu rosto. Lowell a afastou. Uma moça distribuindo folhetos enfiou um no bolso do seu casaco.

— Folhetos, senhor?

— Agora, não! — exclamou Lowell. Em outro segundo, o poeta localizou a aparição do outro lado da rua. Estava entrando em um bonde superlotado puxado a cavalo e esperando que o condutor lhe desse o troco.

Lowell correu para a plataforma de trás no momento em que o condutor tocava a campainha e o veículo começava a se dirigir rumo à ponte. Ele alcançou com facilidade o bonde sacolejante, correndo ao lado do trilho. Acabara de segurar a balaustrada da escada da plataforma de trás quando o condutor virou-se.

— Leany Miller?

— Senhor, meu nome é Lowell. Tenho que falar com um de seus passageiros. — Lowell pôs um pé na escadinha enquanto o par de cavalos acelerava.

— Leany Miller? De novo com seus truques? — O condutor pegou uma bengala e começou a bater nas mãos enluvadas de Lowell. — Você não vai entrar outra vez sem pagar o bilhete, Leanny! Não no meu carro!

— Não! Senhor, meu nome não é Leany! — Mas os golpes do condutor fizeram Lowell afrouxar a mão. Isso fez com que o poeta caísse de pé no trilho.

Lowell gritou por sobre os cascos dos cavalos e o tilintar da campainha, tentando convencer o irado condutor de sua inocência. Então percebeu que o som da campainha estava vindo de trás, por onde outro bonde se aproximava. Ao se voltar para olhar, Lowell diminuiu o ritmo e o bonde à sua frente ganhou distância. Sem alternativa, a não ser ter seus calcanhares esmagados pelos cavalos do outro bonde, Lowell pulou do trilho.

Na Craigie House, naquele momento, Longfellow conduzia à sala de estar Robert Todd Lincoln, filho do falecido presidente e um dos três alunos do curso de Lowell sobre Dante no período letivo de 1864. Lowell prometera encontrá-los ali, depois da visita a Agassiz, mas estava atrasado, portanto Longfellow começaria ele mesmo a entrevistar Lincoln.

— Oh, papai querido! — disse Annie Allegra ao entrar, interrompendo. — Estamos quase acabando o último número de *O Segredo*, papai! O senhor não quer vê-lo antes?

— Claro, querida, mas não posso agora porque estou ocupado.

— Por favor, Sr. Longfellow — disse o jovem. — Não tenho pressa.

Longfellow pegou o periódico manuscrito, "publicado" em fascículos pelas três meninas.

— Oh, parece um dos melhores que vocês já fizeram. Muito bom, Panzie. Vou lê-lo do começo ao fim esta noite. Esta é a página que você fez?

— Sim! — respondeu Annie Allegra. — Esta coluna, e esta outra. E esta charada também. Consegue adivinhar o que é?

— "O lago dos Estados Unidos que é tão grande como três estados."

Longfellow sorriu e passou os olhos pelo resto da página. Um logogrifo e um artigo em destaque relatando "Meus acontecimentos de ontem (do desjejum à hora de dormir)", por A. A. Longfellow.

— Oh, que maravilha, minha querida. — Longfellow fez uma pausa, em dúvida sobre um dos últimos itens da lista. — Panzie, aqui diz que você abriu a porta para uma visita logo antes de dormir ontem à noite.

— Ah, sim. Eu tinha descido para tomar um pouco de leite, não foi? Ele falou que fui uma boa anfitriã, papai?

— A que horas foi isso, Panzie?

— Durante sua reunião do Clube, claro. O senhor disse que não é para interrompê-lo durante a reunião do Clube.

— Annie Allegra! — chamou Edith da escada. — Alice quer revisar o sumário. Traga o seu exemplar de volta imediatamente!

— É sempre ela a editora — queixou-se Annie Allegra, pegando o periódico das mãos de Longfellow. Ele seguiu Annie até o saguão e a chamou pela escada antes que ela entrasse nos escritórios reservados de *O Segredo*, o quarto de um dos irmãos mais velhos.

— Panzie, querida, quem era o visitante de ontem à noite de quem você falou?

— Como, papai? Eu nunca o tinha visto antes.

— Você consegue se lembrar de como ele era? Talvez isso deva ser acrescentado no periódico. Talvez você mesma possa entrevistá-lo sobre a sua experiência.

— Como seria bom, isso! Um homem alto, negro, muito ilustre, com uma capa. Eu lhe disse para esperar pelo senhor, papai, foi o que eu disse. Ele não fez como eu disse? Ele deve ter ficado chateado de tanto esperar ali de pé e voltou para casa. O senhor sabe o nome dele, papai?

Longfellow assentiu.

— Diga-me, papai! Tenho que entrevistá-lo, como o senhor falou.

— Policial Nicholas Rey, da polícia de Boston.

Lowell irrompeu pela porta da frente:

— Longfellow, tenho tanto para contar... — E parou quando viu a palidez no rosto do amigo. — Longfellow, o que aconteceu?

Mais cedo naquele dia, o policial Rey fora conduzido a uma fria sala de espera, de onde ficara contemplando o pequeno bosque de olmos castigados pelo tempo que sombreavam o pátio. Uma congregação de homens ilustres começou a formar uma fila no saguão, suas capas pretas até o joelho e os chapéus altos como hábitos monasteriais por uniformes.

Rey entrou na Sala da Corporação, da qual os homens estavam saindo. Quando se apresentou ao reitor, o reverendo Thomas Hill, ele estava no meio de uma conversa com um membro retardatário da Diretoria da Universidade. Esse outro homem parou em frio silêncio quando Rey mencionou a polícia.

— Isso se refere a algum dos nossos estudantes, senhor? — O Dr. Manning interrompeu sua conversa com Hill. Virou-se e sua barba branca como mármore ficou de frente para o policial negro.

— Tenho algumas perguntas a fazer ao reitor Hill. Relacionadas ao professor James Russell Lowell, na verdade.

Os olhos amarelos de Manning se abriram, e ele insistiu em permanecer ali. Fechou as portas duplas e se sentou ao lado do reitor Hill, na mesa redonda de mogno, de frente para o oficial de polícia. Rey percebeu imediatamente que Hill, com relutância, deixava o controle com o outro.

— Gostaria que me dissesse o que o senhor sabe sobre o projeto em que o Sr. Lowell está trabalhando no momento, reitor Hill — começou Rey.

— O Sr. Lowell? Ele é um dos melhores poetas e satiristas de toda a Nova Inglaterra, claro — respondeu Hill, com uma risada aliviada. — "The Biglow Papers", "The Vision of Sir Launfal", "A Fable for the Critics", meu favorito, confesso. Além de suas contribuições para a *North American Review*. O senhor sabia que ele foi o primeiro editor do *Atlantic*? Ora, com certeza nosso trovador está trabalhando em vários de seus compromissos.

Nicholas Rey tirou um pedaço de papel do bolso de seu colete e o segurou entre os dedos.

— Estou me referindo a um poema em particular que acredito ele esteja ajudando a traduzir de uma língua estrangeira.

Manning juntou seus dedos deformados e o encarou, então seus olhos recaíram no papel dobrado na mão de Rey.

— Meu caro policial — disse Manning. — Houve algum problema, de qualquer tipo? — Parecia esperar ansiosamente que a resposta fosse um "sim".

Dinanzi. Rey examinou o rosto de Manning, a maneira como as pontas elásticas da boca do velho acadêmico pareciam se crispar com antecipação.

Manning passou a mão sobre o topo polido de seu crânio. *Dinanzi a me.*

— O que eu gostaria de perguntar... — começou Manning, tentando outro caminho; parecia menos ansioso agora. — Houve algum problema? Algum tipo de reclamação?

O reitor Hill puxou a papada do queixo, desejando que Manning tivesse saído junto com o restante dos membros da Corporação.

— Talvez devêssemos chamar o próprio professor Lowell para falar sobre isso.

Dinanzi a me non fuor cose create
Se non etterne, e io etterno duro.

O que significava aquilo? Se Longfellow e seus poetas tinham reconhecido as palavras, por que teriam se esforçado para ocultar isso dele?

— Tolice, reitor — disse Manning bruscamente. — Não devemos perturbar o professor Lowell por uma ninharia. Oficial, devo insistir que, se há algum problema, o senhor deve dizer-nos *imediatamente*, e nós o resolveremos com a devida presteza e discrição. Entenda, policial — disse Manning, inclinando-se para a frente, cordialmente. — O professor Lowell e vários colegas literatos começaram a tentar trazer para a nossa cidade certa literatura inadequada. Seu ensino colocará em risco a paz de milhares de almas decentes. Como membro da Corporação, estou obrigado pelo dever a defender a boa reputação da universidade contra esses danos. O *lema* desta universidade é "*Christo et ecclesiae*", senhor, e estamos determinados a viver o espírito cristão desse ideal.

— No entanto, o *lema* antes era "*veritas*", verdade — disse o reitor Hill, resignadamente.

Manning lançou-lhe um olhar ferino.

O policial Rey hesitou por outro momento, depois voltou a colocar o papel no bolso.

— Expressei meu interesse pela poesia que o Sr. Lowell está traduzindo. Ele achou que os senhores poderiam me indicar um lugar adequado para estudá-la.

As bochechas do Dr. Manning ficaram vermelhas.

— O senhor quer dizer que esta é apenas uma consulta *literária*? — perguntou, com desgosto. Como Rey não respondeu, Manning lhe garantiu que Lowell queria fazê-lo de bobo; e também à universidade, por diversão. Se Rey quisesse estudar a poesia do demônio, ele poderia fazer isso com o próprio diabo.

Rey voltou pelo Pátio de Harvard, onde ventos frios gemiam em torno dos velhos prédios. Sentiu-se indistinto e confuso quanto a seu propósito. Depois, um alarme de incêndio começou a tocar, e parecia vir de todos os cantos do universo. E Rey correu.

XI

Oliver Wendell Holmes, poeta e médico, iluminou suas lâminas com insetos com uma vela posicionada perto de um dos microscópios.

Inclinou-se e espiou a mosca pela lente, ajustando a posição. O inseto estava pulando e se contorcendo como se tomado por grande raiva de seu observador.

Não. Não era o inseto.

A própria lâmina do microscópio estava tremendo. Cascos de cavalos retumbaram do lado de fora, explodindo em uma parada urgente. Holmes apressou-se até a janela e abriu a cortina. Amelia entrou, vindo do saguão. Com uma seriedade alarmante, Holmes lhe ordenou que ficasse onde estava, mas ela o seguiu à porta de entrada. A figura azul-escura de um policial corpulento projetava-se contra o céu enquanto, com todas as suas forças, ele se esforçava por parar as tempestuosas éguas, manchadas de cinza, atreladas a uma carruagem.

— Dr. Holmes? — chamou ele da cabine do condutor. — O senhor precisa vir comigo imediatamente.

Amelia deu um passo à frente.

— Wendell? O que está havendo?

Holmes já estava ofegando.

— Melia, envie uma mensagem à Craigie House. Avise que alguma coisa aconteceu, e diga que me encontrem na Corner em uma hora. Lamento sair assim, mas nada posso fazer.

Antes que ela protestasse, Holmes subiu na carruagem da polícia e os cavalos galoparam em disparada, deixando para trás uma lufada de folhas mortas e poeira. Oliver Wendell Holmes Junior espiou o que ocorrera, pelas cortinas da sala de estar do terceiro andar, e se perguntou em que novo disparate seu pai estaria metido dessa vez.

Uma friagem cinza encheu o ar. O céu estava se abrindo. Uma segunda carruagem galopou até o lugar exato onde a outra tinha parado. Era a carruagem de Fields. James Russell Lowell abriu a porta com força e pediu à Sra. Holmes, em uma enxurrada de palavras, que chamasse o Dr. Holmes. Ela inclinou-se para a frente o bastante para distinguir os perfis de Henry Longfellow e J. T. Fields.

— Não sei ao certo para onde ele foi, Sr. Lowell. Mas foi levado pela *polícia*. Ele me pediu para enviar uma mensagem à Craigie House para que os senhores o encontrassem na Corner. James Lowell, gostaria de saber o que significa tudo isso!

Lowell enfiou a mão no bolso de seu casaco, um pavor oco secando sua garganta. Sua mão saiu com o folheto amassado que fora enfiado ali no mercado em Cambridge, depois que ele viu o espectro com Edward Sheldon. Ele o alisou contra a manga: "Oh, bom Deus." A boca de Lowell tremia.

— Colocamos policiais e sentinelas por toda a cidade desde o assassinato do reverendo Talbot. Mas nada foi visto! — gritava o sargento Stoneweather da cabine do condutor, enquanto a parelha de cavalos chicoteados corria pela Charles Street, os músculos dançando. De poucos em poucos minutos, ele segurava alto sua matraca para fora e a sacudia.

A mente de Holmes rodopiava contra a corrente, sob o som do trote rápido e do cascalho esmagado pelas rodas. O único fato compreensível que o condutor lhe dissera, ou pelo menos o único que o assustado passageiro tinha digerido, era que o policial Rey o mandara buscar. A carruagem parou abruptamente no porto. De lá, um barco da polícia levou Holmes até uma das sonolentas ilhas da enseada, onde se erguia um castelo sem janelas, de grandes blocos de granito, abandonado e dominado agora pelos ratos; havia parapeitos vazios e canhões ao lado de uma bandeira norte-americana curvada. Eles entraram em Fort Warren, o médico seguindo o policial e passando por fileiras de policiais já à espera, brancos como fantasmas; atravessando um labirinto de salas; descendo por um túnel de pedras, escuro como breu; e finalmente chegando a um depósito vazio.

O pequeno médico tropeçou e quase caiu no chão. Seus pensamentos recuaram no tempo. Quando estudava na École de Medicine em Paris, o jovem Holmes tinha visto os *combats des animaux*, uma exibição bárbara de buldogues lutando uns contra os outros, depois lançados contra um lobo, um urso, um javali, um touro, e um jumento amarrado em um poste. Mesmo na audácia da juventude, Holmes sabia que jamais poderia tirar completamente o ferro do calvinismo de sua alma, não importava quanta poesia viesse a escrever. Ainda sentia a tentação de acreditar que o mundo era uma simples armadilha para o pecado humano. No entanto, o pecado, da maneira como ele o via, era apenas o fracasso de um ser imperfeito em seguir uma lei perfeita. Para seus antepassados, o grande mistério da vida era esse pecado; para o Dr. Holmes, era o sofrimento. Nunca esperara encontrar tanto sofrimento assim. A lembrança sombria, os gritos de estímulo e as gargalhadas desumanas nublavam agora sua mente enquanto ele olhava à frente.

Do centro do quarto, pendurado em um gancho destinado a guardar sacos de sal ou alguma mercadoria semelhante, um rosto o encarava. Ou, mais precisamente, o que outrora havia sido um rosto. O nariz fora tirado meticulosamente, desde a ponte, em cima, até o lábio com bigode, fazendo a pele se dobrar por cima. Uma das orelhas do homem pendia de um lado do rosto, baixo o suficiente, na verdade, para roçar o ombro rigidamente arqueado. Ambas as bochechas estavam retalhadas de tal maneira que o queixo caíra em uma posição permanentemente escancarada, como se um discurso pudesse ser proferido a qualquer momento, mas, em vez disso, o sangue transbordava preto de sua boca. Uma linha estreita de sangue descia do queixo serrilhado até o órgão reprodutivo do homem — e esse órgão, a única confirmação de gênero restante na monstruosidade, também estava dividido ao meio, uma dissecação inconcebível mesmo para o médico. Músculos, nervos e vasos sanguíneos se desdobravam em invariável harmonia anatômica e desconcertante desordem. Os braços do cadáver pendiam, inertes, dos lados, terminando em polpas escuras enroladas em torniquetes encharcados. Não tinha mãos.

Passou um momento antes que Holmes compreendesse que já tinha visto aquele rosto dizimado e ainda outro momento até reconhecer a vítima mutilada, pela covinha pronunciada que permanecia obstinadamente em seu queixo. *Oh, não.* O intervalo entre os dois momentos de consciência foi uma obliteração.

Holmes deu um passo atrás, seu sapato escorregando no vômito lá deixado pelo primeiro que descobrira a cena, um vagabundo procurando abrigo. Holmes jogou-se em uma cadeira próxima, posicionada como se com o propósito da observação de tudo isso. Arfava incontrolavelmente e não reparou que ao lado de seus pés havia uma capa de uma cor perturbadoramente brilhante, caprichosamente dobrada sobre calças brancas feitas à mão e, no chão, pedaços de papel espalhados.

Escutou alguém dizer seu nome. O policial Rey estava parado perto dele. Até o ar na sala parecia tremer e revirar todo o cenário de ponta-cabeça.

Holmes levantou-se de um salto e balançou a cabeça, tonto, para Rey.

Um detetive de roupas comuns, ombros largos e barba cerrada dirigiu-se a Rey e começou a gritar que ele não deveria estar ali. Então, o chefe Kurtz interveio e afastou o detetive dali.

O ataque de asma nauseada do médico deixou-o estático em um lugar mais próximo à carnificina deformada do que desejaria, mas, antes que pudesse pensar em se distanciar, sentiu seu braço roçar em algo molhado. Parecia uma mão, mas de fato era um coto sangrento, em torniquete. No entanto, Holmes não tinha se movido nem um milímetro, estava certo disso. Estava demasiado chocado para se mexer. Sentia como se estivesse naquele tipo de pesadelo onde a pessoa só pode desejar com todas as forças que seja apenas um sonho.

— Que os céus nos protejam, está vivo! — gritou um detetive, correndo, sua voz estrangulada pela tentativa de controlar o fluxo que subia de seu estômago. O chefe Kurtz também desapareceu de vista, gritando.

Ao se virar, Holmes olhou diretamente para os protuberantes olhos vazios do corpo mutilado e nu de Phineas Jennison, e viu os membros arruinados se debatendo e sacudindo no ar. Foi só um momento, na verdade — apenas uma fração de uma décima parte de um centésimo de segundo —, até o corpo parar, frio, para nunca mais se mexer; no entanto, Holmes nunca duvidou do que acabara de testemunhar. O médico ficou parado como um cadáver, sua pequena boca, seca e tremendo, seus olhos piscando incontrolavelmente com a indesejada umidade, e seus dedos movendo-se em desespero. O Dr. Oliver Wendell Holmes sabia que o movimento de Phineas Jennison não tinha sido o movimento voluntário de um ser vivo, ações conscientes de um homem senciente. Eram as convulsões retardadas, inconscientes, de uma morte inominável. Mas esse conhecimento não melhorava as coisas.

O toque da morte gelou seu sangue e Holmes quase não tomou consciência de navegar outra vez pelas águas da enseada de volta ao porto ou à carruagem da polícia, chamada Maria Negra, na qual transportaram o corpo de Jennison até a Faculdade de Medicina, onde lhe foi explicado que Barnicoat, o médico-legista, estava de cama com uma pneumonia terrível, na luta por um salário melhor, e que o professor Haywood não fora localizado até o momento. Holmes assentiu como se estivesse escutando. O aluno assistente de Haywood se apresentara como voluntário para ajudar o Dr. Holmes na autópsia. Holmes mal registrou essas informações urgentes, e quase não sentiu suas mãos cortarem o corpo já insuportavelmente retalhado na sombria sala da universidade.

E em mim se vê a ofensa compensada!

A cabeça de Holmes fez um movimento rápido, como se uma criança tivesse gritado por socorro. Reynolds, o aluno assistente, olhou para trás, como também o fizeram Rey e Kurtz e dois outros policiais que tinham entrado na sala sem Holmes perceber. Holmes olhou de novo para Phineas Jennison, sua boca escancarada devido ao corte no queixo.

— Dr. Holmes? — disse o aluno. — O senhor está bem?

Apenas um surto da imaginação a voz que ele escutara, o sussurro, a ordem. Mas as mãos de Holmes tremiam demasiadamente, mesmo que a tarefa fosse destrinchar um peru, e ele teve de deixar o restante da operação para o assistente de Haywood, antes de pedir licença. Holmes vagou por uma aleia perto da Grove Street, recobrando o fôlego aos poucos e com esforço. Escutou alguém se aproximando. Rey acompanhou o doutor até mais adiante na aleia.

— Por favor, não posso falar nesse momento — disse Holmes, os olhos fixos no chão.

— Quem esquartejou Phineas Jennison?

— Como eu poderia saber? — gritou Holmes. Perdeu o equilíbrio, ébrio com as visões da mutilação em sua cabeça.

— Traduza isto para mim, Dr. Holmes. — Rey abriu a mão de Holmes e ali colocou um papel.

— Por favor, policial Rey. Nós já... — As mãos de Holmes tremiam violentamente enquanto ele se atrapalhava com o papel.

— "Pois que desfiz esta profunda união" — Rey declamou o que havia escutado na noite anterior — "a mente levo agora separada de seu princípio, que é o coração. E em mim se vê a ofensa compensada!" Foi isso que acabamos de ver, não foi? Como o senhor traduz *contrapasso*, Dr. Holmes? Um contrassofrimento?

— Não há uma tradução... como você... — Holmes tirou sua gravata de seda e tentou respirar esticando a gola. — Eu não sei de nada.

Rey continuou:

— Vocês leram sobre esse assassinato em um poema. Vocês o viram antes de acontecer e nada fizeram para evitá-lo.

— Não! Fizemos todo o possível. Nós tentamos. Por favor, policial, eu não posso...

— O senhor conhece esse homem? — Rey tirou do bolso o recorte de jornal com a imagem de Grifone Lonza e o mostrou ao médico. — Ele pulou da janela da delegacia.

— Por favor! Chega! — Holmes estava sufocando. — Basta! Agora vá embora!

— Ei, você! — Três estudantes de medicina, do tipo rústico a que Holmes se referia como seus jovens bárbaros, estavam passando pela aleia, desfrutando de charutos baratos. — Você, patife! Afaste-se do professor Holmes!

Holmes tentou falar alguma coisa, mas nada saiu do nó em sua garganta.

O bárbaro mais rápido colidiu com Rey com um punho direcionado à barriga do policial. Rey agarrou o outro braço do rapaz e o derrubou da maneira mais suave possível. Os outros dois caíram sobre Rey no momento em que a voz de Holmes voltava.

— Não! Não, rapazes! Calma! Afastem-se daqui, imediatamente! Este é um amigo! Fora! — Eles se afastaram, resignados.

Holmes ajudou Rey a se levantar-se. Precisava se desculpar. Pegou o recorte do jornal e olhou a figura.

— Grifone Lonza — revelou.

O lampejo nos olhos de Rey mostrou que ele estava aliviado e impressionado.

— Traduza a mensagem para mim, Dr. Holmes, por favor. Lonza falou essas palavras antes de morrer. Diga-me o que significam.

— Italiano. O dialeto toscano. Veja, algumas palavras estão faltando, mas para alguém que não tem treino com a língua, é uma transcrição notável. *Deenan see am. . "Dinanzi a me... Dinanzi a me non fuor cose create se non etterne, e io etterno duro"*, "Antes de mim não foi coisa jamais criada senão eterna, e eterna dura." *"Lasciate ogne speranza, voi ch'intrate"*: "Deixai toda a esperança, ó vós, que entrais".

— Deixai toda a esperança. Ele estava me alertando — disse Rey.

— Não... não creio. Pelo que sabemos de seu estado mental, ele provavelmente acreditava que estava vendo os portões do Inferno.

— O senhor deveria ter dito à polícia que sabia alguma coisa — exclamou Rey.

— Se tivéssemos feito isso, teríamos provocado uma confusão ainda maior! — gritou Holmes. — Você não entende... não pode entender, policial. Nós somos os únicos que poderemos encontrá-lo! Pensávamos que havíamos conseguido... pensávamos que ele havia fugido. Tudo que a polícia sabe é irrisório! Isso nunca vai terminar sem nossa ajuda! — Holmes engolia neve enquanto falava. Passou a mão pelo rosto e pelo pescoço, que estavam banhados de suor quente vindo de cada poro. Holmes perguntou se Rey não se importaria de voltarem para dentro. Ele tinha uma história a contar na qual Rey talvez não acreditasse.

Oliver Wendell Holmes e Nicholas Rey sentaram-se na sala de conferências vazia.

— O ano era 1300. Na metade do curso de sua vida, um poeta chamado Dante acordou em uma selva escura, descobrindo que sua vida tinha tomado um rumo errado. James Rusell Lowell gosta de dizer, policial, que todos nós entramos na selva escura duas vezes: em algum momento no meio de nossas vidas e depois, quando olhamos para trás...

A pesada porta almofadada da Sala dos Autores se abriu apenas alguns centímetros e os três homens lá dentro deram um pulo. Uma bota preta apareceu, cautelosamente. Era Holmes, que já não conseguia imaginar o que mais poderia encontrar, atrás das portas fechadas, para arruinar sua segurança. Desolado e lúgubre, sentou-se no sofá com Longfellow, à frente de Lowell e Fields, esperando que um simples aceno fosse suficiente para responder aos cumprimentos de cada um.

— Passei em casa antes de vir para cá. Melia praticamente não me deixou sair de casa, do jeito que estava. — Holmes riu nervosamente, e uma gota tremeluziu no canto de seu olho. — Vocês sabiam, cavalheiros, que os músculos com os quais rimos e choramos ficam lado a lado? Meus jovens bárbaros ficam sempre muito entusiasmados com isso.

Eles esperaram que Holmes começasse. Lowell mostrou-lhe o panfleto amassado que anunciava o desaparecimento de Phineas Jennison, oferecendo vários milhares em recompensa.

— Então, vocês já sabem — disse Holmes. — Jennison está morto.

Ele iniciou sua narrativa errática, cheia de pausas, começando com a chegada surpreendente da carruagem da polícia ao número 21 da Charles Street.

Lowell, tomando sua terceira taça de vinho do Porto, disse:

— Fort Warren.

— Uma escolha engenhosa da parte de nosso Lúcifer — disse Longfellow. — Acredito que o canto dos cismáticos ainda esteja bem fresco em nossas cabeças. Quase parece impossível que ontem mesmo estivéssemos traduzindo justamente esse canto, dentre todos os outros. Malebolge é um vasto campo de pedras, descrito por Dante como uma *fortaleza*.

Lowell disse:

— Mais uma vez constatamos que estamos enfrentando a mente invulgarmente brilhante de um estudioso, notavelmente equipada para escolher detalhes da atmosfera de Dante. Nosso Lúcifer aprecia a exatidão da poesia dantesca. Tudo é selvagem no Inferno de Milton, mas o de Dante está separado em círculos, desenhados com compassos bem apontados. Tão real como nosso próprio mundo.

— Agora é — rebateu Holmes, trêmulo.

Fields não queria permitir uma discussão literária no momento.

— Wendell, você disse que a polícia estava em vigília por toda a cidade quando o assassinato ocorreu? Como não viram Lúcifer?

— Seriam necessárias as mãos gigantescas de Briareus e as centenas de olhos de Argus para tocá-lo ou vê-lo — comentou Longfellow com calma.

Holmes deu mais detalhes:

— Jennison foi encontrado por um bêbado que às vezes dorme no forte, já que ele está abandonado. Esse mendigo esteve lá na segunda-feira, e tudo estava normal. Então, voltou na quarta, e lá estava o terrível cadáver. Ele ficou demasiado aterrorizado para informar sobre o corpo até a manhã seguinte, quero dizer, até hoje. Jennison foi visto pela última vez na terça-feira à tarde, e não dormiu em sua cama naquela noite. Uma prostituta que estava no porto disse que viu alguém sair da neblina na noite de terça-feira. Ela tentou segui-lo, suponho que levada por sua profissão, mas parou ao chegar na igreja, e não viu que direção ele tomou.

— Portanto, Jennison foi assassinado na noite de terça-feira. Mas o corpo só foi descoberto pela polícia na quinta-feira — disse Fields. —

Mas, Holmes, você disse que Jennison ainda... seria *possível* que depois de tanto tempo...?

— Que aquilo... ele... tenha sido morto na terça-feira e ficado vivo até eu chegar lá esta manhã? Que o corpo tivesse convulsões tais que nem mesmo que eu bebesse cada gota do Lete seria capaz de esquecer que vi? — perguntou Holmes, num tom de desespero. — O pobre Jennison foi mutilado de maneira a não se permitir a possibilidade de sobrevivência, não há dúvida, mas cortado e amarrado apenas o suficiente para perder sangue aos poucos, e, com ele, a vida. Era como examinar os restos dos fogos de artifício num dia cinco de julho, mas pude ver que nenhum órgão vital foi perfurado. Esse massacre selvagem foi realizado com cuidadosa perícia, obra de alguém muito familiarizado com feridas internas, talvez um médico — acrescentou ele, pesadamente —, com uma faca grande e afiada. Com Jennison, nosso Lúcifer aperfeiçoou sua expiação pelo sofrimento, seu *contrapasso* mais perfeito. Os movimentos que presenciei, meu caro Fields, não eram vida, mas simplesmente os nervos morrendo em um espasmo final. Foi um momento tão grotesco como qualquer outro que Dante poderia ter imaginado. A morte teria sido uma dádiva.

— Mas sobreviver dois dias depois do ataque? — insistiu Fields.

— O que quero dizer é... em termos médicos... misericórdia, não é possível!

— "Sobreviver", neste sentido, é apenas uma morte incompleta, não uma vida parcial; ficar preso na fresta entre a vida e a morte. Eu não tentaria descrever a agonia, ainda que tivesse mil línguas!

— Por que punir Phineas como um semeador de discórdia? — Lowell esforçou-se o máximo que pôde para soar neutro, científico.

— A quem Dante encontrou punido nesse círculo do Inferno? Maomé, Bertrand de Born que foi o conselheiro malicioso que separou rei e príncipe, pai e filho, como uma vez foi feito com Absalão e Davi; aqueles que provocaram desavenças internas entre religiões, famílias. Por que *Phineas Jennison*?

— Apesar de todas as nossas tentativas, não conseguimos responder a esta questão no que se refere a Elisha Talbot, meu caro Lowell — disse Longfellow. — Sua simonia de mil dólares: para quê? Dois *contra-*

passos, com dois pecados invisíveis. Dante tem a vantagem de perguntar aos próprios pecadores o que os trouxe ao Inferno.

— Você não era amigo de Jennison? — perguntou Fields a Lowell. — Ainda assim, não consegue pensar em nada?

— Ele era um amigo, eu não procurava seus malfeitos! Era um ouvido que escutava as minhas queixas sobre as baixas nas ações, sobre palestras, sobre o Dr. Manning e a maldita Corporação. Era uma locomotiva, e admito que às vezes levantava demais a aba do seu chapéu: tinha um dedo em todo empreendimento vistoso dos últimos anos que, suponho, tivesse algum ponto fraco. Estradas de ferro, fábricas, siderurgias, esses negócios são quase incompreensíveis para mim, você sabe, Fields. — Lowell abaixou a cabeça.

Holmes suspirou pesadamente.

— O policial Rey é tão afiado quanto uma lâmina, e provavelmente suspeitou de que sabíamos o tempo todo. Ele reconheceu a forma da morte de Jennison do que escutou através da porta durante nossa reunião do Clube Dante. Ele ligou a lógica do *contrapasso*, os semeadores de discórdia, a Jennison, e quando expliquei melhor, ele imediatamente reconheceu Dante nas mortes do presidente Healey, da Suprema Corte, e do reverendo Talbot.

— Assim como Grifone Lonza, quando se matou na delegacia — disse Lowell. — A pobre alma via Dante em tudo. Dessa vez aconteceu de estar certo. Muitas vezes pensei, de maneira semelhante, na própria transformação de Dante. A mente do poeta, deixado sozinho na terra por seus inimigos, transformando aquele horrível submundo cada vez mais em seu lar. Não é natural que, exilado de tudo que amava nesta vida, ele pensasse exclusivamente na *outra*? Nós o apreciamos com fervor por suas habilidades, mas Dante Alighieri não tinha outra escolha senão a de escrever o poema, e escrevê-lo com o sangue do seu coração. Não é de admirar que tenha morrido logo depois que terminou.

— O que fará o policial agora que sabe do nosso envolvimento? — perguntou Longfellow.

Holmes encolheu os ombros.

— Nós omitimos informações. Nós obstruímos a investigação sobre os dois assassinatos mais horrendos que Boston jamais viu, que agora se tornaram três! Rey pode estar nos entregando neste exato momento, *e também* a Dante! Que lealdade poderia ele dedicar a um livro de poesia? E até onde deveria ir a nossa lealdade?

Holmes levantou-se com esforço e, segurando a cintura de suas calças largas, deu alguns passos nervosos. Fields levantou a cabeça que estivera entre as mãos quando compreendeu que Holmes estava pegando seu chapéu e seu casaco.

— Eu queria lhes dizer o que sabia — disse Holmes, com uma voz débil, fria. — Eu não posso continuar.

— Vá descansar agora — começou Fields.

Holmes balançou a cabeça:

— Não, meu caro Fields, não apenas esta noite.

— O quê? — exclamou Lowell.

— Holmes — disse Longfellow —, eu sei que isso parece não ter respostas, mas cabe a nós continuar a luta.

— De qualquer modo, você não pode abandonar isso dessa maneira! — gritou Lowell. Sua voz preencheu todo o cômodo e ele se sentiu poderoso outra vez. — Nós já fomos longe demais, Holmes!

— Nós fomos longe demais desde o começo, longe demais de onde deveríamos estar, sim, Jamey, lamento — disse Holmes, com calma. — Não sei o que o policial Rey decidirá, mas eu irei cooperar com a investigação da maneira que ele solicitar e espero o mesmo de vocês. Tomara que não sejamos presos por obstrução da justiça, ou coisa pior. Não foi isso que fizemos até agora? Cada um de nós teve um papel em deixar as mortes continuarem.

— Então você não deveria ter nos entregado a Rey! — Lowell ficou de pé num salto.

— O que o senhor teria feito em meu lugar, professor? — perguntou Holmes.

— Ir embora não é uma opção aqui, Wendell! O leite está derramado. Você jurou proteger Dante, como todos nós, debaixo do teto de Longfellow, ainda que os céus desmoronassem!

Mas Holmes colocou seu chapéu na cabeça e abotoou seu casaco.

— *"Qui a bu boira"* — disse Lowell. — "Quem já foi bêbado, voltará a beber."

— Você não o viu! — Cada emoção aprisionada dentro de Holmes entrou em erupção e ele virou-se para Lowell. — Porque fui *eu* que tive de ver dois corpos horrivelmente esfrangalhados e não vocês, bravos acadêmicos! Fui *eu* que tive de descer pelo buraco queimado de Talbot com o cheiro da morte nas minhas narinas! Fui *eu* que tive de passar por tudo isso enquanto *vocês* ficaram apenas fazendo conjecturas no conforto das lareiras, filtrando tudo pelas palavras!

— No *conforto*? Eu é que fui atacado por um inseto raro devorador de homens que quase acabou com minha vida, não se esqueça! — gritou Lowell.

Holmes riu, zombando.

— Eu preferiria ser mordido por 10 mil moscas de larvas a que ver o que vi!

— Holmes — interveio Longfellow. — Lembre-se: Virgílio diz ao peregrino que o medo é o maior impedimento para sua jornada.

— Não dou um níquel por isso! Não mais, Longfellow! Abro mão de meu lugar. Nós não somos os primeiros a tentar defender a poesia de Dante e talvez isso seja sempre em vão! Vocês nunca pensaram que Voltaire poderia estar certo, que Dante não passava de um louco e sua obra, uma *monstruosidade*? Dante perdeu sua vida em Florença, e se vingou criando uma literatura na qual ousou se transformar em Deus. E agora nós desencadeamos tudo isso em uma cidade que dizemos amar e vamos ter de pagar por isso!

— Já basta, Wendell! *Basta!* — gritou Lowell, colocando-se na frente de Longfellow como se fosse um escudo para protegê-lo contra as palavras.

— O próprio filho de Dante achava que ele delirava ao acreditar que tinha ido ao Inferno, e passou sua vida tentando repudiar as palavras do pai! — continuou Holmes. — Por que *nós* devemos sacrificar nossa segurança para salvá-lo? A *Commedia* não era uma carta de amor. Dante não se importava com Beatriz, nem com Florença! Estava descarregando a bílis de seu exílio, imaginando seus inimigos retorcendo-se e implorando por salvação! Ele menciona sua mulher, ao menos uma vez? Foi assim que ele se consolou de suas frustrações! Eu só quero evitar que percamos tudo o que mais amamos! Desde o começo, era só isso que eu queria!

— Você não quer descobrir que alguém tem culpa — disse Lowell —, assim como nunca quis tomar Bachi por culpado, assim como quis crer que o professor Webster era inimputável, mesmo ao vê-lo balançar na ponta da corda!

— Não é verdade! — exclamou Holmes.

— Oh, esta é uma coisa nobre que você está fazendo conosco, Holmes. Uma coisa nobilíssima! — gritou Lowell. — Você aguentou tão firme quanto seus versos mais vagos! Talvez devêssemos ter convocado Wendell Junior para o nosso Clube em vez de você. Pelo menos teríamos uma chance de vitória! — Ele estava pronto para continuar, mas Longfellow o deteve segurando-o pelo braço com a mão suave, mas firme como uma manopla de ferro.

— Nós não teríamos chegado até aqui sem você, meu caro amigo. Por favor, descanse um pouco e transmita nossas saudações à Sra. Holmes — disse Longfellow, mansamente.

Holmes deixou a Sala dos Autores. Quando Longfellow relaxou o aperto da mão, Lowell seguiu o médico até a porta. Holmes apressava-se pelo corredor, olhando para trás conforme o amigo o seguia com um olhar gélido. Ao chegar ao fim do corredor, Holmes chocou-se contra um carrinho de papéis empurrado por Teal, o balconista noturno dos escritórios de Fields, cuja boca sempre estava se mexendo como se estivesse moendo ou mascando alguma coisa. Holmes voou para o chão, e o carrinho caiu por cima dele, espalhando os papéis pelo corredor e sobre o médico caído. Teal chutou para longe os papéis e, com um olhar de grande simpatia, tentou ajudar Oliver Wendell Holmes a se levantar. Lowell também correu para o lado de Holmes, mas parou, a ira renovada pela vergonha trazida por esse momento de preocupação.

— Pronto, agora você está satisfeito, Holmes. Longfellow precisava de nós! Você finalmente o traiu! Você traiu o Clube Dante!

Teal, olhando assustado enquanto Lowell repetia a acusação, ajudou Holmes a se pôr de pé.

— Minhas desculpas — sussurrou ele ao ouvido de Holmes. Embora tivesse sido inteiramente culpa do médico, Holmes mal pôde transmitir seu próprio pedido de desculpas. Não estava sofrendo de palpitações e chiados de asma. Agora a crise era do tipo que aperta e comprime. Em vez de sentir que precisava de mais e mais ar para respirar, era como se, para ele, agora todo o ar estivesse envenenado.

Lowell irrompeu de volta à Sala dos Autores, batendo a porta atrás de si. Viu-se de frente para Longfellow, com uma expressão imperscrutável na face. Ao primeiro sinal de uma tempestade de trovões, Longfellow fechava todas as persianas de madeira da casa, explicando que não apreciava essa dissonância. Agora, tinha o mesmo ar de recolhimento. Aparentemente, Longfellow dissera alguma coisa a Fields, porque o editor estava com ar de expectativa, inclinando-se como quem espera mais.

— Bem — tentou Lowell —, diga-me como ele pôde fazer isso conosco, Longfellow. Como Holmes pôde fazer isso, neste momento?

Fields balançou a cabeça.

— Lowell, Longfellow acha que descobriu alguma coisa — disse ele, traduzindo a expressão do poeta. — Lembra-se de como trabalhamos no canto dos semeadores de discórdia justo na noite passada?

— Sim. E o que tem isso, Longfellow? — perguntou Lowell.

Longfellow começara a pegar seu casaco, e estava olhando pelas janelas.

— Fields, o Sr. Houghton ainda está na Riverside?

— Houghton está sempre na Riverside, pelo menos quando não está na igreja. Em que ele pode nos ajudar, Longfellow?

— Devemos ir até lá imediatamente — disse Longfellow.

— Você percebeu alguma coisa que nos servirá de ajuda, meu caro Longfellow? — perguntou Lowell esperançosamente.

Ele achou que Longfellow estava refletindo sobre a questão, mas o poeta não lhe deu nenhuma resposta no caminho até Cambridge.

No grande prédio de tijolos que abrigava a Gráfica Riverside, Longfellow pediu que H. O. Houghton lhes desse todos os registros de impressão da tradução do *Inferno* de Dante. Embora de uma obra ainda desconhecida, a tradução, quebrando os anos de silêncio virtual do mais amado poeta da história do país, estava sendo ansiosamente esperada pelo mundo literário. Com toda a pompa que Fields tinha preparado para o evento, a primeira edição de 5 mil exemplares se esgotaria em um mês. Antecipando isso, Oscar Houghton aprontava os clichês tipográficos assim que Longfellow devolvia as provas revisadas, mantendo um detalhado e impecavelmente acurado registro de datas.

Os três acadêmicos confiscaram os escritórios particulares do impressor.

— Estou perdido — disse Lowell, que não era de se interessar pelos detalhes de seus próprios projetos de edição, menos ainda pelos dos outros.

Fields mostrou-lhe o calendário.

— Longfellow devolve as provas tipográficas revisadas uma semana depois das nossas sessões de tradução. Portanto, seja qual for a data que encontremos aqui registrando o recebimento das provas por Houghton, a quarta-feira da semana *anterior* foi o dia do encontro do nosso círculo de Dante.

A tradução do Canto III, os Ignavos, tinha acontecido três ou quatro dias depois do assassinato do juiz Healey. O assassinato do reverendo Talbot ocorrera três dias antes da quarta-feira para a qual estava programada a revisão dos Cantos XVII, XVIII e XIX, o último contendo a punição dos simoníacos.

— Mas aí ficamos sabendo do assassinato! — disse Lowell.

— Sim, e passamos para o Canto de Ulisses no último minuto, para que pudéssemos nos animar um pouco, e eu mesmo trabalhei nos cantos intermediários. Agora, o último, o massacre de Phineas Jennison, por nossos cálculos aconteceu nesta terça-feira: um dia *antes* da tradução de ontem, exatamente dos mesmos versos que provocaram esse ato repugnante.

Lowell ficou brando e depois encaloradamente vermelho.

— Entendi, Longfellow! — exclamou Fields.

— Alguém está brincando conosco! — explodiu Lowell. Depois rapidamente baixou a voz em um sussurro. — Alguém esteve nos vigiando todo esse tempo, Longfellow! Tem de ser alguém que conhece o nosso Clube Dante! Seja quem for, agendou cada assassinato conforme nossa tradução!

— Espere um minuto! Isso só pode ser uma coincidência terrível. — Fields olhou para o calendário outra vez. — Olhem. Nós já traduzimos quase duas dúzias de cantos do *Inferno*, mas só aconteceram três assassinatos.

— Três coincidências fatais — disse Longfellow.

— Não foi coincidência — insistiu Lowell. — Nosso Lúcifer está apostando uma corrida conosco para ver o que vem primeiro: a tradução de Dante em tinta, ou em sangue! Temos perdido a corrida por dois ou três dias a cada vez!

Fields protestou.

— Mas de que maneira alguém poderia saber, antecipadamente, da nossa programação? Com tempo suficiente para planejar crimes tão elaborados? Não deixamos nossos planos por escrito. Às vezes adiamos por uma semana. Às vezes Longfellow cancela um canto ou dois para o qual ele sente que não estamos preparados e sai da ordem.

— Nem mesmo minha Fanny sabe em que cantos vamos trabalhar, nem se importaria em saber — admitiu Lowell.

— Quem poderia tomar ciência desses detalhes, Longfellow? — perguntou Fields.

— Se isso tudo é verdade — interrompeu Lowell —, parece que *nós* estamos de alguma maneira implicados em primeira mão com o próprio começo dos assassinatos!

Eles ficaram em silêncio. Fields olhou para Longfellow de maneira protetora.

— Tolice! — disse. — Tolice, Lowell! — E isso foi tudo em que pôde pensar como argumento.

— Não posso dizer que compreendo esse estranho padrão — disse Longfellow, ao se levantar da escrivaninha de Houghton. — Mas não podemos fugir de suas implicações. Seja qual for o curso de ação pelo qual o policial Rey optar, já não podemos considerar nosso envolvimento apenas uma prerrogativa nossa. Trinta anos se passaram desde o dia em que primeiro me sentei diante de minha escrivaninha, em melhores tempos, para traduzir a *Commedia*. Encarei essa tarefa com tão grande reverência que ela às vezes minava minha energia. Mas chegou o momento de me apressar para terminar esse trabalho, ou arriscaremos mais perdas.

Depois que Fields partiu em sua carruagem para Boston, Lowell e Longfellow foram caminhando até suas casas, apesar da neve que caía. A notícia do assassinato de Phineas Jennison tinha se alastrado pela sociedade. O silêncio sob os olmos das ruas de Cambridge era ensurdecedor. Espirais de fumaça subindo pelas chaminés brancas devido à neve desapareciam como fantasmas. As janelas que não estavam cobertas por persianas de madeira estavam bloqueadas pelo lado de dentro com roupas, lençóis e camisas penduradas livremente, pois estava demasiado frio para secá-las do lado de fora. As portas estavam todas trancadas. As casas que recentemente tinham instalado trancas de ferro e correntes de metal, seguindo o conselho dos policiais locais, estavam bem fechadas; alguns residentes tinham até inventado um tipo de alarme para suas portas, usando um sistema de correntes, vendido de porta em porta por Jeremy Didlers, do Oeste. Nenhuma criança estava brincando nos macios montes de neve. Depois desses três assassinatos, não havia como esconder a certeza de que uma só pessoa estava agindo. As notícias dos jornais logo incluíram a informação de que as roupas de cada uma das vítimas haviam sido encontradas perfeitamente dobradas em uma pilha na cena da morte e, de repente, toda a cidade sentiu-se despida. O terror que começara com a morte de Artemus Healey agora descera sobre Beacon Hill, por toda a Charles Street, cruzando Back Bay, e atravessando a ponte até Cambridge. Subitamente, parecia haver motivos irracionais e, no entanto, palpáveis para se acreditar no final do mundo, no Apocalipse.

Longfellow parou um quarteirão antes da Craigie House.

— Será possível que sejamos *nós* os responsáveis? — Sua voz soava assustadoramente fraca, até para seus próprios ouvidos.

— Não deixe aquela larva entrar em seu cérebro. Eu não estava pensando quando disse isso, Longfellow.

— Você precisa ser honesto comigo, Lowell. Você acha...

As palavras de Longfellow foram interrompidas. O grito de uma minininha ergueu-se no ar, abalando as próprias fundações da Brattle Street.

Os joelhos de Longfellow curvaram-se enquanto sua mente detectava que o som vinha de sua casa. Ele sabia que teria de correr como louco pela Brattle Street, atravessando o tapete virgem de neve. Por um momento, seus pensamentos o imobilizaram, laçaram-no com o tremor das possibilidades, como quando alguém desperta de um pesadelo terrível procurando sinais de calamidades sangrentas no quarto pacífico ao seu redor. Lembranças encheram o ar. *Por que não consegui salvá-la, meu amor?*

— Devo ir buscar meu rifle? — perguntou Lowell, frenético.

Longfellow arrancou com toda a velocidade possível.

Os dois chegaram à escadaria da frente da Craigie House quase ao mesmo tempo, um feito notável para Longfellow que, ao contrário de seu vizinho, não tinha prática em esforço físico. Entraram correndo lado a lado no saguão. Na sala de estar encontraram Charley Longfellow ajoelhado, tentando acalmar a inquieta Annie Allegra, que dava gritinhos alegres diante dos presentes que o irmão lhe trouxera. Trap estava resmungando, deliciado, girando seu rabo gorducho e mostrando todos os dentes em uma expressão comparável ao sorriso humano. Alice Mary veio até o saguão para saudá-los.

— Oh, papai! — gritou ela. — Charley acabou de chegar para o Dia de Ação de Graças! E nos trouxe capas francesas, com listras vermelhas e pretas! — Alice colocou sua capa para mostrá-la a Longfellow e Lowell.

— Que elegância! — Charley aplaudiu, abraçando o pai em seguida. — O que foi, papai? O senhor está mais branco que uma folha de papel! Não está se sentindo bem? Só queria lhe fazer uma pequena surpresa! Talvez o senhor esteja velho demais para nós — riu ele.

A cor já voltara à pele clara de Longfellow no momento em que ele puxou Lowell para um lado:

— Meu Charley chegou — disse, confidencialmente, como se Lowell não pudesse ver por si mesmo.

Mais tarde naquela noite, depois que as crianças estavam dormindo no segundo andar e Lowell tinha ido embora, Longfellow sentiu-se profundamente calmo. Inclinou-se sobre sua escrivaninha e passou a mão pela madeira macia sobre a qual a maior parte de sua tradução fora escrita. Quando começou a ler o poema de Dante pela primeira vez, teve de confessar a si mesmo que não acreditava no grande poeta. Temia o modo como ele acabaria, depois de começar tão gloriosamente. Mas durante todo o poema, Dante transportava-se tão valentemente que Longfellow não podia deixar de admirar mais e mais, não apenas a grandeza, mas à continuidade de seu poder. O estilo erguia-se com o tema e crescia como vagas marítimas, e suas águas levavam o leitor, carregado de dúvidas e medos. Com frequência parecia que Longfellow estava à altura do dialeto florentino, mas às vezes Dante confundia, e seu significado eludia todas as palavras, toda a língua. Nesses momentos, Longfellow se sentia como um escultor que, incapaz de representar no mármore frio a beleza viva do olhar humano, recorria a artifícios como os de afundar o olho mais profundamente e tornar a sobrancelha acima mais proeminente que a do modelo vivo.

Mas Dante resistia às intrusões mecânicas e se recolhia, pedindo paciência. Sempre que o tradutor e poeta chegava a um impasse tal, fazia uma pausa e pensava: Aqui, Dante descansou sua pena, tudo o que segue ainda estava em branco. Como ele vai continuar? Que novas figuras serão trazidas à cena? Que novos nomes serão escritos? Então o poeta retomava sua pena — e com uma expressão de alegria ou indignação no rosto, escrevia mais em seu livro —, e Longfellow o seguia, sem vacilações.

Um pequeno som arranhado, como o de unhas em um quadro-negro, chamou a atenção das orelhas triangulares de Trap, que estava enrolado como um novelo junto aos pés de Longfellow. Parecia o arranhar do gelo jogado pelo vento contra uma janela.

Às 2 da madrugada, Longfellow ainda estava traduzindo. Com a lareira e o fogo a todo vapor, ele não podia fazer o mercúrio subir sua pequena escada além do sexto andar, quando então baixaria, desencorajado. Colocou uma vela em uma das janelas e, pela outra, olhou para as lindas árvores lá fora, todas revestidas com uma plumagem de neve. Não havia correntes de ar, e assim iluminadas, as árvores pareciam uma grande árvore etérea de Natal. Ao fechar as persianas de madeira, ele reparou em marcas completamente incomuns em uma das janelas. Voltou a abrir as persianas. O som do gelo arranhando tinha sido outra coisa: uma faca talhando o vidro. E ele esteve a poucos passos do rival.

À primeira vista, as palavras cortadas no gelo da janela eram ininteligíveis: ENOIZUDART AIM AL. Longfellow as decifrou quase imediatamente, mas ainda assim colocou o chapéu, o cachecol e o casaco e saiu até o jardim, onde a ameaça poderia ser lida claramente enquanto, com os dedos, ele rastreava as bordas cortantes das palavras:

ENOIZUDART AIM AL — A MINHA TRADUÇÃO.

XII

No quadro de avisos da Central, o chefe Kurtz deixou a mensagem anunciando que, dentro de algumas horas, partiria numa viagem de trem por toda a Nova Inglaterra, para oferecer palestras a comitês metropolitanos e grupos de aspirantes sobre os novos métodos de policiamento. Kurtz explicou-lhe:

— Para recuperar a reputação da cidade, disseram os vereadores. Mentira.

— Então por quê?

— Para me tirar daqui, para que eu fique longe dos detetives. Pelo regulamento, sou o único oficial do departamento com autoridade sobre o bureau de detetives. Esses canalhas terão as rédeas soltas. A investigação, agora, ficará completamente por conta deles. Ninguém aqui terá o poder de detê-los.

— Mas, chefe Kurtz, eles estão procurando no lugar errado. Só querem fazer alguma prisão para se exibir.

Kurtz olhou para ele.

— E *você*, policial, tem de ficar aqui como lhe foi ordenado. Você sabe disso. Até que tudo fique completamente esclarecido. Isso pode demorar algumas luas.

Rey piscou.

— Mas eu tenho muito a dizer, chefe...

— Você sabe que devo instruir você a compartilhar com o detetive Henshaw e seus amigos qualquer coisa que souber ou pensar que sabe.

— Chefe Kurtz...

— Qualquer coisa, Rey! Terei que levá-lo a Henshaw eu mesmo?

Rey hesitou, depois balançou a cabeça.

Kurtz levou a mão ao braço de Rey.

— Às vezes, a única satisfação é saber que não há mais nada que você possa fazer, Rey.

Quando Rey voltou para casa naquela noite, uma figura de capuz parou perto dele. Ela tirou o capuz, quase sem fôlego, o vapor de sua respiração filtrado pelo véu negro. Mabel Lowell tirou o véu e fitou o policial Rey.

— Policial. O senhor se lembra de mim, de quando foi procurar o professor Lowell? Tenho algo para lhe mostrar — disse ela, puxando um pacote volumoso de sob a capa.

— Como me descobriu, Srta. Lowell?

— Mabel. O senhor acha que é difícil encontrar o único oficial negro da polícia de Boston? — Ela encerrou sua declaração com um sorriso irônico.

Rey voltou a atenção para o pacote. Retirou dele algumas folhas de papel.

— Não creio que eu possa ficar com isso. Pertence a seu pai?

— Sim — disse ela. Eram as provas tipográficas da tradução de Dante de Longfellow, cheias de anotações de Lowell nas margens. — Acho que meu pai descobriu algumas características da poesia de Dante nos estranhos assassinatos. Não sei os detalhes que o senhor deve conhecer, e não poderia jamais falar com meu pai a respeito, pois ele ficaria imensamente irritado, então, por favor, não lhe diga que me viu. Deu muito trabalho, policial, bisbilhotar o escritório do meu pai, esperando que ele não notasse.

— Por favor, Srta. Lowell — disse Rey, resignado.

— Mabel. — Diante do brilho franco dos olhos de Rey, ela não conseguia mostrar seu desespero. — Por favor, policial. Meu pai quase não conta nada para a Sra. Lowell, e menos ainda para mim. Mas eu sei de uma coisa: seus livros de Dante estão espalhados por todo canto. Quando eu o ouço falar com seus amigos, nesses dias, é apenas disso que conversam, e com um tom de intimidação e angústia pouco adequado para parceiros em uma tradução. Então, encontrei um desenho dos pés de um homem queimando, com recortes de jornais sobre o reverendo Talbot: alguns dizem que os pés dele estavam carbonizados quando foi descoberto. E eu não ouvi meu pai revisar aquele canto dos clérigos perversos com Mead e Sheldon apenas alguns meses atrás?

Rey conduziu-a até a calçada de entrada de um prédio próximo, onde encontraram um banco vazio.

— Mabel, você não deve contar a mais ninguém que sabe disso — disse-lhe o policial. — Isso só vai confundir a situação e lançar uma sombra perigosa sobre seu pai e os amigos e, temo, sobre você também. Há interesseiros envolvidos que tentariam se aproveitar dessa informação.

— O senhor já sabia disso, não é? Bem, o senhor deve estar planejando fazer alguma coisa para acabar com essa loucura.

— Para ser franco, não sei.

— O senhor não pode ficar parado, olhando, não enquanto meu pai... por favor. — Ela colocou, de novo, o pacote das provas em suas mãos. Seus olhos umedeceram, embora ela tentasse evitar. — Leve isso. Leia tudo antes que ele dê pela falta. Sua visita à Craigie House naquele dia provavelmente tinha algo a ver com tudo isso, e eu sei que o senhor pode ajudar.

Rey examinou o pacote. Desde antes da guerra não lia nenhum livro. Houve uma época em que consumia literatura com alarmante avidez, sobretudo depois das mortes de seus pais e irmãs adotivos. Tinha lido histórias e biografias, até mesmo romances. Mas agora a própria ideia de um livro o atingiu como ofensiva e arrogante. Preferia jornais e folhetos, que não tinham chance de dominar seus pensamentos.

— Papai é um homem duro às vezes; sei como pode parecer — continuou Mabel —, mas ele passou por muita tensão na vida, interna e externamente. Vive com medo de perder sua capacidade de escrever mas eu nunca penso nele como um poeta, apenas como meu pai.

— A senhorita não tem por que se preocupar com o Sr. Lowell.

— Então o senhor vai ajudá-lo? — perguntou ela, colocando a mão em seu braço. — Há algo que eu possa fazer? Qualquer coisa para que eu possa me assegurar de que meu pai estará a salvo, policial?

Rey permaneceu em silêncio. Transeuntes encaravam intensamente os dois, e ele desviava o olhar.

Mabel sorriu com tristeza e afastou-se para a ponta do banco.

— Entendo. O senhor é exatamente como o meu pai, então. Não me julga confiável quando se trata de assuntos importantes, imagino. Imaginei que o senhor reagiria de maneira diferente.

Por um momento, Rey sentiu demasiada empatia para responder.

— Srta. Lowell, este é um assunto com o qual ninguém, por livre vontade, deveria escolher se envolver.

— Mas eu não tenho escolha — disse ela, e voltou a colocar o véu no lugar, afastando-se em direção à estação dos bondes.

O professor George Ticknor, um velho em decadência, disse a sua esposa que mandasse a visita subir. Suas instruções foram acompanhadas por um estranho sorriso em seu rosto grande e peculiar. Os cabelos de Ticknor, que já haviam sido negros, estavam agora grisalhos na nuca e nas costeletas, e lastimavelmente ralos no alto da cabeça. Hawthorne uma vez dissera que o nariz de Ticknor era o contrário de aquilino, nem muito grande, nem pontudo.

O professor nunca tivera muita imaginação e era agradecido por isso, pois o protegia das extravagâncias que tinham assolado seus colegas de Boston, sobretudo escritores, em tempos de reforma, que achavam que as coisas iriam mudar. No entanto, Ticknor não podia deixar de imaginar que o empregado que o erguia agora, ajudando-o a sair da cadeira, era uma imagem adulta perfeita de George Junior, que morrera com 5 anos. Trinta anos depois, Ticknor ainda entristecia-se pela morte de George Junior, entristecia-se demasiado, porque já não podia ver seu sorriso radiante ou escutar sua voz alegre, nem em seus pensamentos; porque virava a cabeça ao escutar um som familiar e o menino não estava lá; porque ficava esperando os passos leves de seu filho, que nunca chegavam.

Longfellow adentrou a biblioteca, desajeitadamente trazendo um presente. Era uma sacola ornamentada com franja dourada.

— Por favor, não se levante, professor — pediu ele.

Ticknor ofereceu charutos que, pelo envoltório danificado, pareciam ter sido oferecidos e recusados em muitos anos de visitas pouco frequentes.

— Meu caro Sr. Longfellow, o que o traz aqui?

Longfellow colocou a sacola sobre a escrivaninha de Ticknor.

— Algo que achei que você, mais do que ninguém, gostaria de ver.

Ticknor olhou-o, em expectativa. Seus olhos escuros estavam quase imóveis.

— Recebi esta manhã, veio da Itália. Leia a carta que veio junto. — Longfellow a estendeu para Ticknor. Era de George Marsh, do Comitê do Centenário de Dante em Florença. Marsh escrevera para assegurar a Longfellow de que não deveria ter preocupação alguma quanto à aceitação de sua tradução do *Inferno* pelo Comitê.

Ticknor começou a ler:

— "O Duque de Caietani e o Comitê receberão agradecidos a primeira reprodução americana do grande poema, como uma contribuição altamente adequada à solenidade do Centenário e, ao mesmo tempo, como uma homenagem valiosa do Novo Mundo a uma das maiores glórias do país de Colombo, seu descobridor." Por que você teria alguma dúvida? — perguntou Ticknor, intrigado.

Longfellow sorriu:

— Suponho que, à sua maneira gentil, o Sr. Marsh esteja me pedindo para apressar o trabalho. Mas não se diz que Colombo não foi nada pontual?

— "Queira, por favor, aceitar como demonstração de apreço de nosso Comitê por sua promissora contribuição" — continuou Ticknor — "um dos sete recipientes que contêm as cinzas de Dante Alighieri, recentemente retiradas de seu túmulo em Ravena."

Isso provocou um débil rubor de satisfação nas faces de Ticknor, e seus olhos voltaram-se para a sacola. Seu rosto já não tinha mais aquela sombra vermelha que, em contraste com seu cabelo escuro, em sua juventude levava as pessoas a pensarem que ele era espanhol. Ticknor soltou a fivela, abriu a sacola, e olhou para algo que bem poderia ser pó de carvão. Pegou um punhado, que deixou escorrer entre os dedos, como o peregrino cansado finalmente chegando perto da água sagrada.

— Por quantos longos anos procurei no grande mundo, com pouco sucesso, companheiros estudiosos de Dante — disse Ticknor. Engoliu em seco, pensando, *por quantos longos anos?* — Tentei mostrar a inúmeros membros de minha família como Dante fizera de mim um homem melhor, mas ninguém soube entender bem. Você reparou, Longfellow, que no ano passado não houve um clube ou associação de Boston que não fizesse alguma celebração em honra do tricentenário de nascimento de Shakespeare? No entanto, quantas pessoas fora da Itália consideram este ano o sexto centenário de nascimento de Dante, digno de nota? Shakespeare nos faz conhecermos a nós mesmos. Dante, com sua dissecação de todos os outros, nos leva a conhecer-nos uns aos outros. Diga-me como caminha a sua tradução.

Longfellow inspirou profundamente. Depois, contou a história dos assassinatos; a punição do juiz Healey como um indiferente, de Elisha Talbot como um simoníaco, e a de Phinneas Jennison como um semeador de discórdia. Explicou como o Clube Dante tinha rastreado o caminho de Lúcifer pela cidade e chegado à conclusão de que ele seguia o ritmo do andamento da tradução que eles estavam fazendo.

— Você pode nos ajudar — disse Longfellow. — Hoje começa uma nova etapa de nossa luta.

— Ajudar. — Ticknor parecia degustar a palavra como se fosse um novo vinho, para depois rejeitá-lo com desgosto. — Ajudar com quê, Longfellow?

Longfellow recostou-se, surpreso.

— É tolice tentar deter uma coisa como essa — disse Ticknor, sem compaixão. — Você sabe, Longfellow, que comecei a doar meus livros? — Apontou com sua bengala de ébano as estantes em volta de toda a sala. — Já doei quase 3 *mil* volumes à nova biblioteca pública, exemplar por exemplar.

— Um gesto magnífico, professor — disse Longfellow, com sinceridade.

— Exemplar por exemplar, até temer que não me restasse mais nada. — Enfiou a ponta de sua brilhante bengala preta no tapete suntuoso. Uma expressão esquisita, meio sorriso, meio careta, retorceu sua boca cansada. — A primeira lembrança que tenho de minha vida é a morte de Washington. Quando voltou para casa naquele dia, meu pai não conseguia falar, tão perturbado ficara com a notícia; fiquei aterrorizado ao vê-lo tão abalado e implorei a minha mãe que chamasse um médico. Por algumas semanas, todo mundo, até as crianças pequenas, usaram uma fita negra na manga. Alguma vez você já parou para refletir por que razão ao matar uma pessoa você é um assassino e no entanto, se mata milhares, você é um herói, como Washington? Uma vez pensei que poderia garantir o futuro de nossas arenas literárias pelo estudo e pela instrução, pela deferência à tradição. Dante defendeu que sua poesia prosseguisse além dele e, por quarenta anos, trabalhei para isso. Pelos eventos que você descreveu, o destino da literatura profetizado pelo Sr. Emerson tornou-se real: a literatura que respira vida e morte, que pode punir e absolver.

— Sei que o senhor não sanciona o que aconteceu, professor Ticknor — disse Longfellow, solícito. — Dante desfigurado como um instrumento para assassinato e vingança pessoal.

As mãos de Ticknor tremeram.

— Finalmente temos um texto dos tempos antigos, Longfellow, convertido em um poder presente, um poder de julgamento diante de nossos olhos! Não, se o que você descobriu for verdade, quando o mundo souber do que aconteceu em Boston, mesmo que daqui a dez séculos, Dante não será *desfigurado*, não estará manchado nem arruinado. Ele será reverenciado como a primeira verdadeira criação do gênio americano, o primeiro poeta a liberar o poder majestático de toda a literatura sobre os descrentes!

— Dante escreveu para nos tirar de uma época na qual a morte era incompreensível. Escreveu para nos dar esperança para viver, professor, quando não tínhamos nenhuma; para que soubéssemos que nossas vidas, nossas preces, faziam diferença para Deus.

Ticknor suspirou, impotente, e estendeu a sacola de franjas douradas:

— Não esqueça seu presente, Sr. Longfellow.

Longfellow sorriu.

— Você foi o primeiro a acreditar que seria possível. — Longfellow colocou a sacola com as cinzas nas velhas mãos de Ticknor, que a agarraram cobiçosamente.

— Estou velho demais para ajudar alguém, Longfellow — desculpou-se Ticknor. — Mas poderia lhe dar um conselho? Vocês não estão atrás de Lúcifer; ele não é o culpado que você descreveu. Lúcifer é puro silêncio quando Dante finalmente o encontra no congelado Cocito, soluçando e sem dizer nada. Entende, é assim que Dante triunfa sobre Milton; nós esperamos que Lúcifer seja estarrecedor e esperto para que possamos vencê-lo, mas Dante torna as coisas mais difíceis. Não. Vocês estão atrás de Dante; é Dante quem decide quem deve ser punido e para onde vai, que tormentos deve sofrer. É o poeta que toma essas medidas, mas, ao se transformar naquele que faz a jornada, tenta nos fazer esquecer: achamos que também ele é outra testemunha inocente da obra de Deus.

Enquanto isso, em Cambridge, James Rusell Lowell via fantasmas.

Sentado em sua espreguiçadeira, com a luz do inverno entrando pelas janelas, ele teve uma clara visão do rosto de Maria, seu primeiro amor, e foi atraído para ela pela semelhança. "Daqui a pouco", repetia ele. "Daqui a pouco." Ela estava sentada com Walter nos joelhos e dizia tranquila a Lowell: "Veja que belo e forte garoto ele ficou".

Fanny Lowell falou que ele parecia estar em transe, e insistiu para que fosse para a cama. Ela mandaria buscar um médico, ou o Dr. Holmes, se ele preferisse. Mas Lowell a ignorou, porque sentia-se demasiado feliz: saiu de casa pela porta de trás. Pensou em sua pobre mãe, no asilo, que costumava lhe garantir que ficava muito contente durante seus ataques. Dante tinha dito que a maior tristeza era lembrar-se da felicidade passada, mas Dante estava errado nessa formulação — *completamente errado*, pensou Lowell. Não existe felicidade como as tristes, lamentamos. Alegria e tristeza eram irmãs, e muito parecidas uma com a outra, como Holmes tinha dito, ou não trariam ambas as lágrimas que igualmente traziam. O pobre filho de Lowell, Walter, a última criança de Maria a morrer, seu herdeiro por direito, parecia palpável enquanto ele caminhava pelas ruas tentando pensar em qualquer coisa, qualquer coisa menos na doce Maria, qualquer coisa. Mas a presença fantasmagórica de Walter agora já não era mais uma imagem, e sim um sentimento sussurrante que o seguia de perto, que estava dentro dele, como uma mulher sente a vida pulsar dentro de sua barriga. Também achou ter visto Pietro Bachi passando por ele na rua, cumprimentando-o, escarnecendo como se dissesse: "Sempre estarei aqui para lembrá-lo do fracasso". *Você nunca lutou por nada, Lowell.*

"Você não está aqui!", murmurou Lowell, e um pensamento despontou em sua cabeça: se, inicialmente, ele não tivesse tanta certeza da culpa de Bachi, se possuísse um pouco do ceticismo nervoso de Holmes, poderiam ter descoberto o assassino e Phineas Jennison talvez estivesse vivo. E então, antes que pudesse pedir um copo d'água em uma das bancas da rua, viu à sua frente um vistoso casaco branco e um chapéu alto de seda branca deslizando alegremente, com o apoio de um cajado com adornos de ouro.

Phineas Jennison.

Lowell esfregou os olhos, suficientemente consciente de seu estado de espírito para desconfiar dos próprios olhos, mas dava para ver Jennison batendo com os ombros em outros transeuntes enquanto outros o evitavam, lançando-lhe olhares estranhos. Ele era real. De carne e osso.

Ele estava vivo...

Jennison! Lowell tentou gritar, mas sua boca estava demasiado ressecada. A visão o incitava a correr mas, ao mesmo tempo, amarrava suas pernas. "Oh, Jennison!" No mesmo momento em que reencontrou sua voz forte, seus olhos começaram a lacrimejar.

— Phinny, Phinny, estou aqui, estou aqui! Jimmy Lowell, está vendo? Ainda não perdi você!

Lowell correu por entre os pedestres e, pegando-o pelo ombro, o girou. Mas o rosto híbrido que o encarou era cruel. O casaco e o chapéu de corte fino eram de Phineas Jennison, assim como o cajado brilhante, mas dentro deles estava um homem maltrapilho, o rosto manchado de sujeira, a barba disforme por fazer. Ele tremia sob a garra de Lowell.

— Jennison — disse Lowell.

— Não me entregue, senhor. Eu precisava me aquecer... — O homem explicou: era o vagabundo que descobrira o corpo de Jennison depois de nadar até o forte abandonado desde uma ilha próxima, ocupada por um asilo de pobres. Tinha encontrado as roupas maravilhosas bem-dobradas em uma pilha no piso do depósito onde o corpo de Jennison estava pendurado e pegara algumas peças.

Lowell lembrou-se e sentiu agudamente a larva solitária que fora tirada dele, solitária em seu caminho escarpado, selvagem, comendo suas entranhas. Sentiu que um buraco tinha ficado, soltando tudo que estava preso em suas tripas.

O Pátio de Harvard estava coberto de neve. Lowell procurou Edward Sheldon no campus, sem resultado. Lowell lhe enviara uma carta na quinta-feira à noite, depois de vê-lo com o fantasma, requisitando a imediata presença do aluno em Elmwood. Mas ele não respondera. Vários alunos que conheciam Sheldon disseram que há dias não o viam. Alguns deles, ao passar por Lowell, lembraram-no de sua conferência, para a qual estava atrasado. Ao entrar na sala de conferências do Prédio Universitário, uma sala espaçosa que antes fora uma capela, ele começou como de costume: "Cavalheiros e colegas estudantes...". O que foi seguido pela risada usual dos alunos. *Colegas pecadores* — era assim que os ministros congregacionalistas da infância do professor costumavam começar. Seu pai, para uma criança, a voz de Deus. O mesmo com o pai de Holmes. *Colegas pecadores.* Nada podia perturbar a fé sincera do pai de Lowell, sua confiança em um Deus que repartia sua força.

— Serei eu o tipo certo de homem para guiar jovens ingênuos? Nem um pouco! — Lowell escutou a si mesmo falar essas palavras a um terço de uma conferência sobre *Don Quijote.* — No entanto, por outro lado — especulou —, ser um professor não é bom para mim: umedece minha pólvora, pode-se dizer, e assim minha mente, quando se prepara para atirar, arrasta-se em um estopim sem vontade em vez de saltar com a primeira faísca.

Dois alunos preocupados tentaram pegá-lo pelo ombro no momento em que ele quase caiu. Lowell dirigiu-se oscilante até a janela e colocou a cabeça para fora, de olhos fechados. Em vez da lufada de ar frio que esperava, sentiu o que foi uma inesperada onda de calor, como se o Inferno estivesse roçando em seu nariz e suas bochechas. Esfregou as pontas de seu bigode, que também estavam quentes e úmidas. Abrindo os olhos, viu um triângulo de chamas lá embaixo. Lowell saiu correndo da sala de aulas e desceu as escadas do Prédio Universitário. Embaixo, no Pátio de Harvard, uma fogueira crepitava vorazmente.

Ao seu redor, um semicírculo de homens ilustres observava as chamas com grande atenção. Estavam alimentando a fogueira com livros de uma grande pilha. Eram pastores unitaristas e congregacionalistas locais, membros da Corporação de Harvard, e alguns representantes da Diretoria de Supervisores de Harvard. Um apanhou um folheto, amassou-o, e jogou-o como se fosse uma bola. Todos aplaudiram quando ela atingiu as chamas. Lowell correu, ajoelhou-se e a tirou do fogo. A capa estava carbonizada demais para ler, então ele abriu a página de rosto chamuscada: *Em defesa de Charles Darwin e sua Teoria da Evolução*.

Lowell não podia segurar por mais tempo. O professor Louis Agassiz estava à sua frente, do outro lado da fogueira, o rosto borrado pela fumaça. O cientista acenou amigavelmente com as duas mãos.

— Como anda sua perna, Sr. Lowell? E isto... *isto* é um dever, Sr. Lowell, embora seja uma pena desperdiçar tanto papel.

De uma das janelas cheias de vapor, do grotescamente gótico saguão de granito da biblioteca da universidade, o Dr. Augustus Manning, tesoureiro da Corporação, olhava de cima para a cena. Lowell correu em direção à grande entrada e, depois, atravessou a sala, agradecido pela compostura e pela razão que acompanhavam cada passo. Nenhum candelabro ou luz de gás era permitido na biblioteca devido ao perigo de fogo, e assim as prateleiras e os livros estavam obscurecidos como o inverno.

— Manning! — gritou Lowell, arriscando-se a uma reprimenda do bibliotecário.

Manning estava escondido em uma plataforma acima da sala de leitura, atrás de várias pilhas de livros.

— O senhor tem uma conferência agora, professor Lowell. Deixar os alunos sem supervisão não é uma conduta considerada aceitável pela Corporação de Harvard.

Lowell teve de limpar o rosto com um lenço antes de subir até a plataforma.

— Os senhores ousam queimar livros em uma instituição de ensino!

Os canos de cobre do sistema de aquecimento pioneiro da biblioteca sempre deixavam vazar vapor, cobrindo a sala com ondas de umidade que se condensavam em gotas quentes nas janelas, nos livros, e sobre os alunos.

— O mundo religioso tem conosco, e principalmente com seu amigo, o professor Agassiz, um débito de gratidão por combater triunfalmente a ideia monstruosa de que somos descendentes dos macacos, professor. Seu pai certamente teria concordado.

— Agassiz é demasiado inteligente — disse Lowell ao chegar à plataforma, passando pelo vapor. — Ele ainda abandonará vocês, pode ter certeza! Nada que pretenda deixar o pensamento de fora jamais estará a salvo do pensamento!

Manning sorriu, e seu sorriso parecia entrar dentro de sua cabeça.

— Você sabia que levantei 100 mil dólares para o museu de Agassiz, graças à Corporação? Ouso dizer que Agassiz fará exatamente o que eu lhe disser.

— Qual é o problema, Manning? Por que tanto ódio das ideias alheias?

Manning olhou para Lowell de lado. Ao responder, perdeu o controle firme de sua voz.

— Nós temos sido um país nobre, com simplicidade de moralidade e justiça, o último herdeiro órfão da grande república romana. Nosso mundo está sendo estrangulado e demolido por noções de imoralidade infiltradas, modernosas, chegando com todo estrangeiro e toda nova ideia contra os princípios com os quais a América foi construída. Veja por você mesmo, professor. Acredita que, vinte anos atrás, entraríamos em guerra contra nós mesmos? Fomos envenenados. A guerra, nossa guerra, está longe de terminar. Está apenas começando. Demônios estão soltos no próprio ar que respiramos. Revoluções, assassinatos, roubos começam em nossas almas e depois invadem nossas ruas e nossas casas. — Foi o mais próximo da emotividade a que Lowell jamais vira Manning chegar. — O presidente Healey, da Suprema Corte, graduou-se na minha turma, Lowell; era um de nossos melhores supervisores, e agora foi morto por alguma besta cujo único conhecimento é o da morte! As mentes de Boston estão sob ataque permanente. Harvard é a última fortaleza para a proteção de nossa sublimidade. E está sob o *meu* comando! — Manning rematou seu ponto de vista: — Você, professor, pode se dar o luxo da rebelião apenas pela ausência de responsabilidade. Você é verdadeiramente um poeta.

Lowell sentiu-se de pé, ereto, pela primeira vez desde a morte de Phineas Jennison. Isso lhe deu uma nova força:

— Cem anos atrás, nós acorrentamos uma raça de homens, e foi *aí* que começou a guerra. A América continuará a crescer, não importa quantas mentes vocês acorrentarem agora, Manning. Eu sei que você ameaçou Oscar Houghton, dizendo que haveria consequências se ele publicasse a tradução de Dante feita por Longfellow.

Manning voltou à janela e observou o fogo alaranjado.

— E assim será, professor Lowell. A Itália é um mundo com as piores paixões e a mais frouxa moral. E eu o conclamo a doar os exemplares de Dante a esta biblioteca, como alguns cientistas bufões fizeram com seus livros de Darwin. Eles serão engolidos por aquele fogo, um exemplo para todos os que tentam transformar nossa instituição em abrigo para ideias de imunda violência.

— Nunca permitirei que faça isso — respondeu Lowell. — Dante é o primeiro poeta cristão, o primeiro cujo sistema total de pensamento tem as cores da pura teologia cristã. Mas a proximidade do poema vai além disso. É a verdadeira história de um irmão, de uma alma tentada, purificada e,por fim, triunfante. Ensina o benigno sacerdócio da mágoa. É o primeiro barco que se aventurou no mar silencioso da consciência humana para encontrar um novo mundo de poesia. Ele controlou seu coração partido por vinte anos, e não se deixou morrer até completar seu trabalho. Como fará Longfellow. Como eu farei.

Lowell virou-se e começou a descer.

— Três vivas, professor. — Da plataforma, Manning olhava fixamente, impassível. — Mas talvez nem todos compartilhem desse ponto de vista. Recebi uma visita peculiar de um policial, o policial Rey. Ele estava investigando seu trabalho sobre Dante. Não explicou o motivo, e saiu abruptamente. Poderia me explicar por que seu trabalho atrai a polícia para a nossa reverenciada instituição de ensino?

Lowell parou e voltou-se para Manning.

Manning juntou os longos dedos sobre o peito.

— Alguns homens sensíveis se levantarão de seu círculo para traí-lo, Lowell, eu posso lhe garantir. Nenhuma congregação de insurgentes pode se manter por muito tempo. Se o Sr. Houghton não cooperar para impedi-los, alguém o fará. O Dr. Holmes, por exemplo.

Lowell queria sair, mas esperou pelo restante.

— Eu o alertei, meses atrás, para se desligar do seu projeto de tradução ou sofreria grave dano à sua reputação. O que você acha que ele fez?

Lowell balançou a cabeça.

— Ele foi à minha casa e me confidenciou que concordava com minha avaliação.

— Você está mentindo, Manning!

— Ah, então o Dr. Holmes permaneceu dedicado à causa? — perguntou ele, como se soubesse muito mais do que Lowell poderia imaginar.

Lowell mordeu seus lábios trêmulos.

Manning balançou a cabeça e sorriu.

— O miserável anão é o seu Benedict Arnold esperando instruções, professor Lowell.

— Acredite que uma vez amigo de um homem, sempre o serei; e não preciso me esforçar para isso. E embora um homem possa deliciar-se em ser meu inimigo, não *me* fará *seu* inimigo por mais tempo do que eu desejar. Boa tarde. — Lowell tinha um jeito de terminar uma conversa que sempre deixava a outra pessoa querendo continuar.

Manning seguiu Lowell até a sala de leitura e segurou seu braço.

— Não consigo entender por que você coloca seu bom nome, tudo pelo que lutou a vida inteira, em risco por uma coisa como essa, professor.

Lowell puxou o braço.

— Mas não pede aos céus para ser capaz de fazer isso, Manning?

Ele voltou à sala de aula a tempo de dispensar seus alunos.

Se, de alguma maneira, o assassino estivesse monitorando a tradução de Longfellow e apostando uma corrida com eles, o Clube Dante não tinha escolha a não ser completar os 13 cantos restantes do *Inferno* com a máxima urgência. Eles concordaram em se dividir em dois grupos menores: um para investigar e o outro para traduzir.

Na biblioteca, Lowell e Fields trabalhariam no exame das evidências que possuíam, enquanto Longfellow e George Washington Greene se dedicariam à tradução, no escritório. Fields tinha informado Greene, para grande prazer do velho pastor, que a tradução teria um calendário estrito, objetivando sua finalização imediata. Nove cantos ainda não tinham sido revisados, um apenas parcialmente traduzido, e dois com os quais Longfellow não estava completamente satisfeito. O empregado de Longfellow, Peter, entregaria as provas na Riverside assim que Longfellow terminasse, e levaria Trap com ele para se exercitar.

— Não faz sentido!

— Então pense em outra coisa, Lowell — disse Fields, de seu lugar na biblioteca, o sofá confortável que antes pertencera ao avô de Longfellow, um grande general da Guerra da Independência. Ele observou Lowell atentamente. — Sente-se. Seu rosto está todo vermelho. Você sequer tem conseguido dormir bem esses dias?

Lowell o ignorou.

— O que qualificaria Jennison como um semeador de discórdia? Naquele círculo específico do Inferno, cada uma das sombras que Dante destaca é inequivocamente emblemática do pecado.

— Até que possamos descobrir por que Lúcifer escolheu Jennison, temos de selecionar o que pudermos a partir dos detalhes do assassinato — disse Fields.

— Bom, ele confirma a força de Lúcifer. Jennison pertencia ao Clube Adirondack de montanhismo. Era esportista e caçador, e mesmo assim nosso Lúcifer o agarrou e o retalhou com facilidade.

— Com certeza, levou-o sob a mira de alguma arma — disse Fields.

— O mais forte dos homens vivos pode ser agarrado por temor a uma arma, Lowell. Também sabemos que nosso assassino é ardiloso. Havia policiais posicionados em todas as ruas da área, o tempo todo, desde a noite em que Talbot foi morto. E a grande atenção de Lúcifer aos detalhes do Canto de Dante, isso também é uma certeza.

— A qualquer momento enquanto falamos — disse Lowell, ausente —, a qualquer momento enquanto Longfellow traduz um novo verso na sala ao lado, pode acontecer um outro assassinato e nós somos impotentes para impedi-lo.

— Três assassinatos e nem uma única testemunha. Precisamente regulado com a nossa tradução. O que devemos fazer? Vagar pelas ruas e esperar? Se eu fosse um homem menos instruído, poderia começar a pensar que há um genuíno espírito do mal contra nós.

— Devemos afunilar nosso foco à relação dos assassinatos com o nosso Clube — disse Lowell. — Vamos nos concentrar em rastrear todos aqueles que poderiam, de alguma maneira, saber do calendário da tradução. — Ao folhear seu caderno de anotações do que já haviam investigado, sem querer Lowell bateu em uma das peças de coleção da biblioteca, uma bala de canhão atirada pelos ingleses contra as tropas do general Washington, em Boston.

Eles escutaram uma outra batida na porta, mas a ignoraram.

— Enviei uma mensagem a Houghton pedindo-lhe que confirmasse que nenhuma prova tipográfica da tradução de Longfellow foi retirada da Riverside — disse Fields a Lowell. — Sabemos que todos os assassinatos foram tirados de cantos que, naquele momento, ainda não estavam traduzidos pelo nosso Clube. Longfellow deve continuar a entregar as provas à gráfica como se tudo estivesse normal. Enquanto isso, o que você me diz do jovem Sheldon?

Lowell franziu o cenho.

— Ele ainda não me respondeu e não tem sido visto no campus. É o único que pode nos falar sobre o fantasma com quem o vi conversar, já que Bachi partiu.

Fields levantou-se e se inclinou para Lowell.

— Você tem completa certeza de que viu esse "fantasma" ontem, Jamey? — perguntou ele.

Lowell surpreendeu-se.

— O que quer dizer, Fields? Eu lhe disse ontem: eu o vi me observando no Pátio de Harvard, e depois, em outro momento, esperando por Bachi. E depois outra vez em uma conversa acalorada com Edward Sheldon.

Fields não tinha opção senão recuar.

— É que estamos todos sob tanta apreensão, com tantos pensamentos ansiosos, meu caro Lowell. Também tenho passado minhas noites com curtos períodos de sono inquieto.

Lowell fechou com força o caderno de anotações que estava revisando.

— Você está dizendo que eu o imaginei?

— Você mesmo me disse que pensou ter visto Jennison hoje, e Bachi, e sua primeira esposa, e depois seu filho morto. Pelo amor de Deus! — gritou Fields.

Os lábios de Lowell tremiam:

— Agora escute, Fields. Esta é a gota d'água...

— Acalme-se, por favor, Lowell. Não pretendia levantar a voz. Não quis dizer isso.

— Suponho que você deve saber mais do que nós o que deveríamos fazer. Afinal, somos apenas poetas! Imagino que você saiba com precisão como alguém pode ter tomado conhecimento do calendário da nossa tradução!

— O que você *quer dizer* com isso, Sr. Lowell?

— Simplesmente isso: quem além de nós está intimamente a par das atividades do Clube Dante? Os aprendizes de impressores, os linotipistas, os encadernadores, todos os membros da Ticknor & Fields.

— Ora! — Fields estava estupefato. — Não tente reverter a situação me acusando!

A porta que ligava a biblioteca ao escritório se abriu.

— Cavalheiros, receio ter de interromper — disse Longfellow, e introduziu Nicholas Rey.

Um olhar de terror passou pelos rostos de Lowell e Fields. Lowell começou a falar sem pensar uma litania de razões pelas quais Rey não poderia entregá-los.

Longfellow apenas sorriu.

— Professor Lowell — disse Rey. — Por favor, estou aqui para pedir aos senhores licença para ajudá-los agora.

Imediatamente, Lowell e Fields esqueceram sua discussão e cumprimentaram Rey, animados.

— Agora, entendam, só estou fazendo isso com o objetivo de parar a matança — esclareceu Rey. — Nada mais.

— Este não é nosso único objetivo — disse Lowell, depois de uma longa pausa. — Mas não conseguiremos terminar isso sem alguma ajuda, e tampouco você pode. Esse miserável deixou o sinal de Dante em tudo que tocou, e lhe será francamente fatal caminhar em sua direção sem um tradutor a seu lado.

Deixando-os na biblioteca, Longfellow voltou ao estúdio. Ele e Greene estavam no terceiro canto do dia, tendo começado às seis da manhã e trabalhado sem parar até o meio-dia. Longfellow tinha enviado uma mensagem a Holmes, pedindo sua ajuda na tradução, mas não recebera resposta. Longfellow perguntara a Fields se seria possível convencer Lowell a se reconciliar com Holmes, mas Fields recomendou dar tempo para que ambos pudessem se acalmar.

Durante todo o dia, Longfellow teve de recusar um número irregular de pedidos estranhos à usual variedade de pessoas que vinham a sua casa. Um telegrama continha "uma encomenda" para que escrevesse um poema sobre pássaros, pelo qual seria regiamente pago. Uma mulher, que sempre passava por ali, parou com sua bagagem na porta, explicando que era a esposa de Longfellow que voltava para casa. Um soldado fingindo-se de ferido passou para pedir dinheiro: Longfellow teve pena e lhe deu uma pequena quantia.

— Ora, Longfellow, o "aleijão" desse homem era apenas seu braço enfiado na camisa! — disse Greene, depois que Longfellow fechou a porta.

— Sim, eu sei — respondeu Longellow ao voltar para sua cadeira. — Mas, meu caro Greene, se eu não for condescendente com ele, quem será?

Longfellow reabriu seu material do *Inferno*. Canto V, cuja finalização ele vinha adiando havia meses. Esse era o círculo da Luxúria. Ali, ventanias permanentes arrastam os pecadores sem destino, assim como a licenciosidade imoderada arrastou-os sem rumo, quando vivos. O peregrino pede para falar com Francesca, uma bela jovem que tinha sido assassinada quando seu marido a encontrara nos braços do cunhado, Paolo. Ao lado do espírito silencioso do seu amor ilícito, ela flutua até Dante.

— Ao contar, chorando, sua história a Dante, Francesca não está feliz em falar que ela e Paolo simplesmente se renderam à paixão entre eles — comentou Greene.

— Sim — disse Longfellow. — Ela diz a Dante que eles estavam lendo a história do beijo entre Guinevere e Lancelotte quando seus olhos se encontraram por cima do livro, e ela diz, com timidez, *"e nunca mais foi a leitura adiante"*. Paolo a toma em seus braços e a beija, mas Francesca não o culpa pela transgressão, e sim ao livro que os atraiu. O autor do romance os traíra.

Greene fechou os olhos, mas não porque estivesse cochilando, como frequentemente fazia em suas reuniões. Greene acreditava que um tradutor deveria esquecer-se a si mesmo no autor, e era isso que ele tentava fazer ao ajudar Longfellow.

— E então eles recebem a punição perfeita: ficar juntos para sempre, mas sem jamais se beijarem nem sentirem a excitação da corte, só o tormento de estarem lado a lado.

Enquanto conversavam, Longfellow viu os cachos dourados e o rosto sério de Edith em uma fresta da porta do escritório. Ao sentir o olhar do pai, a menina se esquivou furtivamente para o corredor.

Longfellow sugeriu a Greene que fizessem uma pausa. Os homens na biblioteca também haviam parado de discutir para que Rey pudesse examinar o diário da investigação que Longfellow vinha mantendo. Greene foi esticar as pernas no jardim.

Ao abandonar um pouco os livros, os pensamentos de Longfellow viajaram para outras épocas daquela casa, épocas antes da dele. Naquele escritório, o general Nathanael Greene, avô do seu amigo, discutia estratégias com o general George Washington, quando veio a notícia da chegada dos britânicos, fazendo todos os generais da sala se apressarem para pegar suas perucas. Também naquele escritório, de acordo com uma das histórias de Greene, Benedict Arnold ajoelhou-se para jurar fidelidade. Tirando da cabeça esse último episódio da história da casa, Longfellow foi até a sala de estar, onde encontrou sua filha Edith toda enroscada em uma cadeira Luís xvi. A cadeira fora empurrada para mais perto do busto de sua mãe em mármore, o semblante doce de Fanny sempre ali quando a filha precisava dela. Sempre que olhava para uma imagem da esposa, Longfellow sentia o mesmo estremecimento de prazer que sentira nos primeiros dias da desajeitada corte dos dois. Fanny nunca saía de algum local sem deixar Longfellow com a sensação de que um pouco da luz saíra com ela.

O pescoço de Edith curvou-se como o de um cisne para esconder seu rosto.

— E então, minha querida? — Longfellow sorriu, gentil. — Como está minha filhinha esta tarde?

— Sinto muito ter bisbilhotado, papai. Queria lhe perguntar uma coisa e não pude evitar escutar. Aquele poema — disse ela, tímida porém ousada — fala das coisas mais tristes.

— Sim. Às vezes é o que a Musa quer. É dever do poeta falar dos nossos momentos mais difíceis com a mesma honestidade com que fala dos momentos alegres, Edie, pois às vezes a luz só é encontrada depois que se passa pelos momentos mais escuros. É assim com Dante.

— O homem e a mulher do poema, por que devem ser punidos por amarem tanto um ao outro? — Uma lágrima apareceu em seus olhos azuis.

Longfellow sentou-se na cadeira, colocou-a em seus joelhos, e a envolveu com os braços.

— O poeta daquele livro era um cavalheiro que foi batizado com o nome de Durante, mas, nas brincadeiras de criança, seu nome mudou para Dante. Viveu há cerca de seiscentos anos. Ele também foi atingido pelo amor, e é por isso que escreve assim. Você reparou na estatueta de mármore perto do espelho no escritório?

Edith assentiu.

— Bem, *aquele* é o *signor* Dante.

— Aquele homem? Ele parece ter todo o peso do mundo em sua cabeça.

— Sim. — Longfellow sorriu. — E era profundamente apaixonado por uma moça que conheceu muito tempo antes, quando ela era, oh, não muito mais nova que você, minha querida, quase da idade de Panzie: Beatriz Portinari. Tinha 9 anos quando ele a viu pela primeira vez, num festival em Florença.

— Beatriz — disse Edith, imaginando como se escrevia e pensando nas bonecas para as quais ainda não achara um nome.

— Bia, era como os amigos a chamavam. Mas Dante, nunca. Ele só a chamava pelo nome completo, Beatriz. Quando ela se aproximava, seu coração era possuído por tal pudor que ele não conseguia levantar os olhos nem responder aos cumprimentos dela. Em outros momentos, preparava-se para falar, mas ela simplesmente passava por ele, e mal o notava. Ele ouvia as pessoas da cidade falarem: "Ela não é mortal. É abençoada por Deus."

— Diziam isso dela?

Longfellow riu com gosto.

— Bem, isso era o que Dante escutava, pois estava profundamente apaixonado, e quando você está apaixonado, ouve as pessoas da cidade elogiando aquela que você ama.

— Dante a pediu em casamento? — perguntou Edith, esperançosa.

— Não. Ela só falou com ele uma vez, para dizer "olá". Beatriz se casou com outro florentino. Depois, adoeceu com uma febre, e morreu. Dante casou-se com outra mulher, com quem formou uma família. Mas ele nunca se esqueceu de seu amor. Inclusive deu o nome de Beatriz a sua filha.

— Sua esposa não ficou chateada? — perguntou a menina, indignada.

Longfellow pegou umas das escovas macias de Fanny e a passou pelos cabelos de Edith.

— Não sabemos muito sobre Donna Gemma. Mas sabemos que quando o poeta teve certos problemas no meio de sua vida, ele teve uma visão em que Beatriz, de sua morada no Céu, mandava um guia para ajudá-lo a passar por um lugar muito escuro para chegar até ela outra vez. Quando Dante estremece pensando no que terá de enfrentar, seu guia lhe diz que quando visse seus belos olhos novamente, saberia o rumo de sua vida de novo. Você entende, querida?

— Mas por que ele amava tanto Beatriz, se nunca nem falou com ela?

Longfellow continuou escovando seus cabelos, surpreendido pela dificuldade da resposta.

— Ele uma vez disse, querida, que Beatriz despertava nele sentimentos que ele não podia encontrar palavras para descrever. Para Dante, para o poeta que ele era, o que poderia cativá-lo mais do que um sentimento que desafiava seus versos?

Então ele recitou suavemente, acariciando seus cabelos com a escova:

— *"Tu és, minha querida, melhor que todas as canções/ Que já foram cantadas ou ditas:/ Pois és o poema que vive/ E tudo o mais está morto".*

O poema provocou o sorriso usual na ouvinte, que então abandonou o pai aos seus pensamentos. Escutando os passos de Edith escada acima, Longfellow permaneceu à cálida sombra do busto de mármore, banhado pela tristeza da filha.

— Ah, aí está você. — Greene apareceu na sala, os braços abertos. — Penso que cochilei no banco de seu jardim. Não importa. Estou pronto para retornar aos nossos Cantos! Diga, para onde foram Lowell e Fields?

— Acho que saíram para uma caminhada. — Lowell tinha pedido desculpas a Fields por ter perdido a calma e eles saíram para respirar um pouco de ar fresco.

Longfellow se deu conta do longo tempo que permanecera sentado ali. Suas juntas reclamaram audivelmente quando ele se levantou da cadeira.

— Aliás — disse, olhando para o relógio que tirou do colete —, faz um bom tempo que eles saíram.

Fields tentava acompanhar as grandes passadas de Lowell rua abaixo.

— Talvez devêssemos voltar agora, Lowell.

Fields agradeceu quando Lowell fez uma parada brusca. Mas o poeta estava olhando para a frente, com uma expressão aterrorizada. Sem aviso, empurrou Fields para trás do tronco de um olmo. Sussurrou-lhe que olhasse para a frente. Fields viu uma figura alta, de chapéu-coco e colete xadrez virando a esquina.

— Lowell, acalme-se! Quem é ele? — perguntou Fields.

— Simplesmente o homem que vi me vigiando no Pátio de Harvard! E depois se encontrando com Bachi! E depois numa conversa acalorada com Edward Sheldon!

— Seu fantasma?

Lowell assentiu, triunfante.

Eles começaram a segui-lo disfarçadamente, Lowell controlando seu editor para manter distância do estranho que virou numa rua lateral.

— Filha de Eva! Ele está se dirigindo para a sua casa! — disse Fields. O estranho passou pelo portão branco de Elmwood. — Lowell, temos de ir falar com ele.

— E deixá-lo com vantagem? Tenho um plano muito melhor para esse patife — disse Lowell, orientando Fields através do estábulo e do abrigo da carruagem até as portas dos fundos de Elmwood. Lowell disse a sua governanta para receber o visitante que estava prestes a tocar a campainha. Ela devia levá-lo a um quarto específico do terceiro andar da mansão, depois fechar a porta. Lowell pegou seu rifle de caça na biblioteca, verificou-o e conduziu Fields pela estreita escada de serviço nos fundos.

— Jamey! Em nome de Deus, o que pensa que vai fazer?

— Vou me assegurar de que esse fantasma não desaparecerá desta vez. Não até eu me dar por satisfeito com o que ele tem para nos contar — disse Lowell.

— Você ficou maluco? Em vez disso, vamos mandar chamar Rey!

Os brilhantes olhos castanhos de Lowell lançaram chispas.

— Jennison era meu amigo. Ceava nesta mesma casa, ali, na minha sala de jantar, onde levava meus guardanapos aos lábios e bebia das minhas taças de vinho. Agora, está em pedaços! Recuso-me a continuar roçando timidamente a verdade, Fields!

O quarto no topo das escadas, que fora de Lowell quando criança, não estava sendo usado e não estava aquecido. Da janela do seu sótão da infância, a visão do inverno era ampla, abrangendo uma parte de Boston. Lowell olhou pela janela e conseguiu distinguir a longa curva familiar do Charles e os extensos campos entre Elmwood e Cambridge, o pântano uniforme para além do rio calmo e silencioso coberto com neve resplandecente.

— Lowell, você vai matar alguém com isso! Como seu editor, ordeno que largue este rifle imediatamente!

Lowell pôs a mão sobre a boca de Fields e fez um gesto para a porta fechada, esperando algum movimento. Vários minutos de silêncio se passaram antes que os dois eruditos, agachados atrás de um sofá, escutassem os passos da governanta conduzindo o visitante pelas escadas. Ela fez conforme as instruções, pedindo ao visitante que entrasse e fechando imediatamente a porta atrás dele.

— Olá? — disse o homem no quarto vazio, morbidamente frio. — Que tipo de sala de estar é esta? O que significa isso?

Lowell levantou-se do esconderijo atrás do sofá, apontando seu rifle firmemente para o colete xadrez do homem.

O estranho engoliu em seco. Enfiou sua mão na sobrecasaca e sacou um revólver, apontando-o para o cano do rifle de Lowell.

O poeta não recuou.

A mão direita do estranho tremia violentamente, o excesso de couro em seu dedo enluvado roçando o gatilho do revólver.

Lowell, do outro lado do quarto, levantou o rifle sobre seu bigode de presas de morsa, completamente negro sob a luz insuficiente, e fechou um olho, olhando com o outro diretamente pela mira do rifle. Falou com os dentes apertados.

— Tente, e não importa o que aconteça, você perderá. Ou você nos manda para o Céu — disse ele ao engatilhar sua arma —, ou nós o mandaremos para o Inferno.

XIII

O ESTRANHO apontou seu revólver por mais um momento e depois o jogou no tapete.

— Este trabalho não vale esse absurdo!

— Pegue a pistola, por favor, Sr. Fields — disse Lowell a seu editor, como se essa fosse a ocupação diária dos dois. — Agora, seu patife, você nos dirá quem é e por que está aqui. Diga-nos o que tem com Pietro Bachi e por que o Sr. Sheldon estava lhe dando ordens na rua. E me diga por que está em minha casa!

Fields pegou o revólver no chão.

— Abaixe sua arma, professor, ou não direi nada — disse o homem.

— Faça o que ele diz, Lowell — sussurrou Fields, para satisfação do desconhecido.

Lowell abaixou a arma.

— Muito bem, mas rogo, em seu próprio interesse, que seja honesto conosco.

E levou uma cadeira para o seu refém, que continuava dizendo que toda a cena era um "absurdo".

— Acredito que não tivemos a chance de ser apresentados antes de o senhor apontar um rifle para minha cabeça — disse o visitante. — Sou Simon Camp, detetive da Agência Pinkerton. Fui contratado pelo Dr. Augustus Manning, da Universidade de Harvard.

— Dr. Manning! — exclamou Lowell. — Com que propósito?

— Ele queria que eu investigasse o curso ministrado sobre esse famoso Dante, para ver se seria possível provar que provavelmente criava um "efeito pernicioso" nos alunos. Devo investigar esse assunto e fazer um relatório com minhas descobertas.

— E o que você descobriu?

— Pinkerton cobre toda a região de Boston. Esse caso insignificante não era minha prioridade máxima, professor, mas fiz minha parte do trabalho. Chamei um dos professores antigos, um Sr. "Baqui", para se encontrar comigo no campus — disse Camp. — Também entrevistei vários alunos. Aquele jovem insolente, o Sr. Sheldon, não estava me dando ordens, professor. Estava me dizendo o que fazer com as minhas perguntas, e sua linguagem era demasiado mordaz para ser repetida na companhia de tão finos casacos de gola de veludo.

— E o que disseram os outros? — perguntou Lowell.

Camp respondeu com zombaria.

— Meu trabalho é confidencial, professor. Mas realmente acho que é hora de falar com o senhor cara a cara, e perguntar sua própria opinião sobre esse Dante. *Esse* é o motivo que me fez vir aqui hoje, à sua casa. E que maravilhosa recepção!

Fields apertou os olhos, confuso.

— Manning o enviou para falar diretamente com Lowell?

— Não estou sob o comando dele, senhor. Este caso é *meu*. Tomo minhas próprias decisões — respondeu Camp, altivo. — O senhor teve sorte por eu ter afrouxado meu dedo no gatilho, professor Lowell.

— Ah, Manning terá de me explicar tudo isso! — Lowell deu um pulo e se inclinou sobre Simon Camp. — O senhor veio aqui para ver o que eu tenho a dizer, não é, senhor? Pois deve acabar com essa caçada às bruxas imediatamente! É isto o que tenho a dizer!

— Não me importo nem um vintém, professor! — Camp riu na cara dele. — Foi esse o caso que me deram, e não vou me curvar a ninguém, nem àqueles figurões de Harvard nem a um velho impertinente como o senhor! Pode atirar em mim, se quiser, mas levo meus casos até o fim! — Ele fez uma pausa, depois continuou: — Sou um profissional.

Com a inflexão imprudente nessa última palavra, Fields pareceu saber de imediato o que ele tinha vindo fazer.

— Talvez possamos resolver isso de outra maneira — disse o editor, tirando algumas moedas de ouro de sua carteira. — O que diz de tirar uma licença indefinida deste caso, Sr. Camp?

Fields deixou cair várias moedas na mão aberta do detetive. Camp esperou com paciência, e Fields deixou cair mais duas, com um sorriso frio.

— E meu revólver?

Fields devolveu-lhe a arma.

— Ouso afirmar, cavalheiros, que de vez em quando um caso resolve-se de maneira satisfatória para todos os envolvidos.

Simon Camp fez uma mesura e encaminhou-se para as escadas da frente.

— Ter que subornar um homem como esse! — disse Lowell. — Agora, como você sabia que ele ia aceitar, Fields?

— Bill Ticknor sempre disse que as pessoas gostam da sensação do ouro em suas mãos — retrucou Fields.

Pressionando o rosto contra a janela do sótão, ainda irritado, Lowell observou Simon Camp atravessar o caminho de tijolos até o portão, tão despreocupado quanto podia, sacudindo as moedas de ouro e sujando Elmwood com seus passos na neve.

Naquela noite, vencido pela exaustão, Lowell sentou-se quieto como uma estátua em sua sala de música. Antes de entrar ali, ele hesitara na soleira da porta, como se fosse encontrar o verdadeiro proprietário da sala sentado em sua cadeira na frente da lareira.

Da soleira, Mabel deu uma espiada.

— Pai? Alguma coisa está acontecendo. Eu gostaria que você me falasse a respeito.

Bess, o cachorrinho terra-nova, entrou galopando e lambeu a mão de Lowell. Ele sorriu, mas se entristeceu enormemente ao recordar os gestos letárgicos de Argus, o antigo terra-nova deles que tinha ingerido uma quantidade fatal de veneno em uma fazenda vizinha.

Mabel afastou Bess para tentar manter alguma seriedade.

— Pai — disse —, temos passado tão pouco tempo juntos recentemente. Eu sei de... — Ela se impediu de completar seu pensamento.

— O quê? — perguntou Lowell. — O que você sabe?

— Eu sei que algo está perturbando o senhor e não lhe dá paz.

Ele segurou sua mão, com carinho.

— Estou cansado, minha querida Hopkins. — Este sempre fora o nome pelo qual Lowell a tratava. — Irei para a cama e me sentirei melhor. Você é uma filha adorável, minha querida. Agora, dê boa-noite a seu progenitor.

Ela aquiesceu dando-lhe um beijo mecânico na face.

No quarto, no andar de cima, Lowell mergulhou o rosto em seu travesseiro de folhas de lótus, sem olhar para a esposa. Mas logo depois aconchegou sua cabeça no colo de Fanny Lowell e chorou sem parar por quase meia hora, toda emoção que alguma vez sentira correndo por seu corpo e transbordando em seu cérebro; e ele podia ver, projetado nas pálpebras de seus olhos fechados, Holmes, devastado, estatelado no chão da Corner, e o retalhado Phineas Jennison gritando para que Lowell o salvasse, que o livrasse de Dante.

Fanny sabia que seu marido não falaria sobre o que o perturbava, portanto apenas passou a mão pelos sensíveis cabelos castanho-avermelhados e esperou que ele se embalasse até adormecer entre os soluços.

"Lowell, Lowell, por favor, Lowell. Acorde. Acorde."

Ao abrir os olhos, Lowell ficou atordoado com a luz do sol.

— O que foi? Fields?

Fields estava sentado na beirada da cama, segurando um jornal dobrado bem perto do peito.

— Tudo certo, Fields?

— Tudo errado. É meio-dia, James. Fanny disse que você dormiu como uma tora o dia inteiro, girando de um lado para o outro. Está se sentindo mal?

— Sinto-me muito melhor. — Lowell imediatamente fixou a sua atenção no objeto que as mãos de Fields pareciam querer esconder de seus olhos. — Aconteceu alguma coisa, não foi?

Fields respondeu, com tristeza:

— Eu costumava pensar que sabia lidar com qualquer situação. Agora estou tão enferrujado como um prego velho, Lowell. Ora, olhe para mim, por favor. Fiquei tão terrivelmente gordo que meus velhos credores mal me reconhecem.

— Fields, por favor...

— Preciso que você seja mais forte do que eu, Lowell. Por Longfellow, nós temos que...

— Outro assassinato?

Fields entregou-lhe o jornal.

— Ainda não. Lúcifer foi preso.

A solitária da Delegacia Central da polícia tinha cerca de um metro de largura por dois de comprimento. A porta interna era de ferro. Do lado de fora, havia outra porta, de carvalho maciço. Quando essa segunda porta era fechada, a cela tornava-se uma masmorra, sem o menor traço ou esperança de luz. Um prisioneiro poderia ser mantido ali durante dias, até que não pudesse mais suportar a escuridão, e então faria qualquer coisa que lhe ordenassem.

Willard Burndy, o segundo melhor arrombador de cofres de Boston, depois de Langdon W. Peaslee, ouviu uma chave girando na porta de carvalho e a ofuscante luz de um lampião o aturdiu.

— Podem me deixar aqui dez anos e um dia, seus porcos! Não vou confessar nenhum crime que não cometi!

— Calminha, Burndy — falou o guarda, ríspido.

— Juro pela minha honra...

— Pela sua *o quê?* — O guarda riu.

— Pela honra de um cavalheiro!

Willard Burndy, algemado, foi conduzido pelo corredor. Os olhos atentos dos que estavam nas outras celas conheciam Burndy pelo nome, se não por sua aparência. Sulista que se mudara para Nova York para aproveitar-se da afluência dos tempos de guerra no Norte, ele migrara para Boston depois de um longo período preso em Nova York. Aos poucos, Burndy percebeu que, nas fileiras do submundo, ganhara uma reputação por ter como alvo as viúvas dos ricos brâmanes, um padrão que nem ele mesmo tinha notado. Não queria ser conhecido como assaltante de velhos fósseis. Não se considerava um parasita. Burndy era bastante cooperativo sempre que uma recompensa era oferecida por heranças e joias roubadas, devolvendo uma porção das mercadorias para algum detetive esperto em troca de um pouco de dinheiro vivo.

Um guarda girou Burndy e o jogou em um quarto, e depois o fez sentar-se numa cadeira. Tinha o rosto vermelho, os cabelos desalinhados e tantas linhas cruzando de um lado a outro seu rosto que parecia uma caricatura de Thomas Nast.

— Qual é a sua? — perguntou Burndy de maneira arrastada para o homem que estava sentado à sua frente. — Eu lhe estenderia a mão, mas você vê que estou impossibilitado. Espere... Eu li sobre você. O primeiro policial negro. Um herói do Exército na guerra. Você estava no plantão quando aquele vagabundo pulou pela janela! — Burndy riu com a lembrança do suicida esborrachado.

— O procurador quer enforcar você — disse Rey, calmamente, acabando com o sorriso no rosto de Burndy. — A sorte foi lançada. Se você sabe por que está aqui, me conte.

— Meu negócio é arrombamento de cofres. O melhor em Boston. Sou melhor que aquele Langdon Peaslee, em qualquer dia! Mas não matei nenhum figurão nem apaguei nenhum membro do clero! O juiz Howe está vindo de Nova York e, você verá, vou ganhar essa na corte!

— Por que você está aqui, Burndy? — perguntou Rey.

— Aqueles falseadores, os detetives, estão plantando evidências por toda parte!

Rey sabia que isso era provável.

— Duas testemunhas viram você na noite em que a casa de Talbot foi roubada, um dia antes de ele morrer, espiando o interior da casa do reverendo. Elas são verdadeiras, não são? Foi por isso que o detetive Henshaw o escolheu. Você tem pecados suficientes para ficar com a culpa.

Burndy já ia refutar isso, mas hesitou.

— Por que deveria confiar num preto?

— Quero que você veja uma coisa — disse Rey, observando-o cuidadosamente. — Pode ajudá-lo, se puder entender.

Ele colocou um envelope lacrado sobre a mesa.

Apesar das algemas, Burndy conseguiu abrir o envelope com os dentes e desenrolar o papel de carta de qualidade dobrado três vezes. Examinou-o por alguns segundos antes de rasgá-lo em dois em feroz frustração, dando pontapés furiosos e batendo a cabeça contra a parede e a mesa em um movimento pendular.

Oliver Wendell Homes observava o jornal se dobrar nas pontas, lentamente cedendo nas beiras antes de se desfazer em chamas.

... ustiça da Suprema Corte de Massachusetts encontrou destroçada por insetos e l...

O doutor lançou outro artigo ao fogo. As chamas levantaram-se em agradecimento.

Ele pensava na explosão de Lowell, que não fora particularmente correta quanto à crença cega de Holmes no professor Webster 15 anos antes. Verdade, Boston gradualmente perdera a fé no professor de medicina que caíra em desgraça, mas Holmes tinha suas razões para não perdê-la. Ele vira Webster um dia após o desaparecimento de George Parkman e falara com ele sobre o mistério. Não havia o menor sinal de mentira no rosto amável de Webster. E a história de Webster, que aparecera mais tarde, estava inteiramente coerente com os fatos: Parkman tinha vindo para cobrar uma dívida, Webster o pagou, Parkman cancelou a nota e partiu. Holmes enviou contribuições para pagar a equipe de defesa de Webster, envolvendo o dinheiro em cartas reconfortantes endereçadas à Sra. Webster. Holmes testemunhou em favor do excelente caráter do professor e da absoluta implausibilidade de seu envolvimento num crime do gênero. Também explicou ao júri que não havia maneira de afirmar positivamente que os restos humanos encontrados nos aposentos de Webster pertenciam ao Dr. Parkman — poderiam ser sim, o caso, mas da mesma maneira também poderiam *não* pertencer.

Não era que Holmes não sentisse simpatia pelos Parkman. Afinal, George fora o maior patrono da Faculdade de Medicina, financiando suas instalações na North Grove Street e até mantendo a Cátedra Parkman de Anatomia e Fisiologia, a cátedra que o próprio Holmes ocupava. Holmes tinha até proferido um panegírico em seu serviço fúnebre. Mas Parkman poderia simplesmente ter enlouquecido, e ido embora, vagando em um acesso de confusão mental. O homem poderia ainda estar vivo, e ali estavam eles prontos para enforcar um colega pela evidência mais fantasticamente circunstancial! Não poderia o zelador, com medo de perder o emprego depois que o pobre Webster o pegara jogando, ter conseguido fragmentos de ossos da grande reserva da Faculdade de Medicina, posicionando-os pelos aposentos de Webster para que parecessem escondidos?

Como Holmes, Webster tinha crescido em um meio confortável antes de frequentar a Universidade de Harvard. Os dois médicos nunca haviam sido particularmente próximos. No entanto, desde o dia da prisão de Webster, quando o pobre homem tinha tentado ingerir veneno no desespero diante da desgraça de sua família, não havia outra pessoa com quem o Dr. Holmes sentisse uma ligação mais próxima. Não poderia ele, com a mesma facilidade, ter se encontrado também em circunstâncias prejudiciais? Com suas pequenas estaturas, costeletas cheias, e rostos cuidadosamente barbeados, os dois professores eram fisicamente semelhantes. Holmes tinha a certeza de que ainda teria um papel pequeno mas notável na inevitável exoneração de seu colega conferencista.

Mas, então, todos eles se encontraram no patíbulo. Esse dia tinha parecido tão remoto, tão impossível, tão alterável durante os meses de testemunhos e recursos. A maioria da Boston instruída permanecera em casa, envergonhada de seus vizinhos. Carreteiros e estivadores e operários e donos de lavanderias: estes publicamente mostravam-se dos mais entusiasmados com a morte e a humilhação de um brâmane.

Um J. T. Fields transpirando intensamente conseguiu passar por um daqueles círculos de espectadores e chegar até Holmes.

— Tenho um condutor esperando, Wendell — disse Fields. — Vá para casa para ficar com Amelia e as crianças.

— Fields, você não vê o que está acontecendo?

— Wendell — disse Fields, colocando suas mãos nos ombros do seu autor. — A evidência.

A polícia tentou isolar a área, mas não trouxera cordas suficientemente longas. Cada telhado e cada janela dos prédios que se comprimiam no quarteirão da prisão, na Leverett Street, mostravam a multidão com um único pensamento. Holmes, naquele momento, sentiu a urgência quase paralisante de fazer mais do que apenas observar. Ele falaria com a multidão. Sim, improvisaria um poema proclamando a grande loucura da cidade. Afinal, Wendell Holmes não era o mais celebrado orador de Boston? Versos exaltando as virtudes do Dr. Webster começaram a se compor em sua cabeça. Ao mesmo tempo, Holmes se pôs nas pontas dos pés para vigiar o caminho atrás de Fields, para poder ser o primeiro a ver chegar os papéis de clemência ou George Parkman, a suposta vítima de assassinato, vir caminhando.

— Se Webster tiver que morrer hoje — disse Holmes a seu editor —, não morrerá sem elogios. — Ele foi abrindo caminho para a frente, em direção ao patíbulo. Mas, quando encostou no laço da corda da forca, ficou gelado e emitiu um chiado de quem sufoca. Essa era a primeira vez que via esse laço fantasmagórico, desde que era criança, quando levara John, seu irmão menor, até Gallows Hill, em Cambridge, justo quando um condenado se contorcia em seu sofrimento final. Foi essa visão, Holmes sempre acreditou, que fez dele um médico e um poeta.

Um sussurro percorreu a multidão. Os olhos de Holmes encontraram os de Webster, que subia na plataforma com passos oscilantes, um carcereiro segurando firmemente o seu braço.

No momento em que Holmes dava um passo para trás, uma das filhas de Webster apareceu diante dele, segurando um envelope junto ao peito.

— Ah, Marianne! — disse Holmes, e abraçou com força o pequeno anjo. — É do governador?

Marianne Webster estendeu o braço com a carta.

— Papai queria que o senhor recebesse isso antes que ele partisse, Dr. Holmes.

Holmes voltou-se para o patíbulo. Um capuz negro estava sendo colocado sobre a cabeça de Webster. Holmes abriu a aba do envelope.

Meu caríssimo Wendell,

Como ouso tentar expressar minha gratidão com simples sentenças por tudo o que você fez? Você acreditou em mim sem uma sombra de dúvida em sua mente, e sempre terei esse sentimento para me apoiar. Só você permaneceu fiel ao meu caráter desde que a polícia me tirou de minha casa, quando os outros, um por um, afastaram-se. Imagina como a pessoa se sente quando aqueles de sua própria sociedade, com quem se sentou à mesa de banquetes e orou na capela, olham-na com medonho terror. Quando até os olhos de minhas próprias queridas filhas sem querer revelam segundos pensamentos sobre a honra de seu pobre paizinho.

No entanto, por tudo isso, me vejo obrigado a lhe revelar, caro Holmes, que sou culpado. Eu matei Parkman e cortei seu corpo, depois o incinerei no forno do meu laboratório. Entenda, eu fui um filho único, muito mimado, e nunca consegui o controle das minhas paixões que deveria ter obtido na primeira infância; e a consequência foi... tudo isso! Todos os procedimentos no meu caso foram justos, como é justo que eu morra na forca, de acordo com a minha sentença. Todos estão certos e eu estou errado, e nesta manhã enviei um relato verdadeiro e completo do assassinato a vários jornais e ao bravo zelador a quem tão vergonhosamente acusei. Se a entrega de minha vida à lei injuriada servir, ainda que em parte, de compensação, é um consolo.

Rasgue isso imediatamente sem olhar novamente. Você veio ver meu passamento em paz, portanto não se demore no que escrevi tão trêmulo, pois vivi com uma mentira na boca.

Enquanto a carta escorregava pelas mãos de Holmes, a plataforma metálica que suportava o homem com o capuz negro se abriu, batendo na plataforma com um tinido. O caso agora já não era que Holmes acreditasse na inocência de Webster, mas sim sua certeza de que todos eles, se colocados em determinadas circunstâncias desesperadoras, poderiam também ser culpados. Como médico, Holmes nunca parara de se espantar como o molde humano era, inteiramente, defeituoso.

Além disso, não poderia haver crime que não fosse também pecado?

Amelia entrou no quarto, alisando seu vestido. Ela chamou o marido:

— Wendell Holmes! Estou falando com você. Não entendo o que está acontecendo com você ultimamente.

— Você sabe as coisas que foram colocadas na minha mente quando garoto, Melia? — disse Holmes, ao arremessar ao fogo um conjunto de folhas das provas tipográficas que tinha guardado dos encontros do Clube Dante de Longfellow.

Ele conservava uma caixa com todos os documentos relacionados ao Clube: as provas tipográficas de Longfellow, suas próprias anotações, os bilhetes de Longfellow convidando-o para as reuniões das noites de quarta-feira. Holmes tinha pensado que um dia poderia escrever um livro de memórias desses encontros. Mencionou isso de passagem uma vez para Fields, que imediatamente começou a pensar em quem poderia escrever um comentário elogioso para o trabalho. Uma vez editor, sempre editor. Holmes jogou outro monte no fogo.

— Nossos empregados da cozinha, criados no campo, me diziam que nossa casa estava cheia de demônios e diabos negros. Outro rapaz bucólico me informou uma vez que se eu escrevesse meu nome com meu próprio sangue, o agente de Satã que estiver à espreita, ou o próprio Maligno, o engoliria e, desse dia em diante, eu me tornaria seu servo. — Holmes riu sem humor. — Por mais que você instrua um homem sobre suas superstições, ele sempre pensará o que a mulher francesa pensava dos fantasmas: *Je n'y crois pas, mais je les crains.* Não acredito neles, mas os temo.

— Você disse que os homens estão tatuados com suas crenças específicas, como um habitante dos Mares do Sul.

— Eu disse isso, Melia? — perguntou Holmes, depois repetiu a frase para si mesmo. — Uma sentença imagética. Devo ter dito isso. Não é de jeito nenhum o tipo de frase que uma mulher inventaria.

— Wendell. — Amelia bateu um pé no tapete diante do esposo, que mal alcançava a altura dela quando tirava o chapéu e as botas. — Se você pelo menos explicasse o que o está perturbando, eu poderia ajudá-lo. Sou toda ouvidos, querido Wendell.

Holmes mexeu-se, nervoso. Não respondeu.

— Você escreveu mais poemas, então? Estou esperando mais versos seus para ler à noite, você sabe.

— Com todos os livros nas prateleiras de nossa biblioteca — respondeu Holmes —, com Milton e Donne e Keats em toda a sua plenitude, por que esperar que eu faça alguma coisa, minha querida Melia?

Ela inclinou-se para a frente e sorriu.

— Gosto mais dos meus poetas vivos que mortos, Wendell. — Pegou a mão dele. — Agora, por que não me conta seus problemas? Por favor.

— Perdoe a interrupção, senhora. — A empregada ruiva de Holmes passou pela porta e anunciou uma visita para o Dr. Holmes. Holmes assentiu, hesitante. A empregada saiu e logo trouxe o recém-chegado.

— Ele passou o dia todo nesse velho gabinete. Bem, agora está em suas mãos, senhor! — Amelia Holmes levantou as mãos e fechou a porta do estúdio atrás de si.

— Professor Lowell.

— Dr. Holmes. — James Russell Lowell tirou o chapéu. — Não vou demorar muito. Só queria lhe agradecer por toda a ajuda que tem nos dado. Minhas desculpas, Holmes, por ter perdido a calma com você. E por não ter lhe ajudado quando caiu no chão. E por dizer o que eu disse...

— Não é preciso, não é preciso. — O médico jogou outro monte de provas ao fogo.

Lowell observou como os papéis de Dante lutaram e dançaram contra as chamas, espalhando centelhas enquanto incineravam versos.

Holmes esperou, com indiferença, que Lowell gritasse diante do espetáculo, mas ele não o fez.

— Se eu sei alguma coisa, Wendell — disse Lowell, e curvou sua cabeça em direção à pira —, sei que foi a *Comédia* que me atraiu para o conhecimento, por menor que seja, que possuo. Dante foi o primeiro poeta que pensou em fazer um poema totalmente a partir da textura de si mesmo; em pensar que não apenas a história de uma pessoa heroica pudesse ser épica, mas a de *qualquer* homem, e que o caminho para o Paraíso não passava por fora do mundo, mas *através* dele. Wendell, tem uma coisa que eu sempre quis lhe dizer desde que começamos a ajudar Longfellow.

Holmes arqueou suas sobrancelhas desgrenhadas.

— Quando eu o conheci, tantos anos atrás, talvez meu primeiro pensamento tenha sido o quanto você me lembrava Dante.

— *Eu?* — perguntou Holmes, fingindo humildade. — Eu e Dante? — Mas viu que Lowell estava muito sério.

— Sim, Wendell. Dante era instruído em todos os campos da ciência de sua época, um mestre em astronomia, filosofia, direito, teologia e poesia. Tem gente, você sabe, que afirma, inclusive, que ele estudou medicina, e que foi por isso que ele pôde pensar tanto a respeito dos sofrimentos do corpo humano. Como você, ele era bom em tudo. Bom demais, no que se refere às outras pessoas.

— Sempre achei que tinha ganhado um prêmio, pelo menos um de 5 dólares, nas apostas intelectuais da vida. — Holmes virou as costas para a lareira e colocou algumas provas da tradução em sua pasta, sentindo o peso da mensagem de Lowell. — Posso ser preguiçoso, Jamey, ou indiferente ou tímido, mas não sou de nenhuma maneira um desses homens... é só que não acredito que, no momento, possamos impedir coisa alguma.

— O estalar alegre de uma rolha tem tanto poder sobre a imaginação, em um primeiro momento — disse Lowell, e riu, dominando sua melancolia. — Acredito que por algumas horas abençoadas em tudo isso, me esqueci de que era um professor e me senti como se fosse alguma coisa *real*. Confesso que "agir certo ainda que caia o céu" é um preceito admirável até o momento em que o céu acredita em sua palavra. Eu também conheço a dúvida, meu querido amigo. Mas você desistir de Dante é nos fazer, a todos nós, desistir também.

— Se pelo menos você pudesse saber como Phineas Jennison continua plantado em minhas retinas... despedaçado, retalhado... As consequências de não ter podido evitar isso...

— Essa poderia ser a maior calamidade com exceção de uma, Wendell. Que é ficar com medo dela. — Dito isso, Lowell dirigiu-se solenemente para a porta do escritório. — Bem, eu, antes de mais nada, queria pedir minhas desculpas e Fields, claro, insistiu que eu o fizesse. Está entre meus pensamentos mais felizes saber que, apesar de todas as inconveniências de meu temperamento, ainda não perdi um amigo verdadeiro. — Lowell parou ao chegar à porta e se voltou. — E eu gosto de seus versos. Você sabe disso, meu querido Holmes.

— Sim? Bem, eu agradeço, mas talvez exista alguma coisa demasiado saltitante neles. Acho que minha natureza é procurar agarrar todos os frutos do conhecimento e dar uma boa mordida no lado exposto ao sol; e, depois disso, deitá-lo aos porcos. Sou um pêndulo com um alcance muito pequeno de oscilação. — O olhar intenso de Holmes encontrou os olhos grandes e abertos do amigo. — Como você passou esses dias, Lowell?

Lowell deu uma breve encolhida de ombros como resposta.

Holmes não deixou sua pergunta passar.

— Eu não lhe direi "seja forte", porque homens de ideias não são derrubados por acidentes de um dia ou um ano.

— Todos nós giramos ao redor de Deus em órbitas maiores ou menores. Eu acho, Wendell, que algumas vezes uma metade de nós está na luz, outras vezes, a outra. Algumas pessoas parecem estar sempre na sombra. Você é uma das poucas pessoas com quem posso abrir meu coração para... Bem. — O poeta limpou a garganta asperamente e baixou sua voz. — Devo ir. Tenho um encontro importante em Castle Craigie.

— Ah! E a prisão de Willard Burndy? — perguntou Holmes com cuidado, fingindo desinteresse, quando Lowell já estava prestes a sair.

— O policial Rey apressou-se para averiguar o assunto. Você acha que é uma farsa?

— Puro devaneio, sem dúvida! — declarou Holmes. — No entanto, os jornais dizem que o promotor público quer vê-lo enforcado.

Lowell ajeitou seus cabelos indisciplinados dentro do chapéu de seda.

— Então, teremos um pecador a mais para salvar.

Muito depois que os passos de Lowell sumiram nas escadas, Holmes sentou-se com sua caixa de Dante. Continuou a jogar as folhas de provas ao fogo, determinado a terminar a tarefa dolorosa; no entanto, não conseguia parar de ler as palavras do poeta enquanto prosseguia o trabalho. No começo, leu com a indiferença que a pessoa emprega quando está lendo provas, notando detalhes mas não presa pelas emoções. Depois, começou a ler rápida e avidamente, absorvendo passagens mesmo quando elas se enegreciam ao entrarem na não existência. Seu sentido de descoberta recordou o tempo em que pela primeira vez escutou o professor Ticknor afirmando, com grande e convicta presciência, o impacto que a jornada de Dante um dia teria na América.

Os demônios *Malebranche* aproximam-se de Dante e Virgílio... Dante recorda: "Temor igual ao meu vi nos infantes que deixavam Caprona enfim rendida, indo entre os inimigos, hesitantes".

Dante lembrava a batalha de Caprona contra os pisanos, da qual ele participara. Holmes pensou em uma coisa que Lowell omitira em sua lista dos talentos de Dante: Dante fora um soldado. *Como você, ele era bom em tudo.* E ao contrário de mim também, pensou Holmes. Um soldado tinha que declarar culpados a cada passo, silenciosa e irrefletidamente. Ele se perguntou se Dante teria se tornado um poeta melhor depois de ver seus amigos morrerem a seu lado pela honra de Florença, por alguma bandeira, sem sentido, dos Guelfos. Wendell Junior fora o poeta da classe ao se formar em Harvard — muitos diziam que apenas devido ao nome do pai —, mas agora Holmes se perguntava se Junior ainda entenderia de poesia depois da guerra. Na batalha, Junior vira algo que Dante não vira, e isso expulsara a poesia — e o poeta — dele, deixando-a apenas para o Dr. Holmes.

Durante uma hora, Holmes folheou e leu as provas. Ansiava pelo segundo Canto do *Inferno*, onde Virgílio convence Dante a começar sua peregrinação, mas os temores de Dante por sua própria segurança retornam. Momento supremo de coragem: encarar o tormento da morte alheia e pensar com clareza em como cada um estaria se sentindo. Mas Holmes já havia queimado as folhas das provas de Longfellow com aquele Canto. Encontrou a sua edição italiana da *Commedia* e leu: "*Lo giorno se n'andava*" — "Findava o dia...". Dante retarda sua decisão enquanto se prepara para entrar nos reinos infernais pela primeira vez: "*... e io sol uno*" — "...e eu estava sozinho" — como ele se sentia só! Teve de dizê-lo três vezes: *io, sol, uno... "m'apparecchiava a sostener la guerra, sì del camino e sì de la pietate*". Holmes não conseguia se lembrar como Longfellow tinha traduzido esse verso, e então, debruçado no consolo da lareira, traduziu-o ele mesmo, escutando o comentário determinado de Lowell, Greene, Fields e Longfellow no fogo em atividade. Encorajando-o.

"E eu sozinho, eu somente" — Holmes descobriu que tinha de falar alto para traduzir — "me preparava para sustentar a batalha..." Não, *guerra*. "... para sustentar a guerra... tanto da jornada como também da piedade."

Holmes levantou-se de sua cadeira de descanso e precipitou-se pelas escadas até o terceiro andar. "Eu sozinho, eu somente", repetia enquanto subia.

Wendell Junior estava discutindo a utilidade da metafísica com William James, John Gray e Minny Temple ao redor de drinques de gim e charutos. Ao escutar o discurso cheio de meandros de James, Junior ouviu, fracamente a princípio, o rumor dos passos do pai subindo as escadas. Junior encolheu-se. Naqueles dias, o pai não parecia realmente preocupado com outra coisa senão ele mesmo — algo potencialmente sério. A frequência de James Lowell na Faculdade de Direito diminuíra, pensou Junior, provavelmente porque estava envolvido com o que quer que estivesse perturbando o pai. A princípio, pensara que Holmes mandara Lowell ficar distante de Junior, mas ele sabia que Lowell não obedeceria a seu pai. Nem o pai teria suficiente ímpeto para dar ordens a Lowell.

Junior não deveria ter contado nada ao pai sobre sua amizade com Lowell. Claro, ele nada dissera sobre os elogios súbitos e fora de contexto que Lowell com frequência desatava a fazer sobre o Dr. Holmes. "Ele não só deu o nome para o *Atlantic*, Junior" — disse Lowell, referindo-se a quando o pai sugerira o nome *Atlantic Monthly* —, "deu também o do *Autocrat*." O dom do pai para dar nomes não era surpreendente — ele era um especialista em classificar a superfície das coisas. Quantas vezes Junior fora obrigado a ouvir, na presença de convidados, a história de como o pai tinha sugerido o nome de *anestesia* para o dentista que a inventou? Apesar disso tudo, Junior se perguntava por que o Dr. Holmes não conseguira se sair melhor com o nome do próprio filho, Wendell Junior.

Dr. Holmes bateu na porta, como formalidade, depois lançou-se lá dentro com um brilho selvagem nos olhos.

— Pai, estamos ocupados.

Junior manteve o rosto neutro diante dos cumprimentos demasiado respeitosos de seus amigos.

Holmes exclamou:

— Wendy, preciso saber uma coisa imediatamente! Preciso saber se você entende alguma coisa de larvas. — Ele falou tão rápido que soou como um zumbido de abelha.

Junior puxou a fumaça do cigarro. Será que ele nunca conseguiria se acostumar com o pai? Depois de pensar isso, Junior soltou uma gargalhada alta e seus amigos o acompanharam.

— O senhor disse *larvas*, pai?

* * *

— E se for nosso Lúcifer quem está sentado naquela cela, fingindo-se de mudo? — perguntou Fields, ansioso.

— Ele não entendeu o italiano, vi isso em seus olhos — assegurou Nicholas Rey. — E isso o deixou furioso.

Eles estavam reunidos no escritório da Craigie House. Greene, que ajudara com a tradução durante toda a tarde, tinha voltado para a casa de sua filha em Boston, para passar a noite.

A curta mensagem na nota que Rey passara para Willard Burndy — *"a te convien tenere altro viaggio se vuo' campar d'esto loco selvaggio"* — podia ser traduzida como "Convém tomares outro caminho, e escaparás desse lugar selvagem". Essas foram as palavras de Virgílio a Dante, que estava perdido e sendo ameaçado pelas feras na selva escura.

— A mensagem era apenas uma última precaução. Sua história não combina com nada do perfil que esperávamos do criminoso — disse Lowell, batendo as cinzas do charuto para fora da janela de Longfellow. — Burndy não tem instrução. E não encontramos nenhuma outra conexão em nossas investigações com nenhuma das vítimas.

— Os jornais fizeram parecer que eles estão reunindo evidências — disse Fields.

Rey assentiu.

— Eles têm testemunhas que viram Burndy espreitando ao redor da casa do reverendo Talbot na noite anterior ao seu assassinato, a noite em que roubaram mil dólares do seu cofre. Essas testemunhas foram entrevistadas por policiais honestos. Burndy não falou muito comigo. Mas isso combina com a prática dos detetives: eles descobrem um fato circunstancial sobre o qual construir toda a sua falsa argumentação. Não tenho dúvida de que Langdon Peaslee os está levando pelo colarinho. Ele se livra do principal rival no que se refere aos cofres de Boston, e os detetives revertem para ele boa parte do dinheiro da recompensa. Ele tentou sugerir um arranjo semelhante comigo quando as recompensas foram anunciadas.

— Mas e se estivermos deixando passar alguma coisa? — lamentou Fields.

— Você acredita que esse Sr. Burndy pode ser o responsável pelos assassinatos? — perguntou Longfellow.

Fields afunilou seus belos lábios e balançou a cabeça:

— Acho que quero apenas algumas respostas para que possamos retomar nossas vidas.

O empregado de Longfellow anunciou a chegada de um Sr. Edward Sheldon de Cambridge, à procura do professor Lowell.

Lowell apressou-se até o saguão e conduziu Sheldon até a biblioteca de Longfellow.

Sheldon estava com o chapéu bem enfiado na cabeça.

— Peço desculpas por vir incomodá-lo aqui, professor. Mas sua mensagem parecia urgente e, em Elmwood, disseram que era onde eu poderia encontrá-lo. Diga-me, estamos prontos para começar as aulas de Dante outra vez? — perguntou com um sorriso sem malícia.

— Enviei aquela mensagem há quase uma semana! — exclamou Lowell.

— Ah, bem, compreendo... só recebi sua mensagem hoje. — Ele olhou para o chão.

— Duvido bastante! E você deve tirar o chapéu quando entra na casa de um cavalheiro, Sheldon! — Lowell puxou fora o chapéu de Sheldon. Uma lesão arroxeada podia ser vista ao redor de um dos seus olhos, e seu maxilar estava inchado.

Lowell arrependeu-se de imediato:

— Ora, Sheldon. O que aconteceu com você?

— Um terrível acidente, senhor. Eu já ia explicar que meu pai me enviou para me recuperar com parentes próximos em Salem. Talvez como um castigo, também, *para pensar melhor sobre minhas atitudes* — disse Sheldon, com um sorriso recatado. — Foi por isso que não recebi sua mensagem. — Sheldon deu um passo para a luz para pegar seu chapéu, então notou o olhar de horror no rosto de Lowell. — Ah, já melhorou muito, professor. Meu olho quase não dói mais.

Lowell sentou-se.

— Conte-me como isso aconteceu, Sheldon.

Sheldon olhou para o chão.

— Não pude evitar! O senhor deve ter ouvido falar que esse cara horrível, Simon Camp, estava rondando por aí. Se não ouviu, eu vou lhe dizer. Ele me parou na rua. Disse que estava fazendo uma pesquisa, para a Universidade de Harvard, para averiguar se seu curso de Dante poderia ter repercussões negativas no caráter de seus alunos. Eu quase lhe dei um murro no rosto, sabe, por esse tipo de insinuação.

— Foi Camp quem fez isso com você? — perguntou Lowell com um arrebatado tremor de paternalismo.

— Não, não, ele se mandou como convém ao seu tipo. Sabe, na manhã seguinte, topei com Pliny Mead. Um traidor, se é que já vi um!

— Como assim?

— Ele me contou com prazer como se sentou com Camp e lhe falou sobre os "horrores" da melancolia de Dante. Fiquei preocupado, professor Lowell, que alguma insinuação de escândalo pudesse comprometer seu curso. Estava suficientemente claro que a Corporação não tinha desistido de seu intento. Eu disse a Mead que era melhor ele chamar Camp e retirar seus comentários desprezíveis, mas ele se recusou e me gritou fortes injúrias e, bem, praguejou seu nome, professor, e eu fiquei furioso! Foi assim que nos engalfinhamos ali mesmo no pátio do velho cemitério!

Lowell sorriu com orgulho:

— O senhor começou uma luta com ele, Sr. Sheldon?

— Sim, senhor — disse Sheldon. Fez uma careta, passando a mão pelo queixo. — Mas foi ele quem terminou.

Depois de acompanhar Sheldon até a porta, com fartas promessas de recomeçarem em breve as aulas sobre Dante, Lowell apressou-se de volta à biblioteca mas houve uma outra rápida batida na porta.

— Diabos o levem, Sheldon! Já lhe disse que logo nos encontraremos para as aulas! — Lowell abriu de supetão a porta.

Em sua excitação, o Dr. Holmes estava nas pontas dos pés.

— Holmes? — A gargalhada de Lowell tinha tanto júbilo incontido que Longfellow veio correndo pelo saguão. — Você voltou ao Clube, Wendell! Sentimos enormemente sua falta! — Lowell gritou para os outros, no escritório: — Holmes voltou!

— Não apenas isso, meus amigos — disse Holmes, entrando —, mas acho que sei onde encontraremos nosso assassino!

XIV

A FORMA RETANGULAR da biblioteca de Longfellow tinha proporcionado o local ideal para o Estado-Maior do general Washington e, nos anos mais recentes, fora usada como salão de banquete pela Sra. Craigie. Agora, Longfellow, Lowell, Fields e Nicholas Rey estavam todos à mesa bem polida em torno da qual Holmes movia-se em círculos, explicando:

— Meus pensamentos estão demasiado rápidos para que eu os governe. Apenas escutem todas as minhas razões antes de concordar ou discordar imediatamente — ele dizia isso principalmente para Lowell, e todos, menos Lowell, entenderam que era dirigido a ele —, pois acredito que Dante esteve nos dizendo a verdade todo esse tempo. Ele descreve seus sentimentos ao se preparar para seus primeiros passos no Inferno, trêmulo e inseguro. *"E io sol"*, e daí por diante. Meu querido Longfellow, como você traduziu?

— *... e era eu somente a preparar-me para a dupla guerra, da proposta jornada e da consciência, como dirá meu estro, se não erra.*

— Sim! — disse Holmes, com orgulho, recordando-se de sua própria tradução com pontos semelhantes. Este não era o momento para se demorar em seus talentos, mas ele se perguntou o que Longfellow acharia de sua versão. — Para o poeta, é uma *guerra* em duas frentes. Primeiro, as dificuldades da descida física pelo Inferno, e também o desafio de recorrer a sua lembrança e transformar a experiência em poesia. As imagens do mundo de Dante correm soltas em minha mente, sem pausa.

323

Nicholas Rey escutava com atenção e abriu seu caderno de anotações.

— Dante não desconhecia as exigências físicas da guerra, meu caro policial — disse Lowell. — Aos 25 anos, a mesma idade de muitos de nossos rapazes de azul, ele lutou em Campaldino com os Guelfos e, nesse mesmo ano, também em Caprona. Dante recorre a essas experiências durante toda a descida ao *Inferno* para descrever seus tormentos medonhos. No final, Dante foi exilado não por seus rivais Gibelinos, mas devido a um racha interno entre os Guelfos.

— As consequências das guerras civis de Florença inspiraram sua visão do Inferno e sua busca por redenção — disse Holmes. — Pensem, também, em como Lúcifer pegou em armas contra Deus e em como, em sua queda dos céus, o anjo antes mais luminoso tornara-se a fonte de todo o mal desde Adão. É a queda física de Lúcifer na terra, quando ele é expulso do céu, que abre um abismo no chão, o porão da terra que Dante descobre ser o Inferno. Portanto, a guerra *criou* Satã. A guerra *criou* o Inferno: a guerra. As palavras escolhidas por Dante nunca são ao acaso. Acredito que os eventos de nossas próprias circunstâncias apontam predominantemente para uma única hipótese: nosso assassino é um veterano da guerra.

— Um soldado! O presidente de nossa Suprema Corte, um pregador unitarista proeminente, um rico comerciante — disse Lowell. — Um rebelde derrotado, vingando-se dos instrumentos de nosso sistema ianque! É claro! Como fomos idiotas!

— Dante não devota nenhuma lealdade mecânica a um ou outro rótulo político — disse Longfellow. — Talvez ele se indigne mais contra os que partilhavam de seus pontos de vista mas falharam em suas obrigações, os traidores; exatamente como faria um veterano da União. Lembrem-se de que cada assassinato mostrou a grande familiaridade natural que nosso Lúcifer possui com a estrutura de Boston.

— Sim — disse Holmes, impaciente. — Precisamente por isso é que não penso simplesmente em um soldado, mas em um Ianque Billy. Pensem nos soldados que ainda usam seus uniformes nas ruas e marcham. Sempre fico intrigado quando vejo esses grandes espécimes: eles voltaram para casa e, no entanto, ainda usam uniformes de soldado? Para que guerra foram convocados agora?

— Mas isso se encaixa com o que sabemos dos assassinatos, Wendell? — perguntou Fields.

— Completamente, eu acho. Comece com o assassinato de Jennison. Nessa nova luz, imagino com precisão a arma que pode ter sido usada.

Rey assentiu:

— Uma espada militar.

— Certo! — disse Holmes. — Justamente o tipo de lâmina coerente com os ferimentos. Agora, quem é treinado para usar isso? Um soldado. E Fort Warren, o local escolhido para essa morte: um soldado que treinou ou ficou acampado ali conheceria perfeitamente bem o lugar! E tem mais: as mortais varejeiras *hominivorax* que se banquetearam com o juiz Healey são de algum lugar fora de Massachusetts, algum lugar quente e pantanoso. O professor Agassiz insiste nisso. Talvez trazidas por um soldado como lembrança dos pântanos profundos. Wendell Junior diz que moscas e varejeiras eram presença constante nos campos de batalha e entre os milhares de feridos deixados no campo por um dia ou uma noite.

— Algumas vezes, as varejeiras nada faziam com os feridos — disse Rey. — Outras vezes, pareciam destruir o homem, deixando os médicos impotentes.

— Essas eram as *hominivorax*, embora os médicos não conseguissem distingui-las na família de insetos. Alguém a quem eram familiares seus efeitos em homens feridos as trouxe do Sul e as usou em Healey — continuou Holmes. — Agora, nós não cansamos de admirar a grande força física de Lúcifer, que carregou o corpulento juiz Healey até a margem do rio. Mas quantos camaradas um soldado não deve ter carregado nos braços depois de uma batalha, sem pensar duas vezes! Também testemunhamos a força hábil de Lúcifer para dominar o reverendo Talbot, e retalhar com aparente facilidade o robusto Jennison.

Lowell exclamou:

— É possível que você tenha descoberto o nosso "abre-te, sésamo", Holmes!

Holmes continuou:

— Todos os assassinatos são atos cometidos por alguém familiariza-do com as armadilhas do cerco e da morte: os ferimentos e os sofrimen-tos da batalha.

— Mas por que um rapaz do Norte ameaçaria seu próprio povo? Por que ameaçaria Boston? — perguntou Fields, sentindo que era ne-cessário que alguém colocasse alguma dúvida. — Nós fomos os vito-riosos. E vitoriosos do lado correto.

— Desde a Revolução, a guerra não foi como nenhuma outra na confusão de sentimentos — disse Nicholas Rey.

Longfellow acrescentou:

— Não foi como as lutas de nosso país contra os índios ou os mexi-canos, que foram pouco mais que conquistas. Aos soldados que se im-portavam em saber por que estavam lutando foram oferecidas a noção da honra da União, a liberdade de uma raça de pessoas escravizadas, a restauração da ordem do universo. E, no entanto, para que voltam os soldados quando regressam para casa? Especuladores, que antes ven-diam rifles e uniformes de qualidade inferior, agora andam de charre-tes luxuosas em nossas ruas e prosperam em mansões ladeadas por carvalhos em Beacon Hill.

— Dante — disse Lowell —, que foi exilado de sua terra, povoou o Inferno com pessoas de sua própria cidade, até de sua própria família. Nós deixamos inúmeros soldados sem nada, exceto nossas canções co-moventes cheias de moral e os uniformes manchados de sangue. Eles estão exilados de suas vidas anteriores; como Dante, tornaram-se sepa-rados de si mesmos. E considerem como esses assassinatos começaram logo depois do final da guerra. Meses apenas! Sim, parece que as peças se encaixam em seus lugares, cavalheiros. A guerra defendia uma mo-ral abstrata: liberdade, mas os soldados lutaram suas batalhas em cam-pos e frentes muito específicos, organizados em regimentos, compa-nhias e batalhões. Os próprios movimentos do poema de Dante têm algo de rápido, decisivo, quase militar em sua natureza. — Ele levan-tou-se e abraçou Holmes. — Essa visão, meu caro Wendell, é divina.

Um sentimento coletivo de realização pareceu se erguer na sala, e todos esperaram o assentimento de Longfellow, que veio na forma de um sorriso tranquilo.

— Três vivas a Holmes! — gritou Lowell.

— Por que vocês não me dão três vezes três? — Holmes perguntou com uma pose extravagante. — Eu aguento!

Augustus Manning colocou-se à frente da escrivaninha de seu secretário, segurando as bordas com os dedos.

— Esse Simon Camp ainda não respondeu à minha solicitação de entrevista?

O secretário de Manning balançou a cabeça.

— Não, senhor. E o hotel Marlboro diz que ele já não está hospedado lá. E não deixou nenhum outro endereço.

Manning estava lívido. Não tinha confiado inteiramente no detetive da Pinkerton, mas tampouco imaginara que fosse um completo trapaceiro.

— Você não acha estranho que, primeiro, um policial venha perguntar sobre o curso de Lowell e, depois, esse detetive da Pinkerton, a quem paguei para descobrir mais sobre Dante, pare de responder aos meus chamados?

O secretário não respondeu, mas logo, vendo que isso era esperado, assentiu, ansiosamente.

Manning virou-se de frente para a janela que emoldurava o saguão do Prédio Universitário.

— Lowell está tramando algo, ouso dizer. Diga-me outra vez, Sr. Cripps. Quem está matriculado no curso de Lowell sobre Dante? Edward Sheldon e... Pliny Mead, não é?

O secretário encontrou a resposta em uma folha de papel:

— Edward Sheldon e Pliny Mead, exatamente.

— Pliny Mead. Um ótimo aluno — disse Manning, alisando a barba dura.

— Bem, ele era, senhor. Mas teve uma queda nas últimas classificações.

Manning virou-se, com grande interesse.

— Sim, ele caiu uns vinte pontos na classificação da turma — explicou o secretário, encontrando documentos e orgulhosamente provando o fato. — Ah, sim, caiu de maneira bem abrupta, Dr. Manning! Principalmente, parece, por causa da nota do professor Lowell no último período do curso de Francês.

Manning pegou os papéis do secretário e leu o que estava escrito.

— Que vergonha para o nosso Sr. Mead — disse ele, sorrindo para si mesmo. — Uma grande, grande vergonha.

No começo da noite, em Boston, J. T. Fields visitou o escritório de advocacia de John Codman Ropes, um advogado corcunda que fez da Guerra de Secessão sua especialidade depois que o irmão morreu em serviço. Dizia-se que ele sabia mais das batalhas do que os generais que as haviam travado. Como convém a um genuíno especialista, ele respondeu sem pompa às perguntas de Fields. Ropes listou muitas casas de ajuda a soldados — organizações de caridade, algumas em igrejas, outras em prédios e depósitos abandonados, que alimentavam e vestiam os veteranos pobres ou que se esforçavam para retornar à vida civil. Se alguém estivesse procurando por soldados com problemas, essas casas seriam o lugar aonde ir.

— Não há nenhuma coisa parecida com uma lista com os nomes deles, claro, e eu diria que essas pobres almas não podem ser achadas a menos que o queiram, Sr. Fields — disse Ropes, no final do encontro.

Fields seguiu lepidamente pela Tremont Street em direção à Corner. Havia semanas que ele devotava apenas uma fração do tempo usual a seus negócios, e preocupava-se com o rumo que tomariam as coisas se ainda ficasse muito tempo ausente do leme.

— Sr. Fields.

— Quem é? — Fields parou e retomou seus passos até uma viela. — Está falando comigo, senhor?

Não podia ver com quem falava, na luz difusa. Fields avançou devagar entre os prédios, sentindo cheiro de esgoto.

— Sim, Sr. Fields. — O homem alto saiu das sombras e tirou o chapéu da cabeça macilenta. Simon Camp, o detetive da Pinkerton, sorriu para ele. — Você não está com seu amigo professor para me ameaçar com um rifle desta vez, está?

— Camp! Que descaramento o seu! Eu lhe paguei mais do que deveria para que você desaparecesse; agora, ande, vá.

— O senhor me pagou, realmente. Para falar a verdade, eu considerava esse caso um aborrecimento, uma mosca na minha sopa, mera bobagem. Mas o senhor e seu amigo me deixaram pensando. O que teria deixado figurões como vocês tão agitados a ponto de distribuírem moedas para que eu não xeretasse no pequeno curso de literatura do professor Lowell? E o que faria o professor Lowell me interrogar como se eu tivesse atirado em Lincoln?

— Temo que um homem como você jamais entenderia o que os literatos consideram valioso — respondeu Fields, com nervosismo. — Isto é assunto nosso.

— Oh, mas eu *entendo*, sim. Agora eu entendo. Lembrei-me de uma coisa sobre aquele pernóstico Dr. Manning. Ele mencionou que um policial o visitara para indagar sobre o curso de Dante do professor Lowell. O velho estava muito exaltado com isso. Então comecei a considerar: o que a polícia de Boston tem feito ultimamente? Bem, tem o pequeno problema desses assassinatos acontecendo.

Fields tentou não demonstrar seu pânico:

— Tenho compromissos agendados, Sr. Camp.

Camp sorriu, encantado.

— Então, pensei naquele rapaz, Pliny Mead, cuspindo todas aquelas coisas sobre as punições selvagens e horripilantes contra a humanidade naquele poema de Dante. As coisas começaram a se juntar para mim. Fui atrás de Mead outra vez e lhe fiz algumas perguntas mais específicas. Sr. Fields — disse ele, inclinando-se para a frente com satisfação —, eu sei o segredo de vocês.

— Asneiras e disparates. Não faço nem ideia do que você está falando, Camp — exclamou Fields.

— Sei o segredo do Clube Dante, Fields. Sei que vocês sabem a verdade sobre esses assassinatos, e foi por isso que me pagaram para desaparecer.

— Que difamação insolente e malévola! — Fields tentou deixar a viela.

— Então, eu simplesmente irei à polícia — disse Camp, com frieza.

— E depois aos jornais. E, no meu caminho, farei uma parada para ver o Dr. Manning em Harvard também; afinal, ele tem me chamado com frequência. Verei o que eles farão com essas asneiras e disparates.

Fields voltou-se e encarou Camp com um olhar severo.

— Se você sabe o que diz que sabe, então o que o faz ter certeza de que não somos nós os responsáveis pela matança, e que não mataremos também você, Camp?

Camp sorriu.

— Você blefa bem, Fields. Mas é um homem dos livros, e isso é tudo o que será até que mudem a ordem natural do mundo.

Fields parou e engoliu em seco. Olhou em volta para se certificar de que não havia testemunhas.

— O que você quer para nos deixar em paz, Camp?

— Três mil dólares, para começar, em exatamente duas semanas — respondeu Camp.

— Nunca!

— As recompensas oferecidas por informações são muito maiores, Sr. Fields. Talvez Burndy não tenha nada a ver com tudo isso. Eu não sei quem matou aqueles homens e nem me importa. Mas quão culpado você parecerá diante de um júri quando descobrirem que já me pagou para desaparecer quando fui perguntar sobre Dante; e me atraiu para me ameaçar com um rifle!

Fields imediatamente compreendeu que Camp estava fazendo isso para se vingar da própria covardia diante do rifle de Lowell.

— Você é um inseto pequeno e sujo. — Fields não pôde evitar dizê-lo.

Camp não pareceu se importar.

— Mas confiável, enquanto você for fiel ao nosso acordo. Mesmo insetos têm débitos a pagar, Sr. Fields.

Fields concordou em se encontrar com Camp naquele mesmo lugar, no prazo de duas semanas.

Ele contou do encontro a seus amigos. Depois do choque inicial, os membros do Clube Dante decidiram que eram impotentes para impedir as consequências da manobra de Camp.

— De que adianta? — disse Holmes. — Você já lhe deu dez moedas de ouro, e não foram suficientes. Ele continuará vindo com a mão estendida, pedindo mais.

— O que Fields lhe deu foi um aperitivo — disse Lowell. Eles não podiam confiar em nenhuma quantidade de dinheiro para resguardar o segredo. Além disso, Longfellow não admitia praticar suborno para proteger Dante ou mesmo eles próprios. Dante poderia ter pagado para deixar o exílio e recusou em uma carta que, depois de todos aqueles séculos, ainda era feroz. Eles prometeram se esquecer de Camp. Tinham de continuar seguindo vigorosamente as pistas militares do caso. Naquela noite, estudaram cuidadosamente os registros das pensões do exército que Rey conseguira, e visitaram várias casas de ajuda aos soldados.

Fields só voltou para casa por volta de uma hora da manhã, para exasperação de Annie Fields. Ele notou, ao entrar no saguão da casa, que as flores que enviava para casa todos os dias estavam empilhadas na mesa do vestíbulo, acintosamente sem vaso. Ele pegou o buquê mais fresco e encontrou Annie na sala de visitas. Ela estava sentada no sofá de veludo azul, escrevendo em seu *Diário de eventos literários e vislumbres de pessoas interessantes*.

— Com franqueza, querido, eu poderia vê-lo menos?

Ela não olhou para cima, a bonita boca formando um beicinho. Seu cabelo cor de jacinto estava puxado para trás das orelhas em ambos os lados.

— Prometo que as coisas vão melhorar. Este verão... ora, não farei quase absolutamente nada, e passaremos o dia todo em Manchester. Osgood está quase pronto para se associar. Faremos uma festa nesse dia!

Ela virou-se e fixou os olhos no tapete cinza.

— Sei quais são suas obrigações. No entanto, gasto minha substância em trabalhos domésticos, sem sequer ter como prêmio um pouco de tempo com você. Mal tenho uma hora para estudar ou ler, exceto quando já estou demasiado cansada. Catherine está doente de novo, e assim a lavadeira tem que dormir três em uma cama com a arrumadeira...

— Estou em casa agora, meu amor — disse ele.

— Não, não está. — Ela pegou seu casaco e seu chapéu com a empregada e devolveu-os a ele.

— Querida? — O rosto de Field ficou branco.

Ela apertou com força o laço do robe e se dirigiu para a escada.

— Um mensageiro veio da Corner todo frenético atrás de você algumas horas atrás.

— Assim, no meio da madrugada?

— Ele disse que você devia ir lá agora, ou pode ser que a polícia chegue primeiro.

Fields queria seguir Annie pela escada mas voltou apressado a seu escritório na Tremont Street e encontrou seu funcionário mais antigo, J. R. Osgood, na sala dos fundos. Cecilia Emory, a recepcionista, estava sentada em uma poltrona confortável, soluçando e escondendo o rosto. Dan Teal, o balconista da noite, estava sentado em silêncio, apertando um guardanapo contra os lábios que sangravam.

— O que foi? O que aconteceu com a Srta. Emory? — perguntou Fields.

Osgood afastou Fields da moça histérica.

— É Samuel Ticknor. — Osgood fez uma pausa para escolher suas palavras. — Ticknor estava beijando a Srta. Emory atrás do balcão depois do horário. Ela resistiu, gritou-lhe que parasse, e o Sr. Teal interveio. Acredito que Teal teve que dominar o Sr. Ticknor fisicamente.

Fields puxou uma cadeira e questionou Cecilia Emory, com voz gentil:

— Pode falar francamente, minha querida — prometeu ele.

A Srta. Emory esforçou-se para parar de chorar.

— Sinto muito, Sr. Fields. Eu preciso desse emprego, e ele disse que se eu não fizesse o que ele queria... bem, ele é filho de William Ticknor, e as pessoas dizem que o senhor terá de aceitá-lo logo como sócio, por causa do nome... — Ela cobriu a boca com a mão, como se quisesse impedir o fluxo das palavras.

— Você... tentou impedi-lo? — perguntou Fields, com delicadeza.

Ela assentiu.

— Ele é tão forte. O Sr. Teal... Graças a Deus ele estava perto.

— Desde quando isso com o Sr. Ticknor vem acontecendo, Srta. Emory? — perguntou Fields.

Cecilia respondeu chorando:

— Três meses. — Quase desde o momento em que ela tinha sido contratada. — Mas Deus é minha testemunha, eu nunca quis, Sr. Fields! O senhor tem que acreditar em mim!

Fields deu tapinhas em sua mão e falou, paternalmente:

— Minha cara Srta. Emory, me escute. Como a senhorita é órfã, vou deixar passar o que aconteceu e permitir que continue com seu cargo.

Ela assentiu, aliviada, e jogou suas mãos ao redor da nuca de Fields. Fields levantou-se.

— Onde está ele? — perguntou a Osgood. Ele estava furioso. Essa era uma quebra de lealdade do pior tipo.

— Está na outra sala esperando, Sr. Fields. Ele nega a versão dela da história, devo lhe avisar.

— Se eu conheço alguma coisa da natureza humana, aquela moça é perfeitamente inocente, Osgood. Sr. Teal — disse Fields, virando-se para o balconista —, tudo o que a Srta. Emory falou foi como você testemunhou?

Teal respondeu em ritmo de lesma, sua boca indo para cima e para baixo em seu movimento habitual.

— Eu estava me preparando para sair, senhor. Vi a Srta. Emory tentando se livrar e pedindo para o Sr. Ticknor deixá-la em paz. Por isso esmurrei-o até que parasse.

— Bom rapaz, Teal — disse Fields. — Não esquecerei sua ajuda.

Teal não sabia o que responder.

— Senhor, devo estar no meu outro trabalho de manhã. Sou zelador na universidade durante o dia.

— Sim? — disse Fields.

— Esse emprego significa o mundo para mim — acrescentou Teal rapidamente. — Se o senhor precisa de mais alguma coisa de mim, senhor, por favor, me diga.

— Quero que você escreva tudo o que viu e fez aqui antes de sair, Sr. Teal. Caso a polícia venha a ser envolvida, precisamos de um relatório — disse Fields. Fez um sinal para Osgood dar papel e caneta a Teal. — E quando ela se acalmar, faça-a escrever também a sua história — instruiu Fields.

Teal esforçou-se para escrever algumas letras. Fields percebeu que ele era apenas semialfabetizado, quase analfabeto, e pensou como deveria ser estranho trabalhar entre livros toda noite sem essa capacidade básica.

— Sr. Teal — disse ele. — É melhor ditar para o Sr. Osgood, porque assim o faremos de modo oficial.

Teal concordou, agradecido, devolvendo a folha de papel.

Foi preciso quase cinco horas interrogando Samuel Ticknor para Fields trazer à tona a verdade. O editor ficou um pouco espantado ao ver como o rapaz parecia humilhado, o rosto esmurrado pelo balconista. Seu nariz realmente parecia fora do lugar. As respostas de Ticknor alternavam-se entre vagas e supérfluas. No final, ele admitiu o adultério com Cecilia Emory e revelou que havia se envolvido também com outra secretária na Corner.

— Você deixará a propriedade da Ticknor & Fields imediatamente para não voltar nunca mais a partir deste dia! — disse Fields.

— Ora! Meu pai construiu esta firma! Ele o acolheu em sua casa quando você era pouco mais que um mendigo! Sem ele, você não teria mansão, nem uma esposa como Anne Fields! É meu nome que está na firma, antes até do seu, Sr. Fields!

— Você foi a causa da ruína de duas mulheres, Samuel! — disse Fields. — Sem mencionar a ruína da felicidade de sua esposa e a de sua pobre mãe. Seu pai ficaria mais envergonhado do que eu!

Samuel Ticknor estava à beira das lágrimas. Ao sair, ele gritou:

— O senhor escutará meu nome, Sr. Fields. Isso eu juro, em nome de Deus! Se pelo menos o senhor tivesse tomado minha mão e me introduzido em seu círculo social... — deixou escapar, um momento antes de acrescentar: — Sempre fui considerado um jovem inteligente na sociedade!

Uma semana se passou sem progressos — uma semana sem a descoberta de nenhum soldado que pudesse também ser um estudioso de Dante. Oscar Houghton enviou uma mensagem a Fields depois de investigar, afirmando que nenhuma folha de prova estava faltando. As esperanças estavam minguando. Nicholas Rey sentia-se observado mais de perto na Delegacia Central, mas tentou outra vez com Willard Burndy. O julgamento tinha exaurido consideravelmente o arrombador de cofres. Quando ele não estava se movimentando ou conversando, parecia sem vida.

— Você não conseguirá passar por isso sem ajuda — disse Rey. — Sei que você não é culpado, mas também sei que foi visto rondando a casa de Talbot no dia em que seu cofre foi roubado. Você pode me contar por quê, ou então subir a escada para a forca.

Burndy examinou Rey, depois assentiu, apático.

— Eu arrombei o cofre de Talbot. Mas não para valer. Você não vai acreditar em mim. Você não... nem eu mesmo acredito! Sabe, um simplório me disse que me daria duzentos paus se eu lhe ensinasse como arrombar determinado cofre. Eu pensei que fosse uma tarefa fácil, e sem risco de *me* levar para o xadrez! Pela honra de um cavalheiro. Eu não sabia que a casa pertencia a um membro do clero! Eu não o matei! Se tivesse matado, eu não teria lhe devolvido o dinheiro!

— Por que você foi à casa de Talbot?

— Para estudar o caso. Esse cara parecia saber que Talbot não estava em casa, então fui dar uma olhada para ver como era. Entrei, só para ver como era o cofre. — Burndy pedia simpatia, com um sorriso estúpido. — Não tinha mal nisso, certo? Era um cofre básico, e não foi preciso mais que cinco minutos para que eu lhe ensinasse a arrombá-lo. Desenhei o cofre num guardanapo, numa taverna. Eu deveria ter sacado que o cara era maluco. Ele me disse que só queria mil dólares, que não ia tirar nem uma moeda a mais. Pode imaginar isso? Olha, rapaz, você não pode dizer que roubei o padre ou com certeza vou para a forca. O cara, seja ele quem for, que me pagou para abrir o cofre, *ele* é que é o louco, foi ele que matou Talbot e Healey e Phineas Jennison!

— Então me conte quem foi que lhe pagou — disse Rey calmamente —, ou será enforcado, Sr. Burndy.

— Era noite, e eu já tinha bebido uns goles, sabe, na Taverna Stackpole. Agora, tudo parece ter sido tão rápido, como se eu tivesse sonhado, e só depois é que tenha virado verdade. Eu realmente não pude ver nada do rosto dele, ou pelo menos não me lembro de nada.

— Você não viu nada ou não consegue se lembrar do que viu, Sr. Burndy?

Burndy mordeu os lábios. Depois disse, relutante:

— Tem uma coisa. Ele era um dos seus.

Rey esperou:

— Um negro?

Os olhos rosados de Burndy se acenderam e ele pareceu prestes a ter um ataque.

— Não! Um Ianque Billy. Um veterano! — Depois, tentou se acalmar. — Um soldado sentado bem empertigado, de uniforme completo, como se estivesse em Gettysburg agitando a bandeira!

As casas de ajuda aos soldados, em Boston, eram administradas localmente, não oficiais, e não divulgadas, exceto pelo boca a boca dos veteranos que as usavam. A maioria das casas estocava cestos de comida duas ou três vezes na semana para serem distribuídos entre os soldados. Seis meses após o final da guerra, a municipalidade estava cada vez menos inclinada a continuar financiando essas casas. As melhores, em geral perto de alguma igreja, se empenhavam ambiciosamente em edificar os antigos soldados. Além de comida e roupa, ofereciam sermões e palestras instrutivas.

Holmes e Lowell cobriram o quadrante sul da cidade. Eles mobilizaram Pike, o condutor do tílburi de aluguel. Esperando do lado de fora das instalações de ajuda, Pike dava uma mordida na cenoura, depois oferecia uma a suas velhas éguas, depois dava ele mesmo uma outra mordida, avaliando quantas mordidas humanas e de égua juntas dariam conta de uma cenoura média. O tédio não compensava o preço da corrida. Além disso, quando perguntava por que estavam indo de uma dessas casas para outra, Pike, que tinha aquela sagacidade que vem da vida entre cavalos, ficava pouco à vontade com falsas respostas que lhe davam. Então, Holmes e Lowell contrataram uma carruagem de apenas um cavalo, e cavalo e condutor caíam no sono toda vez que a carruagem dava uma parada.

A última casa de ajuda a soldados a receber a visita dos dois parecia uma das mais bem-organizadas. Ocupava o espaço de uma igreja unitarista vazia que fora vítima das longas batalhas entre os congregacionalistas. Nessa casa em particular, os soldados locais tinham mesas ao redor das quais se sentar e uma refeição quente para cear pelo menos quatro noites por semana. A ceia tinha acabado pouco antes de Holmes e Lowell chegarem, e os soldados estavam se encaminhando para o átrio da igreja.

— Cheia — comentou Lowell, entrando na capela, onde os bancos estavam entupidos de uniformes azuis. — Vamos nos sentar. Descansar os pés, pelo menos.

— Por minha honra, Jamey. Não vejo como isso possa nos ajudar. Talvez devêssemos nos mandar para a próxima da lista.

— Esta *era* a próxima da lista. A lista de Ropes diz que a outra só está aberta às quartas e aos domingos.

Holmes observou um soldado com apenas um coto como perna ser empurrado em uma cadeira de rodas pelo pátio por um camarada. Este último era pouco mais que um rapaz, com uma boca que murchava para dentro, os dentes perdidos pelo escorbuto. Esse era um lado da guerra de que as pessoas não poderiam tomar conhecimento através dos relatórios oficiais nem das matérias dos repórteres.

— De que adianta esporear um cavalo já exausto, meu caro Lowell? Não somos Gideon olhando seus soldados beberem da fonte. Não podemos saber nada apenas olhando. Não descobrimos Hamlet nem Fausto, o certo ou o errado, o valor dos homens, fazendo testes de albumina ou examinando fibras em um microscópio. Não consigo evitar achar que deveríamos encontrar um novo caminho de ação.

— Você e Pike — disse Lowell, e sacudiu a cabeça com tristeza. — Mas juntos, haveremos de encontrar um caminho. No momento, Holmes, vamos decidir apenas se devemos continuar aqui ou fazer o condutor nos levar a outra casa de ajuda aos soldados.

— Vocês dois são novos hoje — interrompeu um soldado de um olho só, corpo ereto, pele marcada pela varíola e um cachimbo preto de barro saindo da boca.

Não tendo esperado uma conversa com uma terceira pessoa, os atônitos Holmes e Lowell ficaram ambos sem palavras e, educadamente, um esperou que o outro respondesse a quem lhes dirigira a palavra. O homem trajava um uniforme completo, que parecia não ter visto lavanderia desde antes da guerra.

O soldado começou a entrar na igreja e olhou para trás só para dizer brevemente, soando ligeiramente ofendido:

— Peço minhas desculpas. Só pensei que vocês dois talvez tivessem vindo para ouvir sobre Dante.

Por um momento, nem Lowell nem Holmes reagiram. Ambos pensaram ter imaginado a palavra que ouviram.

— Espere aí, você! — gritou Lowell, quase incoerente em sua excitação.

Os dois poetas dispararam para a capela, onde havia pouca luz. Diante do mar de uniformes, não conseguiam detectar o não identificado conhecedor de Dante.

— Abaixem-se! — gritou alguém com raiva, as mãos em concha.

Holmes e Lowell tatearam atrás dos bancos e se posicionaram nas alas separadas, contorcendo-se desesperadamente ao procurar o rosto na multidão. Holmes virou-se para a entrada, para o caso de o soldado tentar escapar. Os olhos de Lowell percorreram os olhares parados e as expressões vazias que enchiam a igreja, e finalmente pararam na pele com marcas de varíola e no olho único e dardejante do interlocutor deles.

— Achei-o — murmurou Lowell. — Ah, consegui, Wendell. Achei-o. Achei nosso Lúcifer!

Holmes virou-se, ofegando de antecipação.

— Não consigo vê-lo, Jamey!

Vários soldados, irritados, mandaram os dois intrusos se calarem.

— Ali! — sussurrou Lowell, frustrado. — Um, dois... quarta fileira na frente!

— Onde?

— Ali!

— Eu lhes agradeço, meus amigos, por me convidarem uma vez mais — uma voz trêmula os interrompeu, vindo do púlpito. — E agora as punições do Inferno de Dante continuarão...

Lowell e Holmes imediatamente voltaram sua atenção para o púlpito da capela tumultuada e escura. Viram o amigo, o velho George Washington Greene, tossir fracamente, endireitar sua postura, e arrumar os braços nos lados de seu atril. Sua congregação estava muda de expectativa e lealdade, gulosamente antecipando a reentrada pelos portões de seu inferno.

CANTO
TRÊS

XV

— OH, PEREGRINOS, entrem agora no círculo final desta prisão sem saídas que Dante vai explorar em sua sinuosa jornada descendente, em sua jornada destinada a livrar a humanidade de todo sofrimento! — George Washington Greene elevou os braços abertos por sobre o compacto atril que chegava até seu tórax magro. — Pois Dante não procura nada menos do que *isso*; seu destino pessoal é secundário para o poema. É a humanidade que ele elevará através de sua jornada e, portanto, nós o seguimos, de braços dados, desde os portões em chamas às esferas celestiais enquanto purificamos este século XIX do pecado!

"Oh, que tarefa formidável se estende diante dele em sua torre infeliz em Verona, com o sal amargo do exílio em seu palato. Pensa o poeta: Como poderei esboçar o fundo do universo com esta língua frágil? Ele pensa: Como poderei cantar minha canção milagrosa? E, no entanto, Dante sabe o que é preciso: redimir sua cidade, redimir sua pátria, redimir o futuro... e *nós*, que aqui estamos nesta capela outra vez desperta para reviver o espírito de sua voz majestática em um Mundo Novo, nós também podemos ser redimidos! Ele sabe que a cada geração haverá aqueles poucos homens afortunados que verdadeiramente entendem e veem. Sua pluma é de fogo, e usa o sangue de seu coração como única tinta. Oh, Dante, que traz a luz! Felizes são as vozes das montanhas e dos pinheiros que repetirão eternamente vossa canção!"

Greene inspirou uma profunda golfada de ar antes de narrar a descida de Dante ao círculo final do Inferno: um lago congelado de gelo, o Cocito, escorregadio como vidro, com uma espessura que não se encontra nem no rio Charles no mais pesado inverno. Dante escuta uma voz encolerizar-se com ele, vindo dessa tundra gelada. "Observa o passo teu!", grita a voz. "Não prossigas calcando em teu rompante a cabeça de quem aqui desceu!"

— Oh, de onde vêm essas palavras acusadoras para atormentar os ouvidos do bem-intencionado Dante? Olhando para baixo, o poeta vê, embutidas no lago congelado, cabeças se projetando para fora do gelo, uma congregação de sombras mortas: milhares de cabeças púrpura: pecadores da mais baixa natureza conhecida pelos filhos de Adão. A que pecado está reservada essa planície congelada do Inferno? À traição, é claro! E qual é a punição, seu *contrapasso*, para o frio de seus corações? Ser completamente enterrado no gelo: do pescoço para baixo, para que seus olhos possam eternamente ver a pena miserável convocada por seus erros.

Holmes e Lowell estavam atônitos, o coração contorcendo-se nas gargantas. A barba de Lowell ficava cada vez mais para baixo, seu dono boquiaberto enquanto Greene, cintilando de vitalidade, descrevia como Dante agarra a cabeça de um dos pecadores enclausurados e pergunta seu nome, puxando cruelmente punhados de seus cabelos pela raiz. "Mesmo que me despeles totalmente, nada direi nesta tortura..." Para satisfação de Dante, um dos outros pecadores, sem querer, chama pelo nome a sombra do companheiro, pedindo que pare com seus gritos exasperantes. Assim, ele pôde registrar o nome do pecador para a posteridade.

Greene promete chegar ao bestial Lúcifer — o pior de todos os traidores e todos os pecadores, a besta de três cabeças que é punida e que pune — em seu próximo sermão. A energia que emanava do velho pastor durante o sermão rapidamente se esvaiu quando ele terminou, deixando apenas rodelas de cor em suas faces.

Lowell enfrentou a multidão na capela obscurecida, tentando abrir caminho entre os soldados que se misturavam e se empurravam nos corredores. Holmes seguiu atrás dele.

— Ora, meus caros amigos! — disse Greene alegremente, ao ver Lowell e Holmes. Eles levaram Greene para um pequeno cômodo no fundo da capela. Holmes trancou a porta. Greene sentou-se em um banco ao lado de um aquecedor e levantou os braços.

— Ouso dizer, meus amigos — observou ele —, com esse clima horrível e uma nova tosse, não vou me queixar se nós...

Lowell rugiu:

— Conte-nos tudo sem rodeios, Greene!

— Ora, Sr. Lowell, não tenho a mais remota ideia do que você está querendo — disse Greene docilmente e olhou para Holmes.

— Meu caro Greene, o que Lowell quer dizer... — Mas o Dr. Holmes tampouco podia manter sua calma. — Que diabos você estava *fazendo* aqui, Greene?

Greene pareceu ofendido.

— Bom, você sabe, caro Holmes, que faço sermões de graça em certo número de igrejas da cidade e em East Greenwich, sempre que sou convidado e estou disponível. A cama de um enfermo é, no melhor dos casos, um lugar tedioso, e a minha está cada vez mais ansiosa e dolorosa desde o ano passado, portanto aceito com mais boa vontade do que nunca sempre que aparecem esses convites.

Lowell interrompeu.

— Sabemos que faz sermões quando é convidado. Mas aqui você estava falando de *Dante*!

— Ah, isso! Na verdade, é uma diversão completamente inofensiva. Pregar para esses soldados miseráveis era uma experiência tão desafiadora, completamente diferente de todas as que conheci. Ao falar com esses homens nas primeiras semanas depois da guerra, especialmente quando Lincoln foi assassinado tão traiçoeiramente, encontrei-os atormentados, um grande número deles, pela urgência de suas preocupações com a própria sorte e com os acontecimentos depois da vida. Uma tarde, em algum momento das semanas do fim do verão, sentindo-me inspirado pelo entusiasmo de Longfellow com sua tradução, introduzi algumas descrições "dantescas" durante o meu sermão e avaliei que o efeito foi de grande sucesso. E assim comecei com sumários gerais da história e das jornadas espirituais de Dante. Por momentos, perdoem-me, vejam como me enrubesço ao confessar isso aos senhores, fantasiei que estava eu mesmo ensinando Dante e que esses bravos jovens eram meus alunos.

— E Longfellow nada sabia sobre isso? — perguntou Holmes.

— Eu bem que gostaria de compartilhar as novidades de minha modesta experiência, mas, bem... — A pele de Greene estava pálida quando ele fixou o olhar na portinhola flamejante do aquecedor. — Acredito, caros amigos, que me senti um pouco constrangido em me considerar um professor de Dante diante de um homem como Longfellow. Mas, por favor, não digam isso a ele. Isso só o deixará confuso, vocês sabem que ele não gosta de se achar diferente...

— Este sermão que acabou de fazer, Greene — interrompeu Lowell.— Foi *inteiramente* sobre o encontro de Dante com os traidores.

— Sim, sim! — disse Greene, rejuvenescido pela lembrança. — Não é maravilhoso, Lowell? Logo descobri que falando de um ou dois cantos, em sua totalidade, prendia a atenção do bando de soldados muito melhor que fazendo um sermão com meus próprios fracos pensamentos, e que ao fazer isso eu me preparava melhor para as nossas sessões de Dante na semana seguinte. — Greene riu com o orgulho nervoso de uma criança que consegue realizar algo que os mais velhos não esperavam. — Quando o Clube Dante começou o *Inferno*, comecei a fazer isso, pregando um dos cantos que deveríamos traduzir no encontro seguinte de nosso Clube. Ouso dizer que agora me sinto bastante preparado para entender esse canto vociferante, pois Longfellow agendou-o para amanhã! Normalmente, faço meu sermão na tarde de quinta-feira, logo antes de pegar meu trem de volta para Rhode Island.

— Toda quinta-feira? — perguntou Holmes.

— Há épocas em que fico confinado na cama. E nas semanas que Longfellow cancelou nossas sessões de Dante, ai de mim!, não tive ânimo para falar de Dante aqui — disse Greene. — Então, na semana passada, que maravilha! Longfellow traduziu com ritmo tão rápido, tão febril, que fiquei em Boston e fiz praticamente um sermão sobre Dante por noite durante toda a semana!

Lowell inclinou-se para ele:

— Sr. Greene! Repasse em sua mente cada momento de sua experiência aqui! Algum dos soldados estava especialmente determinado em dominar os conteúdos de seus sermões sobre Dante?

Greene colocou-se de pé e olhou em volta, confuso, como se de repente tivesse se esquecido do motivo pelo qual estavam ali.

— Deixe-me pensar. Havia cerca de vinte a trinta soldados em cada sessão, entendem, nunca sempre os mesmos. Sempre quis ser melhor com fisionomias. Alguns deles, de vez em quando, realmente expressaram admiração pelos meus sermões. Vocês devem acreditar em mim... se eu pudesse ajudá-los.

— Greene, se você imediatamente não... — começou Lowell, com a voz embargada.

— Lowell, por favor! — disse Holmes, assumindo o papel usual de Fields para acalmar o amigo.

Lowell soltou um profundo suspiro e acenou para Holmes ir em frente.

Holmes começou:

— Meu caro Sr. Greene, você vai nos ajudar... tremendamente. Eu sei. Agora, deve pensar rápido em nosso benefício, caro amigo, por Longfellow. Relembre todos os soldados com quem pode ter conversado desde que começou isso.

— Espere. — Os olhos semicerrados de Greene abriram-se de maneira pouco natural. — Espere... Sim, houve uma pergunta *específica* dirigida a mim por um soldado querendo ler Dante ele mesmo.

— Sim! E o que você respondeu? — perguntou Holmes, exultante.

— Perguntei se o jovem tinha alguma familiaridade com línguas estrangeiras. Ele comentou que era um leitor arguto desde novinho, mas só na língua inglesa, portanto eu o encorajei a aprender o italiano. Comentei que estava ajudando a completar a primeira tradução americana, com Longfellow, e para isso tínhamos um pequeno Clube na casa do poeta. Ele pareceu completamente fascinado. Então eu lhe sugeri que procurasse as novidades da editora Ticknor & Fields no começo do próximo ano em sua livraria — disse Greene, com todo o zelo das resenhas elogiosas plantadas por Fields nas páginas de fofocas literárias.

Holmes parou para dar uma olhada esperançosa a Lowell, que o apressou a continuar.

— Esse soldado — disse Holmes, devagar. — Por acaso ele lhe disse seu nome?

Greene sacudiu a cabeça.

— Lembra-se de como ele era, meu caro Greene?

— Não, não, lamento terrivelmente.

— É mais importante do que você pode imaginar — pediu Lowell.

— Só tenho uma lembrança muito esmaecida dessa conversa — disse Greene, e fechou os olhos. — Creio que me lembro que ele era bem alto, com um bigode cor de palha, com as pontas viradas. E talvez mancasse um pouco. Mas tantos deles mancam. Foi há meses já, e não prestei nenhuma atenção especial ao homem naquele momento. Como eu disse, não sou bom para guardar fisionomias, e precisamente por isso nunca escrevi ficção, meus amigos. Na ficção, tudo são rostos. — Greene sorriu, achando essa sua última afirmação esclarecedora. Mas a decepção nos rostos de seus amigos deixava-se ver nos olhares pesados. — Senhores? Por favor, me digam, será que contribuí para algum tipo de *problema*?

Depois que conseguiram abrir caminho, com atenção, por entre os grupos de veteranos, Lowell ajudou Greene a subir na carruagem. Holmes teve de acordar o condutor e o cavalo, e aquele fez este virar sua cabeça letárgica para longe da velha igreja.

Enquanto isso, por trás da janela sombria da casa de ajuda aos soldados, a visão do grupo partindo foi completamente engolida pelos olhos de sentinela do homem a quem o Clube Dante denominara Lúcifer.

George Washington Greene estava instalado em um sofá reclinado na Sala dos Autores, na Corner. Nicholas Rey uniu-se a eles. As perguntas insistiam em tentar extrair ainda que a menor informação que Greene pudesse passar sobre seus sermões a respeito de Dante e os veteranos que vinham escutá-lo ansiosamente toda semana. Depois Lowell lançou-se em uma rude narrativa dos assassinatos de Dante, para os quais Greene mal pôde evocar uma reação.

Enquanto os detalhes jorravam da boca de Lowell, Greene sentiu que sua associação secreta com Dante gradualmente era arrebatada dele. O púlpito modesto na casa de ajuda aos soldados, diante de seus ouvintes encantados; o lugar especial onde *A divina comédia* ficava na prateleira de sua biblioteca em Rhode Island; as noites de quarta-feira sentado em frente à lareira de Longfellow — essas coisas haviam parecido manifestações absolutamente permanentes e perfeitas da dedicação de Greene ao grande poeta. No entanto, como tudo o mais que outrora fora satisfatório na vida de Greene, durante todo esse tempo havia algo em jogo além do que ele era capaz de imaginar. Tanta coisa ocorria independentemente de seu conhecimento e indiferentemente à sua sanção.

— Meu caro Greene — disse Longfellow, com gentileza. — Até que essas questões se resolvam, você não deve falar sobre Dante com ninguém fora dos que estão nesta sala.

Greene esboçou algo parecido com um assentimento. Sua expressão era a de um homem tanto inútil quanto incapaz, a face de um relógio cujos ponteiros foram removidos.

— E a reunião de nosso Clube planejada para amanhã? — perguntou, febrilmente.

Longfellow balançou a cabeça com tristeza.

Fields chamou um rapaz para acompanhar Greene até a casa de sua filha. Longfellow começou a ajudá-lo com o sobretudo.

— Nunca faça isso, meu caro amigo — disse Greene. — Um jovem não precisa e um velho não quer. — Ele parou, segurando no braço do rapaz de recados assim que ele entrou no aposento; depois falou, sem olhar para trás, para os homens na sala: — Vocês poderiam ter me contado o que tinha acontecido, sabem? Qualquer um de vocês poderia ter me contado. Posso não ser o mais forte... Sei que poderia ter ajudado vocês.

Eles esperaram que os sons dos passos de Greene se perdessem no corredor.

— Se pelo menos tivéssemos lhe contado — disse Longfellow. — Que tolo fui de conjecturar sobre uma corrida contra a tradução!

— Não é verdade, Longfellow! — disse Fields. — Pense no que sabemos agora: Greene fazia seus sermões nas tardes de quinta-feira, imediatamente antes de retornar a Rhode Island. Ele selecionava um canto que quisesse estudar melhor, escolhendo entre os dois ou três que você tinha colocado na agenda para a sessão de tradução seguinte. Nosso amaldiçoado Lúcifer escutava as mesmas punições que depois iríamos analisar, seis dias *antes* de nosso próprio grupo! E isso deixa uma boa margem de tempo para Lúcifer encenar sua própria versão do assassinato em *contrapasso*, exatamente um ou dois dias antes que os transcrevêssemos para o papel. Portanto, de nosso limitado ponto de vista, toda essa miscelânea assumia a aparência de uma corrida, de alguém escarnecendo de nós com pontos particulares de nossa própria tradução.

— E a advertência talhada na janela do Sr. Longfellow? — perguntou Rey.

— *La mia traduzione.* — Fields lançou as mãos para o alto. — Fomos apressados em concluir que era obra do assassino. Os desgraçados chacais de Manning na universidade certamente iriam baixo o suficiente para nos apavorar e fazer-nos abandonar a tradução.

Holmes virou-se para Rey:

— Policial, William Burndy possui alguma coisa que possa nos ajudar a partir daqui?

Rey respondeu.

— Burndy diz que um soldado lhe pagou para ensiná-lo a abrir o cofre do reverendo Talbot. Burndy, supondo que era um dinheiro fácil com pouco risco, foi até a casa do reverendo para observar o tipo de cofre, onde várias testemunhas o viram. Depois do assassinato de Talbot, os detetives descobriram as testemunhas oculares e, com a ajuda de Langdon Peaslee, rival de Burndy, apresentaram a queixa. Burndy não é um bom observador e mal consegue se lembrar do assassino, exceto o fato de estar vestido com uniforme de soldado. Eu não confiaria nele nem em relação a isso se vocês não tivessem descoberto a fonte do conhecimento do assassino.

— Esqueçam Burndy! Esqueçam todos eles — gritou Lowell. — Vocês não compreendem, homens? Ele está sob a nossa mira! Estamos tão perto do caminho de Lúcifer que não podemos evitar pisar no seu calcanhar de aquiles. Pensem nisto: o ritmo errático entre os assassinatos agora adquire um sentido perfeito. Lúcifer, afinal, não era um estudioso de Dante; era apenas um paroquiano de Dante. Só podia matar depois de ouvir a pregação de Greene sobre as punições. Numa semana, Greene falou sobre o Canto XI: Virgílio e Dante sentados num muro para se acostumar com o fedor do Inferno, discutindo a estrutura dos currículos com a frieza de engenheiros, um canto que não apresenta uma punição específica, nenhum assassinato. Greene ficou doente na semana seguinte, não veio ao Clube e não fez seu sermão: outra vez nenhum assassinato.

— Sim, e Greene ficou doente uma vez antes disso, também durante a nossa tradução do *Inferno.* — Longfellow virou uma página em suas anotações. — E uma vez depois disso. Tampouco houve assassinatos nesses períodos.

Lowell continuou.

— E quando interrompemos nossas reuniões do Clube, quando decidimos começar a investigar, depois que Holmes observou o corpo de Talbot, as mortes pararam também, porque Greene parou! Até que tivemos nosso "respiro" e decidimos traduzir os Cismáticos, mandando Greene de volta ao púlpito e Phinny Jennison para sua morte!

— O fato de o assassino ter colocado dinheiro debaixo da cabeça do simoníaco agora também fica completamente explicado — disse Longfellow, cheio de remorsos. — Esta sempre foi a interpretação favorita de Greene. Eu deveria ter notado sua leitura de Dante nos pormenores dos assassinatos.

— Não se deixe desanimar, Longfellow — pressionou o Dr. Holmes. — Os detalhes dos assassinatos eram tantos que só um especialista em Dante poderia notá-los. Não havia como adivinhar que Greene era sua fonte inadvertida.

— Receio que, por mais bem-intencionadas que sejam minhas deduções — retrucou Longfellow —, cometemos um grande erro. Ao acelerar a frequência de nossas sessões de tradução, nosso adversário agora, em uma semana, escutou Greene falar tanto de Dante quanto escutaria em um mês.

— Eu insisto em pôr Greene de volta naquele púlpito — disse Lowell. — Mas desta vez o faremos pregar sobre outra coisa diferente de Dante. Observaremos o público, esperaremos um deles se tornar agitado, e aí agarramos nosso Lúcifer!

— É um jogo demasiado perigoso para Greene! — disse Fields. — Ele não está preparado para a farsa. Além disso, aquela casa de ajuda aos soldados está meio fechada, e os soldados a essa altura provavelmente estão dispersos por toda a cidade. Não temos tempo para planejar nada desse tipo. Lúcifer pode atacar a qualquer momento, contra qualquer um que, segundo sua visão distorcida do mundo, tenha cometido alguma transgressão contra ele!

— No entanto, ele deve ter algum motivo para suas crenças, Fields — retrucou Holmes. — A insanidade muitas vezes é a potencialização da lógica de uma mente acurada.

— Sabemos agora que o assassino precisa dispor de pelo menos dois dias, às vezes mais, após ouvir o sermão para preparar o assassinato — disse o policial Rey. — Existe uma chance de prevermos alvos potenciais agora que vocês sabem as partes de Dante sobre as quais o Sr. Greene falou aos soldados?

Lowell disse:

— Temo que não. Para começar, não temos experiência pela qual adivinhar como Lúcifer reagiria a esse fluxo recente de sermões, em oposição a apenas um. O Canto dos Traidores que acabamos de ouvir poderia ser proeminente em seus pensamentos, suponho. Mas como poderíamos adivinhar que traidor pode assombrar a mente de um lunático?

— Se ao menos Greene pudesse se recordar melhor do homem que se aproximou dele, o que gostaria de ler Dante por si mesmo — disse Holmes. — Ele usava uniforme, tinha um bigode cor de palha com as pontas viradas e andava mancando. No entanto, sabemos que o assassino mostrou ter força física em cada um dos assassinatos, e certamente velocidade, pois não foi visto nem por homens nem por bichos antes ou depois dos crimes. Um defeito físico não tornaria isso pouco provável?

Lowell levantou-se e dirigiu-se para Holmes, coxeando exageradamente.

— Você não andaria assim, Wendell, se quisesse evitar que o mundo suspeitasse de sua força?

— Não, não temos nenhuma evidência de que nosso assassino esconde alguma coisa, só de nossa inabilidade para vê-lo. E pensar que Greene pode ter olhado dentro dos olhos de nosso demônio!

— Ou dentro dos olhos de um atento cavalheiro, atingido pela força de Dante — sugeriu Longfellow.

— *Foi* notável ver como os soldados estavam excitados, antecipando ouvir mais sobre Dante — admitiu Lowell. — Os leitores de Dante tornam-se discípulos; seus discípulos, fanáticos; e o que começa com uma inclinação torna-se uma religião. O exilado sem lar encontra abrigo em milhares de corações agradecidos.

Uma pancadinha breve e uma voz suave interromperam, vindas do corredor.

Fields balançou a cabeça, em frustração.

— Osgood, por favor, resolva você mesmo por agora!

Um papel dobrado deslizou por sob a porta.

— É apenas uma mensagem, Sr. Fields.

Fields hesitou antes de abrir a nota.

— Tem o selo de Houghton. "Considerando seu pedido anterior, acredito que estaria interessado em saber que as provas tipográficas da tradução de Dante feita pelo Sr. Longfellow parecem realmente ter desaparecido. Assinado, H. O. H."

Diante do silêncio dos outros, Rey perguntou qual era o contexto. Fields explicou:

— Quando equivocadamente acreditamos que o assassino estava apostando corrida com nossa tradução, policial, pedi a nosso gráfico, o Sr. Houghton, para se certificar de que ninguém esteve mexendo nas provas tipográficas do Sr. Longfellow à medida que eram feitas e assim antecipando, de alguma maneira, o padrão de nossa tradução.

— Meu Deus, Fields! — Lowell arrancou a nota das mãos de Fields.

— Justo quando estávamos pensando que os sermões de Greene explicavam tudo. Isso vira toda a coisa de pernas para o ar!

Lowell, Fields e Longfellow encontraram Henry Oscar Houghton ocupado, compondo uma carta ameaçadora para um tipógrafo descuidado. Um funcionário anunciou-os.

— O senhor me disse que nenhuma prova estava faltando nos seus arquivos, Houghton! — Fields nem tirara o chapéu antes de começar a gritar.

Houghton dispensou o funcionário.

— O senhor tem toda a razão, Sr. Fields. E essas ainda estão lá — explicou ele. — Mas, veja, deposito um conjunto extra de todos os clichês e provas importantes em uma caixa-forte lá embaixo, por precaução contra algum eventual incêndio, desde que a Sudbury Street foi arrasada pelo fogo. Sempre pensei que nenhum dos meus rapazes usasse o cofre. Eles não têm por quê; certamente não existe muito mercado para provas tipográficas roubadas, e os aprendizes de tipógrafo preferem jogar uma partida de bilhar a ler um livro. Quem disse "Embora seja o anjo a escrever, é dado ao *diabo* imprimir'"*? Pretendo mandar gravar isso em um sinete um dia. — Houghton cobriu sua grave risadinha com a mão.

— Thomas Moore — Lowell, em sua onisciência, não conseguiu deixar de responder.

Houghton conduziu Fields, Lowell e Longfellow por um lance de escadas estreitas que dava para um porão. No final do comprido corredor, o gráfico girou uma combinação fácil, abrindo uma caixa-forte espaçosa que havia comprado de um falecido banqueiro.

— Depois que chequei as provas da tradução do Sr. Longfellow na sala dos arquivos, e elas estavam completas, pensei em checar também meu cofre de segurança. E, vejam!, várias provas anteriores do Sr. Longfellow para a parte do *Inferno* da tradução tinham desaparecido.

— Quando foi que desapareceram? — perguntou Fields.

Houghton deu de ombros.

— Eu não entro nessa caixa-forte com regularidade. As provas podem ter desaparecido há dias... ou mesmo meses sem que eu percebesse.

Longfellow localizou a caixa etiquetada com seu nome e Lowell o ajudou a procurar entre as páginas da *Divina comédia*. Vários cantos do *Inferno* haviam sumido.

Lowell suspirou.

— Parece que foram tiradas de maneira completamente desordenada. Partes do Canto III desapareceram, mas esta parece ser a única roubada a ter um assassinato correspondente.

O gráfico intrometeu-se limpando a garganta.

— Posso reunir todos os que poderiam ter acesso à minha combinação, se vocês o desejarem. Desvendarei isso. Se eu digo a um rapaz para guardar meu sobretudo, espero que ele volte e me diga que o guardou.

Os aprendizes da tipografia estavam fazendo rodar as máquinas, recolocando os tipos fundidos nas caixas e limpando as perpétuas poças de tinta preta quando escutaram tocar o sino de Houghton. Todos se dirigiram ao restaurante da Gráfica Riverside.

---

*O aprendiz de impressor, de tipógrafo, chama-se *printer's devil* em inglês. (*N. da T.*)

Houghton bateu palmas várias vezes para silenciar o murmúrio usual.

— Rapazes. Por favor. Rapazes. Um pequeno problema me chamou a atenção. Vocês certamente reconhecem um de meus convidados, o Sr. Longfellow, de Cambridge. Seus trabalhos representam uma importante parte comercial e cívica de nossas publicações literárias.

Um dos rapazes, um sujeito rústico de cabelos vermelhos e um rosto pálido, amarelado e sujo de tinta, começou a mostrar embaraço e dirigir olhares nervosos a Longfellow. Longfellow reparou nisso e o assinalou para Lowell e Fields.

— Parece que algumas provas tipográficas da caixa-forte do meu porão foram... digamos assim, desviadas. — Houghton abrira a boca para continuar quando percebeu a expressão irrequieta de seu aprendiz pálido-amarelado.

Lowell deixou sua mão apertar ligeiramente o ombro do aprendiz agitado. Ao sentir o toque de Lowell, o rapaz empurrou um colega para o chão e disparou para a porta. Lowell imediatamente foi atrás e chegou à porta a tempo de escutar passos descerem correndo as escadas dos fundos.

O poeta correu para a frente do escritório e desceu a íngreme escada lateral. Viu-se do lado de fora, atalhando em direção ao fugitivo que corria pelo barranco ao lado do rio. Deu um salto para se atracar com ele, mas o aprendiz conseguiu escapar, escorregando pelo barranco coberto pela geada e pulando em cheio no rio Charles, onde alguns meninos estavam pescando enguias com arpões. Ele estraçalhou a cobertura de gelo do rio.

Lowell tomou o arpão de um menino, que começou a protestar, e conseguiu fisgar o aprendiz, quase congelado, pelo avental ensopado, emaranhado em uma confusão de algas e ferraduras descartadas.

— Por que você roubou as provas, seu patife? — gritou Lowell.

— Do que é que está falando? Deixe-me em paz! — disse ele, os dentes batendo.

— Você há de me dizer! — exclamou Lowell, os lábios e as mãos tremendo quase tanto como os de seu cativo.

— Vá se meter com suas coisas, seu pedaço de merda!

As faces de Lowell se avermelharam. Ele pegou o rapaz pelos cabelos e o mergulhou no rio, o aprendiz cuspindo e gritando entre os pedaços de gelo. A essa altura, Houghton, Longfellow e Fields — além de uma meia dúzia de tipógrafos com entre 12 e 21 anos, gritando — tinham forçado a passagem pela porta da frente da gráfica para ver.

Longfellow tentou conter Lowell.

— Eu vendi as malditas provas, foi isso! — gritou o aprendiz, arfando.

Lowell levantou-o, agarrando com força seu braço e mantendo o arpão em suas costas. Os meninos pescadores tinham agarrado o boné cinza redondo do cativo e estavam experimentando para ver em quem servia. Respirando com selvageria, ele tentava se livrar da dolorosa água gelada.

— Sinto muito, Sr. Houghton. Nunca pensei que elas fossem fazer falta a ninguém! Eu sabia que eram cópias extras!

O rosto de Houghton estava vermelho como tomate.

— Para a gráfica. Todo mundo para dentro! — gritou ele para os rapazes desapontados que zanzavam do lado de fora.

Fields aproximou-se com autoridade paciente.

— Seja honesto, rapaz, assim será melhor para você. Diga-nos com franqueza: para quem você vendeu essas provas?

— Um excêntrico. Satisfeito? Ele me parou quando eu estava saindo do trabalho uma noite, com aquele papo de que queria que eu surrupiasse vinte ou trinta páginas do novo trabalho do Sr. Longfellow, não importava quais fossem, as que eu achasse, só algumas, para não darem falta. Ele ficou lá me convencendo e dizendo como eu poderia colocar umas notas extras na minha carteira.

— Maldição! Quem era ele? — perguntou Lowell.

— Um cara fino, de chapéu-coco, sobretudo preto e capa, barba. Depois que concordei com o plano, ele me pagou e nunca mais vi o janota outra vez.

— Então, como você lhe entregou as provas? — perguntou Longfellow.

— Não eram para ele. Ele me disse para entregá-las em um endereço. Não acho que fosse a sua casa... bem, pelo menos foi isso que entendi pelo jeito como ele falou. Não me lembro qual era o número da rua, mas não é longe daqui. Ele disse que me devolveria as provas para que eu não tivesse nenhum problema com o Sr. Houghton, mas o janota nunca mais apareceu.

— Ele sabia o nome de Houghton? — perguntou Fields.

— Escute bem, homem — disse Lowell. — Precisamos saber exatamente para onde você levou as provas.

— Já lhe disse! — respondeu o aprendiz, trêmulo. — Não me lembro de número nenhum.

— Você não me parece tão imbecil assim! — disse Lowell.

— Não mesmo! Eu me lembraria bem do lugar, se passasse pela rua.

Lowell sorriu:

— Excelente, porque nós vamos levar você lá.

— Não! De jeito nenhum! A não ser que possa continuar no meu emprego.

Houghton desceu pelo barranco.

— Nunca, Sr. Colby! Quem mexe em seara alheia logo vai ter de cuidar da sua!

— E você não vai precisar de outro trabalho quando estiver fechado na cadeia — acrescentou Lowell, que não entendera muito bem a máxima de Houghton. — Você vai nos levar ao lugar onde deixou as provas que roubou, Sr. Colby, ou então a polícia o levará até lá para nós.

— Encontre-me daqui a pouco, quando a noite cair — respondeu o aprendiz, aceitando a derrota com orgulho, depois de considerar suas opções. Lowell soltou Colby, que saiu em disparada para se descongelar na lareira da Gráfica Riverside.

Enquanto isso, Nicholas Rey e o Dr. Holmes haviam retornado à casa de ajuda aos soldados onde Greene fazia seus sermões, mas não acharam ninguém que combinasse com a descrição de Greene para o entusiasta de Dante. A capela não estava sendo preparada para a distribuição rotineira de sopa. Um irlandês, vestido em um casaco azul pesado, pregava letargicamente madeiras sobre as janelas.

— A casa não tinha mais dinheiro para esquentar as lareiras. A prefeitura não aprovou mais verbas de ajuda aos veteranos, foi isso que ouvi. Eles dizem que têm de fechar, pelo menos agora, durante os meses de inverno. Duvido que um dia reabra. Cá entre nós, senhores, essas casas e seus homens mutilados são um lembrete muito forte dos erros que todos cometemos.

Rey e Holmes procuraram o administrador da casa. O diácono da antiga igreja confirmou o que o zelador tinha dito: era devido ao clima, explicou — eles simplesmente não tinham mais condições de aquecer as instalações. Disse-lhes que não mantinham listas nem registros dos soldados que usavam as instalações. Era uma caridade pública, aberta a todos os que precisassem, de todos os regimentos e cidades. E não era apenas para os grupos mais miseráveis de veteranos, embora esse fosse um dos propósitos declarados da caridade. Alguns dos homens só precisavam ficar perto de pessoas que pudessem entendê-los. O diácono conhecia alguns soldados pelo nome e um pequeno número deles pelo número do regimento.

— Talvez o senhor conheça o que estamos procurando. É uma questão de suma importância.

Rey fez a descrição que George Washington Greene tinha lhes dado. O administrador balançou a cabeça.

— Eu poderia escrever os nomes dos cavalheiros que conheço para vocês. Às vezes, os soldados agem como se fossem, eles mesmos, seu próprio país. Conhecem-se uns aos outros muito melhor do que nós podemos conhecê-los.

Holmes mexia-se para a frente e para trás na cadeira enquanto o diácono mordiscava a ponta da sua pena com esmerada lentidão.

Lowell estava dirigindo a carruagem de Fields para os portões da Gráfica Riverside. O aprendiz de tipógrafo de cabelos vermelhos estava montado em sua velha égua malhada. Depois de praguejar, dizendo que eles estavam colocando seu animal em perigo devido à epidemia de cinomose que o Departamento de Saúde depois de examinar as condições dos estábulos da cidade anunciara como iminente, Colby disparou por pequenas avenidas e pastos congelados e mal iluminados. O caminho era tão tortuoso e inseguro que até Lowell, excelente conhecedor de Cambridge desde a infância, ficou desorientado e só podia manter o caminho ouvindo as batidas da ferradura à frente.

O aprendiz puxou as rédeas no pátio de uma modesta casa colonial, tendo primeiro passado por ela e depois girado seu cavalo para voltar.

— Esta casa aqui... foi aqui que entreguei as provas. Deixei-as direto debaixo da porta dos fundos, exatamente como me mandaram.

Lowell parou a carruagem.

— De quem é essa casa?

— O resto é com vocês, rapazes! — grunhiu Colby, apertando os calcanhares na barriga da égua, que partiu a galope pelo chão gelado.

Carregando uma lanterna, Fields conduziu Lowell e Longfellow à *piazza* no fundo da casa.

— Nenhuma lâmpada acesa dentro da casa — disse Lowell, raspando o gelo da janela.

— Vamos dar a volta pela frente, anotar o endereço, depois voltar com Rey — sussurrou Fields. — Aquele patife do Colby pode estar nos pregando uma peça. Ele é um ladrão, Lowell! Amigos dele podem estar lá dentro esperando para nos roubar!

Lowell bateu a aldrava de metal repetidas vezes.

— Do jeito que o mundo está se comportando conosco ultimamente, se formos embora agora, amanhã a casa poderá ter desaparecido.

— Fields está certo. Temos que ir devagar, meu caro Lowell. — pressionou Longfellow com um sussurro.

— Olá! — gritou Lowell, agora batendo com os punhos na porta. — Não há ninguém aqui. — Lowell deu um pontapé na porta e ficou surpreso quando ela se abriu com facilidade. — Estão vendo? As estrelas estão do nosso lado hoje.

— Jamey, não podemos entrar assim! E se a casa pertencer a nosso Lúcifer? Acabaríamos indo parar na cadeia! — disse Fields.

— Então, vamos nos apresentar — disse Lowell, tomando a lanterna de Fields.

Longfellow ficou do lado de fora para vigiar a carruagem. Fields seguiu Lowell, entrando na casa. O editor tremia a cada estalido e barulho ao passar pelos corredores escuros e frios. O vento da porta aberta no fundo fazia as cortinas esvoaçarem em piruetas fantasmagóricas. Alguns dos cômodos estavam parcialmente mobiliados; outros, inteiramente nus. A casa tinha a escuridão densa e tangível que se acumula com a falta de uso.

Lowell entrou em um cômodo oval bem-mobiliado com um teto curvado como o de uma capela, e então ouviu Fields cuspir de repente e viu-o coçar o rosto e barba. Lowell fez a luz da lanterna iluminar um amplo arco:

— Teias de aranha. Incompletas.

Colocou a lanterna na mesa de centro da biblioteca.

— Há tempos ninguém vive aqui.

— Ou a pessoa que mora aqui não se importa com a companhia de insetos.

Lowell parou para refletir sobre isso.

— Vamos procurar qualquer coisa que possa nos explicar por que o patife pagou para que trouxessem as provas de Longfellow para *cá*.

Fields começou a dizer algo como resposta, mas um grito truncado e passos pesados ressoaram pela casa. Lowell e Fields trocaram olhares de pavor, depois tentaram escapar.

— *Ladrões!* — A porta lateral da biblioteca foi aberta com violência e um homem atarracado, com traje de dormir de lã, entrou aos berros:

— Ladrões! Digam quem são ou grito "Ladrões"!

O homem iluminou à frente com sua possante lanterna, depois parou em choque. Ele observou tanto o talhe de suas roupas como seus rostos.

— Sr. Lowell? É o senhor? E Sr. Fields?

— Randridge? — gritou Fields. — Randridge, o alfaiate?

— Ora, sim — respondeu Randridge, timidamente, arrastando os pés com chinelos.

Longfellow, tendo corrido para dentro, seguiu o barulho até o quarto.

— Sr. Longfellow? — Randridge, atrapalhado, tirou sua touca de dormir.

— Você mora aqui, Randridge? O que estava fazendo com provas? — perguntou Longfellow.

Randridge estava atônito.

— Morar aqui? Duas casas mais abaixo, Sr. Lowell. Mas escutei barulhos e achei melhor vir checar a casa. Temi que fossem ladrões a pé. Eles não fecharam nem levaram tudo. Tem muita coisa na biblioteca, como vocês podem ver.

Lowell perguntou:

— Quem não levou tudo?

— Ora, os parentes dele, claro. Quem mais?

Fields deu uns passos para trás e passou a luz de sua lanterna pelas estantes, seus olhos voltando atrás para ver o número invulgar de Bíblias. Havia pelo menos trinta ou quarenta. Ele pegou a maior.

Randridge disse:

— Eles vieram de Maryland para retirar seus pertences. Os pobres sobrinhos estavam terrivelmente despreparados para tal circunstância, posso lhes dizer. E quem não estaria? De qualquer maneira, como eu estava dizendo, quando ouvi os barulhos, achei que tinha gente querendo pegar algum souvenir, vocês sabem, da coisa. Desde que os irlandeses começaram a se mudar para as redondezas... bom, têm sumido coisas.

Lowell sabia exatamente onde Randridge vivia em Cambridge. Estava mentalmente percorrendo as redondezas, procurando duas casas abaixo em todas as direções com o frenesi de um Paul Revere. Concentrou-se para que seus olhos se adaptassem à escuridão do quarto, para procurar entre os retratos escuros pregados na parede algum rosto familiar.

— Não há paz nesses dias, meus amigos, isso eu posso lhes dizer — continuou o alfaiate ccm um gemido triste. — Nem mesmo para os mortos.

— Os mortos? — repetiu Lowell.

— O *morto* — sussurrou Fields, passando para Lowell uma Bíblia aberta. Em sua folha interna estava elegantemente escrita a genealogia completa da família, com a letra do último ocupante da casa, o reverendo Elisha Talbot.

XVI

Prédio Universitário, 8 de outubro de 1865

Meu caro reverendo Talbot,

Desejo uma vez mais enfatizar que a liberdade que o senhor deve considerar permanece em suas mãos capazes quanto à linguagem e à forma da série. O Sr. .... nos deu suas garantias de que está ansioso e honrado para imprimi-la em quatro partes em sua revista literária, uma das principais e recente concorrente da *Atlantic Monthly* do Sr. Fields, para as mentes do público educado. Apenas lembre-se das normas mais básicas para atingir os humildes objetivos de nossa Corporação no caso presente.

O primeiro artigo, empregando seu estilo experiente em tais assuntos, deve pôr a nu a poética de Dante Alighieri quanto aos fundamentos morais e religiosos. A sequência deve conter sua sem dúvida inescrutável exposição quanto às razões pelas quais tais charlatanices literárias como as de Dante (e de todos os igualmente vulgares estrangeiros, crescente e abusivamente impostos a nós) não têm lugar nas estantes dos cidadãos americanos honrados, e por que as casas editoriais com "influência internacional" (como frequentemente se jacta o Sr. F.) da T. F. & Co. devem ser consideradas responsáveis e, portanto, submetidas aos mais altos padrões da responsabilidade social. As duas peças finais de sua série, caro reverendo, devem analisar a tradução de Dante feita por Henry Wadsworth Longfellow, reprovando esse outrora poeta "nacional", por sua tentativa de impingir uma literatura imoral e irreligiosa nas bibliotecas norte-americanas. Levando em conta um cuidadoso planejamento para o maior impacto possível, os dois primeiros artigos precederiam o lançamento da tradução de Longfellow em alguns meses, com o objetivo de preparar antecipadamente o sentimento público a nosso favor; e o terceiro e quarto seriam lançados simultaneamente com a própria tradução, com o objetivo de reduzir as vendas entre os socialmente conscientes.

Com certeza, não preciso enfatizar o zelo moral que, esperamos e confiamos, norteará a escritura desses tópicos. Embora eu suspeite que não é necessário nenhum lembrete quanto à sua própria experiência como jovem estudante bolsista em nossa instituição, pois certamente sente mais seu peso a cada dia em sua alma, como o sentimos também nós, pode ser favorável contrastar o estilo bárbaro da poética estrangeira que toma corpo em Dante com o comprovado programa clássico defendido pela Universidade de Harvard já há quase duzentos anos. A lufada de correção que virá de sua pena, caro reverendo Talbot, servirá de meio suficiente para enviar o vapor indesejável de Dante de volta à Itália e ao Papa que lá espera, com a vitória em nome de *Christo et ecclesiae*.

Seu sempre leal,

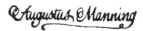

Quando os três acadêmicos voltaram à Craigie House, levavam quatro dessas cartas endereçadas a Elisha Talbot tendo como cabeçalho o selo com o emblema de Harvard, assim como um feixe com as provas tipográficas de Dante — que haviam sumido da caixa-forte da Gráfica Riverside.

— Talbot era o escritor de aluguel ideal para eles — disse Fields. — Um ministro respeitado pelos bons cristãos, um reconhecido crítico do catolicismo, e alguém de fora da Universidade de Harvard, de maneira que podia fazer agrados à universidade afiando sua pena contra nós, com a aparência da objetividade.

— E suponho que não precisamos de um adivinho de rua para saber com que soma Talbot foi agraciado pelos seus trabalhos — disse Holmes.

— Mil dólares — disse Rey.

Longfellow assentiu, mostrando-lhes a carta para Talbot na qual a quantia era especificada como pagamento.

— Temos a carta nas mãos. Mil dólares para "despesas", miscelâneas relacionadas à redação e à pesquisa para os quatro artigos. Esse dinheiro, agora podemos dizer com certeza, custou a vida de Elisha Talbot.

— Por isso o assassino sabia a quantia precisa que pretendia tirar do cofre de Talbot — disse Rey. — Sabia dos detalhes dessa combinação, dessa carta.

— "E a moeda escondes, triste e mal havida" — declarou Lowell, depois acrescentou: — Mil dólares foram a recompensa pela cabeça de Dante.

A primeira das quatro cartas de Manning convidava Talbot a ir ao Prédio Universitário para discutir a proposta da Corporação. A segunda carta definia o conteúdo esperado de cada artigo e antecipava o pagamento, que antes fora negociado pessoalmente. Entre a segunda e a terceira cartas, parecia que Talbot tinha se queixado a seu correspondente que nenhuma tradução da *A divina comédia* em inglês podia ser encontrada em nenhuma livraria de Boston — aparentemente, o ministro estava tentando localizar uma tradução britânica feita pelo falecido reverendo H. F. Cary, com o propósito de escrever sua crítica. Assim, a terceira carta de Manning, que era mais uma nota, prometia a Talbot que lhe seria enviada uma cópia antecipada da própria tradução de Longfellow.

Quando fez essa promessa, Augustus Manning sabia que o Clube Dante nunca lhe daria nenhuma prova depois da campanha que já travava contra eles. Portanto, os estudiosos deduziram que o tesoureiro, ou algum de seus agentes, tinha ido à procura do sombrio aprendiz de tipógrafo, na pessoa de Colby, e lhe oferecera suborno para surrupiar as páginas da obra de Longfellow.

A razão lhes dizia onde encontrariam as respostas para as novas questões relacionadas com o esquema de Manning: no Prédio Universitário. Mas Lowell não podia examinar as fichas da Corporação de Harvard durante o dia, quando os membros rondavam por seu território, e não tinha condições de fazer isso à noite. Uma série de problemas e falsificações tinha levado a um complexo sistema de cadeados e combinações para lacrar os registros.

Penetrar na fortaleza parecia um objetivo vão, até que Fields lembrou-se de alguém que poderia fazer isso para eles.

— Teal!

— Quem, Fields?

— Meu balconista da noite. Naquele feio episódio que tivemos com Sam Ticknor, foi ele quem salvou a pobre Srta. Emory. Ele mencionou que, além de suas noites de trabalho na Corner, no turno diurno, trabalhava na universidade.

Lowell perguntou se Fields achava que o balconista ia querer ajudar.

— Ele é um funcionário leal da Ticknor & Fields, não é? — respondeu Fields.

Quando o leal funcionário da Ticknor & Fields saiu da Corner, por volta das 11 horas daquela noite, encontrou, para sua surpresa, J. T. Fields esperando por ele. Em minutos, o balconista estava sentado na carruagem do editor, onde foi apresentado a seu acompanhante, o professor James Russell Lowell! Quantas vezes não tinha se imaginado entre tais homens de excelência! Teal não parecia saber muito bem como reagir a tratamento tão inusitado. Escutou atentamente o que lhe pediram.

Quando chegaram a Cambridge, ele os guiou até os fundos do Pátio de Harvard, passando pelo zunido desaprovador das lâmpadas de gás. Várias vezes diminuiu o passo para olhar por sobre os ombros, como se estivesse preocupado, achando que seu pelotão literário pudesse desaparecer tão rapidamente quanto tinha aparecido.

— Vamos. Siga em frente, homem. Estamos bem atrás de você! — garantiu-lhe Lowell.

Lowell torceu as pontas de seu bigode. Estava menos nervoso com a possibilidade de alguém da universidade encontrá-los no campus do que com o que poderia encontrar nos registros da Corporação. Raciocinava que, como professor, teria um pretexto razoável se fosse pego a essa hora tardia por um dos atarefados residentes da universidade — tinha esquecido algumas notas de sua conferência, poderia dizer. A presença de Fields talvez parecesse menos natural, mas não podia ser evitada, pois era necessária para assegurar a participação do balconista impaciente, que não parecia ter muito mais de 20 anos. Dan Teal tinha as faces bem-barbeadas de um rapaz, olhos grandes e uma boca fina quase feminina que constantemente fazia um movimento de mascar.

— Não se preocupe com nada, meu caro Sr. Teal — disse Fields, e tomou seu braço quando começaram a subir a imponente escada de pedra que conduzia às salas de reunião e salas de aula no Prédio Universitário. — Só precisamos dar uma olhada em alguns papéis e logo iremos embora, sem causar nenhum dano. Você está se portando bem.

— Isso é tudo que eu espero — disse Teal, com sinceridade.

— Bom rapaz. — Fields sorriu.

Teal teve de usar um molho de chaves — ao que parecia, confiavam nele — para passar pela série de cadeados e trancas. Depois, já tendo entrado, Lowell e Fields acenderam velas que haviam levado para a ocasião e colocaram os livros do arquivo da Corporação em uma mesa comprida.

— Fique tranquilo — disse Lowell para Fields quando o editor começou a dispensar Teal. — Veja a quantidade de volumes à nossa frente que precisamos examinar, Fields. Três seriam mais eficientes do que dois.

Embora estivesse nervoso, Teal também parecia completamente fascinado com a aventura.

— Acho que posso ajudar, Sr. Fields. Qualquer coisa — ofereceu. Olhou para a balbúrdia dos livros espalhados. — Isto é, se os senhores me explicarem o que querem encontrar.

Fields começou a fazer justamente isso mas, lembrando-se da tentativa insegura de Teal para escrever, suspeitou que sua desenvoltura para ler não seria muito melhor.

— Você já fez sua parte e deveria descansar um pouco — disse. — Mas, se precisarmos de mais ajuda, volto a chamá-lo. Nossos agradecimentos conjuntos, Sr. Teal. Você não se arrependerá de ter fé em nós.

À luz incerta, Fields e Lowell leram todas as páginas das minutas das reuniões bissemanais da corporação. Encontraram ocasionais condenações das aulas de Lowell sobre Dante, espalhadas em meio a outras questões universitárias mais enfadonhas.

— Nenhuma menção àquele patife do Simon Camp. Manning deve tê-lo contratado à própria custa — disse Lowell. Algumas coisas eram demasiado sombrias até para a Corporação de Harvard.

Depois de examinar resmas intermináveis, Fields encontrou o que estavam procurando: em outubro, quatro dos seis membros da Corporação tinham entusiasticamente sancionado a ideia de contratar a pena do reverendo Elisha Talbot para criticar a esperada tradução de Dante, deixando a questão da "compensação apropriada pelo tempo e energia gasta" à discrição do Tesoureiro do Comitê — isto é, a Augustus Manning.

Fields começou a checar os registros da Diretoria de Supervisores de Harvard, as vinte pessoas que formavam o corpo deliberativo, eleitas anualmente pela legislatura estatal e que precisavam afastar-se da Corporação. Passando rápido pelos registros dos supervisores, encontraram muitas menções ao presidente Healey da Suprema Corte, um membro leal da Diretoria de Supervisores até sua morte.

De tempos em tempos, a Diretoria de Supervisores de Harvard elegia o que chamavam de advogados, com o objetivo de examinar atentamente as questões de particular importância ou controversas. O supervisor assim escolhido fazia uma apresentação para toda a Diretoria, usando suas habilidades de persuasão para conseguir a "condenação" do caso, se disso se tratasse, enquanto outro supervisor, em contrapartida, apresentava sua argumentação pela exoneração. Os supervisores-advogados escolhidos não precisavam possuir uma crença pessoal de acordo com seu lado da argumentação: na verdade, o indivíduo devia apresentar um pensamento claro e avaliação completa à Diretoria sem se deixar influenciar pelos próprios preconceitos.

Na campanha da Corporação contra as várias atividades relacionadas a Dante por pessoas proeminentes ligadas à universidade — isto é, o curso sobre Dante dado por James Russell Lowell, e a tradução de Henry Wadsworth Longfellow com seu expresso Clube Dante —, os supervisores concordaram que deveriam escolher advogados para apresentar os dois lados da questão com justiça. A Diretoria selecionou como advogado para a posição pró-Dante o juiz presidente Artemus Prescott Healey, um pesquisador consciencioso e avaliador de talento. Healey nunca se considerara um literato e, portanto, poderia avaliar o assunto sem paixões.

Havia vários anos a Diretoria não pedia a Healey para defender uma posição. A ideia de escolher lados em uma jurisdição fora do Tribunal aparentemente deixava o juiz presidente Healey desconfortável, e ele recusou o pedido da Diretoria. Surpresa com sua recusa, a Diretoria deixou o caso passar e, naquele dia, não insistiu em relação à questão Dante Alighieri.

A história da recusa de Healey ocupava apenas duas linhas nos registros da Corporação. Tendo compreendido suas implicações, Lowell foi o primeiro a falar:

— Longfellow tinha razão — sussurrou ele. — Healey não era Pôncio Pilatos.

Fields piscou por sobre a armação dourada de seus óculos.

— O covarde a quem Dante chama simplesmente de o grande recusador — explicou Lowell. — A única sombra que Dante escolhe destacar

365

ao passar pela antecâmara do Inferno. Eu o considerei Pôncio Pilatos, que lavou as mãos na decisão do destino de Cristo, assim como Healey lavou as mãos quanto a Thomas Sims e outros escravos fugitivos que foram levados à sua corte. Mas Longfellow... Não! Longfellow e *Greene!*... sempre acreditaram que o grande recusador era Celestino, que recusou uma posição, e não uma pessoa. Celestino abdicou do trono papal que lhe foi conferido quando a Igreja Católica mais precisava dele. Isso levou à ascensão de Bonifácio e, em última instância, ao exílio de Dante. Healey rejeitou uma posição de grande importância quando se recusou a defender a causa de Dante. E agora o poeta está exilado outra vez.

— Lamento, Lowell, mas eu não compararia a recusa ao papado com a recusa à defesa de Dante diante de uma Diretoria — retrucou Fields, rejeitando a ideia.

— Mas você não vê, Fields? Nós não temos que pensar assim. Nosso assassino é que pensa.

Eles ouviram sons de passos na grossa camada de gelo do lado de fora do Prédio Universitário. Os sons aproximaram-se.

Lowell correu para a janela.

— Diabos o levem! Um maldito professor!

— Tem certeza?

— Bem, não, não consigo ver quem são... são dois...

— Eles viram a nossa luz, Jamey?

— Não há como saber, não há como saber, vamos embora!

A voz aguda e melodiosa de Horatio Jennison elevou-se por sobre os sons de seu piano.

> *"Já não temais a carranca do grande!*
> *Estais fora do alcance do tirano!*
> *Não vos preocupeis com roupas e comidas!*
> *Para vós o caniço é como o carvalho!"*

Era uma das suas mais belas interpretações da canção de Shakespeare, mas então a campainha tocou, uma interrupção das mais inesperadas, pois seus quatro convidados já estavam sentados na sala, desfrutando tão intensamente da representação que pareciam à beira do encantamento. Horatio Jennison tinha enviado uma mensagem a James Lowell dois dias antes, pedindo-lhe que examinasse a possibilidade de publicar os diários e as cartas de Phineas Jennison *in memoriam*, pois Horatio fora nomeado seu executor literário e ele não aceitaria a não ser o melhor: Lowell era o editor fundador da *Atlantic Monthly* e agora editor da *North American Review* e, além de tudo isso, tinha sido amigo íntimo de seu tio. Mas Horatio não esperava que Lowell simplesmente fosse aparecer à sua porta, sem nenhuma cerimônia, e a essa hora terrivelmente tardia da noite.

Horatio Jennison soube imediatamente que a ideia apresentada em sua mensagem certamente impressionara Lowell, pois o poeta pediu com urgência, ou melhor, exigiu, os volumes de diários mais recentes de Jennison, e até trouxe com ele James T. Fields para garantir sua seriedade em relação à publicação.

— Sr. Lowell? Sr. Fields? — Horatio Jennison saltou para os degraus da escada quando os dois visitantes levaram os diários, sem maiores informações, para fora da casa e para dentro da carruagem que os esperava. — Imagino que no futuro acertaremos os royalties adequados para a publicação?

Naquelas horas o tempo tornara-se imaterial. De volta à Craigie House, os eruditos avançaram com dificuldade pelos garranchos quase indecifráveis de Phineas Jennison nos volumes mais recentes de seu diário. Depois das revelações acerca de Healey e Talbot, não seria surpresa para os estudiosos se, intelectualmente falando, os "pecados" de Jennison punidos por Lúcifer tivessem relação com Dante. Mas James Russell Lowell não acreditara — não poderia acreditar em tal coisa sobre seu amigo de tantos anos — até que as evidências afogaram suas dúvidas.

Em todos os muitos volumes de seu diário, Phineas Jennison expressava seu desejo ardente de conseguir um lugar na Diretoria da Corporação de Harvard. Ali, o negociante imaginava, finalmente conseguiria o respeito que não tinha por não ter estudado em Harvard, por não ser originário de uma família de Boston. Ser um membro significava ser bem-vindo em um mundo que, durante toda a sua vida, o mantivera de fora. E que poder extraordinário Jennison parecia atribuir à ideia de dominar as mentes mais cultivadas de Boston, assim como o fizera com seu comércio!

Algumas amizades seriam prejudicadas — ou sacrificadas.

Nos últimos meses, em suas muitas visitas ao Prédio Universitário — pois era um notável patrono financeiro da universidade e com frequência tinha negócios ali —, Jennison reservadamente pedira aos membros para impedir o ensino de um disparate tal como o que estava sendo ministrado pelo professor James Russell Lowell e que logo seria disseminado às massas por Henry Wadsworth Longfellow. Jennison prometera a membros-chave da Diretoria de Supervisores seu total apoio financeiro à campanha para reorganizar o Departamento das Línguas Vivas. Ao mesmo tempo, Lowell lembrou-se amargamente enquanto lia os diários, Jennison tinha insistido com o poeta para lutar contra os esforços crescentes da Corporação para sufocar suas atividades.

Os diários de Jennison revelaram que, por mais de um ano, nutrira a esperança de que vagasse um lugar em uma das diretorias da universidade. Estimular a controvérsia entre os diretores da Universidade criaria baixas e renúncias que teriam de ser preenchidas. Depois da morte do juiz Healey, sua loucura começou a queimar em fogo lento, quando um comerciante com metade de sua fortuna e um quarto de sua experiência fora eleito para o lugar vacante de supervisor — apenas porque esse outro homem era um aristocrata brâmane por herança, e, além do mais, um inconsequente. Phineas Jennison sabia que a política velada era imposta por uma pessoa sobre todas as outras: o Dr. Augustus Manning.

Em que momento Jennison ouviu falar da determinação obstinada do Dr. Manning para desligar a universidade de sua conexão com os projetos de Dante não estava claro, mas foi naquele momento que encontrou sua oportunidade de finalmente garantir uma cátedra no Prédio Universitário.

— Nunca houve discórdia entre nós — disse Lowell, com tristeza.

— Jennison estimulava você a brigar contra a Corporação e estimulava a Corporação a brigar contra você. Uma batalha que consumiria Manning. Qualquer que fosse o resultado final, haveria assentos vagos, e Jennison pareceria um herói por ter dado seu apoio em defesa da universidade. Foi seu objetivo, durante todo esse tempo — disse Longfellow, tentando garantir a Lowell que ele nada fizera para perder a amizade de Jennison.

— Não consigo fazer com que isso entre em meu cérebro, Longfellow — disse Lowell.

— Ele ajudou a separar você e a universidade, Lowell, e no final ele mesmo ficou todo retalhado — disse Holmes. — Esse foi seu *contrapasso*.

Holmes tinha assumido a preocupação de Nicholas Rey com os pedacinhos de papel encontrados perto dos corpos de Talbot e Jennison, e eles tinham passado horas tentando encontrar as combinações possíveis. Holmes agora estava formando palavras ou ao menos pedaços com cópias manuscritas das letras de Rey. Sem dúvida, outras haviam sido deixadas também junto ao corpo do juiz Healey, mas haviam sido levadas pela brisa do rio nos dias entre o assassinato e sua descoberta. Essas letras que faltavam teriam completado a mensagem que o assassino queria que eles lessem. Holmes estava certo. Sem elas, era só um mosaico quebrado. *Não podemos morrer ele como um sobre...*

Longfellow passou para uma nova página do diário de investigação que mantinham. Mergulhou sua pena na tinta mas sentou-se com os olhos fitos à sua frente por tanto tempo que a ponta secou. Ele não podia escrever a conclusão necessária de tudo isso: Lúcifer tinha executado suas punições em benefício *deles* — em benefício do Clube Dante.

O portão de entrada do Palácio do Governo do Estado de Boston estava situado no alto de Beacon Hill; mais alto ainda estava o domo de cobre que o encimava, com sua torre pequena e pontiaguda, velando sobre Boston Common como um farol. Olmos imponentes, desnudos e embranquecidos pela geada de dezembro guardavam o centro municipal do estado.

O governador John Andrew, seus cachos negros enroscando-se e saindo do chapéu preto de seda, mantinha-se de pé com toda a dignidade que sua forma de pera permitia, enquanto cumprimentava políticos, dignitários locais e soldados de uniforme com o mesmo sorriso desatento de político. Os óculos pequenos, com sua armação de ouro puro, eram seu único sinal de indulgência material.

— Governador. — O prefeito Lincoln inclinou-se levemente ao acompanhar a Sra. Lincoln pelos degraus da entrada. — Creio que seja a mais bela reunião de soldados já realizada!

— Obrigado, prefeito Lincoln. Sra. Lincoln, seja bem-vinda. Por favor. — O governador Andrew conduziu-os até o salão. — A companhia é a mais prestigiosa possível.

— Eles estão comentando que até Longfellow faz parte da lista dos presentes — disse o prefeito Lincoln, dando uma palmadinha complementar no ombro do governador Andrew.

— É uma bela coisa que o governador está fazendo por esses homens, e nós... a cidade, quero dizer... o aplaudimos.

A Sra. Lincoln segurou a barra do vestido com uma leve farfalhada enquanto subia majestosamente os degraus que conduziam ao salão. No interior, um espelho pendurado baixo proporcionava, a ela e às outras senhoras, uma visão das regiões inferiores de seus vestidos, para o caso de o tecido ter se posicionado de maneira pouco apropriada no decorrer do caminho até a recepção; um marido era completamente inútil para tais propósitos.

Misturando-se no imponente salão da mansão, onde havia de setenta a oitenta soldados de cinco companhias diferentes, esplendidamente trajados com uniformes completos e capas, e mais vinte ou trinta convidados, muitos dos regimentos mais ativos que estavam sendo homenageados tinham apenas um pequeno número de sobreviventes. Embora os conselheiros do governador Andrew tivessem recomendado que apenas os mais notáveis representantes dos núcleos dos soldados fossem incluídos na reunião — alguns militares, eles enfatizaram, tinham se tornado *problemáticos* depois da guerra —, o governador tinha insistido para que os soldados fossem festejados por seus serviços e não por seu nível social.

O governador Andrew caminhou em marcha staccato pelo centro do comprido salão, desfrutando uma onda de autoimportância ao olhar os rostos e sentir que lhe vinham à lembrança os nomes daqueles com quem tinha tido a boa sorte de se tornar familiar durante os anos da guerra. Mais de uma vez, naqueles tempos de sofrimento, o Clube de Sábado tinha enviado um telegrama para o Governo do Estado e forçosamente retirado Andrew de seu escritório para uma noite de alegrias nas salas aquecidas do Parker. Todo o tempo fora separado em duas épocas: antes da guerra e depois da guerra. Em Boston, Andrew pensava, enquanto se misturava completamente com as gravatas brancas e os chapéus de seda, com o brilho das medalhas de ouro dos oficiais, as conversas e os cumprimentos de velhos amigos, nós sobrevivemos.

O Sr. George Washington Greene colocou-se ao lado de uma brilhante estátua de mármore que mostrava as Três Graças apoiando-se delicadamente umas nas outras, os rostos frios e angelicais, olhos cheios de calma indiferença.

— Como um veterano das casas de ajuda aos soldados que escutava os sermões de Greene *também* sabia dos mínimos detalhes de nosso conflito com Harvard?

Essa questão tinha sido levantada no escritório da Craigie House. Respostas foram sugeridas, e eles sabiam que encontrar a certa significaria encontrar o assassino. Um dos jovens arrebatados pelos sermões de Greene poderia ter o pai ou um tio na Corporação de Harvard ou na Diretoria dos Supervisores, que inocentemente contava suas histórias à mesa de jantar sem saber o efeito que poderiam ter na mente perturbada de alguém sentado na cadeira ao lado.

Os estudiosos teriam que determinar com exatidão quem esteve presente nas várias reuniões da Diretoria relacionadas com o papel de Healey, Talbot e Jennison na posição da universidade contra Dante; essa lista deveria ser comparada com os nomes e os perfis de todos os soldados frequentadores de casas de ajuda que eles pudessem reunir. Pediriam o auxílio de Teal mais uma vez para entrar na Sala da Corporação; Fields combinaria o plano com seu balconista assim que começasse o turno da noite na Corner.

Enquanto isso, Fields pediu a Osgood que compilasse uma lista de todos os funcionários da Ticknor & Fields que tinham lutado na guerra, consultando primeiro o *Diretório dos Regimentos de Massachusetts na Guerra de Secessão*. Naquela noite, Nicholas Rey e os outros compareceriam à recepção que o governador ofereceria em homenagem aos soldados de Boston.

Os Srs. Longfellow, Lowell e Holmes dispersaram-se entre a multidão apinhada no salão da recepção. Cada um deles mantinha um olhar atento sobre o Sr. Greene e, com pretextos casuais, entrevistavam vários veteranos procurando pelo soldado que Greene descrevera.

— Poder-se-ia pensar que esta é a sala dos fundos de uma taberna e não o Palácio do Governo! — queixou-se Lowell enquanto abanava uma fumaça fugidia à sua frente.

— Ora, Lowell, você não se jactava de fumar dez charutos em um dia, e chamava a sensação de Musa Inspiradora? — repreendeu-o Holmes.

— Não gostamos do cheiro de nossos próprios vícios em outras pessoas, Holmes. Ah, vamos atrás de um ou dois drinques — sugeriu Lowell.

As mãos do Dr. Holmes esconderam-se nos bolsos de seu colete de seda *moiré*; as palavras jorravam de sua boca como água de uma torneira.

— Todo soldado com quem falei ou afirma que nunca encontrou ninguém nem remotamente parecido com a descrição dada por Greene, ou que viu um homem *exatamente* desse tipo justo no outro dia, mas não sabe seu nome nem onde é possível encontrá-lo. Talvez Rey tenha mais sorte.

— Dante, meu caro Wendell, era um homem de grande dignidade pessoal, e um dos segredos de sua dignidade é que ele nunca tinha pressa. Você nunca o encontrará inconvenientemente apressado, o que é uma excelente regra a ser seguida.

Holmes riu, cético:

— E você tem seguido essa regra?

Lowell ofereceu-lhe uma taça de vinho, depois disse, pensativo:

— Diga-me, Holmes, você já teve uma Beatriz?

— Como é, Lowell?

— Uma mulher que incendiasse as profundezas aterradoras de sua imaginação?

— Ora, minha Amelia!

Lowell deu uma gargalhada.

— Ah, Holmes! Você nunca deu suas cabeçadas? Uma esposa não pode ser sua Beatriz. Pode escutar o que lhe digo, pois em comum com Petrarca, Dante e Byron, eu já estive desesperadamente apaixonado antes mesmo de ter 10 anos. As dores que sofri, só meu próprio coração conhece.

— Fanny adoraria ouvir essa conversa, Lowell!

— Tsc! Dante tinha sua Gemma, que era a mulher de seus filhos, mas não o ápice de sua inspiração! Você sabe como eles se conheceram? Longfellow não acredita, mas Gemma Donati é a mulher que Dante menciona em *Vita Nuova*, que conforta Dante após a perda de Beatriz. Está vendo aquela jovem?

Holmes seguiu o olhar de Lowell até uma jovem esbelta com cabelos negros como um corvo, que brilhavam sob os esplêndidos candelabros do salão.

— Ainda me lembro: 1839, em Allston's Gallery. Ali estava a criatura mais bonita que meus olhos jamais haviam visto, não muito diferente daquela verdadeira beleza que encanta os amigos do marido ali naquele canto do salão. Seus traços eram perfeitamente judeus. Tinha a pele morena, mas um daqueles rostos claros onde cada nuance de sentimento flutua como a sombra de uma nuvem sobre a grama. De minha posição na sala, o contorno de seus olhos fundia-se completamente com as sombras do supercílio e o escuro de sua pele, de maneira que você via apenas uma glória indefinida e misteriosa. Mas que olhos! Eles quase me faziam tremer. Essa única visão de sua seráfica beleza me deu mais poesia...

— Ela era inteligente?

— Céus, não sei! Ela pestanejou em minha direção e eu não consegui dizer uma palavra. Só há uma maneira de tratar com mulheres que flertam, Wendell, e é fugir. No entanto, 25 anos ou mais depois, e não consigo expulsá-la de minha memória. Eu lhe garanto que todos nós temos a nossa própria Beatriz, seja vivendo perto de nós, seja vivendo apenas em nossa mente.

Lowell interrompeu-se quando Rey se aproximou.

— Policial Rey, os ventos mudaram a nosso favor, posso garantir-lhes. Temos sorte de tê-lo ao nosso lado.

— Deve agradecer sua filha por isso — disse Rey.

— Mabel? — Lowell virou-se para ele, perplexo.

— Ela veio falar comigo para me persuadir a ajudá-los, cavalheiros.

— Mabel falou com você em segredo? Holmes, você sabia disso? — perguntou Lowell.

Holmes balançou a cabeça.

— De jeito nenhum. Devemos fazer-lhe um brinde, mesmo assim!

— Se o senhor repreendê-la por isso, professor Lowell — avisou-o Rey, levantando seriamente o queixo —, eu o prenderei.

Lowell riu com vontade.

— É incentivo suficiente, policial Rey! Agora, deixe-nos prosseguir com a investigação.

Rey assentiu confidencialmente e continuou sua caminhada pelo salão.

— Você poderia imaginar isso, Wendell? Mabel fazendo isso pelas minhas costas, achando que pode mudar as coisas!

— Ela é uma Lowell, meu caro amigo.

— O Sr. Greene continua firme — informou Longfellow ao se juntar a Lowell e Holmes. — Mas eu me preocupo com... — Longfellow parou. — Ah, ali vêm a Sra. Lincoln e o governador Andrew.

Lowell revirou os olhos. A posição social deles revelou-se inconveniente para os propósitos da noite, pois apertos de mãos e conversações animadas com professores, ministros, políticos e membros da universidade os afastavam dos objetivos pretendidos.

— Sr. Longfellow.

Longfellow virou-se para o outro lado para encontrar um trio de mulheres da sociedade de Beacon Hill.

— Ora, boa noite, senhoras — disse Longfellow.

— Eu estive justamente falando no senhor, quando de férias em Buffalo — disse a bela de cabelos de corvo do trio.

— Realmente? — perguntou Longfellow.

— Exato, com a Srta. Mary Frere. Ela fala tão carinhosamente do senhor, diz que é uma pessoa rara. Pelo que me contou, passou tempos maravilhosos com o senhor e sua família em Nahant no verão passado. E agora eu o encontro aqui. Que maravilha!

— Bem, que gentileza a dela falar isso. — Longfellow sorriu, mas então ajustou rapidamente seu olhar. — Ora, para onde fugiu o professor Lowell? Vocês se conhecem?

Perto dali, Lowell estava contando alto uma de suas anedotas favoritas para um pequeno público.

— ... então Tennyson grunhiu de seu canto da mesa: "Sim, que se danem. Eu queria ter uma faca para arrancar suas tripas!" Sendo um verdadeiro poeta, o rei Alfredo não usava circunlóquios, como "vísceras abdominais" para aquela parte do corpo!

Os ouvintes de Lowell riram e gracejaram.

— Se dois homens tentassem parecer um com o outro — disse Longfellow, voltando-se para as três senhoras que estavam de pé com as orelhas ardendo e as bocas desamparadamente abertas —, não conseguiriam ser mais semelhantes que Lord Tennyson e o professor Lovering, de nossa universidade.

A bela dos cabelos de corvo sorriu agradecida a Longfellow por tê-las rapidamente distraído da indecência de Lowell.

— Ora, e não é realmente um caso para se considerar? — disse ela.

Quando Oliver Wendell Holmes Junior recebeu uma mensagem de seu pai dizendo que o médico também estaria presente no banquete aos soldados no Palácio do Governo, ele suspirou, releu e depois praguejou. Não porque se importasse com a presença do pai, mas porque os outros pareciam se divertir com o que pensavam um do outro. *Como está seu velho pai? Ainda matutando com seus poemas enquanto ensina? Ainda matutando com suas aulas quando está com seus poemas? É verdade que o pequeno doutor pode falar ...... palavras por minuto, capitão Holmes?* Por que motivo deveria ele se incomodar com perguntas sobre o tema favorito do Dr. Holmes: o próprio Dr. Holmes?

No meio de uma multidão de outros membros de seu regimento, Junior foi apresentado a vários cavalheiros escoceses em visita, como delegação. Com o enunciado do nome completo de Junior, houve a tentativa usual de perguntas relacionadas a seu parentesco.

— Você é filho de Oliver Wendell Holmes? — perguntou um recém-chegado à conversa, um escocês mais ou menos da idade de Junior, depois de se apresentar como um tipo de mitólogo.

— Sim.

— Bem, eu não aprecio os livros dele. — O mitólogo sorriu e se afastou.

No silêncio que pareceu cercar Junior, sozinho no meio da conversa, ele sentiu-se de repente zangado com a onipresença do pai no mundo e o amaldiçoou outra vez. Como alguém poderia querer espalhar sua reputação tão indiscriminadamente a ponto de um tipo de verme humano, como aquele que Junior acabara de conhecer, pudesse julgá-lo? Junior virou-se e viu o Dr. Holmes na beira de uma roda, junto com o governador, e James Lowell gesticulando no centro. O Dr. Holmes estava na ponta dos pés, a boca se abrindo: estava à espera de uma chance de participar. Junior tentou contornar o grupo em direção ao outro lado do salão.

— Wendy, é você? — Junior fingiu não ter escutado, mas a voz veio outra vez, e o Dr. Holmes pressionou para abrir caminho até ele entre alguns soldados.

— Olá, pai.

— Ora, Wendy, você não quer vir e dar um oi a Lowell e ao governador Andrew? Deixe-me exibi-lo em seu garboso uniforme! Ah, espere.

Junior observou os olhos de seu pai vagarem.

— Aquela ali deve ser a roda dos escoceses sobre a qual Andrew estava falando, Junior. Eu gostaria de conhecer o jovem mitólogo, o Sr. Lang, e discutir algumas ideias que tenho sobre Orfeu atraindo Eurídice para fora das regiões infernais. Você já leu alguma coisa dele, Wendy?

O Dr. Holmes pegou o braço de Junior e começou a puxá-lo para o outro lado do salão.

— Não. — Junior puxou o braço com força para parar seu pai. O Dr. Holmes olhou para ele, magoado. — Só vim para me apresentar com meu regimento, pai. Tenho que encontrar Minny na casa de James. Por favor, desculpe-me junto a seus amigos.

— Você nos viu? Somos um feliz grupo de amigos, Wendy. Cada vez mais, conforme os anos bramem passando por nós. Meu rapaz, curta sua passagem pelo navio da juventude, pois muito facilmente ele se perde no mar!

— E... pai — disse Junior, olhando por sobre o ombro do pai para o mitologista sorridente —, escutei aquele covarde do Lang falando mal de Boston.

A expressão de Holmes tornou-se grave.

— Escutou? Então ele não vale o nosso tempo, meu rapaz.

— Como queira, pai. Diga-me, ainda está trabalhando no novo romance?

O sorriso de Holmes invadiu de novo seu rosto com o interesse sugerido pela pergunta de Junior:

— É verdade! Outros empreendimentos tomaram meu tempo ultimamente, mas Fields prometeu que poderá render algum dinheiro quando publicado. Terei que pular no Atlântico, se não der; quero dizer, no líquido lugar original, não na publicação mensal de Fields.

— Será um convite aos críticos para atacá-lo outra vez — disse Junior, hesitando em continuar seu pensamento. De repente, queria ardentemente ter sido rápido o suficiente para traspassar o antipático mitólogo com a espada em sua cintura. Prometeu a si mesmo que leria esse trabalho de Lang, sabendo que ficaria feliz se fosse ruim.

— Talvez eu tenha oportunidade de ler este, pai, se puder arranjar tempo.

— Eu gostaria muito, meu rapaz — disse Holmes com calma, enquanto Junior se retirava.

Rey encontrou um dos soldados mencionados pelo diácono da casa de ajuda, um veterano de um braço só que acabara de dançar com sua esposa.

— Houve alguns que me disseram — contou o soldado a Rey, com orgulho — quando eles estavam preparando nossos rapazes: "Eu não vou lutar nessa guerra de negros." Oh, isso me deixava possesso!

— Por favor, tenente — disse Rey. — Esse cavalheiro que lhe descrevi, o senhor acha que pode tê-lo visto alguma vez na casa de ajuda aos soldados?

— Com certeza, com certeza. Bigodes de pontas viradas, cabelo cor de feno. Sempre de uniforme. Blight: esse é o nome dele. Tenho absoluta certeza, embora não completa. Capitão Dexter Blight. Inteligente, sempre lendo. Bom oficial, entre os melhores, me parece.

— Por favor, me diga, ele parecia muito interessado nos sermões do Sr. Greene?

— Ah, com certeza gostava muito deles, o velho arruaceiro. Aqueles sermões eram como ar puro. Mais ousados do que qualquer outro que já escutei. Ah, com certeza. O capitão gostava deles mais do que ninguém, é o que acho!

Rey mal podia se conter:

— Você sabe onde posso encontrar o capitão Blight?

O soldado coçou o toco com a palma de sua única mão e fez uma pausa. Depois, passando seu braço bom em volta da esposa, disse:

— Ora, veja que coisa, senhor policial, minha querida aqui deve ser seu amuleto da sorte.

— Ora, por favor, tenente — protestou ela.

— Eu acho que *sei* onde você pode achá-lo — disse o veterano. — Bem ali.

Capitão Dexter Blight, do 19º regimento de Massachusetts, tinha um bigode em U virado para baixo e o cabelo cor de feno, exatamente como Greene descrevera.

O olhar de Rey, que durou três longos segundos, foi discreto mas vigilante. Ele estava surpreso com a avidez e a curiosidade que sentia em relação a cada detalhe da aparência do homem.

— Policial Nicholas Rey? Ora quem eu vejo! — O governador Andrew olhou o rosto atento de Rey e estendeu-lhe a mão. — Não me disseram que o senhor viria!

— Não tinha planejado vir, governador. Mas receio que o senhor terá de me desculpar.

Com isso, Rey retirou-se para o meio de uma multidão de soldados, e o governador que indicara Rey para a Polícia de Boston se viu sozinho, em estado de descrença.

Sua presença súbita, aparentemente não percebida pelos outros participantes da festa, eclipsou todos os outros pensamentos dos membros do Clube Dante que, um por um, o perceberam. Eles o envolveram em um olhar coletivo. Poderia este homem, aparentemente mortal e comum, ter dominado Phineas Jennison e o cortado em pedaços? Seus traços eram fortes e inteligentes mas, fora isso, nada tinha de extraordinário sob o chapéu de feltro escuro e o paletó não trespassado. Seria ele? O tradutor-*savant* que transformara as palavras de Dante em *atos*, que os superara inúmeras vezes?

Holmes desculpou-se com alguns admiradores e precipitou-se para Lowell.

— Aquele homem... — sussurrou, com um súbito terror de que algo tivesse dado errado.

— Eu sei — sussurrou Lowell de volta. — Rey também o viu.

— Deveríamos falar para Greene se aproximar dele? — disse Holmes. — Tem algo naquele homem. Ele não parece...

— Olhe! — disse Lowell, com urgência.

Naquele momento, o capitão Blight percebeu George Washington Greene andando devagar e sozinho. As narinas proeminentes do soldado agitaram-se de interesse. Greene, tendo se esquecido de si mesmo entre as pinturas e esculturas, continuava sua inspeção como se estivesse em uma exposição durante um fim de semana. Blight contemplou Greene por um momento, depois deu passos vagarosos e irregulares em direção a ele.

Rey adiantou-se para se posicionar mais perto, mas quando virou-se para verificar a posição de Blight, viu que Greene estava conversando com um colecionador de livros. Blight, ao contrário, tinha seguido em direção à porta.

— Maldição! — gritou Lowell. — Ele está indo embora!

* * *

O ar estava demasiado parado para nuvens ou flocos de neve. O céu aberto deixava-se entrever uma metade tão precisa da lua que esta parecia ter sido cortada por uma lâmina recém-afiada.

Rey viu um soldado de uniforme no jardim. Caminhava oscilando, com a ajuda de uma bengala.

— Capitão! — chamou Rey.

Dexter Blight voltou-se e olhou para quem o chamava com olhos duros e apertados.

— Capitão Blight.

— Quem diabos é você? — perguntou sua voz profunda e ousada.

— Nicholas Rey. Preciso falar com o senhor — disse Rey, mostrando seu distintivo de polícia. — É só por um momento.

Blight bateu sua bengala no gelo, impulsionando-se com mais rapidez do que Rey pensaria ser possível.

— Não tenho nada a dizer!

Rey avançou e pegou Blight pelo braço.

— Se tentar me prender, vou tirar suas malditas tripas e espalhá-las no Lago dos Sapos — gritou Blight.

Rey temeu que tivesse ocorrido um terrível equívoco. Essa explosão descuidada de raiva, a emoção descontrolada, pertenciam ao medroso, não ao destemido — não a quem eles procuravam. Olhando novamente para o Palácio do Governo, de onde os membros do Clube Dante vinham correndo pelas escadas com os rostos cheios de esperança, Rey também viu os rostos das pessoas em toda Boston que o haviam levado a essa perseguição. O chefe Kurtz — a cada morte seu tempo ficando mais curto como guardião de uma cidade que se expandia com demasiada voracidade para acomodar todos os que gostariam de chamá-la de lar. Edna Healey — cuja expressão desaparecia sob a luz mortiça de seu quarto, apegando-se a punhados de sua própria carne e esperando ser inteira outra vez. Sexton Gregg e Grifone Lonza: eles foram duas vítimas a mais, não do assassino, exatamente, mas do medo insuperável que criam os assassinatos.

Rey intensificou o aperto de sua mão no braço de Blight, que lutava para se livrar, e encontrou o olhar arregalado e cuidadoso do Dr. Holmes, que aparentemente compartilhava de todas as suas dúvidas. Rey pediu a Deus que ainda tivessem tempo.

Finalmente. Augustus Manning gemeu ao atender à campainha e deixar entrar seu convidado:

— Vamos para a biblioteca?

Presunçosamente, Pliny Mead escolheu o lugar mais confortável para se sentar, no centro do sofá forrado de Manning.

— Eu lhe agradeço por concordar em me encontrar à noite, Sr. Mead, longe da universidade — disse Manning.

— Bem, lamento ter me atrasado. A mensagem de sua secretária disse que o assunto era o professor Lowell. Nosso curso de Dante?

Manning passou a mão sobre a ravina nua entre os dois tufos de cabelo branco.

— Correto, Sr. Mead. Por favor, o senhor falou com o Sr. Camp sobre o curso?

— Creio que sim — disse Mead. — Por algumas horas, na verdade. Ele queria saber tudo que eu pudesse lhe dizer sobre Dante. Disse que estava me questionando a seu pedido, senhor.

— Sim, é verdade. No entanto, desde então parece que ele não quer falar comigo. Eu me pergunto por quê.

Mead torceu o nariz.

— Como eu poderia saber sobre os negócios dele, senhor?

— Não poderia, meu rapaz, claro. Mas pensei que talvez pudesse me ajudar, de alguma forma. Pensei que pudéssemos combinar nossas informações para entender o que pode ter acontecido para que ele tivesse tal mudança de comportamento.

Mead encarou-o sem muita emoção, mas desapontado pelo fato de o encontro ter pouco benefício ou prazer para ele. Uma caixa de charutos estava no consolo da lareira. Ele se alegrou com a ideia de umas tragadas em frente à lareira de um membro de Harvard.

— Esses parecem excelentes, Dr. Manning.

Manning assentiu com prazer e ofereceu um charuto a seu convidado.

— Aqui, ao contrário do campus, podemos fumar livremente. Podemos também falar livremente, nossas palavras podem sair tão soltas quanto nossa fumaça. Aconteceram outras coisas estranhas ultimamente, Sr. Mead, que eu gostaria de trazer à luz. Um policial veio me procurar e começou a fazer perguntas sobre o curso de Dante, depois se interrompeu, como se houvesse desejado me falar algo importante mas tivesse mudado de opinião.

Mead fechou os olhos e, desfrutando, soltou calmamente a fumaça.

Augustus Manning já tivera paciência o suficiente.

— Eu me pergunto, Sr. Mead, se o senhor tem conhecimento do escorregão fatal que sua classificação teve recentemente.

Mead endireitou-se de imediato, um aluno da escola primária pronto para receber um castigo.

— Senhor. Dr. Manning, acredite-me que não é por outra razão senão...

Ele interrompeu.

— Eu sei, meu caro rapaz. Eu sei o que acontece. O último período do curso do professor Lowell: é esse o culpado. Seus irmãos sempre foram os primeiros em suas classes, não foram?

Encolerizando-se com a humilhação, o estudante olhou para o outro lado.

— Talvez possamos conseguir que alguns ajustes sejam feitos nos números de sua classificação, para que sua posição fique mais de acordo com a honra da família.

Os olhos verde-esmeralda de Mead voltaram à vida.

— De verdade, senhor?

— Talvez *eu* queira um charuto agora. — Manning sorriu, levantando-se de sua cadeira e examinando seu magnífico sortimento.

A mente de Pliny Mead precipitou-se para descobrir de que Manning precisava, para fazer tal proposta. Reviveu seu encontro com Simon Camp momento a momento. O detetive da Pinkerton estava tentando reunir fatos negativos sobre Dante para informar ao Dr. Manning e à Corporação, a fim de reforçar sua posição contra as reformas e a abertura do currículo. No segundo encontro, Camp parecera extremamente interessado, agora que Mead trazia à memória. Mas ele não sabia o que o detetive particular poderia ter pensado. Nem parecia razoável que a polícia de Boston estivesse fazendo perguntas sobre Dante. Mead pensou nos acontecimentos públicos recentes, a insanidade da violência e do medo que envolvera a cidade. Camp parecia particularmente interessado na punição dos simoníacos, quando Mead a mencionou em uma longa lista de exemplos. Mead pensou nos numerosos rumores que escutara sobre a morte de Elisha Talbot: vários deles, embora os detalhes diferissem, envolviam os pés carbonizados do ministro. Os pés *do ministro*. Depois, havia o pobre juiz Healey, encontrado nu e coberto com...

Ora, mas que diabos! Jennison também! Seria possível? E se Lowell soubesse, isso não explicaria o cancelamento súbito do curso de Dante sem uma explicação convincente? Será que Mead, inconscientemente, levara Simon Camp a compreender tudo? Teria Lowell ocultado seu conhecimento da universidade, da cidade? Poderia se arruinar por isso! *Maldição!*

Mead deu um salto:

— Dr. Manning! Dr. Manning!

Manning conseguiu acender um fósforo, mas o apagou, subitamente abaixando sua voz para um sussurro:

— Escutou alguma coisa na entrada?

Mead prestou atenção, e balançou a cabeça.

— A Sra. Manning, senhor?

Manning dobrou um longo dedo deformado sobre a boca. Deslizou da sala até o saguão.

Depois de um momento, retornou até seu convidado.

— Minha imaginação — disse, olhando diretamente para Mead. — Só quero que você tenha certeza de que nossa privacidade é completa. Em meu coração, sei que temos algo importante a compartilhar esta noite, Sr. Mead.

— *Eu* talvez tenha, realmente, Dr. Manning — escarneceu Mead, tendo organizado sua estratégia no tempo que Manning tirou para provar a privacidade deles. *Dante é um maldito assassino, Dr. Manning. Ah, sim, eu posso realmente compartilhar algo.* — Vamos conversar primeiro sobre minha classificação — disse Mead. — Depois, podemos passar para Dante. Ah, eu acho que o que tenho a dizer vai lhe interessar enormemente, Dr. Manning.

Manning sorriu.

— Primeiro, vou buscar uma bebida para acompanhar nossos charutos.

— Para mim, xerez, por favor.

Manning trouxe o estimulante pedido, que Mead entornou de um só gole.

— Que tal outro, caro Auggie? A noite merece.

Augustus Manning, curvando-se sobre seu aparador para preparar outro drinque, esperava, para o bem do estudante, que aquilo que tivesse a dizer fosse importante. Ouviu um barulho surdo, significando, ele sabia sem ter de olhar, que o rapaz tinha quebrado um objeto precioso. Manning olhou por cima do ombro com irritação. Pliny Mead estava esparramado sem sentidos no sofá, seus braços pendurados flacidamente de ambos os lados.

Manning olhou rapidamente em volta, a decantadeira caindo de sua mão. O administrador viu o rosto de um soldado de uniforme, um homem que ele via quase diariamente nos corredores do Prédio Universitário. O soldado tinha um olhar fixo e de vez em quando mascava; quando seus lábios se separavam, pontos brancos macios flutuavam em sua língua. Ele cuspiu e alguns pontos brancos caíram no tapete. Manning não pôde evitar olhar; parecia ter duas letras impressas no pedaço molhado de papel — L e I.

Manning correu para um canto da sala, onde um rifle de caça estava colocado como decoração na parede. Subiu numa cadeira para pegá-lo, mas então gaguejou: "Não, não."

Dan Teal arrancou o rifle de suas mãos trêmulas e bateu no rosto de Manning com a coronha, em um movimento fácil. Depois permaneceu de pé enquanto observava o traidor, frio até o âmago de seu coração, agitar-se e se enroscar no chão.

XVII

O DR. HOLMES subiu com dificuldade a longa escada até a Sala dos Autores.

— O policial Rey ainda não voltou? — perguntou, arfando.

As sobrancelhas franzidas de Lowell expressaram sua frustração.

— Bem, talvez Blight... — começou Holmes. — Talvez ele saiba mesmo alguma coisa, e então Rey virá com boas notícias. E o seu retorno aos registros do Prédio Universitário?

— Acho que não vamos retornar — disse Fields, suspirando por entre a barba.

— Por que não? — perguntou Holmes.

Fields ficou em silêncio.

— O Sr. Teal não veio esta noite — explicou Longfellow. — Talvez esteja doente — acrescentou rapidamente.

— Não é provável — disse Fields, abatido. — Os arquivos mostram que o jovem Teal não perdeu um turno em quatro meses. Acho que provoquei alguma confusão na cabeça do pobre rapaz, Holmes. E depois de ele ter oferecido sua lealdade tantas vezes.

— Que bobagem...

— Será? Eu não deveria tê-lo envolvido! Manning pode ter descoberto que Teal nos ajudou a entrar e ter mandado prendê-lo. Ou aquele maldito Samuel Ticknor pode ter se vingado de Teal por ter impedido seus jogos sujos com a Srta. Emory. No meio-tempo, conversamos com todos os meus homens que lutaram na guerra. Nenhum admitiu ter jamais usado uma casa de ajuda aos soldados, e nenhum revelou nada que nem remotamente valesse a pena.

Lowell caminhava para lá e para cá com passadas extremamente longas, inclinando a cabeça para o vento frio e fitando a paisagem sombria dos flocos de neve.

— Rey acredita que o capitão Blight era apenas mais um soldado que gostava dos sermões de Greene. Blight provavelmente não dirá nada a Rey sobre os outros, mesmo depois de se acalmar; talvez nem saiba nada sobre os outros soldados da casa! E sem Teal não temos condições de entrar na Sala da Corporação. Será que não devemos parar de tentar tirar água de fontes secas?!

Uma batida na porta trouxe Osgood, informando que dois outros empregados-veteranos estavam esperando Fields na cafeteria. O funcionário mais velho tinha lhe passado os nomes de todos os ex-soldados empregados na Ticknor & Fields. Eram 12 homens: Heath, Miller, Wilson, Collins, Holden, Sylvester, Rapp, Van Doren, Drayton, Flagg, King e Kellar. Um antigo funcionário, Samuel Ticknor, fora convocado, mas depois de duas semanas com uniforme, pagara a taxa de 300 dólares para comprar um substituto.

Previsivelmente, pensou Lowell, e então disse:

— Fields, dê-me o endereço de Teal e eu mesmo vou procurá-lo. De qualquer maneira, não há nada que possamos fazer até Rey voltar. Holmes, você vem comigo?

Fields instruiu J. R. Osgood a permanecer nos alojamentos dos funcionários, caso fosse necessário. Osgood jogou-se em uma espreguiçadeira, com um suspiro cansado. Para ocupar seu tempo, selecionou um livro de Harriet Beecher Stowe, da estante mais próxima, e, quando o abriu, achou pedaços de papel mais ou menos do tamanho de flocos de neve, que haviam sido cortados das folhas de rosto onde Stowe tinha feito uma dedicatória para Fields. Osgood folheou o livro e viu que o mesmo sacrilégio havia sido cometido em várias páginas.

— Que estranho!

Lá embaixo, nos estábulos, Lowell e Holmes descobriram, para seu horror, que a égua de Fields estava se retorcendo no chão, incapaz de se mover. Seu companheiro a olhava tristemente e dava coices em quem ousasse se aproximar. A doença dos cavalos tinha impedido completamente a utilização dos meios de transporte na cidade, portanto os dois poetas foram forçados a ir a pé.

O número meticulosamente garatujado no formulário de emprego de Dan Teal combinava com o de uma modesta casa no bairro sul da cidade.

— Sra. Teal? — Lowell inclinou seu chapéu à mulher aflita que estava na porta. — Meu nome é Sr. Lowell. E este é o Dr. Holmes.

— Sra. *Galvin* — disse ela, e levou uma mão ao peito.

Lowell conferiu o número da casa com o seu papel.

— Tem alguém com o nome Teal que se hospeda aqui?

Ela dirigiu-lhe um olhar triste.

— Eu sou Harriet Galvin — repetiu ela com uma elocução vagarosa, como se seus interlocutores fossem crianças ou idiotas. — Eu vivo aqui com meu esposo, e não temos hóspedes. Nunca ouvi falar desse Sr. *Teal*, senhor.

— A senhora se mudou para cá recentemente? — perguntou o Dr. Holmes.

— Cinco anos agora.

— Mais fontes secas — murmurou Lowell.

— Senhora — disse Holmes —, nos deixaria entrar por alguns minutos para que possamos nos orientar melhor?

Ela os conduziu ao interior da casa e a atenção de Lowell imediatamente foi atraída por um retrato em ferrotipia na parede.

— Ah, seria muito trabalho pedir um copo de água, minha cara? — perguntou Lowell.

Quando ela saiu, ele se lançou ao retrato emoldurado de um soldado, vestido com roupas do exército bem maiores do que ele.

— Filha de Febo! É ele, Wendell! Pelos meus ossos, esse é Dan Teal! Era.

— Ele esteve no exército? — perguntou Holmes.

— Ele não estava em nenhuma das listas de Osgood dos soldados que Fields estava entrevistando!

— E eis a razão: "Segundo Tenente Benjamin Galvin." — Holmes leu o nome gravado embaixo. — Teal é um nome inventado. Rápido, enquanto ela está ocupada.

Holmes entrou no quarto seguinte, apinhado de equipamentos do tempo da guerra, arrumados e expostos com cuidado, e um objeto chamou a sua atenção de imediato: um sabre, pendurado na parede. Holmes sentiu um arrepio percorrer seus ossos e chamou Lowell. O poeta apareceu e todo o seu corpo tremeu com a visão.

Holmes agitou a mão para um mosquito que o circulava, e que logo voltou.

— Esqueça o inseto! — disse Lowell, e o despedaçou.

Com delicadeza, Holmes tirou a arma da parede.

— É precisamente o tipo de lâmina... esses sabres eram como ornamentos para os nossos oficiais, lembranças de formas mais civilizadas de combate no mundo. Wendell Junior tem um, e o tratava como um bebê naquele banquete... Esta lâmina pode ter sido a que mutilou Phineas Jennison.

— Não. Não tem marcas — disse Lowell, aproximando-se com cuidado do instrumento que brilhava.

Holmes passou um dedo pelo aço.

— Não podemos saber com nossos olhos nus. Não se lava facilmente uma carnificina como aquela em poucos dias, nem com todas as águas de Netuno.

Depois, seus olhos pousaram na mancha de sangue na parede, tudo que restara do mosquito.

Quando a Sra. Galvin voltou com dois copos de água, viu o Sr. Holmes segurando o sabre e lhe pediu que o deixasse. Holmes, ignorando-a, caminhou para a porta de entrada e saiu. Ela manifestou seu ultraje por eles terem vindo a sua casa para roubar sua propriedade e ameaçou chamar a polícia.

Lowell meteu-se entre eles e se deteve. Holmes, escutando os protestos dela no fundo de sua mente, parou na calçada e levantou o sabre pesado a sua frente. Um minúsculo mosquito bateu na lâmina como uma lasca de ferro contra um magneto carregado. Depois, com um piscar de olhos, outro apareceu, e dois mais, e depois três em um bloco decidido. Depois de alguns segundos, um bando inteiro estava se precipitando e zunindo por sobre o sangue impregnado na lâmina.

Ao ver aquilo, Lowell parou no meio da sentença.

— Mande chamar os outros imediatamente! — gritou Holmes.

Os frenéticos pedidos deles para ver seu marido alarmaram Harriet Galvin. Ela mergulhou em um silêncio obtuso, observando Holmes e Lowell alternarem gestos e explicações, como dois baldes em um poço, até que uma batida na porta os interrompeu. J. T. Fields se apresentou, mas Harriet fixou-se na figura esbelta e leonina atrás da primeira, roliça e solícita. Emoldurado pela brancura de prata do céu, nada era mais puro que seu olhar de perfeita calma. Ela levantou a mão trêmula como se para tocar sua barba e, na verdade, quando o poeta entrou atrás de Fields, seus dedos roçaram os cachos de seus cabelos. Ele recuou um passo. Ela rogou-lhe que entrasse.

Lowell e Holmes se entreolharam.

— Talvez ela ainda não tenha nos reconhecido — sussurrou Holmes. Lowell concordou.

Ela tentou, da melhor maneira que pôde, explicar seu assombro: contou sobre como lia a poesia de Longfellow toda noite antes de ir para a cama; sobre quando seu marido estava acamado pela guerra, e ela lia *Evangeline* alto para ele, e de como o palpitar suave do ritmo, a lenda do amor fiel mas incompleto, acalmava-o mesmo quando dormia — mesmo agora, às vezes, ela disse com tristeza. Ela sabia de cor cada palavra de "Um salmo de vida" e também ensinou o marido a recitá-lo; e sempre que ele saía de casa, esses versos eram seu único alívio contra o medo. Mas sua explicação veio, sobretudo, como uma repetição da pergunta *"Por quê*, Sr. Longfellow...", ela protestou outra e outra vez antes de se render aos soluços pesados.

Longfellow disse, com suavidade:

— Sra. Galvin, temos a necessidade imensa de uma ajuda que só a senhora pode nos oferecer. Precisamos encontrar seu esposo.

— Esses homens parecem querer fazer-lhe mal — disse ela, se referindo a Lowell e Holmes. — Eu não entendo. Por que o senhor... Por quê, Sr. Longfellow, como o *senhor* pode conhecer Benjamin?

— Sinto, mas não temos tempo de explicar isso de maneira satisfatória — disse Longfellow.

Pela primeira vez, ela tirou os olhos do poeta.

— Bem, eu não sei onde ele está, e sinto vergonha por isso. Ele quase já não volta para casa, e quando volta, quase não fala. Às vezes, ausenta-se durante dias.

— Quando foi a última vez em que o viu? — perguntou Fields.

— Ele hoje esteve rapidamente aqui, poucas horas antes dos senhores.

Fields puxou seu relógio.

— Para onde foi daqui?

— Ele costumava tomar conta de mim. Agora sou apenas um fantasma para ele.

— Sra. Galvin, essa é uma questão de... — começou Fields.

Outra batida na porta. Ela enxugou os olhos com o lenço e alisou o vestido.

— Com certeza, outro credor para me aborrecer.

Enquanto ela ia até a porta, inclinaram-se um para o outro com sussurros frenéticos.

Lowell disse:

— Ele saiu há poucas horas, vocês escutaram! E não está na Corner, sabemos disso; não há dúvida sobre o que fará se não o encontrarmos!

— Ele pode estar em qualquer lugar da cidade, Jamey! — retrucou Holmes. — E ainda temos que voltar à Corner para esperar Rey. O que podemos fazer sozinhos?

— Alguma coisa! Longfellow? — disse Lowell.

— Não temos nem um cavalo para nossa locomoção agora... — lamentou Fields.

Lowell desviou a atenção ao escutar algo vindo da porta da frente.

Longfellow observou-o.

— Lowell?

— Lowell, você está escutando? — perguntou Fields.

Um bombardeio de palavras veio da porta.

— Essa voz — disse Lowell, atônito. — Essa voz! *Escutem!*

— Teal? — perguntou Fields. — Ela pode estar lhe dizendo para fugir. Lowell! Nunca o encontraremos!

Lowell colocou-se em movimento. Correu pelo corredor até a porta, onde o fatigado olhar fixo e injetado de um homem aguardava. O poeta arremeteu-se para a frente com um grito de captura.

390

XVIII

LOWELL AGARROU O HOMEM com seus braços e o arrastou para dentro da casa.

— Eu o peguei! Eu o peguei — gritou Lowell.

— O que você está fazendo? — gritou Pietro Bachi.

— Bachi! O que está fazendo aqui? — exclamou Longfellow.

— Como me encontraram aqui? Diga para esse cachorro tirar as mãos de cima de mim, *signor* Longfellow, ou eu verei que tipo de homem ele é! — grunhiu Bachi, forçando em vão os cotovelos contra seu corpulento capturador.

— Lowell — disse Longfellow —, vamos falar com o *signor* Bachi em particular.

Eles o levaram para outro quarto, onde Lowell pediu que Bachi lhe contasse quais eram seus negócios.

— Não é com o senhor — respondeu Bachi. — Quero falar com a mulher.

— Por favor, *signor* Bachi. — disse Longfellow, balançando a cabeça. — O Dr. Holmes e o Sr. Fields no momento estão fazendo algumas perguntas a ela.

Lowell continuou:

— Que tipo de plano o senhor combinou com Teal? Onde ele está? Não se finja de bobo comigo. O senhor é como dinheiro falsificado: sempre aparece quando há problemas.

Bachi fez uma cara azeda.

— Quem é Teal? Eu sou a pessoa a quem os senhores devem explicações por esse tipo de ataque.

— Se não me der respostas satisfatórias neste instante, vou levá-lo direto para a polícia e contar tudo a eles! — disse Lowell. — E eu bem não imaginei, Longfellow, que o tempo todo ele estava puxando as cordinhas bem na frente de nossos narizes?

— Ora! Pode chamar a polícia; chame! — disse Bachi. — Eles podem me ajudar a receber minhas dívidas. Vim buscar meu pagamento com aquela pilantra lá dentro. — Seu grosso pomo-de-adão revirava com a vergonha de seu objetivo. — Ai! Vocês podem imaginar o quão *completamente* farto já estou dessas aulas.

— Aulas. O senhor dá aulas para ela? De italiano? — perguntou Lowell.

— Para o marido — respondeu Bachi. — Só três sessões, algumas semanas atrás... gratuitas, pelo que ele pensa.

— Mas o senhor não voltou para a Itália? — perguntou Lowell.

Bachi sorriu, tristonho.

— Quem me dera, *signore*! O mais perto que cheguei disso foi ver a partida do meu irmão, Giuseppe. Receio dizer que tenho, vamos dizer, grupos adversários que tornam meu retorno impossível, pelo menos por muitas luas.

— Viu a partida de seu irmão! Que cara de pau! — exclamou Lowell. — O senhor estava correndo como um louco para um barco que ia encontrar o vapor! E estava carregando uma sacola cheia de dinheiro falsificado; nós vimos!

— Agora, me diga! — explodiu Bachi, com indignação. — Como o senhor pode saber aonde eu ia naquele dia?

— Responda-me!

Bachi apontou acusadoramente para Lowell, mas então compreendeu, pela imprecisão de seu dedo apontado, que estava nauseado e bastante bêbado.

Sentiu uma onda de enjoo subir-lhe pela garganta. Conseguiu controlá-la, cobriu a boca com a mão, e arrotou. Quando conseguiu falar de novo, sua respiração estava ruim, mas ele estava mais calmo.

— Cheguei até o vapor, sim. Mas sem nenhum dinheiro, falso ou não. Por Júpiter que gostaria de ter uma sacola de moedas de ouro caindo em minha cabeça. Fui até lá naquele dia para levar meu manuscrito a meu irmão, Giuseppe Bachi, que tinha concordado em levá-lo para a Itália.

— Seu manuscrito? — perguntou Longfellow.

— Uma tradução para o inglês. Do *Inferno* de Dante, se querem saber. Escutei falar da sua obra, *signor* Longfellow, e do seu precioso Clube Dante, e isso me faz rir! Nesta Atenas ianque, vocês homens falam em criar uma voz nacional por vocês mesmos. Rogam a seus compatriotas que se revoltem contra o domínio britânico das bibliotecas. Mas por acaso alguma vez pensaram que eu, Pietro Bachi, poderia ter também alguma coisa com a qual contribuir para seu trabalho? Que como um filho da Itália, como alguém que nasceu de sua história, de suas dissensões, suas lutas contra o punho pesado da Igreja, não poderia ter alguma coisa original em meu amor pela liberdade que Dante buscava? — Bachi fez uma pausa. — Não, não. Vocês nunca me convidaram para a Craigie House. Foi o boato malicioso de que eu era um bêbado? Foi a minha desgraça com a universidade? Que liberdade é essa da América? Alegremente, vocês nos enviam para suas fábricas, suas guerras, para sermos usados e esquecidos. Vocês veem nossa cultura ser pisoteada, nossa língua calada, seus trajes tornarem-se os nossos. Depois, com rostos sorridentes, roubam nossa literatura de nossas estantes. Piratas. Malditos piratas literários, todos vocês.

— Vimos mais do coração de Dante do que você pode imaginar — retrucou Lowell. — Foi o seu povo, o seu país, que o deixou órfão, devo lembrá-lo disso!

Longfellow fez um sinal para Lowell se controlar, depois disse.

— *Signor* Bachi, nós o observamos no porto. Por favor, explique. Por que estava enviando essa tradução para a Itália?

— Escutei dizer que Florença estava planejando homenagear sua versão do *Inferno* no final do ano, no Festival de Dante, mas que o senhor não havia terminado seu trabalho e corria o risco de perder o prazo. Por muitos anos, venho traduzindo Dante nas horas vagas em meu escritório, às vezes com ajuda de velhos amigos como o *signor* Lonza, quando ele estava bem. Nós pensamos, eu acho, que se pudéssemos nós mesmos mostrar que Dante poderia ser tão vivo em inglês como em italiano, nós também poderíamos prosperar na América.

Nunca imaginei vê-lo publicado. Mas quando o pobre Lonza morreu nas mãos de estranhos, nada pensava senão que nosso trabalho teria de sobreviver. Com a condição de que eu mesmo conseguisse uma maneira de publicá-lo, meu irmão concordou em entregar minha tradução a um encadernador que conhecia em Roma e depois levá-la pessoalmente ao Comitê e interceder a nosso favor. Bom, encontrei um impressor de panfletos de jogos e coisas parecidas, em Boston, para imprimir a tradução cerca de uma semana antes de Giuseppe partir, e a custos baixos. Vocês imaginam que o idiota do impressor não terminou até o último momento, e provavelmente nunca terminaria, se não estivesse precisando tanto até das minhas moedas insignificantes. O patife estava em algum tipo de problema por ter falsificado dinheiro para uso dos jogadores locais, e, pelo que entendi, viu-se forçado a fechar suas portas às pressas e se mandar.

"Quando cheguei ao cais, tive que suplicar a um sombrio Caronte que me levasse em um pequeno barco a remo até o *Anonimo*. Depois que joguei o manuscrito a bordo do vapor, voltei diretamente para a praia. Todo o assunto não deu em nada, como vocês ficarão felizes em saber. O Comitê não estava, naquele momento, interessado em receber outras traduções para o Festival." — Bachi sorriu, afetado, ao relatar o próprio fracasso.

— Foi por isso que o presidente do Comitê lhe enviou as cinzas de Dante! — Lowell virou-se para Longfellow. — Para lhe garantir que o lugar de sua tradução nas festividades como representante americano estaria assegurado.

Longfellow considerou por um momento e disse.

— As dificuldades do texto de Dante são tão imensas que duas ou três versões independentes terão grande receptividade junto aos leitores interessados, meu caro *signore*.

O rosto tenso de Bachi foi abaixo.

— Entenda, por favor. Sempre tive em alto apreço a confiança que o senhor demonstrou ao me contratar para a universidade, e não questiono o valor de sua poesia. Se fiz algo de que possa me envergonhar devido à minha situação... — Ele parou, abruptamente. Depois de uma pausa, continuou: — O exílio não nos deixa nada além das mais esmaecidas esperanças. Pensei que talvez, só talvez, houvesse uma abertura para que eu tornasse Dante vivo em um Mundo Novo com a minha tradução. Então, o que pensariam de mim na Itália seria muito diferente!

— Você — acusou-o Lowell de repente. — *Você* escreveu aquela ameaça na janela de Longfellow para nos amedrontar e fazer Longfellow parar a tradução!

Bachi encolheu-se, fingindo não ter entendido. Tirou uma garrafa preta do seu casaco e a levou aos lábios, como se sua garganta fosse apenas um funil para algum lugar muito distante. Tremeu quando terminou.

— Não pensem que sou um beberrão, *professori*. Nunca bebo mais do que é bom para mim, pelo menos não quando em boa companhia. Mas o problema é: o que pode fazer um homem sozinho nas horas tediosas do inverno da Nova Inglaterra? — Seu semblante escureceu. — Acabamos nosso assunto? Ou os senhores pretendem me atormentar mais por minhas decepções?

— *Signore* — disse Longfellow. — Devemos saber o que o senhor ensinou ao Sr. Galvin. Ele fala e lê italiano agora?

Bachi jogou a cabeça para trás e riu.

— Tão pouco quanto possível! O homem não conseguiria ler em inglês nem se Noah Webster estivesse ao lado dele! Sempre se vestia com um velho uniforme azul dos soldados de vocês, de botões dourados. Ele queria Dante, Dante, Dante. Não lhe ocorreu que tinha de aprender primeiro a língua. *Che stranezza!*

— O senhor lhe emprestou sua tradução? — perguntou Longfellow.

Bachi sacudiu a cabeça.

— Minha esperança era manter meu empreendimento inteiramente em segredo. Tenho certeza de que todos nós sabemos como o Sr. Fields reage quando alguém tenta competir com seus autores. De qualquer maneira, tentei atender aos estranhos desejos do *signor* Galvin. Sugeri que conduzíssemos as lições introdutórias de italiano lendo a *Commedia* juntos, verso a verso. Mas era como ler algo para uma besta muda. Então, ele queria que eu fizesse um *sermão* sobre o Inferno de Dante, mas eu recusei por princípio; se quisesse me contratar como professor, ele precisava aprender italiano.

— O senhor lhe disse que não continuaria com as aulas? — perguntou Lowell.

— Isso teria me dado um grande prazer, *professore*. Mas um dia ele parou de ir até minha casa. Não consegui encontrá-lo desde então, e até agora não recebi meu pagamento.

— *Signore* — disse Longfellow. — Isto é muito importante. O Sr. Galvin alguma vez falou de pessoas de nossa própria época, de nossa própria cidade, que ele relacionasse a sua compreensão de Dante? O senhor deve considerar se alguma vez ele mencionou qualquer um. Talvez as pessoas relacionadas de alguma maneira com a universidade, interessadas em colocar Dante em descrédito.

Bachi balançou a cabeça.

— Ele quase não falava, *signor* Longfellow, como um boi taciturno. Isso tem alguma coisa a ver com a atual campanha da universidade contra o seu trabalho?

A atenção de Lowell agitou-se.

— O que o senhor sabe sobre isso?

— Eu o alertei sobre isso quando o senhor foi me procurar, *signore* — disse Bachi. — Eu lhe disse para tomar cuidado com suas aulas sobre Dante, não disse? O senhor se lembra de quando me viu no Pátio da Universidade algumas semanas antes disso? Eu tinha recebido uma mensagem para encontrar um cavalheiro para uma entrevista confidencial. Oh, como eu estava convencido de que os membros de Harvard queriam que eu voltasse a meu posto! Imagine como fui estúpido! Na verdade, aquele patife maldito tinha a incumbência de provar os *efeitos perniciosos* de Dante sobre os estudantes, e queria que eu o ajudasse!

— Simon Camp — disse Lowell, com os dentes apertados.

— Eu quase lhe dei um murro no rosto, essa é a verdade — retrucou Bachi.

— Juro que gostaria que tivesse acertado, *signor* Bachi — disse Lowell, sorrindo-lhe. — Ele que provasse a ruína de Dante diante disso. O que o senhor lhe respondeu?

— Como poderia lhe responder? "Vá para o diabo" foi tudo em que consegui pensar. Aqui estou, mal podendo comprar meu pão depois de tantos anos na universidade, e quem na administração contrata *esse* jumento?

Lowell riu abafado.

— Quem *mais*? Foi o Dr. Mann... — Ele parou de súbito e, dando um giro, dirigiu um olhar significativo a Longfellow. — Dr. Manning.

Caroline Manning varreu o vidro quebrado.

— Jane... o pano de chão! — gritou ela, pela segunda vez, para a empregada, olhando de mau humor para a poça de xerez empapada no tapete da biblioteca do marido.

Quando a Sra. Manning saiu da sala, a campainha soou na porta. Ela puxou a cortina apenas o suficiente para ver Henry Wadsworth Longfellow. De onde vinha ele a essa hora? Ela mal conseguia olhar para o pobre homem nesses últimos anos, nas poucas vezes em que o via em Cambridge. Não entendia como uma pessoa podia sobreviver a tanta coisa. Como ele parecia invencível. E aqui estava ela com um esfregão, parecendo uma perfeita dona de casa.

A Sra. Manning desculpou-se: o Sr. Manning não estava em casa. Ela explicou que, mais cedo, ele estivera esperando um convidado e queria privacidade. Ele e seu convidado deveriam ter saído para uma caminhada, ainda que ela achasse isso um pouco estranho naquele clima horroroso. E tinham deixado copos quebrados na biblioteca.

— Mas você sabe como os homens *bebem* às vezes — acrescentou ela.

— Será que eles saíram com a carruagem? — perguntou Longfellow.

A Sra. Manning disse que a enfermidade dos cavalos teria impedido isso: o Dr. Manning tinha proibido expressamente até a curta remoção dos animais. Mas concordou em levar Longfellow até o estábulo.

— Deus do céu! — disse ela quando eles não encontraram traço da carruagem e dos cavalos do Dr. Manning. — Algum problema está acontecendo, não está, Sr. Longfellow? Deus do céu — repetiu.

Longfellow não respondeu.

— Alguma coisa aconteceu a ele? O senhor tem de me dizer imediatamente.

As palavras de Longfellow saíram lentamente;

— A senhora deve permanecer em casa e esperar. Ele voltará em segurança, eu lhe prometo, Sra. Manning.

Os ventos de Cambridge tinham ficado mais tempestuosos e machucavam a pele.

— Dr. Manning — disse Fields, os olhos voltados para o tapete de Longfellow, vinte minutos mais tarde. Depois de sair da casa de Galvin, eles tinham encontrado Nicholas Rey, que lhes oferecera uma carruagem da polícia e um cavalo saudável para conduzi-los até a Craigie House. — Ele foi nosso pior adversário desde o começo. Por que Teal não o pegou muito antes?

Holmes continuou inclinado na escrivaninha de Lowell.

— *Porque* ele é o pior, meu caro Fields. À medida que o Inferno se aprofunda, se estreita, os pecadores tornam-se mais clamorosos, mais culpáveis, menos arrependidos pelo que fizeram. Até chegar a Lúcifer, que começou todo o mal no mundo. Healey, como o primeiro a ser punido, dificilmente estaria ciente de sua recusa; esta é a natureza de seu "pecado", que reside em um ato de indiferença.

O policial Rey estava parado, de pé no centro do escritório.

— Cavalheiros, os senhores devem revisar os sermões dados pelo Sr. Greene na última semana para que possamos vislumbrar para onde Teal pode ter levado Manning.

— Greene começou a série de sermões com os hipócritas — explicou Lowell. — Depois passou para os impostores, incluindo os falsários. Finalmente, no sermão que eu e Fields testemunhamos, ele chegou aos traidores.

Holmes disse:

— Manning não era hipócrita: ele perseguia Dante dentro e fora. E os traidores contra a família não têm relação com isso.

— Então, ficamos com os falsários e os traidores contra a nação de alguém — disse Longfellow.

— Manning não estava envolvido em nenhuma trapaça de fato — disse Lowell. — Eles ocultou suas atividades, é verdade, mas esse não foi seu modo primário de agressão. Muitas das sombras no Inferno de Dante eram culpadas de carradas de pecados, mas o pecado que define suas ações é também o que determina sua sorte no Inferno. Os falsários devem mudar uma forma em outra para merecer seu *contrapasso*. Como Simão, o Grego, que enganou os troianos levando-os a aceitar o cavalo de madeira.

— Os traidores contra a nação solapam o bem de um povo — disse Longfellow. — Nós os encontramos no nono círculo, o mais baixo.

— Lutar contra nossos projetos de Dante, neste caso — disse Fields.

Holmes refletiu a respeito.

— É isto, não é? Ficamos sabendo que Teal veste-se com seu uniforme quando está com seu espírito dantesco, seja estudando Dante ou preparando seus assassinatos. Isto acende alguma luz nas regiões de sua mente: em sua doença, ele troca a segurança da União pela segurança de Dante.

Longfellow disse:

— E Teal, de seu posto de zelador do Prédio Universitário, poderia ter testemunhado os esquemas de Manning. Para Teal, Manning está entre os piores traidores da causa que agora ele está em guerra para proteger. Teal reservou Manning para o final.

Nicholas Rey disse:

— Qual seria a punição que poderemos esperar?

Todos aguardaram a resposta de Longfellow.

— Os traidores são colocados de corpo inteiro no gelo, com o pescoço para baixo, em "um lago liso, imenso, tal se de vidro fosse, à aura cambiante".

Holmes grunhiu.

— Toda poça da Nova Inglaterra está congelada nas últimas duas semanas. Manning poderia estar em qualquer lugar, e nós temos apenas um cavalo cansado com o qual procurar!

Rey balançou a cabeça.

— Vocês, cavalheiros, ficam aqui em Cambridge procurando Teal e Manning. Eu irei até Boston buscar ajuda.

— O que devemos fazer se encontrarmos Teal? — perguntou Holmes.

— Usem isso. — Rey lhes deu sua matraca policial.

Os quatro acadêmicos começaram sua busca pelas margens desertas do rio Charles, em Beaver Creek, perto de Elmwood e do Fresh Pond. Procurando com a luz fraca das lanternas de gás, eles estavam em um estado mental tão alerta que mal percebiam que a noite passava com indiferença, sem lhes conceder o menor avanço. Estavam embrulhados em múltiplos casacos, sem notar o gelo que se formava em suas barbas (ou, no caso de Holmes, em suas volumosas sobrancelhas e costeletas). Como o mundo parecia estranho e silencioso sem o estalo ocasional do trote de um cavalo. Era um silêncio que parecia se estender por todo o caminho até o Norte, interrompido apenas pelos ruídos grosseiros das locomotivas protuberantes à distância, constantemente transportando mercadorias de uma estação a outra.

Cada um deles imaginava, com grandes detalhes, como *naquele exato momento* o policial Rey estaria perseguindo Teal em Boston, prendendo-o e algemando-o em nome da lei, como Teal tentaria se explicar, encolerizado, justificando-se, mas entregando-se pacificamente à Justiça, como Iago, para nunca mais falar de seus atos outra vez. Várias vezes, eles passaram um pelo outro, Longfellow e Holmes e Lowell e Fields, encorajando-se mutuamente enquanto circulavam pelos corpos d'água congelados.

Eles começaram a falar — o Dr. Holmes primeiro, claro. Mas os outros também confortavam um ao outro com a troca de sons abafados. Falaram sobre escrever versos memoriais, sobre novos livros, sobre as ações políticas que não tinham acompanhado recentemente; Holmes recontou a história dos primeiros anos de sua prática médica, quando pendurou um cartaz — AS FEBRES MENORES SÃO RECEBIDAS COM GRATIDÃO — antes que bêbados apedrejassem sua janela.

— Falei muito, não falei? — Holmes balançou a cabeça em autorrepreensão. — Longfellow, gostaria de conseguir fazer você falar mais sobre si mesmo.

— Não — respondeu Longfellow, pensativo. — Acho que nunca faço isso.

— Sei que nunca o faz! Mas uma vez você me fez uma confissão — Holmes pensou duas vezes. — Quando conheceu Fanny.

— Não, não acho que eu o tenha feito.

Eles trocaram de parceiros várias vezes, como se estivessem dançando; trocavam de conversa, também. Às vezes, os quatro caminhavam juntos, e parecia que o peso deles quebraria a terra congelada embaixo. Sempre caminhavam de braços dados, juntos um ao outro.

Pelo menos, a noite estava clara. As estrelas pareciam fixas, em perfeita ordem. Eles escutaram as batidas das patas do cavalo transportando Nicholas Rey, que estava encoberto pelo vapor da respiração do animal. À medida que ele se aproximava, em silêncio, cada um imaginou ver em seu semblante sinais não reprimidos de uma grande façanha, mas seu rosto estava duro. Não vira nenhum rastro de Teal ou de Augustus Manning, informou. Recrutara meia dúzia de policiais para peneirar todo o rio Charles, mas apenas quatro cavalos puderam sair da quarentena. Rey foi embora com admoestações para tomar cuidado dos Poetas da Lareira, prometendo continuar sua busca até de manhã.

Qual deles sugeriu, às três e meia, descansar um pouco na casa de Lowell? Eles se espalharam, dois na sala de música e dois no estúdio contíguo, as salas dando uma para a outra, com a lareira no meio. Fanny Lowell desceu, alertada pelos latidos ansiosos do cachorrinho. Fez chá para eles, mas Lowell nada lhe explicou e só resmungou sobre a maldita enfermidade dos animais. Ela estava morta de preocupação com sua ausência. Isso os fez compreender, finalmente, como estava tarde, e Lowell despachou William, o empregado, para levar mensagens às casas dos outros. Eles concordaram em tirar uma soneca de trinta minutos em Elmwood — não mais —, e apagaram em frente às lareiras.

À hora de um mundo sem movimento, o calor caiu perfeitamente ao lado do rosto de Holmes. Seu corpo todo estava tão profundamente fatigado que ele mal notou quando se viu de pé outra vez caminhando de mansinho, seguindo uma cerca estreita do lado de fora. O gelo no chão começara a degelar rapidamente com o aumento súbito da temperatura, e pedaços de neve enchiam as correntes de água. O chão sob suas botas dava em um aclive íngreme, e ele sentiu-se inclinar para a frente como se subisse uma montanha. Olhou para os campos de Cambridge, onde podia ver os canhões da Guerra Revolucionária expelindo ondas de fumaça e o maciço Washington Elm que, com seus milhares de dedos, estendia-se em todas as direções. Holmes olhou para trás e viu Longfellow subindo lentamente em sua direção. Holmes fez gestos para que ele se apressasse. Não queria que Longfellow ficasse sozinho muito tempo. Mas um ruído surdo chamou a atenção do médico.

Dois cavalos com manchas vermelhas e patas albinas vinham velozmente em sua direção, ambos puxando vagões frouxos. Holmes encolheu-se, caindo de joelhos; agarrou seus tornozelos e olhou para cima, a tempo de ver Fanny Longfellow — florescências cor de fogo voavam de seu cabelo solto e de seu grande busto — segurando as rédeas de um dos cavalos, e Junior em controle firme do outro, como se tivesse feito isso desde o dia em que nasceu. Quando as figuras passaram impetuosas por ambos os lados do pequeno médico, não lhe foi possível manter o equilíbrio, e ele escorregou para a escuridão.

Holmes levantou-se do sofá e ficou de pé, os joelhos a centímetros da grade com o fogo da madeira que estalava. Olhou para cima. As gotas do candelabro estavam pingando mais acima. "Que horas são?", ele se perguntou, quando compreendeu que estivera sonhando. O relógio de Lowell respondeu: 15 minutos para as 6. Lowell, os olhos semiabertos como os de uma criança cansada, agitou-se em sua cadeira de descanso. Perguntou qual era o problema. O amargor dentro de sua boca tornava difícil abri-la completamente.

— Lowell, Lowell — disse Holmes, puxando todas as cortinas. — Um par de cavalos.

— O quê?

— Acho que escutei um par de cavalos lá fora. Não, tenho certeza disso. Eles passaram por nossa janela poucos segundos atrás, muito perto e em velocidade. Definitivamente, eram dois cavalos. O policial Rey só tem um cavalo no momento. Longfellow disse que Teal roubou dois de Manning.

— Caímos no sono — respondeu Lowell, com alarme, piscando para voltar à vida, olhando pela janela a luz que começara a nascer.

Lowell acordou Longfellow e Fields, depois agarrou seu binóculo e pendurou o rifle nos ombros. Quando alcançaram a porta, Lowell viu

Mabel, embrulhada em sua camisola, entrando pelo corredor. Ele parou, esperando uma reprimenda, mas ela apenas o olhou distante. Lowell voltou e a abraçou forte. Quando ele se escutou sussurrando "Obrigado", ela já pronunciara as mesmas palavras.

— Agora, o senhor deve ter cuidado, pai. Pela mãe e por mim.

Passar do ar quente para o frio de fora trouxe a asma de Holmes com força total. Lowell correu na frente, seguindo as marcas frescas dos cascos, enquanto os outros três passavam, circunspectos, pelos olmos desfolhados que apontavam seus galhos nus para os céus.

— Longfellow, meu caro Longfellow... — dizia Holmes.

— Holmes? — respondeu o poeta, gentil.

Holmes ainda podia ver nitidamente os fragmentos sonhados diante dos olhos, e tremeu ao olhar para seu amigo. Tinha medo de deixar escapar: "Eu vi Fanny vir em nosso auxílio, eu vi!"

— Esquecemos a matraca da polícia em casa, não foi?

Fields colocou uma mão confortadora no pequeno ombro do doutor.

— Um pouco de ânimo agora vale ouro, meu caro Wendell.

Na frente, Lowell ajoelhou-se. Examinou o lago ao longe, com o binóculo. Seus lábios tremiam de medo. No começo, ele pensou ver alguns garotos pescando no gelo. Mas depois, ao focar melhor as lentes, pôde ver o rosto encolhido de seu aluno Pliny Mead: só o rosto.

A cabeça de Mead era visível em uma estreita abertura cortada no lago de gelo. O restante de seu corpo nu estava encoberto pela água gelada, sob a qual seus pés estavam atados. Seus dentes batiam violentamente. A língua estava enrolada no fundo da boca. Os braços nus de Mead estavam esticados para fora do gelo e fortemente amarrados com uma corda que se estendia de seus punhos até a carruagem do Dr. Manning, atrelada ali perto. Mead, semiconsciente, teria escorregado do buraco para a morte se não fosse por essa corda. No fundo da carruagem parada, Dan Teal, brilhando em seu uniforme militar, passou os braços por outra figura nua, levantou-a, e começou a caminhar pelo gelo traiçoeiro. Era o corpo flácido e branco de Augustus Manning, sua barba flutuando sem naturalidade sobre o tórax magro, suas pernas e quadris amarrados com corda, seu corpo tremendo enquanto Teal cruzava o lago escorregadio.

O nariz de Manning era um rubi escuro; uma espessa camada de sangue marrom seco tinha se concentrado abaixo dele. Teal enfiou primeiro o pé de Manning em outra abertura do lago congelado, a quase um metro de distância de Mead. O choque da água gelada fez Manning voltar à vida; ele se debateu e grunhiu como louco. Teal agora desamarrava os braços de Mead, e assim a única força que poderia evitar que os dois homens nus deslizassem para dentro de seus respectivos buracos era a tentativa furiosa, que ambos instintivamente compreenderam e de imediato começaram a empreender, de agarrar nas mãos esticadas um do outro.

Teal voltou para o aterro para vê-los nessa luta, e então um tiro ecoou. O tiro rachou a casca de uma árvore atrás do assassino.

Lowell avançou, agarrando sua arma e deslizando com fúria pelo gelo.

— Teal! — gritou ele. Seu rifle estava em posição para outro tiro. Longfellow, Holmes e Fields, todos corriam atrás dele.

Fields gritou:

— Sr. Teal, pare imediatamente com isso!

Lowell não podia acreditar no que via sobre o cano de sua arma. Teal permanecia perfeitamente parado.

— Atire, Lowell, atire! — gritou Fields.

Nas excursões de caça, Lowell sempre gostava de mirar, mas nunca de atirar. O sol então se ergueu a uma altura perfeita, desdobrando-se sobre a ampla superfície cristalina.

Por um momento, os homens foram cegados pelo reflexo. Quando seus olhos se ajustaram, Teal tinha desaparecido, os sons suaves de sua corrida ecoando entre as árvores. Lowell atirou na mata.

Pliny Mead, tremendo de maneira incontrolável, estava completamente flácido, sua cabeça tombada contra o gelo e seu corpo afundando lentamente na água mortal. Manning lutava para se manter agarrado aos braços escorregadios do rapaz, depois em seus punhos, depois seus dedos, mas o peso era demais. Mead afundou na água. O Dr. Holmes atirou-se, deslizando pelo gelo. Afundou os dois braços no buraco, agarrando Mead pelos cabelos e orelhas, e puxando, puxando até conseguir agarrar seu peito, e depois puxando mais até que todo o corpo estivesse deitado no gelo. Fields e Longfellow agarraram Manning pelos braços, fazendo-o deslizar para a superfície antes que afundasse. Desataram suas pernas e pés.

Holmes escutou o ruído de um chicote e olhou para cima para ver Lowell no lugar do condutor da carruagem abandonada. Ele instava os cavalos em direção ao bosque. Holmes pulou e correu em direção a ele.

— Jamey, não! — gritou ele. — Temos que levá-los para um lugar quente ou morrerão!

— Teal vai escapar, Holmes! — Lowell parou os cavalos e olhou para a figura patética de Augustus Manning, debatendo-se desajeitadamente sobre o lago congelado como um peixe tirado da água. Ali estava o Dr. Manning quase morto e Lowell não conseguia sentir nada a não ser pena. O gelo curvava-se com o peso dos membros do Clube Dante e os que teriam sido as vítimas do assassino, e a água transbordava de novos buracos à medida que eles caminhavam. Lowell pulou da carruagem no momento em que uma das botas de Longfellow quebrava um pedaço fino de gelo. Lowell estava lá para agarrá-lo.

O Dr. Holmes tirou suas luvas e chapéu, depois sua sobrecasaca e o casaco, e começou a empilhá-los sobre Pliny Mead.

— Embrulhe-os em tudo o que vocês tiverem! Cubram as cabeças e os pescoços!

Ele puxou seu cachecol e o amarrou em volta do pescoço do rapaz. Depois tirou suas botas e suas meias, calçando-as nos pés de Mead. Os outros observaram com atenção as mãos dançantes de Holmes e o imitaram.

Manning tentou falar, mas o que saiu foi algo gaguejado e incompreensível, uma canção indistinta. Tentou levantar a cabeça do gelo, mas ficou completamente confuso enquanto Lowell encaixava seu chapéu na cabeça dele.

O Dr. Holmes gritou:

— Façam com que fiquem acordados! Se dormirem, estarão perdidos!

Com dificuldade, carregaram os corpos frígidos para a carruagem. Lowell, só com suas roupas de baixo, voltou para o lugar do condutor. Como Holmes instruíra, Longfellow e Fields esfregavam os pescoços e os ombros das vítimas e levantavam seus pés para ativar a circulação.

— Rápido, Lowell, rápido! — gritou Holmes.

— Estamos indo o mais rápido possível, Wendell!

Holmes percebeu imediatamente que era Mead que estava pior. Um corte terrível na nuca, presumivelmente feito por Teal, era um ingrediente péssimo para completar a exposição fatal. No pequeno trajeto até a cidade, ele sacolejava o rapaz freneticamente para estimular a circulação do sangue. Contra a sua vontade, Holmes escutava ecoar em sua mente um poema seu que recitava para os alunos, para lembrá-los de como tratar seus pacientes.

> *"Se a pobre vítima precisar ser auscultada*
> *Não faça bigorna de seu dolorido peito;*
> *(Existem doutores por todo lado e de todo jeito*
> *que batem num tórax como tábuas amarradas.)*
> *Portanto, atenção: não fique tentado*
> *A bombear seu paciente até secá-lo:*
> *Ele não é um molusco contorcendo-se num prato,*
> *Você não é Agassiz, tampouco ele um pescado."*

O corpo de Mead estava tão frio que doía tocá-lo.

— O rapaz estava perdido antes que chegássemos ao Fresh Pond. Não havia como ter feito mais. O senhor deve acreditar nisso, Dr. Holmes.

O Dr. Holmes estava deslizando o tinteiro Tennyson de Longfellow para a frente e para trás por entre os dedos, ignorando Fields, as pontas de seus dedos cada vez mais pretas com as manchas de tinta.

— E Augustus Manning deve sua vida a você — disse Lowell. — E a mim, um chapéu — acrescentou. — Com toda a seriedade, Wendell, o homem teria voltado ao pó sem você. Não vê? Impedimos Lúcifer. Tiramos um homem das garras do demônio. *Vencemos* desta vez porque você se dedicou completamente, meu caro Wendell.

As três filhas de Longfellow, vestidas elaboradamente para os jogos ao ar livre, bateram na porta do estúdio.

Alice foi a primeira a entrar.

— Papai, Trudy e todas as outras meninas estão descendo o morro de trenó. Podemos ir?

Longfellow olhou para seus amigos, que estavam sentados nas cadeiras da sala. Fields balançou os ombros.

— Haverá outras crianças lá? — perguntou Longfellow.

— Todas de Cambridge! — anunciou Edith.

— Muito bem — disse Longfellow, mas logo as examinou como se estivesse repensando tudo. — Annie Allegra, talvez seja melhor você ficar aqui com a Srta. Davie.

— Ah, por favor, papai! Tenho que estrear meus sapatos novos! — Annie levantou os pés para mostrá-los.

— Minha querida Panzie — disse ele, sorrindo. — Eu prometo que é só desta vez. — As outras duas saíram, e a menorzinha foi para o saguão procurar sua governanta.

Nicholas Rey chegou com seu uniforme completo do exército, que incluía casaco azul e capa. Informou que nada fora encontrado. Mas que o sargento Stoneweather agora colocara diversos batalhões de policiais à procura de Benjamin Galvin.

— O Departamento de Saúde anunciou que o pior da cinomose já passou e está liberando dezenas de cavalo da quarentena.

— Excelente! Então teremos uma equipe para começar a procurar — disse Lowell.

— Professor, cavalheiros — disse Rey enquanto se sentava —, vocês descobriram a identidade do criminoso. Salvaram uma vida, e talvez outras que nunca saberemos.

— Só que foi por nossa causa que elas foram colocadas em perigo, antes de mais nada. — suspirou Longfellow.

— Não, Sr. Longfellow. O que Benjamin Galvin encontrou em Dante ele encontraria em outro lugar. Vocês não provocaram nenhum desses horrores. Mas o que vocês conseguiram investigando-os é inegável. Ainda assim, vocês têm sorte de estar a salvo depois de tudo isso. Agora, devem deixar a polícia terminar isso, para a segurança de todos.

Holmes perguntou a Rey por que estava usando seu uniforme de campanha.

— O governador Andrew está realizando outro de seus banquetes para soldados no Palácio do Governo. Está claro que Galvin continua apegado a seus serviços no exército. Pode muito bem aparecer.

— Policial, não sabemos como ele vai reagir por ter sido impedido de cometer seu último assassinato — disse Fields. — E se ele tentar outra vez realizar a punição dos traidores? E se ele voltar a Manning?

— Colocamos policiais vigiando as casas de todos os membros da Corporação de Harvard e dos supervisores, incluindo o Dr. Manning. Estamos também procurando em todos os hotéis por Simon Camp, caso Galvin o eleja como outro traidor contra Dante. Temos vários homens nas vizinhanças de Galvin e estamos observando sua casa de perto.

Lowell foi até a janela e olhou para a calçada da frente da casa de Longfellow, onde viu um homem com um pesado casaco azul-marinho perto do portão, que então se voltou para a outra direção.

— Você também colocou um homem aqui? — perguntou ele.

Rey assentiu.

— Em cada uma de suas casas. Por sua escolha de vítimas, parece que Galvin acredita que é o guardião dos senhores. Portanto, pode pensar em se aconselhar com os senhores sobre o que fazer depois de tão rápida mudança nos acontecimentos. Se vier, nós o pegaremos.

Lowell jogou seu charuto no fogo da lareira. De repente, sua autoindulgência o deixara incomodado.

— Policial, eu acho que isso é um negócio miserável. Não podemos apenas ficar sentados nesse mesmo quarto, impotentes, o dia todo!

— Não sugiro que façam isso, professor Lowell! — retrucou Rey. — Voltem a suas casas, passem o tempo com suas famílias. O dever de proteger esta cidade é meu, cavalheiro, mas a ausência de vocês está sendo fortemente sentida em outros lugares. A vida de vocês deve começar a retornar à normalidade a partir deste ponto, professor.

Lowell olhou para cima, atônito.

— Mas...

Longfellow sorriu.

— Uma grande parte da felicidade da vida consiste não em lutar batalhas, meu caro Lowell, mas em evitá-las. Uma retirada de mestre é, em si mesma, uma vitória.

Rey disse:

— Vamos todos nos reencontrar aqui esta noite. Com um pouco de sorte, terei notícias felizes. Está bem assim?

Os estudiosos assentiram com expressões mistas de desapontamento e grande alívio.

O policial Rey continuou arregimentando soldados naquela tarde: muitos deles, por prudência, tinham silenciosamente evitado seu caminho no passado. Mas Rey sabia bem quem eles eram. Reconhecia instantaneamente quando um homem olhava para ele apenas como um outro homem e não como um preto, mulato ou negro. Seu olhar direto nos olhos deles precisava de pouca persuasão adicional.

Ele posicionou um policial nos jardins em frente à casa do Dr. Manning. Enquanto falava com ele debaixo de um bordo, Augustus Manning avançou pela porta lateral.

— Rendam-se! — gritou Manning, mostrando um rifle.

Rey virou-se.

— Somos da polícia. Da polícia, Dr. Manning.

Manning tremia como se ainda estivesse preso no gelo.

— Vi seus uniformes do exército da minha janela, policial. Pensei que aquele louco...

— Não precisa se preocupar — disse Rey.

— Vocês... vocês vão me proteger? — perguntou Manning.

— Até que não seja mais preciso — disse Rey. — Este policial vai vigiar a sua casa. Bem-armado.

O outro desabotoou seu casaco e mostrou seu revólver.

Manning fez um débil gesto de aceitação e estendeu o braço, hesitante, permitindo que o policial negro o levasse para dentro.

Depois, Rey dirigiu seu coche até a ponte Cambridge. Viu uma carruagem parada impedindo a passagem. Dois homens estavam debruçados sobre uma das rodas. Rey parou em um dos lados do caminho e desceu, dirigindo-se ao grupo em dificuldades para ajudar. Mas, quando os alcançou, os dois homens levantaram-se. Rey ouviu barulhos atrás dele e se virou para ver que outra carruagem tinha parado atrás da sua. Dois homens com capas volumosas apareceram na rua. Os quatro formaram um quadrado em volta do policial e permaneceram sem se mexer por quase dois minutos.

— Detetives. Posso ajudar em alguma coisa? — perguntou Rey.

— Pensamos ter uma palavrinha com você na Central, Rey — falou um deles.

— Receio que não tenha tempo neste momento — disse Rey.

— Chegou ao nosso conhecimento que você está investigando um assunto sem a autorização adequada, senhor — disse outro, dando um passo à frente.

— Não acredito que isso seja de sua alçada, detetive Henshaw — disse Rey, depois de uma pausa.

O detetive esfregou um dedo no outro. Outro aproximou-se mais de Rey, com jeito ameaçador.

Rey virou-se para ele.

— Sou um agente da lei. Se me atacar, estará atacando uma autoridade.

O detetive enfiou um punho no abdome de Rey e depois outro em seu queixo. Rey curvou-se, aninhado no colarinho do próprio casaco. O sangue transbordou de sua boca enquanto era arrastado para a parte traseira da carruagem deles.

O Dr. Holmes sentou-se em sua grande cadeira de balanço de couro, esperando a hora do encontro marcado na casa de Longfellow. Uma persiana parcialmente aberta jogava uma luz opaca e cautelosa na mesa. Wendell Junior subiu correndo as escadas para o segundo piso.

— Wendy, meu jovem — gritou Holmes. — Aonde você vai?

Junior voltou devagar pelos degraus da escada.

— Como está, pai? Eu não o tinha visto.

— Você poderia sentar-se por um minuto ou dois?

Junior empoleirou-se na ponta de uma cadeira verde.

O Dr. Holmes perguntou-lhe sobre a Faculdade de Direito. Junior respondeu por alto, esperando suas considerações usuais sobre as leis, mas não houve nenhuma. Nunca conseguiu ir além da superfície das leis, era o que o Dr. Holmes dizia de si mesmo, quando fez uma tentativa depois da faculdade. A segunda edição melhora a primeira, era o que ele pensava.

O calmo ponteiro do relógio contou o silêncio em longos segundos.

— Você nunca teve medo, Wendy? — perguntou o Dr. Holmes, no silêncio. — Na guerra, quero dizer.

Junior olhou para o pai, sob as sobrancelhas escuras, e sorriu calorosamente.

— É o calor da batalha, papai, faz-se o que for possível toda vez que se sai para lutar ou morrer. Não há poesia na guerra.

O Dr. Holmes dispensou o filho para voltar para seu trabalho. Junior assentiu e voltou a subir as escadas.

Holmes tinha que se pôr a caminho para ir ao encontro dos outros. Decidiu levar o mosquete de pederneiras de seu pai, que fora usado pela última vez na Guerra Revolucionária. Era a única arma que Holmes permitia em sua casa, guardando-a como uma peça histórica em seu porão.

Os bondes puxados por cavalos ainda não estavam funcionando. Os condutores tinham tentado puxar os bondes com a própria força, sem sucesso. A Companhia Ferroviária Metropolitana também tentara usar bois para puxar os bondes, mas suas patas eram moles demais para o pavimento duro. Portanto Holmes foi a pé, caminhando pelas ruas tortas de Beacon Hill, perdendo por poucos segundos a carruagem de Fields, pois o editor passaria pela casa de Holmes para lhe oferecer uma carona. O médico atravessou a West Bridge sobre o rio Charles, parcialmente congelado, pela Gallows Hill. Estava tão frio que as pessoas colocavam as mãos sobre as orelhas, encolhiam os ombros e corriam. A asma de Holmes fez a caminhada parecer duas vezes mais longa. Ele se viu passando pela First Meeting House, a velha igreja de Cambridge do reverendo Abiel Holmes. Entrou na capela vazia e sentou-se. Os bancos eram alongados, como sempre, com uma prateleira à frente dos paroquianos para apoiar os hinários. Havia um órgão luxuoso, algo que o reverendo Holmes jamais teria permitido.

O pai de Holmes tinha perdido a igreja durante um racha em sua congregação, pois havia membros que desejavam ter ministros unitaristas como ocasionais pregadores convidados em seus púlpitos. O reverendo recusara, e o pequeno número dos que lhe permaneceram fiéis foi com ele para uma nova casa de reuniões. As capelas unitaristas estavam na moda naqueles dias, pois a "nova religião" oferecia abrigo contra as doutrinas do pecado original e da impotência humana propostas pelo reverendo Holmes e seus seguidores mais ardorosos. Foi em uma dessas igrejas que Holmes também abandonou as crenças de seu pai e fundou ainda um novo tipo de abrigo, na religião da razão e não na do temor a Deus.

Também havia abrigo sob as pranchas de madeira do assoalho, pensou Holmes, quando os abolicionistas se juntaram — pelo menos, isso foi o que Holmes escutara: debaixo de muitas capelas unitaristas, eles cavavam túneis por onde os negros puderam fugir quando o tribunal do juiz Healey apoiara a Lei do Escravo Fugitivo e forçara os negros que haviam escapado a se esconder. O que o reverendo Abiel Holmes teria pensado disso...?

Holmes tinha retornado à velha casa de seu pai a cada verão, para o começo do ano em Harvard, pois era lá que se dava a cerimônia. Wendell Junior, no ano de sua graduação na faculdade, fora o orador da turma. A Sra. Holmes tinha alertado o Dr. Holmes para não aumentar a pressão sobre Junior, aconselhando-o ou criticando seu poema. Quando Junior ocupou seu lugar, o Dr. Holmes sentou-se em um dos bancos na capela que fora tirada de seu pai, com um sorriso vacilante no rosto. Todos os olhos estavam postos nele, para ver sua reação ao poema do filho, escrito por Junior enquanto estava treinando para a guerra à qual sua companhia logo se juntaria. *Cedat armis toga*, pensou Holmes — que a beca do aluno dê lugar às armas do soldado. Oliver Wendell Holmes, respirando com dificuldade pelo nervosismo ao observar Oliver Wendell Holmes Junior, desejava poder mergulhar em um daqueles túneis de contos de fada supostamente abertos sob as igrejas. Para que serviam esses buracos de coelho agora, já que haviam mostrado aos traidores secessionistas o que fazer com suas leis de escravidão com baionetas e rifles Enfield?

A atenção de Holmes se aguçou, entre os bancos vazios. Ora, os túneis! Fora assim que Lúcifer tinha evitado todos os seus perseguidores, mesmo quando a polícia saíra às ruas com sua força completa! Foi por isso que a prostituta viu Teal desaparecer na neblina perto de uma igreja! Por esse motivo o sacristão nervoso da igreja de Talbot não viu o assassino entrar nem sair! Um coro de aleluias iluminou a alma do Dr. Holmes. Lúcifer não caminha nem dirige carruagens para levar Boston ao Inferno, gritou Holmes para si mesmo. Ele se entoca!

Lowell partiu de Elmwood, ansioso para o encontro na Craigie House, e foi o primeiro a cumprimentar Longfellow. No caminho, não reparou que os policiais que vigiavam a frente de Elmwood e da Craigie House não estavam em nenhum lugar à vista. Longfellow estava acabando de ler uma história para Annie Allegra. Ele lhe disse para ir para o quarto.

Fields chegou logo depois.

Mas vinte minutos se passaram sem notícias de Oliver Wendell Holmes ou Nicholas Rey.

— Não deveríamos ter deixado Rey sozinho — resmungou Lowell por entre o bigode.

— Não compreendo por que Wendell ainda não chegou — disse Fields, nervoso. — Passei por sua casa no caminho para cá, e a Sra. Holmes disse que ele já havia saído.

— Não faz muito tempo — disse Longfellow, mas seus olhos não desgrudavam do relógio.

Lowell mergulhou o rosto entre as mãos. Quando espiou entre elas, outros dez minutos tinham se passado. Quando as fechou outra vez, foi subitamente atingido por um pensamento apavorante. Correu para a janela.

— Precisamos encontrar Wendell imediatamente!

— O que há de errado? — perguntou Fields, alarmado com a expressão de terror no rosto de Lowell.

— É Wendell — disse Lowell. — Eu o chamei de traidor na Corner!

Fields sorriu com gentileza.

— Isso já foi esquecido há muito tempo, meu caro Lowell.

Lowell agarrou seu editor pela manga do paletó para se equilibrar.

— Você não percebe? Discuti com Wendell na Corner no dia em que Jennison foi encontrado despedaçado, na noite em que Holmes se desligou de nosso projeto. Teal, ou melhor, Galvin, estava entrando pelo corredor. Devia estar nos escutando o tempo todo, assim como fazia nas reuniões da Diretoria de Harvard! Fui atrás de Wendell pelo saguão desde a Sala dos Autores e gritei com ele; você não *se lembra* do que eu disse? Não pode escutar as palavras? *Eu disse a Holmes que ele estava traindo o Clube Dante.* Eu disse que ele era um traidor!

— Controle-se, por favor — disse Fields.

— Greene fez as pregações, e a isso se seguiram os crimes de Teal. Eu condenei Wendell como um traidor: Teal foi a audiência vigilante do meu pequeno sermão! — exclamou Lowell. — Oh, meu caro amigo, eu o condenei. Eu matei Wendell.

Lowell correu para pegar seu casaco.

— Ele estará aqui a qualquer momento, tenho certeza — disse Longfellow. — Por favor, Lowell, vamos pelo menos esperar pelo policial Rey.

— Não, eu vou atrás de Wendell neste minuto!

— Mas onde você pretende encontrá-lo? E você não pode ir sozinho — disse Longfellow. — Nós também vamos.

— Eu vou com Lowell — disse Fields, pegando a matraca da polícia deixada por Rey e agitando-a para ver se estava funcionando bem. — Tenho certeza de que está tudo bem. Longfellow, você espera aqui pelo Wendell? Vamos pedir ao policial de guarda que busque Rey imediatamente.

Longfellow assentiu.

— Vamos, então, Fields! Agora! — grunhiu Lowell, à beira das lágrimas.

Fields tentou acompanhar Lowell, que corria para a calçada da frente em direção à Brattle Street. Não havia sinal de ninguém.

— Com mil demônios, onde se meteu o policial que estava de vigia? — perguntou Fields. — A rua parece completamente vazia...

Um barulho farfalhante soou nas árvores atrás da grade alta de Longfellow. Lowell colocou um dedo nos lábios, avisando a Fields para que ficasse quieto, e se moveu furtivamente para o lado de onde viera o som, onde esperou, sem se mover, em suspense.

Um gato pulou perto de seus pés e depois correu, desaparecendo na escuridão. Lowell deixou escapar um suspiro de alívio, mas precisamente nesse momento um homem arremessou-se contra a grade e desferiu um golpe na cabeça de Lowell, que caiu de imediato como uma vela cujo mastro se parte em dois. O rosto do poeta estava tão inconcebivelmente inerte no chão que Fields quase não o reconheceu.

O editor pulou para trás, depois procurou em volta e encontrou o olhar fixo de Dan Teal. Eles se moveram em sincronia. Fields para trás e Teal para a frente, em uma dança curiosamente suave.

— Sr. Teal, por favor. — Os joelhos de Fields se curvaram para dentro.

Teal o encarava, impassível.

O editor tropeçou em um ramo caído, depois se virou e lançou-se em uma corrida desajeitada. Ele ofegava pela Brattle Street, balbuciando enquanto corria, tentando gritar, chamar, mas incapaz de produzir nada além de um som rouco e grosseiro que se perdia no vento frio que guinchava em seus ouvidos. Olhou para trás, e então tirou a matraca da polícia do bolso. Já não havia sinal de seu perseguidor. Quando Fields virou-se para olhar sobre seu outro ombro, sentiu seu braço sendo agarrado e foi jogado com força pelo ar. Seu corpo caiu com um baque surdo na rua, a matraca deslizou para dentro dos arbustos com um tinido suave — suave como o gorjeio de um pássaro.

Fields esticou seu pescoço para a Craigie House com uma martirizante determinação. O brilho suave de uma lâmpada de gás vinha das janelas do escritório de Longfellow, e Fields pareceu compreender imediatamente a intenção total de seu assassino.

—Apenas não machuque Longfellow, Teal. Ele deixou Massachusetts hoje, compreende? Eu lhe juro pela minha honra. — Fields chorava como uma criança.

— Não cumpri sempre com o meu dever? — O soldado levantou seu porrete bem acima da cabeça de Fields e desferiu seu golpe.

O sucessor do reverendo Elisha Talbot tinha se reunido com alguns diáconos na Segunda Igreja Unitarista de Cambridge várias horas antes de o Dr. Holmes, armado com seu mosquete antigo e uma lanterna de querosene que conseguira em uma casa de penhores, entrar na igreja e se esgueirar até a câmara mortuária do subsolo. Holmes tinha debatido consigo mesmo se deveria ou não partilhar sua teoria com os outros. Mas decidiu primeiro confirmá-la sozinho. Se a câmara mortuária de Talbot estivesse realmente conectada a um túnel abandonado de escravos fugitivos, isso poderia levar a polícia direto até o assassino. Também explicaria como Lúcifer tinha entrado na câmara, assassinado Talbot e desaparecido sem testemunhas. A intuição do Dr. Holmes tinha levado o Clube Dante a começar essa investigação dos assassinatos, embora tivesse precisado do impulso de Lowell para realizá-la: por que ele não poderia ser a pessoa que a levaria ao fim?

Holmes desceu até a câmara e tateou pelas paredes da tumba, procurando um sinal de abertura para outro túnel ou câmara. Não encontrou a passagem com suas mãos, mas com a parte da frente de sua bota que, por puro acidente, bateu um uma abertura côncava. Holmes abaixou-se para examiná-la e encontrou um vão estreito. Seu corpo compacto por pouco não coube no buraco, e ele puxou a lanterna atrás de si. Depois de passar algum tempo apoiado nas mãos e nos joelhos, a altura do túnel aumentou e Holmes se pôs de pé com conforto. Ele voltaria imediatamente para o piso da igreja, decidiu. Oh, como os outros sorririam com a sua descoberta! Agora o adversário seria rapidamente derrotado! Mas as curvas abruptas e descidas do labirinto deixaram o médico desorientado. Ele pôs uma mão no bolso de seu casaco, segurando seu mosquete para se sentir seguro, e tinha começado a recuperar seu senso de direção quando uma voz dispersou todos os seus sentidos.

— Dr. Holmes — disse Teal.

XIX

Benjamin Galvin alistou-se na primeira convocação, em Massachusetts. Com 24 anos já se considerava um soldado desde algum tempo, tendo ajudado escravos fugitivos através da rede de abrigos, santuários e túneis da cidade, durante os anos que precederam a chegada oficial da guerra. Também esteve entre os voluntários que acompanhavam os oradores contra a escravidão, levando-os e tirando-os de Faneuil Hall e outros auditórios, servindo como um dos escudos humanos contra as pedras e os tijolos atirados pela multidão.

Reconhecidamente, Galvin não era político à maneira dos outros jovens. Não conseguia ler os grossos panfletos ou os jornais que discutiam se esse ou aquele patife deveria ser expulso, ou como esse ou aquele partido ou legislação estadual tinha sido a favor da secessão ou da conciliação. Mas entendia os oradores dos comícios que afirmavam que a raça escravizada devia ser libertada e os culpados, submetidos a uma punição justa. E Benjamin Galvin também entendia bastante bem que talvez não voltasse para casa, para sua nova esposa. Se não voltasse segurando a bandeira, os recrutadores prometeram, voltaria embrulhado nela. Galvin nunca tinha sido fotografado antes, e o único retrato tirado no momento de se alistar o desapontara. Seu boné e suas calças não pareciam bem-ajustados; seus olhos pareciam inexplicavelmente amedrontados.

A terra estava quente e seca quando a Companhia C do 10º Regimento foi enviada de Boston para Springfield, para Camp Brigthwood.

417

Nuvens de pó cobriram os nov~c uniformes azuis dos soldados tão completamente como se quisessem dar-lhes a mesma cor cinza-fosca do inimigo. O coronel perguntou se Benjamin Galvin queria ser o ajudante da companhia, mantendo registro das vítimas. Galvin explicou que sabia grafar o alfabeto, mas não sabia escrever nem ler corretamente; tinha tentado aprender várias vezes, mas as letras e os sinais se misturavam em direções erradas em sua cabeça e colidiam e pareciam se transformar em outras nas páginas. O coronel ficou surpreso. O analfabetismo não era, de jeito nenhum, pouco comum entre os recrutas, mas o praça Galvin sempre parecera mergulhado em pensamentos tão profundos, examinando tudo com olhos abertos e calmos e uma expressão tão completamente imóvel, que alguns homens o chamavam de Pensador.

Quando estavam acampados na Virgínia, a primeira agitação veio quando, um dia, um soldado de suas fileiras foi encontrado no bosque com um tiro na cabeça e ferimentos de baionetas, moscas pululando na sua cabeça e na sua boca como enxames de abelhas numa colmeia. Dizia-se que os rebeldes tinham enviado um de seus negros para matar um ianque por divertimento. O capitão Kingsley, amigo do soldado morto, fez Galvin e os homens jurarem que não sentiriam pena quando chegasse o dia de abater os Secessionistas. Parecia que nunca teriam a chance de tomar parte no combate pelo qual todos os homens ansiavam.

Embora tivesse trabalhado ao ar livre a maior parte de sua vida, Galvin nunca tinha visto os tipos de bichos rastejantes que fervilhavam nessa parte do país. O ajudante da companhia, que todos os dias acordava uma hora antes do clarim para pentear seu cabelo grosso e fazer o registro dos doentes e mortos, não deixava ninguém matar nenhuma dessas criaturas de dar calafrios; tomava conta delas como crianças, apesar de Galvin ter visto, com seus próprios olhos, quatro homens de outra companhia morrerem por causa dos vermes brancos que infestaram suas feridas. Isso aconteceu quando a Companhia C marchava para o campo seguinte — mais perto, dizia-se, do campo de batalha.

Galvin nunca imaginara que a morte pudesse chegar tão facilmente para as pessoas à sua volta. Em Fair Oaks, em uma única explosão de barulho e fumaça, seis homens morreram na frente dele, os olhos ainda abertos como se interessados no que teriam como descanso. Não foi o número de mortos, mas o número de homens que sobreviveram naquele dia o grande espanto para Galvin, como se não parecesse possível, ou mesmo correto, que um homem pudesse sobreviver àquilo. Um número inconcebível de corpos e de cavalos mortos foram juntados como gravetos e queimados. Depois disso, toda vez que Galvin fechava os olhos para dormir, gritos e explosões giravam em sua cabeça, e ele podia sentir permanentemente o cheiro de carne destruída.

Uma noite, voltando para sua tenda com uma angústia tremenda, Galvin viu que uma porção de sua bolacha dura estava faltando em seu saco. Um de seus companheiros de tenda disse que tinha visto o capelão da companhia pegá-la. Galvin não acreditava que tal maldade fosse possível, pois todos eles tinham a mesma fome voraz e o mesmo estômago vazio. Mas era difícil culpar um homem. Quando a companhia estava marchando sob aguaceiros ou debaixo de calor abrasador, as rações inevitavelmente diminuíam a apenas bolachas infestadas com carunchos, e sequer eram o bastante. E o pior de tudo: um soldado não podia parar para descansar à noite sem "escaramuças", isto é, tirar suas roupas para matar os insetos e os carrapatos. O ajudante, que parecia saber dessas coisas, avisara que os insetos se agarravam neles quando ficavam parados, portanto, deviam continuar se movimentando sempre, sempre em frente.

Criaturas sinuosas também habitavam a água que bebiam, um resultado dos cavalos mortos e da carne podre às vezes empilhada nos vaus pelos soldados. De malária a disenteria, todas as doenças eram conhecidas como febre de acampamento, e o médico não conseguia distinguir entre os doentes e os que fingiam, portanto em geral achava melhor presumir que a maioria estivesse entre esses últimos. Galvin um dia vomitou oito vezes, e da última vez não tinha mais nada para vomitar a não ser sangue. Enquanto estava esperando o médico que lhe dera quinina e ópio, a cada poucos minutos, os cirurgiões jogavam fora um braço ou uma perna pela janela do hospital improvisado.

Quando estavam acampados, sempre havia doenças, mas pelo menos também havia livros. O médico assistente juntava em sua tenda os que os rapazes recebiam de casa, e atuava como bibliotecário. Alguns dos livros tinham ilustrações que Galvin gostava de olhar, outras vezes o ajudante ou um dos colegas de tenda de Galvin lia uma história ou um poema em voz alta. Galvin encontrou na biblioteca do ajudante do médico um brilhante exemplar azul e dourado da poesia de Longfellow. Galvin não conseguiu ler o nome na capa, mas reconheceu a imagem gravada no frontispício como um dos livros de sua mulher. Harriet Galvin sempre dizia que cada um dos livros de Longfellow encontrava um caminho para a luz e para a felicidade de seus personagens quando eles enfrentavam adversidades sem esperança, como Evangeline e seu amado, separados em seu novo país para só se encontrarem novamente quando ele estava morrendo de febre e ela trabalhava como enfermeira. Galvin imaginava que eram ele e Harriet, e isso o tranquilizava quando via os homens caindo ao seu redor.

Quando Benjamin Galvin chegou pela primeira vez da fazenda da sua tia para ajudar os abolicionistas em Boston, ao escutar um orador viajante, foi surrado por dois irlandeses aos berros que tentavam acabar com o comício abolicionista. Um dos organizadores levou Galvin para casa para se recuperar, e Harriet, uma das filhas do organizador, apaixonou-se pelo pobre rapaz. Mesmo entre os amigos do pai, ela nunca tinha encontrado ninguém tão fundamentalmente convicto do certo e do errado, sem nenhuma preocupação corruptível com política ou influência. "Às vezes acho que você ama sua missão mais do que jamais poderá amar uma pessoa", ela dizia quando eles estavam namorando, mas ele era muito objetivo para pensar naquilo que fazia como uma missão.

Ela ficou inconsolável quando Galvin contou como seus pais morreram de febre negra quando ele era pequeno. Ela o ensinou a escrever o alfabeto, fazendo que o copiasse na lousa; ele já sabia como escrever seu nome. No dia em que decidiu se apresentar como voluntário para lutar na guerra, eles se casaram. Ela prometeu ensiná-lo a ler um livro completo sozinho quando voltasse da guerra. Era por isso, ela disse, que ele teria de voltar *vivo*. Galvin formigava debaixo do seu cobertor, deitado na tábua dura, pensando em sua voz firme, musical.

Quando os tiroteios começavam, alguns homens riam incontrolavelmente ou se encolhiam ao disparar, os rostos enegrecidos pela pólvora por ter de abrir os cartuchos com os dentes. Outros carregavam e disparavam sem mirar, e Galvin achava que esses homens estavam completamente insanos. Os canhões ensurdecedores ribombavam pelos ares de maneira tão terrível que os coelhos fugiam de suas tocas, com os corpinhos tremendo de terror ao pular entre os homens mortos espalhados pelo chão, cobertos de sangue.

Os sobreviventes raramente tinham forças para cavar covas suficientes para seus colegas, e o resultado era um cenário repleto de joelhos, braços e cabeças. A primeira chuva deixaria tudo exposto. Galvin observava seus colegas de tenda escrevendo cartas para casa, para contar sobre as batalhas, e ficava imaginando como eles conseguiam colocar em palavras o que tinham visto e ouvido e sentido, pois aquilo estava além de todas as palavras que ele já escutara. Segundo um dos soldados, a chegada de tropas de apoio para a última batalha, que massacrara quase um terço da companhia, fora abortada por ordens de um general que queria constranger o general Burnside, na esperança de fazer com que fosse demitido. O general mais tarde recebeu uma promoção.

— É possível isso? — perguntou o soldado raso Galvin a um sargento de outra companhia.

" — Duas mulas e outro soldado morto. — O sargento Leroy riu, com grosseria, do soldado ainda imaturo.

A campanha, em horrores e carnificina humana, só tinha sido suplantada pela campanha de Napoleão na Rússia, comentou o ajudante letrado e perspicaz com Benjamin Galvin.

Ele não gostava de pedir a outra pessoa que escrevesse cartas para ele, como outros analfabetos ou semianalfabetos faziam; assim, quando Galvin encontrava soldados rebeldes mortos com cartas nos bolsos, ele as enviava para Harriet em Boston, para que ela tivesse notícias da guerra de primeira mão. Ele escrevia seu nome no final para que ela soubesse de onde vinha a carta, e incluía uma pétala de flor local ou um tipo de folha característica. Não gostava de incomodar nem os homens que gostavam de escrever. Eles estavam tão cansados o tempo todo.

Todos estavam sempre tão cansados. Quase sempre, Galvin podia dizer, pela expressão vagarosa dos rostos de alguns homens antes de uma batalha — quase como se ainda estivessem dormindo —, quem com certeza não veria a manhã seguinte.

— Se pelo menos eu pudesse voltar para casa, a União podia ir para o inferno. — Galvin escutou um oficial dizer.

Galvin não reparava na diminuição das rações que enraivecia muitos porque, na maior parte do tempo, ele não podia provar nem cheirar, nem mesmo escutar sua própria voz. Como a comida já não satisfazia, Galvin adquiriu o hábito de mastigar seixos, depois tiras de papel rasgadas dos livros da biblioteca móvel do ajudante do médico e das cartas de rebeldes, para manter sua boca quente e ocupada. As tiras de papel iam ficando cada vez menores, para conservar por mais tempo o que conseguia encontrar.

Um dos homens que ficou muito vagaroso numa marcha foi deixado no acampamento, e o trouxeram dois dias mais tarde, assassinado por alguém que queria sua carteira. Galvin disse a todos que a guerra era pior que a campanha russa de Napoleão. Ele foi medicado com morfina e óleo de rícino para diarreia, e o médico lhe dera remédios em pó que o deixavam tonto e frustrado. Estava reduzido a apenas dois pares de ceroulas e os vivandeiros viajantes que as vendiam para os batalhões pediam 2,50 dólares por um par que não valia mais de 30 centavos. O vivandeiro disse que não baixaria o preço, mas que poderia aumentá-lo se Galvin demorasse a decidir. Galvin desejou esmagar o crânio do vivandeiro com sua mão, mas não o fez. Pediu ao ajudante que escrevesse uma carta para Harriet Galvin solicitando-lhe o envio de dois pares de ceroulas quentes de lã. Foi a única carta escrita a seu pedido durante a guerra.

Precisavam de picaretas para remover os corpos que ficavam grudados no chão pelo gelo. Quando o calor chegou, a Companhia C encontrou um campo abandonado, com corpos negros não enterrados. Galvin espantou-se ao ver tantos negros com uniformes azuis, mas então compreendeu o que estava vendo: os corpos tinham sido deixados ao sol de agosto por um dia inteiro, se queimaram e estavam infestados de vermes. Os homens foram mortos em todas as posições possíveis, e cavalos também, muitos deles parecendo se pôr cortesmente de quatro, como se estivessem esperando que uma criança os viesse selar.

Logo depois, Galvin ouviu falar que alguns generais estavam devolvendo os escravos fugidos a seus donos, e tagarelando com os donos de escravos como se tivessem se encontrado para um jogo de cartas. *Seria possível?* A guerra não fazia nenhum sentido se não estivesse sendo travada para melhorar a situação dos escravos. Em março, Galvin viu um negro morto cujas orelhas estavam pregadas em uma árvore como punição por ter tentado fugir. Seu dono o deixara nu, sabendo bem como os mosquitos e as moscas vorazes procederiam.

Galvin não podia entender os protestos levantados pelos soldados da União quando Massachusetts formou um regimento de negros. Um regimento de Illinois que encontraram estava ameaçando desertar se Lincoln libertasse um escravo a mais.

Em uma cerimônia religiosa de negros que Galvin viu nos primeiros meses da guerra, ouviu um pregador abençoando os soldados que passavam pela cidade: "Que u bom Senhor leve us pecadoris i us sacuda sobri u Inferno, mas num deixi eles cair".

E eles cantaram:

> *"O Diabo está furioso e eu, cheio de alegria — Glória, Aleluia!*
> *Ele perdeu uma alma que achava que possuía — Glória, Aleluia!"*

— Os negros nos ajudaram, espionaram para nós. Eles também precisam de nossa ajuda — dizia Galvin.

— Eu prefiro ver a União morta que tomada pelos negros! — gritou um tenente da companhia de Galvin na cara dele.

Mais de uma vez, Galvin vira um soldado agarrar uma moça negra que fugia do seu patrão e desaparecer com ela nos bosques com animadas gargalhadas.

A comida tinha desaparecido em ambos os lados das linhas de batalha. Uma manhã, três soldados rebeldes foram pegos procurando comida nos bosques perto do acampamento. Pareciam quase mortos de fome, as bochechas murchas. Um desertor das fileiras de Galvin estava com eles. O capitão Kingsley ordenou ao soldado raso Galvin que atirasse no desertor. Galvin sentiu como se fosse vomitar sangue se tentasse falar.

— Sem as cerimônias adequadas, capitão? — perguntou ele finalmente.

— Estamos marchando para uma batalha, soldado. Não há tempo para julgamento nem tempo para enforcá-lo, portanto você deve atirar nele aqui! Apontar... mirar... atirar!

Galvin tinha visto a punição de um soldado raso que se recusara a obedecer uma ordem igual. Era chamada "amarrar e amordaçar", e consistia em amarrar as mãos sobre os joelhos com uma baioneta alojada entre os braços e as pernas, e outra amarrada na boca. O desertor, desolado e faminto, não parecia particularmente perturbado.

— Atire em mim, então.

— Soldado, agora! — ordenou o capitão. — Quer ser punido com eles?

Galvin atirou no homem à queima-roupa. Os outros passaram as lâminas de suas baionetas pelo corpo imóvel, uma dúzia de vezes ou mais. O capitão recuou, com um brilho gelado nos olhos, e ordenou a Galvin que atirasse nos três rebeldes prisioneiros, imediatamente. Quando Galvin hesitou, o capitão Kingsley puxou-o pelo braço para um lado.

— Você fica sempre olhando, não é, Pensador? Você fica sempre olhando todo mundo como se soubesse melhor o que fazer do que nós. Bem, agora você fará exatamente o que eu lhe disser. Raios que o partam, você fará!

Todos os seus dentes apareceram, enquanto ele falava.

Os três rebeldes foram alinhados. Depois do "Apontar, mirar, atirar", Galvin atirou em todos eles, um de cada vez, na cabeça, com seu rifle Enfield. Ele sentiu tão pouca emoção ao fazer isso quanto sentia ao cheirar, comer ou ouvir. Naquela mesma semana, Galvin viu quatro soldados da União, incluindo dois de sua companhia, abusando de duas meninas que haviam ido buscar em uma aldeia próxima. Galvin contou a seus superiores e, como exemplo, os quatro homens foram amarrados em uma roda de canhão e chicoteados nas costas. Como fora Galvin quem os denunciara, ele mesmo tivera que usar o chicote.

Na batalha seguinte, Galvin não sentiu como se estivesse lutando para um lado ou para o outro, contra um lado ou contra o outro. Estava apenas na batalha. O mundo inteiro estava em batalha e encolerizado contra si mesmo, e os barulhos nunca cessavam. Seja como for, ele mal conseguia distinguir um rebelde de um ianque. Tinha mastigado alguma folha venenosa no dia anterior e, de noite, seus olhos estavam quase completamente fechados; os homens riam disso porque, enquanto os outros tiveram seus olhos arrancados e as cabeças esmagadas, Benjamin Galvin tinha lutado como um tigre e não tivera nem um arranhão. Um soldado, que mais tarde foi para um manicômio, ameaçou matar Galvin naquele dia, apontando um rifle para o seu peito, avisando-o de que, se não parasse de mascar aquele maldito papel, ele o mataria naquele exato momento.

Depois do seu primeiro ferimento de guerra, uma bala no tórax, até que se recuperasse completamente, Galvin foi enviado para servir de vigia no Fort Warren, perto do porto de Boston, onde os prisioneiros rebeldes eram mantidos. Ali, os prisioneiros com dinheiro compravam as celas maiores e a comida melhor, independentemente de seu nível de culpa ou de quantos homens tinham matado injustamente.

Harriet implorou a Benjamin que não voltasse para a guerra, mas ele sabia que os homens precisavam dele. Quando, inquieto, retornou à Companhia C, na Virgínia, havia tantas lacunas no regimento por morte ou deserção que ele foi promovido a segundo-tenente.

Ele soube, pelos novos recrutas, que os rapazes ricos estavam pagando 300 dólares para se eximirem do serviço. Galvin ferveu de raiva. Sentia-se com o coração distendido e pesado, e não conseguia dormir mais que poucos minutos à noite. Mas tinha de ir em frente, continuar em frente. Na batalha seguinte, ele desmaiou entre os corpos mortos e caiu no sono pensando naqueles rapazes ricos. Foi descoberto pelos rebeldes que remexeram nos mortos naquela noite e levado para a Prisão Libby, em Richmond. Eles libertavam os soldados rasos porque não eram importantes, mas Galvin era um segundo-tenente, portanto passou quatro meses preso. Desse tempo como prisioneiro de guerra, Galvin só se recordava de algumas imagens borradas e de alguns sons. Era como se tivesse continuado a dormir e sonhado todo o tempo.

Quando foi solto e voltou a Boston, Benjamin Galvin reuniu-se com os sobreviventes de seu regimento em uma grande cerimônia nos degraus do Palácio do Governo. A bandeira esfarrapada de sua companhia foi dobrada e entregue ao governador. Apenas duzentos dos mil estavam vivos. Galvin não podia entender como poderiam considerar a guerra terminada. Não tinham chegado nem perto de realizar seu objetivo. Escravos haviam sido libertados, mas o inimigo não mudou seus modos — não tinha sido punido. Galvin não era político, mas sabia que os negros não teriam paz no Sul, com ou sem escravidão, e sabia também algo que quem não tinha lutado na guerra não poderia saber: que o inimigo estava em toda parte, em volta deles o tempo todo, e que não tinha absolutamente se rendido. E nunca, sequer por um momento, o inimigo consistira apenas nos sulistas.

Galvin sentia que agora falava uma língua diferente, que os civis não podiam entender. Não podiam nem mesmo ouvir. Só os companheiros que haviam sido atacados com canhões e bombardeios tinham essa capacidade. Em Boston, Galvin começou a andar em bandos com eles. Pareciam abatidos e exaustos, como os grupos de vagabundos que tinham visto nos bosques. Mas esses veteranos, muitos dos quais tinham perdido os empregos e as famílias e falavam que também deveriam ter morrido na guerra — pelo menos assim suas esposas teriam uma pensão —, estavam em busca de grana ou de moças bonitas, e de bebidas e barulho. Já não se lembravam que deviam manter vigilância contra o inimigo e estavam cegos, como o resto.

Enquanto Galvin caminhava pelas ruas, muitas vezes começava a sentir que alguém o seguia de perto. Parava de repente e girava sobre si mesmo com um olhar aterrado nos olhos arregalados, mas o inimigo desaparecia em uma esquina ou na multidão. *O Diabo está furioso e eu, cheio de alegria...*

Na maioria das noites, ele dormia com uma machadinha debaixo do travesseiro. Durante uma trovoada, acordou e ameaçou Harriet com um rifle, acusando-a de ser uma espiã rebelde. Nessa mesma noite, ele ficou no quintal debaixo da chuva, vestido com seu uniforme completo, vigiando durante horas. Em outros momentos, ele trancava Harriet no quarto e a vigiava, explicando que alguém estava tentando levá-la. Ela trabalhava em uma lavanderia para pagar as dívidas, e o pressionou a consultar um médico. O médico disse que ele estava com "coração de soldado" — palpitações rápidas causadas pela exposição a batalhas. Ela conseguiu convencê-lo a ir a uma casa de ajuda onde, pelo que entendera de outras esposas, eles ajudavam soldados com problemas. Quando Benjamin Galvin ouviu George Washington Greene fazer um sermão na casa de ajuda, sentiu o primeiro raio de luz depois de um longo tempo.

Greene falou de um homem distante, um homem que entendia, um homem chamado Dante Alighieri. Também fora um veterano, vítima de uma grande divisão entre grupos de sua cidade maculada, e recebera a ordem de viajar pela outra vida para que pudesse corrigir toda a humanidade. Que incrível ordenação para a vida e para a morte podia ser encontrada ali! Nenhum derramamento de sangue no Inferno era acidental, cada pessoa merecia uma punição precisa, criada pelo amor de Deus. Que perfeição resultava de cada *contrapasso*, como o reverendo Greene chamava as punições, combinando com todos os pecados de todos os homens e mulheres da terra para sempre, até o Juízo Final!

Galvin compreendeu a cólera de Dante porque os homens de sua cidade, tanto os amigos como os inimigos, conheciam apenas as coisas materiais e físicas, o prazer e o dinheiro, e não percebiam o julgamento que vinha rapidamente logo atrás. Benjamin Galvin não conseguia prestar atenção que bastasse aos sermões semanais do reverendo Greene e não podia escutá-los o suficiente: não conseguia tirá-los da cabeça. Sentia-se maior sempre que saía da capela.

Os outros soldados também pareciam gostar dos sermões, embora ele sentisse que eles não o entendiam da mesma maneira que ele. Galvin, ficando um dia depois do sermão e fitando o reverendo Greene, ouviu uma conversa entre ele e um dos soldados.

— Sr. Greene, posso dizer que gostei imensamente de seu sermão hoje — disse o capitão Dexter Blight, que usava um bigode de pontas viradas cor de feno e coxeava bastante. — Posso lhe perguntar, senhor, eu poderia, eu mesmo, ler sobre a viagem de Dante? Passo muitas noites sem conseguir dormir, e tenho muito tempo.

O velho ministro perguntou se o soldado sabia ler italiano.

— Bem — disse George Washington Greene, depois da resposta negativa —, você poderá ler sobre a viagem de Dante em inglês, com todos os detalhes, muito em breve, meu caro rapaz! Sabe, o Sr. Longfellow de Cambridge está concluindo uma tradução, não, uma *transformação* para o inglês e, para isso, está se reunindo toda semana com um gabinete conselheiro, um Clube Dante que ele formou, do qual eu humildemente sou um membro. No próximo ano, procure o livro em sua livraria, meu amigo, com o selo editorial incomparável da Ticknor & Fields!

Longfellow. Longfellow estava envolvido com Dante. Como isso parecia correto para Galvin, que tinha escutado todos os seus poemas dos lábios de Harriet. Galvin disse a um policial da cidade "Ticknor & Fields", e imediatamente foi orientado para uma mansão enorme na Tremont Street com a Hamilton Place. O salão de exposição tinha oitenta pés de comprimento por trinta de largura, com trabalhos de madeira envernizada e colunas esculpidas e balcões de abeto que brilhavam sob os candelabros gigantescos. Uma arcada elaborada no fundo do salão emoldurava os exemplares mais valiosos das edições Ticknor & Fields, com lombadas azuis e douradas e marrom-chocolate, e atrás da arcada um compartimento exibia os últimos números dos periódicos da casa editorial. Galvin entrou no salão de exposição com uma vaga esperança de que Dante, o próprio, o estivesse aguardando ali. Entrou com reverência, o chapéu nas mãos, os olhos fechados.

A nova sede da casa editorial fora aberta poucos dias antes que Benjamin Galvin ali entrasse.

— Veio em resposta ao anúncio?

Silêncio.

— Excelente, excelente. Por favor, preencha isto. Não tem ninguém melhor para se trabalhar do que J. T. Fields. O homem é um gênio, um anjo guardião de todos os autores, é o que ele é. — O homem identificou-se como Spencer Clark, empregado financeiro da firma.

Galvin aceitou o papel e a caneta e arregalou os olhos, realocando o pedaço de papel que sempre levava dentro da boca de um lado para o outro.

— Você tem que nos dar um nome para podermos lhe chamar, filho — disse Clark. — Vamos, então. Dê-nos seu nome ou vou ter que lhe mandar embora.

Clark apontou para uma linha no formulário de emprego, e então Galvin pôs ali a ponta da caneta e escreveu: D-A-N-T-E-A-L. Parou. Como se escrevia *Alighieri? Ala? Ali?* Galvin sentou pensando até que a tinta na caneta secou. Clark, que tinha sido chamado por alguém do outro lado do salão, limpou a garganta bem alto e pegou o papel.

— Ah, não seja tímido, o que foi? — Clark piscou. — Dan Teal. Bom, rapaz. — Clark suspirou desapontado. Sabia que o rapaz não poderia ser um escrivão com aquela letra, mas a casa precisava de qualquer braço que pudesse achar durante essa mudança para a enorme mansão da New Corner. — Agora, Dan Teal, meu rapaz, por favor nos diga onde você mora e poderá começar esta noite como balconista, quatro noites por semana. O Sr. Osgood, ele é o empregado mais antigo, lhe mostrará as coisas antes de ir embora esta noite. Ah, e parabéns, Teal. Você acaba de começar uma nova vida com a Ticknor & Fields!

— Dan Teal — disse o novo empregado, repetindo seu novo nome várias vezes.

Teal emocionava-se ao escutar discussões sobre Dante quando passava pela Sala dos Autores, no segundo piso, conduzindo seu carrinho com papéis que deveriam ser distribuídos de uma sala a outra para os empregados que chegavam de manhã. Os fragmentos de discussões que ouvia não eram como os sermões do reverendo Greene, que falavam das maravilhas da viagem de Dante. Ele não escutava muitos detalhes sobre Dante na Corner, e, na maioria das noites, o Sr. Longfellow, o Sr. Fields e sua tropa de Dante não se reuniam. Ainda assim, na Ticknor & Fields havia homens de certa forma aliados para a sobrevivência de Dante — falando de como poderiam continuar protegendo-o.

A cabeça de Teal rodou e ele teve de correr para fora e vomitar no jardim: Dante precisava de proteção! Teal ouviu as conversas do Sr. Fields com Longfellow e Lowell e o Dr. Holmes e entendeu que a Diretoria da Universidade de Harvard estava atacando Dante. Teal tinha escutado na cidade que Harvard também estava procurando novos empregados, já que muitos de seus trabalhadores regulares haviam morrido ou ficado aleijados na guerra. A universidade ofereceu a Teal um emprego durante o dia. Depois de uma semana de trabalho, Teal conseguiu mudar sua tarefa de jardineiro para zelador diurno do Prédio Universitário, pois era lá, como Teal ficou sabendo ao perguntar a outros trabalhadores, que se tomavam as decisões mais importantes.

Na casa de ajuda aos soldados, o reverendo Greene passou das discussões gerais sobre Dante para os relatos mais específicos de sua jornada de peregrinação. Os círculos separavam seus passos pelo Inferno, cada um levando mais perto da punição do grande Lúcifer, aquele que incorporava todo o mal. Na antecâmara do Inferno, Greene guiou Teal pela terra dos indiferentes, onde o grande recusador, o maior infrator entre eles, poderia ser encontrado. O nome do recusador, um papa qualquer, não significava nada para Teal, mas ele ter recusado uma importante e valiosa posição que poderia ter assegurado justiça para milhões fez Teal queimar de ódio. Teal escutou, pelas paredes do Prédio Universitário, que o presidente Healey, da Suprema Corte, tinha recusado categoricamente uma posição reconhecidamente de grande importância — uma posição em que teria de defender Dante.

Teal sabia que o ajudante bibliófilo da Companhia C tinha colecionado milhares de insetos em suas marchas pelos estados pantanosos e úmidos, e os enviara para casa em engradados feitos especialmente para que sobrevivessem na viagem até Boston. Teal comprou dele uma caixa de moscas-varejeiras mortais, junto com uma colmeia cheia de vespas, e seguiu o juiz Healey do Tribunal até Wide Oaks, onde o viu despedir-se de sua família.

Na manhã seguinte, Teal entrou na casa pelos fundos e arrebentou a cabeça de Healey com a coronha de sua pistola. Tirou as roupas do juiz e as empilhou com cuidado, pois roupas de homem não pertenciam a esse covarde. Depois carregou Healey para o quintal e soltou as varejeiras e os insetos no ferimento da sua cabeça. Teal também espetou uma bandeira vazia no solo arenoso em volta, pois sob um símbolo de advertência semelhante Dante encontrara os indiferentes. Sentiu imediatamente que tinha se unido a Dante, que entrara no longo e perigoso caminho da salvação entre o povo perdido.

Teal ficou completamente desesperado quando Greene adoeceu e, por uma semana, não compareceu à casa de ajuda aos soldados. Mas depois Greene voltou e pregou sobre os simoníacos. Teal já tinha se alarmado e entrado em pânico com o acordo feito entre a Corporação de Harvard e o reverendo Talbot, cuja discussão ele ouviu em várias ocasiões no Prédio Universitário. Como um pastor poderia aceitar dinheiro para esconder Dante do público, vender o poder de seu ofício por deploráveis mil dólares? Mas nada podia fazer até saber como ele deveria ser punido.

Teal havia conhecido um arrombador de banco, chamado Willard Burndy, em suas noites no fundo dos becos das casas públicas. Não teve problemas para rastrear Burndy em uma dessas tavernas, e, apesar de furioso com a bebedeira de Burndy, Dan Teal pagou ao ladrão para lhe ensinar como roubar mil dólares do cofre do reverendo Elisha Talbot. Burndy falava incessantemente sobre como Langdon Peaslee estava tomando conta de todas as suas ruas, de qualquer maneira. Que mal faria ensinar mais alguém a abrir um cofre simples?

Teal usou os túneis dos escravos fugitivos para entrar na Segunda Igreja Unitarista e observava o reverendo Talbot, toda tarde, descer excitado para a câmara subterrânea. Ele contou os passos de Talbot — *um, dois, três* — para ver quanto demorava para descer as escadas. Calculou a altura de Talbot e fez uma marca de giz na parede, depois que o ministro saiu. Então Teal cavou um buraco, medido com precisão, para que os pés de Talbot ficassem livres no ar quando ele fosse enterrado de cabeça para baixo, e enterrou o dinheiro sujo de Talbot embaixo. Finalmente, no domingo de manhã, ele agarrou Talbot, tomou sua lanterna e despejou querosene nos seus pés. Depois de punir o reverendo Talbot, Dan Teal tinha uma nebulosa certeza de que o Clube Dante estava orgulhoso do seu trabalho. Perguntava-se quando aconteceriam as reuniões semanais na casa de Longfellow, as reuniões que o reverendo Greene mencionara. Aos domingos, sem dúvida, pensou Teal — o sabá.

Teal indagou em Cambridge e facilmente descobriu a grande mansão colonial amarela. Mas, olhando pela janela lateral da casa de Longfellow, não viu sinais de nenhuma reunião acontecendo. De fato, houve um grande alvoroço lá dentro logo depois que Teal encostou o rosto contra o vidro da janela, pois a luz da lua caiu sobre os botões de seu uniforme, que brilharam. Teal não queria perturbar a reunião do Clube Dante, se ele estivesse reunido, não queria interromper os guardiães de Dante enquanto cumpriam seu dever.

Teal ficou completamente perturbado quando Greene faltou outra vez a seu sermão na casa de ajuda aos soldados, dessa vez sem dar nenhuma desculpa de doença! Teal perguntou na biblioteca pública onde poderia ter aulas da língua italiana, pois a primeira sugestão de Greene para o outro soldado fora ler o original em italiano. O bibliotecário encontrou, em um jornal, o anúncio de um Sr. Pietro Bachi, e Teal procurou Bachi para começar as aulas. Esse instrutor trouxe para Teal um pequeno carregamento de livros de gramática e exercícios, a maior parte escritos por ele mesmo — e isso nada tinha a ver com Dante.

Em determinado momento, Bachi quis vender a Teal uma edição centenária veneziana da *Divina Commedia*. Teal pegou em suas mãos o volume, encadernado em couro duro, mas não teve interesse pelo livro, apesar da insistência de Bachi sobre sua beleza. Mais uma vez, esse não era Dante. Por sorte, logo depois disso, Greene reapareceu no púlpito da casa de ajuda aos soldados, e aí começou a estarrecedora entrada de Dante no bolsão infernal dos semeadores de discórdia.

O destino falou alto como um estrondo de canhão para Dan Teal. Ele também testemunhara esse pecado imperdoável — dividir e causar cismas dentro de grupos — na pessoa de Phineas Jennison. Nos escritórios da Ticknor & Fields, Teal o ouvira falar em *proteger* Dante — pressionando o Clube Dante para lutar contra Harvard —, mas também o ouvira *condenar* Dante nos escritórios da Corporação de Harvard, pressionando-os a parar o trabalho de Longfellow, Lowell e Fields. E Teal conduziu Jennison, através dos túneis de fugitivos, ao porto de Boston, onde o levou pela ponta de seu sabre. Jennison implorou e chorou e ofereceu dinheiro a Teal. Este prometeu-lhe justiça e o cortou em pedaços. Envolveu os ferimentos com cuidado. Teal nunca pensava no que estava fazendo como assassinato, pois a punição exigia uma duração do sofrimento, um encarceramento da sensação. Isso era o que ele achava mais reconfortador em Dante. Nenhuma das punições presenciadas era nova. Em sua vida em Boston ou nos campos de batalha pela nação, Teal já as tinha visto de maneira completa ou parcial.

Teal sabia que o Clube Dante emocionava-se com a derrota de seus inimigos, pois de repente o reverendo Greene ofereceu uma torrente de sermões enlevados: Dante passava por um lago congelado de pecadores, os traidores, que a jornada descobria e anunciava como entre os piores pecadores. Assim, Augustus Manning e Pliny Mead estavam selados em gelo, como Teal observava à luz da manhã, vestido com seu uniforme de segundo-tenente — exatamente como um Teal uniformizado observara Artemus Healey, o grande recusador, contorcer-se sob seu cobertor de insetos, e observara Elisha Talbot, o simoníaco, contorcer-se e bater seus pés em chamas, seu maldito dinheiro agora um travesseiro sob sua cabeça, e observara Phineas Jennison encolher-se e tremer enquanto seu corpo era retalhado e cortado.

Mas então vieram Lowell e Fields, e Holmes e Longfellow — e não para felicitá-lo! Lowell atirou em Teal, e fora Fields que gritara para Lowell atirar. O coração de Teal despedaçou-se. Teal considerava como certo que Longfellow, a quem Harriet Galvin adorava, e os outros protetores que se reuniam na Corner tinham *abraçado* a causa de Dante. Agora percebia que eles não sabiam o verdadeiro trabalho que o Clube Dante deveria fazer. Havia tanto a finalizar, tantos círculos a abrir para que Boston fosse purificada. Teal pensou na cena na Corner, quando o Dr. Holmes caiu sobre ele — Lowell seguia atrás, saindo da Sala dos Autores, gritando: "Você traiu o Clube Dante, você traiu o Clube Dante."

— Doutor –- disse Teal, quando eles se encontraram nos túneis de escravos. — Vire-se, Dr. Holmes. Eu já ia buscá-lo.

Holmes virou-se de maneira que suas costas ficaram voltadas para o soldado uniformizado. A luz baixa da lanterna do médico iluminava, trêmula, o comprido túnel de abismo pedregoso à frente.

— Acredito que o destino fez o senhor *me* encontrar — acrescentou Teal, e então ordenou que o médico fosse em frente.

— Meu Deus, homem — ofegou Holmes. — Para onde vamos?

— Para onde está Longfellow.

XX

HOLMES CAMINHOU. Embora tivesse visto o homem apenas por poucos minutos, soube imediatamente que era Teal, uma das criaturas da noite, como dizia Fields, que ele vira na Corner: o Lúcifer deles. Agora observou, olhando para trás, que o pescoço do homem era tão musculoso como o de um boxeador, mas seus olhos verde-claros e a boca quase feminina pareciam incongruentemente infantis, e os pés, provavelmente como resultado de caminhadas pesadas, suportavam seu corpo com a postura perpendicular ansiosa de um adolescente. Teal — que não passava de um rapazinho — era o inimigo e opositor. Dan Teal. *Dan Teal!* Oh, como um poeta como Oliver Wendell Holmes não percebera essa tacada brilhante! DANTEAL... DANTEAL...! E, oh, que som oco tinha a lembrança da voz estrondosa de Lowell na Corner quando Holmes chocara-se com o assassino no corredor: "Holmes, você traiu o Clube Dante!". Teal estava ouvindo, como devia ter ouvido também as reuniões nos escritórios da Harvard. Com toda a vingança acumulada por Dante.

Se agora Holmes fora convocado para o julgamento final, não levaria Longfellow nem os outros com ele. Ele parou quando o túnel começava uma descida.

— Não caminharei mais! — anunciou, tentando se defender com uma voz artificialmente ousada. — Faça o que você quiser comigo, mas não envolverei Longfellow!

Teal respondeu com um silêncio raso e compreensivo.

— Dois de seus homens devem ser punidos. O *senhor* deve fazer Longfellow compreender, Dr. Holmes.

Holmes compreendeu que Teal não pretendia puni-lo como um traidor. Teal chegara à conclusão de que o Clube Dante não estava de seu lado, que havia abandonado a causa dele. Se Holmes *era* um traidor do Clube Dante, como Lowell tinha anunciado, Holmes era amigo do *verdadeiro Clube Dante*, o que Teal inventara em sua cabeça — uma associação silenciosa dedicada a realizar as punições de Dante em Boston.

Holmes tirou seu lenço e levou-o à testa.

Ao mesmo tempo, Teal agarrou o cotovelo de Holmes com sua mão forte.

Holmes, para sua própria surpresa, sem pensar ou planejar antes, afastou a mão de Teal com tanta força que o arremessou contra a parede da caverna pedregosa. Depois, o pequeno médico lançou-se em uma veloz corrida, agarrando sua lanterna com ambas as mãos.

Com dificuldade para respirar, ele disparou pelos túneis escuros e pouco ventilados, lançando olhadas rápidas para trás e escutando todo tipo de barulho, mas não havia como determinar o que vinha de sua imaginação e de seu peito arquejante e o que existia fora de sua cabeça. Quando se deparou com um tipo de cavidade subterrânea, atirou-se dentro. Ali, encontrou um saco de dormir do exército forrado de couro e restos de alguma coisa dura. Holmes a rompeu com os dentes. Pão duro, do tipo que os soldados comiam para sobreviver durante a guerra: esta era a casa de Teal. Havia um tipo de lareira feita com gravetos, pratos, uma frigideira, um copo de lata e uma chaleira para café. Holmes estava começando a fugir quando escutou um ruído que o fez dar um salto. Levantando a lanterna, Holmes pôde ver que mais para o fundo da câmara Lowell e Fields estavam sentados no chão, mãos e braços amarrados, amordaçados. A barba de Lowell caía sobre seu peito e ele estava perfeitamente imóvel.

Holmes tirou as mordaças da boca dos amigos e tentou, sem sucesso, desamarrar-lhes as mãos.

— Vocês estão feridos? — perguntou Holmes. — Lowell! — Ele sacudiu os ombros do amigo.

— Ele nos golpeou e nos trouxe para cá — retrucou Fields. — Lowell estava amaldiçoando e gritando com Teal enquanto ele nos amarrava aqui. Eu lhe disse para fechar sua maldita boca, mas Teal o golpeou outra vez. Está só inconsciente — acrescentou Fields, quase suplicante. — Não é verdade?

— O que Teal queria com vocês? — perguntou Holmes.

— Nada! Não sei por que estamos vivos ou o que ele está fazendo.

— O monstro está planejando alguma coisa para Longfellow!

— Estou escutando seus passos! — exclamou Fields. — Rápido, Holmes!

As mãos de Holmes estavam tremendo e pingando de suor, e os nós estavam muito apertados. Ele mal conseguia enxergar.

— Agora, vá. Você tem que sair *agora* — disse Fields.

— Mais um segundo... — Seus dedos escorregaram outra vez pelos pulsos de Fields.

— Será tarde demais, Wendell — disse Fields. — Ele já está chegando. Não há tempo para nos libertar, e não seríamos capazes de levar Lowell a lugar nenhum como ele está. Vá à Craigie House! Esqueça-nos. Você precisa salvar Longfellow!

— Não posso fazer isso sozinho! Onde está Rey? — gritou Holmes. Fields balançou a cabeça.

— Ele não apareceu e todos os policiais que deveriam estar patrulhando a casa sumiram! Foram retirados! Longfellow está sozinho! Vá!

Holmes disparou para fora da câmara, correndo pelos túneis mais rápido do que jamais correra, até que, à sua frente, viu um brilho distante de uma luz prateada. O comando de Fields tomou conta de sua mente: vá, vá, vá.

Um detetive desceu, sem pressa, as escadas úmidas para os porões da Delegacia Central. Podiam ser ouvidos resmungos e imprecações estridentes através das paredes de tijolos.

Nicholas Rey levantou-se, aos pulos, do chão duro da cela.

— Vocês não podem fazer isso! Pessoas inocentes estão em perigo, pelo amor de Deus!

O detetive deu de ombros.

— Você realmente acredita em tudo que inventou, não é, seu palerma?

— Deixe-me aqui, se quiser. Mas mande os policiais de volta para patrulharem aquelas casas, por favor. Eu imploro. Há alguém lá fora que vai matar outra vez. Você sabe que Burndy não matou Healey e os outros! O assassino ainda está à solta, e está esperando para matar outra vez! Você pode impedi-lo!

O detetive pareceu interessado em deixar Rey tentar persuadi-lo. Balançou a cabeça como se estivesse ponderando.

— Sei que Burndy é um ladrão e um mentiroso, isso é o que eu sei.

— Por favor, me escute.

O detetive agarrou duas barras da grade e encarou Rey.

— Peaslee nos avisou para ficar de olho em você, que você não ficaria sem meter seu bedelho, que não ficaria fora do nosso caminho. Aposto que odeia ficar preso sem poder fazer nada, sem poder ajudar ninguém.

O detetive tirou sua argola de chaves e balançou-a com um sorriso.

— Bom, este dia servirá de lição para você. Não estou certo, palerma?

Henry Wadsworth Longfellow emitiu uma série de pequenos suspiros, pouco audíveis, enquanto se mantinha a postos na escrivaninha de seu estúdio.

Annie Allegra tinha sugerido vários jogos que poderiam jogar. Mas a única coisa que ele conseguia fazer era ficar à escrivaninha com alguns cantos de Dante e traduzir e traduzir, para deixar seu fardo e sua cruz à porta daquela catedral. Ali, os ruídos do mundo não penetravam e tornavam-se um bramido indiscernível, e as palavras viviam com sua vitalidade eterna. Ali, em suas veredas compridas, o tradutor via o poeta no seu raio de luz e tentava ter paz. O passo do poeta é tranquilo e solene. Ele usa uma veste comprida e esvoaçante, e sobre a cabeça leva um gorro; sandálias cobrem seus pés. Pelas congregações de mortos, pelos ecos flutuando de tumba em tumba, pelos lamentos que vinham de baixo, Longfellow podia escutar a voz de quem conduzia o poeta. Ela estava na frente de ambos, a uma distância inacessível mas persuasiva, uma imagem, uma projeção com um véu branco como neve, vestida de escarlate como o fogo, e Longfellow sentiu o gelo no coração do poeta derreter-se como a neve nas alturas das montanhas: o poeta, que procura o perdão perfeito da paz perfeita.

Annie Allegra procurou por todo o estúdio uma caixa perdida de papel de que precisava para celebrar adequadamente o aniversário de uma de suas bonecas. Encontrou uma carta recém-aberta de Mary Frere, de Auburn, Nova York. Perguntou quem a enviara.

— Oh, a Srta. Frere — disse Annie. — Que bom! Ela vai passar o verão perto de nós em Nahant este ano? É sempre tão bom quando ela está por perto, pai.

— Não acredito que ela vá. — Longfellow tentou lhe oferecer um sorriso.

Annie ficou desapontada.

— Quem sabe a caixa está no armário da sala — disse ela, de repente, e saiu para pedir a ajuda da governanta.

Alguém bateu na porta com tanta urgência que gelou Longfellow. Depois, bateram ainda com mais força, com exigência.

— Holmes — ele escutou sua própria voz afirmar e soltar o ar.

Annie Allegra, uma entediada Annie Allegra, largou a governanta e gritou que iria ver quem era. Correu até a porta e a abriu. O frio de fora era enorme e avassalador.

Annie começou a dizer alguma coisa, mas Longfellow pôde sentir do escritório que ela estava amedrontada. Ouviu uma voz murmurante que não pertencia a nenhum dos amigos. Ele entrou no saguão e deu de cara com um soldado com todas as insígnias.

— Mande-a sair, Sr. Longfellow — exigiu Teal, calmamente.

Longfellow puxou Annie e se ajoelhou.

— Panzie, por que você não vai terminar aquela parte de seu artigo sobre o qual conversamos para *O Segredo*?

— Papai, que parte? A entrevista...?

— Sim, por que não terminar essa parte imediatamente, Panzie, enquanto estou ocupado com esse senhor?

Ele tentou fazê-la compreender, a expressão arregalada dizendo "Vá!" para os olhos dela, iguais aos de sua mãe. Ela assentiu lentamente e se apressou para o fundo da casa.

438

— O senhor está sendo requisitado, Sr. Longfellow. Está sendo requisitado agora. — Teal mascava furiosamente, cuspindo dois pedaços de papel no tapete de Longfellow e depois mascando mais. O suprimento de pedaços de papel em sua boca parecia inesgotável.

Longfellow virou-se desajeitadamente para olhá-lo e entendeu imediatamente o poder que vinha da violência que lhe era intrínseca.

Teal falou outra vez:

— O Sr. Lowell e o Sr. Fields traíram o senhor, traíram Dante. O senhor também estava lá. O senhor estava lá quando Manning devia morrer, e não fez nada para me ajudar. Agora deve puni-los.

Teal pôs um revólver do exército na mão de Longfellow e o aço frio feriu sua mão macia, cuja palma ainda tinha resquícios de um ferimento de anos antes. Longfellow não tinha segurado uma arma desde que era criança e regressara para casa com lágrimas nos olhos depois que seu irmão lhe ensinara como atirar em um tordo.

Fanny desprezava as armas e a guerra, e Longfellow agradecia a Deus porque pelo menos ela não tinha visto o filho deles, Charley, fugir para combater e retornar com uma bala alojada na omoplata. Para os homens, tudo de que é feito um soldado é o uniforme festivo — ela costumava dizer —, eles se esquecem das armas de morte que o uniforme esconde.

— Sim, senhor, finalmente vai aprender a ficar quieto e investigar o que tem de investigar: contrabando. — O detetive tinha um brilho risonho em seus olhos.

— Por que você ainda está aqui? — Rey agora estava de costas para as grades.

O detetive ficou embaraçado com a pergunta.

— Para ter certeza de que você aprendeu direito a lição, ou vou lhe arrancar os dentes, está escutando?

Rey voltou-se, devagar.

— E que lição seria essa?

O rosto do detetive estava vermelho, e ele inclinou-se para a grade com uma careta:

— Ficar sentado *quieto* pelo menos uma vez na vida, palerma, e deixar o espaço para quem sabe das coisas!

Os olhos de Rey, com manchas douradas, voltaram-se tristemente para baixo. Então, sem deixar que o resto do corpo traísse sua intenção, ele jogou o braço e apertou os dedos em volta do pescoço do detetive, batendo com a testa do homem contra as barras da grade. Com sua outra mão, forçou a mão do detetive até abri-la e conseguir tirar o molho de chaves. Então soltou o homem, que agora levava as mãos à garganta, tentando recuperar o fôlego. Rey abriu a porta da cela, depois procurou no casaco do detetive e achou um revólver. Os prisioneiros das celas vizinhas deram vivas.

Rey correu pelas escadas até o saguão.

— Rey, você está aqui? — falou o sargento Stoneweather. — Ora, o que aconteceu? Eu estava patrulhando, como você queria, e os detetives chegaram e me disseram que você tinha ordenado que todos deixassem seus postos. Onde você estava?

— Eles me prenderam nas Tumbas, Stoneweather! Preciso ir para Cambridge imediatamente! — disse Rey. Então ele viu uma menina com a sua governanta do outro lado do saguão. Correu até lá e abriu a grade de ferro que separava a área de entrada dos escritórios dos policiais.

— Por favor — repetia Annie Allegra Longfellow, enquanto a governanta tentava explicar alguma coisa a um confuso policial. — Por favor.

— Srta. Longfellow — disse Rey, ajoelhando-se perto dela. — O que foi?

— Meu pai precisa de sua ajuda, policial Rey! — exclamou ela.

Um bando de detetives entrou correndo no saguão.

— Pronto! — um gritou. Ele pegou Rey pelo braço e o atirou contra uma parede.

— Espere, seu miserável filho da mãe! — disse o sargento Stoneweather, e desceu seu cassetete nas costas do detetive.

Stoneweather gritou e vários outros policiais de uniforme acorreram, mas os três detetives agarraram Nicholas Rey e o pegaram pelos braços, arrastando-o enquanto ele tentava se soltar.

— Não! O meu pai precisa do senhor, policial Rey! — gritou Annie.

— Rey! — gritou Stoneweather, mas uma cadeira veio voando para o lado dele e um punho aterrissou em sua barriga.

O chefe de polícia, John Kurtz, entrou, violentamente, sua cor mostarda usual ficando vermelha. Um porteiro carregava três de suas malas.

— Maldita viagem de trem... — começou. — Em nome de Deus, o que é isso? — gritou para o saguão cheio de policiais e detetives, assim que entendeu a situação. — Stoneweather?

— Eles prenderam Rey nas Tumbas, chefe! — protestou Stoneweather, o sangue escorrendo de seu grosso nariz.

Rey disse:

— Chefe, preciso ir até Cambridge sem demora!

— Policial Rey... — disse Kurtz. — Você devia estar trabalhando em minha...

— Agora, chefe! Preciso ir!

— Deixem que ele vá! — Kurtz ordenou aos detetives, que se afastaram de Rey. — Todos vocês, malditos patifes, em meu escritório! Imediatamente!

Oliver Wendell Holmes olhava para trás constantemente para verificar se Teal o seguia. O caminho estava livre. Ele não tinha sido seguido desde os túneis subterrâneos. "Longfellow... Longfellow", repetia para si mesmo enquanto atravessava Cambridge.

Então, à sua frente, ele viu Teal conduzindo Longfellow pela calçada. O poeta caminhava com cuidado pela neve fina.

Holmes teve tanto medo naquele momento que só havia uma coisa que ele podia fazer para se impedir de desmaiar. Tinha de agir sem hesitação. Portanto, ele gritou com o máximo de seus pulmões: "Teal!" Foi um berro capaz de alertar toda a vizinhança.

Teal voltou-se, completamente alerta.

Holmes tirou o mosquete do casaco e o apontou com as mãos trêmulas.

Teal pareceu ignorar completamente a arma. Seus lábios retesaram-se e ele soltou um órfão ensopado do seu alfabeto ao cuspir no manto branco de neve a seus pés: um F.

— Sr. Longfellow, o Dr. Holmes tem de ser o seu primeiro — disse
ele. — Ele deve ser o primeiro que o senhor tem de punir pelo que fez.
Ele será nosso exemplo para o mundo.

Teal levantou a mão de Longfellow, a qual segurava o revólver do
exército, e o apontou para Holmes.

Holmes aproximou-se, o mosquete apontado para Teal.

— Não faça nenhum movimento, Teal! Eu vou atirar! Vou atirar em
você! Solte Longfellow e você poderá me levar.

— Isso é punição, Dr. Holmes. Todos vocês que abandonaram a justiça de Deus devem agora ter sua sentença final. Sr. Longfellow, ao meu
comando. Preparar... Apontar...

Holmes deu um passo firme à frente e levantou sua arma à altura
do pescoço de Teal. Não havia um pingo de medo no rosto do homem.
Ele era permanentemente um soldado; nada havia por baixo disso.
Não restavam escolhas para ele: apenas o zelo incorruptível de fazer o
que julgava certo, que, em um momento ou outro, passava como uma
corrente por toda a humanidade, em geral desaparecendo rapidamente. Holmes tremeu. Ele não sabia se tinha reservas suficientes desse
mesmo zelo para impedir que Dan Teal seguisse o destino ao qual se
prendera.

— Atire, Sr. Longfellow — disse Teal. — Atire agora! — Ele pôs
sua mão sobre a de Longfellow e envolveu os dedos do poeta com os
seus.

Engolindo com dificuldade, Holmes desviou seu mosquete de Teal
e apontou-o diretamente para Longfellow.

Longfellow balançou a cabeça. Teal deu um passo confuso para trás,
puxando seu cativo consigo.

Holmes assentiu com firmeza.

— Vou atirar nele, Teal — disse.

— Não. — Teal balançou a cabeça com movimentos rápidos.

— Sim, eu o farei, Teal! Assim, ele não terá sua punição. Ele estará
morto, ele será cinzas! — gritou Holmes, apontando o mosquete mais
para cima, para a cabeça de Longfellow.

— Não, você não pode! Ele deve levar os outros com ele! Isso ainda
não foi feito!

Holmes firmou a mira em Longfellow, cujos olhos estavam apertados de horror. Teal balançou a cabeça rapidamente e, por um momento, parecia prestes a gritar. Então voltou-se, como se alguém estivesse esperando atrás dele, e depois para a esquerda, e depois para a direita, e finalmente correu, com fúria, para longe da cena. Antes que ele estivesse muito longe, um tiro ecoou, e depois outro ruído explodiu no ar, misturado a um grito de morte.

Longfellow e Holmes não puderam evitar olhar as armas em suas próprias mãos. Eles seguiram o último som. Ali, estirado sobre a neve, estava Teal. Sangue quente formava um pequeno fluxo pela neve branca, intocada e alheia, que se iniciava no corpo dele. Duas manchas vermelhas gorgolejavam do casaco do exército que ele usava. Holmes abaixou-se e suas mãos brancas começaram a trabalhar, procurando o pulso.

Longfellow aproximou-se mais.

— Holmes?

As mãos de Holmes pararam.

Sobre o corpo de Teal estava parado um Augustus Manning de olhos ensandecidos, corpo trêmulo, dentes batendo e dedos instáveis. Manning deixou cair seu rifle a seus pés na neve. Apontou com o queixo, a barba endurecida, para sua casa.

Ele tentava colocar seus pensamentos em ordem. Demorou alguns minutos para que alguma coisa coerente emergisse:

— Os policiais que vigiavam minha casa desapareceram há várias horas! Então, agora há pouco, escutei gritos e o vi pela janela — disse ele. — Eu *o* vi, com seu uniforme... e eu me lembrei de tudo, tudo. Ele tirando minhas roupas, Sr. Longfellow, e... e... me amarrando... me levando, sem minhas roupas...

Longfellow estendeu-lhe uma mão solidária, e Manning soluçou no ombro do poeta enquanto sua mulher vinha correndo pela calçada.

Uma carruagem da polícia parou atrás do pequeno círculo que eles haviam formado, em volta do corpo. Nicholas Rey, segurando seu revólver, correu até lá. Outra carruagem seguiu a primeira, trazendo o sargento Stoneweather e dois outros policiais.

Longfellow segurou o braço de Rey, com olhos brilhantes e questionadores.

— Ela está bem — disse Rey, antes que o poeta pudesse perguntar. — Tem um policial com ela e a governanta.

Longfellow fez um gesto de gratidão. Holmes estava se apoiando na cerca em frente à casa de Manning, para recuperar a respiração.

— Holmes, que magnífico! Talvez você precise descansar um pouco lá dentro — disse Longfellow, ainda tonto e trêmulo. — Ora, que feito! Mas como...

— Meu caro Longfellow, acredito que a luz do dia vá clarear tudo que a luz da lamparina deixou na sombra — disse Holmes. E conduziu os policiais pela cidade até a igreja e os túneis subterrâneos para resgatar Lowell e Fields.

XXI

— E SPERE UM MINUTO — gritou o judeu-espanhol para seu astuto mentor. — Então isso significa, Langdon, que *você* é mesmo o último dos Cinco de Boston?

— Burndy não era um dos cinco originais, meu espertinho — respondeu Langdon Peaslee com onisciência. — Os Cinco eram, benditas sejam suas almas ao caírem no Inferno abaixo, e a minha própria também, quando eu me juntar a eles: Randall, que está passando um tempinho nas Tumbas; Dodge, que sofreu um colapso nervoso e se aposentou; Turner, que está fora de combate por causa de sua queridinha faz mais de dois anos, e se isso não for uma lição para jamais se comprometer, não entendo mais nada; e o caro Simonds, escondido pelos lados do cais, com demasiada água na cabeça para conseguir abrir uma lata de suco.

— Ah, é uma vergonha. Uma vergonha — resmungou um dos homens do público composto por quatro pessoas que escutava Peaslee.

— Diga de novo. — Peaslee levantou uma flexível sobrancelha em reprovação.

— Uma vergonha ver o cara prestes a subir a escada! — continuou o ladrão vesgo. — Não conheço o homem, não. Mas ouvi dizer que era o melhor dos arrombadores que Boston já teve! Podia arrombar um banco com uma pena, é o que dizem!

Os outros três ouvintes ficaram em silêncio e, se estivessem de pé e não sentados em volta de uma mesa, poderiam ter raspado nervosamente as botas nas cascas duras que forravam o chão do bar, ou se mandado, ao ouvir esse comentário feito a Langdon W. Peaslee. Naquelas circunstâncias, tomaram longos goles de suas bebidas e deram tragadas desatentas nos charutos desenrolados que haviam sido oferecidos por Peaslee.

A porta da taverna se abriu com violência e uma mosca esvoaçou pelo compartimento preto enfumaçado que dividia o salão do bar e zumbiu em volta da mesa de Peaslee. Um pequeno número dos irmãos e irmãs da mosca tinha sobrevivido ao inverno e um número ainda menor tinha prosperado em certas áreas dos bosques e florestas de Massachusetts e assim continuaria a fazer, embora o professor Louis Agassiz de Harvard, se soubesse, teria afirmado que era um absurdo. Com seu olhar veloz, Peaslee notou seus olhos estranhamente vermelhos e o grande corpo azuláceo. Espantou-a com um tapa, e do outro canto do bar alguns homens começaram a se divertir, caçando-a.

Langdon Peaslee pegou seu ponche forte, o drinque especial da casa na taverna Stackpole. Peaslee não tinha que ajustar sua posição na cadeira de madeira para pegar a bebida com a mão esquerda, embora a cadeira estivesse a alguma distância da mesa, para que ele pudesse se dirigir adequadamente a seu semicírculo de apóstolos recurvados. Seus braços de aracnídeo lhe possibilitavam alcançar muitas coisas na vida sem necessidade de se mexer.

— Podem acreditar em mim, meus bons amigos, nosso Sr. Burndy — Peaslee assobiava o nome pelas grandes aberturas de seus grandes dentes — era apenas o arrombador de cofre mais barulhento que esta cidade já teve.

O público aceitou o gracejo fraco, levantando os copos e gargalhando exageradamente, fertilizando a já excessiva risada de Peaslee. O judeu sorridente de repente parou com um olhar tenso sobre o aro dos óculos.

— O que foi, iídiche?

Peaslee virou o pescoço para ver um homem em pé, ao seu lado. Sem uma palavra, os ladrões menores e batedores de carteiras em volta de Peaslee levantaram-se e se desviaram para outros cantos do bar, deixando atrás nuvens sem rumo de fumaça viciada para se juntar à atmosfera já carregada do bar sem janelas. Somente o ladrão vesgo permaneceu.

— Hike! — assobiou Peaslee. O ouvinte que sobrara desapareceu com o resto do bando.

— Ora, ora — disse Peasley, olhando seu visitante de alto a baixo. Fez um sinal para a garota do bar, quase desnuda em seu vestido decotado. — Duplo ou simples? — perguntou o arrombador, com um sorriso largo.

Nicholas Rey dispensou a moça educadamente com um movimento de cabeça e sentou-se defronte a Peaslee.

— Oh, vamos, policial. Um pouco de fumaça, então.

Rey recusou o charuto estendido.

— Por que essa cara de sexta-feira? Esses são tempos de primeira! — Peaslee renovou seu sorriso. — Olhe aqui, os caras estavam prontos para adiar nossa reunião para agradar o chefe. A gente se encontra uma vez ou outra, sabe, e tenho certeza de que os rapazes não se importarão se quiser se juntar a nós. Isto é, a menos que não tenha grana suficiente para uma diversão.

— Eu agradeço, Sr. Peaslee, mas não — disse Rey.

— Bem. — Peaslee pôs um dedo nos lábios, depois se inclinou, como se fosse fazer uma confidência. — Não pense, policial — ele começou —, que não foi vigiado. Nós sabemos que você estava atrás do tipo que tentou matar aquele janota de Harvard, Manning, alguém que você parecia acreditar que tinha algo a ver com os outros crimes de Burndy.

— É verdade — disse Rey.

— Bem, sorte sua que não deu certo — disse Peaslee. — Você sabe que essas recompensas são as mais gordas desde que Lincoln passou por aqui, e eu não vou ficar sem meu pedaço. Quando Burndy subir aquela escada, minha cota será grande o bastante para engasgar um porco, como eu lhe disse, velho Rey. Ainda estamos de olho.

— Você entregou Burndy equivocadamente, mas não precisa ficar de olho em mim, Sr. Peaslee. Se eu tivesse provas para libertar Burndy, eu já as teria entregado, quaisquer que fossem as consequências. E você não receberia o resto de sua recompensa.

Peaslee ergueu seu copo de ponche, pensativo, com a menção a Burndy.

— É uma bela história a que os advogados inventaram, sobre Burndy detestar o juiz Healey por libertar muitos escravos antes da Lei do Escravo Fugitivo, e acabar com Talbot e Jennison por trapacearem para tomar o dinheiro dele. — Tomou um grande gole, depois ficou sério. — Eles dizem que o governador quer ver o bureau de investigação desmantelado depois de sua briga na Central, e que os vereadores estão querendo substituir o velho Kurtz e rebaixar você de vez. Eu poria minha sorte debaixo do braço e me mandaria enquanto pudesse, meu caro Lírio-Branco. Você fez inimigos demais recentemente.

— Também fiz alguns amigos, Sr. Peaslee — disse Rey depois de uma pausa. — Como já disse, não precisa se preocupar comigo. Há uma outra pessoa, no entanto. E foi por isso que vim.

As sobrancelhas metálicas franziram-se sob a pele amarelada.

Rey virou-se em seu banco e olhou para um homem desajeitadamente alto, sentado em um tamborete no balcão do bar.

— Aquele homem anda fazendo perguntas por toda a Boston. Parece que acha que tem uma explicação para os assassinatos diferente daquela que seu lado apresenta. Willard Burndy não teve nada a ver com isso, segundo ele. As perguntas dele podem lhe custar o resto de sua parte da recompensa, Sr. Peaslee... cada centavo.

— Negócio sujo. O que você sugere que seja feito a respeito? — perguntou Peaslee.

Rey pensou um pouco.

— Se eu estivesse em sua posição? Eu o convenceria a desaparecer de Boston por um longo tempo.

No balcão do Bar Stackpole, Simon Camp, o detetive da Pinkerton encarregado de cobrir a Boston metropolitana, relia a nota sem assinatura que lhe fora enviada — pelo oficial Nicholas Rey — dizendo-lhe para esperar ali para um encontro importante. De seu banco, olhava em torno com crescente frustração e raiva para os ladrões dançando com prostitutas baratas. Depois de dez minutos, pôs algumas moedas no balcão e se levantou para pegar o casaco.

— Ora, para onde você está se mandando tão cedo? — disse o judeu-espanhol, ao mesmo tempo em que segurava sua mão e a sacudia.

— O quê? — perguntou Camp, rejeitando a mão do judeu. — Quem, em nome de Deus, são vocês, pobres-diabos? Afastem-se antes que eu me irrite.

— Caro estranho. — O sorriso de Langdon Peaslee tinha mais de um quilômetro enquanto ele empurrava os camaradas como o Mar Vermelho e se punha em frente ao detetive da Pinkerton. — Acho que é melhor você dar um pulinho ali atrás e se juntar a nós. Detestamos ver quem visita nossa cidade passar o tempo sozinho.

Dias mais tarde, J. T. Fields estava andando de lá para cá em uma viela de Boston, na hora especificada por Simon Camp. Contou as moedas em sua bolsa de camurça, certificando-se de que o dinheiro para calar a boca de Camp estava todo lá. Estava checando seu relógio de bolso mais uma vez quando escutou alguém se aproximar. O editor involuntariamente conteve a respiração enquanto dizia a si mesmo para ficar firme, depois abraçou a sacola contra o peito e virou o rosto para a entrada da viela.

— Lowell? — Fields suspirou.

A cabeça de James Russell Lowell estava enrolada em uma bandagem preta.

— Ora, Fields, eu... por que *você* está...

— Veja, eu estava apenas... — gaguejou Fields.

— Nós concordamos que não iríamos pagar Camp, íamos deixá-lo fazer o que bem quisesse! — disse Lowell quando viu a sacola de Fields.

— Então por que você veio? — perguntou Fields.

— Não para me rebaixar a pagar o preço dele sob a cobertura da escuridão! — disse Lowell. — Bem, você sabe que não tenho esse tipo de dinheiro à mão, de qualquer modo. Não estou certo. Só para dar a ele uma bela demonstração de minha mente, suponho. Não podemos deixar esse demônio prejudicar Dante sem uma luta. Quero dizer...

— Sim — concordou Fields. — Mas talvez não devamos dizer nada a Longfellow...

Lowell assentiu.

— Não, não, não vamos dizer nada disso a Longfellow.

Vinte minutos se passaram enquanto eles esperavam juntos. Viram os homens na rua usando o bastão para acender os lampiões.

— Como anda sua cabeça esta semana, meu caro Lowell?

— Como se tivesse se partido ao meio e sido remendada de maneira desastrada — ele respondeu, e riu. — Mas Holmes diz que a dor vai passar em uma ou duas semanas. E a sua?

— Melhor, muito melhor. Você ouviu as novidades sobre Sam Ticknor?

— O jumento do ano?

— Está abrindo uma editora com um de seus miseráveis irmãos, em Nova York! Escreveu para me dizer que, desde a Broadway, vai nos tirar do mercado. O que Bill Ticknor pensa de seu filho, tentando destruir a editora com seu próprio nome, eu fico imaginando.

— Deixe esses espíritos maléficos tentarem! Só por causa disso, ainda este ano vou escrever para você o meu melhor poema já publicado, meu caro Fields.

— Você sabe — disse Lowell depois de mais algum tempo de espera. — Aposto um par de luvas que esse Camp voltou ao juízo e desistiu desse joguinho. Acredito que uma lua assim divina e a quietude de estrelas como essas bastam para enviar os pecados de volta ao inferno.

Fields levantou sua sacola, rindo com o peso dela.

— Diga, se for mesmo isso, por que não usar um pouco desse pacote para uma ceia tardia no Parker's?

— Com o seu dinheiro? O que nos impede? — Lowell começou a caminhar à frente e Fields pediu que esperasse. Lowell não esperou.

— Espere! Triste obesidade! Meus autores nunca esperam por mim! — gemeu Fields. — Deviam ter mais respeito por minha gordura!

— Quer perder um pouco da sua cintura, Fields? — perguntou Lowell, lá da frente. — Dez por cento a mais para seus autores, e eu lhe garanto que terá menos gordura da qual se queixar!

Nos meses seguintes, uma nova safra de revistas policiais baratas, abominadas por J. T. Fields por sua influência nefasta em um público ávido, revelou a história do detetive Simon Camp, da Pinkerton, que, logo depois de fugir de Boston, na sequência de uma longa conversa com Langdon W. Peaslee, foi indiciado pelo procurador-geral por uma tentativa de extorsão a vários oficiais graduados do governo sobre segredos de guerra. Nos três anos que precederam sua condenação, Camp tinha embolsado dezenas de milhares de dólares extorquindo pessoas envolvidas em seus casos. Allan Pinkerton devolveu os pagamentos de todos os seus clientes que tinham trabalhado com Camp, embora houvesse um, um Dr. Augustus Manning de Harvard, que não pôde ser localizado, mesmo pela mais proeminente agência de detetives particulares do país.

Augustus Manning retirou-se da Corporação de Harvard e se mudou de Boston com a família. Sua esposa disse que ele não falara mais do que algumas palavras durante meses; alguns disseram que ele tinha se mudado para a Inglaterra, outros ouviram dizer que ele fora para uma ilha em mares inexplorados. A mudança de pessoal na administração de Harvard que daí resultou precipitou a eleição inesperada do mais recente supervisor, Ralph Waldo Emerson, uma ideia gerada pelo editor do filósofo, J. T. Fields, e endossada pelo reitor Hill. Assim terminou o exílio de vinte anos do Sr. Emerson de Harvard, e os poetas de Cambridge e Boston ficaram agradecidos por ter um dos seus na diretoria da universidade.

Uma publicação reservada da tradução do *Inferno* de Henry Wadsworth Longfellow foi feita antes do fim de 1865 e gratamente recebida pelo Comitê de Florença a tempo para as comemorações finais do sexto centenário de nascimento de Dante. Isso aumentou as expectativas em torno da tradução de Longfellow, anunciada como "primorosa" nos mais altos círculos literários de Berlim, Londres e Paris. Longfellow ofereceu um exemplar antecipado da publicação a todos os membros do Clube Dante e a outros amigos. Embora não mencionasse com frequência o assunto, ele enviou o último como presente de noivado a Londres, para onde Mary Frere, uma jovem de Auburn, Nova York, tinha se mudado para ficar perto do noivo. Ele andava demasiado ocupado com suas filhas e com um novo poema longo para ter tempo de procurar um presente melhor.

Sua ausência de Nahant deixará uma lacuna como aquela deixada na rua quando uma casa é posta abaixo. Longfellow notou como suas figuras de linguagem tinham sido influenciadas por Dante.

Charles Eliot Norton e William Dean Howells voltaram da Europa a tempo de auxiliar Longfellow a revisar sua tradução completa. Com o halo das aventuras estrangeiras ainda sobre eles, Howells e Norton prometeram aos amigos histórias de Ruskin, Carlyle, Tennyson e Browning: certas crônicas de viagem são mais bem-relatadas pessoalmente que por cartas.

Lowell interrompeu com uma gargalhada calorosa.

— Mas você não está interessado, James? — perguntou Charles Eliot Norton.

— Nosso caro Norton — disse Holmes, atenuando a euforia de Lowell —, nosso caro Howells, fomos *nós*, embora não tenhamos cruzado o oceano, que fizemos uma viagem que não caberia em uma carta de mortais. — Depois, Lowell pediu que Norton e Howells jurassem segredo eterno.

Quando o Clube Dante teve de encerrar suas reuniões, depois que os trabalhos terminaram, Holmes pensou que Longfellow poderia ficar inquieto. Então ele sugeriu a casa de Norton, em Shady Hill, para os encontros das noites de sábado. Ali eles discutiriam os trabalhos da tradução de Norton de *La Vita Nuova*, de Dante, a história do amor de Dante por Beatriz. Algumas noites, o pequeno círculo ganhava a presença de Edward Sheldon, que começou a compilar uma relação de poemas de Dante e escritos menores para estudá-los, assim esperava, em um ano ou dois na Itália.

Lowell recentemente tinha concordado em deixar sua filha Mabel viajar para a Itália, por seis meses. Seria acompanhada pela família Fields, que partiria de navio no Réveillon para comemorar a passagem das operações diárias da empresa editorial para as mãos de J. R. Osgood.

Enquanto isso, Fields começara a preparar um banquete no famoso Union Club de Boston, mesmo antes de Houghton terminar a impressão da tradução de Longfellow da *Divina comédia*, de Dante Alighieri, três volumes que chegaram às livrarias como o evento literário da estação.

No dia do banquete, à tarde, Oliver Wendell Holmes passou na Craigie House. George Washington Greene também estava lá, vindo de Rhode island.

— Sim, sim — disse Holmes a Greene, confirmando os grandes números que seu segundo romance tinha vendido. — São os leitores individuais que importam mais, pois em seus olhos está o mérito de escrever. Escrever não é a sobrevivência dos mais aptos, e sim a sobrevivência dos sobreviventes. O que são os críticos? Eles fazem o que podem para me diminuir, para não me dar importância e, se eu não puder suportar isso, eu o mereço.

— Você está falando como Lowell esses dias — disse Greene, rindo.

— Acho que sim.

Com um dedo trêmulo, Greene puxou a gravata branca de seu pescoço flácido.

— Preciso de um pouco de ar, sem dúvida — disse, e teve um ataque de tosse.

— Se eu pudesse fazê-lo se sentir melhor, Sr. Greene, acredito que voltaria a ser médico. — Holmes ia ver se Longfellow estava pronto.

— Não, não, melhor não — disse Greene. — Vamos esperar lá fora até que ele termine.

A meio caminho do portão, Holmes observou:

— Acho que já deveria me dar por satisfeito, mas acredita, Sr. Greene, que comecei a reler a *Comédia* de Dante? Fico me perguntando, em tudo isso que vivemos, se você nunca teve dúvidas quanto ao valor de nosso trabalho. Você não pensou, em algum momento, que alguma coisa talvez tenha se perdido no caminho?

Os olhos em meia-lua de Greene se fecharam.

— Vocês, cavalheiros, sempre acharam que a história de Dante era a maior ficção já contada, Holmes. Mas eu, eu sempre acreditei que Dante fez sua jornada. Sempre acreditei que Deus lhe concedera isso, e também à poesia.

— E agora? — disse Holmes. — Você ainda acredita que foi tudo verdade, não é?

— Ah, mais do que nunca, Dr. Holmes. — Ele sorriu, olhando outra vez para a janela do escritório de Longfellow. — Mais do que nunca.

A luz das lâmpadas foi diminuída na Craigie House, Longfellow subiu as escadas, passando pelo quadro que Giotto fizera de Dante, que parecia desconcertado com seu único olho inútil, perdido. Longfellow pensava que talvez este olho fosse o futuro, mas no outro permanecia o belo mistério de Beatriz, que pôs sua vida em movimento. Longfellow ouviu as orações de suas filhas, depois observou Alice Mary aconchegando os cobertores das duas irmãs mais novas, Edith e a pequena Annie Allegra, e suas bonecas, que estavam resfriadas.

— Mas quando o senhor volta para casa, papai?

— Muito tarde, Edith. Todas vocês já estarão dormindo.

— Eles vão lhe pedir para falar? Quem mais vai estar lá? — perguntou Annie Allegra. — Diga quem mais.

Longfellow passou a mão pela barba.

— Quem eu já falei que irá, querida?

— Ainda não falou todos, papai! — Ela tirou seu caderno de debaixo das cobertas. — O Sr. Lowell, o Sr. Fields, o Dr. Holmes, o Norton, o Howells... — Annie Allegra estava preparando um livro chamado *As memórias de uma pessoa pequena sobre grandes pessoas*, que planejava publicar na Ticknor & Fields, e tinha decidido começar com um relato sobre o banquete de Dante.

— Ah, sim — interrompeu Longfellow. — Pode acrescentar que também o Sr. Greene, seu bom amigo, o Sr. Sheldon, e certamente o Sr. Edwin Whipple, o crítico da ótima revista de Fields.

Annie Allegra escreveu tanto quanto conseguiu soletrar.

— Eu amo vocês, minhas queridas meninas — disse Longfellow, beijando cada uma delas na testa. — Amo vocês porque são minhas filhas. E as filhas da mamãe, e porque ela também as amava. E ainda ama.

Os retalhos brilhantes das colchas das meninas se expandiram e caíram sinfonicamente, e lá ele as deixou, seguras na quietude infinita da noite. Olhou pela janela para a cocheira, onde estavam a nova carruagem de Fields — ele parecia sempre ter uma nova — e o velho cavalo baio, um veterano da cavalaria da União recentemente adotado por Fields, bebendo a água que se juntara em uma vala rasa.

Estava chovendo agora, uma chuva noturna; uma chuva suave, cristã. Devia ter sido muito inconveniente para J. T. Fields dirigir de Boston a Cambridge só para voltar a Boston de novo, mas ele insistira.

Holmes e Greene tinham deixado um bom espaço entre eles para Longfellow, no assento em frente a Fields e Lowell. Longfellow, ao subir, esperava que não lhe pedissem para falar para os convidados do banquete, mas, se pedissem, agradeceria a seus amigos por terem vindo buscá-lo.

Nota histórica

Em 1865, Henry Wadsworth Longfellow, o primeiro poeta americano a conquistar verdadeira repercussão internacional, começou um clube para a tradução de Dante em sua casa de Cambridge, Massachusetts. Os poetas James Russell Lowell e Dr. Oliver Wendell Holmes, o historiador George Washington Greene, e o editor James T. Fields colaboraram com Longfellow para completar a primeira tradução completa de *A divina comédia* de Dante no país. Os estudiosos enfrentavam tanto o conservadorismo literário, que protegia a posição dominante do grego e do latim nas universidades, quanto o nativismo cultural, que procurava limitar a literatura americana a trabalhos originais do país, um movimento estimulado mas nem sempre encabeçado por Ralph Waldo Emerson, amigo do círculo de Longfellow. Em 1881, o Clube Dante original de Longfellow foi formalizado como Dante Society of America, com Longfellow, Lowell e Charles Eliot Norton como os três primeiros presidentes da organização.

Embora antes dessa iniciativa alguns intelectuais americanos tivessem demonstrado familiaridade com Dante, graças sobretudo às traduções britânicas da *Comédia*, o público em geral permanecia praticamente sem acesso à sua poesia. O fato de que não parece ter havido um texto italiano da *Comédia* impresso na América até 1867, o mesmo ano em que a tradução de Longfellow foi publicada, oferece uma reflexão sobre a expansão do interesse. Nas interpretações de Dante retratadas aqui, este romance tenta permanecer historicamente fiel às personagens caracterizadas e seus contemporâneos, e não a nossas próprias leituras.

O Clube Dante, em alguns de seus trechos e diálogos, incorpora e adapta trechos de poemas, ensaios, novelas, diários e cartas dos membros do Clube Dante e aqueles que lhe foram mais próximos. Minhas próprias visitas às propriedades dos discípulos de Dante e seus arredores, assim como o acesso a várias histórias da cidade, mapas, memórias e documentos, me ajudaram a visualizar melhor Boston, Cambridge e a Universidade de Harvard em 1865. Relatos contemporâneos, especialmente as memórias literárias de Annie Fields e William Dean Howells, proporcionaram uma janela direta indispensável para o cotidiano das vidas do grupo e encontram voz na tessitura narrativa do romance, na qual mesmo personagens transitórios são tirados, sempre que possível, de personagens históricos que poderiam ter presenciado os eventos narrados. O personagem Pietro Bachi, o instrutor italiano de Harvard que caiu em desgraça, representa na verdade uma composição de Bachi e Antonio Gallenga, outro dos primeiros professores de italiano em Boston. Dois membros do Clube Dante, Howells e Norton, através de seus relatos sobre o grupo, contribuíram enormemente para formar a minha perspectiva, embora só encontrem um breve momento para aparecer nesta história.

Os assassinatos derivados de Dante não têm contraparte na história, mas biografias de policiais e registros da cidade documentam um grande crescimento da taxa de assassinatos na Nova Inglaterra imediatamente depois da Guerra Civil, assim como uma expansão da corrupção e de associações clandestinas entre detetives e criminosos profissionais. Nicholas Rey é um personagem fictício, mas enfrenta os desafios reais dos primeiros policiais afroamericanos no século xix, muitos dos quais eram veteranos da Guerra Civil e vinham de ambientes racialmente mistos; um relato de suas circunstâncias pode ser encontrado em *Black Police in America*, de W. Marvin Dulaney. As experiências de guerra de Benjamin Galvin foram tiradas das histórias do 10º e 13º Regimentos de Massachusetts, e também de relatos em primeira mão de outros soldados e de jornalistas. Minha exploração do estado psicológico de Galvin foi especialmente guiada pelo recente estudo de Eric Dean, *Shook over Hell*, que demonstra enfaticamente a presença do distúrbio de estresse pós-traumático nos veteranos da guerra civil norte-americana.

Embora a trama que preocupa os personagens do romance seja inteiramente fictícia, é possível observar uma anedota não documentada em uma antiga biografia do poeta James Russell Lowell: em certa noite de quarta-feira, conta-se, uma ansiosa Fanny Lowell recusou-se a deixar seu marido caminhar pela rua em direção à casa de Longfellow, para uma reunião do Clube Dante, a menos que o poeta concordasse em levar seu rifle, citando como fonte de sua preocupação uma onda de crimes que estava acontecendo em Cambridge.

Agradecimentos

Este projeto teve origem na pesquisa acadêmica providencialmente orientada por Lino Pertile, Nick Lolordo, e o Departamento de Literatura Inglesa e Americana de Harvard. Tom Teicholz foi quem primeiro me desafiou a explorar mais profundamente esse momento único na história literária, construindo uma narrativa de ficção.

A evolução de *O Clube Dante* de manuscrito a romance dependeu principalmente de dois profissionais talentosos e inspiradores: minha agente, Suzanne Gluck, cuja dedicação extraordinária, visão e amizade rapidamente tornaram-se tão vitais ao livro como seus personagens; e meu editor, Jon Karp, que mergulhou completamente na formação e na orientação do romance com paciência, generosidade e respeito.

Entre a origem e a realização muitos contribuíram, e a eles devo agradecimentos. Pela confiança e pela engenhosidade, como leitores e conselheiros: Julia Green, ao meu lado sem falta a cada nova ideia e obstáculo; Scott Weinger; meus pais, Susan e Warren Pearl, e meu irmão, Ian, por encontrarem tempo e energia para ajudar em todas as dimensões. Agradeço também aos leitores Toby Ast, Peter Hawkins, Richard Hurowitz, Gene Koo, Julie Park, Cynthia Posillico, Lino e Tom; e aos conselheiros em várias questões, Lincoln Caplan, Leslie Falk, Micah Green, David Korzenik e Keith Poliakoff. Obrigado a Ann Godoff pelo apoio firme; também, na Random House, meu apreço a Janet Cooke, Todd Doughty, Janelle Duryea, Jake Greenberg, Ivan Held, Carole Lowenstein, Maria Massey, Libby McGuire, Tom Perry, Allison Saltzman, Carol Schneider, Evan Stone e Veronica Windholz;

David Ebershoff, na Modern Library; Richard Abate, Ron Bernstein, Margaret Halton, Karen Kenyon, Betsy Robbins e Caroline Sparrow, na ICM; Karen Gerwin e Emily Nurkin, na William Morris; e a Courtney Hodell, que fortaleceu o projeto com seu zelo e perspectiva inventiva.

Minha pesquisa foi apoiada pelas bibliotecas de Harvard e Yale, Joan Nordell, J. Chesley Mathews, Jim Shea, e Neil e Angelica Rudenstine, que me permitiram estudar sua casa (antigamente conhecida como Elmwood), com Kim Tseko como guia. Pela importante ajuda em entomologia forense, estendo meus agradecimentos a Rob Hall, Neal Haskell, Boris Kondratieff, Daniel Maiello, Morten Starkeby, Jeffrey Wells, Ralph Williams, e particularmente a Mark Benecke, pelos seus conhecimentos e criatividade.

Um agradecimento especial aos guardiães da história na Longfellow House, onde entramos nas salas nas quais antes funcionou o Clube Dante, e à Dante Society of America, diretamente descendente do Clube Dante em herança e espírito.

Este livro foi composto na tipologia Palatino LT Std,
em corpo 10,5/15,5, e impresso em papel off-white 80g/m²,
no Sistema Cameron da Divisão Gráfica
da Distribuidora Record.